啼血的铜鹤

まと

ひさお
じゅうらん

［日］久生十兰 著

程亮 译

北京联合出版公司
Beijing United Publishing Co.,Ltd

图书在版编目（ＣＩＰ）数据

啼血的铜鹤／（日）久生十兰著；程亮译．—北京：北京联合出版公司，2014.7（2023.1 重印）

ISBN 978-7-5502-3104-7

Ⅰ.①啼… Ⅱ.①久… ②程… Ⅲ.①推理小说－日本－现代 Ⅳ.① I313.45

中国版本图书馆 CIP 数据核字 (2014) 第 110965 号

啼血的铜鹤

作　　者：［日］久生十兰
出 品 人：赵红仕
责任编辑：李　征
封面设计：吴黛君

北京联合出版公司出版
（北京市西城区德外大街83号楼9层 100088）
北京新华先锋出版科技有限公司发行
天津旭丰源印刷有限公司印刷　新华书店经销
字数248千字　620毫米×889毫米　1/16　20印张
2014年8月第1版　2023年1月第2次印刷
ISBN 978-7-5502-3104-7
定价：59.00元

目　录

1

第一回

1. 召唤危机的前兆

一九三四年（甲戌年）十二月三十一日，也就是昭和九年的最后一天，一位愤懑不平的男人出现在光彩耀人的东京会馆大玄关。他紧紧地攥着白白的棉手帕，不时地在脸上擦来擦去。不一会儿，他从上下车的石阶上一跃而下，粗重的脚步声顿时响彻人行道，直通水沟的方向。

此人的脚步猛然停在富国保险建筑工地的角落。他抬头凝视天空，除夕夜浅晕的月亮挂在大内山的翠松上，恰如蛾眉低泣于天宇。不久后，他吐出一句：

"呸！鬼月亮，以为我是傻瓜吗？"

自顾自地说完这话后，他拿出水枪，又转向板墙，一道道水柱砰砰砰地喷射而出。显然有什么事情让他愤恨难消。

光是这么说，也许很难了解这个人物，那么请容许我抽空介绍下他吧。他看起来二十八九的样子，身材中等，穿上三十二号的成衣不大不小，一点也不需要修改。单排扣长大衣显得很精致，衣领内侧的尺寸标签与著名的二手批发商"东京裁缝店"的商标倒还有点相像。

至于容貌，他没有什么特别引人注目的地方，虽不能说笨拙但也称不上优雅，就是那种出入办公大楼的上班族模样。不过，值得一提的是那只紧闭成"ヘ"字形、略显倔强的嘴唇，似乎流露出某种轩昂的气度。这样看来，他或许是什么非同一般的大人物，但说白了只不过是《夕阳晚报》的社会版记者古市加十。

刚才的场景大家也看到了，虽无法窥知他闷闷不乐的缘由，但从其将怨气加之于无辜月亮的举动中，我们不难看出，他当平面记者的年限还不长。

《夕阳晚报》远没达到家喻户晓，有些人没听过也很正常。不过，报纸年鉴上确实是存在《夕阳晚报》这份报纸的。公司的总部位于日本桥的末广大厦三层，每天傍晚时分准时发行四页晚报。除此之外，它还发展出了自己的副业——《化妆品新报》。

不过，主业与副业委实难以分辨。根据多方评估，新报的销量很好，据说收入比主业还高，在此，我们不想就它进一步细说。此外，主业也正如报社的名字所包含的寓意一样，一步步地走向衰落，如秋日的夕阳日薄西山，似乎将要完全沉没在黑暗之中。今天，古市加十代表《夕阳晚报》出席东京会馆举行的同业尾牙晚会，但记者席上怎么也找不到他的席位。

仔细寻找，在偏远的最后一排、暧昧的桃色报纸《银座通》隔壁，加十的名牌被扔在那里。一看到这样，这位既无度量又年轻气盛的年轻记者不由得怒火中烧。他拿起名牌，径直走向上座，试图在《朝日新闻》边抢个位置。话说回来，《夕阳晚报》硬挤在《朝日新闻》边上确实有点不像话。没多久，干事急匆匆赶来，一手提起他，连人带牌扔回原位，还用下巴比比，示意化妆品店的位置只配在这儿。

他实在无法忍受这样的屈辱，头一扭，气极败坏地走出东京会馆。这口气实在难以下咽。作为一个社会版记者，地位低微明摆在那儿，明知感叹再多也没有用，但这愤激实在难以平息。就连擦拭得透亮的新月，在他眼里似乎成了花王的肥皂广告，让他的心更烦了。前面我们已经见识过他喝斥月亮的场景了。

没多久，当加十收起水枪，一摇一晃地正要离开之时，震耳欲聋的掌声猛然从背后响起，到处都充斥着欢乐的喊叫声。无意中回头一望，他看到会场内觥筹交错，四五个同行志得意满地走向反射着皎洁月光的窗户玻璃那头。对着那方向，加十愤慨地说：

"真讨厌！咱们走着瞧！你们做梦都想不到我们《夕阳晚报》惊世骇俗的计划。明天一到，肯定把你们吓趴了。让你们看看我们社长兼总编辑幸田节三可不是好惹的。等吧，等天亮——"

古市加十一边别有用意地念叨着，一边加快步伐奔向有乐町的方向。接下来，他将被笔者带入银座。在那里，他将有幸巧遇某位异人。波澜起伏、诡异莫测的事件即将拉开帷幕，欲知后事如何，且听下回分解。

2. 诡异的公园传说

服部的时钟报出九点整，银座正值热闹非凡之时。不知出于什么原因，涌向银座的人流在西边的单行道上络绎不绝。离晚宴结束还有一段时间，不过许多衣着鲜艳长袖和服与白色西装背心的人们在大街上晃来晃去，这倒形成了跨年夜的一道独特风景。随着人流，古市加十来到一名叫"Colombin"的果子店前，一位三十二三岁的美人身着红得似火的晚宴服，裙带飘飘，莲步款款地从八云町的派出所那边走来，这样的女子应该只有专太郎[1]才会偏爱吧。当从加十身边走过时，

---

[1] 岩田专太郎。书画家，被人称为"昭和歌麿"。

她突然停住了，用黄莺出林般娇嫩的声音打着招呼：

"呀！这可不是古市先生吗？"

这女人叫村云笑子，她眼光放得出奇的远。四五年前，当还是一个当红影星之时，她就和电影公司的董事有了暧昧的关系。作为一个只有名气而无实质收入的影星，她在银座附近的一个角落里开了间带点神秘色彩的"巴里"酒吧，算为自己做个较为长远的打算。听人们说，自从当了老板娘，只用两三年的工夫她就积蓄了十万元，实在是位既美貌又智慧的女人。

笑子和古市都出身于北海道某个偏远的村庄，他们是同乡。古市与她相识之时，笑子还是那个村子里的小学老师，接着有传闻说她与一位年龄比她小并且又是她近亲的青年有了暧昧关系。消息传出来之后，那青年就莫名其妙地自杀了。就为这件事，笑子在村子里待不住了，她跑到东京，找了个提供食宿、名叫"白猫"的咖啡厅当女服务生。谁也不会想到她人生的转机也正是由此开始。

与加十刚认识时，笑子身上几乎没有什么肉，瘦得跟灯芯一样，现在她的肩膀还有腰部的赘肉让她苦恼极了。以前尖锐犀利的眼神现在则变得油腻，那是纵欲过度的缘故。鼻子抬得高高的，显示出一副不将别人看在眼里的媚态。

笑子靠近了古市说："还真是古市先生呀！上次分别后再也没有见过您了，您过得还好吗？"

说完后，她一把抓住古市的手，用她那温润的手掌紧紧地握住古市的十指。

"加十先生，像你这么没情义的人我还真没见过呢，你人一直在东京却没来看我一次，我真要恨你了，你确实有点儿不够意思呀！"

笑子打趣道，扫到古市身上的眼神似乎带着责备。

相对古市来说，老乡能混出个模样确实是件可喜可贺的事，那还是大约两年前，他特意到"巴里"向她祝贺，不仅没有喝到她的一杯水，还被无情无义地赶了出去，回到住的地方后，他用手指沾起肩膀上白色颗粒状的东西，尝起来像是盐巴[1]。有这样的前车之鉴，加十真的很纳闷为何今晚村云笑子像狐狸精附体一般对自己这般亲近。他呆立着，一直看着笑子的脸。笑子忍不住了，摇了摇加十的手。

"你说句话呀！出于礼貌也该问候一声吧。我承认，我是堕落的女人，根本不入你的法眼，至少看在我们一块儿共用教师办公室的旧火炉取暖的情分上，你也不应该如此冷漠吧。瞧你这样，今晚我要好好地陪陪你。现在我们一块儿去'巴里'吧，我会让您明白您到底有多薄情。"

说完之后，她紧紧地抓着古市的手臂，指甲快把手臂掐出血了。

"考虑好了没，去不去呀？你说句不去试试看，我就要抓紧你的手，大声地喊非礼了，想试下吗？"

笑子一副胸有成竹的模样，一边说着，一边脸色就变得有些怪异了。她两只脚分立于人行道上，一副随时准备大喊的姿态，到现在古市才消除了戒备之心，刚喊了声老板娘呀，就被拉走了。两人互握着手，一点也不在乎旁人的眼光，在五丁目的转角处拐了个弯，走进了银座黑暗的小巷子。

穿过没有一点儿气势的、看来像磔刑使用的五英寸钉般的五针松，酒吧的大门一开，各种喧哗声与高高低低有些走调的童谣合唱声一块儿涌了出来。大家已经在里面的宴会上发酒疯了，有个红毛人一看到笑子就从烟云缭绕的昏暗角落站了起来。加十对他很了解，这位就是"Horvath 通讯社"驻外记者约翰·哈齐森，他伸开双臂拨开人群，一下子搂着笑子的纤腰。不料笑子朝他一巴掌挥过去，他直往后退嘴里

---

[1] 日本习俗中借此以驱赶不洁之物。

不住地喊疼。笑子带着加十穿过这片乱哄哄的地方，来到里面靠墙壁的座位，找把椅子让加十坐好。

"稍等我一下，你要是偷跑了，后果可不堪设想呀！"

她瞪了他一眼，附以柔媚一笑，掀起吧台边的红色垂帘，进到里面就不见了踪影。

酒吧是依照国外俱乐部的样式而设计的，不设隔间，大约十五张圆桌围着中央舞池摆放着。一眼望去，一片狼藉，每张桌子上摆的都是香槟酒瓶。这还不算什么，最让人感到惊奇的是三十名左右的酒客，无论男女，没有一个规规矩矩地坐在椅子上。要么头上顶着酒吧赠送的厚纸板制成的皇冠，要么下巴上还沾着残余的酒滴，更有男女紧紧地搂抱着在地上滚来滚去。

身着晚礼服，打扮得花枝招展，在舞池中见人就拉人跳舞的，是从巴黎归国的印东忠介，他是横滨知名的高利贷商人的养子。打着白色领带，腿上搂抱着三名美女在入口附近暗僻的角落中不时纵声大笑的是子爵家的现任管家岩井通保。他做过一段时间的计程车司机，由于得到朝鲜捕鲸公司的提携，现在颇有实力。他腿上的三位美女名叫阿雪、小初、几代，她们都住在横滨本牧，每人在圈内都是响当当的人物。

从他们的放声调笑中，不难得知，他们正在议论是去"NEW DROUND"还是去箱根的环水楼。身子伸得长长的，躺在酒吧走道上的是放荡不羁的山木元吉，用力在他身上踩的人则是刚从美国回来的当红舞蹈家川俣踏绘，即便是镶着人造钻石扣子的银色舞鞋紧紧地踩着元吉的背脊，元吉这风流鬼还是不愿起来。

他的鼻子完全被自己酒醉吐出的污秽所浸没，嘴里还不停地嘟囔着，也许正在低吟玛拉梅的诗吧。这时踏绘有些按捺不住冲动，转身跃上一边的圆桌，突然撩起裙摆，露出如幼鹿般娇美的腿热情奔放地跳起舞来。虽没有什么好的保护措施，但她将腿高高地伸向空中时仍没有丝毫犹豫，这场景确实让人浮想联翩。醉汉们在下面高声地喊叫着，他们聚拢到圆桌前，额头抬得高高的，挤成一团，一边抬头看一边肆意地笑着，引起了不小的骚动。

有个年轻人向她伸手，换来的却是额头的一脚，外加一个四脚朝天。还有人试图爬上桌子，换来的却是踩空了椅子，重重地摔在地板上。加上诸如酒瓶碰撞这类杂乱的声音，实在让人难以忍受。

这种事怎么写也写不完，假如你还想了解其他的，这就要靠你的想象力了。

从开始到现在，这些事都与加十无关，他紧握双手，事不关己地看着混乱的场景。冷眼旁观这靡乱的生活实在没有一点儿趣味，只有身在其中的人才能领会个中滋味。以加十现在的身份与地位，即使他想过这样的生活也只能是个妄想，一想到此处，加十不由得怒火中烧。不过，一个人在这样奢靡的氛围中假装清高确实也有些不合时宜，他找了一旁棕榈树作为掩饰，装作随意的样子眺望着另一端，没想到，他却见到另外的一番景象。

用心看，在这混乱的喧嚣中，却有一位举着酒杯，严肃端庄坐着的人物。一位青年绅士，年约三十，肤色白皙，蓄着漂亮胡子。一眼看去，贴身的晚礼服是 Westend 制的，一朵娇艳的康乃馨插在衣服领口的纽扣孔上。拿着威士忌苏打酒杯的白色纤细的手指戴着大颗钻戒，对于旁人肆意的喧哗，他只稍微挺了下身。这份淡定与自如很是让人难以捉摸，就像一位帝王看到臣属们的胡闹，只是笑笑而已。既不显得随波逐流，也不显得格格不入，反正分寸拿捏得非常好。

作为笔者，我对这人物很感兴趣，作为读者的你，可能会以为这种人实在是司空见惯，没有什么好稀奇的。下面我就来说说这些不可思议之处吧：最先让我们感到不可思议的是他非同一般的相貌。说他相貌非同一般并不是说他眼斜嘴歪或满脸疙瘩。大家或许看过神宫馆发行的《九星运势皇历》这本书吧，他的相貌就很符合这书中"面相图"里的"贵人之相"。细长的单眼皮眼睛里透着清澈的光芒，宽宽的嘴唇抿在一起露出无限的威严，这就是所谓的龙眉凤目吧。风铃一般大而肥厚的双耳极具福相地从眼角下垂至下巴，实在是奇之又奇；下巴上的胡子则是浓密漆黑，像条领巾遮住了喉咙。一句话，秦始皇身穿晚礼服喝威士忌的样子也许就是这样的。概而言之，他的神情举止与常人就是不一样，加十死死地盯着这位人物的侧面，专心地看着，也许是感觉到加十的注视，这人物轻转身，扭过头扫向加十，两人的视线意外交集在一块儿。在加十感到狼狈，想急忙移开视线的时候，那位人物眼中含着笑，朝他做了手势，示意他到这边座位来坐。本就没见过大世面的加十猛然得到这崇高的礼遇，顿时手足无措，触电般起身，穿过骚动的人群，找个位子，坐在那位人物对面。那位人物优雅地将威士忌苏打轻推至加十面前。

"这段时间，'日比谷公园的铜鹤喷泉唱歌'一事在坊间流传得很广，这事是真的吗？说实话，我来东京不久，一点儿也不了解这件事。"

他竟提起这样一个话题。

事情的原委不太清楚，但听说大概一星期之前，伫立在日比谷公园水池中央的铜鹤竟会偶尔会发出美妙的歌声。这些歌声不像是早上固定时间就会响起的音乐时钟的声音，而是不经意不定时地发出的歌声。并不是每个人都有幸能听到那歌声，据为数不多的聆听过歌声的人说，那歌声实在是美得无法形容。日比谷公园的青铜鹤随着喷泉飞沫唱出美丽歌声一事，不是平民百姓凭空杜撰的，而是日比谷公园的园艺长亲耳听到，并用漂亮的词语写了篇观后感，且附和歌一首刊登在《夕阳晚报》上，所以这是千真万确的事实。据此，就有人说这肯定是国家的祥瑞。"唱歌的铜鹤喷泉"一下子就成为东京市内激烈讨论的热门话题。

　　大约一周前，清晨五点，像往日一样宿醉在公园的园艺长，打着哈欠从花坛小径来到池边的时候，他仿佛看到薄薄晨雾中的铜鹤喷泉扇动了下翅膀。作为大酒鬼的他，从早到晚都看到千奇百怪的事，见到这种事，他觉得这可能是昨晚自己的酒还没醒，也没觉得有什么好奇怪的，他正想离开池边之时，青铜鹤的口中竟唱出了人间稀有的清澈的歌声。

　　西洋圆舞曲一般的旋律，即使再悲伤的人听了这歌声也会感到快乐的。园艺长张大嘴呆呆地望着铜鹤的嘴，铜鹤继续嘹亮地唱着，完全无视园艺长的困惑与不解。大约两分钟后，像失效的留声机一样，它突然静默下来了。温和的园艺长从来都视公园里的一草一木为自己的朋友，他太过于感动了，这时竟对喷泉铜鹤说了下面这些话。

　　"嘿，鹤啊鹤啊，你竟然会唱歌啊。实在是唱得太棒了。"

　　古市加十代笔将刚才所说的事情详细写了篇《酒月园艺长记》刊登在《夕阳晚报》上。至于这件事的内情，还有些是要详加说明的。说起来也没什么，四五年前，酒月的女儿就被《夕阳晚报》的社长兼总编辑幸田节三纳为小妾，酒月为答谢他的恩情，表达对《夕阳晚报》的忠诚，当他目击了这匪夷所思的事之后，立刻跑到幸田节三的妾宅报告了这件事的来龙去脉。盘坐在坐垫上的幸田节三听完酒月的话，沉思片刻，突然"啪"的一声猛拍了一下膝盖。

　　"啊啊，太好了。我幸田节三这下子总算走运了。"

　　他大喊着，突然转向神坛的方向，"啪啪"拍了两声以示祈祷。

　　《夕阳晚报》顺理成章地将"唱歌的铜鹤喷泉"登上了大头条，用连续三行大标题提示着国家的吉兆，并策动一批知名人士、博士等人发表感想。虽有部分人士婉言谢绝，但大部分人为给自己留个后路，也都配合说了些好话，约三十多位名人对"唱歌的铜鹤喷泉"用较为含混的方式表示了敬意。其余有名的报社对这些传闻都是一笑置之，随后抛之于脑后。对这件事，一般平民百姓的反应意外激昂，觉得报社不刊登国家这么大的吉兆实在是轻慢、无礼至极的做法。编辑部的桌子上堆满了诸如此类的投诉，全体干部仍在紧急讨论善后事宜，不过他们已被别人抢先一着，不过，铜鹤喷泉事件的风头全被《夕阳晚报》抢光了。换个地方却是另外一番景象，原本默默无名的《夕阳晚报》却借此而一鸣惊人，这只铜鹤也带动销售额屡攀新高。

古市加十今晚之所以在东京会馆尾牙晚宴上受到这样的侮辱，主要就是由于"唱歌的铜鹤喷泉"事件引起了其他各社强烈忌妒所致。

东京市的公园课对这件事当然不能不闻不问，特派音乐学校的教授来查明真相，形成的全是些不沾边的报告，根本无法断定这种现象到底是由什么引起的。

哈哈，喷泉的铜鹤真会唱歌吗？对于一流的物理学家挠破了头都搞不明白的事，笔者搞不懂也自然在情理之中了。接着，我们将会把这个秘密交给有名的怪人、大物理学家兼清博士，他将会做一场演讲来加以说明。让我们把目光转向酒吧"巴里"，此刻古市加十恰好喝下那杯推过来的威士忌。他用手掌抹了抹嘴，摇头晃脑地说：

"哎呀——真的，确实叫了呀，那声音确实棒极了。"

那神秘人物将信将疑看着他说：

"风声鹤唳这个词我倒听过，鹤会唱歌我可从没听过。即使它真的能唱歌，实际上是怎么唱的呢？难道像李太白的鹤在朗诵《松籁谱》一样？我想总不至于吧！"

"李太白的那算什么，莫扎特的《嘉禾舞曲》它都会唱呢。即便作为一个游客，你也太不用心了吧。可能现在你也没有读过《夕阳晚报》吧！姑妄言之，姑且信之，你不觉得这事发生在东京是极有可能的吗？"

神秘人物点了点头，说道："哎呀，对于这点我赞同。这确实是东京会发生的事。怎么样？不知接下来你是否有雅兴带我去领略下那铜鹤的风采呢？"

"好啊，我做向导，能为旅客服务确实是我的荣幸。"

"就这么定了，我们早点离开吧。想多听一点铜鹤的事情，在这确实不合时宜。下面，我们将到'B·R'、'AI'、'Bon Temps'、'étoile'、'Maxime'、'Rideau'这六家店，在每家店里喝杯威士忌苏打，喝完后，就去铜鹤那里。出发。"

古市加十就这样跟随着神秘人物，离开了"巴里"，远离了银座。

加十头脑中仍回响着寺院里一百零八个吊钟的声音，至于现在几点了，他抬起头一看，月亮已走斜了，正好斜在 JOAK[1] 的铁塔上方，至于那是不是月亮，加十蒙眬的双眼确实已无法辨认。两个人相互搀扶，一摇一晃地来到喷泉池边，漂亮的、闪烁着光芒的青铜鹤翅膀吐出交接的水柱，仿佛做好了遨游天际的准备。读者现在一定很希望铜鹤马上唱歌吧。遗憾的是，铜鹤这时并没有发出任何声响。

加十摇晃着昏沉的头说："哎呀，鹤没唱。"

神秘人物颔首应道：

"哎，是没叫呀。不叫也没关系。我也不想看它在大半夜大声地叫。"

正说着，突然，他恍然大悟般使劲地拍拍手："哎呀，看到这只铜鹤，我突然想起来还有一件事没完成呢。走，我们赶快去松谷鹤子那儿吧。本来昨晚就该在她那里跟她一块儿吃跨年消夜的，你瞧，我全忘了。真对不住，都三点了，现在她可能等得倦了在睡觉呢。"

---

[1] NHK 第一广播电台的称呼。

3. 跨年夜坠落之谜

　　一幢两层楼水泥建筑矗立在赤坂山王台山崖边，它名为有明庄。它的窗户大大的，是当时流行的柯比意式的水平长窗。在这一群老旧的建筑中它是那么鹤立鸡群。站在山崖上俯视，可以说它像极了庞大的玻璃展览柜。日枝明神鸟居旁一条狭小而细长的小径是通往这里的必经之路，陡峭的路让每一个攀爬的人都不由得在中途停下来喘口气。我们知道，虽然有明庄坐落在三十公尺高的悬崖边，但在下面宽广的空地上却只有一栋屋顶极低的两层建筑。它的边界延伸到幽静的日枝神社境内。

　　一位留学归国的年轻少东依照国外公寓的样式请人建造了这间房子。虽名为公寓，但并不简单，每个十二坪一间的房间都设有自来水单位。每间房都铺设了长长的，厚得几乎可以掩住脚踝的地毯，显得奢华极了。每户都设有客厅、卧室、餐厅、洗浴间、厨房，户与户之间在入口处是单独隔开的。住在这公寓里的都是些有钱且有格调的阶层，要么是富翁的情人，要么是从海外归来的年轻夫妻，要么是不显山露水的高级女官。

　　一位大约二十四五岁，娇美而清纯的美女推开二楼面朝山崖的窗户，闻着从镶在窗边花架上拿来的美丽的兰花盆栽，皱起新月般的柳叶眉，面向与客厅相连的餐厅轻轻责备道：

　　"婆婆呀，你怎么没将这棵'安南王'收进来呢？这是那人特意从印度买来的呀，让它枯萎的话，我们也就怠慢了那人。这让我多费神呀，婆婆也确实太不应该了。"

没过一会儿，一位年约五十岁，名叫阿姥的佣工，边走进房间边用围裙擦着手。她头发稀稀的，上面结了个小小的发髻，弯腰点头应道：

"是，确实对不起。现在照顾它还有些不习惯，一个疏忽把这事给忘了。往后我会留心的，还请您原谅。"

说这话的时候，阿姥眼睛的余光瞄了眼壁炉上的时钟。

"提起安南王，这主人也确实够慢的了。他不会忘了吧，现在差十五分就十二点了。"

美人扭着头看看时钟，颇有些幽怨：

"发生什么事了，这么慢。昨天说得好好的，不应该忘记呀。说不准现在还在银座喝酒呢，人家的心意一点儿都不了解，真让人生气呀。真的来迟了，怎么办才好啊。"

阿姥使劲儿摆着手说："嗯嗯，那您就把他一口吃掉。让您这样的美人着急实在是罪该万死呢。"

突然，美人好像想起来了什么，连忙问她："对了，消夜都准备好了吗？餐具是两人份的吗？"

"没错，全部都已经准备好了。鹅肝切成薄片正冰镇着，香槟就放在冰桶里。"

美人羞涩地笑道："事情已经这样了，多说也无益，你早点儿回吧。我和那人相约今晚一块儿过跨年夜的。"

阿姥咧开嘴笑了笑："呵呵，不说了，我走了。愿您过个好年。"

阿姥说完就退下了，独身一人的美人坐在与地毯一样颜色的沙发上，不住地看着时钟，有些烦躁不安。这时屋子里响起了除夕夜低沉的钟声，情景虽有些老式，但毕竟这钟声传入柯比意式的新公寓里了。除了守候，确实也是无可奈何了。

美人是宝冢少女歌剧学校第四届学生，名为松谷鹤子，是位知名舞蹈家，同时是位非常受欢迎的女学生，就像红千鹤、高千穗峰子等人一样。她的名气自从脚受伤后很快就跌落了，没过多长时间，她就退学了，之后辗转于神户三宫一带的酒吧。两年前，她结识了偶来日本的安南王，两人交往逐步密切，最后在山王台的有明庄安居下来。

可能大家都已经知道，这位安南王是仰慕日本的东洋王族中最喜欢日本的皇帝，他就是宗方龙太郎。出于对本国政府强制的法式教育的憎恶，他特意从日本聘请教师到本国传播日本文化。以前他都会按惯例在每年冬夏政事空闲之时来日本待一个月才回国，自从爱上松谷鹤子后，他每间隔一个月都会过来，可以说次数很频繁。

在松谷鹤子专心致志守候爱人之时，走廊上传来了脚步声，敲门声也在不久之后响了起来。她急匆匆地跑到走廊，打开门见到的不是她望眼欲穿的宗方龙太郎，却是居住在山崖下建筑二楼的裁缝桃泽花，她带来的和服用厚纸紧紧地包裹着。刚进门，她就在桌子上匆忙地打开包装，抖出了枣红色礼服，真的是光彩夺目，她一边颇为得意地抖开衣服，一边转向鹤子：

"您过下目吧，它已经完工了。一看这手艺，我不得不佩服我自己呀。这时节你也知道有很多活儿要赶着做。我四五天都没合眼了，只为今晚完成这件衣服。您是否应该好好犒赏我一下呀？"

鹤子走到房间的角落，在镜子前将衣服放在胸前仔细地端详一番，过了一会儿，她转向花的方位，非常兴奋地说：

"哎，实在是太好了，你做得太棒了。谢谢你小花，太谢谢你了。看着怎样，我穿着是不是很合身？"

"是的，看着我都有点儿嫉妒了。"

"哎，真的好高兴呀。噢，不好意思，赶快坐吧，不要老站着。事都忙完了吧。"

"是的，剩下的时间可以睡觉了。今天我就不再打扰了。不一会儿，大王就该来了，我可不想碰到他。"

"看你说的，龙太郎不也是你的顾客吗。你稍等一下，等他来了和你打个招呼呀。"

"呵呵，下次吧。"

她一边说一边别有用意地眨着眼睛："鹤子小姐，跟你说一下题外话。大王呀，除了定做这件衣服之外还定做了一件外出穿的衣服呢。怎么了，有点担忧了吧。这位大王真是有意思，他交代说随便缝缝那件衣服，不要太在意。"

"那件呀，小花，那是他回去捎给他国内夫人的。不要以为我不了解这件事，你不要瞎猜测了。"

桃泽花伸了伸舌头："听你这么说，我就放心了，我也要走了。明儿见……哟，差一点儿就把这事忘了。新年快乐！还望今年你多多关照，那我就告辞了。"

不顾鹤子的挽留，桃泽花直接跑了出来。时钟已十二点半了，鹤子又成了单身。

就像大家所知道的那样，倘若上文出现的奇怪的人物是宗方龙太郎的话，现在还不知道他和古市加十在哪间酒吧喝第几杯威士忌苏打呢，不管鹤子怎么心急火燎，他肯定不会来到这里的。不过，鹤子不会这样傻傻地等下去，再过一段时间她就应该上床休息了吧。

约莫三点二十分的样子，鹤子住处传来猛烈的敲门声。鹤子坐床上，仔细听着那声音，从门外那连续不断的小声的说话中，她推断出门外应该不止龙太郎一个人。鹤子撇了撇嘴：

"真是烦人。不知又把谁带来了？"

她嘀咕着走向门口，一开门，不出所料，前面提到的奇怪人物和古市加十摇摇晃晃地走了进来。鹤子一脸不满，正想说些什么，宗太郎一下子抱着她的肩膀说：

"哎呀，确实有点晚了呀。现在吃消夜也说得过去，毕竟离太阳升起还有段时间嘛。"

他边慢悠悠地说着，边用左手拉着古市迈进餐厅。

"哎呀，这可不太好吧。我总觉得缺点什么，原来是缺了客人的餐具呀。哎，鹤子，看看需要什么，赶快拿来呀。"

鹤子突然咧嘴笑了笑："真是拿你没办法。怎么越说越不靠谱了。行，行，我给你们准备点吃的，不过，大王，你总得先让我知道这位先生是谁吧。"

"哟，鹤子，我也不知道他叫什么名字，不管这些，我们姑且叫他鹤野喷泉先生吧，当务之急是吃饭。"

鹤子正要起身，加十阻止了她。加十用他那迷离的眼神不住地盯着鹤子的脸："呀呀，美也应该有个极限吧。真不相信世上竟有这样美的人，要是我的话，再好的东西我都没有味口了。你好好地坐在这儿吧，秀色可餐呀！"

这些话既像恭维又像在说胡话，就这样不合规矩地说着，鹤子像娇小的姑娘般扭动着腰肢："哎呀，我真是太高兴了。听了你的赞美，我太喜欢你了。为答谢你的赞美，让我来喂你吧。我们现在已是好朋友了。"

说完，她挪过来一把椅子紧挨着加十坐下，用银色的小叉从生蚝里取出滴着汁的肉："张开嘴。"说着，她将肉送到加十的嘴边，让加十不得不一口将肉吞下，然后又把叉子交到加十的手中："下面该你喂我了呀。唉，让我尝尝那个鹅肝。"

说完，她对着加十张开了嘴，小巧的舌头在珍珠般整齐的牙齿间轻轻动着。这种情景在醉眼迷离的加十看来，实在是一幅绝美的图画。

鹤子要加十为她倒香槟，不住地挑逗他，到后来越来越放得开。突然，她从椅子上跳起来，坐在加十的膝盖上，并且用难以形容的娇媚眼神回望着龙太郎："呵，你看看那人，喷泉先生，他还是个大王呢，即便留了胡子也没有一点让人害怕。"

突然，她靠近加十的脸，吻了下加十的嘴唇。

"你瞧，他没有一点儿气愤的样子，真是有点傻呀，什么大王呀。"

也许这些都是鹤子为激起皇帝的妒忌心而采用的手段吧，不过那大王确实奇怪，直到现在，他仍安逸地靠在椅子上，温和地微笑着，淡然地看着所有的一切。鹤子那么着急不是没有道理的。

鹤子在加十的腿上低声地念叨了一阵之后，又突然跳到了地上。

"感觉脚这边有风吹过，肯定有什么地方没关严。"

说完，她迈着稳健的步伐向走廊走去，没多久就回来了。

"原来是玄关的门没关紧。真有些怪了，刚才明明关上了呀。"

她一脸严肃，还没沉思多久，她就笑了起来：

"呀，想起来了，原来是大王关的门，不是我没关，怪不得会开着。嘿，喷泉先生，听说大王的国家都没有门，他不知道关门也不难理解了。好吧，吃得够多的了，到客厅的沙发上坐着说说话吧，大王你也要来呀。"

鹤子即便和皇帝并排坐在沙发上，她还是一脸风情地朝着加十。

"我们三人今晚到'Prunier'共进晚餐吧。五点钟，饭店大厅见。要是你去的话，这个人的食欲说不准会增加呢。看看今晚就知道了。呵呵，开个玩笑了。"

在加十顺着陡峭的小路走到山崖下的空地时，突然一种微弱的声音从他的头顶传来，他朝着那方向仰头一看，有件重重的东西从白色的月亮那边快速地坠落下来。这东西像是用红布包裹着，还有像人手脚般的东西在晃来晃去。不，这实实在在是个人，像气球一般膨胀的是露出来的和服裙摆。

那东西急速地擦过加十的鼻尖，他还没来得及想怎么回事，那东西就咚的一声巨响落到空地上，张开嘴倒在布满沙子和碎石上面的竟是分开没多久的松谷鹤子。

加十晃了晃她的肩膀，软绵绵的，她没有一点反应。残月的影子还印在微开的瞳孔里。他一下子扛起鹤子，放在肩上，一路小跑爬上小径。

软绵绵地趴在加十肩上的松谷鹤子在不久前还是那么活泼与开朗，现在却停止了呼吸。怎么会是这个样子，从加十离开那个枯黄色的房间到山崖下的五六分钟里到底发生了什么事情呢？

第二回

4. 第一嫌疑人离奇失踪

　　除夕之夜，《夕阳晚报》的记者古市加十在银座里面与一位相貌不凡的神秘人物相遇。原来这位正是微服出巡的安南皇帝——宗皇帝。他们在游玩四周、酒酣大醉以后，又来到了有明庄，这是赤坂山王台的公寓，与皇帝的情人松谷鹤子三人共进了夜宵。在他告辞的时候大概是凌晨四点，刚走到山崖下的那片空地上，忽然一个布袋似的东西贴着他的鼻尖从高空落下，仔细一看竟是片刻之前告别的松谷鹤子。上回末尾，古市吓坏了，赶紧抱起鹤子向刚才出门的路上跑去。

　　且说加十看到鹤子脸色苍白的样子，料想她正处于生死攸关的时刻，于是他急得手忙脚乱，一下将鹤子背起来，全然不顾会把租来的晚礼服弄皱，便一路小跑奔向有明庄。

　　清晨四点，孤寂的星路网，光芒也被冻结。这里是一片伸手不见五指的胸突坂，路两边是堤防和长着松及杉树的林子，狭小的空间使他脚步缓滞，矮竹在他脚边沙沙作响。鹤子趴在他的背上，猛一看宛如浮世绘一般。从鲜红色的内衣之间伸露出来的小腿，是那么令人心神荡漾，月牙的流辉洒在她的脸上，微微皱起的眉眼之间带着清波似的微笑。此时此刻，他背着华装娇艳的美人走在这条幽径上，一定会使不明内情的人浮想翩翩、羡慕万千，其实，此时鹤子已经在背上香消玉殒了。

只是加十并不知道这件事情，他只想赶快回到有明庄，对她进行急救以试图救她一命，这使他加快了步伐。这条小路走得并不如他想的那样顺利，才走到小路上就被夜莺的粪便击中，鹤子的脚也会在他脚下一滑的时候踢下他的屁股，加十于是更加慌乱无措，他以为鹤子是让他加快速度。

他一边不停地安慰死人，一边气喘如牛地向上爬，终于来到了有明庄门前。

他快步走上楼梯去推鹤子的门，然而不管是推还是拉，门都意外地一动不动，门锁好像从里面被反锁了。面对外面发生的这种变故，里面竟然是一片静寂，一点儿惊闹嘈杂的声音也没有。

加十愣住了，不知所措地站在那儿，没多久他又焦急地按墙上的门铃，傻站着能有什么用呢，他希望会有人来开门。不久，玄关走廊里由远及近响起了懒散的脚步声，醉酒后的含糊言语在门的那一头传来，答话的正是宗皇帝。加十大喊：

"哎呀，是我，鹤野喷泉，别闲扯了，开门开门，出大事啦！"

安南王却一副安然自若的样子。

"呵呵，鹤野啊，真没想到你会在这个时候来啊，拜年的话就太早了，我猜，大概又想见鹤子吧，嗯……应该是这样子。"

他咔咔作响地把门打开，嘴里还如平常一样念叨着。

虽然我们在上一回里已经提及到皇帝——宗龙王，但还不甚了解。为了读者不至于对此人物的出现感到讨厌或忽略，就在此郑重说明他并不是一个风一样的匆匆过客。

我们在上一回里把他省略了头衔，像对待朋友一样称他为龙太郎、大王等。我们可不能小看了他，这位大王在学识和经历上都是声名远扬的。他获得了日本文学博士学位，了解欧洲所有的风月场地，又是一个统治法属印度支那五百六十万人民、至高无上的皇帝。

与加十这等社会地位卑微的小报记者勾肩搭背，有说有笑，在银座到处开怀饮酒，此等事在以前无论如何都不会发生，但在他微服出巡的时候却发生了。由此可见宗皇帝性格的豪放与旷达。他有着类似于我们的诗人或哲学家之类的风格，属于深藏不露、十分有涵养的那种人物。由于他的人生经历与我们的主题无关，就此略过。但只要翻翻一八八三年的历史，就可以对安南有所了解。

之前我们也说过，宗皇帝对日本情有独钟，却十分讨厌法国的教化，为了认真学习日本文化，他毫不在意法国总督的反对，特意到日本聘请了几位教师。一些日本人要是在巴黎游学，七月十四日在总理官邸周围观看了阅兵仪式，肯定对安南王十分了解了。

没多久，安南王已经咔嚓咔嚓地把门打开了，走廊里出现了他平日里华贵的相貌，加十背上脸色苍白的鹤子映入他的眼帘，很快他抬头扬起目光，开始用一种奇特的眼神察看这二人的怪态。加十二话不说闯进卧室，把鹤子放在床上，回头大声对一脸淡漠伫立不动的宗皇帝说道：

"水，水，赶快叫人来啊！"

但皇帝好像没听到他的叫喊似的，捋着胡须，一脸淡漠地在房间里踱步。这奇怪的行为也许正在想解决眼前问题的办法吧。

加十把鹤子的衣衫和腰带都解了开来，边呼唤她的名字，边尽自己的力量进行抢救，当然鹤子已经无法再回应他了。在微弱的灯光下浮现出的明显是一张死人的脸，就像秋天被收割过的田野一般惨淡。加十的脑袋虽然有点笨拙，但也明白了事实，看着她的脸，不禁动了动嘴巴，叹息道：

"哦哦，就这样死了，该怎么办啊。"

他说完便在原地踱步，猛地又转身跑出卧室冲下楼梯，使尽全身的力气对着入口处管理员的房门敲打："来人啊，来人啊。"

一个老妇人沙哑的声音从里面传来："啊呀，怎么了……就来就来，我是马婆，有事吗？是不是有人生病了？"

加十慌乱地说："糟啦糟啦，松谷鹤子小姐自杀了……不，不能这样说，松谷鹤子小姐得了重病，哦，是非常急的病啊，快叫医生啊！"

马婆从床上爬了起来，抱怨道："唉，大年初一就有人死，真倒霉。"

念叨完以后，棉被里传出礼貌的声音："哎呀哎呀，真是糟糕透顶。行，知道了，马上去请。"

返回到二楼，加十看见安南王手中拿着一杯威士忌苏打，一脸淡然地端坐在卧室旁边的餐厅桌前，加十不禁生气了："你爱喝酒就喝酒，爱怎么就怎么，无所谓，但这种事情是怎么回事啊？"

安南王说话的口气丝毫不像一个醉汉：

"啊啊，我不知道啊。"

回答是那样淡漠，好像一点儿也不关心。

"什么你不知道啊，简直太可恶了。隔壁卧室里鹤子小姐身体已经僵硬了，还有，你怎么能这么说呢？安南皇帝就可以像狐狸一样狡猾了吗？"

以为自己脑子很清醒的加十，其实仍然醉得一塌糊涂，因此对安南王的言行感到愤慨不平，乡下人率直的特性如醉后的红晕一样浮现在脸上，接着又以不依不饶的口气质问道：

"怎么搞的，我离开后出什么事了？我走的时候，还看见你和鹤子小姐坐在面朝卧室的那张沙发上。我们还约好今晚五点在帝国饭店大厅见面，然后一起去'Prunier'吃饭，很快我走到了公寓山崖下的那片空地，这时鹤子小姐忽然从天而降，鹤子小姐怎么会摔下来呢？房间里都是这种齐腰高的窗户，鹤子小姐醉得再厉害也不会自己摔下去的，难道她会爱好爬窗子吗？并且刚才谈笑时她还十分活泼开朗。这事真是太奇怪了。"

"别说你和我知道的一样，我走后你到底干了什么？"

"没做什么啊，你离开后我一直坐在沙发上，直到你刚刚敲门。"

"哦。"

"但是鹤子出去了，是送你去了吧。"

他一说这话，加十猛然用轻蔑的眼神望着安南王："胡说，我走的时候她一直坐在沙发上动都没动，怎么会来送我呢？哼，你的谎话揭穿了你，就是你。"

就这样，样子像个刑警的加十一直问些无关紧要的话。唉，还是在这些琐碎的情节上省点墨水吧。但加十的问话并没有让安南王乱了阵脚，他仍然安坐在沙发上玩弄着空杯子，过一会儿又放了回去，然后一言不发地向客厅走去。他慢慢地把沙发上的外衣穿上，加十很奇怪，赶紧说：

"喂，你干什么啊？"

"我要回去了。"

"真是莫名其妙。你走了这件事怎么办？"

"实在不好意思……但是喷泉君啊，事情总会水落石出的，就像这黑夜总会有黎明到来一样。我也知道你是什么人。别担心了，我告辞了。"

说完这句奇怪的话，他又戴着帽子回到卧室，像是落下了什么东西。

由此推断，把鹤子推下楼的似乎是宗皇帝，但又想不出他的杀人动机。莫非是他看到鹤子与加十暧昧的眼神，一时冲动而为？我们在这里瞎猜确实也没什么意思，还是让我们后面上场的真名古明警官解决这件案子吧。故事接着刚才继续进行，大概五分钟后，玄关的门上传来一阵有力的拍打声，加十赶紧开门一看，一个巡查部长和一个便衣警察走了进来。

刚走进屋子，巡查部长就对加十说：

"有人报告这里有命案，尸体呢？"

刑警在他们说话的时候，立刻昂首挺胸地守在玄关前面，活像个威严的门神。加十吓坏了：

"命案？天啊，简直遭透了，你怎么知道的？"

"通报人是你们的管理员，难道情况有假？"

"没，没有，这个……那个，可是……"

巡查部长是一个公事公办的人。

"好了，让我去瞧瞧。"

说完他就着急地要闯过去。正是千钧悬于一发的紧急关头，加十想起宗皇帝还在隔壁房里，就抢先进到了卧室。然而屋子里没有一人，安南王鬼魅地消失了。他想，公寓就这么大，会躲到哪里去呢，莫非听到外面的声音躲到浴室了？

鹤子的尸体就躺在床边，正当巡查部长走近仔细检查的时候，一阵细碎的说话声从玄关处传来，这似乎引起了巡查部长的注意，他大步走去，后面的加十也跟了过去，那个叫作阿马的管理员正在玄关门口和便衣说话，只听马婆小声说：

"没错，就是里面那个人，错不了的。但是对他可不能太随意了，刚刚提到过，他可不是一般人。"她的说话声如细微的夜风飘了过来。

马婆看见加十进来后顿时闭口不语了，并且做了一个头几乎要贴到地面上的鞠躬。她的模样很是圆滑世故，年龄大概五十五六岁吧。接着，巡查部长有点手足无措地走向加十："我……对我的冒失无礼表示郑重的歉意，呃……但发生了这么大的事，我还是对此了解一点儿比较好，对于政府来讲，这是件大事情，原谅我给你添麻烦了。"

加十把他离开后又把鹤子背回来的事如实说了一遍，两位警官仔细地听着，并且对视一下，脸上露出了微笑，加十讲述完毕，巡查部长说：

"按您所说，除了你和被害者，这房间还有第三个人，但他在哪儿呢？"

"这里没有就肯定躲起来了，四下找找，反正不可能逃出这所公寓吧。"

或许读者朋友们已经注意到了，安南王不见了。浴室、厨房、橱柜，能藏人的地方都找不到他。

餐厅后门有个楼梯，但那门在前天晚上就被来帮忙的阿婆锁上了，而且是从里面上了两道锁，此刻马婆的腰上还挂着钥匙呢。玄关除了那扇鹤子小姐出事的窗户，其他的都被从内到外紧紧锁上，而那个威严的刑警从刚才就守在了玄关门口。

哎呀，由此推断安南王就消失匿迹在浴室和卧室之间……就先这样猜测吧。此时，加十的双手被巡查部长扣了起来，那志得意满的马婆还插嘴说：

"这里本来就只有两个人的，你还有什么话说吗？"

加十的嘴唇因气愤而颤动不已。

"不是的，那里有证据证明有三个人在房间里。"

他边说边指向刚才三个人一起吃饭的餐桌，但可惜只有两套餐具摆在桌子上。刚才的情况加十都忘记了，吃饭时鹤子没有拿出另一份餐具给加十，却用一支叉子暧昧地互相喂东西吃。

5. 从天而降的免费早餐

天已大亮了，几缕阳光透过厚厚的窗帘跳进屋子，沉睡在一片柔软中的加十，猛然睁开了双眼。

但是脑子仍旧迷糊的加十，甚至不明白自己现在是在梦里还是醒了，阵阵刺痛如闪电般从颈部和腰部传来，喉咙干渴得像要燃烧一样。感觉应该是醒了吧。头疼得厉害，甚至想不起自己现在身在何处。除了今天早晨被计程车带到溜池警局，被扔进一间黑屋子之外，他完全不记得后来的事了。

这屋子光线不是很明亮，他用力睁开沉重的双眼，四下打探，看见一张十分豪华的大桌子和一张皮制的长椅，还有几幅油画如星光般点缀在那里。应该是在做梦吧，这些东西他完全不曾见过。这时他感到脖子很是疼痛，便迷糊地用手摸过去，忽然触到了坚挺的西装衣领，看来加十睡觉的时候竟没有把晚礼服脱下来。

坐起身子，他发现那顶自己珍若生命的丝绒呢帽挂在墙上的钉子上，还有外套、皮手套都在那里。直到现在加十的头脑才一下子清醒了，难道把自己作为杀害鹤子的凶手扣留了吗？在这紧急关头，怎么还能睡觉呢？

知道自己现在在哪里是第一个问题，他一下子跳起来向桌子走去，看到有许多用红泥印章盖着"极机密"、"结案"等字样的卷宗摆在上面。

"哦，明白了。这里是警察局长的办公室，我怎么来到这儿了呢？"

沉思了一会儿，加十突然拍腿大悟：

"那个巡查部长昨晚对我十分尊敬，他一定认为我是宗皇帝的朋友，猜测我也是某个大官，才会那么恭顺地对我。其实我的那件晚礼服是花大价钱租来的，是为了在同业尾牙晚会中不被那些目中无人的家伙们看不起，却没想到会有这种效果。真是佛要金装，人要衣装啊，本来一名不文的社会报小记者，穿上华丽的衣服，再配上我这副贵人相，就被那家伙当成侯爵类的大官了。呵呵，运气实在是太好了。"

想到这儿，他嘴角翘起一阵轻蔑的微笑，但马上又镇定下来。

"自己一点儿把握也没有，有什么可高兴的呢？目前的情况简直遭透了。除了自己，谁来证明我的清白呢？什么狗屁皇帝，还夸口说保护我的安全，事到临头，自己倒躲个不见人影。到底怎么回事啊？"

说着话，加十也不断思考猜测。

对加十来说，事情糟糕的发展使他进退维谷，难以脱身。但冷静思考一下，只有一个方法能证明他的清白。

对于安南王的身份，加十在昨晚的谈话中并没有提到过，但假如加十把他和宗皇帝两人离开后在周围游玩的事说出来，一定会有一两个人对这位相貌不凡的皇帝有印象的，这样一来，两个人在一起直到昨晚深夜的事实就有人证明了。按常理来说，加十不可能深夜与松谷鹤子独处一室，因为宗皇帝是不会允许这样的。假如这一点可以使警察怀疑，说不定就会相信加十所说的，确实晚上有三个人在一起。现在的加十，只有把仅有的希望寄托在这并不是很有力的证据上了。

但要不要说出这一证据呢，再三斟酌后，加十还是决定提出来。一旦提出来，这将是令人震撼的头条新闻——安南皇帝杀人了。目前，除了马婆和几个警察知道这件事，在东京就只有古市加十了。作为案件的目击者，加十还是犯罪的犯人，社会版记者古市加十，尽管地位低微，但这种爆炸性新闻，应该也不会错过的。

刚才还处于迷醉茫然的加十，竟然忘记自己是干什么的了。这时突然想起，职业习惯让他一下子兴奋起来。

这样的爆炸性新闻，假如由加十报道出来，那该有多伟大啊！什么"朝日"、"日日"新闻的那些家伙，平日里都不拿正眼瞧加十，这下让他们瞪眼睛去吧。在新闻界，《夕阳晚报》的古市加十将会名声大震。想到这儿，他仿佛打了针兴奋剂似的，全身细胞都精神抖擞起来。

面色得意的加十说：

"太好了，我一定要把这个头条新闻搞到手，尽管我和安南王在一起游玩吃饭的事实一旦被公开，我就能被释放，但这样的话，这爆炸性的新闻就会在我报道之前被别人抢走。这可不行，就算目前情况十分糟糕，也不能慌乱，我相信事情总会水落石出的，杀人凶手宗皇帝是跑不掉的，到那时我就自由了。没错，宗皇帝的事我一点也不能说，连我的身份也要保密。尽管一两个月也不能结案，我也不必担心，我就安然不动地看事情怎么了结好了。但他们不可能把我拘禁在这儿很久的，大概很快就会来审讯了。到时他们怎么问我就怎么答。就这么决定了，现在再这么坐着等也是浪费时间，我就把警察叫过来吧。"

加十一边不停地念叨，一边把领带打好。接着，他又整了整睡皱的上衣，用梳子把头发理好。当梳妆工作完成之后，他转过身来，用严肃的口气说：

"喂，这里有人吗？"

很快，一位男警官条件反射般走进来，打开门的时候十分安静恭顺。他留着胡须，大概五十多岁的样子，身上的制服连臂章都是崭新的，一副白手套戴在手上。

他径直走向窗户，双手规矩地贴在大腿两边，把窗帘打开后，又以十分尊敬的姿态走向加十：

"您醒了？"

这种情况是加十不曾料想到的，只能茫然沉默地看着他，接着那人又用讨好的口气问："休息得怎么样啊，您在这里真是受委屈了。请您包涵警官们的粗心，不，请您宽恕，哎，真不知怎么说好，那时下官不在警局……听到报告，我就赶紧过来了，听到您的鼾声……不是，您那时已经安然入睡了。当时，下官心想，这地方虽小，但还是让您休息一下好些，额……除了这些，还有昨夜的事。"

头脑恢复清醒的加十心想，此时可不能胆小怕事了，要拿出点派头才好。于是，在那人正唠叨不停的时候，加十用傲慢的口气说：

"哎，行了行了，不用多说了……你是哪位啊？"

那人猛地行了个礼，好像朗读课文一般地说道：

"在下溜池局长，正七位勋六等功七级，法学士表町三五郎。"

加十微微点了下头。

"哦，这样啊，你们因为我受了很多麻烦吧。"

表町三五郎又猛地一鞠躬，说：

"哪里会啊，完全没有，对于警官们的冒失，我已经教训过他们了，现在您可以随时回去了。"

加十以为保他离开警局的是安南王，便安下心来：

"那么，已经来了？"

局长点头答道：

"哦，是的，您可以随时走。"

接着局长又压低声音说：

"另外还有件事，今天早上我们已经认真审问过了有明庄的那个管理员婆婆，她说到现在为止，昨晚的杀人……不，昨晚的意外事故，还没有被任何新闻记者发现，对于我冒失的补充，请您宽恕。"

在他刚说完的时候，有个警官打开门进来，说已经备好汽车，然后就出去了。

大吃一惊的加十抬眼看向局长，他的脸色里仿佛藏着什么事。但局长紧闭的嘴唇微微有点上斜，似乎藏着一丝冷笑。由警车护送回去，就算加十真是一个大官也不可能享受这样的待遇。回头想想，以前的恭敬顺从，都只是为了把他骗进警视厅的计划罢了。失望透顶的加十，貌似十分悠闲，其实心里却像泄了气的皮球一样，在局长的引导下上了车。

从虎门开向霞关，汽车的方向无疑是去警视厅的，通过车上的后视镜，他又猛然看到后面不远处正有辆汽车跟着，三个便衣模样的人坐在里面。

加十刚刚升起的信心又消失不见了，垂头丧气地坐着。这个时候，感觉车子停了，他心惊胆战地望向窗外，意外的是，这里不是警视厅大门，而是帝国饭店的停车场。

正在此时，一个便衣从后面的车上跳下来进入饭店，没一会儿，一位貌似老板的男人跑了出来，身着黑礼服，微微弯着腰，先十分庄重地行个礼，才把加十的车门打开。

加十下了车，心情十分沮丧，走在前面的那个老板上了二楼，东侧的房间像是一个客厅，他把加十引到这里后就退出了门外，然后一个深深的鞠躬，就快速离开了，仿佛身边有一条狗在追他似的。

现在，只有加十一人了。他的身体深深地坐进安乐椅，心里感觉有点儿恐慌，思量着安南王应该就快到了吧。大概二十分钟过去了，一阵脚步声从走廊传来，宗皇帝没有进来，却是一个貌似领班的人，身着一身黑色制服，顶着一颗油亮油亮的大光头。他几乎是滚爬着进来的，也不说话，到了加十面前，颤抖着把一张厚纸递了上去。

心中惊慌的加十害怕极了，抖着手把东西接了过来，却发现这只是一份菜单，这没什么好怕的。时钟已经指向八点半了，大王的周到服务真令加十敬佩。这个时候，加十便趁机把四五个昂贵的菜肴写了下来。

"请问菜送到哪里呢，给您送到卧室好吗？"

"哦，好的，就卧室吧。"

他的声音简直像蚊子一样。

加十茫然地坐着，感到一阵恶心。这时，一个年轻的服务员又走了进来，把一份电报送上便下去了。

加十沉重的心情突然一松，以为这是安南王传来的因迟到而向他致歉的电报。他赶紧打开，意外的是，只看到一些密码文字在上面。

仔细看了好几遍，加十也搞不懂是什么事。

焦急的加十又看了看封面，电报是安南总督写给宗皇帝的，拿着电报的加十愣住了：

"天啊，不会吧，我竟然收到这份电报，换句话说，安南的……是我。"

加十感到头晕，一屁股跌在椅子上。这样也太夸张了吧，加十。

6. 铜鹤歌唱的合理证明

又是一年的新春时节，早晨的大内山青松迎祥，彩云环绕。正是一个祝贺圣寿万岁的好天气，成群的仙鹤与阳光一起飞舞。

前往朝贺的一排排汽车上，挂上了美丽的草环，稻草做的帽子和金绒饰带随着汽车到处飞舞，乐队正在前方开路行进。在清晨微风的吹拂下，彩旗与风帆翩翩起舞。快到二重桥的时候，整个队伍遥向宫城朝拜。然后由马场前门，穿过十字路口，进入日比谷公园。

人们统一身着日式外套，"幼鹤肥皂"四字印在背后。里面还有一些绑着头巾的人。这么早就开始新年首卖了吗？怎么回事啊？这个时候，恰巧有一张传单递来，发单的是一位身着西装、肩上斜挂红布条的男子。定睛一看，几个粗大的字用木雕印在上面：

今天上午九点二十分

铜鹤喷泉即将歌唱

请来观看吉兆

日比谷公园欢迎您！

（《夕阳晚报》新年特刊，限定购买人数）

　　跟上回描述的一样，不知怎么回事，大概一星期前，日比谷公园的那个铜鹤喷泉，时不时地会有美妙的歌声从里面传出。

　　日比谷公园的园丁酒月是第一个发现这事的人，最早报道这件事的报纸是《夕阳晚报》，这等吉兆是全国人民期待已久的大事，是用来庆贺皇室繁盛的。对此奇观不但各界名流都有题词，而且许多学士博士也纷纷发表感言。众多意见分别从医学、军事等各个角度提出。当然不乏有许多谬论。总体上说，对于完全掌握"铜鹤喷泉"这件事的《夕阳晚报》而言，每期报纸的版面上都填满了煽情的文字。

　　动听的音乐竟然会从青铜鹤和泉水中飘出，多么奇妙罕有啊！"会唱歌的铜鹤"在百姓中的名声越来越大。日比谷公园每天都会有许多想亲耳听见铜鹤歌声的游客。从早到晚，成群的人们潮水一般围在铜鹤喷泉的水池前。不少报童在公园四个门前热情地叫卖《夕阳晚报》，就差摊贩摆出了。

　　和前面所说的一样，《夕阳晚报》独家霸占了"铜鹤喷泉唱歌"这个奇妙的新闻事件，除了看报纸，人们没有其他方法能更详细地了解这件事。于是，《夕阳晚报》的销量空前火爆，货车每隔一个小时就会送来堆积如山的报纸，转眼间就被抢购一空。由于发行量异常巨大，《夕阳晚报》也一下子从无名小卒摇身变为业界大亨。

　　今天市民的游行，让人们本就强烈的好奇心又更上了一层楼。为了让《夕阳晚报》更加火爆，社长兼总编辑幸田节三使出了秘密武器——联合"幼鹤肥皂"上演了"吉兆庆祝会"这一场好戏。

　　大会是这样安排的，首先由幸田节三致开幕词，然后是东京市政府水利课长发表慷慨激昂的讲话，再给第一位发现这一奇迹的酒月园艺长颁发奖品，接着是名人祝贺语，兼清博士也作了一番演讲，在大会的末尾，众人高呼三声圣寿万岁，气势地动山摇。只要参加这次大会，每人均赠送"幼鹤肥皂"以示喜庆，还有《夕阳晚报》的五折优惠券。

前文提到过，这一切都只是整个计划之前的热身，好戏都在后面呢。利用人群发五折优惠券的伎俩，随便一个花柳新闻报都能做。但我们要对这位可以称为演出家的总编辑幸田节三充满信心，他的谋略可不止这些，让我们拭目以待吧。

幸田节三预言，乙亥年（一九三五年即昭和十年）元旦这一天铜鹤喷泉将会开口说话，具体时间是上午九点十二分，而想亲眼看到这罕世奇迹的人必须购买新年特刊。这种行为真是够冒险的。

连笔者都搞不清楚，"元旦上午九点十二分喷泉铜鹤将会开口说话"这一预言是怎么推算出来的。但听说四五天前，幸田节三带了一坛酒去拜访了大理学家的一代高人兼清博士，两人从天文到地理，相谈甚欢。从那以后，他见人就说那些天马行空的深奥理论，当然，对于博士的理论，幸田节三肯定不会全信。甚至于博士的预言——喷泉铜鹤会在元旦上午九点十二分说话唱歌，他也只有一分信，剩下的九分全是信口开河，胡编乱造。

平时工作中，有胆有识的幸田节三就对报界具有独到的见地，哪里会把这九成的冒险看在眼里。尽管成功率只有一成，但是拥有魄力和胆识的他，还是能积极地付诸行动。

就像一场赌博，如果真的碰巧幸运，铜鹤准时唱起歌来，那《夕阳晚报》在业界就稳坐霸主的交椅了。当然，如果情况相反，那后果也能猜想出来。于是，包括亲信古市加十和情人酒月悦子，幸田节三也没有透露他心中的想法。一旦说出来，其他报社肯定会有所阻碍，况且这个大会本身就不合法，这也是他的顾虑。

十二月三十一日的夜里，钟声刚报出零时，幸田节三就开始把传单和同样内容的广告四处张贴，这都是之前早就秘密准备好的。大东京地区，还有附近的乡村都被贴上了广告传单，如同下了一场大雪，就连东京府的电线杆都被这场大雪吞没了。

让我们再看看日比谷公园这边的情况吧，喷泉的旁边，乐队正在演奏《如果我呼唤你》这首流行歌曲，轻快的音乐被风吹遍了人们的耳朵。

另一边，身着"幼鹤肥皂"日本外衣的人又拉了两台大型二轮货车来到水池，这本是用来搬运货物的车，现在倒成了一个临时讲台。

预言时间快要到的时候，人潮又开始增加，一个个的人如同一串串铃铛，挂在堤岸和松树上，摩肩接踵的，连转个身都十分困难。人群的前面，有两个让人担心的姑娘费尽力气挤了进来。两位年纪相似，长相却一个天一个地。

其中一个可爱女子，明眸皓齿，身材苗条，看了不禁让人心神荡漾。另一位可就差远了，身材矮胖，好似一个狗熊，令人望而生畏。一开始，后者又是伸脖子，又是踮起脚尖，神情焦急地四处张望；而那位可爱女子，右手一直插在和服腰带里，低着头脸上一副闷闷不乐的样子，似乎有什么事令她担心。没过一会儿，那位矮胖的女子看到她的神情，就直率地说：

"小花，你怎么了啊，好不容易有假日，打起精神来吧，看到你这样，我的兴致也没了，别这样了，好吗？"

那个叫小花的女子没有说话，只是淡淡一笑，她是一个十分温柔的姑娘：

"不好意思，不知怎么回事，今天总是感到心情沉闷，抱歉。"

说这话，她又微微叹了口气，矮胖女子还是一直在伸着脖子看乐队，突然她大声喊起来：

"小花，快看，越来越有趣了。"

那个叫小花的女子顺着她指的方向看去，从乐队前面走过去的两个警察指手画脚，似乎是让他们停止演奏，但那个乐队团长模样的男子却不理他们，警察发火了，分别抓住吹单簧管的和吹短号的，把二人拖出了圆圈，音乐一下子失去了旋律，顿时只有跑调的鼓还在敲打。

周围的观众哄堂大笑，更加生气的警察又想把鼓手也抓出来，就在这个时候，演讲台附近有两个人走了上来，其中一个男子年纪约在四十五六岁，身材高大肥胖，一双大眼气势慑人，另一个却是五短身材，满头银发弄得乱七八糟的，约有五十岁吧。这二人正是《夕阳晚报》社长幸田节三和兼清博士。

眼见乐队与警察发生冲突，幸田节三忙跑过去，大声呵斥，过一会儿，一脸不高兴的警察才离开了。

这时，一阵清亮的铃声从公园门口传来，几名大声叫喊《夕阳晚报》"大事件号外"、"附照片特别版"的报童，一路小跑进入公园，上文提到过的小花，似乎听到叫卖声后吃了一惊，马上从腰间拿出钱包买了一份报纸，急忙看了起来，过了一会儿：

"不会吧，一点也没有刊登，天啊。这该怎么办啊？"她焦急地低声说道。

大家肯定记得，上一回里约在午夜十二点的时候，有个拿着缝好的礼服来找松谷鹤子的女子，正是这位小花。她的名字叫桃泽花，是一名裁缝，居住在山崖下住宅区二楼。现在到底是什么让这位可爱的姑娘一直闷闷不乐呢？目前，我们无法知道其中的原因，即使问了她也不会说的。

钟表的时针即将指向八点的时候，在一片震天响的掌声中，社长幸田节三粉墨登上讲台，大声讲述他对今天吉兆庆祝会的感慨，但这些感慨，观众早已在《夕阳晚报》上见识过了，这里就不多说了。

水利局长也接着登台了，他仔细地讲述了铜鹤喷泉地下的结构和辛苦的建造过程，临近讲完的时候脸色都有点微微泛红。

至于颁奖典礼，原来只是把一个金奖章挂在酒月园艺长的胸前罢了，于是匆匆收场。

还有贺词，包括内务大臣和陆军将领的，幸田节三一人全部读完，虽然不知是真是假，但一大套程序走下来，时间已到了八点五十分，离铜鹤唱歌的时间只剩二十二分钟了。

这时所有人都只想着"铜鹤唱歌"这件事，几千几万道热情的目光死盯着铜像，似乎要把它融化。而今天也奇怪，这只铜鹤看上去垂头丧气的，翅膀好像还在发抖，就连喷出的水柱也比往常无力许多，大概是受不了这千万道目光的灼烧，不好意思地蜷缩起了身躯。

九点钟到了，如事先安排好的一样，幸田节三把兼清博士推上了台，博士那副尊容令观众们哄然大笑，然而博士一点也没有难为情，用他独特的语调开讲了：

"诸位，依我看来，特别奇异的事是不存在这个世界上的，尽管妖怪也没有能力跨越箱根山，但今天科技是十分发达的，世界上任何事都是能用科技来解释的，运用科技研究就能发现，人们平时所说的什么奇异的事，都是由于一些原理而生成的。因此，告诉大家，这只铜鹤也是受到了某些物理因素的影响，才会发出歌声的，而不是大家心中所想的那样奇怪。这样的例子在四千年前就有过，古代在埃及有个叫底比斯的城市，城里有座曼侬神的石像，每一天的早晨阳光照在石像的头上，就会有奇妙的歌声发出。那里都是些笨蛋居民，竟以为有竖琴之类的乐器在石像体内，其实到后来研究发现，根本就没有什么好奇怪的，埃及这地方的昼夜温差很大，白天十分炎热，到了晚上气温就急剧下降，现在我给你们讲其中的原因，到底是什么使石像发出声音的，原来这是一个中空的石像，当阳光使石像体内的冷空气变暖时，气体就会往外冲，经过鼻孔或牙齿缝隙的时候，就会发出响声。

同样的道理，是什么让铜鹤也唱歌呢，大概就是这个理论了。作为一个认真谨慎的人，我将铜鹤唱歌的时间都一一记录了下来，整体探究就能推断，它将会在什么时间再发出声音。后来我终于推知，在退潮和涨潮的交叉点，也就是大潮之日，铜鹤将会发出声音。但并不是这两天才开始退潮涨潮的，假如这就是原因所在，那么在退潮的时候铜鹤就要唱歌了。事实上铜鹤只是在最近几天才开始唱歌的，因此我认为铜鹤唱歌又不只与潮起潮落有关系，大概还与最近的底层变化有关。现在根据我的理论，一切就都简单了，大家知道，地下铁工程最近又开始了，就像大家看到的一样，这项工程简陋得就像清理烟斗一样。即使这样，地下水和地层还是会引起变化，因此我认为，地下组织的变化才是引起铜鹤唱歌的原因。各位都很清楚，铜鹤的内部像小提琴的音响一样是中空的，十分容易引起共鸣。换句话说，铜鹤发声就是由地下某处震动而引起的，就像在唱歌一样。我并不是在胡说八道，大潮的时间就是今日，上午九点十二分便是退潮之时。依照前例推断，这个时间铜鹤一定会唱歌的。"

演讲完毕，他拿出怀里的表看了看：

"啊，马上就九点十分了，两分钟后它就要唱歌了，在这里我指胸口担保，它一定会像我说的一样发出歌声，现在，又过了一分钟，还有一分钟，三十秒……十秒。"

如潮水一般的群众围观在水池旁边，大气都不敢出地盯着铜鹤的喙角，场面静得掉根针都能听见。博士在讲台上大声念着秒针，而且已经举起了手，准备在九点十二分的时候做一个手势，这一瞬间真是令人激动啊！

时间到了，博士的手慷慨激昂地举了起来，但是，铜鹤并没有什么声音发出，在众人的热情期待下，又过了漫长的五分钟。

还是没有动静。

十分钟过去了。

我行我素的铜鹤还是一副无辜的样子，慢悠悠地向空中喷出水柱，它忘记了吗？

幸田节三和兼清博士已经露出焦急的脸色，群众间的埋怨之声也开始了。此时，人群中冒出了一个貌似黑道中人的男子，他冲到讲台面向群众，用愤慨夸张的口气说：

"这是一个骗局，各位，我们都上当了，这是诈骗。"

"那个酒月的女儿是幸田节三的情妇，因此刚才领了奖章。这是他们串通好了的，以为没有人知道。就是这个酒月说什么铜鹤会唱歌的。大家千万别上当，这个铜鹤从来就没有响过，什么国家的吉兆会，这简直是一种亵渎。好了，不用多说，现在就让我替你们惩罚这个卖国贼吧，各位看好了。"

他说完后就向前排一群身着西装、手执棍棒的人说：

"嗨，还等什么，上吧。"

他点了点头，下了命令，那里的队伍立即散开，约有十人左右，每个人都冲向幸田节三，那气势令人心惊肉跳。吓坏了的幸田慌忙逃下台，本想趁乱躲在人群中，却被刚才那个黑道模样的男子一把抓了回来，扔在演讲台的下面。

四周的人群呐喊着涌了过来，眼看着幸田节三就要挨上一顿痛打，突然一阵奇妙的歌声从喷泉铜鹤中传出，旋律简洁、音阶清脆、浑然天成，竟如古老的圣歌一般。

第三回

7. 黎明的一阵风暴

在清晨，银座非常静寂，这与夜晚的繁华截然相反。况且这是新年第一天的早上，时钟刚刚指向八点半。门松无精打采地伸展着枝条，秃鹰停止了鸣叫，这种清净让人毛骨悚然，令人怀疑这里的动物是否在一夜之间全部归西。

这时一辆计程车悄无声息地停在了酒吧"巴里"的正前方，车上下来四五名男女，他们好像是一伙夜间的幽灵因迷路而误闯到了白天的样子，男的身着燕尾服，女的身着晚礼服，但他们的衣服显出皱巴巴的样子，上面到处是酒渍汗斑。

这是几张熟悉的面庞，前一天晚上他们曾在"巴里"挥金如土。他们分别是犬居仁平的外甥印东忠介、珊瑚王的儿子山木元吉、当红舞者川俣踏绘、前电影女演员村云笑子等人。这伙人好像做了亏本的买卖，个个像落水狗一样，毫无生气地走进了酒吧。又过了片刻，他们昨晚的同伴法国"Horvath 通讯社"驻外记者约翰·欧斯曼（有时也叫强·哈齐森）开着双人敞篷车过来了，这是一个相当机灵的男人，见风使舵本领特强，今天当法国人，明天当美国人。他把车停在了人行道边，然后就急匆匆地走进了"巴里"。

也许有人知道大岛让这个日本人，他是法国大使馆员跟日本生田流派[1]琴老师所生下的混血儿。早先他和氏原芳加等一起在浅草的金龙馆唱男高音，后来他父亲荣升行政派驻官，他随父亲去了安南，并在那里当上了"卡玛斯秀"的团长。在这部小说里他取名叫路易·巴隆斯理，也是一名日法混血儿，曾在中国的云南、贵州等地参与一些不可告人的买卖。去年夏天当上了"Horvath"东京支社长，又突然回到了日本。

"巴里"内部，暗无天日，从天花板上垂下的彩带如同杂乱的蜘蛛网，桌椅东倒西歪，如同刚刚发生了战争。为了避免踩到地上的脏污或酒瓶，哈齐森敏捷地跳来跳去，他迅速找来一张椅子坐下，面带微笑地打量了一下蜷缩在灰暗角落里的同伴。这是一个三十七八岁的男子，鼻子下方留着整齐的小胡子，领口干净整洁，面目清秀，眼神冷酷，一副风流倜傥之态，就算是男人也会对他着迷，举手投足间流露出了他的坚强举止。

哈齐森把右脚抬到大腿上，带着不屑的口气说：

"哈哈，你们不要板着一张无精打采的脸，这又不是什么大不了的事情！"

说完他把脸转向了山木元吉，此时的山木元吉面色苍白，头发横七竖八，参差不齐，一副堕落诗人的模样。

"山木少爷，您的情况怎样？我还没来得及跟您打招呼呢。"

山木满眼通红，两眼微微睁开："别提啦，我们真是糟透了……总之，他们像旋风一样闯进了我和小踏的房间，我们的房间就在饭店的入口。精彩的情节就如同'卡隆诺传记'里一样。"

他一边说一边把头靠在墙板上，目光投向了一个身材中等的美人，

---

[1] 日本筝曲的两大流派之一，另一个是山田流派。

她二十岁上下，满脸苦闷，正在吐着烟圈。

"小踏正睡得香，她紧拉着来叫醒她的老板娘的手不肯放松，迷迷糊糊地说什么我不要回去，这一幕多么有趣呀！"

踏绘提起裙摆，慵懒地把玲珑的小脚伸到了桌子上："闭嘴，你乱讲一通，有谁会相信你的鬼话？我会干这样的事？"

她竖起长长的睫毛娇嗔地瞪了他一眼。

为了让大家清楚究竟发生了什么事情，我们还是先叙述一下事情的原委。美国歌舞团从元旦开始在日本公演，昨晚古市加十和宗皇帝一起离开"巴里"不久，"卡玛斯秀"的演出就结束了，演员们一下子都涌到这里来了，本来就热闹的场面变得是盛况空前，万人空巷。凌晨三点半左右，热闹的场面逐渐开始冷寂，包括岩井在内的六人在歌舞团里找好了各自喜欢的人，取得对方同意后，正准备前往筑地的某个地方行云雨之欢，不料却意外地起了暴风雨，这伙人被请进了明石警察局，少不了被训斥一顿，直到今天早上七点半才被放出来。此时古市加十在溜池警局局长室刚刚醒来。

我要向大家简单介绍一下"卡玛斯秀"的情况，这是一个世界性的歌舞团，仅次于纽约的大齐格菲。日本人没有看过像样的歌舞演出，一听说是世界性的歌舞团访日就在国内引起巨大反响。知识丰富、有美国通之誉的老师就不用说了，就连那些耿直的音乐评论家也对此大肆吹捧。刚一决定在日本演出，就得到了有闲阶层富豪的强烈支持，十元一张的头等票在两个月前就销售告罄。不管怎么说，人们总算有机会亲眼目睹世界一流歌舞团的豪华阵容，观看他们炫目的演出，如同他们在纽约神游一般，这里的人气高涨也就是自然而然的事了。虽然近来有不少专业人士主张去奢求实，不过与这股风气是一体两面罢了。

在这个歌舞团确定访日的时候，就有一个流言在各方充斥着。流言的内容是说这个歌舞团的舞蹈演员体贴温柔，他们非常热衷于日美之间的亲善交流。社会上还出现了专门的经纪人来斡旋此事，这足以证明此流言绝非虚构。到各个俱乐部去探听，随处都能听到这个流言，人们争相询问这个歌舞团什么时候到来。可以想见，预演的头等票是多么炙手可热。至于结局是什么样，笔者不得而知，但有一点可以确定无疑，这是一场非常成功的演出策划。

说这个歌舞团的演员温柔体贴也许并不为过，但这个"卡玛斯秀"绝不是地道的百老汇歌舞团，只不过是从上海、香港等地招来的表演艺人，夸张点说，也许有人昨天还在街边做着不可见人的勾当呢。其实这是哈齐森与他的老友路易·巴隆斯理炮制的一个戏码，原本这里面还有不少事情可以透露，但在简单的勾勒过这两个人的关系后我们就此打住，把话题再转向"巴里"酒吧。哈齐森面带笑容地听着山木与踏绘的对话，等踏绘说完，哈齐森表情严肃地看着在座的每个人。

"这些有趣的事情留到明天再说吧，各位听我说……其实也没其他的事，只是仔细想来，今天早上的事情有点奇怪，你们难道不觉得吗？"

"你是说今天早上检查的事吧？没有觉得啊，请说来听听。"

一个从容貌上看有二十二三岁，骨架明显发育不良的人发出了这令人不快的声音，此人叫印东忠介。他有一张呆头呆脑的脸，脸上用一层薄薄的二十八号赭色颜料铺了妆，右眼角下面长着一颗黑痣，这是一副极不和谐的相貌。

哈齐森轻轻点了点头："我来给你们通报一些情况……我们被放出明石警察局后，你们去了鱼河岸吃早餐，岩井回自己家去了，我回公司打了几个电话。"

山木伸出尖尖的下巴："不是给你的莺莺燕燕打的吧？"

他一脸严肃的表情："你们给我仔细听着，不要再胡闹了！各位都知道，现在的警察都很通情达理，在一般情况下都会睁一只眼闭一只眼，尤其是在这过新年的时候，但今天早上却发生了这样的事情。我虽然穷了点儿，毕竟还是一个小小的新闻记者，还是有一点职业敏感性的。我猜想昨晚一定发生了重大的事情，所以就匆匆拨打了我在刑事总局眼线的电话，但他告诉我昨晚到今早并没发生什么大事。凭我的直觉，事情没这么简单，我就向每个辖区四处打探，原来每个辖区都没有任何的紧急安检。"

"啊呀，照你说来还真是让人吃惊！"

"还有一件事情让你们更吃惊呢。昨晚玩放荡游戏的不止我们六个人，这一点大家都清楚，山菱的兵卫以及大和保险三太郎也都参与这样的游戏。但根据我的了解，那几位安然无恙，说不定现在还睡得天昏地暗呢！"

"确实让人吃惊啊！这究竟是为什么呢？"

"根据以上情况分析，我们可以得出这样一个结论：今天早上被请进警察局的只有有明庄公寓的六个住户，即笑子小姐、舞蹈老师、印东先生、岩井老大、山木大将，再加上站在你们面前的哈齐森，仅此六人而已。"

笑子蹙了蹙眉："这真是一件倒霉的事儿。"她似乎在自言自语，接着悄悄看了踏绘几眼。踏绘一脸奇怪的表情，对着哈齐森嚷道："不要卖关子了，究竟是怎么了？"

"情况就是这样了，这表明有明庄一定发生了重大的事情！"

踏绘非常着急："有什么事情你快说呀，笨蛋！我都快急死了！"

哈齐森举手阻止了她："行啦，我的大小姐，你骂我有什么用，我自己也不清楚啊，我把自己知道的已经告诉你们了。我是一个很聪明的人，这一点你们都不否认吧，我往有明庄的马婆那里打电话询问，结果……"

笑子摇晃着丰腴的大腿，漫不经心地问："结果呢？"

"结果啊，我拿起了话筒，但根本无法接通……这真是让我心里忐忑不安啊！"

大家神色不安，面面相觑。过了好一会儿，山木用修长的手指拢了拢油亮的头发，倾着身子说道：

"大家都清楚，有明庄共有七户，只有鹤子小姐没有参加昨晚的活动，她说晚上要和大王单独在一起，所以就没参加。昨天晚上宗皇帝也很早就离开了'巴里'，一定是去找鹤子小姐了。说不定是国王与皇后发生了争吵，今早的事情可能由此而引发吧……通俗点说就是夫妻吵架，大家怎么考虑这件事呢？"

哈齐森发出了几声苦笑："诸位想想，这是为什么。偌大的东京，为什么只有我们有明庄的住户被拘留？所谓的安检只不过是个借口罢了，之所以发生今天早上的事情其实是为了阻止我们在某个特殊的时间点回到有明庄，这个拘捕行动是针对我们六个人的……肯定是有明庄发生了不能见人的大事，警局出此下策，阻止我们回到有明庄。"

"哦，原来是这样啊！我明白了。可是在那段特殊的时间里，警察究竟做了什么呢？"

"还是山木聪明啊！也就是说在那段特殊的时间里，警察用特殊的手段处理了那件不可告人的事情，让那件事情如同抽刀断水，留不下任何痕迹。至于是什么重大的不可告人的事件，我想山木先生心里应该清楚吧？"

山木使劲咽了一口水："啊，这么说是出人命啦！"

踏绘用力从喉咙里挤出声音："不要胡闹，怎能乱说啊！怎么会出这种事情，一定是有别的什么原因。"

山木使劲摇了摇头，肯定地说："就是这样，这是真的！"

笑子使劲拽住山木的衣袖："停……停一下，山木先生，你说，被杀的会是谁呢？"

"还能有谁？肯定是皇帝！"

"开什么玩笑？谁能杀掉大王？我看是为情而自杀吧？"

哈齐森挺直身子，饶有兴趣地听着他们的对话，不一会儿就用嘲讽的口气说：

"呵呵，你们还真是知道不少内幕啊！我们姑且认为你们说的是真的吧。我还是想听听印东先生的高见。"

印东轻轻抿了一下搽满口红的嘴唇："如果真是有人被杀的话，那应该是皇后。了解皇帝的人都会认为这是可能的。他表面上看来温文儒雅，其实内心是极端的残暴。他的野蛮个性没有几个人能比，不过只有这样才是皇帝的姿态啊！"

哈齐森冷笑了几声："哦，真的是这样吗？不管怎么说印东、岩井二位先生是与皇帝一块儿从巴黎过来的，你这么下结论应该不会错。但我认为大王比较极端，他的妄自尊大就不消说了，哪一天不花去两三万呢。"

正说着他突然转换了话题：

"这样说也许是不礼貌的，各位也许不会看错皇帝吧。在你们看来也许是一些疯话，不过我在巴黎曾遇到一些官员，从他们那里探听了一些皇帝在巴黎的一些故事……我了解十一世维新王遭流放的事，亲法派的皇甥李光明在背后所做的一些勾当我都明白。对于我哈齐森来说，不要说你们，就连外务省情报处不知道的事，我都心里清楚，所以外务省官员想知道的话，他们也对我点头哈腰呢。至于皇帝，你们还有不少事情蒙在鼓里，所以你们就不要妄加猜测了。不管怎样，这件事情已经发生了，而且很严重，因此你们要有心理准备，与其在此高谈阔论，还不如想想对策，找个退路，以后不被牵连进去。"

哈齐森沉默了下来，目光在每个人的脸上游动："嗨，你们不要大惊小怪的，每个人都魂不守舍。不要把这件事情放在心上，我在跟你们开玩笑呢，不好意思啊。其实，这件事情不是你们所能掌控的，鹤子无论是生还是死，都不是问题的关键，重点是究竟发生了什么事情，这我并不清楚，但事发的原因我在很久以前就知道了。"

突然间，他站了起来："话我也说不少了，就此打住吧，敝人有正事要去办。"

哈齐森板着一张阴阳怪气的脸，迅速扣上外套上的纽扣，正打算离开，这时岩井也穿着燕尾服走进来。哈齐森开口说："岩井少爷，怎么衣服还没换啊？家里难道没衣服了？"

"怎么会呢，有明庄有很多警察在看守，不让我进去。"

哈齐森眼光一闪："哦，这还真是邪门儿了。"

岩井把下巴放在手杖上："各位，鹤子小姐今天早上从窗户跳下去了。"

听到这一句话，每个人都倒吸一口凉气，站都站不稳了："这……这怎么可能呢？"

大家不约而同地尖叫起来。

8. 一封突如其来的电报

现在回忆起来，乙亥年元旦还真是个多事之日。

社会报记者古市加十在帝国饭店里神情恍惚；《夕阳晚报》社社长幸田节三在日比谷公园铜鹤喷泉旁正在代读祝词；哈齐森的敞篷跑车刚刚停在"巴里"酒吧门前。几乎在同一时间，霞关内务省警保局的谷口秘书官焦躁地坐在书桌前，一边看着门口，一边用手捻着胡须。在走廊的另一端，传来一个沉闷的脚步声，如同钉子砸进棺材的声音那样阴沉。这个声音在门前停了下来。

推门进来的是一个皮包骨头的瘦高男人，大约四十来岁。身着一身黑色衣服，如同丧服，眼皮下垂，好像还没有睡醒。这是一个阴郁的人。

这位就是真名古明，警视厅刑事部搜查第一课长，做事务实，头脑缜密，已经解决了不少疑难杂事。他沉默寡言，让人觉得他患有抑郁症，厅里没有人见过他的笑容。他严格执法，性格刚直不阿，即便是对他的上级也毫不留情面，就是为当检察官而生的。用一句话来形容这个人，他跟《悲惨世界》中的刑警嘉伟尔一模一样。

真名古挺直了身子，径直走到秘书官的办公桌前，秘书官不高兴地看了看他的脸，微微挺起胸口。

"真名古，真的不好意思，大年初一一大早让你过来，实在是因为早上发生了一件大事。"

真名古笔直地站在办公桌前，眼睛一下都没动，下垂的眼睑让人以为他睡着了。秘书官突然大叫起来："真名古，到底发生了什么事情？你自己也该吃惊吧？你从来没被警保局叫去过？是不是啊？"

真名古用锐利的目光直视着秘书官的脸，突然又垂下了眼睑，恢复到原来的样子。他的这一举动让秘书官吓破了胆，香烟呛得秘书官咳嗽起来。

"咱们先不说这个了。你被请到警保局，一定是发生了大事吧！你听说安南皇帝一个人微服到东京的事了吗？"

真名古阴沉着脸，用沉闷而执着的声音说："我不知道！"

"对呀，你怎么能知道呢？我也是刚刚才知道。我先给你讲一下事情的经过，皇帝来东京后，与一个名叫鹤子的女演员交往密切。不幸的是，那个女子昨晚被……不，不……是从窗户上跳下来的。她是自杀的。可惜当时皇帝正在鹤子家里，据说他们在一起吃夜宵……知道事情的来龙去脉了吧？你干警察这一行也不是一天两天了，不用我多说你也该明白我的意思了吧？"

"该明白什么？"

"这还用问吗？你想啊，国君待在情妇的家里，情妇从窗子上跳下来死了。这种事如果让外界知道了，这不成了天大的丑闻？难道你不这样认为吗？"

他一边说，一边拿出手帕使劲地在短脖子上擦来擦去，留下了一道道的红痕。

"如果没有其他的事还好，糟糕的是溜池警局的巡查部长把皇帝抓到警局去了。巡查部长把皇帝……啊！这事情可闹大了。为了这件事，我们早晨五点就……"

突然真名古插嘴：

"你的意思是说，鹤子有他杀的可能？"

谷口焦急地看着手帕："哎呀，你这么直接地说让我很伤脑筋啊。所以要做好思想准备，必要时要做一些善后处理啊！"

"要我去做善后处理？"

谷口拿起手帕擦了擦脸："对，这事就拜托你了。"

谷口又详细叙述了今早发生的事情。真名古听后用不悦的声调说：

"皇帝说当时是三个人一起在吃消夜，席上还有一个男子，鹤子如果是他杀，一定是那个男子干的。但餐桌上没留下另一个男人用餐的痕迹，也没人见过那个男子。很明显，桌上只有两份餐具。"

"对，你说得很对。"

"他是第一次来日本吗？"

"在去年的时候曾来过日本，但是第一次来东京。据说以前是在京都茶室，一般是和那个女人一起住一个月才回去，可是京都府的警察以及外务省直到前一阵子才知道这件事。这次皇帝是上月二十二日到达日本的，一直在帝国饭店居住。"

"和那个女人一起住在帝国饭店吗？"

"从去年九月起和那个女人一起住进现在的住所。"

"你说皇帝是第一次来东京？"

谷口使劲儿点了点头："是这样的，我们从来没见过皇帝是什么模样，据说连法国大使都不知情。"

"这么说有谁能确定是皇帝？"

"林渔业的林谨直在法国经营铁铝氧石矿，他在饭店大厅碰到了皇帝，然后就急急忙忙来报告局长。自从我们退出国联后，同法国的关系就日渐恶化，法国皇帝微服到日本，实在是一个棘手的问题，我们必须谨慎小心地处理这个问题。他屡次造访日本究竟是为什么，这真让人大伤脑筋，总不该是特地为了这个女人吧？外务省情报处正在调查，不久就会清楚。皇帝屡次造访日本，也牵动了法国政府的神经。从情报处得到一些消息，说是在顺化那边产生了不少谣言，可能是有人搞的恶作剧，偏偏这时候又出了这事，我们一直寝食难安。请你充分考虑这一情况，谨慎处理。我再强调一次，鹤子必须是自杀的，事到如今，不要再鸡蛋里挑骨头了，简单地说，你的任务就是收集鹤子自杀的证据，不要节外生枝。你去有明庄调查一下公寓管理员马婆，她是整个事件的唯一证人。"

"还有其他住户吗？"

谷口奇怪地咳嗽了两声："有，但那天晚上大家外宿，不在公寓，其他就没什么了……只要有证据证明是自杀，你就马上以你的名义写出报告。我会马上给你办理结案手续。明白我的意思了吧，真名古先生……这件事如果拖得时间过长，就会泄露到外面。"

"好，我马上去办。"

真名古行了个军礼，然后朝门口走去，忽然又停了下来，转向秘书官："案件调查是我的职责，我会进行详细调查，写出完整的调查报告，让事情的真相水落石出，保证报告公平可信！"

他说完大步走了出去。

谷口姿态怪异地看着他离去，脸上呈现出极其厌恶的表情，嘴里不停地念叨着糟了、糟了。过了一会儿，他好像有点受不了，从椅子上站了起来，飞也似的冲出了房间，跑进局长办公室。

局长正在怒气冲冲地拿着电话和警局总监通电话，大致内容是：

"这还用说，那是当然……他们这会儿正在日比谷公园。幸田节三这个家伙真浑蛋……没关系，马上动手！趁着这个机会要大肆谴责这种害人虫……好，我也马上去，绑起来，不要客气。好的，我明白了。"

接完电话后把话筒摔在桌子上，转过身面对谷口："出什么事了？怎么了？"

他大声呵斥着。这时候来报告自己的失误，只能说谷口选错了时机。他战战兢兢地向局长报告，只说了真名古要揭露真相，写出公正的报告后就离开了。

局长听过后脸上发青，过了很长时间都没开口，两眼直瞪着秘书官，接着就破口大骂：

"你说什么！我不是说要你找一个听话的人写报告吗，这，这……"

秘书官脸色苍白："是的，但……"

局长用力地拍桌子："别吵了，闭嘴！现在讲什么都没用……你怎么会找这样一个家伙来调查这么重要的案件！把我们苦心经营的计划全破坏了！你究竟是怎么考虑的？竟然做这样的蠢事？难道你疯了？你说啊？说说看啊？"

秘书官从喉咙里挤出一丝声音："您也是知道的，那个……不管怎么说也是刑事部里最优秀的人，况且在报告书里要有像真名古这样的名字出现啊！"

局长嗖地一下站起来："啊？这种报告为什么必须是优秀的人写？

随便找个傻瓜就能完成。别说什么名字了。不要把责任推脱得干干净净……你认为这个家伙会听我们的命令吗？真是开玩笑！如果硬要他照我们的意思去办，他说不定会把所有一切都挖出来。就连这么简单的事情你就不明白吗？笨蛋！你让真名古写这份报告，警局的颜面将会失尽。到时候我和你的头都保不住。如果事情泄露出去，那会更糟糕！"

就在他歇斯底里的时候，有人送一封电报过来。局长看完电报后更加愤怒，浑身打哆嗦，好像中风了似的，不久就像放了气的皮球，跌坐在椅子上，不停地拿手帕擦汗。

"谷口，安南那边来了一封加急电报。内容是这样：安南皇帝投宿于东京麴町区内山下町帝国饭店，因有紧急事情，昨天（三十一日）再三致电，至今仍无回电。恳请贵国确认我皇帝安全滞留帝国饭店，请查明阻止皇帝回电的所有原因，并请速回电……你看，谷口，听他们这口气是咱们夺取了他们的电报，太不讲理了！他们皇帝不回电关我们什么事？不过嘛，要是我们真的妨碍皇帝回电……也不能坐视不管啊！糟糕，糟糕！"

他使劲按着眉头，发出呻吟声。他突然站起来，按着谷口的肩膀："谷口，我有一种不好的预感，接下来我们要遭殃！等着瞧吧！"

9. 来自异国的绅士

幸田节三，《夕阳晚报》社社长。他把公司的命运押上，进行一场大的赌博。元月一日上午九点十二分，想让日比谷公园的铜鹤喷泉鸣叫，那可不是好哄的。

幸田节三以这个靠不住的歌手为幌子，以三元的价钱兜售新年特刊预售券，池边已经围了三千多观众，二十分钟的时间一分一秒地过去了，那只鹤还没有鸣叫的迹象。这样尴尬的局面已经够收拾了，这时候又跑出一个黑社会的人，大声嚷嚷说幸田节三和公园的园艺长合伙在骗人，他的目的就是要揭穿他们的勾当。群情激愤的人们蜂拥而至，准备对幸田节三施加拳脚，这时铜鹤喷泉唱出了清凉的歌声，如同清风吹过松间。

清脆的歌声让这场打斗戛然而止，如同电影中断一样。每个人都停止了自己手中的动作，举起的拳头停在了半空，有人的手还停放在幸田节三的领子上。幸田节三的脸被压在地上，嘴张得大大的，一下子也合不拢，如同木偶一般，一动也不动。这时市政会馆的钟表也仿佛停滞了。

铜鹤的羽毛被水溅湿了，在早晨阳光的照射下，闪耀着微弱的光。这只鸟出神地望着天空，似乎在憧憬未来，随时就要飞走一样，它的美妙声音与天竺雪山的妙音鸟相比也毫不逊色。这嘹亮的歌声听起来像是上古时代的催马乐，又像西洋的牧羊曲，这婉转悠扬的曲调，让愁容满怀的人听了也能快乐起来。

铜鹤尽情地唱了两分钟，然后就像害羞的歌手，停止了歌唱。池边的人沉浸在这美妙的音乐中，如同着了魔一般，忽然人群中发出了雷鸣般的欢呼声，这响声足以让日比谷的森林震动。《如果我呼唤你》的旋律在乐队再次响起，报童们也摇着铃四散开去。"《夕阳晚报》万岁"的呼喊声此起彼伏，群众们已经把幸田节三高高举起，开始吭呀吭呀地围着池子转。那个黑社会分子早已消失得无影无踪。

有两个人一直伫立在水池边，一动也不多。一位是外国绅士，穿着庄重的黑大衣，脸色浅黑，目光有神。面对这样不可思议的事情，他显得有点惊慌，手里握着东京地图，张大嘴巴，呆呆地望着铜鹤。

另一位是刚刚从警保局走出的真名古，他穿着西装，外面套了件披肩外套，仍是一副阴郁的表情。他的眼睛细长，但却闪烁着锐利的光，静静地关注事态的发展。这时，他突然推开身旁的异国绅士，走了出去。

人们抬着幸田节三围着池子转一圈后，把他推上了讲台，他发表了一通内容无趣的演说，在此略过不表。其实是兼清博士推断出了铜鹤鸣叫，这一半以上的功劳该归博士所有，但这全被幸田节三独占。博士觉得不平，他并不理会幸田的演说，直接走到台子上，用清脆的声音说：

"怎么样，诸位？这只鸟还算听话吧？我说它一定会叫的，虽然不很准时，毕竟也叫了。虽然差了那么一点，这也不能算是我的错，这正如我们的市政会议，本来是上午开始的，实际往往等到下午才能开始，这才体现东京的风格啊。有人可能要问，铜鹤为什么会唱歌。对于这个问题，没学问的人问也是白问，你们不会明白的。在你们听来这不过是讽喻时政的阿呆陀罗经，名字叫'还宫乐'，是上百年来难得听到的雅乐。据说这支曲子是为阳烈天所做，演奏该曲子来庆贺天下太平，是一首吉祥的曲子。今天恰逢正月初一，这是一种吉祥的征兆啊！一定是这样的！"

过后他嘴里喃喃自语道：

"但这也说不定，这个声音挺怪异的，用平调来吟唱这首曲子的旋律就够奇怪了，这宫调的声音又这么凄惨，真是奇怪，到底是怎么回事呢？"

他双手紧扣，静静地在沉思默想，过了好一会儿才松开双手："哦，不能这样。我还是先走吧。"

他留下了一些让人摸不到头脑的话语匆匆从人群中跑开了。

前面提及的熊女，从一开始就注意着博士，这时候她愤怒地把头转向一边，出神地看着旁边的小花："嗨，这是怎么回事嘛，小花？刚才这奇怪的老头，说了这么一通疯言疯语的话，不知所言。气死我了，花了三元钱就是为了听这如同水中放屁一样的歌唱，就这样结束也太让人郁闷了！真是太没意思了。还不如去看歌舞伎町呢，就是请你吃弁松的便当也花不了这么多钱呀！"

提起花，你们都知道，她就是住在有明庄山崖下边房子二楼的裁缝。她一副不好意思的样子拉着熊女的手。

"的确如此，就这样了。但看起来还算热闹吧！"

熊女白了她一眼："我不让他道歉了，接下来咋办？你同意陪我今天一天的。"

小花毫无精神地垂下了头："对啊，我同意陪你一天，可是真对不起，我现在没心情。"

"呵呵，算了吧，你只会让别人陪你，大小姐！"

虽然她嘴上这么说，但她扭过头看了看小花的脸，显得有些担心。

"你的脸色苍白，这是怎么了？不是有什么烦心事吧？"

小花用手按着胸口，松了一口气，跌跌撞撞地靠向了熊女，勉强站稳："只是心情有点不好，没什么烦心事啊……"

熊女扶着小花："对不起啊，你怎么不早说呢，我一直对你呼来喝去的，真不好意思啊。能走得动吗？你就靠着我的肩膀吧！"

这时公园的门口一阵骚动，人流如潮水般涌了过来，熊女抓住花的手臂，踮起脚尖向骚动处看去："不好了，小花，警察来了，我们跑吧，被抓到就糟了！"

一听到"警察"两个字，小花脸色更加苍白了，胡乱地朝西侧门跑去，但又让熊女拉了回来。

"笨蛋，朝这边走，去那边不是被抓个正着吗？"

她拽着小花，朝花坛方向跑去了。

10. 别有用意的拘留

一座美轮美奂的豪宅坐落在八山高台上，能将南品海尽收眼底。一名穿着和服的男子出现在传统日式建筑大玄关的前面，这名男子一脸福态，满脸堆笑，约有五十二三岁，脸上就像胭脂般红润，看起来像是喝了屠苏酒。但其实不然，这是营养过剩的缘故。

这位就是大名鼎鼎的林谨直，联合企业界的名人，林兴业的领袖。他正打算绕过趴在地上梳着双髻的妇女走下闪光发亮的地板时，一个侍者跑来通报，道灌山前田组的头目来了紧急电话。

林谨直迅速走到电话室，手握话筒，不停地点头，一会儿声音变得不安起来：

"什么？他们在内山下町闹事！太不像话了！对对对，真是这样的话，我绝不会坐视不管。好的，我马上过去。"

他气得直骂娘。

日本新兴联合企业有两家公司，一家是"日兴联合企业"，人称"北满事业王"的小口翼所经营。由熊本深山里从只有八百瓦特的电气公司，发展到现在，已拥有子公司二十七间，实际资本额三亿元；另一家就是林谨直的"林兴业"，起初是利用房总半岛渔村的渔业废弃物，从小小的碘公司起家，发展至今，足以与瑞典火柴王克罗伊盖尔的火柴联合企业抗衡。他们以林兴业为主力，集结其他公司共二十四间，名义资本达到两亿两千万。

这两家大联合企业都是以国防产业为目标，在法属印度支那开发资源，前年冬天起他们以安南为舞台，进行了正面的交锋。小口翼具有长远眼光，他与亲法派的皇甥李光明缔结关系，而林谨直的日安矿业抢先一步找到宗皇帝当顾问，拿下采矿面积六十万坪的采矿权，年产优良铁铝氧石五万公斤。他一直在想小口的日兴不可能不会没有行动，果不其然，最近林谨直听到一些谣言，说是日兴正在暗中教唆，要拥立李光明的一派，暗中谋划着一些事情。在这动荡时期，皇帝又微服访日，对林而言实在是让人担心啊！自从他上个月偶然在帝国饭店大厅遇到皇帝起，一颗悬着的心就没放下来，唯恐皇帝会有什么闪失。

外务次长今天早晨五点多的时候打电话说皇帝出了一些麻烦。这次更是让他吃惊不已，和警保局长通电话才知道，所谓的麻烦事是皇帝酒醉后把鹤子杀害，然后从窗户扔到地下，曾被溜池的警察拘捕，但现在已经返回到帝国饭店。

这真不是一件平常的事件。他正琢磨着政府处置此事的态度时，又接到一个电话，大致内容是：这件事情定为内部高度机密，而且已经采取了如此这般的方法。他悬着的心刚放下来，正要去帝国饭店看望皇帝，寻思着该怎样说一些场面上的话，一到玄关就接到了刚才的电话。

关东土木俱乐部有两大横纲，分别是前田组、鹤见组，这也许大家都知道。前者人们称为灌山，在日暮里有主宅邸。后者成为野毛山，据点设在横滨。两者都拥有上千名手下，他们个个血气方刚，舍生忘死，全是亡命之徒。这两大势力互不相让，前者效忠于林兴业，后者则服务于日兴旗下。据说鹤见组在帝国附近的内山下町挑衅滋事，一层不安的阴云又笼上林的心里，得知这一消息后，他就赶快驱车前往。

林谨直的车子到达日比谷公园时，里面正传来惊人的喧叫声。一群群戴着安全帽的警察手持棍棒从卡车上跳下来，一面往回赶着群众，一面走进公园里。林谨直把车子停在一个僻静的地方，从车窗户里伸出头来看着这个场景。道灌山的养子驹形传次发现林谨直，他一路小跑过来，向林恭恭敬敬地行了个礼。驹形传次是个青涩俏皮的小个子，他的晨礼服上配着圆顶礼帽，下巴刚刚剃过，一字眉显得严肃庄重。

"恭请您大驾光临。您看到的却是这样一个混乱的局面。"

"为什么会这样？"

"好像起因是一件比较怪异的事情……为了喷泉唱歌纠缠不清。"

林谨直躁动了起来："我问你的不是这个。是不是野毛山来闹场了？"

"是的，那……"

他把野毛山一派带人袭击幸田节三的事叙述了一遍：

"他们是一样的货色，为什么做这些怪异的事情呢？真是让人费解啊！也许你会觉得滑稽可笑，但这里离饭店不远，是不是中间有某些关联呢？我已给父亲打电话汇报过了。事情就是这样，但还有一件奇怪的事，真名古竟然到了现场，他一直在水池边站着，似乎有什么特别的事情。"

他四下望了望，压低声音说："往那边看，他就在那儿。"

林谨直朝他指的方向看去，看到真名古双手交叉，静静地站在电线杆的阴影底下，眼神还是那样让人害怕，斜着眼睛去看警察驱逐群众。

人行道上走出两位姑娘，突然身材娇小的一位被树根绊倒，同伴熊女还没来得及拉她，后面已有无数的人倒下，姑娘被压在下面，一下子什么都看不见了。真名古像一只大鸟一样冲过来，拨开压在姑娘身上的人群，用力把姑娘拉了出来。

姑娘被拉出后，面无血色，瘫坐在路边，似乎没受伤。过了一会儿就站起来了，和熊女一起给真名古道谢。真名古好像不高兴，冷漠地点点头，便迅速离开，朝帝国饭店方向走去。

林谨直急得叫出了声：

"真名古要去帝国饭店了。在他见皇帝之前我们先跟他交流交流。传次你去了解一下鹤见组的人为什么在这儿莫名其妙地滋事，要尽可能调查清楚，我去见见课长。"

他刚说完，又惊叫起来：

"快看呀，警察在追着酒月和幸田跑呢！"

平时热闹非凡的帝国饭店大厅在元旦这天显得格外冷清，连个人影都没有，出奇地安静。林谨直把真名古带到大厅石柱阴影下的椅子上："你这么忙还来打扰你，真是不好意思，那个……"

真名古平静地坐在椅子，注视着林谨直的脸，林则是满脸的惊慌不安。

"刚才公园到底发生了什么事？我听说是关于什么铜鹤鸣叫的事？"

真名古仍旧用阴沉的声音说："这是在犯罪！"

林笑了笑："你能把眼里的万事万物都看成犯罪吧！"

"对，许多你们看不到的细微之处，我却看得清清楚楚。你有什么事情要说？是这件事吗？"

林脸色发红："先生，你要去见皇帝吧？我有件事情要和你商量。"他突然压低了声音，"现在能让有明庄的人回去吗？"

"我不明白是什么意思。"

林有点儿不高兴："在今天早上五点，外务大臣、局长、总监、内务大臣四人讨论后集体决定，在事情未处理好之前，把有明庄住户的六人先带到警局，不准回家。我从局长那里已经听说了，你别拿这种态度对我了。"

真名古是第一次听到这一信息，他突然明白了所有事情。他要本着自己良心去做，就一定会与政府发生冲突，他下定决心与政府对抗到底。

"林先生，你不用多说了，我明白你要说什么。你让我见皇帝时做一些穿插附会，生怕皇帝说漏了嘴吧？"

"没错，是这样的。"

"我可以明确地告诉你，有明庄住户被拘的事与我无关，我还是从你嘴里知道这件事的。你不会感到吃惊吧……总之，这件事情已经定性为自杀，上面领导已经按照政府的方针打点好各方面的情况，我凭借一己之力是很难拿到其他什么证据的。就算是去有明庄见唯一的证人马婆，她也被上层暗示过，现场更不会留下什么蛛丝马迹。"

"这些你都很清楚，没必要再去有明庄了吧？"

真名古果断地打断他："我是警视厅执行官，我会照章行事，请你不要多管闲事。上面命令我去有明庄见马婆，搜集鹤子自杀的证据，我会遵照命令行事……但此外的调查就是我的自由了。我可以以搜查课长的身份进行自由而严密的调查，必要时会传讯皇帝，我有权这么做。但我会凭良心行事，你再怎么说都不会对我产生任何影响。请不要把我看成一个没节操任由你们摆布的警察。好了，我与你的谈话到此结束。"

说完话就站起来要离开，林也从椅子上站起来，用强硬的口气说：

"真名古，你不要耍小孩脾气。这牵涉到我们政府脸面与权威，并不是你的自尊心问题。虽然你以耿直不阿而闻名，但政府不会因你的偏执而改变方针。不要只讲一些冠冕堂皇的话，请你也体谅一下政府的难处。"真名古置若罔闻，把手插进外套口袋向饭店入口走去。林赶忙笑着追上真名古：

"真名古，算了吧……"

他拉着真名古的袖子，真名古一言不发，甩开他朝柜台走去。真名古在柜台里借了笔墨纸砚，悠闲地拿起笔，蘸满墨汁，用端正的字体写下：辞呈。

第四回

11. 卑贱的替罪羔羊

对于林谨直而言，宗皇帝悄悄来到日本这件事，给他带来了不少的困扰。日兴联合企业极力想取代林联合企业当今的势力，所以亲近反对党，专门与皇帝对立。亲法派的李光明，在暗中做了不少手脚，这种传闻不断在社会上浮现。林谨直一直担心有人会对皇帝有什么不好的企图，现在皇帝却又做出了这样让人难以处理的事情。他在酒后，把自己的爱妾杀死，从窗口扔下去。

这件事如果公布于天下，这将给亲法派一个绝好的机会，他们有一个光明正大的借口让拥立亲法派的皇甥登基。一旦新帝登基，他的竞争对手日兴企业就会取得安南铁铝氧石矿山的采矿权，而自己的采矿权将被取消。他不断在打探政府处理此事的方针，当他得知这件事以内部机密方式处理时，总算松了口气。不料在去帝国饭店的途中遇到了真名古，本想让真名古省去传讯皇帝的步骤，谁知却适得其反，说漏了嘴，更加坚定了真名古彻底调查此事的决心。

真名古对不公平的事情恨之入骨，甚至这种憎恨超过了对祖上仇人的憎恶，他有着刚正不阿的情操，是处理这种善后工作的不二人选。真名古是搜查课长。不论是派谁做，按顺序都会首先命令真名古去做。

更何况当局已经抢先一步做了手脚，还表现出若无其事的样子。林谨直并不完全清楚这里面的来龙去脉，不小心在真名古面前把事情全抖搂出来了，就算是再冷静的人也会火冒三丈。林和真名古的谈话无疑是火上加薪。真名古写完辞呈后把它放到怀中，看了一眼想极力安抚他的林谨直，头也不回地离开了帝国饭店。

显然真名古要去犯罪现场，真名古在有明庄又会发现什么样的秘密呢？我们过一会儿再说。正当大厅里真名古与林谨直进行一场心理战的同时，楼上豪华包间里也上演了一出荒唐苦闷的情景剧。

在上上回我们已经说到，古市加十在元旦凌晨三点后和宗皇帝一起去了有明庄，和皇帝的爱妾鹤子三人一起吃夜宵。他四点左右离开有明庄，刚走到山崖下的空地，鹤子的尸体就从天上飞落下来，他急忙把她扛到先前的房间，鹤子已经断气了。根据以上情况推理，只能是皇帝杀死了鹤子，并把她扔到窗下。而此时，这位皇帝如同蒸发了一般，消失得无影无踪。正当加十进退维谷之时，马婆带了两名警察进来了。加十供述说，刚才还是三个人在这里吃消夜，如果鹤子是被杀的话，肯定是刚才逃跑的那个人做的。刚才吃消夜的时候，其中两个人用一个盘子和刀叉，他们相互喂食。所以桌上只有两份使用过的餐具。加十的这些话自然不会被警方采信，于是把他当作杀人犯当场逮捕。将近早上八点时，异常惊恐的加十才被从溜池警局放出，送回了帝国饭店。

加十原以为是皇帝疏通了各方面关系，所以警局才把他释放。皇帝为了犒劳他才把他请到饭店。他理直气壮地坐在安乐椅上等待皇帝。让人意想不到的是皇帝并没出现，而是一个领班把菜单送到加十的面前，接着一个服务生把一份电报毕恭毕敬地送给了加十。加十心里大吃一惊，服务生毫不迟疑地把电报送给他，显然服务生把加十当成了皇帝。不管是谁，再怎么经验丰富，出现这种情况也都会不知所措，精神恍惚。加十也是如此。

一名小报记者竟被当作皇帝，这玩笑开得也太大了，各位读者也难以接受这种现实吧。但也许有人因为被小看而不悦，各位读者早就知道加十绝对不可能被误认为是皇帝。

也许二者在相貌上或许有点相像的地方，一位是凌驾于万人之上的富贵之相，下巴上蓄着一副乌黑发亮的胡须；另一位呢，一眼就能看出是一副卑贱之相，即便下巴有胡子，也是长出来的。也许马婆和警察等人没见过皇帝的长相，但经常为皇帝服务的服务员不可能把他错认成皇帝。加十怎么突然间就被当成皇帝了呢？

加十意识到自己正在享受皇帝的待遇时，他脑子里立刻浮现一个让人心惊胆寒的想法，他们要把自己当成皇帝的替罪羊处死吧，他自己最清楚，服务生们绝不应把他错认成皇帝。如果是这样，也就是说他无论怎样为自己辩护，他都会接受审判，会被判刑。如果自己真是犯了罪被判刑也就罢了，可自己什么也没做，却被当成杀人犯，终生在暗无天日的牢房，这也忒惨了。现在还不如逃走，也许有机会活命呢。想到这里，他迅速从安乐椅上跳起来，用白围巾围着嘴，拉低帽檐，慢慢拉开门准备出去。这时，他发现平日相识的几个便衣警察在悠闲地走来走去。

加十赶忙关上门，靠着门大口喘着气，等他的心跳变得正常时，觉得自己的这些想法有些过头。如果真像自己想的那样，今天早上不可能被警局释放，更不会有皇帝这样的礼遇。警局的局长也说已经妥善处理好这件事情了，没有任何新闻记者知道这件事，这已经是非常清楚的暗示了。也许加十真的被误认成皇帝了。

加十皱起眉头，大脑高速运转，尽力把所有的思考能力都聚集起来。他抬脸望了望墙上的镜子，发出叹息声。在镜子里的人既不是皇帝也不是加十，是一个眉头紧锁的陌生人。

加十怎么会被误认成皇帝了呢？其实是一些简单的偶然因素促成的。刚从警局走出的加十不自觉中已经在心理上把自己当成被告了。无论如何他都不想让同行看到自己被押送到警局的样子，就像大多数被告一样，拉底帽檐，用围巾遮住脸，迅速走进汽车。到帝国饭店时也是以同样的装束下车，并迅速走进饭店。到了饭店后，虽然去了围巾，但整个人几乎都陷进安乐椅中。呈送电报的服务生也是只看到了他的肩膀。这些情况加十根本没有预期到，但是却自然而然地发生了。若是故意为之，相反不会进行得这么顺利呢。饭店的从业人员往往思维定式，看到便衣警察及护卫光明正大地出入皇帝住处，即便是蒙着面也不会怀疑不是皇帝本人。尊贵之人往往有很多寻常之人无法预料到的癖好，就算蒙上脸他们也不会起疑心。这些偶然的因素让加十当了一次皇帝。

此时加十脸上的惊慌消失得无影无踪，一脸狡黠的神态浮现在脸上，傲慢地蜷缩在安乐椅里。

"这件事越来越激动人心了，知道这件事内幕的人除了几个警察和马婆外，偌大的东京就我一个人了，而且在案发五分钟前，我是唯一在现场的证人。这真是天赐良机于我这个新闻记者，即便这个案件一两个月不能破，我也不会站出来说出真相，我一定要拿到这个最大的独家新闻，把那些所谓一流报社的记者都踩在脚下。熟料到事情的发展出人意料，现在却骑虎难下啊……一个不入流的小报记者竟被当成皇帝，而且这件事是警局引起，如果把此事公布于众，岂不是被全国人民耻笑吗……不仅如此，甚至连整个内阁都会倒台啊。"

他经过一番思索后，神情变得更加激愤。

"要是真有这样的结局，哈哈，我发表了独家新闻后，不止是日本，我将会全世界闻名，大家都会知道《夕阳晚报》古市加十的名号。我的报道将通过电波传向世界的每个角落。我这不是在梦中吧？'皇帝杀人'这可是大新闻啊,这次真是握住了一个了不得的新闻啊。笨蛋的警局还说没有半个新闻记者知道,真是开玩笑。平常被你们看不起的《夕阳晚报》已经紧紧抓住了这次大新闻。我们报社不仅有骨架还有骨气,即便是有生命危险,也阻止不了我拿下这条大新闻,让我们报社一跃成为一流媒体,你们等着瞧吧,以前总被看成乡巴佬儿,这次就让你们看看乡巴佬儿的气节。"

此时的加十意气风发,准备大干一场。加十的想法没错,这种事情在国外很常见,这些所谓的秘密政治最终会成为在野党击败政府的锐利武器。挖掘这些不可告人的勾当,确实可能让内阁倒台。无怪乎加十如此兴奋!

加十在本小说的第一回已经出现过了,不过没有对他进行详细介绍。他毕业于北海道农科大学土木系,也不知道他为什么选择这样冷门的专业。虽然此人有远大抱负,但毕业后不出所料,没有工作机会。他在北海道一所小学当了几天老师,感觉没什么前途,于是辞去了教师的工作到东京来找机会。到东京后,在街头饥一顿饱一顿地辗转流浪,幸而遇到了同乡幸田节三,在《夕阳晚报》做了一名记者,这是一年前的事了。他毕竟是学土木的,也说不上有什么才气。但此人有一个长处就是可以为意气相投的人赴汤蹈火。幸田节三在他最困难的时候拯救了他,这一点他永远铭记在心,他忠诚地在报社工作,似乎在用自己的力量来挽救这个日益衰退的《夕阳晚报》。幸田三节也感受到了这一点,所以把他当作了自己的左膀右臂。

加十为了拿下"皇帝杀人事件"这个独家新闻,他甚至愿冒生命危险。这种气度不是一般人所具有的,其他一些司空见惯的小心眼更是无法与加十相比。皇帝杀人实在是一件大事啊!

这种朴实的乡巴佬儿由于不了解城市人的狡猾,不知不觉就被某种卑劣的目的所利用,这不仅使他的远大理想流产,而且过不多久就会横死街头。不过，在那之前，我们所关注的是这个木讷的乡巴佬怎样抢先那些头脑灵活的一流记者，如何描绘出事情的发展方向。这些我们过一会儿再论。这时候加十又皱起眉头，思考下一个问题。

"最关键的是，皇帝去哪儿了？我要装出皇帝的模样，不知能撑到什么时候。如果他们看清我这张脸，一下子就会露馅儿的。"他在屋里踱来踱去，拿起墙上皇帝的照片和镜子里的加十对比，不禁连连叹气，"就是不一样啊！简直是天壤之别啊……若把鼻子挡起来，眼睛眉毛倒有几分相像，脸型也简直一模一样，只是这眼神是骗不了人的。我的眼神是贼头贼脑，而皇帝的眼神充满了威严，瞳孔也清澈见底，真是帝王之相啊！出身不同，真的很可怕呀！我这张脸再怎么看也不像皇帝啊。一旦露馅儿，后果就难以想象。不管怎样，还是要做一些改变吧。"

他把椅子搬到镜子的对面，又陷进整个椅子里面："面对镜子坐下，我能从镜子里观察进屋里的人们，而他们只能看到我的背影。果真有危险情况，我可以随机应变。只有先这样了。"

话还没落地，就听到有人敲门。你们认为进来的会是谁呢？在东京见过皇帝面的只有林谨直和有明庄的六户人家。若是林谨直进来，加十当场就暴露无遗，这场面将会十分滑稽。虽然大家都希望这样，但这时林谨直正在大厅目送真名古的背影。事情往往不像我们的期待那样发展，进屋的是一个秃头，该饭店的负责人。

秃头在门口弯下腰去，简直可以舔到自己的鞋尖，走进屋后用极其谦卑的声音说外务次长求见。接着进来了一个五十多岁的黑衣人，典型的官僚形象。他满脸紧张，赶忙向加十敬礼，滑行般地靠了过来，加十十分紧张："我患有感冒，请离我远点儿。让我听到你说话就行了！"

"哦，真糟糕，您感冒了要赶快请医生啊。"次长皱起了眉头。

加十一脸不快:"不要多管闲事,有话快说!"

次长不断在搓手:"很抱歉,今早的事情都是我们的疏忽造成的。本应该由外务大臣来此向您致歉,很不凑巧,今天正好是参贺的日子,所以由我来向您道歉。"

"请你简单明了地说,你也知道我的心情不佳。"

"是的,请允许我做简要的说明。根据我们的调查,鹤子小姐是因为悲观厌世自杀的,随后我们的真名古课长将会写出书面调查报告。这都是我们的失误造成的,请看在我们政府果断处理这件事的面子上,望您能够原谅。我代表两位大臣衷心表示歉意!"

"我知道了。新闻媒体这方面呢?"

"没有任何媒体知道这件事,我们高度保密!"

"何以断定?"

"这件事幸好发生在元旦,我们迅速进行了处理,并严格保密,绝不会泄露到外界。陛下您当晚也没去有明庄,我们确信鹤子是精神病发作而自杀的。即便这件事传出去,也与陛下毫无瓜葛。"

"这样最好!千万注意不能让新闻媒体知道。如果媒体披露此事,我自己也不清楚会做出什么反应。这一点特别重要,一定要给你们两位大臣强调清楚!"

次长满口说着"一定一定",狼狈地离开了。加十呜呜啦啦发出一阵怪异的声响:"真悬啊!这个人总算被我应付过去了,天知道还会有谁来。吃早餐前还是保持一个清醒的大脑吧。"

加十伸了伸懒腰,打个哈欠在椅子里睡着了。约十分钟后,林谨直来向皇帝请安。他毕恭毕敬地站在门口。

"陛下,我是林谨直。"

他在门口行着礼等候回应,但过了两分钟还是没有反应。他再也不能继续保持这种不自然的姿态,胆战心惊地抬起头,从镜子中看到皇帝正在酣睡。他怕皇帝着凉，赶紧走到椅子的另一端，拿起衣服，盖在皇帝身上。这一盖不要紧，让林着实吃了一惊，皇帝脸上的围巾垂了下来，正在酣睡的是一个面相卑贱的陌生青年！

12. 铜鹤喷泉的剧本

在通往新町方向有一条蜿蜒曲折的小路，这条小路从两间艺妓的屋子中间穿过，可以清楚地看到细格子门上的玄关，门牌上写有某某寓所，显然是某人的妾宅。

茶厅里放着一个长方形的火盆，两个妇人正在谈笑风生。其中一个约有二十多岁，身材中等，身穿灰色夹衣，配着格子腰带，低岛田发髻上插着梳子，上面镶嵌着玳瑁，给人感觉似乎是一个假扮的艺妓。另一位是个老太婆，脸上爬满了皱纹，一个小小的发髻顶在稀疏的头发上，穿着老式的服装，露着后颈，整个下巴都快掉到火盆里。老者开口说：

"我在有明庄的时候，她在床上吃饭，把橙子、鸡蛋弄得到处都是，一会儿要苦酒，一会儿要咖啡，还说这都是西洋作风呢，这真是一个让人感到麻烦的贵妇人！一天到晚穿着一件薄绸做的长开衫，上面沾满了污垢，你说说，这不让人烦吗？还说如果不这样，先生会不高兴。什么先生啊，就是一个外国佬儿，只是白了一点罢了。日本男人多的是，为什么专挑这样奇怪的人呢……还有很多不可思议的举动，如果那个外国佬要来，她从三点开始就煮咖啡，如同一只老鼠一样在门口进进出出，把我的眼都绕花了。"

通过上面的一番对话，读者应该知道上面的人物了吧。这个老婆子是原来有明庄鹤子的帮佣婆，这位年轻女子是日比谷公园园艺长的女儿叫悦子。她在百货公司做电梯管理员时被幸田节三看上了，从前年冬天开始被包养在这里，但包养费并不高，只是委任官的等级罢啦。悦子很讨厌别人说自己是小妾，她要求每月寄来的《夕阳晚报》的信封上写着"酒月秘书小姐"，在这里我们不去追究这些，这老婆子和酒月一家很早就相识，悦子俨然把老婆子当作自己的用人。

悦子不屑地听着老婆子说话，突然变成了一副正经的面孔："据说她的这位先生是安南的皇帝，是真的吗？真是这样，岂不很好？"

她的眼神里流露出艳羡的目光。老婆子点头表示肯定。

"唉，应该是真的吧，她每月都能收到很大一笔生活费，几十万一瓶的香槟随意挥霍，冬天还吵着要吃芦柑、香鱼之类的稀罕物，那真是没法说呀。"

悦子不满地伸伸舌头："容貌也不算漂亮，还那么傲慢，真不知道好在哪儿。"

阿婆掰了掰手："小姐，说真的，容貌和您相比，她还差一大截呢。因为她是演员，就以为自己多了不起。前一阵子还跳舞给我看呢，赤身裸体，全身精光，跳了一个土风舞似的舞蹈，接着又像疯子一样大喊大叫着一些'要杀就快杀了我吧'之类的话。仅仅就这些也就算了，你不知道吧，她还和住在对面的一个叫川俣踏绘的舞蹈家像夫妻一样睡在一起，真是无耻下流啊！你说说，这种事真是稀奇。"

这时花园口处传来了幸田节三的声音，随后就传来推拉玄关的声响。阿婆听到这声音后就要起身，悦子对阿婆说："不用回避，没关系啦，今天是假日，你就在这儿慢慢坐吧，我还想听你讲鹤子的事情呢。"

她说着就干净利落地站起来，走向玄关。幸田和酒月两人走进来了，不知道他们是用什么办法甩掉了警察，两人脸上找不到一丝紧张。幸田摇动着微胖的身体直接走到火盆边，在坐垫边盘腿而坐，仰望着酒月的脸："嘿，酒月！"他大叫一声。

酒月用脚把坐垫踢了过来，枕着坐垫就躺下了。

"我也真是吓了一跳啊！"

他一边说一边盯着天花板出神。幸田在裤子上撑起一只胳膊肘："嗨，这真是太吓人了，我幸田节三从没像今天这样吃惊过……你真的想过那只鹤会唱歌吗？"

"是啊，没想到啊！"

"咱们不是在白日做梦吧？真是唱歌了吗？"

酒月自暴自弃地说："是唱了，是唱了！"

幸田用怀疑的目光看着酒月的脸。

"你不该是做了什么手脚吧？"

"这我正想问你呢？"

幸田把手放在胸前："真是奇怪啊！"

酒月向天花板吹了一口气："幸田，你竟这么走运，太有出息了，有勇气的人是谁也挡不住啊！凭借着这勇气，竟然真让铜鹤唱歌了，真是不简单啊！我心服口服地认输。"

悦子似坐非坐地侧身跪在火盆边，用怪异的眼神听他们两人说话，扑哧一声笑了起来："你们一脸正经，好像说得和真的一样，我会相信你们的话吗？"

幸田不高兴地咂嘴："你们去弄点酒来，不要光坐在这里。"

悦子闹起别扭来，晃着身子站起来不满地说："还真是吓人啊！阿婆咱们去里边吧，人家在谈秘密呢。"

她拉开纸门大步走了出去，阿婆应了几句新年的客套话也到里边去了。

幸田倾着身子问酒月："酒月，你说说，这只铜鹤为什么会叫呢？"

"我也不知道啊！"

"这只鹤是用铁做的，再怎么用力打它，不要说唱歌，就是个屁也不会放啊！本来等着警察来解围呢，不料它还真的叫了呢，这太奇怪了！"

从两人的对话里我们可以明确知道，所谓的"唱歌的铜鹤喷泉"压根儿就是一场子虚乌有的事。这是酒月喝醉后经过喷泉时想到的一个诡计。那些所谓听到铜鹤唱歌的人，自然与这两个人有着不可告人的勾当。遗憾的是兼清博士也被拉进这场诡计来，但从这件事中反而可以看出博士的超尘脱俗。

他们大肆宣传铜鹤会在元旦上午九点十二分唱歌来聚敛一万元钱，这自有他们的打算。因为日比谷公园临近警察厅，警察厅看到这么多人在这里非法聚会，自然不会等闲视之。一旦警察来驱散群众，他们就以上边有解散命令为借口，假装遗憾地宣布"铜鹤歌唱会"结束。

幸田和酒月预计聚会开始不多久警察就会来过问，谁知情况有变，他们利用警察的计划落空了，一直等到九点十二分也没有见警察现身。正当他们不知所措，将遭殴打时，喷泉里的铜鹤竟不可思议地唱出了悠扬的曲调。经过这个事件，大家可想而知，幸田和酒月二人是多么惊讶，他们脸上当时会呈现出一副什么样的蠢相啊！也许这是上天对这种无德之人的捉弄吧！

"起来，别睡了，你说说，铜鹤为什么会叫啊？"

酒月把烟头扔进火盆里："这就好比傻子数钱一样，总在重复同样的事情有什么意义啊？不管怎么说，这件事总算结束了，铜鹤唱歌的事情就不要再追究了吧。本来它不会唱歌，现在反而弄假成真，对我们也有好处啊，起码说从表象看我们没有欺骗民众，只要把非法集会的问题解决了，我们就解放了。"

幸田露出了一丝苦笑："什么解放啊，我总觉着山雨欲来呢？总不是我要被捕前的征兆吧。能逃到这里还真是不可思议。"

"我们已经逃出来了，总之不是拘留就是罚钱，不会要你命的。"

酒月突然起身，用手把下巴托在火盆的横木上面："幸田，还有一件事你不觉得奇怪吗？那群来闹事的家伙，你不觉得……啊？"

幸田若有所思地点点头："是啊，我也在考虑这事呢。若是'旭'就是清川组，是'国民'的话就是大伦会，怎么会轮到野毛山来找麻烦？"

酒月盯着幸田的脸，喝了一口凉茶："一定是有什么大事发生了，要不野毛山都出动了呢？本来不会鸣叫的铜鹤都叫了，照此查下去，一定是有一件大事。既然蹚了浑水，我们只有走到底了，就是不知能走多远。"

幸田一直在盯着酒月的脸，过了一会儿从牙缝里挤出了一个字："好！"

正在这时，格子门被用力拉开了："阿婆在吗？"

拉开格子门的是杂货铺的小伙计，他经常出入有明庄。他拉住格子门大叫："阿婆，不好了，不好了，皇帝的小妾跳楼了！"

幸田站起来，眼里闪着光。阿婆从里面跑了出来："怎么了？小姐跳楼了？是死是活？"

"死了，从窗户上掉到山崖，怎么可能活呢。"

阿婆皱了皱眉头："今天真倒霉，岂不是要帮她净身？大年初一就去干这种不吉利的事。"

"不用的，警察已经把尸体带走了。"

"还真是奇怪……还有其他什么奇怪的地方吗？还想到了什么？"

幸田赶忙走到玄关旁："你是新町鸭铺的伙计吧？鹤子不是跳楼吧，应该是被谋杀吧！"

小伙计眼睛一闪："其实我也这么认为。"

"为什么？"

"你想啊，一个要自杀的人不会去订购鸡鸭这些东西吧？昨晚她还给我打电话订购两只蓝颈鸭呢。"

"她具体什么时候给你打的电话？"

"除夕夜……不不，具体说是在元旦凌晨两点左右。"

幸田回到客厅，眼光与酒月对撞。

虎门十字口附近，晚成轩咖啡厅。

咖啡厅窗边坐着一位妇人，她是从美国回来的舞蹈家川俣踏绘，有明庄的住户之一，刚刚还在"巴里"。她不安地望着人行道，心神不宁、坐立不定。

一会儿后玻璃窗上闪过一个影子，外套的领子直立着，故意遮挡着燕尾服，鬼鬼祟祟地走进来。此人是珊瑚王儿子山木元吉，刚刚也在"巴里"。他应该是直接从"巴里"赶过来的。从时间上来算，这离岩井子爵在"巴里"报告鹤子死讯不足一个小时。

山木的脸庞原本黝黑，没有一点光泽，现在更显暗淡了，鼻尖冻得通红，一副穷酸相。他大步走进来，拉把椅子坐到踏绘的身边。

"真糟糕，我被哈齐森缠住了，所以现在才赶到。"

山木元吉先做了一番自我辩解，踏绘很生气，没有正眼看他一下，对他的辩解置之不理。山木把下巴悄悄伸过去："那个人不会是觉察到什么了吧？"

踏绘身体猛地一颤，转向山木问："觉察什么？"

"我们俩的事情啊。"

踏绘轻松地耸耸肩："有什么好怕，傻瓜！"

"你真的不怕？被岩井发现你也不怕？"

山木不经意间看到踏绘正在用力撕扯手帕，这也让他吓了一跳。

"你怎么这样紧张啊？你不说他怎么会知道？你究竟是怎么了？"

踏绘抬起头急切地说:"听我的,还是退出那笔交易吧?"

山木又是一惊:"你说的是两百九十五克拉的事吗?"

"别装傻了,我已经说过多少次了?"

山木耸着肩:"这是一件伤脑筋的事,我也很无奈啊!"但同时,山木的表情变得严肃起来:"请明确告诉我,你为什么一直要求我放弃呢?"

"像你这种人根本处理不好这种事,事情重大,早放手早安全,我可是为你考虑的。"

"事情越大越好,只有这样才能竭尽全力去争取成功啊。我忘记告诉你了,犬居仁平那边的通道已经打通,这事快要成功了,现在要我退出,这是万万不可能的。"

他紧紧握住踏绘的手:"小踏,我现在已经一无所有了,而且还借了一百万啊!我走投无路了。也许是我咎由自取,这事如果不成功,我这辈子就完了。现在这种状况,我怎么会退出呢?我已经孤注一掷了,我绝不会因为一点儿小事而退缩的!"

踏绘紧紧回握住山木的手:"就算我求你了,行吗?"

"你就放过我吧,小踏。"

"你难道不觉得害怕吗?"

不知何故,山木脸上突然浮现了一丝恐惧:"你应该是哪里出了问题吧?我不知道你在想些什么,我这可是一笔光明正大的交易,我也只不过收取一定的佣金罢了,这有什么过错?但也不是一件值得宣传的事情,严守秘密是交易的首要条件,这件事只有你和印东知道。如果这件事泄露出去,会给他人增添不少麻烦。"

踏绘似乎什么都没听到,不住地唉声叹气:"我当初为什么要回日本啊。现在大家都骑虎难下,推脱不掉了,这真是太可恶了。"

突然,踏绘白了他一眼:"你还在装傻啊?"

"我不知道你在说什么。"

"鹤子的事情是怎么一回事？鹤子为什么会死，你应该清楚吧？我问你的是这些。"

山木忙止住踏绘说话，抬眼看了看服务生："你在乱说什么？"

踏绘一脸不快，吐出一个圆圆的烟圈儿："我没说这事是你干的，不要这么紧张。你也太把自己当回事了。"

山木脸色顿时变得惨白："小踏，不要说一些不负责任的话，里面的内情你最清楚，你为什么老在背后说鹤子坏话，还经常出入鹤子的住所。有传言说你们关系很微妙，为什么会有这样的传言？"

踏绘的脸一下子变得蜡黄："你不要多管闲事，还是管好自己的事就行了。别人那样说又能怎么样？"

她说完这些话，把头转向了窗外，也许是怕别人看穿自己的内心。山木在郁闷地吞云吐雾，不知为什么指尖在抖动。

这时候裁缝小花从窗前经过，她似乎已经同熊女分开了，低着头在走路。踏绘看到小花就冲出门去，跟山木连个招呼都没打。

"小花，小花！"

她一边叫着小花的名字，一边奔跑着追赶小花，见到小花后，异常亲昵地和她握手。

"小花，听说今早出大事了。"

小花感到有些不解，不悦地抽回手："是啊。"

踏绘端详着她的脸，似乎在寻找答案："你了解详细的经过吗？"

"不清楚。"

"真的不清楚？"

"是的。"

"你们那么熟悉，一定吓你一大跳吧？"

"是啊。"

踏绘好像在自言自语:"死人是不会吃什么亏的。"

她意味深长地看着小花的脸,把嘴凑到她耳边:

"恭喜你,小花!"她说。

13. 谁在窗口张望

山王台有一条通向有明庄的陡峭小路,真名古穿着一身黑衣大义凛然地走向目的地。他按照警局的要求,前往有明庄搜集鹤子自杀的证据,这一点大家都清楚。鹤子的死因还难以确定,不论是自杀还是被谋杀,都是一些传闻,只能等待真名古的调查结果。

结合林谨直所透露的一些情况,以及局长报告鹤子离奇的死亡,还有皇帝被拘留,内外务大臣、警保局长等人的商议等诸多因素,显然他们已经布置了自杀的现场了。派真名古前往现场,不过是要他搜集已经布置好的自杀证据。为什么让真名古去做这件事呢?他们需要真名古签名的调查报告。真名古遭到警局的捉弄,去担任这可悲的角色。

前面我们已经提到,真名古对侦查事务非常执着,他的这种执着绝不会比雨果《悲惨世界》里的嘉伟尔刑警差。这种人执着于铲奸除恶,警厅上上下下对此都十分畏惧。大家一看到真名古出现在走廊里,都会噤若寒蝉,如同船夫等待台风过境一样,同事们都低下头等待真名古消失在课长室中。

如果大家能目睹走在小路上的真名古的背影,都会点头说原来如此吧。他披着黑色外套,就像坟地的大乌鸦,阴沉的气氛在四周弥漫,他一步步地向上攀爬,似乎将有什么不吉祥的现象出现,他那阴冷的杀气，吓得路旁的小草都卧倒在地上。

处理国家大事有时是不能拘泥于一些善恶的细微末节。这件事情就是一个明显的例子。如果按常规处理皇帝杀人这件事，必然引起很多国际问题。安南皇帝私自访问日本本身就够棘手了，再加上他在日本杀人，这其中的麻烦可以想见。如果真名古执意要揭穿这件事，真的是没有一点儿好处，所以最好能够圆满处理这件事情。让真名古这样的人参与这件事的确不太合时宜，因此警局事先做一些手脚，也是有他们的道理的。

真名古坚持法律原则凌驾于国家之上，法律不应该被政府所左右。因此他得知政府处置这一事件的态度时勃然大怒。在真名古看来，一国的皇帝犯下罪行也不能逃避法律的制裁，王子犯法，与庶民同罪。不能因为保全所谓日本政府的颜面而要牺牲法律的公平公正原则。

似乎双方都有自己的道理，难以确定孰是孰非。如果要让这件事的真相大白于天下，真名古要违背警厅的命令，向警厅发起挑战。不知真名古能否下定这样的决心，真名古的怀里已经揣着一张写好的辞呈，或许他已经下了和警厅对抗的决心。他下垂的眼睑里发出凄然的光芒，从中可以看出某种不屈的决心。他虽然阴沉，但绝不是一个卑鄙的人，他为人老成，没有年轻人身上的稚气。真名古坚定地认为自己这么做是在尽一个检察官的义务。

有明庄的一切和往常一样，仿佛什么事情都没发生，也见不到巡警的影子。真名古到有明庄没有看到任何异常。

"真烦人，怎么又来调查啊？"一个女人不耐烦地说。

真名古在地板上坐下，用低沉的声音问："你就是马婆？"

他开始了自己的工作，马婆照例点了点头："没错，我是。"

"你在这里主要做些什么事情？"

"我在这儿也没做什么，就做一些大家交代的琐事，对，就是一些小事。"

"昨晚皇帝来时还跟有什么人吗？"

"有皇帝来这里吗？我可不认识皇帝，说名字的话可能我会知道。"

"一个叫宗方龙太郎的人。"

"宗先生昨晚没来过啊，我很确定这一点。"

"你没有弄错吧？"

"怎么可能呢？"

真名古双眼依然下垂：

"真是佩服你，嘴巴牢不可破啊！不论谁问你，都这样就好了。请告诉我那个玄关怎样打开？"

"你问这个干什么？"

"请老实回答这个问题。"

马婆一脸紧张："要用自己的钥匙去开门。"

"关门的时候呢？"

"只用推一下就可以了。"

"就这一个出口吗？"

"对，就这一个出入口，大家都从这个梯子上下。"

"那个叫鹤子的女子像是在等皇帝之外的人吗？诸如朋友之类。"

"她应该没有等任何人吧？"

"你怎么确定？"

"昨天快十二点的时候，山崖下的花裁缝给鹤子小姐送东西，回来时顺道在我这里聊了一会儿，说到现在宗先生还没来之类的话，并且显得很焦急。"

"所以你就确定没在等其他人吗？"

"我想到什么就说什么了，我又不是她肚子里的蛔虫，怎么知道她在想什么呢。"

"那位送东西的小姐还说什么了吗？"

"她羡慕鹤子，说鹤子很幸福。其实她常常这样说。"

"只有这些了吗？"

"其他的我记不起来了。"

"那个小姐具体是几点到这里的？"

"应该在十一点五十分左右吧，聊了十分钟的样子，除夕的钟声就响了。听到钟声，她说了一声新年快乐就走了……还有什么要问吗？"

"还有一点，那位小姐是最后见鹤子的人吗？"

"是的。"

"后来再也没人去过鹤子那里吗？"

"没有。"

"事发后有人从玄关出去吗？"

"没有。"

"你没有一直站在玄关边吧？你怎么确定没人从这里出去？"

"开玩笑，当然我不会一直站在玄关边……但我这里有一个电气机关，一旦有人开玄关的门，就有铃声响起。"

"你的意思是事情发生后铃声一直都没响？"

"鹤子的用人什么时候离开的？"

"一般是在十一点半过后回去，把厨房后门的钥匙给我后就回去。"

"钥匙在哪儿呢？"

"就在我这里。"

"仅有这一把吗？"

"是的。"

"你具体是什么时间知道这件事呢？"

"大概是四点左右，当时我听到'啊'的一声叫。"

"是从山崖下传来的吗？"

“是的，我的耳朵特别好，这我一点儿都不是自夸。”

“原来是这样啊。再后来呢？”

“我就急忙跑到山崖下，鹤子已经毙命了。我把她背回了房间。”

“是吗？”

“我以前做过相扑，还拿过前几名呢。”

“所以鹤子是……？”

“毫无疑问，是自杀的。”

“你这么确定？”

“不是这样吗？鹤子小姐的公寓里昨晚没有其他人，再说了，平时她老是说不想活了。”

“你回答得很好，简直可以得满分。现在那个叫花的裁缝在家吗？”

“这个还不好说，今天可是正月初一啊。”

“你辛苦了！我还会来的。”

和马婆谈完话，真名古起身慢慢走到山崖下。他拉开了一栋旧房子的格子门，一阵优雅的脚步声从楼梯上传来。一位美丽的姑娘从拉门里探出了头，这位姑娘皮肤白皙，大约十八九岁，一双水汪汪的大眼睛。她看到真名古不禁大叫起来，像栖息小鸟从树上飞起那样站起来。这位姑娘正是真名古在日比谷公园救出的花裁缝。这么巧的机缘让真名古也吃惊不已。但此时，真名古只是同往常一样正眼看了一下她的脸。

这么出众的容貌，还真是少见。虽然银座美女如云，但真正能让人瞠目结舌的几乎没有。花裁缝是属于这为数不多者之一。她脸庞的开朗与纯情像莲花一样绽放。能与这种美貌的女子相遇，任何男人都会觉得没有虚度此生。花再次向真名古说了一些道谢的话，但一听说他是警厅的人，脸上灿烂的微笑顿时如同露珠遇到太阳般消失了。她用双眼不安地打量着真名古的脸。像真名古课长这种男人，确实难以让姑娘们喜欢，有这种反应也算正常。她想一直让真名古站在门口太不礼貌，就把真名古带到了二楼自己的房间。

台子上铺着桌布，和针盒一道整齐地摆放在墙边，机器用布盖着，上面还插着一枝含苞待放的红梅。从这些摆设看出，这姑娘有庆祝新年到来的意愿。

真名古在床边坐下，毫不客气地开始了问询："你何时开始出入鹤子那里的？"

鹤子低下头不出声，似乎眼里含着泪水，过了一会儿说："去年十月左右。"

"有人说鹤子跟你讲过心里话？"

"那是开玩笑的。"

"鹤子近来很反常吗？是否说过一些不想活之类的话吗？"

花瞪大了双眼："没有，从来没有。"

"你见过皇帝吗？"

"鹤子让我看过几次照片。"

"是否当时想，这还真是个美男子？"

听真名古这么一说，花涨红了脸，真名古直视她的脸庞。

"你还没见过他真人，可惜啊。"

"已经约好了，把做好的衣服送到饭店，就能亲眼见到了。"

回答完问题，她把头缩进衣服里，陷入深深的沉思。真名古默默看着花，顺手推开窗户，眼睛上方就是有明庄的房屋。

真名古用手指着前方：

"从这儿可以看到有明庄啊，从右边数第二个窗户就是鹤子跳下的窗户吧？"

"是的。"

真名古转身对着花："姑娘昨晚是几点睡觉的？"

她听到这个问题，身体突然发生了变化，眼神如同被猎豹追赶的小鹿般走投无路。她不敢看真名古，趴在床上哭了起来，过一会儿抬起头说："我了解很多情况。"

　　真名古并不感到吃惊，他的脸依然阴沉："哦，你了解什么情况？"

　　花的嘴唇在不断抖动："我……我都看到了，从这个窗户里……"

　　花究竟会看到什么呢？

第五回

14. 罪犯的自画像

乙亥元旦清早四点钟，安南国皇帝宗龙王的爱妾松谷鹤子从赤坂山王台公寓有明庄二楼玄关的窗户坠落到约三十尺的山崖下奇怪地身亡。那窗户的开关距离地面有五尺，不用脚踏台的话，想自己从那里跳出去很困难，而当时在现场的只有皇帝一人。根据上述情景推测，皇帝就是杀人凶手。要想以杀人犯的罪名将皇帝告上法庭的话，实在是太难了。除非你清醒地认识到这件事所导致的复杂性，并做好妥善的准备，否则你不会这么做的。

内务外务两大臣，警保局长跟警视总监清晨五点一接到此事的通报，立刻惊慌失措，一起聚在内大臣的府第商量对策。苦思冥想之后，一致决定将此事定性为自杀，不但要严格保守秘密更要刻不容缓处理好现场。上午七点左右，现场已处理得很周密，无懈可击。局长原计划随便找个巡查部长让他提出个自杀报告，然后迅速结案了事，可是，天不遂人愿，呆板的局长秘书官多方考虑，仔细挑选，最终却挑了真名古搜查课长这个最不合适的人选。

真名古，四十二三岁的样子，是个瘦骨嶙峋的男子，颧骨凸起，眼睛垂得很低，常半闭着，很少看他睁开过。整年的穿着都是黑色阴沉的，常低着头四处张望，走路像幽灵一样如影随形。他有着精密的头脑，一路走来，纷繁复杂的难题在他手中迎刃而解：处理不公平事件的严谨，让人常误以为他是个偏执狂。他只要是碰到那些他自以为不正当的事件，即便是天王老子他也敢批判，他真是严厉到了极致，以至于整个厅内都笼罩着这种异常的气氛。

大正十一年他毕业于东大哲学系，直到现在，同学对他的那篇《矛盾的哲理》的毕业论文还记忆犹新。毕业时，他放弃了众多的工作机会，一声不吭地被任命为警视厅的搜查课长。他孤身一人，既无家人也无妻子。每天夜里，他都是形单影只地在官舍老旧的书桌前研究犯罪学。似乎他天生就是做侦查工作的那块料。不出所料，政府的处置让真名古非常不满意，他将辞呈揣在怀里，浑身上下都带着阴沉的杀气，他就要一意孤行地准备侦查了。他决心一定要拿出证据把皇帝绳之以法，即便整个警视厅都要阻挠，他一点儿也不会退缩。

一场监察官员与政府之间的斗智斗勇就要开始了。事情最引人注目的当属真名古究竟是用什么方法来破解警视厅精心布置好的现场，从而举出他杀证据的。然而，侦探小说跟现实不一样的是，侦探的功绩有大半都得归功于偶然，可在现实的社会中，压根儿不会发生瞎猫撞到死耗子的事情。按照侦探小说的节奏，出现了一位意想不到的证人，也就是家住有明庄山崖下住宅二楼的美丽裁缝花。上一回中，我们已经提到，有明庄出事的那天晚上，她说从自家的窗户里目睹了这起事件的些许细况。

对于前方的阻凝与困难，真名古早已做好了心理准备。他决意要与不公义斗争到底，绝对不会屈服于任何势力。不过，事情的发展却出乎意料，竟然出现了这么有力的目击证人。此时的真名古恐怕是受宠若惊吧。但是，依照笔者的窥察，一向冷血无情的真名古依然是一副不动声色的模样，实在看不出他的内心是否起了一丝波澜。他把双手搭在自己瘦骨嶙峋的大腿上，低垂着双眼，一脸淡漠，周身散发出一股阴森的气息。

真名古穿着一身老旧的哔叽布上衣。颈部周围的衣领起了球，或许是因为太过薄弱的关系，领口无精打采地低垂着，就像它的主人一样。很难想象，这位就是精明能干、机敏俊俏的警视厅搜查课长真名古。

像个置气的孩子一样，花向上翻着眼珠，用怨念的语调对真名古说道："平日里，我最不喜欢的就是你们这些侦探了，一点儿人情味也没有。就算对你，我也不会有好脾气。那个……我之所以如实相告，完全是为了报答你的救命之恩，否则我不会多说一句的。请你一定不要忘了这点。我知道，我的这些证词很可能会将某人送进监狱。我真心不想做这么无情的事情……当初你若没有救我，我也就不会陷入这样的境况了……"

深思熟虑一番后，她大声地叹了口气，回忆起昨晚的场景："跨年夜的钟声响起之后，我就开始打扫房间，随后就到澡堂去了。路过年货市场的时候，我进去买了一些年糕和梅花。直到两点钟，我才回到家。之后，我又整理了床单、梳了下头发，忙着忙着就到四点了。原本打算钻进被窝睡觉，可又好像睡不着，所以我打开了纸窗，熄了灯，把手撑在窗台上胡思乱想。眼光不经意地飘到了鹤子小姐的房间，玄关、餐厅和卧室的灯还亮着。我当时心想，大王应该回来了吧……"

说着，花下意识地瞟了一眼真名古。他的眼皮低垂，看起来昏昏欲睡。花有点儿生气了："喂，你到底有没有听我说啊？"

真名古没有睡着，悠悠地回一句"嗯"。

花将身子略微前倾："不久之后，玄关的窗帘被拉开了。我看到，鹤子小姐被一个男人抱了起来。看起来她似乎想从男人的怀中挣脱出来，但是却听不到叫喊声。我不知道他们到底在做什么。然后，那人把鹤子小姐高高举起，往窗外一扔。接着，玄关的灯就灭了，我也什么都看不到了……我立刻下楼，想要探个究竟，当手碰到格子门时，我停了下来。因为我想，要是这个时候出去的话，很有可能我会被对方发现，所以我又返回自己的房间。从昨晚到今早，我一直都在发抖……"

真名古用低沉的声音说道："你记得那个男人的长相吗？"

"我只看了一下，所以没有什么具体的印象。但是，那人是个大块头，个子很高，而且理着平头……对了，他的手腕上似乎戴着什么发光的东西，因为他举起手的时候，那个地方闪闪发亮呢。不过这也有可能是一只手表。总之没办法说清。"

真名古盯着花的脸庞："花小姐，你应该看过大王的照片吧。那个男人有络腮胡子吗？你有没有觉得他和皇帝有点相像呢？"

花看起来有点儿不高兴："不好意思啊，照片里的大王没有胡子。就算有，我也不相信鹤子小姐是被大王杀死的。"

"你怎么知道呢？"

"鹤子小姐说过，无论她做了什么大王都不会生气。"

"看来大王很喜欢鹤子小姐啊。"

这下，花真急了："不对，大王还没到这种地步呢，只是鹤子小姐陷得太深。嗯，总之，我是这样……这样认为的。"

"原来是这个样子啊。那你见过鹤子小姐身边的异性朋友吗？"

"别说是异性朋友，就连同性朋友都只有我和踏绘小姐两个人。她总是宅在家里，几乎足不出户啊。"

"哦，那你还有别的事情要向我说明吗？"

花将下巴缩到衣领里，沉默片刻之后，她仰起头："我还知道一些事情，但是我不会告诉你，不然我会觉得对不起鹤子小姐。"

真名古一副似听非听的样子，双手抱胸，心不在焉地想着什么。

不久后，他开始在上衣口袋里东翻翻西掏掏，好不容易拿出了一个粘着鼻涕纸的巧克力，递给花："吃一个吧。"

花板起脸，嘟着嘴："你以为我是三岁小孩啊。你贿赂我也没用，反正我不会说的。"

真名古置若罔闻，他缩回手，自顾自地吹着包装纸上的灰尘，笨拙地剥着银纸。巧克力有点融化了，真名古用积着污秽的小指甲小心翼翼地抠着包装纸。花了好久终于把这巧克力给剥开了。

"吃一个吧，这没弄脏。"接着，他把巧克力放在榻榻米上。笨手笨脚的样子让人忍俊不禁。

平日里的真名古可不是这么无能的男人……再好的演员也无法像真名古一样灵巧地演绎这种场景吧。如果说这里是拍摄现场的话，连笔者都不得不感叹，真名古的演技真是炉火纯青啊。

花似乎有些不悦，她垂眼盯着巧克力看了好一会儿，然后说了句"谢谢"就放进嘴里了。甜甜的巧克力在口中融化，花直勾勾地看着真名古，眼眶渐渐湿润："你怎么呆头呆脑的啊。你这样子，连我都忍不住要取笑你了。你是不是新来的警察啊……原本我不想多说的，但是看你可怜兮兮的样子，我就告诉你吧。鹤子小姐好像替大王保管着一个特别重要的东西，她一直为这事苦恼呢。我只能帮你到这儿了，剩下的就要靠你自己去调查和推理了。"

真名古咕哝了一句，不知是道谢还是打招呼。接着，他站起身来："昨天晚上，鹤子被杀的时候，在场的就只有大王。因此，你口中所说的某人是指他吧。"

一听这话，花立刻激动起来，她脸色惨白，眼神羸弱，仿佛随时都会昏倒："麻烦等一下，那个时候真的只有大王在吗？"

真名古挺着笔直的身躯，冷淡地说："听说是这样的。警察厅去现场调查的时候，餐桌上只摆了两个人的餐具。此外，一些别的迹象也显示如此。"话完，他径直走下楼，慢慢拉开格子门远去了。

趴在榻榻米上的花捶打着自己："早知道这样，我什么都不会说了。哎，现在该怎么办啊？"突然，她止住了哀叹，抬起头来："这样不行……大王，你一定要赶紧逃走才好啊。"

匆忙中，她打扮一下，宝贝似的抱在胸前的是刚从壁橱里拿出的一个布包；推开格子门，她顺着小径向上看，真名古在凛冽的寒风中朝有明庄走去，他黑色披肩长外套的袖子像大乌鸦展开的翅膀一样。花目送着他，颇为苦恼，她打个冷战，迅速地锁上玄间，跑到山崖下。

查看过有明庄入口门的电铃装置及室外电线的接线处之后，真名古踏上第一个楼梯毫不犹豫地爬上二楼。一个便衣在鹤子房间站岗。

"勘查过现场之后还有别人进去过吗？"

"只有总监大人在九点左右进入过。"

"你在事情发生后一直待在这里吗？"

"一直以来我都在这里。"

"那厨房后门呢？"

"都是一样的，我同事一直都在。"

推门进去，不像是玄关，倒像个敞亮的走廊，一边是墙壁，另一边是客厅的门。尽头有一扇柯比意风式的大玻璃窗，在距地面大约五尺的地方连接着开关，仍像事件发生时那样开启着，吹进来的是又湿又冷的风。一个约两尺高的脚踏板放在地板上。旁边牡丹色的女用缎料拖鞋一只朝上一只朝下像花瓣般美丽地散开来。

真名古专注地盯着这一切："真不简单，这个样子竟能跳出去。"

他低声念叨着，轻轻地笑了笑。

呵，这副笑容假如被旁人见到了，背脊肯定会冷飕飕的。这是微笑吗，只是嘴角抽动了一下而已，即使是穷凶极恶的罪犯的笑容，也都没这般恐怖。打个比方，就像是火焰在冰里燃烧一样，仿佛可以从这张脸上看到这世上所有的冷酷与愤怒。

靠近窗橼细看之后，他脸上露出惊奇的神情。之后进入客厅，发现门紧紧地锁着，甚至还贴上了封条。不言自明，也就是不让真名古再继续往里头去了。从封条潮湿的程度来看，它们应该是在真名古出去调查后被匆忙贴上的吧。一脸冷漠的真名古从口袋掏出一支前端像钩子一样弯曲的针去动手开门。约一分钟的工夫，咔嚓咔嚓门就被打开了。

实在是东京第一的公寓，所有的摆设都是那么的奢华。枯叶色地毯厚得足以盖过脚踝，上面摆放着法国制的现代风家具；灰白色的天鹅绒窗帘高调地挂在窗户上；寒冬中的丹凤鱼在比利时产的昂贵玻璃缸中正悠悠地摆动着尾鳍。

来到餐厅一看，铺着桌布的桌子两边，面对面地摆放着两张椅子，每边都放着一个香槟杯、两条餐巾、两支叉子和两支汤匙，还有一个堆满生蚝壳的中盘、分食鹅肝的小盘子以及两个烟灰缸。一个烟灰缸里面放着三根沾上口红的 GELBE SORTE 烟蒂，另外一个里面躺着一根上等雪茄。

真名古坐在那张椅子上："椅子的对面是鹤子，皇帝坐在这张椅子，就是这样坐着。"

说着，他伸了伸腿，鞋尖碰到了桌子下面的横木。真名古爬进桌子底下仔细察看着横木，一些稍微潮湿的泥土还粘在上面，绕过去仔细察看，发现另一边的横木有个部位灰尘比较薄，看起来像是被拖鞋底摩擦过。直到目前一切也都正常，有点想不通的就是鹤子椅子所处的位置了。坐在那张椅子上的真名古向餐桌伸手，完全拿不到餐具。他俯在地毯上，想看看有没有椅子被挪动过的痕迹，椅脚深深地陷在原来的位置，根本没有挪动的迹象。

他向椅子右侧不经意地看了看，地毯上掉了深黑色的烟草灰，根本就不像 GELBE SORTE 的灰，一看就明白是低级烟草的灰。这里为何会有烟灰呢？一坐上椅子想弄清楚这点就很容易了，是因为手不能伸到烟灰缸的地方。为了不让烟灰落到自己腿上，就会自然地往右侧垂手，无声无息地把烟灰点落在这里。既然这人的手无法碰到烟灰缸，那鹤子的手为何能碰到烟灰缸呢？合理的推测就是鹤子是坐在这人腿上的。真名古又立刻仔细察看了下椅子下面的横木，还有些微湿的泥土残留在横木的角落。要么是大腿上有重物，要么是不想让腿上的东西掉下来，否则人不会把脚踝放在这么高的横木上。同时我们还可以得知那名人物的性别为男性，因为穿着高跟鞋子的女性是做不出这样的动作的。烟草的烟蒂又该怎么解释呢？是摁灭烟后再将其塞进口袋的吗？不应该这样的。真名古注意到盘子里堆得像小山一样的生蚝壳，他将其一个一个拿下来细细察看。在这堆生蚝壳底下发现了香烟，从泡涨了的烟蒂侧边可以清晰地看到 GOLDEN BAT 字样。这样看来，事发之前，确实还有另外一名男子和他们待在一起。

推开餐厅角落的门，真名古走进厨房。这里基本没有什么异样，大大的火炉立在宽阔的流理台旁。如果非得列出一些值得一提的地方，那就是浅木箱里的灰泥与油灰了。厨房后门附近的墙上有些地方剥落了。那些灰泥应该是补完之后剩下的材料。

靠近一看，真名古发现，这新漆上印着些许痕迹，仿佛某人曾停靠其上。衣服脊线的直缝线、上衣下摆的横线以及垂落的皮带尾端均被浅浅地刻在上面。从这些迹象来看，此人也许喝醉了。浅木箱中的灰泥还湿湿的，墙壁上的泥土已经干透了，即便用手按压也不会留下丝毫的痕迹。墙上的泥土之所以干得比较快，想必是因为旁边的一根铁管吧。根据今早铁管开通的时间以及抹上灰泥的时间，就能查出此人停在墙上的时间范围。真名古还在油毡地板上发现了脚印。他小心翼翼地把鞋型刻在纸上，收进口袋里，接着又测量了脚印与上衣下摆的距离，并在记事本写下"零点八六公尺"。

　　厨房后门的楼梯处有人在站岗，所以真名古决定晚点再调查这个地方，他推开厨房角落的门进入浴室。不过，这里没有发现任何线索，接着他进入了下一个房间。这里是客厅兼寝室。一张双人床贴着墙壁摆放在最里面。天鹅绒的床单往下陷成一个人体的形状，这应该是之前停放过尸体的缘故。一张精美的西式带圆镜梳妆台立在窗边。旁边是一个嵌入式的大衣橱。真名古打开梳妆台的抽屉寻找证物，不过并没有发现什么异样。打开衣橱，五颜六色的服装如彩色瀑布般垂落下来。里面没有任何外套或外出衣装，全是睡衣和长衬衫。这些可不是随处可见的衣衫，各式各样，应有尽有，如咖啡色的法国绸纱、带刺绣的波纹绸缎、红色绉绸等。看来花说得没错，鹤子果然足不出户，每天穿着这些华丽的长衫等候皇帝。由此可见，鹤子平日里过着多么悲惨的生活啊！

　　真名古拉开衣橱下方的第一个抽屉，找到了一件鲜绿色的男用背心。一看就是出自上等服装店之手。衣服倒不旧，他仔细地检查了外侧的四个口袋，并没发现什么。不过，内侧的右边口袋的布料被撑开成蛋的形状。不难推测出，这个狭窄的口袋空间里曾长时间地装过某个椭圆形的重物。

　　接着，真名古走进厨房取了一块油灰，他坐在梳妆台的椅子上，用卷尺测量好右边口袋的膨胀程度，然后依照这个大小捏起油灰。经过反复的修正，他制作出一个底部扁平、相当于三分之二鸡蛋大小的半球椭圆形。根据背心口袋内残留的龟甲状纹路，他又在半球椭圆上印下了形状。拿出来一看，这件纯手工制品的图案与口袋里的纹理刚好吻合。之后，他用报纸包好背心，用手帕裹好手工制品。

　　衣橱的第二个抽屉里，井然有序地摆放着许多床单之类的物品。真名古这才想起，别的抽屉都很杂乱，唯有这里比较整齐。由此得知，曾有人进来这个房间翻找过什么。真名古小心谨慎地翻开床单，里面出现了一只白欧石楠做的狮子头烟嘴。仔细查看之后，真名古低垂的眼神中流露出凄惶之光。他把烟嘴放在梳妆台上，一动不动地僵在椅子里。在这肃静的杀人现场，消瘦落寞的真名古低垂着脑袋，满脸忧愁，血色尽失。他的肩膀不停地上下起伏，一副想要自尽的模样。

过了好久，他才抬起眼眸，又恢复到往日的冷峻与阴沉。真名古终于站起身来，他将报纸纸包夹在腋下，又把手帕挂在手上，然后便离开了鹤子的卧室。他先下了楼，随后又乘坐屋内的商人专用电梯来到厨房后门外。站岗的便衣一动不动地待在原地。真名古目不斜视地从他身旁走过，把报纸纸包放在走廊的角落里。接着，他开始认真地搜查走廊。在楼梯出口处发现了些许雪茄烟灰，可见这道楼梯上曾出现过一位和皇帝抽相同雪茄的人。在楼梯下半段，有一根抽了十分之一的雪茄烟蒂躺在那里。由此可见，这个抽雪茄的人一边吸着烟，一边往楼下走。靠近一看，雪茄被点燃的一端垂直落在地板上的。真名古推测，雪茄是不小心从嘴里掉下来的，而不是被随意扔掉的。因为若是被丢掉的话，由于弹性的作用，雪茄根本不可能垂直掉落。所以，此人在下楼的时候很可能跌倒了或者被绊了一跤。顺着烟蒂的前方，真名古将目光转向油毡地板。地板上有两条拖痕一直延续到玄关，直到与之相接的马赛克地板，那两条痕迹才消失不见。他返回楼上走廊的角落取回报纸纸包，又从守门的马婆口中得知泥水匠的住址以及今早蒸汽管开通的时间，随后才离开了有明庄。

在溜池的泥水匠店里，真名古了解到墙壁修补好的时间。接着，他前往日本桥的伊吹服装店盘问了一些细节，最后来到位于室町的松泽宝石店。他把手工制品从手帕中取出，对着满脸错愕的年轻课长说："你一定觉得大年初一买这种东西很奇怪吧，我想请你按照这个模型，帮我做一个与之一模一样的假钻石。价格在一百元以内就行。"

课长一脸迷惑地望着真名古："我想，采用玫瑰型的旧式切割法切割透明玻璃就能做出形状大小一样的假钻石。但是，您说的价格有点让人难以接受了。"

"这种大小的钻石约有几克拉？"

"三百克拉吧。"

"它大概值多少钱？"

课长倒吸了口气："你是在开玩笑吗？"

"不是，我问你这到底值多少钱？"

课长机械地回答："市场上一般行情是三百元一克拉。但是对于大颗的宝石，克拉数会乘以其平方，也就是三百的平方——九万克拉。三乘以九等于二十七，两千七百万。此外，宝石的价值还会分为不同的等级。这样来看，这颗钻石至少值五千万吧。"

"日本有这么大的钻石吗？"

课长似乎遇到了难题："这我也不知道，但我这里有一本带插图的《世界宝石》(*Jewel of the world*)。要是你需要，可以在里面查查看。"

说完，课长将一本厚重的四开书籍递给真名古。真名古一一查看着世界闻名的宝石，不久之后，只听见"啪嗒"一声，书被重重地合上了。

在名为"达蒙卡罗"的宝石后面，扑入真名古眼帘的是一个美丽的浅紫色钻石插图，它与手工制品分毫不差，如出一辙。插图旁边标注的内容如下：

帝王　二九五克拉　安南帝国皇室收藏（一八八六年，南非，第一矿山出产）

15. 风中的烛火

《夕阳晚报》社会版记者古市加十在帝国饭店豪华贵宾套房的敲门声中醒了过来。即便是冒牌的皇帝,能美美地睡上一觉也是一件惬意的事。

世事真是变幻莫测,前天晚上自己身边还是松谷鹤子的尸体,如今不知怎么竟成了安南国的皇帝。加十安慰自己,要错也是对方的错,责任不在自己。"安南帝国皇帝宗龙王杀人"这么大的事件在偌大的东京除了几个警察跟马婆之外,没有一个人知道,加十决意撑到最后,无论如何也要待在这里抢到这个大独家。难道真的可以高枕无忧吗?情况在加十小憩的时候发展到他无法收拾的地步;糟糕的还不止这些,加十在小憩时低贱的睡相还被知道皇帝长相的林谨直看到了。用风中微弱的灯火来形容加十现在的命运实在是再恰当不过。

但这些情况,加十一概不知,反而他轻轻地伸伸懒腰,用颇为庄重的声音说:"come in!"

他看到一个又高又瘦的领班推开门走了进来,送进来装着蒸嫩鹅、龙虾球与钢烧牛肉等的大盘子。

加十没有留意到人们在将近十一点的时候是不会吃这么多的早餐的,在这方面他露出了马脚。他怕露出破绽,不敢点价格太低的食物,只挑那些价格昂贵的食物点,却没想到这行为却恰好与上流社会的风气相反。

东西虽不太合胃口,但果腹已是足够了。在他吃饱喝足后准备重新进入梦乡之时,饭店的负责人进来了,说有人要亲手将他定做的东西送过来交给他。

静静地推开门，镜子里映出的像是出现在图画中的年约十八九岁美丽姑娘的俊俏的脸庞。这样完美的脸庞只能是下町的俊男美女们融合了不同地域的血统经过几代交叉流传的血脉所独有的。颇具风情、开朗而又时尚的容貌，精致的眼睛、鼻子、嘴巴配以相称的脸部轮廓显得格外的清雅脱俗，是东京乃至纯正日本风格的精华，绝非常出现在电影中的那种混血脸孔。

加十对面壁炉镜子上映出的景象实在是太美了。我们都知道了，她就是刚刚与真名古交谈的裁缝花。

加十感觉自己就像生活在幻境中了，珍馐之后又现美人，如此贴心而周到的服务，换了谁都会感到不可思议吧。

花伸着脸站在门前，颇为紧张，胸前还紧紧地抱着一个布包："我是住在有明庄下的裁缝花。您订制的外出服，我带来了。还带了那个……"

她说得很不流利。

加十不由得哈哈大笑，笑声颇有些猥琐："也太让你操劳了。啊，你随便坐吧。现在我正愁没人说话呢。来，靠近些，坐这张椅子吧。"

花踮着脚小心翼翼地走近加十，坐在他对面的椅子上，严肃恭敬地抬着眼看看加十的脸，猛然从椅子上站起来："不是你，大王。"

她尖叫着。

哎呀，情况不妙。一时大意，本以为是个小姑娘，谁知竟在她面前露馅儿了。现在，为了追求独家新闻所做的一切努力全都泡汤了。虽说加十的脸皮有些厚，但此刻他也不由得满脸通红，慌忙从椅子上站起来。不过，看来这对手也确实很不好捉摸，花"哇"的一声哭出来，坐在地毯上："求你宽恕我。"

说过之后，她又把她以前说过的事重新叙述了一遍，说得很凌乱，没有一点条理。"我要是早知道只有大王您在那里的话，说什么我都不会说这件事的。在这方面，您一定要相信我。"

她朝门口看了看，神情很紧张："事情越来越不可收拾了，趁我们正在谈话之时……快，你赶快跑吧。实在对不住，我不是故意的。"

还没说完，她就泣不成声。

这个青春浪漫的少女根本不知道大王长什么模样，那么对于花所说的杀人凶手不是大王的判断，加十自然不敢苟同。事实上，那个要逃走的大王已经藏匿在某地了，这不正合她的预期吗。

加十将手搭到花的肩上："小花，哎，怎么听起来那么别扭。哎，花小姐，你用不着那么愧疚的，人孰能无过。说实话，既然大王已经跑了，你也不用再担心了。好好，你站起来吧，不要再损毁你的真丝和服了。"

花显得浑身无力，手捂着胸，连说话都很困难。加十手上稍微用了些力："你是出于好奇还是出于同情才对我这么好呢？"

花瞥了他一眼，很害羞的样子，声音低低的如蚊子细鸣："是因为大王您曾对鹤子小姐说过我很可爱，这是我听鹤子小姐说的。"

刚说过这些话，她立刻用手掩住她通红的脸颊，并直着身子期待大王对自己说些什么，愚笨的加十不但没留意到她的这些举动，更谈不上明白她的意思了。他盯着花美丽的发髻不住地发呆，让人真是捉摸不透。没过多长时间，花抬起头看了看加十，充满泪水的眼带着哀怨："鹤子小姐刚过世没多长时间，还望大王节哀。"

加十皱了皱眉头，做出悲伤的样子："啊啊，我确实很难过。"

突然，花的脸变得毫无生气："是啊，这事确实让人难过。"

"确实很让人难过。哎，出什么事了？花小姐。"

花的脸上没有一点血色，苍白得就像是精致的西洋蜡烛。慢慢地，她滑倒在地毯上。

加十不由得叫了一声，急忙把花挪到沙发上。坐在地上，他边摇晃着花下垂的手，边不住地喊着"花小姐、花小姐"。

不久，花慢慢清醒过来，她忽地从沙发跳了起来，这时，有股暖流慢慢地流入略显迟钝的加十的心田，这似乎是爱的潮流。在他伸出手正要向花表达他的情感之时，负责人进来了，恭恭敬敬地越过椅背递上张名片之后就退下了。名片上写着：宋秀陈（伊波当庄冲绳县人）。

花梳理下服装，叹了叹气，依依不舍地离开了。与她擦身而过，映入镜子里的是肤色浅黑、眼睛炯炯有神、卷头发的一名黑衣男子，他是上上一回里出现在日比谷公园池畔"唱歌铜鹤喷泉"会场的异国绅士。那时的他拿着东京地图，张大嘴呆呆望着铜鹤嘴角。而现在，他在门口立正站好，报上名字："安南帝国外务省二等官职，皇帝专属谍报部长，宋秀陈。"

这人非同寻常。对此，加十只能走一步说一步了。就像前面我们所提到的，由于加十还有远大的梦想，因而他大脑飞速地转动着，拼命想着办法，但怎么也想不出什么好计策。真的不行了再说吧。

他心一横，用凌驾于一切之上的语气说："嗯，来这边坐下。"边说着，边用手指着花刚才坐的椅子。

秀陈猛地向后退了一步："这不合适吧。您为何这么说？"

"叫你坐你就坐。"

秀陈的身体变得僵直："借小的十个胆，小的也不敢这么做呀。"

加十的脾气上来了："别说了，给我坐下！"

秀陈弓身进来，端坐在椅子上，异常恭敬地注视着加十的脸："小的遵从陛下的命令，坐在这里了。"

这里面一定隐藏着一个深不可测的阴谋。皇帝直属的谍报部长怎么可能会不知道皇帝的长相呢？这真是令人匪夷所思啊。加十一头雾水，不过秀陈依然感激地望着他："啊啊，小的不甚荣幸啊，竟然可以同尊贵的陛下面对面，这简直就像梦境一样。您的心胸实在是太开阔了。"

随后，他又虔诚地说道："您的尊颜甚是威严。我从挂在门上的肖像和印制的邮票上熟知您的相貌，那里面陛下的下巴上蓄有胡子，代表着陛下给平民百姓留下的坚毅形象。不过我反倒认为这做法有些失礼。自从小的任职十年，这还是我第一次目睹陛下的尊颜呢。"

原来如此。加十愈发得意扬扬："那你就一次看个够吧，肯定比照片上好看……不过，你是为何而来的？"

秀陈默默地站起来，走向门口，仔细地检查完走廊之后才返回来。他小声说道："请恕小的无礼。我接到了一项秘密的重大任务，所以前来拜谒陛下。"

"说。"

"去年十二月二十五日以后，皇后陛下和理事官长曾多次给您发送密码电报，但是陛下您都没有答复。所以，二十九日那天，小的从河内搭乘客机，刚刚才抵达东京。小的奉命前来，亲自听取您的回复。"

刚才加十的确收到了一封密码电报。可是，加十看不懂这东西呀。于是，他赶紧说道："什么电报？我从没收到过啊。"

"哦，您一封都没有收到吗？原来是这样。肯定是李光明拥立派从中作梗。如果我连这都觉察不到，自然有愧于谍报部长的头衔了。小的早已预料到这种情况，所以准备了一份相同的文件带了过来。"他一边说着，一边从内层口袋里取出两封电报，恭恭敬敬地呈递给加十。

加十赶紧推了回去："你，念给我听。"

于是，秀陈开口念道："大日本帝国、东京麴町区内山下町帝国饭店，安南帝国皇帝宗龙王亲启，安南帝国理事官长……如同屡次上呈之电报，皇甥李光明一派向安南政厅告密，皇帝为获取安南独立资本而带走'帝王'，欲于日本贩售。法国安南总督电请驻东京法国大使，针对上述事情展开调查。若贩售之事属实，极有可能演变成以阴谋独立为缘由，即日被迫退位的局势。恳请陛下不要贩售'帝王'。"

"另一封电报则是由皇后陛下发送给您的。内容如下：目前国内骚动四起，恳请陛下即刻回国。请回复回国时日。"

念完之后，秀陈一脸严肃，他注视着加十的脸："首先，请您回复国家秘宝之事。"

遇到这种事，即便是加十这种老油条也不由得脸色发白、惊慌失措。这可不是胡编乱造就能解决的问题。稍有差池，就会连累一国之君被迫退位。在这千钧一发的时刻，加十实在不知如何是好。像他这样的乡巴佬儿就是这样，一旦意识到问题的严重性就会紧张不安起来。不过，现在总得回答些什么才好。听完安南帝国的国家机密，总不能对其谍报部长说一句"对不起，我不知道"或者"请原谅我"之类的废话吧。而且，谁也说不准这个忠厚的谍报部长会不会掏出什么致命的玩意儿呢。一股难以言表的寒意涌上了加十的胸口，让他恶心不已。

秀陈一动不动："陛下，小的在等您的回复。"

加十感觉脑中的血液全被抽空了，面前的秀陈渐渐变得模糊不清。

就在这个紧要关头，外面响起了敲门声。饭店负责人前来报告，说警视厅搜查课长真名古求见。

混乱不堪的加十凭着最后一点理智，对秀陈说道："好的，我待会儿再回复你。现在，我和真名古有要事相谈。你先退下吧。"

行礼之后的秀陈退了出去。阴气沉沉的真名古走了进来。他在接待室门口行了注目礼，然后口气沉重地说："加十，这还真是奇妙啊，你竟然出现在这里。"

他打了声招呼。

16. 限时凌晨四点

当真名古站在裁缝花的玄关住喊门之时，警保局也上演着一场好戏。从时间上来看，约莫十点十分的时候，"啪"的一声，局长室的大门被踹开了。大槻局长和警视总监迈着大步走进来。局长一副怒发冲冠的样子，额头上的青筋突兀地浮在脑门上，他大声朝着警视总监吼道："总监，警视厅的人都干什么去了？除了指挥交通，就没其他的专长了吗？你赶紧给我想想办法。"说着，他一屁股坐在了皮椅上。

局长如此暴躁也是情有可原。今年真是厄运连连。新年第一天就发生了"皇帝杀害其小妾"的事件，接着不知死活的溜池巡查部长竟然把皇帝带到警局审问。两大臣煞费苦心，总算让事情稍稍平息了，谁知警保局的秘书官任命刚正不阿的搜查课长真名古去调查此次事件。一旦真名古调查出事件的真相，极可能会在议会上掀起轩然大波。除此之外，黄色小报《夕阳晚报》社长幸田节三肆无忌惮地在警视厅附近的日比谷公园非法集会，厚颜无耻地在光天化日之下睁眼说瞎话，简直无法无天。

想想这些难免火冒三丈，局长用力拍着桌子："你是怎么一回事啊？瞎了吗？竟然由着幸田胡闹到九点半！保安部长跑哪儿去了？是昨晚宿醉还是痴呆发作了？你的手下不是号称精英吗？怎么到了关键时刻连一个小小报纸的社长都抓不到。你赶紧给我想个办法，不然再这样下去，整个东京警局都无脸见人了。"

总监伛偻着身躯，噼里啪啦的数落一字一句地重击在他理成一分的平头上。当这场劈头盖脸的风暴接近尾声的时候，他终于抬起了头：

"庆幸的是，今天的事情处理得恰到好处。"

局长猛地站起身："你说什么？这能称得上好？你倒是说说都做了哪些恰到好处的处理？"

"我觉得，幸田肯定料想到在铜鹤唱歌之前，这场庆祝会就会被提前解散，所以他才会明目张胆地做出这种欺诈百姓的事情。假如在九点之前，我们去日比谷公园解散了集会，这倒是称了他的意。所以，我故意等到他的欺诈行为败露后再去现场。这样一来，证据确凿，幸田就是再圆滑狡诈，也会陷入进退两难的困境。我们只需做个调查就能轻而易举地得知幸田的诡计和圈套，他就只能乖乖地到监狱报到了。"

听了总监的一席话，局长的臭脸立刻变成笑脸，之前的不悦一扫而光："你这家伙，原来打的是这个算盘啊。不错不错，做得好！还好你没有中了他的诡计。哎呀，你真是不简单啊。那现在幸田人呢？"

总监也松了口气，嘴角微微咧开："局长，警视厅可不是吃闲饭的。不久之前，我收到了手下的报告，说幸田正藏在赤坂的小妾家呢，我猜他现在应该被绑到溜池拘留所了吧。"

话音刚落，电话铃就响起了。总监接听完后，立马向局长汇报："局长，幸田已被捕。但是，他嚷嚷着要见你。"

"想见我？没问题，马上叫人把他带过来。放松警惕没几天，他们倒是不消停了。不过，这次得好好治治这家黄色小报了。"

约莫十分钟之后，两个便衣钳住幸田，走进了局长室。幸田可真是狼狈啊，衬衫上的领带不见了，上衣的纽扣脱落了，红通通的胸膛呼之欲出。很明显，他刚刚大闹了一场。

看到幸田的这副模样，局长畅快极了，他悠然自得地坐在椅子上："幸田，没想到你也有这一天啊。今早你自导自演的这出大戏真是轰轰烈烈，可惜结局是一个大大的悲剧。你应该没有料到有一天会入狱吧？我跟你讲，这可不是闹着玩的。你知道为什么我们没有早早地去日比谷解散你们吗？我们才不会上你的当呢。现在我们只需简单调查一下铜鹤喷泉，你设下的圈套就一目了然了。恐怕这次你是插翅难逃了。"

幸田意味深长地笑了："您说得对极了。我有没有欺诈，只要查一下就能找出真相了。我幸田绝对不会因为这点儿小事就一蹶不振的……局长，说到真相，我手上有个东西，您没准会感兴趣呢。"说完，他将十张左右的手写纸扔在局长室的桌子上。

幸田斜眼看着局长："这里面巨细靡遗地记录了死者松谷鹤子同安南皇帝的关系、皇帝杀人的过程以及警视厅拘留有明庄六住户等情节。"

局长的脸色紫得都快发黑了，他大声喝斥道："大胆！幸田，你是在威胁我吗？"

幸田赶紧抓住手写稿："局长，你这么说可就冤枉我了。我好歹是个日本人，这件事情一旦被揭穿，肯定会对日本帝国相当不利，因此我义无反顾地放弃这个新闻题材。你怎么能说这是威胁呢？"他把稿件装到口袋里，起身向门口走去，"这样看来，你是不信任我了。那我也没有必要继续留在这里了，这个原稿我就一并带走了。"

局长慌忙地拦住他："喂，幸田，你等等。"

幸田勉为其难地转过头："局长，你还有什么事情吗？"

局长一边用手帕来回擦着额头上豆大的汗珠，一边低声说道："也没有什么特别的事情啦。你先坐下来和我好好聊聊，好不好？"

"哎呀，等一会儿我还要回溜池警局啊。"

局长露出不耐烦的表情："行了，你用不着这样，我会跟他们打招呼的。"

幸田大摇大摆地走了回来："局长，你怎么听不明白我的意思呢？你一直对我有偏见，我幸田是一个坦坦荡荡的男子汉。刚才的事情你真的不用担心。"说完之后，他便气定神闲地离开了局长室。

局长一脸愤恨，咬牙切齿地说道："可恶至极！这下麻烦了。这事偏偏被这只老狐狸知道了，真不知道他会做出什么出格的事情。总监，你说该如何是好？"

"无非就是双方交换条件罢了。他没那么大胆，这事一旦说出去，对他没有任何好处。我觉得他应该不会这样做的。"

"应该？这么大的事，我能把希望寄托在'应该'上吗？这种不确定的事情亏你还说得出口。现在只有让林谨直去压制他一下了。"

说曹操，曹操到。与此同时，林拨通了局长的电话。

局长听着林的话语，忽然之间，他从椅子上弹了起来："你说什么？皇帝是假的！你到底看清楚了没有？……哦，是这样啊，那他到底是谁？等等，现在说这些完全没有意义。你，你马上过来。立刻！"放下话筒之后，局长就抱着头呻吟起来。

五分钟之后，林匆匆忙忙地跑到局长室，详细地叙述了事情的经过。

"那就是说，从一开始我们就错了。但是，那家伙为什么不说自己不是真正的皇帝呢？他是真傻还是装傻啊？"局长不解地说道。

总监显得有些焦急："这样看来，我们太疏忽大意了。不然这样，先派人把他秘密地带到这儿调查看看。这是最快捷的方式了。"

局长略感惶恐："等等。万一对方是一个达官贵人，那怎么办呢？我可不想再节外生枝了。"

忧心忡忡的林仿佛没有听到局长和总监的对话："局长，那个家伙的事情无关紧要，现在最重要的是皇帝。我担心，皇帝会不会……"

局长朝林挥了挥手："你还真是杞人忧天呢。但是，如果真如你所说，那么这可是一件相当紧急的要事啊。"随后，他命令总监，"立刻连线帝国饭店，确认一下十二月三十一日之前皇帝是不是一直待在饭店里面。"

总监立刻照办，他得知的信息是：十二月三十一日下午七点左右，皇帝吃完晚饭。约莫九点的时候，皇帝就外出了。

总监——询问了皇帝可能出现的地方，不过并没有收到称心如意的答案。这期间，局长委托林谨直去一趟幸田家。现在，局长室里只剩下面面相觑、不知所措的两人了。由于无法确定那家伙的真实身份，所以他们不敢贸然行动。

时间不知不觉就来到了两点半，正当两人绞尽脑汁之时，真名古怀揣着一份文档资料走进局长室。他一脸无辜地来到局长面前，将文档放在桌上："这是调查报告书，确认死者松谷鹤子属于自杀身亡。"话一说完，真名古便转身朝门口走去。

局长拦住了他："等一下。这件事先放一下。你先坐在那里，现在有一件麻烦事需要你处理。"接着，他把刚才发生的事情复述了一遍。

"真名古君，你有没有办法查出那家伙的身份？"

"局长，这是命令，还是商议？"真名古用锐利的眼神盯着局长，"我已经下定决心辞掉警视厅搜查课长一职，但是辞呈还未送到您手中。依照警察执勤规定，若是命令，无论如何我都会遵守；若是商量，即便是局长您，我也有充分的理由置之不理。"

局长摸了摸额头："这个案子确实紧急，我的疏忽对你造成了影响。你生气我不怪你。事后，我会尽量弥补你的。现在，这件事情就麻烦你了。"

真名古冷冷地说道："请您下令。"

局长有些恼火："是吗？好，那我命令你。你先坐下，别一直站着。"

真名古缓缓坐下："按照您的嘱咐，调查已经完成了。但是，只要我还是搜查课长，那么我绝不会放任任何犯罪行为，因此在职责上我有权对这个案子展开充分的调查。请您务必答应。"

一直沉默的总监突然插话："现在说这些没有什么意义。你真是太耿直了。考虑到你的这种性格，我们才将你排除在这件事之外。你要明白，我们这么做不是因为看不起你，而是因为敬畏与重视啊。"

真名古低垂着眼皮："若是仅仅因为此事，我也不会选择辞职。刚才我已经提交辞呈了，应该明早之前就会到您这里，但是现在我还需要考虑一些事情，请您暂时保留，多给我一点儿时间。"

局长点了点头："如果你想查明真相的话，我就暂且保留你的辞呈。那我们就这样说定了，今天早上的事情就算翻篇儿了。请你务必协助我们。"

"局长，今早的事，我可没有释怀，而且辞职的决心依然未有改变。之所以希望您暂时保留辞呈，完全是出于个人的意愿。在这个案子上，我对政府部门的处理深感不满，所以决意要揭发皇帝杀人的真相，甚至不惜牺牲搜查课长的职位。但是，在调查的过程中，结果反而偏离了原来的方向。皇帝其实是被害者，而不是杀人凶手。今早四点二十分左右，皇帝被人绑架了。"

局长突然跳了起来："那……那是真的吗？"

"那么，我提交辞呈的事情……"

"行了，知道了……那个好说，你先把目前事情的进展告诉我们。"

真名古用阴沉的语调缓缓讲述了调查过程，他把了解到的案件情况如实相告，不过他故意漏掉了一些事情：对裁缝花进行侦讯、去服装店打听、从加十口中获悉案发当晚的情况以及加十伪装成皇帝的目的和其所处的窘境等。

总监和局长彼此交换着眼神，他面露悚然之色，随后转向真名古说道："根据你的调查，皇帝带来的皇室秘宝是这起事件的核心。鹤子被杀和皇帝被绑架，这两件事都和那颗大钻石有关。简而言之，整件事情是这样的。在古市加十离开有明庄之后，某人将鹤子从窗户那里扔了下去。接下来，他进入厨房，并诱导皇帝下楼。在楼梯下段，此人让皇帝处于昏迷状态，并趁机把皇帝带走。还有一个重要讯息是，这个人应该是皇帝和鹤子的熟人。因为他进入房间的时候，鹤子没有发出声音，皇帝也被轻易地引诱出去。除此之外，玄关电铃上被切断的外部电线伪装成随时可以拿下来的模样。由此看来，犯人对有明庄的位置了如指掌。这样一来，搜索犯人的目标范围就大大缩小了。真名古，我说得没错吧。"

"这我可没办法肯定。"

这个时候，电话铃响了。接听之后，总监一边用手捂住话筒口，一边向局长转述："局长，又遇到棘手的事情了。外务省来电说，法国大使想确认安南皇帝是否安全待在帝国饭店里。是否可以回复对方皇帝待在饭店里？"

局长扶着额头呻吟，嘴里不停地小声嘀咕着什么。不久之后，他才下定决心，凛然无畏地说道："你就回答他说，皇帝安安全全地待在帝国饭店里。"按照局长的指示，总监回复了外务省并挂断了电话。

局长一副毅然决然的表情，他把目前的处境分析了一番："现在只能这么回了，绝对不能让人发现皇帝失踪了。这件事情一旦传出去，必然会激起千层浪。所以，我们现在要做的就是让所有人认为皇帝待在帝国饭店。在找到皇帝之前，暂且就让古市加十冒充一段时间吧。万一发生什么事，正好那个安南谍报部长可以做证。为了防止露出破绽，政府从上至下就得把古市加十当作皇帝一样对待。目前来看，最紧急的一件事情就是皇帝对于秘宝的回复。只要不露馅儿，糊弄过去应该是没有问题的。无论如何，我们先去饭店吧。"

真名古镇定自若地说："谍报部长已经被我带来参观警视厅了。"

局长兴奋地拍手叫好："干得漂亮！总监，你留下来稳住谍报部长。我去向大臣报告，随后就到帝国饭店和古市加十碰面。不对，是和安南皇帝碰面。我得让他清楚什么话可以多说，也得让他明白什么事不能乱讲。真名古，寻找皇帝的事情就拜托你了。现在，整个事件终于理顺了。"说完之后，局长刚要出门的时候，电话铃又响起来了。

总监拿起听筒，依然是外务省打过来的："得到可靠情报，法国大使临时取消了周末旅行。今天下午四点十分，他将搭乘火车从京都出发，于明日凌晨四点到达东京车站，然后从东京车站前往帝国饭店拜谒皇帝。据说大使有要事向皇帝进言。请务必通知下去。"

听完这话，总监原本白皙的脸庞愈发苍白。他不由自主地望向墙上的时钟，时钟显示的时刻是下午四点整。垂头丧气的局长伫立在房间中央，像雕塑一样一动不动。沉思良久，他才走向真名古，凄楚而恳切地说道：

"真名古！"

唯独说了这一句。真名古微微点头。

离明日凌晨四点只有十二个小时了，无论如何都得让皇帝回到帝国饭店。啊，十二小时！

第六回

17. 两大恶人的推理秀

让我们把目光投向《夕阳晚报》社长幸田节三位于赤坂新町的小妾宅邸。花枝锅之类的火锅放在茶厅里的长火盆上，旁边坐着一个身材消瘦、年约四十五岁，啜着烧酒，看上去绝非善类的人，这就是我们所知道的酒月守。

在社会上他的身份是公园园长，但在这合法的外衣之下，其实他是桦太厅警察部的通缉犯。本州他混不开了，到桦太当了拳师，他收取追求武力之人的佣金，极尽盘剥之能事，因昭和五年涉入到盗伐国有林事件，藏匿在东京，事件风声稍松之后由女儿悦子撮合而认识了幸田，于是就有了前文所提的"唱歌的铜鹤喷泉"插曲。

不会叫的铜鹤却叫了起来，这里面肯定有什么蹊跷，但我们可以拍胸脯保证这确实和酒月、幸田两人没有关系。干这骗人的勾当，而且还是明目张胆地在警视厅邻近的日比谷公园，这可不是一般人所能处理的。警察追赶他们，他们拼死拼活才逃到这里，幸田不愧是幸田，在做这事之前，他早已预计有今日之事了。

可能老天有时也向着恶人吧，无意中他听到了安南皇帝爱妾松谷鹤子自杀的事。出入鹤子家的帮佣阿姥婆恰好在这儿，她说鹤子小姐经常念叨着自己可能没命的，既然她说出这样的话，结果就不言自明了。接着"Horvath通讯社"的哈齐森来访，他是有明庄的住户之一，说是要找他的伙伴"卡玛斯秀"的团长巴隆斯理，他描述了今早明石警局借机拘留有明庄住户六人的经过。

他们这些人呀，对于坏事的直觉那叫一个准，有了材料他们能立即洞察真相并推测事情的大致经过。他刚用稿纸以"安南皇帝杀人！当局极力掩饰！"为题写下十张左右的稿子后，一声"幸田，过来一下"，他就被带到溜池警局。警保局长浏览过稿子之后，就糊里糊涂地将他无罪释放了。前一回我们已经提过这些情节，在此不再赘述。

今天初演的"卡玛斯秀"，酒月的女儿也就是幸田的爱妾悦子和阿姥婆一起出去观看了。酒月独自一个待在家里，这时距离幸田出去有五个小时了。喝酒也喝烦了，他无聊发慌，不住地抬头看时钟，幸田最终还是回来了，不过时间已将近四点了。从事件发生的先后顺序来说，那正是真名古报告皇帝被绑架，及法国大使明天凌晨四点将抵达东京谒见皇帝的情报传来，警保局大惊失色之时。

听酒月的口气，他快要生气了："为什么这么慢啊，发生什么事了？"

他喝斥幸田。幸田在长火盆前用力地盘腿坐下："从警保局一出来，我就直接到公司对报纸排了一下版，然后就和跑到公司的志摩德的家臣也就是那个东京宝石俱乐部的松泽聊天，一直说到现在。"

"你倒悠闲，也不想想别人急成什么样子了。那事现在怎么样了？"

幸田像没事人一样："能有什么事，他们屁都不敢放一个。"

说着，他向前弯了弯身："事情到此就结束了，另外还有件奇特的事。情况紧急，我就拣最主要的说吧，我在去年春天曾听说关西那儿有件大货，大阪宝石俱乐部的专家也正在行动。关东这边有人也感兴趣，曾有人打探过，不过后来突然任何风声都没有了，人们也就把这件事当作流言而终止了。但今天中午时分，真名古来到松泽的店里，手里拿着一个大约三百克拉、造型奇异的模型，要求制作一个和这模型一模一样的仿制品，并且还探问真品的价钱是多少，装作没事般地调查了一下。松泽这个老狐狸可不是吃素的，他以看到的模型为参照在里面的房间一页页翻查图书。哎，千万别吓着你呀，那是一颗叫作'帝王'的大钻石，是安南皇室的秘密宝藏。即便最便宜也要卖五千万……怎么样？"

"情况原来是这样呀。"

"皇帝为何屡次慌张前来日本的谜团，也就迎刃而解了。他跟鹤子两个人之所以一直待在京都山科的家里，就是想在关西卖掉那颗钻石，在古国那里没有进展，他们这回就跑到东京来了。"

"嗯，这倒真有意思。"

幸田一下将杯中的烧酒喝完："松泽惊慌失措，迅速搜集各种渠道的信息，无论是大渠道还是小渠道都找不到它的消息。他推测可能是通过别的渠道在运作，听到有传言说，最近珊瑚王山木的儿子和犬居正平的养子印东忠介一起频繁地出入犬居的住处，他转向那渠道追查，才发现原来是弄错渠道了，不过总算弄明白了。不管怎么说，山木和印忠都是有明庄的住户，以前和皇帝在巴黎还经常花天酒地……"

"事情还真是不好办，后来怎么样了？"

"那东西确实太显眼了，松泽根本无法脱手。当他拿到志摩德那里时，志摩德看样子很喜欢，并且说一定要据为己有。"

"据为己有的手段很多。那他有何打算？"

"先拉拢过来印东以切断山木的资金来源，再用强硬的手段购买那家伙的借用证书，如他稍有不从，则以武力相威胁让他低价让出。"

"东西藏在什么地方有人知道吗？如果没人知道，接下去可不好玩儿了呀。"

"问题就在此……即便是印东也不知道。这一点，鹤子比谁知道得都多，但这是私事，别人不方便说的。"

酒月仰起了头："据阿姥说，鹤子经常和一个人说心里话，那就是住在山崖下住宅的裁缝花……以这个姑娘为突破口怎么样？"

幸田向前靠了靠："好主意。说不准还真能发现些意想不到的事呢……印东这儿交给我，让悦子去叫那姑娘，晚上七点前带她来'中洲'。"

酒月两手揣在怀里思考着什么，眼光突然间变得很犀利："事情就先这么定了，皇帝的处境看起来似乎不妙。"

"嗯？"

"说不准，已被人杀害了。"

幸田坐不住了："不，不可能，刚才哈齐森说他已经确认皇帝在的啊。"

"他亲见到皇帝了吗？"

"他打过电话确认皇帝平安无事地待在饭店里。"

酒月转到另外一个方向："真是笨到家了。皇帝安然无恙的话，还用真名古费神地拿着钻石模型满大街跑吗？"

"噢。"

"并且，拿着那么大的东西四处转，你难道不觉得真名古过于紧张了吗？假如是被盗的话，直接报失就可以了。他不但没有这么做，还拿着到处跑，中间肯定有什么隐情……要说平安无事，这根本不可能。"

幸田伸了伸下巴："照你这么说，会是山木吗？"

"鬼才知道。"

"一百万的贷款利滚利，越滚越大，狗急跳墙也说不准。"

突然，酒月抬起了头："据此就下定论也不太可靠，对了，有件事情，我想起来感觉有些怪……说实话，你离开后，当我对哈齐森说过野毛山安龟闯到日比谷大会上闹事的事情之后，他一下子站了起来，发疯般地冲了出去，嘴里念叨着'巴隆啊，要这么做的话，仅靠大王是不行的'。巴隆也就是他的搭档巴隆斯理，这里面肯定也有些门道。这事肯定少不了哈齐森跟巴隆斯理的份儿……假如情况真的是这样的话，哈齐森还真是深藏不露。按常理说，在这时他应该是紧张得一筹莫展，到处宣扬了，他现在毫不在意地跑到这里，看来皇帝杀人的事他早就知道了，却假装不知道，实在让人讨厌！"

幸田不断地附和着，突然他猛地拍拍手，脸上露出奇异的表情："我明白了！"他身体朝前弯了弯，"哎，酒月，你留意了没有？水池的凉亭旁边站了一个安南绅士，卷发、眼睛很有精神、肤色黑黑的……那就是皇帝啊。"

酒月不由得倒吸了口冷气："这是他有意制造骚乱，然后想在浑水中摸鱼呀。"

这两个恶人全都不知道说什么好了，不知所措地对视着，过了一会儿酒月双手交错："野毛山行事还真有意思呢。看来我们又向前赶了一步。志摩德那边我们也不能放过，就按刚刚商量好的去做吧。道灌山要是听到这消息应该很高兴的，我们把这消息卖给他吧。"

幸田爽快地点了点头："这样很好。无论如何我们都不会有事。假如实在不行，我们还有别的策略。我们这回赚大发了……幸田节三，这次你撞大运了。走，我们就出去转转。"

他一边说着，一边仰天大笑了起来。

笑，是他自己的事，不过事情却不是他所想象的那样。诸位读者想必也知道了吧，张着嘴出神地和真名古站在水池旁的不是什么皇帝，而是威胁到冒牌皇帝古市加十的安南皇帝直属谍报部长宋秀陈。据真名古推断，货真价实的皇帝凌晨四点二十分左右已被人绑架了。要照这样来说的话，野毛山一伙人到"唱歌的铜鹤喷泉"会场来闹事又是出于何种动机呢？聪明的读者不妨来猜测一下，刚才说到这两个恶人不知道事情的经过，又想从中大捞一笔，如果按照这个势头发展的话，笔者也会无能为力了。至于后面会出现什么意外，我们也只能骑驴看唱本，走着瞧了。当两人意气风发地走到六坪大的玄关时，哗啦一声，格子门拉开了。幸田心里一咯噔与酒月的目光相撞，突然转身从入口跑进茶厅，像只白老鼠一样窜向厨房后门。

来的不是什么警察，而是道灌山的养子驹形传次，他就是第三回中在日比谷公园旁等候林，并悄悄告诉林野毛山的安龟可能正在公园闹事的那个人。他按照林谨直的指示，怀揣两千元为掩盖"皇帝杀人事件"而来。

他身着得体的晨礼服，戴着圆顶礼帽，一字眉，眼神锐利，是个极有眼色的小伙子。他拉开玄关的纸门，发出哗啦哗啦的响声，一下子就瞅到幸田奔向厨房后门的身影："靠，真是猴精猴精的。"

他低低地念叨着。

18. 烦恼的处方笺

这时，恰好下午四点半左右，内务外务两大臣、两位次长、欧亚局长及警保局长六人在永田町内相官邸里围着会议室的大桌子苦思冥想。他们都身着金光闪闪的大礼服，眉头皱得紧紧的，鸦雀无声，全都待在那里，这个场景真可以画作一幅"政府的烦恼"的讽刺画。最合适的背景就是西侧的大窗户隐隐约约映照出的有明庄的灯火了。这里平日里就没有一点儿风，何况现在正是正月一日的傍晚。周围安静极了，只有那钟表嘀嘀嗒嗒的响声。

就在以为这种凝结状态要永远维持下去的时候，内务大臣动了动身子，突然破坏了整个画面的平衡。

他环视一周，眼神中透着彷徨与无助，接着叹了叹气："情况真的不妙了呀。"

他说话的语气很生硬。欧亚局长抬起了头："对皇帝亲日的姿态我一直都持怀疑态度……大家都知道，明治四十一年（一九零八年）也就是日法条约缔结之后，日本政府强硬地将流亡到日本的安南独立运动志士潘是汉和安南王族畿外侯疆柢驱逐出国。没多久，法国警察就将潘是汉抓捕，疆柢更是潜逃到美国。皇帝的父王也就是第十一世维新王十七岁受到此事牵连，被废除了王位，流放到南印度洋的一个孤岛留望。听说现在景况很悲惨，不得不在街头拉小提琴卖艺以求得温饱。出于以上原因，皇帝怎能对日本存有好感。皇帝所谓的亲日姿态是装出的，意图不过是想在日本贩卖秘宝而已……说起来呀，这件事他做得确实欠考虑。这件事情一旦为人所知，法国政府就会以筹备革命资金之名逼迫他即日退位。"

内务次长插了句话："皇帝冒这个险又是为什么呢？"

"这个问题，我也搞不懂……在安南，无论是越南国民革命党发起的独立运动，还是安南独立党发起的运动现在都是不成气候的，即便是有了支持，他们也是扶不起的阿斗，起不了什么作用的。想来想去感觉不会和这方面有关。难道是皇帝预感到要被强迫让位，想变卖钻石躲到美国以为自己留条后路？"

外务次长满脸愁容："这些我们都不管，也不是我们讨论的重点。我们只要能保证法国大使明天凌晨拜谒之前，皇帝能回到饭店就行了。"

说完，他转身正对着警保局长："怎么样，大槻，顺利找到没有问题吧？有件事我要弄明白……无论发生什么事，外务省都不想引起上面的关注……事情到底是怎么回事？你们的失职引发了今天早上一串的骚动。听你说，我询问你的时候你早已知道皇帝是冒牌货了，那你当时为何没有立刻报告给我呢？如果你说得早一点儿，我汇报时至少可以说得含糊点。这让我们外务省很被动，还要为你们的失败负责……做事这么武断，像这种事不和外务省协商就自行处理怎么能行呢？"

内务次长的眉头皱了起来："现在不是埋怨的时候，对警保局长的提议你有什么意见吗？"

外务次长的脸绷了起来："这正是我要说的问题……我们外务省是不会接受这种蠢事的。将一个社会报记者当成皇帝的替身，还说什么一时糊涂，真是太过丢份了。将皇帝认错已经很丢人了，现在竟弄成这样。"

内务次长不客气地打断他的话："丢脸，我们把脸都丢尽了。你向假皇帝表达敬意不也很丢脸吗？怪也只怪我们都不知道皇帝的长相，如今再多说也无益了……现在，以外务省的名义通报皇帝被绑架的事应该不成问题吧。"

外务次长轻咳了几声："这种话也亏你说得出口，怎么能发表这样的声明！我们外务省可不想牵涉到危险的阴谋之中。事情一旦为人所知，我们的日子可不好过了。现在最好把古市那浑蛋带来，跟他好好谈谈，说不准会有好的处理办法的，也好找个误认皇帝的理由呀。"

警保局长又插话了："说实话，现在皇帝失踪是铁定的事实，即便把古市加十抓起来，不仅是欲盖弥彰，而且也不会将我们误认的失误消除掉……从昨天晚上起皇帝就没有回去的消息要是被法国大使馆知道了，他们不可能不过问，假如因为这个原因使得皇帝被绑架的事情传出去了，事情才真的是难办了呀。政府的名誉暂且不提，为了能够迅速彻底地搜查，不管发生什么事情，我们找到皇帝之前，都必须保证皇帝确定是待在饭店里的……或许是听错了，我可从没说过找替身的事。我只是说事情既然已是木已成舟了，还不如继续误会下去吧。"

一直双手抱胸静静听着的外务大臣突然说话了："那个男的长相和

皇帝很像吗？"

警保局长摇摇头："一点也不像。"

外务大臣不由得苦笑了："这点至少我们都很明白了，但是，要管制住他，你有何打算呢？搞不好，他还会自己说他不是皇帝呢。"

"万一说出来他知道自己会遭殃的，担心他说漏嘴是没有必要的。在这方面我会暗示他，让他完全明白的。"

外务次长语带嘲讽地说："刚才真名古不是已识破他了吗？说不准他会气极败坏，现在已闹翻天了。"

"刚才，我打电话给饭店负责人说皇帝有点儿不正常，有什么反常千万不要理他。"

"他会不会逃走呀？"

"我们对他的保卫很到位的。"

下面接着又是阵沉默。

警保局长有些不安，反复地看着时钟："对了，在我们讨论的时候，已经将那个安南谍报部长留在警视厅款待了，让他一直待在这里也不是办法。宋部长返回到饭店的话，肯定会立刻追问古市回国的日期和秘宝的答复，那家伙肯定没法应付的，一定会露出马脚的。假如有什么意外发生，要想证明加十就是皇帝，那也只有他是最有力的且是唯一的证人了。要是他先发现了异样并闹起来的话，那就不好收拾了。"

内务大臣拭去头上冒出的汗："这事确实很荒谬，不过，情况紧急还是先想个权宜之计吧。"

他一边说着，一边转向了外务大臣："骚动如果真的发展到无法控制的话，虽说有些不合常理，还望你们鼎力相助。"

外务大臣满脸的不高兴："事已至此，就这样吧，这总比蒙在鼓里强多了。"

他一边说着，一边又转向欧亚局长："柳原君，你陪着警保局长到帝国饭店去一下，向那个社会报记者简单地灌输下安南帝国的常识。要是连首都名称都搞不清那也太不应该了。"

内务大臣站了起来，一副无精打采的样子，对警保局长说：

"事情就这样安排吧，麻烦了。不出事就行，真的出事那麻烦就大了。你们一定要慎重对待……对了，去的时候别忘了带钱。作为一个黄色小报的社会版记者现在肯定是一贫如洗了吧……哎，首先要做的就是给他说说让他早点睡，别到处乱窜。"

还没说完他双手抱头趴在桌子上："哎呀，这个浑蛋家伙到底是从哪里冒出来的呀？"

19. 随风摇曳的黑胡子

就这样，被众人一致看好的加十照样待在帝国饭店贵宾专用的豪华房间里，他嘴唇弯曲成"ヘ"字形，已没了刚才那狡诈的表情，手拿晚刊悠闲地坐在安乐椅中。

"这到底是梦，还是幻觉。"

他喃喃自语。

这样说可能让大家如坠五里雾中，大家都不了解中间到底发生了什么事吧，我还是来叙述一下古市和真名古警视之间发生的事情吧，以便让大家明白到底发生了什么事。

上一回，古市正在与安南国皇帝直属谍报部长面谈，在紧要的关头真名古无意中闯来，"《夕阳晚报》的古市是你吧，在这里能见到你还真有意思呢。"他揭开加十的身份后这章节就结束了。

真名古的到访使加十暂时摆脱了困境，在真名古揭开他的身份之前，他已跑向外庭的窗户准备逃走。

一听到真名古的名字，就算再胆大的歹徒，他们都会有异常的反应。真名古冷酷得让人恐怖，只要他接了手，再小的犯罪他也绝不放手。与他的执着相比，即便是恶女的痴想也是小巫见大巫。在维尼的小说里，我们可能对其中一个刑警到北极追捕犯人感到不解。假如是真名古的话，即便是地狱他也会追踪到底的。他锁定的人物，即便再狡猾也是无法逃脱的。

加十虽然做记者的时间不长，但由于经常出入警视厅，真名古的可畏之处也是有所耳闻的。弄不清心里真的想逃，还是出于一种应激反应，他有些失控地推开窗户，谁都知道这是在做无用功，尤其是在真名古面前。

一个箭步，真名古赶了过来，死死地捉住加十的手腕，这个瘦瘦的人也不知哪儿来的力气，即便是被虎头钳夹到也没这么疼痛难忍。加十只得放弃了。这种痛实在受不了。加十呢，现在坐在皮椅上，是被扔在那里的，而真名古坐在安乐椅上，坐得稳稳的。主宾关系一下子翻了过来。这是再自然不过的事了，加十已成了一个刑事被告人，再不是皇帝或者其他什么人了。

这哪是什么审讯，这几乎是加十的自述。真名古半眯着眼，脸色阴沉地听他说着。

从东京会馆出来，在"巴里"碰到了皇帝，在银座一块儿四处喝酒，三点后到有明庄去和鹤子三人共进消夜，鹤子从空中坠落，皇帝奇怪的言行与突然消失在寝室里的事情，还有从溜池警局被送到这里稀里糊涂地变成皇帝……他之所以待在这里，不是他看扁警视厅或日本政府，只是出于职业原因想拿个大头条而已……此外，又被宋部长质问带出的大钻石是如何处置的，就在差点儿要晕倒的时候，哎呀，你就出现了，真像个救命的天使。无论他说什么，真名古都不插言，只是安静地听，加十说得很畅快，还真是有点兴高采烈了。

间或，真名古会稍微睁开眼瞄一下加十。从他那唾沫四溅、神采飞扬的神态来看，他知道这个人不是在说谎。他描述的细节吻合现场勘查的结果。加十并非罪犯，厨房墙壁上的浮雕很能说明这一点。即便是踮起脚尖，这个中等身材的记者上衣下摆也达不到墙上浮雕的高度。此外，他的头发很多，是不会给人留下平头印象的。但真名古却多了一个心眼儿，给他设了一套，让他去钻。

"把你送到玄关的时候，鹤子是不是喝得很多了？"

"我没拿什么钥匙。"

真名古眼光霍地一跳："你刚才不是说了吗，鹤子在吃了一半消夜之时站起来去锁玄关的门，她把钥匙拿了回来……不拿钥匙你怎么能走出玄关呢？这不有点怪吗？"

"肯定有些地方没搞清。我没提到'拿钥匙'呀。我说的是'关上玄关门之后，鹤子走了回来'。"

"你的意思是？"

加十显得很冷静："这意味着玄关的门没有锁。我仔细地回想了一下，那时我一晃一晃地走到门边，轻轻一碰门就开了，根本没碰把手一下。"

"玄关的灯那时还亮着吗？"

"没有亮，都是黑的。"

加十的记忆如果没错的话，以此我们就可推断在加十出去之前罪犯就已进入玄关并躲在黑暗中了，随后，鹤子发现门没关上，就去关门，接着……

关于罪犯是与皇帝和鹤子一起用餐的第三个男人的猜测在此也就到此为止了。罪犯，据推测应该是倚在厨房未干的墙壁上，身材高大的"第四个男人"。

"刚才你交代说你看到鹤子像个布包般地掉下来，那二楼的窗户你也应该看到了吧，那窗边的人影是什么样的？"

加十摇了摇头："窗边，我不记得我看到过窗边……确切地说，那时我恰好处于与房屋垂直的角度，窗户根本看不到。我所能记起的也只有新月与鹤子了。"

侦讯到此就结束了。真名古打了一个电话，看样子是打给警视厅的，不到五分钟的时间就来了四个人。每个人都让人感觉阴森森的，就像从科学实验室走出来的。真名古对他们耳语一番，奇怪的事就发生了，他们开始对室内进行了细致的搜查。加十惊讶地看着他们，丈二和尚摸不着头脑：各位读者应该清楚真名古在找什么，他在找"帝王"。

这四个人看起来做室内搜查就像做了一辈子似的，不但行动迅速而且分工合理。没想到室内搜查法自从爱伦坡的《失窃的信》后竟发达到如此地步。包括谒见室在内以及与之相邻的四个房间被分为几个区域，他们查看的速度极快，每个区域内一点细微的痕迹都不放过，即便是灰尘也要查看几遍。椅子、桌子也不能幸免，全都被拆开了。就连待在昏暗角落里的加十浑身上下也被脱个精光，耳朵都成了检查的对象。

搜查结束之后不久，室内迅速恢复到了原来的整洁，刚才战场般的杂乱只是昙花一现。"帝王"确实不在这里，这事实比真理还有说服力。真名古将四名学究集合到房间角落下了指令，四人出去后，真名古径直走到加十旁边："站在这儿，别动。"

说完，他四处张望，悄然消失了。

就像笔者所说的，加十留在那里非常沮丧，艰辛地守候在这里，他梦想拿到"安南帝国皇帝宗龙王杀人事件"这个世界级的独家新闻，却没想到杀害鹤子的犯人不是皇帝而是另有他人，到头来自己的坚守换来的却是两手空空。为拿到这个大独家他已经豁出去了，准备放手一搏大干一场了，谁知竟是这样的结果，他一下子放松了下来，但放松后紧接着是失望。他眼神呆滞、双眼无神，像傻子般呆呆地坐在椅子上，过了一会儿，他顺手拿起桌上的晚报，看到第二版的下方有一小段关于今早事件的报道。

公寓自杀案

今日凌晨四点左右，前宝冢歌剧学校学生松谷鹤子（二十三岁）从位于赤坂山王台的有明庄二楼跳窗，坠落到约三十尺高的山崖上而自杀身亡，死因为悲观厌世。

在偌大的东京，读完这短短的几行文字，没有谁能像加十这般感慨良多。不，不仅仅是加十，了解内情的人都会感慨颇多的，他们会感慨表象与真相的距离为何如此之大。

"东京"被称为魔都的原因也正在于此。事情的开始与结束全在不知不觉中进行。我们所见所闻的罪恶还不及这个都市罪恶的百分之一。即使是我们所见到的原本也是陷于黑暗与混沌之中，只是因为无意中转瞬即逝的反光才进入视野为人所知的。

各位读者一定也读过这篇报道，不过这短短几行报道里究竟隐藏着什么样的波澜，你们挠破头也猜不出的。不但这样，好戏才刚拉开帷幕而已。眼前所呈现的只不过是开胃小菜而已。自杀事件拉开了序幕，大管弦乐队演奏的将是浑然的犯罪。这些情况加十浑然不知，只沉浸在失去猎物的沮丧与愁苦之中，发出了自怨自艾的声音：

"这是梦境，还是幻境……这事如果是真的，那可是震惊全世界的事呀，现在全完了……真不想从梦中醒来呀，啊啊，真没意思呀……我一直以为是皇帝杀的人，即便拖一两个月无法结案，就是拼了命也得把这独家搞到手。事情既然已是这样，鹤子的生死与我就没什么关系了。虽说我也经历过很多波折，但今天我才真正地感受到人生无常。白云苍狗所形容的世事变幻也不过如此而已。作为皇帝享受荣华富贵原来不过是场梦而已，头条不但别想了，接下来的命运就是被逮捕送到监察厅了；这所有的一切都是异想天开而造成的，我恨不得找个地缝藏起来……我到底什么地方犯迷糊了，竟傻到如此地步。我怎么会坚持认为皇帝就是杀人犯呢？你想，他要是想杀鹤子的话，怎么会相约三人一块儿吃消夜呢？况且吃消夜的时候他还是那么笑容可掬，在他消失于寝室之前都是很沉着的，不是那种隐藏得很深的危险人物，怎么也不像杀了人……"

说了半截儿，加十突然睁大了眼睛："哟，不对劲儿呀……皇帝拥有一颗罕见的大钻石……皇帝销声匿迹了……这不对呀。皇帝应该是被绑架了吧，而不是逃走了吧……不排除有这种可能。情况如果真的是这样的话，那可就大了。"

他颇为亢奋，站起，又坐下："慌张不是解决问题的办法。冷静下，把昨晚发生的事理个头绪才是最重要的。"

他手臂交叉，表情颇为凝重："昨晚八点，我气愤地离开东京会馆，来到这里……没什么奇怪的呀。接着在银座碰到村云笑子……哎，这事说来也巧了……曾经的同事，一起在北海道小学执教的同事不仅当了电影明星，还开了家豪华的酒吧'巴里'，所以我曾抱着攀攀老乡的想法去探望，却没想到她一点儿也不念同乡之谊将我赶了出来……笑子为什么昨天突然那么亲切呢？这个自命不凡的女人拉着我的手，生拉硬扯地把我拉到了'巴里'。正好是那天早上就发生杀人事件，皇帝恰好在那里……皇帝被绑架，留下我一人在现场。噢，可恨！对了，笑子是有明庄的住户……这中间一定有门道。如果说我跟笑子在银座相遇是巧合的话，那么她硬拉我去皇帝在的地方时的态度就值得玩味了……虽然这么说，但也没有什么证据呀。看看能不能从别的报道中找些线索呀？"

他低声念叨着，快速地浏览晚报，当他刚看到放在最下面的《夕阳晚报》时，他就不由得大声地惊叫起来。

《夕阳晚报》特别版第一面："喷泉铜鹤，今晨歌唱！"斗大的标题下，用华丽的辞藻详细地描述了会场的盛况、颁发奖品的经过、贺岁贺电全文、兼清博士演说的要点以及九点三十五分铜鹤为庆贺皇国万岁嘹亮歌唱的惊人瞬间。

加十不由得愣住："真是出乎意料……园艺长酒月和幸田社长原本的计划是一开始就安排在邻近警视厅的日比谷公园集会，在铜鹤唱歌之前先收集会费，警视厅一看是非法集会，肯定就会在预告铜鹤唱歌的九点十二分以前解散集会，他们然后顺理成章地宣布大会到此结束，本来就没有设下机关，更不会留下什么证据了……对了，铜鹤为什么会叫呢？这事也真是费解呀……好，一块儿看看吧。往常如此疏离的笑子竟主动示好，不可能鸣叫的喷泉铜鹤竟发出声响……这两个现象看似风马牛不相及……但说不准还真有什么重大的联系呢。"

他不断地翻着眼，歪着头费神地思考着，但没过多长时间，加十似乎停止了这种思考："想再多也没用，反正我是想不出来的。只有亲身去探查才能找到真相，说不定会发现其中的联系。就这样，立刻去行动吧。"

冲动的他刚站起来，饭店负责人就进来了，向他通报说警保、欧亚两位局长来访。加十的神情一下变得很沮丧，无奈地耷拉着脑袋坐到椅子上："哎呀，真是的，你看我的记性。现在我要去的是监狱。再见了大头条，和你是没有什么缘分了。"

他喃喃自语着，又用如蚊子般哼哼的声音对负责人说："告诉他们说我已经幡然醒悟了。"

不一会儿，两位局长进来了。异常恭敬地通报过名字后，走在前面的是警保局长，一副诚惶诚恐的样子："陛下，请允许我再一次向您表达我们的歉意。由于今天早晨接连的失误，我实在是无颜来见您，但我还是要硬着头皮来向您低头认错。刚才真名古的冒昧打扰，是极为失礼的行为，也损伤了您的名誉，我们已经对他进行了严惩。对于这件事，我们向您致上深深的歉意。"

警保局长看起来害怕极了。局长不愧是局长，那战战兢兢的样子比新剧的演员演得还传神。

这个我们暂且不说，加十的处境我们也可以一目了然。不久前才将他扔下王座，但只要是政治需要就可以立刻将其扶上宝座。即便是傀儡木偶也不会像他这样被人无情地玩弄于股掌之上。他现在这种处境，确实也够悲惨的了。

对此，加十真是难以置信，他偷偷看着这两个人。这两人身体发抖，额头上沁出冷汗，恨不得立刻消失一样。身体抖是因为气愤，冒冷汗是因为讨厌，但在这种情形下，不管怎么聪明的人也都不会看出来的。更何况加十是这么憨厚，轻而易举地就钻进了这个圈套。他立刻感觉世界为之一变，应对好的话，就省去牢狱之灾了。于是他竭尽所能地挺直了胸膛，装作高贵的样子："道歉就免了吧，我的宽宏大量你们也是知道的。你们辛苦了。没别的事的话，你们就退下吧。"

就这样让局长们退下去是不可能的。警保局长颇为恭敬地行了个礼："陛下这样大度实在让我们感激不尽……"

加十有些不耐烦地挥了挥手："你们还有别的事吧。老是这样我快要招架不住了。就事说事，没事的话就退下吧，我最近偶染风寒，身体有些不适。"

警保局长态度谦逊："那好，我们就简明扼要地说几句吧，我们想向您请示一个问题，您是否还会继续让我们保管您以前寄放在警视厅金库的皇室秘宝？”

天啊，没想到是这事，你们早点来请示呀，不就省得我早先那么急了。他两手拍了几下："你看这事，我竟疏忽了。这样吧，原来怎么办的现在还怎么办吧。我带在身边的话也派不上什么用场。"

加十即便笨，但也不会笨到如此地步。恭敬地往后退三步，警保局长下去了。欧亚局长又上来了："当我们听说陛下您两三日内即将回国的消息后，我们真是舍不得您走呀，您对日本的良好印象也许会因我们的严重疏忽而有所削减……"

假如将这些话如实地记录下来，肯定是很搞笑的，但这种事也确实没有多大意思，其余的就要读者你们自己去想象了。总之，两位局长不但让加十从他们那儿得到笼络宋谍报部长的计策，而且让加十深切地领会出他们希望加十不要四处乱晃最好早点儿休息的意图。

不知是巧合还是有意的安排，他们刚走，宋秀陈就回来了。他虽有些晕晕的，但是走起路来还是很精神的，或许是刚受到警视厅殷勤款待的缘故吧。他在门口礼毕，异常恭敬地靠在加十身边："哎呀，真是无上的荣耀呀。刚才日本警视厅总监对小的给予了无微不至的关照，这是大王您威德之所在呀，在下真是感动不已呀。"

加十高傲地朝椅子方向颔首，示意他坐下："酒吃不惯就不要多吃，吃坏肚子就不好了……先不说这事，你刚才说的问题，我给你答复吧。"

秀陈坐在椅子上，身子挺得直直的："小人恭领陛下的圣训。"

加十不由得意起来："哎，千万别搞错了。那颗钻石保管在警视厅的金库里呢，现在还好好地放在那里。不信的话，你打电话去问一下。"

秀陈一下子感激莫名："哎呀，这就好了！以前以为大王会做出轻率的举动，以至于冒犯了贤明的陛下，确实是罪该万死呀。陛下关于秘宝的回复小人记住了……那么关于回国的日期呢？"

"两三天即会回国，你给理事官长发个电报。"

他说完之后，脸上露出奇怪的笑容："秀陈，你这次帮我不少忙。回国之后，我会给你颁发奖章的。"

秀陈霍地从椅子上跳了起来："这怎么行！只不过是区区小事而已，怎能配得上奖章的！"

"不，该给的我一定会……下面，有件事我要和你商量一下。作为谍报部长，你应该熟知各种易容术吧？"

秀陈不由得挺了挺胸："虽然您问的问题有些不太恰当，不过事实确实如此。因工作需要，小的随身备有各种易容的物品。"

说不准从这里逃出去也不成问题了。如果行的话，就可以马上到日比谷公园了……加十倾身向前，颇为兴奋："嗯，这样吧……给我准备套胡子，要和邮票上的一模一样。随后，我计划和你一块儿出去散步，你知道东京比不得安南，我的真面目假如被很多人知道的话，不仅不方便，而且也不安全。"

秀陈频频点头："是呀，陛下的思虑十分周详。身份如此尊贵的您确实应该小心谨慎的。"

说过这话后，秀陈退出了房间。不一会儿，他拎着一个老旧的手提袋回来了。他从整洁有序的内层隔间里拿出亮光漆与毛束，道了声失礼，就将亮光漆涂到加十的下巴上，然后小心翼翼地将胡子一根根地种到加十的下巴上。

大功告成了。除了眼神无法改变之外，此外的一切与皇帝都很像。在镜子里仔细端详过自己的容貌后，加十安排好同秀陈在公园西门会合。然后，他戴着随风摇摆、秦始皇般的黑胡子，骗过熟悉他面容的便衣，悠然地走出玄关，朝着日比谷公园的方向走去。没错，他准备对铜鹤喷泉展开调查。

20. 明石町的错误情报

让我们把目光转向筑地明石町，"住吉"最里面的房间。林谨直、道灌山前田组大头目，还有林的手下五人，个个双手抱胸、眉头深锁的场面配以应景的《蓬莱山图》及旁边插着碟牡丹的大苔松组成了一幅别致的风景。他刚派传次到幸田的妾宅没多久，警保局就通知了他皇帝失踪的消息。大家聚集在一起，正在思考应对之策。

林刻意巴结皇帝，捷足先登地取得了安南优良铁铝氧石的采矿权。而小口的日兴联合企业，即那个和他在资本以及企业构架等方面都不相上下的对手，正想方设法通过暗中帮助皇帝反对派也就是皇甥拥立派来从林手上将采矿权夺过去。这事一出来，大家都立刻怀疑这可能是日兴为了达到目的而采取的手段。特别是今天早上在帝国饭店的日比谷公园闹事的还是日兴旗下关东土木俱乐部的龙头、野毛山鹤见组一伙人。目前的情况，现在还不好判断，假如这是真的话，这一边也是有靠山的，那就是手握超过三千条不怕死好汉的关东组首领道灌山大头目。看来这件事不诉诸武力是解决不了问题的。

七个臭皮匠想破头也想不出什么门道，交叉着手臂，静默着。这时，驹形传次回来了，他看起来脸色苍白。一听到幸田说野毛山的安龟利用"唱歌的铜鹤喷泉"大会引起的骚动而绑架了皇帝的密告，传次就飞也似的回来了。

他弯下穿着晨礼服的膝盖，直直地坐着，斜眼看着林，表情颇为凝重："刚才我所报告就是事情的经过，中间有些条理不清的地方我是觉得很可疑。不过这群乌合之众，从他们嘴里得到真相也不是难事。

我之所以急忙赶来主要是想先将这件事给您汇报一下。"

关于这些事就没有必要细述了。

将站在水池畔凉亭前面的人推断为皇帝是以前错误推断的继续。

林挠了挠大腿气愤起来："真是蠢不可及。是可忍，孰不可忍。什么都别说了，我立刻打电话，让警视厅将小口跟野毛山都抓起来。"

林常年一副喜笑颜开的模样，这时，他本来就红润的脸一下子涨得更加通红，就像燃烧的大火一样。道灌山竭力劝阻林的大叫："林先生，不要这样做。"

他，五十五六岁的模样，银白色的头发全向后梳拢，与他年龄相称的皱纹在额头却很少见到。眉毛弯曲，又密又粗。嘴唇又宽又厚，眼睛如团十郎般炯炯有神，从中可以见到柔和的光芒，他双拳紧握搁在和服裤裙的大腿上，身体稳稳地靠着壁龛前的门柱。虽看起来像在东京高岗住宅区隐居的慈眉善目之人，但他却是派头十足，让人无可拿捏。道灌山缓缓绽开笑容道：

"林先生，不要这么做。我不在这里的话，那也就罢了，现在我在这儿了，你要是做了这事，我的脸面何在。要是人们在背后指三道四说我道灌山无能，只能靠躲在警察背后当缩头乌龟，那就不好办了。仅从刚才的谈话中，我们还拿不准这到底是不是野毛山做的，况且与野毛山一贯的做法也不太像……有了这些线索，那我也不愁没有话说了。现在，我先去和他们接触接触，看看他们的动向，听听他们的想法，可能的话，再想办法将皇帝带回……也许我老了，你们以为我是倚老卖老，但我心中自有主张。"

他说过之后，站了起来。

这只不过是幸田随口说出的一些猜测而已，没想到事情竟会发展到如此的地步。事情到底如何收场呢。不一会儿，道灌山的车子驶出了"住吉"门口，朝着往芝的方向驶去。

另一方面，在与他们仅有一渠之隔的晓桥桥畔，一位约莫三十七八岁、鼻梁高高、眼睛深凹的男子正监视着一间名为"吴竹"的深宅大院。这个人物曾在第三回里出现过，他就是有明庄住户之一，开着双人敞篷车来到"巴里"的法国"Horvath 通讯社"驻外记者约翰·哈齐森。

　　守在那边水渠的黑暗中，他用锐利的眼神眺望着"吴竹"。这是一幅正月悠闲的夕阳美景，门松沙沙吹奏着，女孩子踢着毽子，装扮得漂漂亮亮的艺妓三三两两地经过。哈齐森可能有些迫不及待了，突然走过去向门里窥探着。

　　大约十五分钟之后，喧闹的送客声从庭院深处传了过来，走出了一位三十五六岁、拉高衣领盖住脸的男人。那人容颜憔悴，眼神飘移不定，从面相一看就知绝非善类。穿过庭院入口的街灯，他向右转，朝着晓桥的方向走去。哈齐森跑到那人面前，猛地从堤防下的阴影中冲出来，拦住了他。他抓着那人的外套衣领，用力地往前拉："嘿，巴隆斯理，平白无故的你躲什么躲呀？"

　　各位读者应该也了解了吧，今天，"卡玛斯秀"恰好在日本首演。正是这两人把一群普通的巡回表演艺人渲染成继纽约大齐格菲之后世界性的歌舞团。

　　日法混血儿是两人的相同之处，他们也因此臭味相投，在安南、贵州等地共同做了许多罪恶的勾当。提起哈齐森，人们自然会提起巴隆斯理，他们可谓焦不离孟。但现在这两位铁哥们儿之间似乎发生了什么矛盾。

　　哈齐森将巴隆斯理推到桥边的栏杆上，使劲地晃着他："哎，说话呀，你，说呀！"

　　巴隆斯理烦愁地低垂着眼："你让我说什么呢？"

　　哈齐森牙齿紧咬着，发出咯吱咯吱的声音："看清这可是东京的正中央，不是顺化的马路边。你竟敢先下手……喂，皇帝呢，你把他怎么样了？"

"我不了解。"

"嗬嗬，这样呀。公演的第一天你就跑到这种地方来，你想干吗？"

"寻朋友啊。"

"胡扯……嗬，瞒着我，你是不是将皇帝卖给野毛山了？"

他一边说着，一边用右手掐着巴隆的喉头："瞒不过我的，现在待在'吴竹'包厢里的人，就是今天早上在日比谷公园闹事的安龟一伙十人吧。怎样，你还有什么可说的？"

憋着气，巴隆斯理发出嘶哑的声音："我不了解不了解……你想干吗？你的手在做什么？放手，快放手！"

他拼命地挣扎着，自下而上撞击着哈齐森的胸口。哈齐森不由得踉跄了一下，但又立刻站直了："千万别做傻事。"

他从怀里掏出一把白木制的刀鞘，不知为何掏了半截又放了回去，他紧握着巴隆的手，言辞颇为恳切："对我来说，想要进去的话小菜一碟而已。我之所以没有那么做，反而在这里耐心地等，关键是我想和你好好聊一聊。唉，求你了，巴隆，你千万千万不要抛下我。好处我也不要，利益我也不要。想要什么你都可以拿去……把所有的事情都对我说一下吧。我不是说过无论什么事只要你不瞒着我，什么都好说吗……哎，又怎么了？不要露出这种表情呀，看起来怪怪的……笑呀！喂，你笑笑呀！"

巴隆斯理用尽全身的力气咬紧牙关，他突然扭过头，眼光仿佛要穿透那黑暗的水底。用心看的话，会看到泪水顺着他的脸颊流了下来，但在哈齐森所处的方向却是看不见的。

哈齐森盯着巴隆斯理的后背，站立良久，过了一会儿叹了口气："你变了……我真不明白你在干什么……发生什么事了？巴隆，说话啊！喂！"

当巴隆斯理转过身时，脸上的泪痕已经消失了。只剩下一脸的厌烦："你不明白，我给你说说。你老是以老大自居，实在让我忍无可忍了。"

"哦？"

"时间也不短了，是时候了，我们该分开了。以后再见面，你我形同陌路。"

哈齐森浑身直发抖，手中的拳头握得紧紧的："是不是钱财迷住了你的双眼？一点儿小钱，就让你弃我而去吗？"

他眼中藏着泪花："喂，巴隆，我们在偏远的印度支那同甘共苦这么长时间，难道今天真的要分开了吗？这样行吗？傻呀，你傻呀……"

巴隆后背倚着栏杆，头仰望着天空："嘀嘀！这不是很好吗？我是钱财迷住了眼。你没有必要去管我。"

"是吗，这是你说的吗？"

"真是烦死了人！"

"起码，说个原因……"

"想怎么想你就怎么想吧。"

哈齐森的身体不住地发抖，他瞪着巴隆斯理，眼神是那么的凄凉，不久他硬挤出声音："行，分开就分开吧……但，请你记住，我不会让你得逞的。"

说完他颤抖地扣上外套纽扣，快步消失在水渠的黑暗中。

21. 奇妙的探头测试

真名古独身一人坐在空荡荡的警视厅搜查一课课长室的大办公桌前，他表情冷峻，两只手抱在胸前，头低着往下看，一副心事重重的样子，简直就像个雕塑般动也不动，这副模样和上次在有明庄的一样。

细看之下，在他的办公桌上整整齐齐地排着上次在有明庄找到的浅绿色背心、狮子头的烟嘴、纸刻出来的鞋型，还有写着"零点八六公尺"的记事本。

这些东西正是真名古烦闷的根源。从他的姿态来看，他似乎在向那些东西致敬。他这么做已是第二次了，不知道冷酷的真名古警视为何对这些东西如此烦闷苦恼呢？说来还真有些让人不解。刚才，不知为何真名古在警保局报告现场勘查情况时省略了到伊吹服饰店询问这一细节。他不但没有提这些，即便是烟嘴的特征、未干的墙壁上留下有人靠过的痕迹他也一点儿没有提，这里面一定有什么不为人知的地方。

肯定有什么重大的秘密隐藏在这些物品里，肯定是有什么特别的理由，谨慎认真的真名古才不会将其泄露出去。时钟上显示的时间是五点十五分，这时搭载着法国大使的不定期快车已经到了彦根一带。大使明天凌晨四点抵达东京，这就要求不管想什么办法都要在此之前将皇帝送回饭店，他不行动却还在这里烦恼着，这行吗？烦恼也得分个时候呀，至少应该将眼前的难关渡过之后再烦恼呀，也许像笔者这样不耐烦地想的人不只是一个吧。

没过多长时间，时钟报时，已五点半了。像个暗号一样，那四名枪手走进来在门口立正排成一排。真名古总算动了动身体。他慢慢地转向他们，对右边的枪手使了个眼色。那人收到指示往前一步用简单明了的口吻说：

"岩井通保、印东忠介、约翰·哈齐森、山木元吉、村云笑子、川俣踏绘六名有明庄的住户与'卡玛斯秀'六个团员分乘三辆汽车，三点十分后一起从'巴里'出发，三点二十分到达小田原町的酒店'铃本'。'铃本'在十二人抵达之后立刻锁上了大门，大门在五点二十分

131

临检前从未打开过。据侦讯过的'卡玛斯秀'团员六人供述，临检时间前有明庄六人无一外出。也调查过了'铃本'的后门，可以断定最近绝对没有人出入。"

真名古向第二位枪手打了个手势。第二个男人上前一步："警视总监慰问巡查的线路及时间是，赤坂区第五岁晚警戒哨、溜池十字路口为凌晨三点五十分；第六哨赤坂见附为四点四十分；第二哨麹町区三宅坡为四点四十五分；第一哨樱田门为四点五十分……"

第三名枪手上前一步："松谷鹤子的籍贯是京都市东山区山科町深野百二十番地。前京都府警察部长大人的籍贯是京都市东山区山科町深野百二十番地。"

真名古额了额首，第四位枪手走出去没多长时间就把美丽的裁缝花带进课长室。然后，四名枪手在真名古低声的命令中退下了。

真名古招了招手，示意花坐到椅子上，他用一贯的风格，声音低沉地说：

"我请你过来是有点儿事想麻烦你。"

花抬起头："这也巧了，有件事我也正好要问你呢。"

"噢，啥事？"

花一脸坚定："我在饭店和大王已见过面了，大王不是罪犯。"

"看来你挺高兴的呀。"

花轻微地笑了下，旋即又回到了严肃的神情："大王不是平头，个子也不是那么高。希望你能明断是非。"

"我可没说大王是罪犯，只是说不能妄下结论而已……这事先不提了，我有件事要麻烦你，说起来也没什么，有件东西我想请你看一下，请到这边来。"

说完这些，他拉开抽屉，从中拿出一把枪，放到口袋中，带着花走出了课长室。

没过多长时间，水泥地阴暗的中庭出现了真名古和花的身影。四面都被灯火通明的三层楼建筑物包围着，就像井底一样。真名古示意花蹲下去，接着指着三楼上面的一个窗户：

"你房间的窗户到有明庄鹤子房间的窗户的高度大概和从这儿到那儿的高度一样……接着，我一发出暗号，就会有一个男人从那个窗户的窗帘探出头来，接着的事就像今早将鹤子丢下去的罪犯做事的顺序一样吧。那男人的身高、头发还有手腕的部分你一定要盯紧了，千万不要因其他窗户而转移了注意力。对了，无论你看到什么，千万不能开口……记住了吧！下面开始了呀。盯紧了，看着那窗户。"

说过之后，他掏出口袋的手枪对着天，砰地放了一枪。四面的窗户一下子都打开了，形色各异的脸都冒了出来。理平头的总监从真名古指的那扇窗户里探出上半身，一边俯看着中庭，一边大声地骂着："什么事，什么事？"真名古拉着花的手旁若无人地离开了中庭。

从窗户缩回头的总监在三楼的总监室里气急败坏地对着扩声器大骂。

"这是怎么回事？出什么事了？"

扩音器里杂乱地汇报着："真名古课长枪走火了。没有发生任何伤亡。"

"要是有所伤亡的话那还了得……对了，现在探知有明庄六位住户的行踪了吗？"

"未得到任何报告。"

总监有些不高兴地撇了撇嘴角，他从烟盒里拿出一根烟草，突然，他的手停在了背心胸前的口袋里，不由得苦笑着。平常他总是习惯将烟嘴放在这里的，现在烟嘴弄丢了，他还是习惯性地伸手到这里拿。

他刚点上烟，又有声音从扩音器中传了过来。

"接到林先生的电话，他说出事了，要立刻转给总监。"

总监一把将烟草扔了出去："快，转过来，别磨蹭了。"

才骂完，真名古和警保局长一起，边说着"麻烦"，边走了进来。总监挥了挥手："局长，听说又要有事了，现在正要接林的电话呢。"

局长和真名古刚在椅子上坐下，扩音器就传来了林粗重的声音：

"是总监吗？我是林。我之所以给你打电话是因为我实在过不去了，好像有非常严重的事情发生了。只有你一个人在吗？"

局长对着话筒喊道："我也在，还有真名古。发生什么事了？快点说呀！"

"道灌山到野毛山那里和他交谈过之后，野毛山还是第一次听说安龟在日比谷闹事的事情。其实去年夏天他和安龟就因一点儿小事而翻脸了，两人已是形同陌路，只是因为家丑不可外扬，因此没有对外人提起过，要是现在还替他收拾烂摊子的话，也确实是件头痛的事。说着说着，突然野毛山露出惊讶的表情，他说，去年年底二十八九日左右，忽然来了一个从未谋面的混血儿让他去杀一个人。人家既然已经找上门了，他就问对方如果杀了那个人是否对日本有极大的好处，对方回答说并不是为了日本。于是，野毛山就把他打发走了，没准儿他想杀的人就是皇帝。要是有这个计划的话，不管这话是真是假，那可不是小事。我打这个电话的原因也在此。"

一挂掉电话，局长转向两人，一脸苦笑：

"林还真是不淡定啊。这事真无聊……这只不过是捕风捉影而已。这人，一定有问题。"

扩音器那边又传出声音："现在，银座第十二号自动电话想找警视总监，说是有关于皇帝暗杀计划的重大密报。"

真名古跑到话筒前："我们要尽可能拖长通话时间，立即通知八云町派出所，一定要捉到那个通话者。通报结束后立刻将电话接过来。"

没过一分钟，扩音器又响了："通报八云町派出所，完毕。电话马上接进来。"

三人都敛气屏声，紧张地等待着，扩音器那端传来一个粗哑的声音：

"是总监吧……我这里是银座十二号。你让我等的时间还真不短啊。拖长时间，想抓住我，这一招不管用。我早已决定只打一个电话了……我都等了一分半钟了，你们让我等得也太久了，现在只剩一分半钟了。你们心里要有所准备，中间一旦掉线了，那么通话也就结束了，我们的缘分也就到此为止了……那我就直说了，有人计划暗杀安南皇帝，地点就在东京。奉皇帝反对派也就是皇甥李光明一派的密旨，刺客已于十二月二十七日搭乘胡佛总统号抵达横滨。条件有两个，一是最好能借日本警察的手来完成；二是要让尸体暴露在东京最为醒目的地方……这样的情报你那边也应该收到了吧。暗杀计划要在大使抵达东京并直接到饭店谒见之前成功实施，也就是明天凌晨四点之前。至于刺客所在的位置，我知道，也顺便给你说一声吧。那人……下面就是第二次通话了。"

扩音器里尖锐地咔嚓一声，话筒挂断了。

就像某种东西猛然地刺了警视厅的神经一样，警视厅里出现了惊人的反射动作。局长旋风般地冲出总监室。唯独真名古稳稳地坐在那儿，屁股挪都没挪一下，头依然低垂着。看着真名古的身影，总监的眉头皱得紧紧的，最后按捺不住发起脾气来了。他用尖锐刺耳的声音说：

"喂，你怎么回事？真名古。"

真名古用他那犀利的目光紧紧地盯着总监的脸，声音低沉地说：

"总监，我在等，等和你单独相处的机会。"

现在恰好六点二十分。距离明天凌晨四点，只有不到十个小时的时间。是警视厅笑到最后，还是刺客笑到最后呢？……在这刻不容缓的紧张时刻，真名古却表现得相当悠闲，他到底想说什么呢？

第七回

22. 真名古的冗长演说

前宝冢少女歌剧学校学生松谷鹤子自杀事件被《夕阳晚报》社会版寥寥可数的几行字打发掉了，假如细加追究，真相并非所报道的那样。在这事件的表面，即便是一小片的波澜你也看不到，假如真相就像民答那峨海湾火山爆发时从黑暗的深海里涌现出来的翻滚水流一样，真不知道那是怎样一幅汹涌奔腾的画面呢。

最初当局之所以忙于隐藏真相，是因为从一开始就误以为是皇帝把鹤子从窗户丢下去的。当把这件事情当作自杀事件布置妥当之后，却惊人地发现，皇帝竟是被害人，他在凌晨四点二十分，也就是事情发生之后不久就被人绑架了。

在日本国土境内，而且是东京正中心，一国皇帝被绑架，这事件实在是太严重了，可以想象，当局有多么震惊与慌张。内务外务两大臣及其下首脑部会紧急召开会议，讨论处理善后之策，但事件却错综复杂，扑朔迷离，让人摸不着头绪。他们得出结论，此事的动机就是意欲夺取皇帝带来的安南皇室的秘宝，这秘宝是皇帝从安南带来并想在日本贩卖的。

让笔者来看的话，这也只不过是主观的推断而已。所有的侦探小说的情节不都这样吗？事情是真的也就算了，但日比谷公园里喷泉铜鹤唱歌之事又做何解释呢？事情并不是那么简单的，到最后又收到了暗杀皇帝的密报。

为让皇帝退位，以便将皇甥李光明推上王位，皇甥拥立派下密旨让刺客在一星期前也就是十二月二十七日搭乘胡佛总统号抵达日本。而且还附加两条，那就是不但要尽量借日本警察的手来行动，还要将尸体丢在东京最为醒目的地方。

在那些了解安南皇帝派和皇甥派之间恩怨的人看来，这个密报既非胡闹也非玩笑，而是极可能发生的事。从这份密报还可以看出对方想借此事引发国际争端，从而一箭双雕达到离间日法两国的罪恶企图。

告密者严肃而极具震撼的话语从总监室的扩音器里播放了出来。告密者不仅知道法国大使明天凌晨四点到帝国饭店拜谒皇帝以确认贩卖秘宝之事并劝告皇帝紧急回国一事，而且连法国大使正在来京的路上都知道。

本是一桩市民的自杀事件，没想到竟会升级到这种地步。政府真的有点惊慌失措了。事情假如真的发展到那一步，后果真是不堪设想呀。政府决定上下齐心协力，一定要在明天凌晨四点前将皇帝送回饭店，坚决阻止暗杀皇帝的行动。时间已是六点二十分了。搭载大使的不定期快车已经到了岐阜一带。距离凌晨四点，只有九小时又四十分钟了。警视厅是否在这场惊险万分的比赛中取胜，安全地将皇帝送回饭店呢？

从告密者的话语中大概可以推测出皇帝仍活着，至于人在什么地方却无人能知，事件还是扑朔迷离。整个警视厅立刻行动了起来。全东京的警察组也一起进入战时状态。本厅紧急召开了搜查会议，迅速确定搜查大方针，在搜查方针的指导下迅速在全管辖区及邻接五县布下了密不透风的搜查网。搜查课立刻开始追捕有明庄六名住户，以及安龟那一帮人，据说是他们从日比谷公园"唱歌的铜鹤喷泉"会场把皇帝绑走的；外事课则一个不漏地调查自十二月上旬以来乘船前来的旅客及滞留在日本的外国人的行动。

在警视厅异常骚乱之时，真名古搜查课长仍坐在总监室的椅子上，身子挺得直直的，一动也不动。在这么大的骚动面前，冷酷无情的真名古作为警视厅屈指可数的精英、检查智囊团的第一人选理应担任搜查指挥才对，他怎么将这么大的骚动当作拂面而过的清风一样，直挺挺地坐在这里摆出一副事不关己的样子呢？这与他平日里的明决果断实在是不同呀。

真名古这种阴冷的态度让总监很反感，他追问真名古到底发生什么事了，真名古目光犀利地盯着总监的脸，声音阴沉地说："我在等，等和你单独相处的机会。"他说完这莫名其妙的话语之后，上一回就结束了。

真名古说完这话之后，又低下头看着地面。从他嘴里到底会冒出什么呢？寒冬里的枯败树木说的也许就是他这个样子吧。这副形象是怎样的呢，肩膀消瘦、毛发稀疏散乱，手放在不为人注意的大腿上，低头看着地面，给人一种阴森的感觉，真是不敢相信他竟是个有血有肉的人，就像是从坟墓里爬出来的尸体迷了路跑到这里来。

总监将白胖的脸转向真名古，等着真名古说下去，但真名古低下了头，然后不再多说了。总监有些坐不住了："你所说的事和这件事有关联吗？"

"有。"

"为何非得单独和我说呢？"

"……"

"非常重要吗？"

"是的。"

真名古的头依然低垂着："总监，罪犯的线索，我已找到了。"

总监霍地从椅子上跳了下来："哎，真的吗？线索可靠吗？"

"绝对可靠。你想听的话，在这里我可以把这个人详细而生动地描述给你。对了，罪犯那天晚上的所作所为，我全都掌握了。"

"噢，有什么新情况呀？你哪个时间知道的？"

"早先，在勘查过现场之后我就知道了。"

总监脸上突然露出不高兴的表情："你也真怪呀。我真搞不懂你……你既然调查之后就知道了，刚才为何不在报告时说呢？"

总监皱起了眉头，极为严厉的样子："我问你一个问题，这是题外话，你是不是为逞一时之快而故意隐蔽事实？我不想去猜你为何要采取这种报复的态度，大概是因为今早安排任务时将你排除在外了，我想也只能是这件事而已。原因到底是什么？先把原因给我解释清楚。"

"总监，明天早上一处理完这件事，搜查课长这个工作也是不干了，你说我偏狭也好，阴险也好，我都无所谓了。在这方面我也没有必要答复你。我很反感这种你问我答的方式，这种方式实在是浪费宝贵的时间，加上我也不善言辞，请允许我单刀直入进入重点。"

这就是典型的真名古式的狷介不屈。事已至此，多说无益。总监退步了，他抚摸着自己颇为美观的头顶：

"事情既然都这样了，那你赶快说吧。"

真名古把眼睛闭上了一会儿，状似祷告：

"刚才我的现场勘查报告毫无保留地说明了皇帝是从厨房后门被引诱出去的……刚才我报告了花的全部证词、衣柜里的背心可能是皇帝常穿的、罪犯曾经在厨房墙壁上倚靠过这些证据，省略了留在未干墙壁上证据的详细说明……同时也没有提起在衣橱抽屉里发现的某些物品。因为这些物证会对某个人产生重大影响，我认为要发表还是慎重为好，所以我推迟了报告。"

说到这儿，真名古停了下来，他慢慢抬起了头："总监，你猜从墙上能得到哪些证据？……非常遗憾，罪犯留下了这些证据，这就暴露出罪犯的身高、身份职业、运动习惯以及当时的心理状态了。"

　　"哦哦！"

　　"从墙上清楚的印迹可以看出衣服脊线的直缝线和上衣下摆的一条横线交叉成直角……上衣下摆到地板的高度约零点八六公尺。将这数据乘以系数就可以轻而易举算出此人的身高，并且从墙壁上衣服脊线的弯曲度，就能推测出此人的脊椎侧弯。"

　　"你怎么能断定这些证据是罪犯留下的呢？也可能是皇帝留在上面的呀？"

　　"依据厨房地上的鞋印，皇帝的鞋子尺寸是十二点三零，那个人的鞋子尺寸是十二点零零，从这就可以确定那不是皇帝的……这面墙壁是大约两星期前损坏的，补好的时间是鹤子督促之后也就是除夕晚上十一点左右。快十二点之前，帮佣的阿姥还待在厨房；凌晨四点半，溜池警局的警察已在门外站哨，再之后就都没有变动过。因此印上的时间只能是凌晨零点到四点半之间，之前之后都不可能……我今天上午十点半左右去现场勘查时用手指压了压墙壁，墙壁上没有留下一点手指的痕迹。我也动手摸了摸厨房铁制的火炉前的木箱里装着的灰泥土，这边的还没有干。灰泥墙上的灰泥之所以干得快是因为墙旁边有一支蒸汽管。要想更加精准地掌握印记印上的时间，只要查一下昨晚停止供应热水的时间与今早开始供应热水的时间就可以了。有明庄的蒸汽管在凌晨一点停止供应，在凌晨五点又开始供应，从印记的干燥状态，可以推测出印记是在凌晨三点左右到四点半之间印上去的。"

　　"是这样呀……那么，你怎么知道他的身份与职业的？"

　　"仔细观察墙上的印记，有个像皮带尾端的东西从上衣下摆垂了下来，其中一部分恰好在脊线正下方被印在墙壁上……最初我看到这时，我还以为可能是那个男人喝得烂醉如泥没掖好而垂下来的。当我看到墙角地上的鞋印，脚不仅整齐地站在离墙壁两公分的地方，而且还神经质地，不耐烦地反复踏着脚。像这样靠着墙壁的不是酒醉之人所为，还有，解开的皮带不可能在脊线正下方贴在墙壁上，那是因为皮带解开后会因自身的重量而往前下垂或弹开……这不是常见的皮带那又是什么呢？……不用说，那就是佩剑的袋子尾端。由此可知，犯人的职业是需要经常佩剑的人。"

总监不由得吸了口冷气："这，太意外，真不可思议……"

"据目击者花的证词，她说她记得凶手作案瞬间手腕上有着一个闪闪发光的东西。虽然花猜测那是手表，假如垂在腰下的是剑带的话，那么也就不难知道那东西到底是什么了吧。"

总监的身子突然向前倾了起来："噢，照你这么说，那是……"

"是的，是袖章，就是你官服袖子上缝的那种。厨房墙壁上的印记到底是什么我已交代清楚了，下面我来说一下玄关，提出别的人员忽略的证据……我到玄关检查窗户和两侧的墙壁时，也就是鹤子被丢下去的窗户，一件事引起我的特别关注。有一处刮痕是在窗户右边墙壁离地仅约一公分等间距处，那是由坚硬的物质自上而下以大约八十度角摩擦造成……那里的刮痕到底是什么物质造成的呢？大致想一下有 N 种可能，仅凭这些刮痕说明不了任何情况。"

不知何故，真名古忽然换了种口气，他用散漫的口气说：

"犯罪的现场勘查也可说运气的成分居大。科学虽然可以探究事物的根源，但只会偶然帮助我们下结论……这听起来像是很不科学的信口开河，不过只有我们这种饱尝搜查艰辛的人才会这么自信地说。总监，那三条刮痕就是突然举起什么重物时，官服袖子上的星章与什么摩擦而产生的……这正好解释了正下方地板上的金属碎片……犯人身高五尺七寸五六分……总监，你的身材高于五尺七寸五分，我很荣幸，

141

也有这身高……根据实验可以很简单地推断出来。"

话说到这里，真名古突然沉默了。从一开始看到现在，真名古说话可谓七拐八拐的。不能说得干脆利落点吗？让人都没有耐心去看了，真名古为何这么遮遮掩掩的？笔者不了解原因何在，从他那欲说还休的举动中就能感觉到此事特别重大。真名古愈来愈镇定，再看看这边，总监的脸色越来越青，透出心神不宁的样子。总监清秀的额头低垂着，看起来不像检察官倒像是一位艺术家，俊秀的嘴唇呈"一"字形紧闭着，惊疑的目光偶尔越过额头飞速警真名古一眼。

真名古两手抱在胸前，双眼下垂，静默着，若有所待。前面我们也提到过了，他是那种喜怒不形于色的人，从他脸上看不出他在想什么。假如他不想说的话，那么他就会突然一句话也不说，甚至持续很长时间。对他这种怪异的举止，总监也是了然于胸，所以他摆出一副见怪不怪的姿态，耐心地等待着。

两人很有默契地对坐了一段时间，就像禅寺里祖师开示时静坐一样。突然，真名古抬起头：

"哎，不多不少十分钟。刚才我说过的话，我想有些地方你还是不太了解，那我就打开天窗说亮话了，说得更直白些吧……总监，现在警视厅正全力以赴地搜捕杀害松谷鹤子的罪犯，在这里我就把这罪犯详细地给你描述出来吧，这应该可以吧？"

总监脸上露出惊讶的表情："你还真是莫名其妙……怎么不可以。快点说吧。"

真名古轻轻地转了转手腕，一反常态地稍稍挺了挺身，两眼紧盯着总监，眼神颇具挑战的意味："我就不客气了，容我直说了。那个罪犯性别为男，年龄五十二三，身高五尺七寸五六分，发型为平头，肌肉发达。脊椎侧弯，略有驼背，鞋子尺码为十二点零零，款式为美国爱迪斯公司的普林斯顿款。左脚微跛。职业为警察或海军军人；如为警察，级别则在警部以上，若为海军士官，级别则在准士官到特务大尉之间……这肖像即是杀害松谷鹤子并绑架皇帝的罪犯的肖像，也是将来要暗杀皇帝的罪犯的肖像……对了，假设这罪犯的职业是警察的话，那就正好与刚才的告密电话中说的要尽可能借日本警察之手来动手这个条件相吻合。"

总监颇有些不解："我可以理解你说的杀害松谷鹤子的犯人就是绑架皇帝的犯人的论断，但是你又是如何推断出他又是将要暗杀皇帝的罪犯？反过来推断一下，假如是我的话……把皇帝的尸体丢在街头，这是暗杀条款中的一条，那么无论是刺死或勒死，最简单的就是现场动手，有必要先绑架他吗？"

真名古不耐烦地换了个姿势："关键就在于，他除了要暗杀皇帝之外，还有别的目的……一句话，罪犯想得到皇帝的钻石。"

"要是这样的话，将皇帝杀死从他手中抢走不就行了吗？"

"他之所以没这么做是因为情况不允许，因为杀了皇帝他就得不到钻石了……钻石被藏了起来，对方绑架皇帝是想让皇帝说出钻石的藏身之处。"

"你推断皇帝是被绑架了，为何不能认定皇帝那时就被杀害了呢？对于这一点，我很难理解。"

"厨房后门下楼梯的地板上有两个圆点的痕迹，而且是两个被脱脂的圆点……你也应该知道，这世上只有两种东西能够让树脂、香油这类东西起化学反应完全脱脂的……那就是哥罗芳与乙醚。除此之处，那附近还有掉落的玻璃碎片，那应该是哥罗芳玻璃管的碎片……这就是我的依据，据此我推断出皇帝没有被杀害，而是被绑架的。"

真名古看了总监一眼，神情又变得阴沉起来：

"总监，看起来你对我的搜查有所疑虑，有些事情我是没必要说出来的；既然这样，为了证明我的推断，就让我在这儿仔细叙述一下罪犯当晚的犯罪经过……今天凌晨三点五十分，罪犯驾驶着双人敞篷轿车轻过赤坂区第五个晚警戒哨、溜池的十字路口，到了有明庄公寓，切断玄关门电铃，事先他已在这电铃上做过手脚，趁着黑暗的掩护藏身于鹤子住所的玄关……随后，喝得酩酊大醉的加十走出玄关，时间正是四点左右……两三分钟后，为了关门，鹤子走进玄关，在她按下墙上的按钮之后，原来躲在暗处的男人突然现身……我们不知道在这接下来的五六分钟的时间里，两个人之间发生了什么事情。鹤子虽然在被抱起来丢出窗外的时候极力抵抗，但却没有发出任何求救的声音。不但崖下的花与加十没有听到任何类似的声音，就连待在隔壁房间的皇帝也没有听到叫声。这说明她是安静地死去的。是因爱情也好或是恐怖也罢，总之就是这个犯人给了鹤子极大的心理压力……罪犯一边用左手摁住扭动着身子的鹤子，一边用右手拉起窗帘，窗户的转轴一打开，他就举起鹤子，将她从窗户扔了下去，然后飞速地按下按钮，关上玄关的电灯。然后便急忙跑出有明庄的玄关，而加十却从下山的那条坡道上把鹤子给背了上来。罪犯对此事也有所预计，他用早已准备好的厨房后门的备用钥匙，打开门进入厨房，然后背部紧贴着门旁边的墙壁站着，以便见机行事……这边呢，加十把鹤子背上来时，才发现鹤子早已香消玉殒了，他赶忙跑向管理员的房间，将这件事告诉了马婆。原来在餐厅喝着酒的皇帝在加十跑回二楼之时突然拿起外套，走进了寝室。古市加十对皇帝随后的行为就搞不清楚了……接下来又发生了什么事情呢……皇帝进到浴室也许是为了醒酒，他洗了把脸又漱了漱口，在毛巾的旁边和洗脸盆里还留着雪茄的碎末与食物的碎渣……你也知道，浴室紧挨着厨房。紧贴在厨房墙壁上的男人要进入浴室，只要打开浴室的门跨一步就行了。这可以从全新脚踏上的清晰脚印上得到证明。不管是出于友情也好，或是屈从于制服的威严，皇帝一声不响被那个男人带了出去。当时两人之间的情形我们可以从一些细节中推断出来，比如位于隔壁餐厅的加十没有听到任何声音，以及皇帝走出浴室时点了根新的雪茄。浴室里有一根点过的火柴棒，而在楼梯下方有根抽了不到十分之一的雪茄。那男人锁上厨房后门，用的是备用钥匙。在下楼梯时，皇帝在前面。刚下完楼梯，罪犯就趁皇帝绊了一跤、雪茄掉落的空当，将藏在手帕或脱脂棉中的装着哥罗芳的玻璃管压碎，从后面捂住皇帝的口鼻。等皇帝昏倒在地，他就抓住皇帝脖子后的头发，将皇帝拖到玄关靠在门柱旁以便将电铃装置恢复原状，接着将皇帝扛在肩膀上走到山王台下，然后将皇帝塞入自己驾驶来的双人敞篷车，四点四十分驶过赤坂见附，五分钟后经过三宅坂，十分钟后经过樱田门的警戒哨，最后到警视厅附近就不见了踪影。"

总监点了点头："是这样呀，那我清楚了。关于这件事，我想问一下，你知道皇帝现在是生还是死吗？"

"皇帝还活着。"

总监猛地从椅子上站了起来："噢，到底是在什么地方呢……"

对于他这个问题，真名古不置一词：

"现在皇帝应该是被关押在某处了，皇帝要是说出钻石所藏之处，他就会没命的。即使不说出来的话，他也支撑不了太久，他是危在旦夕呀。但是……可能听起来像是在吹牛，有我在这儿，皇帝就不可能轻易被杀害。虽然对手的策划周密，但我绝非等闲之辈，一定要好好地教训他一下。不管怎么样，我一定会把皇帝送回饭店，并且是在明天凌晨四点前……我决心已定。总监，也许你认为我是在夸海口，但在我看来，我已抓住罪犯的衣领了。我的固执你不是不了解。我一旦抓到目标，即使头被扭断我也绝不放手。"

说过这些话，他嘴角不易察觉地抽动了一下。

真名古的微笑既可以说是苦笑，也可以说是得意的笑。怎么看就随你的兴致了。做过这些脸部运动后，真名古右手伸进上衣口袋里：

"我叙述的顺序可能有些乱。直到现在，鹤子的衣橱抽屉里找到的东西还没有说呢……说实话，不过是个不值得一提的东西罢了。"

他一边说，一边拿出那个雕着狮子头的白欧石楠烟嘴，厅内人人皆知这个小物品是总监最爱用的。真名古将它摆在桌子上，庄重地行了个礼，推开门静静地走了出去。

23. 二九五克拉的去向

乙亥年时光飞逝，挂在门前的御神灯映照出门松的影子，艺妓们来回穿梭令人眼花缭乱，穿着长裤帮艺妓提三弦琴的男人不断地擦着汗，这就是傍晚的金春町。

两侧角落考究地挂着表千家流的"中洲"两字。最里面的房间里，主位上的是精明干练、声名远扬的志摩德兵卫，接着是他的下属——东京宝石俱乐部的松泽一平，以及《夕阳晚报》社长幸田节三，餐盘摆在他们面前，他们似乎正等待着什么。坐在对面，穿着晨礼服娇媚地斜在一旁，脸上用二十八号褐色颜料涂着薄妆，做作地衔着酒杯的是有明庄六位住户之一，曾在第三回里出现在"巴里"酒吧的印东忠介。

大年初一，这四个人为何要仓促地在这里会面呢？就像上一回说的，有明庄住户之一的山木元吉受皇帝委托，为那颗"帝王"大钻石联系买家。他想让印东牵线向其养父犬居仁平推销一下，这样一来至少可以从中赚取五十万元的中介费；他之所以四处奔走无非是想偿还那笔几乎将他逼上绝路的贷款。在这弱肉强食的时代，志摩德等人怎会轻易放走这来之不易的机会呢？他们的计划是先把印东拉拢过来以便切断山木的资金来源，然后再强制买下山木的借用证书，最后用武力接收。但是，假如不清楚山木将那东西藏在什么地方，这计划也就泡汤了。

对了，还有位平日同鹤子往来密切情同姐妹的女孩，那就是住在有明庄山崖下住宅二楼的美丽裁缝小花，她也许知道这方面的事情。若是她了解内情，不管是威逼也好，利诱也罢，非得让她说出来不可。幸田的搭档——公园园艺长酒月守过不了多久就会把花带过来。

松泽皱起的光秃秃的额，噘起尖嘴面具般的嘴巴，语重心长地对印东说："太忘恩负义了。怎么能这样呢……听人说，你和山木是在巴黎结识的，自从结识后你们就成了形影不离的好朋友……这么草率，这么不够意思的事，他竟做得出来？他想方设法劝你牵线搭桥帮他和你父亲展开谈判，在事情快要谈成之时，他却将你一脚踢开，想独吞佣金，全然忘了当初你在中间所花费的周折，这是典型的过河拆桥、忘恩负义呀。做人怎么能这样呢。"

他使劲儿地摇着头，不断强调着，印东则气愤地咬着嘴唇："你真好。他不断地奉承与夸奖我，原来那都是假的……哎呀，没想到，真没想到他会是这种人。我那么实在地对他，他却这样暗地里排挤我，真让人接受不了啊……"

他用手帕不断抹着眼泪，松泽这时都有些不忍看了，拍了拍他的额头："真是让人难以卒听呀。谁会想到他竟做得这么不够意思。别提了，来，干一杯吧。"

他递过酒杯以便缓解眼前的尴尬，幸田也过来帮腔了："说得对，到底发生了什么呀？不妨说来听听，或许我们也能帮你参谋参谋。不管怎么说，志摩德先生也在这里啊，不是我夸口，对我幸田节三来说，要替你教训一下山木，让他为不诚实付出代价，这也不是什么难事……事情的经过到底是怎么回事？"

印东有些猥琐地舔了舔嘴唇："那是两年前的五月左右，山木收到一封上面没有发信人姓名，只写着奈良饭店的电报，让他无论如何一定要去一趟。虽然不情愿，但山木还是去了。山木来之前就不知所为何事，到了之后，看到的情景把他吓了一跳，原来他看到皇帝和一个奇怪的女人睡在一起，那女人是鹤子。他问道：'大王，您怎么会突然跑到这里？'大王笑了笑说：'大王，我才不是呢，我是安南的矿山技师。这个矿山技师来日本已两次了，这你都不知道。'……当他问大王有何贵干之时，大王将山木带到饭店内庭，对他说了这样一番话：'我要拜托你一件事，请你一定要帮个忙。因急需大笔资金，我带来了皇室历代相传的钻石，看你能不能帮我出面悄悄地把它处理掉？我也跑到阿姆斯特丹和安特卫普咨询过了，你知道现在欧洲的经济间谍正四处活动，形势太危险了，脱不了手。目前只有日本还能处理掉，除此别无良策，这个忙你一定要帮呀。假如因体积太大而不好卖的话，我可以发电报从阿姆斯特丹找来一位有名的钻石技师，这位名叫怀格尔的技师可以将钻石切割成所需要的形状。事情进展顺利的话，除了百分之五的佣金，我还另有重赏。'……这时山木已快被吃喝玩乐而欠下的一屁股债逼入绝境了，即便他想推脱，他也推不开了。他将这事当作天大的美事，好像自己就是大老板的样子跑到大阪宝石俱乐部的山西那里，向他报告了这件事。他先给大家解释了这件事情的敏感性，说一旦钻石被带出这件事情曝光，皇帝就会立刻停止销售。之后在聚集了加纳商会、石田跟枳直的北边新开发地'水月'，钻石已被大家预先看过了……但是，这些大买家们见到这大得出奇的东西都不由得吓了一跳，不住地翻白眼儿。大家一看完，都异口同声地说力有未逮，只能望而却步了……一番商议之后，他们提议：'要不，就按我们现在的人头数切成四份，一人五十万的话，我们还可以接受。'……哪里是这个行情。轻轻松松就卖个五千万元的东西，竟然只给两百万，根本没有

148

谈的必要了……皇帝也就放弃了。但是山木却一直没有忘记这个可以发大财的机会，他正处于危难时刻，他只有选择这条路了。后来，那年十二月山木给大王写了封信，说在东京贩卖可能会相对顺利些。大王以为事情已有了眉目，很高兴地带着钻石来了，山木却装傻说现在正要开始努力，气得皇帝恼火地对他说：'你太差劲了，我不会再拜托你了。'山木很是张皇失措，他跑来向我哭诉，要我帮他想想办法，后来就商定要我去和我父亲谈谈。去年年底二十七日，我和皇帝一起将真品拿给父亲看，我父亲看过之后很感兴趣，说最高可以出一千万。皇帝也知道我父亲那边的极限也就这样了，这事就这样敲定了。但是……"

松泽屏住呼吸："但是？"

印东脸上浮现出狡猾的笑："这事又中途变卦了。"

志摩德往前倾了倾身："这，这到底是为什么？有什么困难吗？"

"皇帝改主意了。"

"噢。"

"刚商定好的第二天早上，安南那边发来了密码电报，说钻石被皇帝秘密带出来的事曝光了；皇帝的反对派也就是处心积虑推倒皇帝想自己登上王位的皇甥李光明一派在那边兴风作浪，扬言要向法国总督告密，说皇帝正在计划筹措独立资金……于是，侍卫长向他紧急通报了这件事，劝他此时一定要打消卖掉钻石的念头，皇帝也吓坏了，说要暂停交易。"

印东的话让人颇感意外，三个恶人想也没想到，他们不由得大眼瞪小眼。幸田转向了印东的方向：

"那么，山木手上已经没有那颗钻石了吧？"

印东颇有些不屑地注视着幸田的脸：

"不，不是那样的。"

松泽也向前探了探身："那究竟是什么样的呢？山木手上还有吗？"

"这……"

"不要在关键时刻卡壳儿呀,你知道钻石现在在谁手上吗?"

印东点了点头:"嗯嗯,我知道呀。"

"嗨,究竟在谁手上?"

印东扭着身子故作娇态地撒娇:"讨厌,不要让我无偿说出来嘛。"

他一边说着,一边转向志摩德:"和这些小角色谈得再多也不如直接问你来得爽快。志摩德先生,我要问一下,投靠你并且将秘密提供给你的价钱是多少呢?"

志摩德紧绷的黑脸松弛了下来:"我不是什么吝啬之人,不掏一个子儿就让你投靠我。不管怎样也不会亏待你的。一人各三千,加上化妆费共一万。支票可以接受的话,我立刻给你。"

印东有些随意地将脚伸到桌上:"可以。你现在给我吧。"

从怀里掏出支票簿并填上金额后,志摩德对着印东满意地笑笑:"行了,该你了。"

印东微笑了一下,颇具嘲讽意味:"那我就随便透露一下吧……钻石在山木那里。"

"哎,印东先生,就这也要一万吗?"

"别急啊,还没完呢……凭什么说钻石在山木那里呢……"

他紧紧地注视着在座每一个人:"依据是,山木把皇帝杀了……行了,一万。事情详细的过程我一会儿就告诉你们。"

大家不由得目瞪口呆,良久说不出一句话来。过了一会儿,志摩德轻轻地将支票推到印东跟前,印东极快地拿了起来:"多谢!"

他一边说着,一边将支票放到口袋里:"下面的事情就是我要对大家说的……我们有明庄六个人昨天晚上正在笑子的酒吧聚餐,'卡玛斯秀'的巴隆斯理让我们去给他捧个场,我们六人加上团里的六个人,就从'巴里'出发了,那时是凌晨三点多了。大家就直接坐车到了小田原町的'铃本'，之后大家一块儿喝了杯茶也就散了，那时大约是三点二十分左右……朝着前崛一侧庭院的边间就是我的房间，穿过人工水渠就是大马路了……我上床后大约二十分钟就听到隔壁当铺的屋檐上有人蹑手蹑脚走过去的声音，我确定那不是猫的声音而是人的脚步声……我非常好奇，悄悄地来到厕所，从里面的窗户往屋顶上看去。山木在月光皎洁的屋顶朝着桥的方向爬去，他脸上的表情很恐怖。我正在想他意欲何为，大约五分钟后，就听到哈齐森那辆双人敞篷跑车发动的声音，往反方向朝备前桥开过去。"

印东冷笑了一下："山木已被他的亲人们抛弃了，现在他要是拿不出三十万，要么就会因为伪造文书被关押，要么就是死路一条了。人都被逼到这份儿上，什么事做不出来呢。确实，那家伙的处境我也能理解……但事情已发展到这一步了，为何在我面前他连提都不提一下呢？……虽然我装作什么都不知道，实际上我不是这样的人，我也是很硬气的一个人。他要是来求我的话，至少杀皇帝这事我还能助他一臂之力……真是让人气愤，他这么不够意思，太让我生气了。为了确认看到的就是山木，我还特意去他的房间看了看。一上到二楼，'金粉舞娘'珍妮特穿着一件褃裙摇摇晃晃地从隔壁房间走了出来，她本是和山木睡在一起的，怎么会从隔壁房间走出来呢？我叫住她，问道：'哎，珍妮特，你怎么会在这儿？'珍妮特低声对我说：'山木先生和踏绘小姐很开通的，让我陪着罗伦多。'……以前我就觉得不对劲儿，现在被证实了。两人瞒着岩井已经偷偷摸摸鬼混了很长时间了……还说什么开通呢，真是淫秽不堪。他们也真大胆，完全不将睡在走廊另一端的房间的岩井先生当回事……照这样来看，踏绘也不是什么好鸟。两人享受鱼水之欢也就算了，没想到还有预谋……接着我又问她：'珍妮特，你们早上要再换回来吗？这事山木和踏绘对你们说了没有？'她说：'嗯嗯，是的，天亮之前，我回山木先生那里，罗伦多回踏绘小姐那儿，大家都当作什么事都没发生。'……交代过珍妮特不要把这事说出去之后，我就回到房里坐下来等……恰好五点左右，听到'铃木'旁传来了双人敞篷轿车停车的微弱声响。猜想大概是他回来了，我又来到厕所守着，但屋顶只有月亮，没有他的踪影……大约十分钟之后，屋顶上还是不见他的踪影……又过了十分钟，来了阵暴风雨，我们六人就被绑成一串送到了明石警局，直到七点半才被放出来。在警察局，我和踏绘、山木还有笑子四人同岩井、哈齐森是分开的，之后我们四人到鱼河岸的'天德'吃早餐。坐在山木的对面，我仔细地注视着他，他确实很狼狈……耳朵后有一处很大的伤痕，也没看到他白金手表上的玻璃，好像有什么黑色的东西沾在他衬衫的袖口上，我装作无意地查看了一下，是血呀。他右手的食指、中指和无名指都擦伤了，不知道他是擦到什么东西了，指甲缝里还留着些像白色墙土的东西……具体的细节就是这样了。下面就交给你们了。"

一声清脆的晚安从纸门外传来，一位娇娇滴滴的美女艺妓轻跪在门边，她二十三四岁的年龄，梳着岛田式的发型，苗条的身材，浓浓的眉毛，大大的眼睛，看起来颇有风味。

"新年快乐。今年还望大家多多关照呀。"

她伶俐地进入房间，随手拉上背后的门："一群不安好心的人聚在一起又要做什么坏事了吧……嘿，这参与者来头也不小呀。没想到家光将军也在这儿呢。您最近可好呀？"

身着鹤羽毛的碎花染布做成的两层和服，她翻着小松花纹的裙摆来到志摩德旁边："又在打什么坏主意了吧？大年初一就干这些？能不能稍微克制一下呀。"

说着说着，砰一声，她敲了下志摩德的头。

志摩德张开嘴哈哈地大笑了起来，那张开的大口像极了金鱼吃饲料时的样子。

"泉啊，真有你的。好，这东西给你了。"

他一边说着，一边扔过来一个用方绸包着的东西。没有丝毫的推辞，泉大大方方地拿了起来，放进鼓形的腰带里："这个我会把它当作护身符来用的，避避邪。"

这时，酒月把花带过来了。他将花当作罪犯一样捉来，一下子把花拉到房间中间，然后就恶狠狠地径直坐到了志摩德前面，随意向他行了个礼："您好，今年也请多多关照。"

志摩德傲慢地回了声："劳你的驾了。"

他一边说着，一边用下巴朝着花的方向点了下："说的那个，是她吗？"

"是的，你随便问吧……我拿这种小姑娘没一点儿办法，下面就看你的了。"

他站起，随后又在幸田与松泽之间坐了下来，满脸不高兴地端起酒杯默默地伸向幸田。

花低着头，也低下像画一般美丽的容颜，瞅着蚕丝和服上的绒毛，一副惴惴不安的样子，肩膀紧缩着，快把整张脸都要淹没了。

泉扭转着身子出神地看着花的侧面，看得不由得着了迷，喊了声"哎呀"，突然起身来到花的身边，在她身边拣个位置坐了下来："我真是看迷了。"

她歪着头仔细观看着花的脸："冒犯了，对不起呀……确实，你真是太美丽了。哎呀，怎么办才好呢？"

她扭着身体。志摩德的眉头皱了起来："泉，下去吧。"

泉颇为些失落："哎呀，将我晾到一边了吗？……没意思，我正看得有趣呢。"

松泽对她的口无遮拦感到些许不悦，他挥了挥手："行了，行了，大人要处理事情了。"

泉借助于三根手指撑起身："小女子那就下去了。"

她站立起来后，不忘加上一句："你们要是对不住她的话，我和你们没完呀。"

说完后，她拖着裙摆，摇曳生姿地走了出去。这实在是绝妙的美景，就像是从月宫中走出的倩丽背影。

幸田抖动着他鼓胀的大腿："小花，你别怕。我们不会对你怎么样的……在路上，酒月也问过你了吧，我们问什么，你答什么就可以了。"

花的声音像蚊子嗡嗡一样："只要是我知道的，我都会说的。"她使劲儿咬着嘴唇，"但，这个……"

"你不了解的事，我们也不会问的。开始吧。皇帝的钻石现在在谁手上你知道吗？你和鹤子是好友，山木和踏绘对你也很好，这事你应该知道吧……钻石究竟在哪里？"

花仍然低着头："钻石？你说的是什么事呀？"

"嘿，别装迷糊了……今天早上，山木顺着屋檐跑出'铃本'，驾驶着哈齐森的双人敞篷车来到有明庄，拿了寄放在鹤子那里的钻石之后又回到'铃本'，即便你装作事不关己的样子，证据我们都有了。怎么样，我们说的不错吧……话说到这儿你还不明白的话，那么我就说得更直白些。今天早晨三点左右……"刚从印东那里听到的事被他现学现卖了一回："事实已经很清楚，这件事就是山木做的……嗨，钻石是在山木那里吧？"

花仰起了头："既然你们都知道了，还问我干什么呀？"

幸田瞪圆了眼睛："说什么，贱女人！"

他正准备站起来，却被松泽按下去了："看把你急得，让我来试试。"

他转身面向花，用让人听了身上不由得起鸡皮疙瘩的声音说："小花呀，这事迟早你都是要说的，早说出来点好。祖护踏绘或山木对你可是百害而无一益的呀……想好了吗？在不在山木那里？"

"我，不知道。"

"行了，别再说这样的话了。"

"我真不知道。"

松泽走到她身边："这样的话，我也不强人所难，但山木住在什么地方，你应该知道吧？现在山木在什么地方？"

"不知道。"

"嗯，你竟这样袒护他，看来你和他也是一伙的……既然这样，那我现在就把你送到警视厅，看你到时招供不招供。"

就像欺骗小孩似的，他站了起来。花爽快地说："哎呀，好呀。我会说的。"

松泽转身面向幸田和印东，拍拍额头说："唉，还真难缠，换个人吧。"

印东斜靠在墙壁上，冷眼旁观着现场的一切，紧跟着，他不声不响地站了起来，径直走到花的身边，将手搭在她肩上："这有什么不好说的。我们只要你一句话，山木在什么地方？"

花怨恨地抬起头："呀，你竟然也……我，我真的一无所知，你们就放过我吧。"

印东拧着花的手："快点说，那样你会舒服些。"

花的头发在榻榻米上不断地擦来擦去，身体不住扭动着："你，你放开我。"

她两脚分开，白皙的小腿露出来；哎呀，她眉头皱得紧紧的，痛苦极了，样子很狼狈。印东鼻子里哼着，加了把力把她拉了起来："你还不说？"

"我真不知道。"

"嘴还真严呀。这样我看你说不说。"

他从背后将花推倒，跨在她身上，

"小花，对不住了，我要为你宽衣解带了。"

他毫无顾忌地解开了她的腰带。

"哎，你干什么呀？"

"嘿，你也太小瞧我了。把你脱光可不是我的本意……要干什么？有你好看的，臭丫头！"

他解开腰带，抓住衣领使劲一扯。小花露出了细嫩、柔软光滑的白色肩膀……哎呀，连胸口都露出来了。

纸门霍地开了，泉走了进来。裙摆哗啦哗啦地翻动着，她走到印东身边，鼻子哼了一声："还真敢胡来呢！"

"啪"的一声，她纤细的手拍在印东胸前。

有人也可能了解。她本是法英和女子学校的才女，从学校毕业后又到法国的修道院去学习法文。她的爱人是某大学的教授，艺名是藤山流。她跟随着老师到法国去当翻译，顺便也看了很多当地的舞蹈。

她练舞而练出来的手指如空手道般敏捷，一下子将印东从花的背上拉了下来。他仰面跌倒骂了起来："浑球！"

泉妩媚地笑着："真丢份儿呀，别做这种事。"

她拉起花，迅速为花扎好腰带，将花裹在袖子里带出了门，就像母鸡护着幼雏一样。

"下面的，让我来处理吧……"她妩媚地虚晃一枪，使劲儿地拍着自己的胸脯。

24. 青铜鹤的国籍

且说日比谷公园这边，大约是下午七点半左右，一位下巴蓄着黑色胡子的人物走进日比谷公园。通过八角金盘的小径，他爬上高丘，双手抱胸，凝视着面前的喷泉。

　　平日这里也许会有三两个人，但在正月初一是没有人到这种地方来晃悠的。天刚暗下来，四周就万籁俱寂了，只剩下池边的弧光灯淡淡地发出清冷的光。孤寂的喷泉铜鹤伸展着青铜的翅膀，嘴巴伸向浩翰的天际，在夜空中闪闪发亮清晰可见的是它娴静喷洒着的水柱。

　　上面的人物惊叹不已，盯着喷水的铜鹤毫无顾忌地看着，没过一会儿，忍不住说：

　　"没想到这只铜鹤竟会唱歌，大千世界真是光怪陆离啊。青铜鹤根本不可能会唱歌的，这又不是什么童话世界，也许有人放了录音机，或是安了像广播一类的东西；我，作为同伙应该是最清楚的，幸田社长和酒月是不会做的，因为他们担心被人抓住把柄而脱不了干系。要是这样的话，那是谁呢，那又是为何要费这么大的功夫做这种事呢？"

　　这位留着黑胡子的人物，不是什么陌生人，而是各位的老熟人：《夕阳晚报》记者古市加十。今天早上，他在松谷鹤子被害现场被误认为是皇帝而被送到帝国饭店，当局为防止因皇帝失踪而引起纠纷，经过反复权衡，几番周折之后只得无奈地决定暂且将他留在饭店做皇帝的替身，直到找到真皇帝为止。加十早先觉得皇帝是怕惹祸上身才躲避起来的，当他把事情重新梳理一遍，才感觉皇帝可能被绑架了。按这样来说的话，村云笑子硬料他拉到皇帝所在的"巴里"酒吧，这事想起来就有些可疑，而皇帝对自己又特别的有好感，这也很奇怪。即便是铜鹤喷泉唱歌一事，说不定和这事件也有千丝万缕的联系。加十虽涉世不深，但不管怎么说也是个小小的社会版记者。他认为要想查明皇帝失踪的真相，这或许是条不错的线索，想到这里，他不由得打起精神。正好，宋秀陈，这位从安南过来的身负机密任务的谍报部长对加十的皇帝身份深信不疑。加十为摆脱便衣监视，让他为自己安了假的络腮胡，借这个道具，他溜出帝国饭店，直接跑到了银座的"巴里"。没想到，那里竟贴了张纸，上面写着"今日不营业"。酒吧这地方也不是什么官府，为什么在元旦不营业呢？他猜一定有什么不为人知的事，他多了个心眼，特意到后门查看了一下。后门从外面牢牢地锁着，不像是有人的样子。七点是他和秀陈在日比谷公园西门会面的约定时间，他只得把侦查笑子这事向后拖拖，匆忙中赶到这里。他之所以将秀陈约到这里，是想私下里把事情向他解释清楚，利用一下他的聪明才智。不知为何直到现在秀陈还没出现。无奈之下，他只得一人去追查了，他晃晃悠悠地爬到池边，就像前文描述的那样，紧盯着喷泉铜鹤，嘴里不断念叨着这费解的事。

接着，大概十分钟之后，小径突然传来了啪嗒啪嗒声，那是慌忙跑步的脚步声。加十不由得吓了一跳，立即端正姿态，向那方向一看，是宋秀陈，他从松树下的阴影里跑了过来。他气喘吁吁地跑过来，一到加十的身边就马上立正站好："陛下，我之所以迟到，是因为刚才出了些意外。"

加十心里猛地咯噔一跳："嗯，快说，发生什么事了？"

困惑的表情在秀陈脸上浮现了出来："这事太惊人了，我胆子再大也不敢对陛下说呀。"

"无所谓，说来听听。"

"但是，这……"

"快点，说！不快点说的话，有你好看的。"

秀陈像下了极大决心似的抬起了头："哎呀，小的不管做的是什么都是按照陛下的命令做的……那我就斗胆说了，但还是恳请您别怪罪。"

"麻烦。"

"小的按照陛下的指示，在陛下走出玄关之前，为绊住饭店大厅里的警察，装作无事地和他们聊天……没过多长时间，见陛下已安全脱身，小的结束了聊天，准备回房间时，听到走廊另一端两个服务生轻微的谈话声。"

"嗯，他们说的是什么？"

"'刚才那人是谁？就是留胡子的那位，他不是皇帝。'其中一个人说，随后另外一个人也说：'我也是这么认为的，皇帝的举止比他高贵，个子也比他高。反正不是这种……'"

"这种……？"

秀陈双手合十："请恕冒昧。"

"不要紧，说！"

秀陈呜咽着说："'不是这种低贱的脸。'……说实话，听到这句话我实在是忍无可忍，把那两个人叫过来狠狠地训斥了一顿。但那两人还是固执己见，小人就对他们说：'胡扯。我身为皇帝直属谍报部长，既然我都这么说了怎么会有错，你们在瞎说什么！'经过我这一通严厉的斥责，这两人就说'要是刚才的皇帝是真的话，那么昨天晚上待在这里的人就是假皇帝了。'他们一脸不高兴，极为确定地说：'我们绝对不会看错的。'……事情都到这份儿上，我怎么能置之不理，在我正准备调查之时，哎呀，我发现了件特别重要的事。"

加十有些退缩了："嗯，接着呢？"

"照这样来看，在陛下居住在有明庄的这段时间之内，我发现有人竟敢打着陛下的名号，偷偷住了陛下的房间，这真是胆大妄为……不但这样，小的为查明对方为何做出这等犯上的事真是费尽了周折。当我将这事紧急地告知警视厅时，却听到他们不当一回事地答复说：'这事时有发生。'听到这里，小的真是惊呆了，好一会儿都回不过神来。"

秀陈一边仰望着霓虹灯映照着的高层建筑，一边叹息般地长呼一口气："哎呀！这个城市真是着了魔呀。偌大的东京，小人置身于这都市之中，感觉有无数妖魔鬼怪就像空气中的烟雾一样正肆无忌惮地横行着……我想陛下您是否也听说过吧，这样的事会发生吗？现在……"

说着他指了指面前的喷泉铜鹤："那只青铜鹤今天早上竟唱起了歌，声音是那么的清脆。小人亲耳听到之时，那种感觉实在是无以言表！……哎呀，那种吃惊与震撼真是无法用语言来表达。"

加十精神振奋了起来："哟，那就是说你听过了呀。把事情的经过给我好好说说。"

"小的抵达东京车站已是今天早上八点，一出车站就想直接到饭店去拜见您。沿着地图的指示，我从车站向日比谷公园走去。没过多久就到了这个正门，络绎不绝的人流不断涌进公园里。随着人流，小人也到了池边，我问身边的人这是怎么回事，他说等一会儿这只铜鹤喷泉要对市民说新年贺词。我不由站在池边摇头。没过多长时间就到了预定的时间，真是让人想不到呀，那只青铜鹤竟唱起了歌，声音是世上少有的绝妙之音。哎呀，真是神乎其神！令人百思不得其解呀！"

说着说着，他停了下来，注视着加十的脸："您猜它唱的是什么歌呢？……让人实在是想不到，它唱的不是别的，而是我们安南的国歌！"

搜查课长室里宽敞而空荡，灯光明亮得有些刺眼，真名古像往常一样坐在那里，显得那么孤寂与无助。办公桌上的扩音器不时传来全市郡大搜查情况的报告，虽然声音很嘈杂，但他好像一点儿也没将它放在心上，安静地端坐在那里，一副胸有成竹的样子。

从墙上的时钟来看，现在已八点了，一个胖胖的巡查进来报告，说那位住在有明庄山崖下的裁缝花要告诉你一件很紧急的事，现在她正在柜台那儿等候着。真名古点了点头，两分钟后，花进来了，她神情激动，在他面前的椅子上猛地坐了下来："我跟你说吧，大事不好了。别在这里发什么呆了。皇帝的钻石被人抢了。"

真名古神情变得有些冷漠："唉，这事还真是值得听听呢。那是被谁抢走的呢？"

花紧贴着真名古，将手放在他的手臂上，原原本本地把她在"中洲"的遭遇和幸田说过的话告诉了他。真名古听她说完之后问道："据他说，山木的指缝里有墙土？"

"嗯嗯，是的。并且也听说他手表的玻璃也掉了……那里有没有落下的玻璃碎片呢？……你瞧瞧，我对你讲过吧。那人看起来理着平头，但说不准是因为头上戴着东西而制造的假象……手腕上的光，跟我说的手表也很吻合呀。"

真名古把手肘靠在办公桌上，手托着脸颊，闭着眼睛，过了许久，他突然站了起来，从书架中抽出一本书。他将这本薄薄的横排书放在大腿上，慢慢地翻动着："屠格涅夫的散文诗，你读过吗？花小姐。"

花睁大了眼睛，很惊讶的样子："哦，没读过呀。怎么了？"

"噢……有的地方很精彩。我读给你听听。"

他一边说，一边将书拿到手中，用他那优美动听而又动人心弦的语调，轻缓地朗诵起来。

"麻雀——突然，狗放慢脚步，蹑足潜行，好像嗅到了前边有什么野物。我顺着林荫路望去，看见一只嘴边还带黄色、头上生着柔毛的小麻雀，它从巢里跌落下来，呆呆地伏在地上，孤苦无援地张开两只刚刚长出羽毛的小翅膀。狗慢慢地逼近它。忽然，从附近一棵树上扑下一只黑胸脯的老麻雀……"

时间已是九点钟了，距离明天凌晨四点只剩下七个小时了。在这紧要的关头，真名古为何要朗诵屠格涅夫的诗作呢？

第八回

25. 诅咒画符失效

极目四望，朦胧的月光映照下，大东京的街灯星罗棋布，薄雾笼罩的边缘地带若隐若现。骏河台方向的东京复活大圣堂闪耀着淡淡的白色光芒，高贵圣洁，而右边的日比谷森林却漆黑一片，彰显着阴森与落寞。

各式各样的霓虹灯逐渐亮起，绿色，蓝色，黄色，红色，交相辉映；旋转，闪耀，放射，扑朔迷离。日比谷对面绵长的地平线仿佛沉浸在梦幻般的光晕里，停留的云朵也被涂了色彩，远远望去，好像五彩斑斓的瀑布挂在天际，宏伟壮丽。

高架线的屋顶上，省县电车飞驰而过，发出轰隆隆的响声；谷底的岩石路上，卡车与计程车来回穿梭，发出刺耳的鸣笛。所有混杂的声音融合在一起，为无眠的大都会演奏了一曲响彻云霄的小夜曲。

在这个方圆六十里的大都会里，日日夜夜上演着数百万种惨剧，呱呱坠地的喜悦夹杂着临终前的苟延残喘。整个大都会就像是阿修罗的地狱，一点点描绘出惨烈的人间悲喜。在黑暗的掩护下，有人阴险地进行着谋杀，有人血流满地，终结在寂静里。星罗棋布的建筑下发生着林林总总的悲剧与险恶，真正被社会大众了解的只有千分之一。

其他的种种诡计，几乎难以预料，也许在我们谈笑中悄悄开始，也许在我们睡梦里静静结束。

上回中提到，在日比谷公园湖畔，安南帝国皇帝直属谍报部长宋秀陈，仰望着被五彩光晕包围的高大建筑，感觉到四周无数的魂灵流窜在空气中，我行我素。这是着了魔的大都会，让他也不禁沉浸其中。今早，日比谷公园铜鹤的歌声已散去，而此刻东京复活大圣堂附近却发生着新的事件。

笔者顺着秀陈的话语发了无用的感想，和情节的发展没有一点关系，所以到此为止。安南国皇帝宗龙王打算在日本贩卖秘密带出皇室的大钻石"帝王"的消息传到了大都会，自然不会草草了事。不出所料，今天凌晨四点二十分左右，在爱妾松谷鹤子住所的厨房后门，他被人诱骗了出去，然后下落不明了。从案发现场调查分析，他是中了麻醉剂昏迷不醒时被人抬出去的。真名古搜查课长推测，绑架皇帝是为了逼他说出钻石的所在位置，所以皇帝应该还活在这个世界上。

在有明庄公寓，松谷鹤子事件波折四起，事情的发展超出了可控制的范围。于是，当局把这件事情当作自杀事件匆匆结案。正当他们以为事情完美落幕时，孰知，本来以为是杀人犯的皇帝也莫名失踪。原来杀人事件只是这场剧作的序幕，真正的故事才正要上演。不只是钻石，连皇帝的宝贵性命都受到了严重的威胁。

有人向警视厅密告，皇帝的反对派李光明拥立派秘密指派了刺客，计划在明天凌晨四点也就是大使抵达东京之前进行暗杀。刺客已经搭乘十二月二十七日的胡佛总统号抵达横滨，而那位大使在今天下午四点从京都出发搭乘不定期快车正在返京途中。无论如何，明天凌晨四点之前，一定要想办法把皇帝送回饭店，不能让皇帝在日本国境内，而且还是在东京中心被暗杀，否则后果不堪设想。

于是，警视厅进入了高度备战阶段。

仿佛被注射了药剂一样，检察体制的所有神经系统都显得异常亢奋。十二处的搜查分部遍及邻接五县，时刻向设置在刑事部长室的搜查本部报告着详细的情况。扩音器的疯狂叫嚣响彻天空。与此同时，除了皇帝行踪不明外，连从日比谷公园绑走皇帝的安龟派一人，搜查本部最希望找到的松谷鹤子住处的唯一的有力证人阿姥，还有和松谷鹤子有牵连的同住在有明庄的六名住户，都失去了消息，仿佛一瞬间都从这个世界上消失了。

时钟已经指向了九点，搜查本部达到了前所未有的紧张状态。

但是，警视厅正在拼命搜寻的有明庄住户之一的子爵岩井通保、其小妾村云笑子以及刚从美国回来的当红舞蹈家川俣踏绘这三个人却又在这样一个让人意想不到的地方。

从骏河台的邮局往东京复活大圣堂方向是个缓坡，从红梅町往省线 [1] 到御茶水车站附近有一个城镇，在这个城镇的中心地带，有间挂着"松永"名牌的幽深府邸。它的周围被高高的人工围墙严密地环绕，高耸挺拔的古松屹立在宽广的前厅里，这是"松永"的标志。

从外表看起来，这就是某位绅商的府邸，实际上，这是内行人所说的"茶松"，也就是旧东京市内二十六所赌场中最繁华的赌场。

前年八月份之前，这个赌场是由人称安龟的安井龟二郎管理。他握有武州小金井一带的地盘。可是由于办事出了差错，他被野毛山的大头目逐出鹤见组并断绝了关系。因此现在这个赌场是由一个叫作入舟网之助的人管理。此人是关东土俱乐部的一方领导人、野毛山鹤见组清吉的手下。

在安龟管理期间，这间赌场的生意就不太好。后来，有传言称，他们在骰子上动了手脚。此后，赌场的生意一直没有好起来反而越来

---

[1] 战前铁道省管辖之电车路线的统称，主要指现今之山手线的中央线。

越萧条了。

骰子又叫作"六方"或"臼"。那么，动了手脚的骰子是如何做出来的呢？其实很简单，就是在骰子里加上金粉。这样加工过的骰子在碟子里就不会转动了，倒扣出来的点数自然就和当初放进去时一样了。还有一种更加绝妙的技巧，骰子里的金粉可以自由流动。当让骰子的金粉往下流再倒出来时，会出现单数一三五；如果往上流再倒出来，就会出现双数二四六，这种方式叫作"两通"。

不知不觉又说了一些听来没用的事情，这也不是笔者的亲身体验，大家就随便了解一下吧。不过据推测，安龟就是做了这样的事情，才会被断绝关系的。

岩井通保和川俣踏绘都是举办欢迎赌博会的发起人，因为最近世界击球王路普·贝斯要到日本来，所以他们两人才会到这里来。

岩井身上穿着昨天晚上参加银座酒吧"巴里"举行的尾牙晚宴时穿的衣服。由此可知，他被明石警局释放后便直接来到了"巴里"与其他人会合。现在，他盘腿坐在挂了根吊钩的大炕炉旁，手肘撑在大腿上，脸上尽显疲倦之色。

他安静地坐在那里，乌黑的长发优雅地向后拢起，每根发丝仿佛都经过细细地梳理，尽显贵族之气。额头的些许苍白又给他平添了诗人特有的淡淡愁绪。挺巧的鼻子有规律地呼吸，长久淫乱放荡的生活让那美丽的双眼蒙上了浓重的颓废气息。花瓣般鲜艳水嫩的红唇早已失去了往日的色泽，若是独具慧眼的医生定能发现这是梅毒的征兆吧。他微微仰头抽着香烟，缭绕的雾气弥散开来，发出诱人的香味。此时他不是傲慢的贵族只是忧伤的诗人。

铺着地板的空间对面摆放着一个三层的配餐架。配餐架上整齐排放着五十个左右的鳗鱼盖饭，都用小蒲团仔细包着。装酒菜的小碟子分为上下层有序摆放在狭窄的架子上，供人使用。

赌场里热闹非凡，每次打开碟子之前都会响起令人吃惊的叫喊："双！"抑或是："单！"

嘈杂声不断传来，正在那儿大喊大叫的就是路普·贝斯。

路普·贝斯壮实如牛的庞大身躯在赌场里格外显眼。他夸张地坐在盖碟子的凉席旁边，其对面是尖嘴猴腮的某某太郎，是前一流报社的国外通讯记者。突然，路普·贝斯身躯往前歪歪斜斜地倾着，嚣张地用下巴示意对面的人继续下注。

抽头的是入舟网之助。他在东北的某高中念完一年级之后便出国去了旧金山，在那里待了一段时间后又回国了。现在他盘腿坐在两张重叠的大垫子上，卖力地摇着骰子，脸由于长时间的叫喊泛着红。只见他一边摇一边吆喝着："大家快来下注啊，快来啊，这次会出现好点数哦！"同时里面还夹杂着持续不断的招呼声："没问题，没问题！""太好了，中头奖！"以此来博取客人的好感。

在这里的不只是路普·贝斯一个人，还有大约十五个红毛人，多半是年轻貌美的淑女。他们都是外交团中精挑细选出来的精英，此时撕开了往日的伪装，暴露出了本性。大家都围绕凉席盘腿坐着，并且时不时发出刺耳的尖叫声。其中一位好像是麻布某大使馆里有名的参事官，叫作伊达者。

在参事官的身旁，盘腿坐着川俣踏绘。她白皙的膝盖在美丽的晚礼服裙摆下若隐若现。看起来满不在乎的踏绘却在暗处焦躁地抖动着脚。她仿佛不在意自己的不雅行为，只是偶尔皱皱眉头，紧咬着下唇，似乎在担心着什么。

第四回里提到，她来到赌场时，身上穿着一件满是褶皱的晚礼服。这和她在虎门的晚成轩与山木元吉密谈时穿的一样，她也一定是密谈后直接来到了这里。

她漫不经心地下着注，突然参事官悄悄地把脚探进了她的膝盖下。

她伸手把眼前的纸钞塞进了随身携带的手提包里，巧妙而冷漠地避开了那只脚，慢悠悠地起身来到隔壁房间，和岩井一起坐在炕炉边。

她烦躁地甩下手提包，一坐下全身就如蛇般缠上了岩井的身体，懒洋洋地伏在他的大腿上，用手肘慢慢游走揉压，无限娇媚："天太晚了，我们回家睡觉吧！"

岩井抬起头，眼神迷离，一脸天真地望着她。

踏绘着急了："呀，我要累死了，我要睡觉！"

只见她眉眼上扬，脸上看不到一丝困意。不光如此，那双媚眼深处还燃烧着浓浓的欲望之火。

读到这里，大家应该明白了吧，岩井纳村云笑子为妾，并为她开了一家酒吧"巴里"，却又背地里和踏绘偷情。聪明的笑子怎么会容忍这样的事情发生，可是她并不知道这两个人的关系。上回写到在"中洲"，高利贷犬居仁平的养子印东忠介说过，踏绘也躲避开了岩井的眼线，跟有明庄的住户山木元吉有着相当复杂的关系。

那么，村云笑子在背后又做了什么事情就更无从所知了。传言说，有人看到她从筑地一带的酒店与同样是有明庄住户的日法混血儿路易·巴隆斯理手牵着手亲密地走出来。路易·巴隆斯理是"Horvath 通讯社"驻外记者约翰·哈齐森的伙伴，也是"卡玛斯秀"的团长。事情到现在还是真假难辨，写到这里，笔者都不禁感叹，这就是个难以解决的谜题啊！

岩井不动声色地推开踏绘的手肘："你要回去，回哪儿去啊？"

"当然是回家啊，回有明庄了！"

"别在那里说大话了。上次是因为行为不检点，破坏社会风气被抓去，这次你再大模大样地回去，事情就会复杂了。你会被卷进更糟糕的情况里，难道你想下辈子在监狱里度过吗？"

踏绘吃惊地睁大了双眼，仿佛知道什么内幕似的："啊，这件事情不是花干的吗？那个笨蛋应该早就吃牢饭了吧。我们回去应该不会有事啊。"

"你怎么知道事情是花干的？难道说你有证据？再说了，这种事情应该是保密的，你又怎么知道的？"岩井用他那水灵灵的大眼睛盯着踏绘，想在那张脸上找出些异样。

踏绘没料到岩井会突然问这样的问题，停顿一下后，狡黠地笑道："或许有，或许没有……不过我了解的情况可是比证据更有说服力。"

听了她的话，岩井内心疑问重重，但表面上却毫不在意，只是疑惑地眯起眼，若有似无地扫过踏绘的脸，满不在乎地说："啊，是吗？"

"今天早晨，刚听到鹤子被杀死时，我就确定是花干的好事了。至于为什么杀人，就是件让人惊悚不已的事情了……"踏绘睁大双眼，用锐利的眼光盯着他，说起了那件令人恐惧的事情：

"在去年十二月左右，我去她那里拿衣服的时候，花不在家。我站在那里等了好久都见不到她，所以就进入她的屋里。我等得不耐烦正准备走时，不经意地发现脚边榻榻米的空隙里露出不同寻常的纸张一角。之所以说那纸非同寻常，是因为那是复古的三河纸。在美国时，我曾看到父亲用这种纸写日记。但那都是很久以前的事了，我很疑惑现在怎么还有这种纸呢？所以就用手抚摸了一下。虽然纸的历史很悠久了，但可以看出这张纸是最近才被压在下面的。对花来说，这张纸应该很重要，否则不会这么小心地压在榻榻米下面。我顺着边缘往里摸，榻榻米的麦秆碎屑沾得黑边上到处都是。她应该是临出门时才把榻榻米放上去的。三面交叉的黑边处的一角损坏了，那应该是用火钳撬的。并且不是一两次，而是经常把榻榻米掀起又放下……我心中更是不解了，这到底是张什么样的纸呢？于是，我用火钳掀起了榻榻米，把纸拿出来一看，吓得我一声尖叫，全身仿佛浸入冰窟般寒冷，实在是太恐怖了！"

她的脸上写满了惶恐与不安，诡异地问："你能猜到纸上写了什么吗？"

　　岩井皱了皱眉："上面写了什么？"

　　踏绘声音颤抖，脸色苍白："是妓院的妓女用来诅咒杀人的'五个和尚'的符咒，天啊，简直太可怕了！在画的中央画下诅咒人的人形，左右两边各画上牛头马面，他们两个分别牵着亡者的手。然后在丑时坐在丑寅方向，按眼、口、鼻、四肢、腹部、心脏的顺序，用线香的火每天在一个部位烧一个洞，第二十一天就可以杀死那个人完成心愿了。"

　　岩井听到这里汗毛都竖了起来，不禁打了个寒战："真是个可怕的故事啊！接着呢……"

　　踏绘应和着直点头："是啊，是啊！知道吗，在那个人形的腹部写着松谷鹤子，卯年之女，二十三……"

　　这时岩井更是冷汗直冒，深深倒抽了口气："她长得如此清秀可人，平时连只虫都会害怕吧，怎么会做这么可怕的事情？哎，想到那么美丽柔弱的脸，还真让人不忍啊，想必她深爱着皇帝吧……但是这种诅咒这么老旧了，她是从哪里学的呢？不会是你教的吧？"

　　"你忘了？在十二三岁以前，花都是在花街柳巷成长的。她母亲是妓院的老鸨，一定是那里的妓女教她的。平时看到的她，太阳穴处青筋暴露，好像随时都会动手打人。那么漂亮的眼睛却并不温柔，盯得人心里直发毛。那疯狂的眼神透着杀气，情绪反差也极大，动不动就会引起骚动。她楼下的老夫妇就深有体会！如此说来，这样恐怖的事情她是很有可能做的！"

　　岩井不自觉地皱了一下眉头，轻得让人觉察不到："原来事情是这样的啊，但是你说鹤子真的是被花杀了吗？"

　　踏绘伸直了脚，接着讲："是的，那个'五个和尚'的诅咒实在太惊人了，仿佛刻在我脑中一样挥之不去。我匆匆地把它压在榻榻米之下，假装没事似的就走了。十五天后的早上，趁着花不在家时，我就谎称落了东西在二楼，主人家就让我上去了。上去之后，掀开榻榻米一看那张符咒，我的双手便颤抖个不停。花的执念太深了，除了心脏之外，烧痕已遍布人形全身了。那时我什么也不敢想，踉踉跄跄地便往回跑……听说'五个和尚'的符咒特别灵，隔天就该烧心脏部位了。我内心七上八下，于是在那天晚上十一点左右，我来到了鹤子的房间。虽然很害怕，但还是想一看究竟。推开门，宽敞的房间笼罩着淡淡的紫色光晕，鹤子和平时一样穿着长褂衫，随意地躺在沙发上抽烟，她还是像以前一样慵懒、优雅，丝毫没有异样。也许是为了缓解诡异的气氛，我们划拳、玩纸牌直到凌晨两点左右。她看起来很尽兴，玩得很开心，而我却始终无法放松下来。虽然房间里笼罩着浅紫色的晕光，可我总觉得各个角落都弥漫着黑暗，仿佛整个空间游荡着幽魂、厉鬼。它们在我的周围飘来飘去，或龇牙咧嘴、或挥舞利爪、或交头接耳，抑或阴森森地大笑。我双腿发软，浑身僵硬，完全不敢动弹，冷汗一直往外冒……但鹤子兴致不减，一边喝着苦艾酒一边大声地谈笑。别说被什么符咒杀死了，直到凌晨三点半她连嗝儿都没打一个。最后，她沉沉地睡着了。那天晚上，什么都没有发生！也许是符咒没有完成花的心愿，所以她就……"

岩井的眼神犀利起来，他猛然转向踏绘，焦急地说："这样说来，鹤子真的是她杀的了！花经常帮马婆的忙，所以她和马婆很熟。她一定知道只要按下马婆房里的开关，电铃就会失效。为了方便，马婆也肯定会给她备用的钥匙。所以不论白天黑夜，只要她想就可以自由出入有明庄了。刚好楼下的老夫妻回乡下了，只剩下空空的房子。山崖周围也被浓密的山王森林环抱，荒凉寂静，根本不必担心会被人发现。"

她停顿片刻，道："而且，一般女人会用这种把人从窗户推下去的方法。你想，这种消极的做法，恨意比杀意要重得多。要是男人非杀她不可的话，大多数都不会用这种低级的做法……从窗子到山崖下，只有三十尺高。男人不可能不会考虑到摔残这种可能性的。不仅如此，这窗户的正下方就是花的房间，人被推下去随时都有可能被发现，又有谁会在这么极易被暴露的地方杀人呢。可是，话说回来，这并没有影响到鹤子被人从那扇窗户推下去的结局啊。"

岩井冷笑一下："照这样看来的话，把鹤子推下去的人极有可能是花了。因为，花心里最清楚不过，如果从这扇窗户把鹤子扔下去，依照周围的环境根本就没有被人发现的可能。而且这扇窗户，也正是杀人的最佳选择地……花在被询问的时候，也许会胡乱地编出些什么，比如类似于：看到鹤子被推下去的过程啦、凶犯的相貌啦等，这些比她说什么都不知道更能转移警察的注意力……而现在看，聪明的花，确实能做得出这种事来。"

踏绘点头表示赞同："是的……无论怎么说，花都是极具嫌疑的。从三十一日晚上到次日清晨这段时间是下手的最佳时间。因为那时我们都在'巴里'办尾牙晚宴，而且早上之前是回不来的，这时候只有鹤子一人留在了有明庄。这些花都知道，而且，她还知道我们把角樽送给马婆当新年礼物这件事。更为重要的是，除了我们，也只有她知道二日晚上鹤子要跟皇帝去热海这件事。"

说到兴起，她夸张地换了一下姿势，大腿深处都快要露出来了。然后她用膝盖支撑下巴：

"事情还不止这些呢……今早我们在'巴里'分手后，当我走到虎门时，看到花面容惨白地从对面走来。我试图叫住她，她却像触电一般跳了起来。我假装不经意地问她是否知道今天早上有明庄的骚乱事件，如此豪爽的她竟然吞吞吐吐连话都说不清楚呢……我握着她的手试图问她怎么啦，她不停地抖着，手心里面是汗，连我的手都被握湿了。我跟她开玩笑：'小花啊，要恭喜你啦，听说鹤子小姐死啦呢。'她突然就像是被雷击中一样，张着大嘴紧紧地盯着我，然后向上翻着白眼，就像这样，一副随时有可能晕倒的样子。见她如此反应，我只得岔开话题说：'新年快乐！'她的脸总算稍微恢复点血色，然后笑着说：'哎呀，新年快乐，今年还要请你多多关照啊。刚才不好意思反应有点慢了。'我看她如此反应，不由得觉得她的笑容有点儿落寞，有点幽怨，甚至就像是临终前挤出的空洞微笑。难道这就是杀人犯的微笑吗？当时我不由得这样问自己。直到现在那个微笑似乎还在我的眼前出现呢。也许，杀人时很热衷，但杀人之后觉得后怕，房间里实在待不下去了，她只好在虎门那里来回游荡吧。现在想想这丫头真可怕，要是她死钻牛角尖儿，后果将不堪设想啊！"

岩井抿了抿嘴，笑了："人性，赤裸裸的人性。这种事情在他们这些人身上常有发生，比如市中心老店主人的大小姐、烟花巷里长大的丫头片子等。我有个朋友曾经就被这样的女人缠上过。可能时间久了觉得腻了想甩掉，可那女人苦苦哀求要再陪她最后一晚，结果第二天天亮，他就一命呜呼了。被人发现时，他的颈部大动脉都被割断了。真是可悲……话说回来，她到底有没有被逮捕呢？"

踏绘嘴唇微翘："如果她还逍遥法外的话，我一定会去举报的。"

岩井吃惊地瞪着眼睛："咦？难道你们之间有什么深仇大怨吗？"

踏绘摇摇头，一脸无辜的样子："哪来的仇恨。我只是觉得她的所作所为太伤风化了。"

话音刚落，村云笑子被随从带了进来。她和服外面穿了件有两层丝绸的褂子，下面带银丝的裙摆因走路的摆动时不时缠住她的脚踝，两手抱拳揣进和服宽大的袖子里面。她步履蹒跚，像是喝了不少酒。连有神的眼角都布满了朦胧的水色。她在沉重的拉门前停下，并仔细地打量着里面的这两个人。突然她快速走向这两人，用力咬咬嘴唇，站定后，双手依旧揣在和服里，冷声说道："喂，对于这样的招待，我可要好好说声谢谢。你认为这样谢你有可能吗？我不知道你们这是不是什么美式做派，但是你们要明白，不要以为我沉默就是对你们的退让。死丫头，你给我留点儿神！"

她边说边用力地跺着脚。

而踏绘依旧保持微笑："对于让你吃醋这件事我深感抱歉。但是现在你喝醉了，待在原地，不要过来，要不然酒味会被你带过来的。"

笑子突然睁大双眼死死盯着她："该死，你居然这样说。"

舞蹈家就是舞蹈家，对于笑子甩过来的手，踏绘灵巧地避开了。她姿势优美，轻松地跳到了炕炉的另一头，并回头伸伸舌头向笑子做了个鬼脸："笑子，这种情况我早在国外就看腻了，你还是住手吧。说实话，你生气的样子，还真是很好笑呢。"

岩井伸手紧紧抓住了想要追过去的笑子："住手，你们不觉得无聊吗？瞧你这副样子，你在哪里喝成这个样子的啊？"

笑子嘟囔着坐了下去："我就是这样子怎么着吧。你是要问我在哪里喝酒吗？我告诉你，我刚从'吴竹'一个叫巴隆斯理的好心人那里喝完酒回来呢。你想不想让我给你具体描述一下呢？"

她面露凶相缓缓向岩井爬去。这让岩井招架不住了："好了，算我怕你了。我可不想看你发疯，跟我来吧。"

他伸手把她拉过来，笑子却扑进他的怀里一把揪住他的衣领，岩井由于惯性倒在地上，笑子翻身骑在他的胸口之上，开始肆无忌惮地在他脸上乱摸："感觉如何，难道还不准备向我道歉吗？"

岩井只好拿手把脸挡住："我求饶，我道歉。"

"快说对不起。"

"是是，我道歉，对不起。"

笑子起身一脚踩在岩井半边脸上，宽松的和服裤子覆在他的脸上："我接受你的道歉了。不过，下次还有这种事情发生的话，结果我可不敢跟你保证哦。"

　　说完，笑子换上一副人畜无害的样子："赌场那边好像很热闹呢，我去看一下。"

　　她转身向外走去，长长的裙摆在地上留下一道拖痕。

　　各种嘈杂声不绝入耳。赌场里热闹非凡。

　　岩井一脸狡诈地跟踏绘对视了一下，但神情马上就严肃起来，并快速地翘起一只脚。因为他似乎听到了一些声音。

　　赌场门框上的警报器呜呜响着，让人不寒而栗。忽明忽暗的电灯烘托着诡异的气氛。

　　踏绘轻巧地跳过围炉角落，岩井握紧她的手快速向配餐架对面的墙边冲过去。那扇伪装成墙壁的门被岩井轻轻打开了。他们闪身而入，并快速爬上楼梯，向黑暗里开着门的地下室跑去。

　　越往下通道越宽敞，足可以让人直立身子通过。三盏电灯忽明忽暗地闪着。

　　这条密道可以直通御茶水河堤的侧面，但要经过大约二十个房间的距离并且要在直角处向右转。两人来到了拐角处，发现一个老婆婆靠着墙似乎睡着了。她看起来五十岁的样子，头上顶着个小圆髻。她竟然是那个正被警视厅全力通缉的被害人松古鹤子家的长舌帮佣阿姥。在这种地方她居然也能偷懒睡觉。

　　等等，她不像是在睡觉，而是，而是被人杀死了！她被人用麻绳捆住颈部，牙齿外翻，两眼翻白，像是晒干的猴子一样挂在炭铺天花板上。

26. 屠格涅夫散文诗之殇

搜查课长室宽敞得过了头，明亮的灯光映在白墙上十分晃眼，一股寒意油然而生。

与警视厅里沸沸扬扬的场景相比，这里静得令人发毛。

真名古那种仿佛能令人入睡的奇特语调和可以安抚人心的优美嗓音时隐时现地传来。外面的骚乱好像与他无关，他还能在这里悠闲地朗诵着屠格涅夫的散文诗。这种做法实为怪异，很多人都觉得他的这种举动是因为太过热衷于职务而发疯了。但是，这也实在不同寻常了些。而此时有明庄山崖下的美女裁缝花就坐在真名古对面的椅子上恍恍惚惚地听着，她扭扭捏捏地揪着蚕丝和服上的绒毛。从脸上的表情可以看出，她对这首诗并不感兴趣。不，更贴切的说法是，真名古此时的行为让她疑惑不已。

上一回里，在总监室莫名其妙地说了一大堆不明就里的事情后，真名古回到自己的课长室里，独自一人正襟危坐，好像在专门等待什么人似的。就在这时，花匆忙地跑到了真名古这间课长室里。她刚刚被一个叫作泉的艺妓从金春町的"中洲"救出来。当时她正被志摩德、松泽、幸田、印东一干人等以扒光衣服的手段逼问山木元吉的下落。

就在凌晨三点四十分左右松古鹤子被杀的时候，印东忠介发现山木元吉偷偷地爬上"铃本"的屋顶跑了出去，并开走了哈齐森开来的双人敞篷跑车。但是，在五点钟左右的时候，他又折返回来，此时他的右手食指、中指、无名指存在不同程度的磨损现象，而且指甲里还留有白色的墙壁土灰，就连手表上的玻璃也碎掉了。当真名古从花那里得知幸田在"中洲"所说的详细内容时，他双手托着腮帮，手肘撑在办公桌上，闭上眼睛冥想了好长时间。之后，他突然起身从书架上取出一本《屠格涅夫散文诗》来，并且深情地朗诵起《麻雀》这一篇章，上一回就到这里结束了。

就像刚才所讲的，真名古在听完花的叙述后，突然起身去拿书。从他找书到回到座位之间这极其短暂的时间里，花感觉他在自言自语地嘟囔着什么，具体内容没有听清，但有一个单词好像是"Aufkl rung"。

在德语中"Aufkl rung"是"搜查"的意思。书架旁的话筒应该连接着电话总机，而且它还开着。照这样来说，真名古很有可能暗中下达了某些不为人知的命令。

笔者推测，这大概是真名古在派人去搜查花的住所吧。但是真是假，只有真名古自己知道了。

神不知鬼不觉地办完这件事，真名古就若无其事地拿着书开始朗读。

各位读者应该知道《麻雀》的内容吧。它是一篇讲述老麻雀如何用自己的身体保护因大风掉出巢穴而被一只鬈毛狗盯上的小麻雀的故事。

对真名古这样的人来说，检查官仿佛是他天生的职业。但是，他冷酷的头脑里究竟藏着什么想法呢？……这个身材消瘦如幽灵般的男人同坐在他面前的美丽娇艳如花儿般的女子，形成极其怪异的对比。而在这森严神圣的房间里，无论如何，跟这散文诗都是不搭调的。真搞不懂真名古要做什么。

真名古为什么要在这个紧要关头读起屠格涅夫的散文诗呢？笔者拙劣的推理能力实在窥探不出什么来。就在这不经意间，真名古又做出了一些令人费解的举动。

办公桌极其不显眼的角落里，放着一个小小的像镜子一样的东西。假装看书的真名古正透过镜子直勾勾地注视着花的美丽侧脸。从一刚刚开始，真名古就一直偷偷观察着花的表情。

真名古念得极其舒缓。那声音如流水般清澈而不迟疑，语调美得连著名朗诵家都自叹不如。这声音仿佛有一种不可抗拒的力量引导着人心进入意境。这个身材消瘦如幽灵般的男人，究竟是从哪里发出如此协调的声音呢？

"……鬈毛狗悄悄地逼近。这时，附近的树上，忽然飞出一只胸前有黑色羽毛的老麻雀。它像剑一样停顿在狗鼻子前。它全身羽毛倒立，不停地发出凄厉的叫声，两次向露出牙齿的狗冲过去。老麻雀竭尽全力用自己的身体保护着小麻雀。但是，一次次声嘶力竭的俯冲使它筋疲力尽最后掉落在地……我在这只勇敢的鸟儿面前，在这被激发出来的母爱面前，不禁肃然起敬——爱比死亡更强大！也正因此，我们的生命才得以延续。"

从刚开始时的漫不经心与疑惑别扭，到现在的兴致高昂与静静聆听，花似乎对这只崇高的老麻雀很有感触，她的脸上充满了叹服与赞赏，眼睛里还闪着泪光。这一切，都毫无遗漏地映在了镜子里。

结合花前后表情的对比，真名古选择朗诵《麻雀》似乎是有什么重大的目的。也就是说，他希望能从花的表情里读出些什么来。到这里，真名古的意图终于隐隐约约地呈现在笔者面前。这个令人匪夷所思的人物，根本就不相信花所说过的话。他甚至怀疑眼前这个看似不谙世事的姑娘，或许是想包庇什么人才编出一些没有真凭实据的话，比如说什么在二楼看到有明庄的惨案、凶手是个理着平头的男人、他的手腕上似乎绑有明晃晃的东西，以及刚刚所说的关于山木元吉的奇怪举动。他所费尽力气的这番举动，应该就是为了确认这件事情而做的。

但是，真名古到底想要看到她的哪种反应呢？是不安，还是恐慌？

这些我们都不得而知。可是，花刚才所表现出来的，只有因听得出神而张大嘴巴的单纯表情而已。

真名古把书放在大腿上，没有发出一丝的声响："怎么样，故事是不是很美呢？"

花似乎还沉浸在故事当中："这故事还真是可怜。那只麻雀最后到底怎么样了？难道真的被狗吃掉了吗？麻烦你把后面的故事也念完，好吗？"

真名古努努嘴："到这里，故事已经结束了。"

花不可思议地睁大双眼："怎么可能呢？这也实在无聊了点。为什么要这样结束呢？"

"要说为什么要这样结束，笔者的意图应该是想让大家自己推想下面的情节吧。"

说着，他抬起头注视着花的脸："两种可能，一是麻雀被狗吃掉，另一个是那只麻雀被救下来。你希望是哪一种结果呢？"

"要我选择的话，当然是麻雀被救了。可是，那么凶残的狗怎么会轻易放掉小麻雀呢？它一定会把麻雀吃掉。这件事情真的是无可奈何……拿你来说吧，即使认为罪犯很可怜，难道你会放过他吗？这和这个故事是一个道理的。"

真名古用一种奇特的方式清了清嗓子："是的，没错。我是决不会放走罪犯的……就拿你来说吧，你很漂亮，又如此善良。说句实话，我很欣赏你。但是，如果你犯了罪，我同样也不会放过你……如你所说，鬃毛狗根本就不会有同情心。对狗来说，无论麻雀多么可怜，都只能是它的猎物，现实就是这样……这样的故事应该很令人讨厌吧。像我这样的男人，你跟我在一起，不会有太好的感觉吧。"

花轻轻地摇了摇头："你想吓唬我是没用的。你温柔的一面我已经领略过了。就在今天早上，我差点被日比谷的人潮压死时，是你拼了命似的把我身上的人推开。没有一颗温柔的心，是根本不会这样做的。还有，你对待我的那种分外有礼的方式，让我产生一种奇怪的感觉。"

真名古苦笑一下："那是怎样一种奇怪的感觉呢？"

"让我不可思议的是，你为什么要对我这么亲切呢？……你说，你到底是为了什么呢？"

真名古沉默了。他又用那种奇特的方式咳嗽几声后，跟往常一样，像尊雕塑般沉寂了。

这时，微弱的警报声从房间里的某个地方传来。这个声音太微弱了，如果你不仔细听，还以为是什么金龟子之类的在叫呢。真名古不紧不慢地站起来，说是要出去一下，就一个健步走出了房间。大约过了五分钟的样子，他又回来了，轻轻地坐在花对面："有没有兴趣，让我再念一篇给你听呢？"

他边说边拿起了书。

"你要仔细听啊，这个故事要比《麻雀》还要精彩呢。"

真名古缓缓地翻着书，接着又开始朗读起来："这篇名为《诅咒》。现在，我开始念了……有个女人因一个女孩子的诅咒而死。在某天深夜，她的幽灵飘到了那个女孩子的房间里，然后，她对那个女孩子说道……"

真名古胡编乱造着。

屠格涅夫的原文并不是如此。

读完拜伦的《曼弗雷德》，有个女幽灵正准备对杀害她的人下一个令人毛骨悚然的诅咒。

"'是你对我下了诅咒，害我无法超生。在这个世界上，被下诅咒的人，想要超生就必须复仇。而你，不仅对我下诅咒，还把我从窗户推下去杀死。所以，我将向你复仇两次！'说完，她用力把自己的头硬生生地拔了下来，并且扔到那个女孩子的大腿上……喂，你不舒服吗？脸色怎么这么难看？"

此时的花，反应相当激烈。她从椅上站起来，一脸绝望的样子，仿佛随时都有晕倒的可能。突然，她尖叫起来："走开！不要！求你不要再说下去了，我不想听这种故事，求你了！"

惊叫结束后，她像虚脱了一样坐倒在椅子上，并把脸深深地埋在双手间。

真名古若无其事地走到花跟前，一脸冷淡。他把手放在花的肩膀上，想要把她扶起来：

"实在对不起，我不是有意吓你的……我念完了，好了，你看起来很累，你可以回去休息一下。"

花浑身发抖直打哆嗦，像是得了热病一样。听到这句话，她轻轻地点点头，在真名古的牵引下，磕磕绊绊地走出了课长室。

真名古重新回到办公桌前，从口袋里取出一张纸铺在桌子上。那张纸就是上一回里踏绘提到的满是烧痕的松古鹤子的诅咒图。纸上的牛头马面画得十分拙劣，上面还有"五个和尚"牵引着两个亡灵之手的图画。真名古两手拱着，出神地盯着那张纸。

这时，四位枪手中的一人敲门进来了。他在门口立正敬礼："报告，调查过程中发现了一件令人匪夷所思的事情。"

真名古闭上眼睛没有回答，不过，这就是他听取报告的姿势。枪手面无表情地开口说道：

"先前，收到您的调查命令，我曾向您汇报过，今天凌晨三点五十分到四点五十分之间，总监大人曾在溜池十字路口到樱田门之间慰问巡视；但是在同一时间段，查明总监大人是在深川区第二岁晚警戒哨巡视，也就是在清澄公园角，向岛押上町、猿江公园方向和到洲崎弁天町之间巡视。可以这样说，在同一时间，赤坂区和深川区有两位警视总监在巡视。"

他说完后，就从口袋里拿出了一张纸："这份报告书里包含了警视总监通过各个哨口的正确时间，请过目。"

27. 地下迷宫的入口

接着上一回，依然是晚上的日比谷公园。

洁白的光芒透过水池旁边的路灯打在地上，晶莹的水柱从铜鹤嘴里喷向夜空。站在高处俯瞰水池，旁边的长椅上躺着一人，定睛一瞧，正是古市加十，只见他正在盯着喷泉铜鹤发呆。

刚才听秀陈说，今天早晨喷泉铜鹤歌唱的竟然是"安南国歌"，加十顿时浑身无力，一下子瘫坐在椅子上，这种状态持续到现在已经有半个小时了。秀陈十分奇怪，不知道加十为什么会这样，但他出于礼貌也没有多问。而且，他也学着加十的样子，盯着铜鹤看起来。嘀嗒嘀嗒……周围的钟声已经响了九下。

猛然，加十翻了下身子："啊。"

他好像在打哈欠。

但这个哈欠可不是那么简单，现在加十的内心波涛汹涌。说不清是迷醉、恐惧，还是六神无主，加十感到前所未有的头晕目眩。这些杂糅的情绪让加十难以自拔，只能任由它们把自己撕扯得七零八落。

一阵夜风突然灌进他的嘴里，这才让他清醒过来。仔细想想，眼前不正是一个令人震撼的爆炸性新闻吗？

几乎把全城翻遍的警察局，连冒牌皇帝都搬了出来，但他们苦苦寻找的人物，远在天边，近在眼前。

原来铜鹤喷泉的下面，就藏着安南皇帝。

今晚这样大的刺激，是他从出生到现在从未遭遇过的，因此他竟然激动地昏了过去，这件事简直比小说里的情节还要离奇，让人感觉就像在童话里一样，简直不敢接受事情的真相。可事实摆在眼前，皇帝就在眼前的铜鹤下面。

秀陈的话就像一道闪电进入他的脑海，加十顿时清醒，以前所有的隐秘与疑点现在全部摆在了阳光下，一切都明了了。

青铜鹤竟然会唱歌，这简直是天方夜谭，还有为什么安龟会在"喷泉铜鹤吉兆庆祝会"上闹事，一切的一切，现在都明白了。

上文不止一次提到过，《夕阳晚报》社长幸田节三的朋友，即日比谷公园的园艺长酒月是第一个说铜鹤会唱歌的，他说的情况根本就是空穴来风、子虚乌有，而幸田节三听了酒月的话十分高兴，想借此在新闻界搞一个头条。因为他本就是个有魄力有胆识的人物。所以，他就联系合作伙伴"幼鹤肥皂"，又找来各界名流，接下来通过媒体大肆宣扬，说铜鹤将在元旦上午九点十二分开始唱歌，并在喷泉水池边聚集了约三千群众。他预先就料到这场非法聚会会被解散，所以提前就开始收门票。但这只铜鹤偏偏就在这个时候唱起歌来了，真是太巧了。

现实世界中这种事情压根儿不可能出现，因此很容易就能找出其中的破绽。这唱歌的明明是铜鹤下面的皇帝，哪里是什么铜鹤。但奇怪的是，他应该大声呼救，而不是悠闲地唱安南国歌啊。这一点目前还不清楚。我们知道，这位皇帝是非常具有诗人气质的，而且这种不同寻常的举动，也正体现出了他的幽默和心胸旷达的王者风范。

除了加十推敲出来的这些之外，另外还有一些笔者的看法。

按真名古所说，皇帝被抬出来之前闻了哥罗芳，这就是说那个时候说不定皇帝还处于昏睡中，没准是皇帝梦见庆祝会了呢。

不说这些鸡毛蒜皮的事了。到现在，安龟一伙人在"喷泉铜鹤吉兆庆祝会"上闹事的原因，就基本可以得知了。

可能由于某种目的，安龟一伙人把皇帝囚在喷泉铜鹤下面，但幸田、酒月举办的"吉兆庆祝会"却把水池边搞得人山人海，这样一来，皇帝的藏身之处随时有可能被人发现。因此，他们借铜鹤没有在预定时间唱歌为由，在会场闹事搞破坏。但铜鹤却真的在这紧急时刻唱起歌来了，惊吓之余，他们只好灰溜溜地离开了。

真不愧是一个新闻记者，加十这个时候并没有吓得瘫在地上，而是在昏沉中又想出了事情的大概。

现在，我们再想想，是谁把皇帝囚在这里的呢，他们居心何在？想来想去，加十还是想不通。

为了争夺安南铁铝氧石矿山的采矿权，林谨直的"林联合企业"和小口翼的"日兴联合企业"之间的局势日益紧张，皇帝和林又定下了新的盟约，加十对这些都很清楚。如果在日比谷公园滋事的是日兴企业旗下的野毛山一派，那么日兴肯定就是绑架皇帝的人。这样做的原因，或许就是为了离间皇帝与林之间的盟约，削弱林的势力吧。但那颗大钻石呢，这又令人想不通了。

还有，为什么非要把皇帝囚禁在这个地方呢？听起来，皇帝藏身于优雅安静的喷泉铜鹤下面，这是多么诗意，多么悠闲啊，是的，这想法太奇妙了。但回头想想，又不禁摇头，这没有什么用啊。把皇帝藏在喷泉铜鹤的下面，绝对不是最保密的。在地面上可以听到皇帝的歌声从铜鹤中传出，这太明显了，皇帝唱唱歌还没事，但假如他尖叫几声，那么这个藏身之地就会被人发现，这些因素都很容易想到。相比之下，随便找个地下室或者仓库之类的地方都应该比这里更加安全。

加十边摇头边叹气："他们是怎么想的啊，把皇帝囚禁在这个鬼地方，真是太奇怪了……难道是皇帝自己跑进来的，不可能啊，就算酒喝得再多也不会这么无聊吧。"

念叨着这些，加十又陷入了沉思，突然他一拍大腿："啊，知道了，应该是这样的……可以这么想，某个人绑架了皇帝，把他押到这个地方的时候，皇帝意外逃脱了，因此躲藏进入了这个公园，而且用了一个奇妙的方法钻进了铜鹤下面，匪徒却想不出办法进入到下面。这时候天已经快亮了，还有那个'喷泉铜鹤吉兆庆祝会'也开始了，情况变得更加复杂。皇帝的藏身之所很可能随时会被人们发现，因此，这场骚动一定是他们为了驱散人群的计谋……哎，即使这是一个不严密的推论，而且大部分都是猜测的，但不见得没有一点道理。再进一步想，如果进入铜鹤下面的确实是皇帝自己，那么他用的是什么方法呢？这个问题，还得仔细推敲一下……唉，我当初为什么会在农大学习土木专业呢，真是昏了头了，如今，那些陈旧的知识终于有了用武之地……话不多说，让我仔细观察一下喷泉的四周吧。"

他一边自言自语，一边站起身，看到离自己不远处的秀陈依然坐在那里，不由得轻叹：

"哎，真是个烦人的家伙……让他一个人回饭店吧，显得不礼貌……那就先把他支到别处好了。"

于是，加十向秀陈走去，并拍了拍他的肩膀："嗯，秀陈，我想要拜托你一件事，但就是有点儿麻烦……"

秀陈看到皇帝又是哀叹又是喃喃自语，感到郁闷又难过。皇帝看样子也没有喝醉啊，难道是由于前段时间被那伙人绑架，精神上受到严重刺激，脑子出毛病了？真是这样的话，就得赶快带他去找医生了。但眼前的皇帝一切都很正常，并没有什么事啊。秀陈定了定神，将一只手放在胸前，起身行了个礼："陛下有令，在下一定遵命，小的一定会不顾一切地完成陛下的命令，请陛下放心。"

加十傲慢地说："很好，其实也不算什么大事……秀陈，你见过汽车吧？"

"见过，小的当然见过汽车。"

"哦，嗯，那好，汽车前面有一个加水孔，是用来冷却引擎的，这你也知道吧？在那个盖子上，往往有人会在上面加工一些东西……"

"哦，这个小的知道，有的人会把如水星像、飞翔的鸳鸟等图案绘在上面，但有时就是一个单纯的盖子。"

加十拍拍手："不错，现在你去银座的松坂屋前观察一下，从十点到十一点四十分，一共有几辆盖着普通盖子的汽车，十二点之前务必回来向我汇报。这件事有点难办，但与安南国的前途息息相关，至于个中缘由我现在无法告诉你。"

说着话，他又看了看手表："现在是九点五十分，请你赶快去吧，晚了就来不及了。"

接到命令的秀陈马上立正："是，在下马上就去，十二点之前回来，小的告退。"

说完他又行了个礼，沿着八角金盘似的小路，跑向正门方向。

他一走，加十也下了小土丘向喷泉水池走去。正在这时，两个男人突然从松树的暗处跳了出来，一前一后，其中一人大声喊道："是何人在那里躲躲藏藏？"

各位读者都明白，本来不会叫的铜鹤今天早晨竟然唱歌了，警察局长推断，这只鹤的某个部位一定被幸田放置了什么机关，明天一定把铜鹤拆开看看。他暗暗决定，这回绝不能让幸田逃掉，因此就派便衣警察守在这里，以防幸田在夜里把铜鹤的机关拿走。

聪明的加十马上就明白了，这两张脸太熟悉了，在警视厅每天都会见到。幸亏粘着胡子，要不然被带走的时候一定会被发现的。加十站直了身子，准备用皇帝的权威吓唬这两个小警察，他压低嗓子："这么高傲，听口气是警察局的吧……看在你们执行公务的分儿上，我就告诉你们，小心听好了……我就是安南国皇帝宗龙王，因故在帝国饭店停留了几日……怎么了，叫我干什么？"

他沉下脸，瞪起了眼，昂头轻捋着和秦始皇一样的黑胡须，脸上一副不依不饶的样子，看起来十分威武，这一招从早上就开始用，到现在已经炉火纯青了。

由于溜池局长把皇帝当成杀害松谷鹤子的凶手拘留起来，今天早晨已经被上司劈头盖脸地骂了一顿，这件事应该在警察局传遍了。因此，这两人一听面前的就是皇帝，不由吓得颤抖了一下。

"真是不好意思……是我们太冒失了，还……请您多恕罪。"

听到这儿，加十猛地回过头："站在这儿一会儿都不行吗？"

吓坏了的便衣使劲道歉："不敢……不是这样的，是……"

"你们要是在这儿立个牌子，再用灯照着，我就肯定不会来这儿了……现在并没有牌子，可你们也不让我来这儿，够讨厌的，我只是在这儿散散步，不喜欢别人打扰我的宁静。现在，我要继续散步，不放心的话，你们就一直看着我吧。"

说完他就径直走到喷泉旁边，认真观察着，大约过了半个小时之后，他又爬遍了山崖附近的山丘，甚至查遍了每个树根和各处的小角落。

经过仔细的搜查，他并没有发现有什么孔缝可以进入喷泉下面，水池边也没有进出的洞口。于是，他一声不吭地离开便衣，走到水池的另一边去看。就在他准备从小丘上下去的时候，突然不小心绊着一个树根，跌进了一个很深的洞穴里。

加十感觉头被重重地撞了一下。不过，幸运的是脖子没事。昏昏沉沉地过了好一会儿，他才定下神来。环顾四周，这个洞穴约有六尺高，旁边还有一个可以让人爬行的洞穴。看到这里，高兴的加十立即爬了进去，但没想到刚爬了约有三尺，就无路可走了。他赶紧用火柴照亮四周，发现土壁上有很多划痕，上面还有一把铲子呢。不难看出，这洞穴是最近才挖的。

加十的推断是正确的。普通的道路工程以及地下水道工程根本不会放着这么危险的深洞不管，就算有，也会亮起红灯，用绳子在四周围起来……换句话说，就像加十的推论一样，这个洞是匪徒匆忙之间挖出来的，目的是把皇帝藏在这儿。但是很不凑巧，"铜鹤喷泉吉兆庆祝会"在这里举行了，大批群众涌了过来，破坏了他们的计划，情急之下他们就在会场挑起了事端。

　　皇帝被关在喷泉下面的事情总算是确定了。但，这附近却没有入口。到底是怎么一回事呢？洞里面，加十正抱拳沉思，看样子不想到好办法他是不会罢休的。这种乡下人的执着真是了不起啊！

　　不知不觉，二十分钟过去了，他猛然一拍大腿："哦，我明白了……我还算聪明啊……嗨……我怎么会现在才想起来呢……以前在学校学过，江户时期地下水道就像一个迷宫，可以通到这附近的地下……换句话说，皇帝来到喷泉下面之前，是从大水渠的某一入口进来的，但是哪里才是入口呢？"

　　沉思了半天之后，加十一言不发地站起身来，用尽全身力气爬出洞外，好不容易爬到洞口，一边喘着粗气一边说："……应该是这样的，最好的办法就是从附近刚开始建的楼房找起，对于那些有地下室的建筑，向下挖的时候必然会挖通地下水道，那么一定能在某个地方挖到出口……对了，这附近有大型建筑，广播电台的地下室工程就建在田村町一丁目的转角处……没错儿，就是那里……出口一定就在那里。"

　　说完，加十不顾满身的泥土飞也似的跑出了日比谷公园，朝着田村町一丁目的方向狂奔起来。

　　时钟显示的时间已经是十一点了，再有五个小时就到明天凌晨四点了。面对身手敏捷的警探真名古，这位新闻界的无名小卒能抢先把安南皇帝安全救出吗？

第九回

28. 警视总监的冒充者

本部小说已进行到第九回。故事跌宕起伏，情理物态纷繁变幻，上演出一幕幕人生悲喜剧。有人为恋情伤悲，有人沉湎于危机四伏的侠气之中，还有人手执恶魔之剑为所欲为。

小说中的人物跳出了笔者最初的构想情境，按照各自的想法无所顾忌地行动，丝毫不会考虑笔者的担心。笔者本是谦逊之人，而他们却愈加嚣张，自顾自地肆意谈笑。这次竟然使得无辜的阿姥婆婆也被勒死了，这些行为真是太目中无人了。笔者虽然义愤填膺，但他们根本不把笔者当回事，所以也只能束手无策。

言归正传，《夕阳晚报》记者古市加十执意认为安南皇帝藏身在日比谷公园的"铜鹤喷泉"下面，欲将此事写成独家新闻，于是飞快地向田村町一丁目的方向奔去。古市加十跑得很夸张，想必是要引起笔者注意，以至于使自己的角色继续活跃在故事里。不过，本部小说里的关键人物不只有古市加十。不仅如此，此前，警视厅也发生了一件令人匪夷所思的事。虽然有点无奈，但只好让加十再跑一会儿，我们先到警视厅去看看。

让时间倒流约一个半小时，在搜查课长房间，四枪手之一刚刚做完一个出人意料的报告，随后开门出去了。

这个出人意料的报告是何内容呢？就是今日凌晨三点五十分至四点五十分期间，两个警视厅总监，一个在赤坂区，一个在深川区，同时进行岁末警戒的慰劳巡视。这又不是霍夫曼的《卡洛风幻想曲》，想到两位总监同时在东京巡视，简直不可思议。但是，若事实果真如此，虽使人惊讶却非空穴来风。这个报告对真名古来说，可不是凭空臆想的东西呢。

上上一回，从真名古与总监的谈话中可以推断，杀害松谷鹤子的凶手正是监视总监。这种推测在理论上具有可行性。他用心良苦地推测出整个事件，回到课长室后又坐立不安地等待总监的行动。话虽如此，看官们如果没有读到上上一回的内容，可能理解不了。那么究竟是何事如此重要？让我来简要地复述一下吧。

据家住有明庄山崖下的裁缝花所述，她目击了犯案现场，嫌犯身材高大、理平头、手臂缠有闪闪发亮的东西。随后，真名古赶到现场进行缜密勘查，详细情况如下：

嫌犯身高五尺七寸五六分，平头，职业为警察，佩戴金绒饰带臂章，三至五颗星章的警视以上职务。佩剑，脊椎微弯。左足微跛，鞋长十二尺，为美国爱迪斯公司生产的普林斯顿款。

基本就是如此，若是熟悉总监的人看到这里，定会深信这简直就是一幅总监的肖像素描。更何况，他从鹤子的衣柜抽屉内，还找到了一架狮子头烟嘴，这正是总监爱用的东西。根据这些迹象把整件事情从头到尾联系起来，连资质平平的侦探都会毫不犹豫地断案了。确实如此，在法国，十九世纪初期曾出现一位由平民盗贼升为警视总监的人，他叫法兰斯·维多克。维克多仅凭借以前学到的技巧便在侦查方面如鱼得水。

但这件事肯定不会如此简单。这么活跃的杀人犯不多，这么难对付的就更少。究竟什么样的警察有这么大的勇气敢告发呢？就连往常沉稳冷静的真名古，看着那支狮子头烟嘴，也不由得显露出苦恼的表情。

我们已经多次说过，真名古在执行侦查任务时表现出的冷峻刚直，与雨果的《悲惨世界》中出现的嘉伟尔刑警相比毫不逊色。只要有不合法的地方，哪怕对方是神明，他也会不顾一切揭露真相。显然，离开有明山庄后，真名古便开始一系列严密的行动。

真名古先来到日本桥的伊吹服饰批发铺，让他们找出总监的尺码并做了记录。有人也许知道，日本桥的伊吹，是专门定做东京府管辖内警察制服的批发商。真名古在这里找到了留在厨房墙壁上总监的上衣浮雕刻印。随后真名古又回到警视厅，找来那四位枪手，让他们去勘查今天早上有明庄六人与"卡玛斯秀"六人投宿的筑地酒店"铃本"。此外，他还调查了现任警视总监（前京都府警察部长）与松谷鹤子的家，以及总监在元旦凌晨三点五十分至四点五十分期间的行动情况。

调查结果表明，"铃本"酒店的庭院与后门最近都没有人出入过，即嫌犯并不是有明庄住户六人之中的任何一个。而身份调查情况显示，总监和松谷鹤子的住址同在京都市东山区山科町同一处所，二人之间的关系当然不言自明。

最后一个调查，即为整项推理的最终结果。调查情况显示总监于凌晨三点五十分驾驶双人敞篷跑车途经溜池十字路口，当天四点四十分经赤坂见附返回警视厅周围。换句话说，总监从邻近杀人现场的溜池到赤坂见附之间三分钟路程的距离却花费了近五十分钟。目前，推理过程都已非常清晰。但真名古并未停止探究，他采用一种非常奇妙的办法，叫花做了一个嫌犯的探头试验。花的答案究竟是什么，我们不得而知。但从真名古与总监面谈时那充满自信的神态，结果也就不言自明了。

不过，真名古在本搜查课长室等来的，不是迟迟未到的总监，而是两份更加意外的报告。其中一份报告是花带过来的，是她在"中洲"酒店从印东忠介那里打听来的。内容大概是三点四十分左右，山木元吉攀上屋顶偷偷跑出"铃本"，驾驶哈齐森的双人敞篷跑车离去，五点左右又返回"铃本"。另一份报告是刚才听到的有关"两位总监"的异事。

出现目前的状况，笔者也没想到。变成这等局面，使人开始怀疑真名古的推理准确性。综合考虑，只能说是真名古的推理过程不够严密，必然存在遗漏的地方。他的推论里并没有拿到起决定作用的证据。作案现场连总监指纹之类的东西都没有，只是平头、总监制服之类的东西，更何况这些内容是一位天真烂漫的少女在月光朦胧中观察到的，也让人很难彻底信服。要说狮子头的烟嘴，同样的烟嘴多了去了。还有那日凌晨，总监通过警戒线时是身着便衣还是制服呢？这个内容也很模糊。这位理性且思维缜密的真名古，此次做法似乎过于草率。真名古竟然会那么重视一个少女的供述内容，也让人觉得有点不可思议。不过，笔者认为，与其说真名古过于自信，不如让我们再来看看哪件事情直接影响了真名古的推理。这项本不应出现的思维问题，究竟是什么事情引起的呢？笔者庸俗地觉得，原因在于真名古爱上花了。这位冷峻理性的真名古恋爱了！这可不是开玩笑，笔者有证据呢。从他们在出租屋二楼见面之后，真名古对花的方式各位读者都看到了吧，真是太浪漫了。要是往常熟悉真名古的人知道，肯定会十分意外，觉得真名古警视会不会是神经发作，或是沾染了小说里的童真与孩子气。要是再看到他卖弄屠格涅夫散文诗的模样，肯定会瞠目结舌。平日里的真名古可不是这类肤浅的男人，也不会是位对女性温柔体贴的人。他算是位绅士，却是那种随时根据需要对人施加酷刑的绅士。但是这样的真名古却卖弄起了散文诗……这分明就是恋爱的状态嘛！对此，花也深感惊讶，情不自禁地问"为何对我如此亲切"，而真名古对此一言不发，只用苦笑一笔带过。不仅如此，他朗读时的语调时而低沉，时而高亢，恰到好处的变幻使听者的心变得柔软异常，仿佛踏入梦境一样……毫无疑问，这是恋爱的男人的嗓音。这件事可真了不得。

果不其然，四枪手之一刚走出课长室，真名古就表情复杂地双手抱胸呆坐在椅子上。从神色上看他内心非常苦恼，眼皮低垂，一声不响。刚才那位枪手离开前按下了按钮，现在整个东京城已开始全城大搜查，墙壁上的扩音器里不时传来刺耳的声音。目前负责搜查本部的神田组已确定有明庄的两位住户岩井通保和川俣踏绘躲藏在"茶松"赌场，正为前往拘捕向上面报告。

真名古忽然睁开双眼。他的眼睛并没有完全张开，要不是眼眸中透出的一股果敢力量，还以为这只是一条细长的缝罢了。他将双臂放在腿上，好像又想起了什么，快速起身离开椅子，抓起那件如大乌鸦般的长披肩外套，边将手臂穿进去边步出课长室。他没有显露任何沉重的神情或阴郁的眼神，而是一脸坚毅。现在还不是追问原因的时候……如此看来，真名古并未失去信心。他神态自若又果敢自信，似乎已下定决心。那么，真名古将会有什么样的行动呢？

十五分钟后，真名古驾驶的汽车在筑地小田原町一丁目的"铃本"门外停下来。他踏过湿润的石板地径自走进客厅，悄然探出头来的老板娘一看到他，电击般马上低下了身子。

真名古这般的人物受到的对待果然非同一般。他请老板娘带路走上二楼，进了东侧，这曾是山木和珍妮特住过的房间。真名古是要核查山木是否如印东忠介所说曾经离开"铃本"。山木住的房间约十二坪，有扇飘窗，窗下有个小橱柜。窗台上装有很低的防盗栏杆，再往远处可看到消防局的火警瞭望台，还有对面圣路家医院的高大建筑物。窗户底下厨房的屋脊衔接成了直角，另一侧紧挨着"石上当铺"仓库的墙壁。原来是这样，依托这样的地形确实可以毫不费力地跑出去。真名古尝试着做了一次。他用手紧紧抓住窗户框，身体垂挂起来，缩起双腿，很容易就越过栏杆，放下脚就是厨房的屋脊。

真名古用手电筒照明，蹲低了身体慢慢前行。他并没有注意到什么特别的东西，不久就来到了屋脊的尽头。走过一个细长的空地，就看到了仓库的墙壁。按照惯例，仓库墙壁上钉着弯头钉。如果跳下抓住弯头钉朝下悬吊，脚尖就能够到仓库墙壁较厚的地方了。只要能跳到弯头钉上面就很容易爬到下面去，而仓库的弯头钉刚好在厨房屋脊下一尺的地方，若隔着四尺的空地往下跳必须要相当熟练才行。真名古走出"铃本"，绕到那块空地上，把梯子放在仓库墙壁上，爬到刚才的弯头钉那里，用手电筒照着，仔细检查周围的墙壁。很快他发现墙面上有非常明显的行动痕迹。会是什么呢？是指甲抓伤的三道刮痕，因为仓库墙壁较为坚硬，刮痕并不十分明显，但却能够清楚地看到，弯头钉下面约两英寸的地方分布有竖长约一尺左右的抓痕。物证凿凿，显而易见那位身形笨拙的山木没有抓住弯头钉而摔下去了。用指甲抓这么坚硬的墙壁，指尖能不受伤吗！抓痕的尽头，留有一点儿像是血渗进墙壁的痕迹。这就解释了为什么印东在"天德"发现山木的三指指甲磨损且有白色墙土残留在指甲缝内。虽然山木在这个时间偷偷跑出"铃本"的原因尚待进一步探究，但非常明显的是，留在有明庄玄关墙壁上的三条刮痕不是山木的。真名古这类探案高手，不会把手指抓伤的痕迹和锐利的金属刮伤的痕迹弄混淆。所以，先前花讲到山木手指上有奇怪的伤痕时，真名古一点儿都没感觉到疑惑。这么说，山木手表上的玻璃碎片，应该能在这附近找到。若真找到了，至少能说明山木不是那个使用装了哥罗芳的玻璃管绑架皇帝的人。真名古爬下梯子往下方的石子地面上一照，果然看到散落的一些玻璃碎片。而且，从印在墙壁上左手抓痕处的淡淡血迹不难看出，山木摔下时左手手腕处受了伤。这上面肯定也有指纹，晚一些叫其他人来采集。本以为调查到此为止了，谁知真名古又返回"铃本"，不过这次他去了楼下东侧印东的房间。这间房也是十二坪左右的面积，临着走廊是个细长的庭院，庭院尽头是道人工砌起的高墙。沿着走廊往左有个钩形的转角，尽头有间厕所。左侧有条往下的楼梯，走廊再转个弯就可以到达玄关的位置。厕所的窗户呈葫芦形，镶上了竹条，透过窗户可以清楚地看到刚才真名古走过的厨房屋顶的三分之二面积。还有三分之一临近仓库，刚好被当铺这所建筑凸出来的部分盖住，从厕所的窗户看不到这里。虽然不能贸然相信印东忠介的话，但在这样的客观环境下，他确实有可能从这扇窗户看到山木爬上屋顶后跑出去了。

真名古掀开走廊的遮雨窗，小心谨慎地回到庭院里。地面已结霜，土质变得非常松软，而且有隆起的迹象，貌似飓风洞穴的模样。由于土层与坚硬的地面之间留有空隙，所以即使是分量很轻的物体停留在土层上都会留下印迹。这时候真名古的鞋印，如同踏上了灰层一样陷入土里约有两英寸的样子。他仔细地查验一遍，没发现任何与脚印相似的痕迹。从十二月二十七日以来，东京就不曾刮风下雨。四枪手之一所做的报告里指出庭院内部并没有人出入的痕迹，应该是以此为判断基础的。当天晚上印东的隔壁房间并没有其他客人入住，再往里隔一间是村云笑子和吹萨克斯的威尔森的房间。那里的庭院也查过，并没有发现任何类似脚印的痕迹。虽然次序上有所不同，但玄关的位置（此细节是随后调查出来的），有一位名为定的女服务员值晚班，她在十二坪的柜台那里与她的朋友千代边闲聊边吃着南京豆，一直坐到五点二十分临检前。两人本来计划六点准时去拜水天宫的，但又不想弄乱头发所以没有躺下休息过。若有人想从玄关出去，肯定难以逃过她们两人的眼睛。

真名古又来到了二楼。踏绘与罗伦多的房间在山木的隔壁。房间里有扇镶着格子的窗户，窗户下面就是庭院，想要从这格子窗户爬出去是没有可能性的。那么剩下的就只有哈齐森与岩井通保的房间了。过了拱形桥直到走廊尽头就是岩井的房间，与他面对面且位于左翼底端的则是哈齐森的房间。岩井的房间有十二坪大，附带有个六坪的休息室，休息室向着西北方，刚好与印东房间的方向相反；隔了备前堀，从那扇镶着木条格子的窗户看过去，刚好可以看到正在建造的本愿寺大大的屋顶。有扇半大的窗户上吊着几片挡雨窗，真名古把挡雨窗往上推了推，看到下面正是玄关的屋顶上方，另外一侧有一大棵塘松，粗大的枝干越过了人造的高墙朝外面伸展着。真名古转过身去，面对浑身战栗的老板娘。

"谁在昨天晚上帮大家分配房间的？"他问道。

老板娘说是岩井先生帮大家分的。真名古仍然一副眼皮低垂的困倦模样，他仔细观察窗户下方的橱柜与上方的窗框。其中有些不寻常的地方。说起来这东西其实很常见，倒也不是特别令人惊异。直截了当讲的话，说的就是瓢竹斋竹笼里面的插花，里面插着投入式白梅与水仙。真名古倒是格外认真地研究起这些看起来平常的物什。细细看过一番，发现还真有些异样。一般人看过都会觉得这是双月流的插花，不过摆放的方向则是朝后的。一个再怎么不懂插花的人，也不会插出这类的花却将其摆向朝后的方向。这比应当放的位置还要靠后四分之一。真名古转向老板娘问道：

"从那之后有没有人进过这个房间？"

老板娘说没有任何人进来过，甚至都没有人开门看过。虽说图画会更容易让人理解，但语言还是可以表达清楚的。这只竹笼本是为了搭配中间与右边遮雨窗的接缝而摆放的。真名古做了一个试验。他把竹笼转回应当摆放的位置，也就是转过来四分之一，然后爬上小壁橱，准备从窗户爬到顶梁上。这时候，右边凸出来的白梅梗拌住了真名古的大腿部分的裤子，自己往后转了四分之一。这正是刚才真名古感觉有些奇怪的位置。由此可以断定，有人曾经试图从这扇窗爬到屋顶上去。真名古拿着手电筒，试着沿屋脊走到另外一边。屋顶的瓦片上并没有什么有用的证据。当走到另外一头时，有棵大松树的高大枝干朝着墙外伸展，刚好同屋脊的位置呈相交状。真名古从屋顶爬到松树上，顺着树枝很容易就到了高墙外面。脚尖自然地落到树枝下那些水泥做的防火水桶上面。只轻轻地一跳，他就来到了地面。这里正是当天晚上哈齐森停放那辆双人敞篷车的地方。

真名古只穿着袜子轻轻地走在地面上，路过玄关后来到房间内。他准备再去查看一下哈齐森的房间。上文提到过，哈齐森的房间位于左翼尽头，中间隔着玄关的屋顶以及与岩井的房间正好相对。哈齐森的房间和岩井的房间基本一致，只有一处不同，他的窗户靠近过道，窗上装的是防盗栏杆而且没有遮雨窗，越过道路可以远远望到对面的备前桥。仔细观察这个栏杆发现，它与山木房间里的栏杆结构一样。如果山木能跨过栏杆跑到外面去，那么从这儿也能出去。栏杆下方正对着楼下厕所的顶端，另一端再往横向延伸出去就是马路。在以上三种情况里面，第三种是最好的。从这里出去最方便。仔细观察以后发现，这里也存在些不寻常的东西。橱柜的柱子旁边有处壁纸上面有三个浅浅的灰色手指印。想必是粘着灰色油脂物的手指触摸壁纸后留下的痕迹。壁纸应该是最近新换的，并未发现其他任何污点。真名古贴近手指的痕迹仔细一瞧，从手指的方向判断这是左手的手印，并且是左手的食指、中指与无名指。怎么这里会有手指印呢？让我们来实践一下。从屋脊上跨过防盗栏杆后右脚落在小壁橱的架子上面，用右手按在窗户框上支撑起身体，将身体慢慢撑起后又把左脚拉到小壁橱上。这时要想站在榻榻米上而不至于弄出什么声响，就要用手抓住柱子，而手指印就是这么留下的。

真名古越过栏杆攀上屋顶，不一会儿又爬了回来。刚刚摸过屋瓦的手指都是黑的。这是由于小田原町二丁目横巷里的澡堂的烟囱正好高高耸立在背后，上面的煤灰被风吹落到这边屋顶上面。三根灰色指印的来历已经清楚了，再提取指纹就能判断是谁。这也是很容易办到的。真名古意识到这些指印是那个经屋顶回到房间的男人在小壁橱上脱袜子时用左手扶着柱子支撑身体而印下来的，并不是为了将脚稳稳地落到榻榻米上。小壁橱架子上还有些黑色圆形印迹，应该是脚跟沾了煤灰而留下的，并且左脚印迹要比右脚更轻些。真名古穿着袜子的脚也正好踩在榻榻米上面，留下的是相同形状的黑色印迹。真名古只好脱下了袜子，他把房间的纸门拉上，盘腿坐在榻榻米上面，低着头一动不动。

今天早上五点二十分临检之前，出于某种动机，有三个人从"铃本"出去后又返回。而此时，有明庄鹤子被杀害，皇帝也被人从厨房的后门绑架。到目前为止，这桩案情又往前推进了一个阶段。即使是沉稳而思维缜密的真名古，对案情也非常惊讶。此时真名古表情阴郁且苦闷，他本是为了印证印东的话而来的，没想到又发现许多不寻常的事。

读者们会不会指责真名古之前不该把如此重大的前期调查工作交给手下去完成。然而，这真是真名古的失误吗？要说是失误的话，应该也算是某种天灾啦，因为在侦探小说里，侦探本人会独揽所有的功劳，连灶里的灰都会亲自查看。但是在现实生活中，大部分时候不会这样安排。

真名古并没有轻视对"铃本"的现场勘查工作。因为他早已让四枪手里最机敏的那位前来做过前期详细调查。其实真名古的调查结果与四枪手提供的情况并无太大差别。从庭院里土层的松软情况与玄关那里值班人员的表述来看应该无人出入。更何况，四枪手对"卡玛斯秀"的所有团员都进行了巧妙的询问，他们都供述当天晚上同屋的伙伴从未离开过。前期的勘查与侦讯都执行得非常严谨。

至于二楼的路线，枪手们没有调查到也实属正常范围。因为日式建筑的构造本就是开放式的，尤其在建筑密集的东京城内，根本不存在跑不出去的房子。能够根据花笼四分之一的转动和柱子旁壁纸上留下的浅浅指印，推断出相关人行踪的，恐怕只有真名古这类侦探奇才方能办到。或许应该这么说，真名古是得到了上帝的眷顾，其他优秀的人物难以望其项背。

如果说真名古有过失的话，应该是最初的时候没有亲自勘查这些地方。但上帝还是派他来到了这里，未尝不可说亦是种宿命的安排。真名古之前之所以没有重点侦查"铃本"，是因为他对杀人犯和绑架皇帝者已经有了怀疑的人选。

"铃本"门外响起摩托车飞驰而来的声音，随后进来一位警员，报告说在"茶松"的地下道发现了阿姥的尸体。真名古下垂的眼皮没有丝毫变化，他用不急不慢的语调说：

"去'日本座'公演厅把金粉舞娘珍妮特、弹手风琴的罗伦多、吹萨克斯的威尔森、跳踢踏舞的玫琳、溜滑轮的贾克琳、唱歌的玛莉亚这六个人带回来。我会在三十分钟内返回本厅。"

29. 香槟瓶底的玄机

离日本堤防不远就是浅草圣天横町，马路对面，有条非常陕长的阴暗小巷，里面全都是些简陋的旅馆。一晚的住宿费用是十五元，还能洗澡。凡是进店住宿的客人都会收到旅馆管理者递过来的一根木闩，并被告知它是住宿时闩上房门用的。

走进房间，会发现这由黑泥土制成的地板凹凸不平，且已被胶底鞋磨出黑色的光亮。屋里满布青痰、唾液之类的污物，房内的空气污浊不堪，不时发出怪怪的臭味。眼前可以看到三尺见方的门框，旧得连木头的纹路都模糊了，走进去是楼梯，爬上去，是间约六十坪的房间，人们身上盖着旗子布重新染过做成的棉被，并排齐刷刷地躺在榻榻米上，真像河滩边捞出的鲔鱼。

与这间房间仅一道走廊之隔的是一间六坪左右的小房间。这可以说是这个地方的一等房。住宿费用是一晚二十五元。再加五钱，就可以盖比旗子做的棉被更好的被子。这房间里的圆形坐垫上跪着一个穿着整齐晨礼服的年轻男士，他没有盘坐，看似有些孤单。他也是有明庄的六住户之一，家喻户晓的珊瑚王的儿子，名叫山木元吉。

此时的山木元吉脸色苍白、头发杂乱，面部满是不安的神态，苦恼的样子全显现在额头的皱纹上，一双充血的眼睛时不时就要瞥向门口。自从与川俣踏绘在虎门的晚成轩悄悄会面后，山木就消失了。此时已经是第九回，他终于以一种落寞的形象重新来到我们面前。

不知他是从哪里来到这儿的，完全一副穷酸样，衣服下摆与肩膀上都是灰尘，外套手肘也被什么东西钩裂了。这哪里像是百万富翁珊瑚王的儿子，简直就是电影里因为经济危机而失业的乐师，抑或是生活拮据落魄到银座的酒保，他与眼前的景况可不太协调呢。

就在他自顾自怜时，拉门外似乎有什么动静，山木一下就从坐垫上弹起，迅速跑到窗边，慌乱地拉开玻璃窗子，一点儿不像他往常慢腾腾的样子。他发现防盗栏杆紧紧地封住了窗户，上面还钉有非常粗的钉子，所以他连头都没法伸出去。

有人突然拉开纸门进来，用力拉回正在窗户旁不知所措、紧握铁条的山木君。

好像把气氛搞得过于紧张了，拉住山木的人并不是警察，而是川俣踏绘。她是岩井的秘密情人，眼下很红的舞蹈演员。她也是有明庄的住户之一。前一回里，她在赌场"茶松"遭到逮捕，但又和岩井通保牵手穿过地下通道跑到御茶水河里，逃了出去。

　　与上回的装扮相同，她依然穿着那件火艳的晚礼服。看样子踏绘应该是从御茶水的河堤直接跑到这里来的，她就像一只华丽的尼金斯基"火鸟"闯入了这间客栈，真令人叹为观止。现在距离搜捕她的时间还不到半小时。

　　言归正传，她使劲打了山木一巴掌，脸色铁青声音颤抖着说："为何你要逃走？"

　　她厉声质问，完全不知所措，情绪激动得无法自控，只是把脸埋在山木胸前失声痛哭起来。山木被眼前突然发生的一切惊呆了，他双臂紧抱着踏绘，也流下泪来："我怎么会逃走？……你误会了。我要是想逃走还会告诉你地址吗？你可不能胡乱地怀疑我啊。"

　　山木那双视力不好、形状细长的眼睛里不断地涌出眼泪，还不时担心地往拉门那里看去，突然他压低声音对踏绘说：

　　"先别伤感了，有没有人跟踪你？要是被跟踪了，我之前所做的一切努力就白费了……你千万不要误会。我这么做可全是为了你，为了活下去好跟你结婚，才会想尽办法到处躲藏，你一定要相信我啊！"

　　山木声音颤抖着，用力握着踏绘的双手："我这人情绪有点消沉，自尊心也强，原来总是很悲观想到过死，但自从你走进我的生活，我就再也没有死的念头了。现在，我觉得无论遇到怎样的困难或挫折，也一定与你一起生活下去……这些可都是我的真心话，虽然听起来有点儿肉麻，不过我确实是这么想的，以前是不好意思告诉你……我们都经历了很多很多，现在梅毒又严重影响了我们的健康，可直到这时候我们才体会到什么是爱情，也许这也是我们的宿命吧。不过我非常开心，为了你，让我去杀人也没问题……"

山木嘶哑的声音盘旋在喉咙里，越说越哽咽。此时踏绘情绪也很波动，她斜坐在榻榻米上不断用手背擦拭着眼睛，泪水像断了线的珠子不断涌出。她用双手捂着脸，大量的泪水通过指缝渗出来顺着她的手肘淌下去。

大房间里传来云节民谣的调子，声音低低的，听来虽然悲切，但演唱者唱走了音，就不太成曲调了。

哭了很久，踏绘才擦擦眼睛，勉强做了一个非常凄然的微笑："嗨，我怎么哭了呢？"

说完又调皮地吐了下舌头，使劲把脚伸直："这么肉麻的话下次别说了。我明白你的，如果有一天我们真的结婚了，一定去草津度蜜月，好不好？"

山木马上点头答应："嗯嗯，你说去哪里就去哪里。"

踏绘恢复了平静，注视着山木的脸："你知道吗？阿姥婆婆死了，是在'茶松'的暗道里被人勒死的。"

山木惊叹一声似乎很惊讶："阿姥婆婆被勒死了？真的吗？"

"这件事很诡异，有明庄只有我、岩井还有你知道那条暗道，你说呢？"

"别，别乱开玩笑……这可是人命关天的大事，到底是谁杀了人？"

踏绘开始严厉起来，问道："你别装作不知道，是你杀死鹤子的吧……今天早上你沿着'铃本'的屋顶溜了出去，去干吗了？别以为那会儿我睡着了，其实我看得一清二楚。"

山木低下了头，下巴不住地颤抖着。突然，他抬起头，面无血色，说话也结结巴巴的："你说我杀了人……这次真的惹了麻烦了。不过，被人这么猜测也是正常的……但是，我真的没有杀人。我和别人保证过，明天全天都不能提起这件事，所以连你也没告诉。既然你这么怀疑我，那我只好说出来了，你听了我的解释就知道我没有杀人。"

踏绘非常严厉地望着山木："你尽管说吧，我还是相信你的……哪怕你真的杀死了鹤子和阿姥，我也不会不理你的，你放心。不过，你不会真的杀了她们俩吧？你没有杀她们，对吗？"

"真是的，连你也怀疑我……我有可能杀人吗？我连自杀的勇气都没有，怎么会杀别人呢？"

踏绘长长地舒了一口气："好，我相信你。我一直猜测是你杀的她们，所以千方百计想替你掩饰，真的是……"

说完这些话，踏绘就说出了自己在花的房间榻榻米下面发现了"五个和尚"诅咒画的事。

"现在看来是我做得不对，虽然心里觉得花很可怜，但为了你还是想让花承担下鹤子这件事，所以刚才在'茶松'和岩井说了一番捏造的话……你从'铃本'溜走这件事我谁也没有告诉，而是另外编造了些故事，想让花背这个黑锅。要是你晚些让人把你的地址送到'茶松'下人那里，我就可能去找真名古了……我真的以为你被抓起来了。你刚才说你没有杀人，这真是极好的消息，真好……那么，你说说吧，我现在好受多啦。"

山木往前稍稍挪动了一下身体："有件事情你是知道的，就是我本想靠印东忠介牵线，把那颗大钻石卖给犬居仁平，好收取一成佣金用来抵偿伪造文书的事，所以打从去年春天我就开始使劲地撮合……五天前，终于见到了实物，也谈好了价钱——一千万元。谁知道，二十八日安南来了电报，说皇帝带出钻石的事被发现了。反对派代表李光明等人造谣说，皇帝卖钻石是为了筹集独立资金，结果弄得一团遭。法国政府也不得不派驻东京的法国大使去调查真相。皇帝异常苦恼，说是暂时不卖这颗钻石了。换个角度来说，即使不卖钻石，事情已然被发现了皇帝肯定会被反对派多加施难以致被迫退位。即使退位也没什么，更可怕的是有可能像十一世维新王那样，被流放到马达加斯加之类的地方，终其一生都过着以弹小提琴为生的悲惨生活。其实那颗钻石原来就是安南皇帝家族传下来的，是宗龙王的财产，带走或者卖掉都是正常范围的事情。坦白地讲，皇帝回去后一定会被百般束缚，穷困潦倒地流浪一生了。对皇帝来说，左右都是被废，索性卖掉钻石，换些钱逃亡到土耳其或者其他国家去。原来打算卖掉钻石为安南独立党的巴黎分部开展独立运动提供资金支持，但外面有这样的传言，估计巴黎的分部也被歼灭了。皇帝的良苦用心付之东流。三十日晚上，在帝国饭店，皇帝和我谈了他的想法。看到曾经洒脱不羁的皇帝落到这步田地，我忍不住也流了泪。"

"鹤子知道这件事吗？"

山木摇了摇头："她很令人同情，对这件事一无所知。大家都认为皇帝爱上了鹤子，皇帝将错就错以此为借口频繁来往日本。你知道的，刚开始皇帝并没有喜欢上她，都是岩井自以为是地撮合他们；再后来鹤子陷了进去，而皇帝似乎是为了人情不得不勉强维系这段关系。不过这个女人喝酒以后管不住自己的嘴巴，很难缠，所以听说皇帝并没有把钻石的事情透露给她。"

听着山木的讲述，踏绘的表情变得很复杂，像是突然意识到了什么："原来如此啊。"

山木顺着她的话问道："什么事情原来如此？"

踏绘脸色平静："没什么，鹤子真的很可怜。"

踏绘转移了话题，似乎有什么内情。山木没有在意继续往下说："……后来，我去找犬居重新商量这事，决定二号，也就是明天晚上十点在热海的热海饭店交易。货款会支付到纽约国家银行、巴黎国家银行、罗马银行等共十六家银行，采用红线支票全额支付。松岛做犬居那方的代表，皇帝会以去温泉疗养为借口，八点从东京出发。交易结束后，皇帝立即从热海出发飞抵神户，搭乘三日中午的汽船莎玛莉号前往槟城，再由槟城乘机逃往伊斯坦丁堡……

"昨天晚上，'巴里'的尾牙会上，中间我去了趟厕所，发现皇帝就站在椰子树下等我，他说有非常重要的事情要请我帮忙，让我凌晨三点五十去鹤子家厨房后门等着。'此事很危险，你来时要万加小心切勿被人看到。你只需准时到达厨房后门，时间一到我会准时出去。一定不能出错。'他非常严肃地讲这些，和平时交谈时的洒脱完全不一样。我心里还是有些紧张，但是觉得皇帝也是人也蛮可怜，我就抓住他的手发誓说一定按他说的做。皇帝神色黯然地微微一笑：'法国大使会在二号凌晨四点来找我调查这件事，这倒没什么关系……但是我刚刚听说另一件事，李光明那伙派来杀我的刺客，已于二十七日晚乘胡佛总统号到达横滨，我们可千万不能大意。'皇帝说完侧目望着那群正在发酒疯的人：'也许刺客已经来到这儿了。'话音刚落，有个二十七八岁年纪、一脸莽撞的年轻男士跟随笑子走了进来。

"这个年轻男士身穿燕尾服，但看样子他不太习惯这样的装束。他很年轻，但举止言行从容，眼神分外凶悍。他看起来非常冷静，进门后径直坐在里面的座位，没有点饮料而是抽起了烟，似乎大有来头啊。这时，皇帝用胳膊肘碰了我一下：'说曹操曹操就到，一定就是这人了，我接到的密报中描述的就是这样子。'他边说边向我眨了一下眼皮，'你应该没有经历过这种事情吧，不过这些对我来说是家常便饭。要在刺客面前保住自己的性命仅有一种方法，那就是带他在身边。这就叫作最危险的地方也就是最安全的……现在我把这家伙带出去放在身边直到明天傍晚……好啦，我先走了，别忘了刚才约好的事。'皇帝离开后，我装着喝醉了，躺到通道上。这真是我这辈子最精彩的一场戏。

"我有种强烈的直觉，有件非常重大的事情正在发生。然而皇帝也着实可怜，虽说他统治着五百六十万人民，但连个安身之处都没有，父王被流放到边远的海岛上，皇弟也被毒死了，自己还随时存在生命危险。而我这样微不足道、一无是处的男人，却成了他现在最信任的人。想到他对我如此重视，这份恩德就是让我肝脑涂地也在所不惜，我一定尽力救皇帝逃离危险……说了这么多，其实我装醉躺在你脚下时，我睁开眼瞄了他们一眼，不久皇帝就带着刺客离开'巴里'了。

"……三点左右，我原来准备去约定的地点，可大家却要跟'卡玛斯秀'的团员到'铃本'去。我很为难，但大家都去我也不能不去，所以跟着大家来到了'铃本'，但不巧又来了个碍事的珍妮特，好在你灵巧地把她支走了。本想终于可以出去了，可你又进来一直说个不停。马上到了约定时间，我着急死了。很抱歉，我实在没办法才想到把你灌醉的，还好你很快就醉倒了。这时已经三点半，真的不能耽误了，我就沿着屋顶溜出了'铃本'，想借助仓库的弯头钉跳下去，谁知没抓紧直接摔了下去，把我摔得差点儿站不起来。但时间已经非常紧了，我连跑带爬地往界桥方向走，刚巧搭了台出租车，直奔山王。中间还遇到紧急警戒停下来三次，还好总算是顺利通过了。到达地方后我用备用钥匙打开门，扯掉了电铃装置的外线，从里面的楼梯绕到了厨房后门，然后我把耳朵贴在房门上打探里面的情况，听到皇帝、鹤子和一个陌生男人的声音。另外一个男人应该就是那位刺客了，不过似乎他喝得很醉，嗓门很大，说话也语无伦次，不知道说了些什么。这时刚好是三点四十五分。五分钟后，皇帝手拿一瓶香槟从房内伸出半个身子，把酒瓶递给我并且压低声音交代道：'帮我保管好这瓶酒，明天晚上给我。'说完话他就关了门回到了餐厅里面。

"……皇帝为何要我保管这瓶香槟酒呢？只见酒瓶上面用铁丝紧紧拴着，外面包裹着锡箔纸，这是瓶新酒还没有开过。用力一摇，里面还能冒出泡泡。没什么特别的啊。我又照着电灯举起酒瓶仔细观察，还是不知道这酒瓶有什么特别的。随后我忽然发现，寻常的香槟酒瓶瓶底应该是圆锥形往上凸起的，而这个酒瓶瓶底却有个钻石般的凸状物。我连忙用手一摸，竟然是平的……有股凉气直接从头灌到脚……这是什么，这是五千万啊，现在它被当成凸起的底部直接熔在瓶底了。我心跳加速，快跳到嗓子眼了，真不知道怎么处理这瓶香槟了。我准备先把它放在我的房间里，于是走下了后门楼梯。正要从正面楼梯回到我房间时，有人的脚步声从玄关那里传来，我想这下可糟了，忙躲到锅炉室旁，等此人走后赶紧跑出了有明庄。"

"……回程还算顺利，很快过了警戒线，都是托了这瓶香槟的福。在圣路加医院前我让计程车停下，然后从仓库返回房间。那时你依然睡得很香……我来回跑了这么远都没有穿鞋，脚上的袜子被磨破了，脚底伤了好几块。袜子上也弄得满是泥污……我想着不能穿着这双袜子把这里的地板弄脏，就用手帕把小壁橱和榻榻米上面的泥土擦干净，然后去厕所洗干净了袜子搭在电暖炉上……等这些收拾妥当，我就开始考虑这瓶香槟该怎么处置呢？这瓶香槟放在房间里显得有些唐突，应该放在不易被人察觉的寻常地方，比如酒柜之类。但是这时候说要在酒柜寄放一瓶酒是不是会被人怀疑呢……不如放冰箱里吧。想好后，我就抱着酒瓶下楼走向柜台。这时阿定和千代正在柜台旁聊天，我告诉她这瓶香槟明天早上起床后要喝，让她先放到冰箱里。阿定立马答应了，然后拿到厨房放进了冰箱。当我听到厨房冰箱门关上的声音，心里一大块石头落了地，像是得到了暂时的解脱。我跌跌撞撞地爬上楼梯回到二楼自己屋里，躺下后反复回忆，老觉得之前发生的事情不够真实，像是在梦境里。后来珍妮特来叫我们起床，之后你回到了罗伦多的房间。不久发生了大事，连我在内的十二个人被绑起来带走了……这些都是我的心里话，你要是不相信或者有怀疑的地方尽管问，我一定会认真地解释给你听。"

踏绘手托着下巴聚精会神地听山木述说上述情况，她以一种审视的目光紧盯着山木："我明白了，我信任你。但是，山木，你知道吗？如果是别人看到你从'铃本'溜走会怎么说呢？恐怕你是无法解释清楚的了。这可是非常严重的行为啊。"

山木眼中充满了恐惧："但是皇帝可以为我做证啊，只要他……"

踏绘没等他把话说完："要是皇帝已经被杀害了呢？"

山木泄了气满脸忧虑，不一会儿，他像是突然发现了什么："哈，亲爱的，有救啦。没关系，没关系。"他神情专注、比手画脚，"啊！想起来了，想起来了，我们还有救……当时，我从胸突坂溜出来时，曾经无意地抬头向二楼花的房间看了一眼，我看到花用手肘撑着窗框正盯着有明庄的方位看。月光洒在她的脸上，映照得她本就白净的脸更加苍白。她头发乱蓬蓬的、面目狰狞、神情哀怨，简直就像个女鬼的样子，似乎随时都有可能坠入空中消失得无影无踪，真的让人怕极了……我大概是四点之前离开有明庄的，如果事情发生在四点左右，说不定花看到了案发现场的情况。我记得那时月亮刚好往西边走了，直接照着玄关那儿的窗户，从方位上来讲花应该看得一清二楚……如此说来，我还是有救的啊……"

踏绘打断了他的话："你敢肯定花从窗户探头往外看吗？你看得清楚不？"

"我刚才说过了，她的脸看起来面目狰狞……"

"花屋里开灯了没有？"

"没有，房间里是暗的。"

踏绘仰起头往上看，陷入了沉思，然而随即又笑了："花确实看到了……她不光看到了，她甚至早就知道，今天早上鹤子会发生什么事情。"

"啊，为什么这么说？"

"这还需要什么理由吗……你也不想想，花睡觉是从不会关灯的，她不习惯太黑，总是点着五烛灯睡觉……每次我回来晚、爬山上来时，只要看到她的窗户亮着就不害怕了……她不习惯关灯，怎么偏偏昨晚关了灯？即使是除夕晚上，那会儿是凌晨四点，她有什么理由表情狰狞地盯着鹤子的房间看呢？现在也不是春天，夜晚还这么冷，她该不会是为了站在窗户那儿吹风吧？那可是要感冒的呢……今天早上，我在虎门碰到她了，只不过稍微试探她一下，她差点儿情绪失控呢，现在总算知道她为何会有那样的反应了。"

山木的腿都开始发抖了："也就是说这件事是皇帝做的。要不是皇帝，那个单相思的姑娘怎么会闭上嘴。也难怪你稍微一试探她就崩不住了，这些都是证据啊。"

"是啊，接下来怎么办？"

"怎么办……这案子是皇帝犯下的，要不警察怎么这么大动静？连晚报的报道都有些不寻常，只用了六号字体，五六行内容就一笔带过了，里面肯定有玄机。更何况，如果不是皇帝做的，我们还会像这样在这里相聚吗？"

踏绘用亮亮的眼睛看着山木："对，怎么可能没有行动呢？他们现在正疯狂地寻找我们啊。后来，我和岩井千辛万苦地逃到了'茶松'。而'巴里'那儿，到处都是警察在把守。我听说，皇帝已经在日比谷公园被抓走了。情况可是陡转直下越来越危急了。"

山木不停地走来走去。他脸色铁青，声音都在发颤："如此说来，我们不能再待在这里了。要是被抓到就糟了。"

山木慌乱地抓起踏绘的手，把她拉到自己身旁。踏绘说："你怎么这么慌张啊？要是你没做什么伤天害理的事应该不会这么害怕啊？"

山木的表情看起来像是马上要哭出来了，他压低声音说："我当然怕啊……因为，东西就藏在这里。"

踏绘吃了一惊，吸了口气："真的吗？不会吧？……天啊，你可真不够聪明。”

山木转头望着门口，惊慌失措地四下看看："本来我不想带到这儿的，谁知道后来又发生些意外……"他又吸了口气，"……我从晚成轩出来后直奔'铃本'附近。考虑到如果我亲自过去要那瓶香槟不免显得有些怪异，所以我去了明石町的'吴竹'，叫个女服务生帮我拿了回来。后来我躺下睡到大概五点，在去卫生间时，无意间看到笑子和巴隆斯理就在庭院对面约九坪大小的房间里……笑子当时拉着那个刺客的手走进了'巴里'，看来笑子对我紧追不舍是有目的的。我悄然溜回房间，抱着酒瓶想要离开'吴竹'，快到大门时发现哈齐森正靠在对面的单侧堤防上装着没事的样子盯着这里。真没想到他们这么快得到消息。没办法我只好又跑到旁边的庭院里，打破酒瓶拿走了瓶底，翻过板墙跑到了天主公教会的巷子里，后来在开国桥搭乘计程车跑到了这里。"

就在这时候，隔壁的纸门吱呀一声被拉开了。从那间本没有人的三叠房间里走出来的是幸田节三。与他一起的，还有他的伙伴酒月守、印东忠介、东京宝石俱乐部的松泽一平。除此之外，还有一位男士，他穿着黑色哔叽上衣，手拿公事包，一副执行长官的模样。他们五个不由分说地闯了进来，依次围着踏绘和山木坐下来。这个六坪大的房间顿时显得拥挤起来。

30. 会唱歌的康乃馨

《夕阳晚报》的记者古市加十从安南国直属谍报部长宋秀陈那里打听到，今天早上铜鹤喷泉竟然唱起了安南国歌。这件事令人匪夷所思，不过古市加十通过这件不寻常的事发觉了事情的真相。他决计在法国大使谒见皇帝之前将皇帝从刺客那里解救出来并安全送回饭店内。加十看出来了，警视厅发动全员力量全城查找安南皇帝，却未意识到皇帝就在警视厅旁边，即日比谷公园的"喷泉铜鹤"台座下面。正所谓当局者迷啊，古市加十感慨着，却丝毫未放松寻查，希望能找到进入台座下方的入口。不过，这样的入口一直没有被加十找到，无奈之下他只得认为皇帝是通过某条暗道才进去的。加十坐在长椅上冥思苦想长达一个小时，终于有了灵感，整个身子忽然从长椅上弹了起来。

加十曾在北海道农科大学读书。为了学好浅见博士讲授的"德川时代的上水道工程"一课，他很不情愿地研读了《享保撰要类集》与大久保主水的《天正日记》卷末一幅名为"上水道规格"的古地图，细致地研究了大暗渠的配置结构。根据图上的记载，从芝田村町到日比谷一带的地下，有神田、玉川两条自来水大暗渠。它们错综复杂地分布在地底，如同克列塔岛上的迷宫一样。

以前的武藏野地势低洼，荒芜且满布沼泽，挖好的水井经常被海水覆盖，海水退下去后井中的水也不能饮用了。所以，那里几乎一年四季都缺乏干净的用水。当时家康要在这里建筑东京府，曾经让人把流过赤坂溜池和神田山下的水疏导过去供城内饮用，但结果也不太理想，水质混浊不堪还经常干涸。天正十八年，家康又令大久保藤五郎检查蓄水池，发现井之头水池里的水可以饮用，遂命人铺设神田上水道。三代将军家光宽永年间，玉川清右卫门以多摩川为水源铺设了玉川上水道；元禄年间，依河村瑞轩的设计，以石神井村三宝池为水源经过千川上水道后，抵市区内挖掘大暗渠。同时还在城内各地挖了储水井供群众饮用。目前，这里的分水道共有三田、青山、龟有等三条上水道。

以上两条上水道大暗渠的情况是这样的：神田上水道是从北多摩

郡三鹰村的井之头水池为源，后与上井草善福寺池的水汇流，至目白台下沿着小日向台山脚流经后乐园内，在水道附近由大暗渠流过神田川后，为神田、日本桥和京桥提供水源，后来经过日比谷门下的地下水道，最后到达数奇屋门附近的大渠。

玉川上水道则以多摩川为水源，从其流经的西多摩郡羽村撷取，经四谷城门引入市区，过虎门、田村町到达日比谷，与神田上水道短暂汇流后，再分流由山下门桥往西绕回马场先门桥附近来到了大渠。

以上是上水道的主要干线，除此之外这个大暗渠里还有若干支流错综复杂地分布着，而麹町正对的地下，就分布着类似巴黎市地下水系统的复杂地下水道。如果下到这条暗渠里，那么是不会回到地面上的。它的出口一边会经过京桥、日本桥通到小日向台町，另一边则会经过虎门最后到达四谷城门的地下。要是看过栗田一梦的《天明杂集》一书，就知道书里的稻叶小和尚新助（足立郡新井方村村民市兵卫的儿子新助）就是利用这个大暗渠自由地来回行动。天明五年九月十六日晚间，他突然出现在黑田丰前守别墅的庭院里面。事实上，他就是从麻布六本木附近废弃的青山上水道大暗渠，经由饭仓到达了芝新堀。不过后来他被警戒的武士发现而逮捕了，并于同年十月二十二日在浅草被斩首示众。

明治四十四年，《东京市水道小志》出版，里面刊载了明治四十年岩崎久弥的千川水道公司提供的地下水道图，如同蜘蛛网一般，密密麻麻。有关这个大暗渠的秘密早已随着"上水道规格"这份古地图逐渐消失在人们的记忆里，极少有人知道这座城市的道路下面存在着纵横交错的网状地下饮水设施。

笔者刚刚顺着加十的话又稍稍卖弄了一下水利知识，不过考证的部分先说到这里吧。话说回来，皇帝究竟是怎么到了地下暗渠里的呢？这个地方距离地面往下十五尺，可不是随随便便就能进去的。有个念头在加十脑中一闪而过……要是附近正在建造某座大型建筑，在挖地下排水管道时不就会露出暗道的入口吗？此刻，田村町一丁目正在广播电台的一项重大地下工程。据说这项工程建在地下二楼，那么它肯定会切断大暗渠，很明显暗渠的入口就处于工地某处。换句话说，皇帝也许不经意间走进了这条暗渠。这时，加十的推测顺利地进行到这一阶段。和平日里慢半拍的自己相比，加十可真是进步不小呢。

加十做出以上推测后就离开了日比谷公园，飞快地跑到广播电台的工地里。本以为他会直接闯进去，谁知他却穿过一丁目的十字路口往南佐久间町的方向跑去。加十用力拉开了小学的后门，进入一栋小小的房屋，他没有叫门就直接冲上了二楼，直奔墙边的大书架，留下被眼前的突发事情惊得呆若木鸡的女佣。

女佣所在的这所房屋，是原北农大教授，现东京市土木局顾问浅见厚太郎博士的家，那么加十跑来这里的原因可想而知了，肯定是来找大暗渠的古地图的。他胡乱地翻找着一个个散发着浓重霉味的旧书箱。终于，《天正日记》的线装书被他找到了，他把卷末的地图撕了下来塞进口袋里面，顺手拿走了书架上的小手提电灯，一言不发走到门外，然后搭乘计程车赶往银座的松坂屋。此时秀陈正站在街角细数着来来往往盖有普通车盖的汽车总量。加十看到后告诉他三十分钟后务必准时到达田村町一丁目广播电台的工地。话音刚落，加十就坐着计程车继续赶往田村町那里。

到了广播电台的工地后，加十进入围墙内，发现这个工地已经在正常地面线往下挖了约二十尺深的大坑。三台水泥搅拌机落寞地立在晚风中，几台手推车正倒放在已生出铁锈的轨道上，到处都可以看到装有钢筋和水泥的袋子，气氛有些令人紧张。

依靠那盏手提电灯微弱的灯光，加十围着洞穴转了一圈。他还特地走到值班室外面小心地观察里面的动静，并没有发现值夜班的工人，他们晚上原来并不住在工地上。这里非常寂静，听不到其他人的声息。加十再次来到洞穴边上，部分地面铺设着走道，他向着走道走去。洞穴四周的断面赤裸裸地暴露着，地层结构让人一览无遗，走道上刚铺过碎石，还没进行下一阶段的施工。加十发现有块帆布挂在内幸町侧的断面上，他心头一动准备上前看个究竟。掀开帆布，果真如此啊！正和加十的推测不谋而合。

这张帆布掩盖的，正是一个暗道入口，如同新宿地下道般的古色古香，可爱得如同打哈欠的人张开的嘴巴。

此时的加十正像哥伦布发现新大陆一样激动异常，他呆呆地望着这个暗道入口，不由自主地稍稍往后退了一下，低头一看，铺设的碎石地面上有样奇怪的物件。

会是什么呢？竟然是一朵胭脂红的康乃馨，鲜艳欲滴的模样似乎刚刚被人采摘。它娇嫩的样子在晚风中散发着缕缕清香。这么一枝美妙的康乃馨竟然出现在如此空旷阴森的工地上，真是很不搭调。正因此，它的娇嫩反倒引起加十的注意。

加十拿着这枝康乃馨细细端详。它的茎已被剪短许多，从手法上看应该是用来插在衣服纽扣里的。天啊，这枝花不仅给幽冷的建筑工地平添许多浪漫，更重要的是，它同时也证实了一件事情：皇帝正是从这个入口进入暗渠的。

亲爱的读者们大概还记得，在第一回里，安南皇帝穿着伦敦的燕尾服出现在"巴里"酒吧时，胸前别着的不是别的，正是这朵娇嫩的康乃馨。

加十呆呆地望着这枝康乃馨，双眼发亮、满脸喜悦："最啊，正如我所料，看来皇帝的确藏身在'铜鹤喷泉'下面……那么好吧，我现在依据这幅古地图到台座下方去，找到皇帝一切就都明了了。"

加十拿着小手提电灯走下了暗道。借着灯光他发现暗道的墙壁上粘满了形如壁虎样的爬虫，此时遇到灯光的爬虫一齐蠕动了起来，让人感觉就像是两侧的墙壁正在摇晃。暗道的上方有许多如钟乳石样的冰柱直直地垂下来，冰柱尖上不断地往下滴着水，发出啪嗒啪嗒的声响。一股股冷飕飕的空气径直向他的脸扑来，散发出阵阵霉味儿。

加十在暗道中直立着行走，还好暗道较高能容下整个人的身高。脚下到处是乱石头，高低不平，间或有不太长的斜坡，一会儿上一会儿下。一阵阵如闷雷般的巨大声响从头顶传来，想必是路面上的电车碾压车轨的声音，据此可以推测自己正在沿着田村町的道路往前走。

就这样走了约十分钟，加十来到了暗道的尽头。他连忙拿出古地图查看，却没找到自己走的这条暗渠。加十又按照原来的路线返回，方才注意到刚才走过的地方有个三岔路口，另有一条左右横向的通道。他想了一下决定沿着右边的通道走。走了很久也没有到达尽头，于是加十停下来仔细听着外面的动静，似乎有河面波浪的响声从不远处传来。加十估摸着快走到水渠旁边了，只好又重新返回，他想回到刚才的路口处，但却一直都没有找到刚刚那个路口。

让我们来看看加十现在的位置吧，他目前似乎站在十字路口，各方都有路却不知通往何处。加十再次仔细地查看地图，却仍然找不到地图上自己目前的位置。既然眼睛不管用只有靠耳朵了，加十把耳朵贴在暗道墙面上，期盼着能听到电车之类的声音，结果却听到了哼歌的声音。曲调悠扬得像个喝醉酒的大汉在开怀大唱，再细听一下又像是金龟子的声音，又像是壁虎爬行的声音。他想，不管怎样得先走到发出声音的那个地方去。所以，他沿着左边的通道往前走，谁知这条通道很快又到了尽头，马上面临新的三岔路口，各自弯弯曲曲地伸向黑暗的前方。

看来加十是在这个庞大的地下水道迷宫里迷路了。此时他的手表指向十二点，距离凌晨四点只有四个小时的时间了。

第十回

31. 复仇的交易

新年第一天，城里所有的青楼，都把格子门涂成炫目的红色，做装饰用的门松新吐的枝芽也欢快地轻轻摆动，到处可以听到震耳欲聋的大鼓演奏声。

春天一到，五十间道两旁的红色樱花树就竞相开放，从这里出发往仲之町走，经过五六间店铺后，有家挂着麻布帘子、装饰典雅的茶馆，旁边纸灯上面有淡淡的字迹：

长谷川伏见屋

伏见屋二楼临着马路有个十六坪大的包厢，里面有两位顾客正坐在花梨木的酒桌旁慢慢地饮酒。一位是有明庄业主之一、知名的高利贷者犬居仁平的养子印东忠介。上一回，他曾出现在浅草简易旅馆中，与一位手拿公文包的男士、《夕阳晚报》的社长幸田节三、日比谷公园园艺长酒月守、志摩德兵卫代理人、东京宝石俱乐部的松泽一同闯入了山木元吉与川俣踏绘相会的简陋旅馆中。

另外一位则是"Horvath 通讯社"驻外记者约翰·哈齐森。他曾在第六回中有过精彩的表现，即在筑地明石町，他将一位日法混血儿，也就是"卡玛斯秀"经理人巴隆斯理按在小桥栏杆上，大声责问其有没有把皇帝卖给鹤见组、有没有绑架皇帝。

印东看起来像是刚刚跑过远路似的，满脸豆大的汗珠把脸上厚厚的白粉弄花了，胸口一起一伏喘着粗气。他那双化过妆的眉毛变成了八字型分别往下掉，呆滞的面容与希腊悲剧里的面具别无二致。

哈齐森的表情也好不到哪儿去，一天时间就像换了个人，表情淡漠，眼圈发乌，简直就像个刚做过案的杀人犯，让人害怕得不敢看他。

外面充斥着喧闹的鼓声，然而这里静悄悄的，两人都默默地为对方斟酒，与此同时也在仔细观察着对方的面部表情。

本以为会继续沉默下去的状况，被印东抽搐般的笑容打断了。他嘴唇上的口红已经剥落了，满口讽刺的腔调："东京城内现在发生这么大的事情，恐怕只有这里才能藏身，我自作聪明地跑到这儿来，没想到你早已到此，看来真是人外有人，天外有天啊。如此看来，你与这件事情也脱不开干系喽？"

哈齐森的脸色变得严肃起来，他把酒往桌上一放："要说脱不脱得开干系，你也有份儿吧。无论如何，大家都是有明庄的住户，这个时候是不是都得说些什么。这也不是什么让人左右为难的事，还是静下心来吧。不过也不要没事找事，等事情慢慢平息下来再说吧。"

印东答话道："对，您说得不错。"说完还不忘暗暗窥探哈齐森的表情，"就像你说的，这件事引起了巨大骚动。我听说，警视厅里可是翻了天，开始全城大搜捕啊，这可是有史以来第一次。可怜我也多少受点影响，东躲西藏的……接着刚才说的，我与幸田等人一起来到马道的小客栈找到山木时，收到消息要临检，大家四散逃到外面，外面的阵势可真吓人啊……警察的大卡车停在巷子入口处，大批警察正沿着街道两旁的小客栈挨个搜查。我心里咯噔一下，感觉不妙，赶紧返回房间。那时有人说从后门经过花园就能到吉野桥，大家都乱了阵脚，踩着水沟盖往小川町跑去。三丁目的路口还有许多警察在守候。我没办法只好向电车道跑去，刚好赶上一列开往南千的电车，随后到了泪桥，又搭了辆计程车路过今户才到了这儿。那会儿还以为我要完了呢，想想看，我和幸田这群列入黑名单的人在一起混，如果被警察逮到不就全完了嘛。"

哈齐森嘴角扬起："可别这么说，说不定幸田也这么想哦。来和我好好说说你追问山木的情况吧，你平时可是很会讲故事的嘛！"哈齐森表面上是在夸赞山木，但语气和表情都一副认真的样子，看来印东不管怎样都必须说出来了。

真名古在上一回里认真地勘查了"铃本"，证实了今天凌晨三点五十分到五点之间，岩井与哈齐森都曾爬上屋顶溜出"铃本"，而这段期间也正是松谷鹤子在有明庄被人杀害的时间。哈齐森此时满腹狐疑地藏身在这个隐蔽的茶楼里，是不是与此事有关联呢？

暂且放下这个疑问。刚才哈齐森套印东的话，印东马上就回答了，看起来他的确知道某些不为人知的事情："说实话，哈齐森先生，我一直以为是山木杀了鹤子抢走了皇帝的钻石。不过……"印东轻轻地弹了弹自己的脑袋，"不过，当我在山木隔壁房间不经意听到他的话后，发现事情完全不是我想象的那样。"

"那究竟是什么内情呢？有多么复杂？后来怎么样？"

印东说自己收了志摩德一派一万元，就把看到山木溜出"铃本"又通过屋顶返回的事情卖给了他们："可是还没人知道山木到底在哪里。大家正在焦灼地想办法，这时志摩德的人送来信息，说踏绘去了马道旁的小客栈，好像山木也在那里。后来我们就带了执行官直奔那里，藏在隔壁大黑房间里窥探动静，所以听到了山木与踏绘的谈话。"

随后，印东又复述了山木和皇帝在"巴里"尾牙上的约定，也就是第二日凌晨三点五十分在厨房后门转移底部镶了钻石的香槟酒瓶，以及山木回到住处"吴竹"坐立不安，被人追踪不得已摔破酒瓶拿走底部，后来逃进了那所简陋客栈的事。接着他继续说："我们边听山木的讲述边想，他的确不会开车，那么山木说的应该不会有假，而且细节上也非常切合。"

"原来如此，但还有一点我不明白。山木不会开车我也知道，但是双人敞篷车的确被人发动过。这么说还有第三个人存在，真相究竟是什么呢？"哈齐森陷入了沉思，手肘放在桌面上用手掌托着腮，像是想到什么突然笑了出来，"印东啊，山木这事儿你听我来分析分析，看看有没有道理……按照推测应该是这样的……对，应该如此。你和幸田他们突然出现在山木和踏绘面前，你拿出一份伪造的盖有你父亲印章的公证书之后，他肯定得把东西交给你了……不过，问题就在这颗宝贝身上，它根本不是什么价值连城的钻石，不过是颗质地较好的玻璃珠子……呵呵，印东先生，我说的没错吧？"

"天啊，你怎么知道这么清楚？"

哈齐森若无其事："这没什么奇怪的。你刚才说钻石被熔在香槟瓶底儿上了吧？你仔细想想，这可能吗？世界上还没有什么办法能把如此稀有的钻石给直接熔在玻璃瓶底儿里，要知道这么做肯定会弄坏钻石，谁会傻得这么干？"

哈齐森看着面色大变的印东，接着说："你们不知道，那根本不是什么熔铸，原来那酒瓶瓶底就是那样的……安南国有个叫顺化的地方，那里有间名为'波尼首尔公司'的酿造厂。它曾经向市场推出一款叫作'帝王'的香槟，其实就是模仿皇室秘宝的样子，做成了玫瑰式底部。在安南，普通人没法经常喝到香槟，不过这款香槟却是家喻户晓的。你现在若是想要，我给你弄一打两打来都没问题。反倒是可怜的山木，拿着这么一个玻璃酒瓶拼命东躲西藏，真是趣事，可以成为一方笑谈了……这种处事方法可真是典型的皇帝风格，都快能编成一部幽默小说了。哈哈……"

哈齐森说完哈哈大笑起来，然后接着说："三十六计中有'明修栈道，暗度陈仓'，听过吧？人尽皆知山木是这桩钻石买卖的中间人，要是让大家都以为钻石已经给了山木，这时真钻石是不是可以轻松地转移呢？忠厚的山木元吉越是拼命掩护假钻石，人们越是相信他拿到了真正的钻石，这就是皇帝想要的效果。看来选择山木来执行这个角色非常正确，皇帝的判断力还是不错的。如果，那瓶香槟酒被你这类人拿到手，恐怕事情就不会那么简单了吧？你是那种不辨真伪的人吗？肯定不会像山木那样拿颗玻璃弹子东躲西藏！……好吧，钻石与山木这下你应该明白是怎么回事了吧，已经分析得很明白啦……现在咱们再来分析一下那台双人敞篷跑车被人在深夜开走又送回来的事，这个你要注意听……我可就坦言相告了。印东，与其他房间相比你的房间是不是离厕所和后门最近？如果能捏紧鼻子忍下恶臭，就能从厕所的掏粪口爬到事先侦查好的横木上，然后走到房子边缘到达外墙，这样溜出'铃本'后，就不会在庭院空地上留下任何蛛丝马迹。"

哈齐森慢慢地讲完，印东露出吃惊的表情，旋即又表现出毫不畏惧的样子："呵呵，其实我早就料到会有这种可能性，也做了些准备。当时看到他溜出去，知道将来肯定会有人追查，所以当时就把同房的玫琳叫醒了，我们一直喝酒等着那辆双人敞篷车回来……怎么样？这应该算是不在现场的证明吧？要是不够分量，您且听下面的……"

哈齐森用长辈对晚辈般的慈爱语气说："啊哟，真的吗？这当然好啦，按你刚才所说，的确是很完美的不在场证明……那么，驾驶双人敞篷跑车的嫌疑人就是我哈齐森与岩井先生啦，这可有点不妙哦。"

印东调皮地抬起一条腿："哈齐森先生，您就别装傻了吧……恕我直言，就是你开走双人敞篷跑车的，我知道的还不止这些。"

哈齐森的脸色变得很坚定："这话可不能乱说啊，你有什么证据吗？我可不是随便听听就罢了。"

印东愈加嚣张，摸着自己细长的下巴："听山木说，你、笑子还有巴隆斯理追踪他到了'吴竹'，还曾在门口监视过。既然把刺客带进'巴里'的是笑子，你又与他们在一起，要说你与这项事件毫不相干，怎么能说得过去呢？"

哈齐森听到这儿整个人都弹起来了，他浑身战栗，差点儿连话都讲不出来："刚才，你，你说……笑子和巴隆斯理一起在'吴竹'出现了，是真的吗？你确定吗？"

印东得意扬扬，盯着已经手足无措的哈齐森："对啊，他可是说没有看错。"

哈齐森像是泄了气的皮球，低垂着脑袋，肩膀不断地抽搐，那双放在腿上的拳头也不停地抖动，样子实在怪异。

此时印东换上一副冷酷的表情："哈齐森先生你是不是很难过呀？要是我说的有不妥当的地方，你可多担待……你究竟杀没杀鹤子，我都无所谓的……不过，老是被人蒙在鼓里，还是不舒服啊……今天早上我回有明庄换衣服时想，有明庄的住户怎么如此小气呢？想要做事，可以说出来大家一起商量嘛，不要总是孤军奋战最后弄得孤家寡人一个，活该。"

哈齐森早已面色惨白，一双充血的眼睛贼溜溜地乱转，露出一丝苦笑："原来如此。中了美人计啊……本来就被她迷上了，一上钩巴隆这家伙就更招架不住了……我是不明白这些才跑去想问个究竟……嗨，他肯定很难过。我怎么做出这样的事？不过……"他自顾自地念叨着，低下头又陷入了沉思，不久后忽然抬起头，"好吧，印东先生，非常感谢你刚才对我讲的这番话，不过还有件事想要请教你，刚才你提到自己曾回有明庄换衣服，请问那是大概几点钟？"

"你是要问这个啊，我以为什么重要的问题呢……岩井先生走后没多久我就离开'巴里'了，应该是在九点半左右。"

"很顺利就进去了吗？"

印东对此问题有些惊讶："你是说？"

"应该有许多警察在吧？"

"没有啊，一个都没……我快走到玄关时碰到了马婆，听她说今天早上鹤子小姐喝醉酒从窗户跳下来了，嘴里一直说真奇怪。我想多打听点儿消息，就说：'这事可不妙。'她又说今天早上六点警察过来将鹤子的尸体带走了，事情算是解决了。我又问她可不可以跳进房间，她也没有直接回答……后来我回到自己房间，还想着皇帝果然权倾一世啊……"

哈齐森双眼流露出某种异样的光芒："真是怪了……如果真是这样，那就是岩井先生在说谎。"

"哦？"

哈齐森表情严肃："你不会忘记了吧？……他神色慌张地与大家道别说要回有明庄去，但后来在'巴里'碰到岩井先生时他还穿着昨晚的礼服，便随口问他：'你昨晚不是回家了吗？'他说：'昨晚大门前有许多警察把守不让人随便进去。'但，按你刚才说的，警察的现场取证调查早在六点前就结束了，也就是我们从明石警局被放出来时警察就全部从有明庄撤走了，并没有警察看守不让进去这回事。"

他用犀利的目光紧盯着印东的眼睛："出于什么原因，岩井先生要讲这些谎话呢？太奇怪了……但还有一件更奇怪的事……想必你不太在意，我看到岩井先生的鞋跟粘了许多红泥，他可是一向爱好整洁，甚至有些洁癖的啊，我当时觉得这些细节与往常注重整洁的他不相符，便有些好奇。再仔细想想，偌大的东京城，怎么会有这种红泥呢？……这么说来，岩井先生自己说回有明庄了，其实在这一个半小时期间，他曾去过乡间某个地方……今天早上九点皇帝在日比谷公园被劫走，那时岩井先生却奔走在某条乡间小道上，真令人怀疑啊。"

印东以一种很不屑一顾的口气插话说："恕我冒昧，为何不说皇帝已经被杀害了呢？"

"因为政府在帝国饭店放了一位'替身'皇帝……这条信息想必你知道，帝国饭店皇帝的房间有扇窗户与'日本征兵'的二楼窗户相对。从这个二楼窗户望去，可以从蕾丝窗帘里看到皇帝房间的情况。我已经用望远镜侦查过，房间里的人长得虽然像皇帝，但却不是他本人……万一皇帝被杀，政府也只能一筹莫展，安排个'替身'皇帝又能有什么用呢？……这下你明白了吧，只要那位'替身'皇帝待在帝国饭店的房间里，就表明真正的皇帝还没有死。"

话毕，哈齐森一口气喝干了杯中的酒，匆忙拿起外套："情况有变化，不说些没用的话了。本来，我来这里是等那个绑架皇帝的嫌疑犯，以便救出皇帝。现在看来之前我的判断有误，怀疑对象有了变化……我不能再在这儿耗时间了，得赶紧搜集更多信息。你好好享用，失陪了。"

哈齐森匆忙想要离开。虽然他说的理由冠冕堂皇，但其实离开的真正原因是不想留下来让印东继续盘问下去。印东似乎也感觉到了哈齐森的真正意图，他声调尖尖地叫道："哈齐森先生，你不用这么匆忙吧！"

哈齐森刚要跨出门去，听到印东的问话马上回过头来："你这小子还挺猴急啊……这事你少掺和吧……你不会理解我这种比较高深的集中思维能力。要是你还想看看证据，我就拿给你看看。现在把那位'替身'皇帝叫来给你看看，快，到楼下电话亭吧。"

哈齐森讲完自顾自地走下楼梯，拨通了帝国饭店前台的电话，模仿真名古的嗓音说："我是警视厅的真名古课长，请把电话接到皇帝房间，我有要事要向他汇报。"

对方很有礼貌地转接了电话，很快听筒里传来一个沉稳老练的男人声音："你好，我是宗方，你是哪位？"

哈齐森非常意外，倒抽一口气，与印东对视了一眼。

"你好，我是宗方……"

"你好，陛下！"

"是哈齐森吧……你还好吧？这个时间打来电话，是发生什么事了吗？"

话筒中传来的的确是皇帝的声音，这声音如此真实地回荡在两人耳畔。

32. 莫名其妙的挑逗

安南国皇帝宗龙王醒来了，是在自己的床上。

他原来以为自己在某个阴暗潮湿的地方，疲惫不堪地寻觅了很久很久，醒来却发现自己像往常一样安安稳稳地躺在帝国饭店自己房间的床上。

他努力让自己回想之前发生的事，还记得今天凌晨，刺客从鹤子家的厨房离开了，随后自己也溜出厨房后门，再往后又发生了什么却怎么也想不起来。

皇帝感觉自己处于深度昏睡的状态，像是由于发烧而造成的嗜睡。他间或睁开蒙眬的双眼，看到的却是无边的寂静与黑暗。如此阴森可怖的黑暗可是活了大半辈子第一次遇到，他感觉自己的身体被黑暗包裹着、压迫着，甚至无法感觉到自己的手和脸，似乎身体也成了这黑暗的一部分，只有自己的灵魂还留在这里。他试着让身体动起来，希望尽快逃离这无边的黑暗，却发现双手像是沾满了某种滑溜溜、湿乎乎的东西，像青苔又像某种爬虫，全身的汗毛嗖地竖起来。这种无法言传的不快感深深地印在记忆里。现在认真看看自己的双手，并没有发现任何污渍，这难道只是一场梦？

皇帝转头瞅了一眼枕边的时钟，显示时间为八点。现在八点了吗？怎么听不到路上行人的脚步声或者电车声呢？空气中分明还弥漫着子夜的气息，也不知道究竟是深夜还是清晨，甚至此刻是昨天还是今天都无从得知。直到刚才为止，他觉得自己似乎被时间遗弃在了这里，孤身一人。

他想让自己坐起来，但浑身软绵绵的，像不听命令的兵士。费了很大劲儿终于从床上爬了起来，皇帝发现自己胸前衣服上别了一张信纸，心里觉得奇怪便拿起来看，只见上面有些铅笔字迹：

警视厅真名古搜查课长敬启：

我现在身陷危难，情况十分紧急。若二日凌晨三点前还没见到我，请立刻开始搜查。入口位于芝田村町广播电台工地上。第二个转角右转，第六个转角左转，第四个转角再右转。

二日凌晨一点
古市加十

这字条究竟是什么意思，皇帝看了几遍也没弄明白，懒得再想，于是索性撕掉扔到垃圾桶里了。

皇帝感觉头痛得要命，走到盥洗室洗了把脸，接着回到沙发上点了根烟。

那么鹤子到底怎么啦？怎会脸色苍白地躺在床上……刚才究竟是

梦境还是现实……越想头越痛，暂时先不管了。他随后拿起桌上的报纸，竟然看到了这样一则报道：

安南王过新年——滞留在东京的皇帝新动态

安南帝国皇帝宗龙王于上个月二十二日下榻帝国饭店，并在东京迎来了新年。陛下对日本情有独钟，除了对传统年节美食如年糕汤、干青鱼子、小沙丁鱼干赞不绝口外，还热情接待前去拜年的外务次长等人。皇帝亲自到会客室迎接，并进行了长时间友好轻松的会谈。另有消息称，安南国大官安秀陈氏已于今日上午抵达东京。

这是一份名为《夕阳晚报》的四页报纸，正月初一傍晚收到的。

如此说来，此刻应是新年深夜，皇帝使劲儿搜索回忆也没有找到任何类似于吃传统食品和接受外务次长拜年的印象。

他吃惊地又读了一遍刚才的报道，确实是这么写的。报道后面的消息是，外务次长表示陛下患感冒稍有不适，但精神一如往常，并与其交谈了有关日本新年习俗的话题。这为这场令人咋舌的会谈提供了更多可靠的证明。

若真如报道所言，那么在自己昏睡期间，莫不是有人假冒自己吃了沙丁鱼干、接受了拜访？

这不是开玩笑吧？还是李光明一派的诡计呢？

若是玩笑，这也开得大了些。若是诡计也难免无聊，找个替身吃点沙丁鱼干、讲些客套话，能起什么作用呢？皇帝越想越糊涂，完全弄不清事情的真相。

他让人按了铃，往常那位领班礼貌地进来了："这里有没有一位名叫宋秀陈的？"

"有这么一位客人。"

"说我叫他，马上过来。"

领班毕恭毕敬地退下了，不久来了一个身材高大、卷发大眼，貌似"长崎绘版画"里描述的外国船长模样的人。他恭敬地站在皇帝面前，施了礼："陛下，您醒啦……幸亏您醒来了，不然卑职真不知如何照料陛下才好。那会儿我使了吃奶的力气把您抱回房间时，您还一直哼着歌儿，当时真不知道怎么办才好呢。"

越往下听皇帝的眉头皱得越紧，他盯着面前这个口无遮拦的男人的脸，厉声问道："你到底是谁！"

秀陈满脸惊诧，看着皇帝怒目而视的样子，哭丧着脸说："陛……陛下，您酒醉后可能还没有清醒过来。您不是才说过回国后要颁发勋章给卑职吗？还说有可能给我加官进爵。怎么，怎么您都不记得了，也不记得我了吗？您往常那么睿智，怎么会这么快忘记自己所说所做的呢？真的不敢相信啊，卑职……"

"少废话！你到底是谁？"皇帝喝斥道。

秀陈像受了惊吓般身子猛退了几步，用颤抖的声音说："安南帝国皇帝直属谍报部部长宋秀陈。"

"如此低等官吏竟敢与我住同一间饭店？谁允许你这么不知天高地厚住在这里？……老实交代！"

秀陈愈加惊讶了："陛下您这般指责，卑职承受不起啊。当时我再三辞谢，陛下您不记得吗？我，我只是按照您的命令行事啊。"

"大胆！你浑身酒味，满嘴胡言乱语，真是无法无天，叫你免职也难抵罪过……那么，这份报道是不是你的主意？……你说，我何时吃过沙丁鱼干？"

"陛下，臣对您的责备真是万分意外，恍如梦境。先前新闻记者来，我曾问您觉得沙丁鱼怎样，卑职是受了您的旨意告诉他们您吃过了。至于卑职肆意饮酒也是得到了陛下您的恩准啊，小人忠于职守……"

皇帝愤怒地奔向秀陈，一把抓住他的衣领将其拖到门口，用力踹了出去。

他还是怒气未消。正要回客厅，皇帝看到一位二十来岁的女孩子，仙女般地从门缝飞进来，后面还有几个看起来像便衣的人追了过来。看到皇帝怒气未消的脸，他们战战兢兢地退到了走廊尽头。

那女孩子像是暴风雨中孤独无依的鸟儿，她战栗地缩在沙发后面，看到皇帝关了门走向这里，马上不安起来，赶紧跑上去捉住皇帝的手疯狂地亲吻起来："陛下，陛下……您可一定不要生气。这么晚跑来打扰您真的很抱歉，可是真的出了大事了。您可千万别因此厌恶我……如果惹您讨厌了，我想死的心都有了。"

说完就把脸贴在皇帝胸膛开始撒娇。

皇帝感觉仿佛在哪里见过这女子，一时却想不起来。今天真是发生了一大堆怪事呢。他把这女孩儿轻轻推开，让她坐在沙发里。没想到女孩儿竟然"哇"一声大哭起来，梨花带雨般地边哭边说："陛下，警察一直怀疑我是杀人凶手。从傍晚开始就有便衣跟踪我，还悄悄地搜过我的房间，连房间榻榻米下面藏着的东西也被搜走了，那可是非同一般的东西啊。"

她情绪异常激动："不过，我被怀疑是凶手也是正常的……我说过，我的确很妒嫉那人，从我在她那里发现陛下照片的时候就开始了……我常想，她要是死了多好。但是，她真的不是我杀的……陛下，您得相信我啊……我因为妒嫉，现在被人怀疑，这都是咎由自取。不过，您可一定要相信我是无辜的。要是您也认为我是凶手，我可死也不能瞑目。只求您亲口对我讲一句话：'她不是你杀的。'一句就行了。然后……"

说着她的眼波妩媚起来："请您吻我吧，最后一次，好吗？"

皇帝被这女孩子的举动弄呆了。看到花越来越胆大妄为，他终于忍无可忍，冷冷说道：

"我耐心听你讲了这么多，完全一派胡言乱语，听不懂你想说什么，快闭上嘴。我从来都没见过你，即使你有什么麻烦也和我没关系。"

听到皇帝的话花惊呆了。她猛然从沙发里跳起来，像只中箭的小鹿般神色凄楚地望了望皇帝，一阵凄厉的哭声从她身上传来。像要逃离一场瘟疫似的，她用袖子遮住脸，冲出了房间。

皇帝被这些事情弄得疲惫了，他用肘撑住桌子，脸上的表情既愤怒又困惑。突然，桌上的电话铃声刺耳地响起来。他拿起听筒，温和地说："哦，是哈齐森啊。"然后，皇帝像是听到了什么恐怖的事情，他神色一变，用安南话快速地讲了几句。就在这瞬间，门突然被打开，三个刑警跟着秀陈进来了。秀陈立在门边用手指着皇帝，表情严肃地说："各位，这人，就是冒牌皇帝！"

33. "卡玛斯秀"第七人

诸位读者，您即将看到的是永田町内相官邸。会议室大桌周围的椅子上坐着的都是重量级人物，有内务、外务二位大臣与其两次长、欧亚局长共五人。人人都露出疲惫不堪的样子，有的抱头趴在桌上，有的解开了背心上的纽扣，有的把身体舒展成大字形摊在椅子上，有的手扶着大腿乱抖，每人的姿势都很有趣。看着他们横七竖八的样子，真像杜米埃的《酒宴过后》描绘的杂乱景象。然而，事实可与表面看起来不一样。

会议室里挂钟的指针显示时间到了下午一点二十分。法国大使的驾座已经驶进静冈一带，但遭绑架的皇帝依然下落不明。当地政府心急如焚，就像热锅上的蚂蚁。

挂钟嘀嗒嘀嗒的声音在此时特别刺耳，简直如定时炸弹般令人焦灼难安。不管怎样，现在只有两个半小时的时间了。如果法国大使前去谒见皇帝之前，皇帝还没有出现，后果将难以想象。毫无疑问，政府将会陷入难以摆脱的窘境。到时无论是所谓的秘密政治，还是政府自己的施政举措都会被无端猜疑。更何况，自打退出联盟后，日本国与法国的关系正如履薄冰、敏感异常，此时任何风吹草动都会引起国际纷争，而其带来的一系列后果更难以预料。

还有件负面消息，亲日派的安南皇帝多次往来日本游玩，早已在法国国内造成重大影响，甚至有人推测日本之所以退出联盟正是想伺机帮助安南帝国恢复其宗主权。皇帝被绑架肯定会在政坛激起一番惊涛骇浪。更令人担心的是，若刺客真的得手，正如密告者电话中所言，皇帝被杀害且暴尸闹市，那后果怕是大臣们轮番砍几次头都弥补不了的。

倘若皇帝已然被害，按照推测应当出现显著的征兆才对，但到目前为止还没有收到相关报告，这样看来皇帝应该还活着。但这只是渺茫的希望，暂时让人得以安心，因为不排除随时收到令人窒息的报告的可能。政府的命运正如狂风中的火苗，命悬一线。从两位大臣到局长一干人等都处于长时间的紧张与疲惫，正如上面所说，姿势各异地躺在椅子上。不过这也是没有办法的事。

稍微啰唆了几句，不过时间分秒递减，大时钟的钟摆冷漠地发出"嘡"的一声，时间为一点半。

刚才还摊在椅子里如大风箱般喘粗气的外务大臣，忽然从椅子里弹起来，他一把扯下领带摔到桌上："真可恶，我都快窒息啦。究竟还要等多久才能有结果？嗨，内务大臣，日本的警察都是吃白饭的吗？一点儿用处没有。警察厅总监去哪儿了？睡大觉啦？警保局长现在是

229

什么情况？两小时前就跑了，现在连出来露面的胆量都没有。事情到底进展到什么程度啦？你们看看，现在几点了？火车可不管那么多，正准时准点地往东京赶。各位，现在的情况你们都打算怎么办？"

外务大臣的脸已经成了猪肝色，看起来有些歇斯底里，不过在座的各位都石化了似的一声不吭。他却越说越激动："你们都哑巴啦？一个字儿都不说，是不是准备好切腹谢国了？你们倒是说话啊？"

就在外务大臣情绪失控、胡乱发飙时，警保局长气喘吁吁地跑进来。这么冷的天，他居然脑门冒汗，脸色也苍白得可怕，看来又有些不妙的事情发生了。

看到警保局长这副窘相，一帮人像上紧了发条的老鼠，从椅子上跳起来："局长大人，有没有好消息？"他们异口同声问道。

房间内顿时骚动起来。

警保局长哭丧着脸坐到椅子里，边擦汗边支支吾吾地说："谁都想听到好消息啊，不过，那，真的是……"

他用手掌把头整个盖起然后深埋起来，像在逃避某些事情。

"到底又出什么事了？你快说啊，急死我们了。"

两位次长也迫不及待地靠近他："说话啊。"

"到底怎么啦？你快点说！"

警保局长被他们吓得伸了伸头："长官们，现在的消息的确非常意外……我刚接到检事局鸣尾检事的电话，说真名古搜查课长已经申请了对警视总监的拘捕令。他听过真名古的汇报后表示同意并立刻发出拘捕令。真名古下一步会向司法大臣报告，但他说这些事情事关重大，暂时不能公开详细内容。"

在座的各位愈加愁闷，面面相觑，一语不发，内务大臣怯声声地问："真名古要去逮捕警视总监？！这究竟是怎么回事？"

警保局长也很为难："这个，确实是……"

"事情发展到这种地步，大家不能坐视不理，是不是得把真名古叫出来问问清楚呢？"

警保局长一脸苦笑："我也没有袖手旁观，我当时就给真名古打了电话。他听后反应很冷淡，说：'现在还不是公开解释的时机。'任凭我软硬兼施，他都不肯说太多，我也没办法。大家都了解他的顽固性格，他决定不说，谁问都没有办法。更何况他也是位理性谨慎的人，若不是有什么确实的证据，他也不会做出这样的决定。如果真是这样的话，情况会更混乱……这件事可真让人伤脑筋，从来没有这么难办过……"

欧亚局长漫不经心地捻了捻自己的细长胡子："最好还是亲自听听他怎么说，他现在哪里？先把他叫来再说。"他语气极为严厉。

警保局长又沉郁地抱住头："其实，还有一件事，我还没有讲。"

话音刚落，大家又骚动起来，警保局长抬起头，满含同情地望向大家说道："鹤子今天早上遇害后，她家的帮佣阿姥被人勒死在骏河台一家名为'茶松'的赌场地下暗道里……现在真名古正在那里实地勘查。"

内务大臣急忙问道："找到有用的线索了吗？疑犯是谁？"

警保局长用手势示意他先别着急："请听我慢慢说，你们急也没有用……这位帮佣阿姥对鹤子的情况非常了解，警视厅正全力搜寻她，没想到她遇害了，这条线索也断了，我们的搜查计划受挫。令人稍感宽慰的是已追查到有明庄住户之一的村云笑子，从她那里应该可以得到些意外的收获。今天，'茶松'赌场有一场路易·贝斯的赌博联欢会，川俣踏绘与岩井通保也参加了。不过听到风声后他们赶在我们到之前逃走了，听赌场工作人员讲，川俣踏绘好像是跑到马道附近一处简易旅馆找山木元吉去了。当时已经派人过去，应该很快就会抓到他们。时间虽然紧迫，但只要加紧讯问他们三个，定能查出事件真相，如此看来很快也能找到绑架皇帝的疑犯了。不过呢……"

他支吾着，摸摸额头："现在又出现了另一件难题……"

外务大臣有些不耐烦了："又一个？这次是什么问题？"

说着，他俯身在桌面上。警保局长小声回答："……这个问题有些难开口……事实上，我们费尽心机找出来的假皇帝傍晚时分已经逃出饭店了……尽管我们进行了全城搜查，但到现在还没有找到，更何况……说实话，这件事我刚才就应该讲的，真的不知如何开口。所以，这个……"

外务次长忍不住发火儿了："我早说过这办法靠不住。当时我就不赞成找什么人去假冒皇帝。不是有句话叫作诚实做事才能赢到最后吗？我就猜到会有这种结果。你看看，现在左右为难了吧！如果民众知道全体政府人员串通好了来搞这场闹剧，他们会怎么想？政府的脸都被你丢光了。更要命的是，要是民众知道我们外务省的人没一个见过皇帝长什么样子，不被笑掉大牙才怪……当初还保证无论如何都不会让他逃走，现在你又怎么解释？你啊，真是糊涂。现在好了，那位经过层层遴选的社会版记者把我们的内情翻了个底朝天，还明目张胆地离开饭店！真是愚蠢至极！搞不好啊，报纸已经要登头版头条了呢！大槻君，你准备怎么办呢？"

内务大臣也羞愧难当："警保局长啊，你这是偷鸡不成蚀把米，还把我们都给搭上了！真是太糊涂了，简直就不可理喻。"

警保局长被众人数落得抬不起头："是，是，各位长官，你们批评的是，我现在真是无话可说。但是，我们已在幸田节三宅邸以及《夕阳晚报》报社布置好了，应该可以防止这方面的情况出现……"

内务部长不住地发出啧啧声："又说什么蠢话呀！你就是把整个报社都守得严丝密缝，有什么用！印刷厂到处是，要印份报纸还没有办法吗？笨死了！"

一帮人等接力棒似的你一言我一语，警保局长被训斥得愈发可怜，真像舞台上女演员失误的表演受到众人数落一样。正在这时，桌上的电话发出刺耳的铃声，暂时中断了这场骚动。

警保局长迅速拿起话筒，不断点头，他一边手捂话筒，一边欣喜地转向众人："各位长官可以放心了，那位假皇帝已经回到饭店了。"

语毕，警保局长又继续讲起电话，不过却渐渐面露难色，他用低低的声音说道："好，我知道了。请立刻把电话给安南的谍报部长。"很快，电话那头出现了一个高亢硬朗的男人声音。拿着话筒的警保局长做出鞠躬点头的姿势，随后又捂住话筒回头对众人说："没时间详细解释了。又出现了新情况……那个愚蠢的家伙终于被人看破了，别人知道他是冒牌皇帝了……不过幸亏谍报部长还没发现那个冒牌货是我们找来的。他说已经把那家伙捆起来了，但那冒牌货不识相地大吵大闹，尽说些大胆、无礼的话，搞得秀陈现在怒火中烧差点一刀砍了他，这下怎么办？"

内务大臣一巴掌拍在桌子上："好啊，随便他杀好啦，就是凌迟处死也无所谓。"

内务次长插话道："别，可千万不能这么干。若是他被逼急了把我们找他当替身的事抖出来怎么办，还是找个地方把他先关起来再说吧。"

警保局长点了点头："好，先关起来再说，好好看着，免得他再逃走。"

然后他立即打电话到饭店，下令属下照办。挂上电话后的警保局长像是泄了气的皮球般整个人堆在椅子里。

外务次长看到他这样又厉声责问："大槻，你还好意思这么坐着，马上回饭店把这家伙安抚好。"

外务大臣低头沉思："安抚就管用了吗？要是他向大使馆通风报信说皇帝从今天早上开始就失踪了，那可就糟透了。"

众人干瞪眼，口里念叨着"糟了、糟了"。

233

警视厅搜查课长室的门打开着，一位看起来像科学家门生、脸色苍白的四枪手之一跟在真名古后面进来了。真名古像往常一样从容地踱到座位旁，找了个舒服的姿势坐了下去。与平日里的冷酷相比，此刻他反倒显得有些快活。

然而，说他很高兴倒也不是特别明显，毕竟他刚从暗道里跑出来。他依旧垂着眼皮，若有所思地低着头，细长的眼睛里黑亮的眼珠滴溜溜地转着。一般人可能不知道，但凡了解真名古的人，都会猜到其实此刻他正心满意足呢。

真名古不慌不忙地按下了书架附近的扩音按钮，播放声立刻传了出来：

"今早与有明庄六位住户同行的'卡玛斯秀'男女演员，以及在'茶松'被捕的村云笑子进了本厅拘留所。川俣踏绘与山木元吉二人，仍在追捕中。印东忠介刚刚在新吉原'长谷川伏见屋'被捕。岩井通保与约翰·哈齐森被发现曾在江东附近逗留，也在追捕之中。安龟一帮人的行踪，正由筑地向乐町转移，也在追捕中。完毕。"

"有没有'卡玛斯秀'经理人路易·巴隆斯理的消息？"

"目前还没有。"

真名古放开按钮，示意枪手靠近自己，冷酷地说："你说说，阿姥为何会在那里被杀害？"

枪手与真名古的反应如出一辙，他面无表情："我的推测是这样的。按照情况分析，阿姥是在其他地方被杀后被移动到'茶松'地下通道的。死亡时间大概在今天下午五点至六点间，即'卡玛斯秀'白天与晚上的表演时间。遇害地点为目前正在建造的'日本座'地下室小剧场工地。致命凶器为水泥石块，疑犯为警察，警部以上警衔。"

"谈谈具体情况。"

"下午四点四十五分'卡玛斯秀'白天表演结束后，幸田节三的小妾酒月悦子与阿姥一起离开了'日本座'。当她们走到数寄屋桥时，悦子发现自己忘了拿包包。于是，她让阿姥在原地等候，自己一个人折返去取包。大概十分钟后，酒月悦子回到原地却没见到阿姥。她以为阿姥去了洗手间，于是在桥边又等了十五分钟左右，但仍没等到。所以她猜想阿姥可能先回去了，也就没在意直接回家了。与此同时，在这十分钟内，凶手把阿姥带到地下室工地上，伺机从背后用条旧麻绳勒住她，但阿姥拼命挣扎以致无法得手。凶手就拿起一块长约一尺厚度两英寸的水泥石块用力敲打阿姥右脸致其死亡。随后，他将尸体从警卫室后台入口移到户外，再搬上汽车运到御茶水的堤坊，并在永井医院的小巷斜对面附近卸下尸体，拖到堤坊上进入暗道，扔在了被发现的地方。之所以说凶犯是警察是由于今天早上在有明庄墙壁上发现的三条等间距刮痕与阿姥喉头到胸前的抓痕一致，还有阿姥右手指甲里残留了臂章上金绒饰带的微粒。根据今天早上勘查的情况，推测杀害松谷鹤子的是警察，而杀害阿姥的也是警察。将有明庄墙壁上的刮痕与阿姥胸前的刮伤做过比较后发现，其间隔为二点一公分，这两处痕迹显示的特征相同。猜测杀人现场为'日本座'地下小剧场工地是因为，根据解剖结果，皮肤下的出血痕迹有'日本瓷砖·石砖公司'的商标，即 N. T. B. CO. 等字样……最初检验尸体时，发现死者右眼上方呈现暗红色，且较粗糙。本以为没什么特别，随后的解剖结果却发现死者头盖骨严重裂伤，按照'日本瓷砖·石砖公司'的启示，我们查看了'日本座'地下小剧场工地，发现现场有块与阿姥右眼挫伤痕迹同样大小且沾有血迹的石砖。那根勒住阿姥颈部的麻绳，也在现场发现了。原本它是用来分隔已经铺完的水泥砖块与尚未铺设区域之间的界限。根据绳子上灰泥的状态，可以认定就是其中的一部分。确定杀害行为发生在六点以前是因为，六点整时灯光负责人曾到地下室修理电灯，并没有发现疑似尸体类的东西。"

真名古面无表情地听着："你的推理很有见地。不过，刚才你说他勒住阿姥的脖子后用石块敲打脸部是不对的。那条绳子不是用来勒死她的，是在搬运尸体时才套在脖子上面的。若是真想用绳子置她于死地，在那么紧急的情况下根本没有时间打这种复杂的结。从勒痕来看，是从下巴斜上至耳下，并无其他痕迹。如此也可判断那条麻绳并不是致命凶器，是随后用来将尸体拖出现场用的……不过，用这种办法拖运尸体也比较怪异，为何不选择将尸体背出去这种相对简单的方法呢？将绳子套在脖子上又是出于怎样的目的？"

"按照您的推论，我想他是急于把尸体搬出去才这么干的。"

真名古点了点头："你说的也有可能。通常情况下，把尸体拖出去是比背出去更节省时间。不过，应该还有一个更为重要的理由……你应该不会忘记吧，杀死鹤子的凶手是个驼背跛足，而且脊椎侧弯。现在明白了吧？这类身体缺陷的男人通常不选择把尸体背出去，而采用其他办法。从这一点看来，杀害这两人的凶手是同一个人。"

真名古边说边从口袋里掏出一份牛皮信封装着的文件，他将其放在了桌上：

"你的辞职信，我没有签字，原因是辞职原因不当。你说要辞职是因为在'铃本'勘查时，没有发现山木沿着屋顶溜出'铃本'的证据。这样简单的理由怎么能辞职呢？别傻啦。没有发现并不是你的失职，而是有别的原因。我刚才说过了，若想从这类开放式构造的房屋溜出去，无论是谁只要做了就不会留下一点痕迹，即使没有发现，也不是你的失误。我也是因为得到了花从幸田节三那里获得的消息，才发现了那些证据。若不是花提供信息，连我也不会找到山木溜出去的证据……另外，既然山木不是杀死鹤子的凶手，那他从'铃本'溜出去这事也没有什么太大的影响。即使他的行为有些失常，但只要没有触犯法律就不算违法，更谈不上犯罪。至于山木溜出'铃本'的原因，随后再调查就好了，到时再商谈如何处置山木的问题吧。"

枪手也像真名古一样，喜怒不形于色："课长，非常感谢您的好意，但我的确有失职之处。在山木的调查问题上，我非常感谢您对我的宽厚处理。但是，我还漏掉了岩井与哈齐森溜出'铃本'的证据。情况严重，我又一再失职。即使只有一天，我也没有资格再担任您的部下继续为您工作了。"

真名古慢慢地抬起头，凝视着枪手的脸："我在哈齐森房间里的小壁橱上，发现了袜子脚跟印上去的圆形煤灰印儿，还有按在柱子上以维持身体重心的三根左手手指的痕迹。岩井房间的小壁橱里，发现有白梅的枝丫钩到衣服，带动竹笼逆方向横转了四分之一圈……如此看来，哈齐森房间里只有从外面进来的证据，并没有出去的证据。在岩井窗外的屋顶上面发现有许多澡堂的煤灰。如果从屋顶爬回来，肯定会沾有煤灰且留下痕迹。后来临检时岩井还在房间里面，所以他应该没有溜出'铃本'。哈齐森那边儿呢，从柱子上的指痕来看，中指前端缺了一大半儿，我推测他可能受过伤或发生了其他的事情。如此说来，你也应该了解，并不是哈齐森的指印，这就说明他并没有溜出过'铃本'。"

"那，他们二人房间里那些奇怪的现象，怎么解释呢？"

"你想不明白吗？很简单，有人爬上屋顶潜入了哈齐森的房间，临检前却从岩井房间的窗户跑了出去……这个人究竟是何人物，我已猜个大半儿。理由就是那男人进来和出去时都没有引起哈齐森和岩井的怀疑。而且，此人应该还与他们两个密谈了一番……这应该不会是什么特殊人物，那么，应该是'卡玛斯秀'里的人。好像那段时间'铃本'里有七个'卡玛斯秀'的人。"

真名古离开椅子走到电话旁边："今天早上在'铃本'与有明庄六人一起拘捕的'卡玛斯秀'团员共几人？"

"一共七人。"

"把名单给我。"

"'金粉舞娘'珍妮特、'手风琴'罗伦多、'萨克斯'威尔森、跳'踢踏舞'的玫琳、'溜滑轮'的贾克琳、'唱歌'的玛莉亚、'表演特技'的亨利。"

真名古转身坐回椅子:"看来我们的推测是正确的。这个名叫亨利的男人正是那个从哈齐森窗户进来,又从岩井窗户出去的第七位。"

枪手一脸崇拜地望着真名古的脸:"原来如此,我明白了。不过,属下还有一事不明,想向您请教。我知道您不喜欢手下多嘴一直没敢问,但现在已经快两点了,还有两个小时就到四点,皇帝到底在哪儿呢?"

真名古举重若轻地说:"皇帝陛下嘛,应该已经回饭店了。我非常明显地暗示过杀害松谷鹤子的凶手,也就是绑架皇帝的嫌犯,他快原形毕露了。如果他想减轻自己的惩处,肯定会按照我的指示行动。不过,就算放了皇帝也不能抵消他杀人的事实,我是决不会放过他的,不管他是警视总监,还是神。"

真名古话音刚落,有个胖胖的巡查进来报告说裁缝花求见。真名古听到后表情有些不可捉摸的变化,既可以说是微笑又像是一道光芒。很明显,此时的他心情不错。

花与退下的巡查擦身而过。她小跑着进来,满脸娇艳却心慌意乱,像极了舞蹈《保名狂乱》里的歌妓:"真名古先生,真名古先生,帝国饭店里的皇帝是假冒的,他和真皇帝完全不一样啊。"

真名古捧起花的手腕扶她坐在椅子上:"说说你怎么觉得他是假冒的皇帝?"

花一改刚才的慌乱神色,表现得极为平静:"这其中的理由,只有我自己知道,还不能告诉你。"

真名古并无惊讶的神色。他起身前往电话那里走去："如果饭店里的是假冒的，真皇帝在哪里呢？"

他呢喃着，花并没有听到真名古的话。

真名古拿起电话，压低声音告诉对方转到帝国饭店。随后，他询问对方皇帝现在的状况以及现在是否可以接受拜访之类的话。对方的回复让人很意外，他说警保局长下令把皇帝关到日比谷警局的拘留所去了。一种无可言状的讽刺微笑在真名古冷峻的脸上绽开。他向花打了一声招呼后就走出了课长室。

真名古来到日比谷警局的拘留所，却意外地发现：有人弄坏了拘留所的铁窗，把皇帝绑走了。

警视室的时钟已经指向凌晨两点，仅剩下两小时就到凌晨四点了。随后又将演变出怎样离奇的状况呢？

第十一回

34. 越狱事件的真相

真名古搜查课长把"古市加十"所在的牢房门打开一看，竟然是空的。他总不会钻到榻榻米下面去吧？如此狭窄的地方，总是一眼就能看到里面有没有人。日比谷警局虽然建筑简陋，看起来像是临时居所，但毕竟也是拘留所不至于谁都能随便溜出去的。真名古仔细观察了牢房。原来如此，房间里的窗户早已破烂不堪。

名为窗户，并不比得上那些镶着玻璃的高级窗户。只是在墙壁上面凿了个四方形的口后又装上五根铁棒罢了。这种冬天比外面冷、夏天比外面热，蚊虫可以随意叮咬、令人难耐的通风窗口，应该会有人见过吧。窗户上的铁棒已有三根已扭曲变形，刚好形成一个能容一人通过的大洞。只要稍微有些智商的人也能看出来，被拘的那位是从这里逃出去的。

不过，按照拘留所规定，窗户会装在离地面七尺高的地方。这样的高度可不是伸下手就能够到的。更何况，即使上面的铁棒有些腐蚀，它还是金属的嘛，又不是棒棒糖。如果不用脚使劲攀登，再把铁棒弄变形，是不可能轻易逃出这房间的。

开了牢门，却发现原本关押犯人的房间空空如也。真名古对此十分惊讶，待在原地不得动弹了。

对于真名古来说，发生这样的事一定也令他万分惊讶。他矗立在牢房门口，眼神越来越深邃可怕。他眼睛瞪得大大的，抬起头盯着那扇窗户，咬牙切齿地说："真可恶！"

这种不悦的声音像是从喉咙深处发出的。真名古步伐狂乱地奔进牢房，身上那件破旧的长披肩外套的袖子啪哒啪哒地舞动着，似乎想要一口咬住铁条猛力往窗户外面跳。整个房间的气氛变得紧张起来，此刻真名古心中的烈火燃成了一只火鸟正在牢房里扑腾着羽翼。平时冷静异常的真名古此时变得失态起来，不过看起来真是别有一番滋味。

真名古一直在重复着同样的动作。随后他忽然转身，嘴巴里呜呜咽咽地嚷嚷着什么，飞也似的离开了牢房。如果从里面没办法做到，一定是从外面做的。真名古现在就要去确认一下。果然，两分钟后，真名古就来到了拘留所外面。

外面是片宽阔的空地，四周是水泥墙面。这里平日里很少有人来，地面也因为霜冻的关系变得松软异常，因此只要细细观察，就能知道这上面都发生过什么事情。

真名古用手电筒朝着窗户正下方的地面照了照，却没有发现任何痕迹，更没有类似梯子靠过的痕迹。

真名古又神情忧郁地沉思了半晌，叫个警察拿只梯子过来，他爬上去非常细致地检查牢房上面的窗户，并没有发现什么异常之处。只是可以确认有人爬过屋顶到牢房正上方，用绳子绑着一个钩子把牢房窗户上的铁条拉弯了。铁条的根部还留着非常清晰的痕迹。

虽然发现这些痕迹，但并没有人从牢房里溜出来的迹象。铁条之间的空隙足以容纳一个人的身体，若是攀着从屋顶垂下来的绳子就能轻易地逃出去，事实上并没有发现这样的痕迹。

窗框上堆着厚厚的尘土，是长年累月积下来的。如果有人从这里溜出去上面应该有痕迹，这些灰尘上会留下某些证据，但事实上什么也没有。这些无言的证人，说明并没有人从这里溜出去。那这家伙究竟怎么溜走的呢？真是奇怪。

如果他不是从房间窗户逃走的，那还有一个窗户通往外面。也可以这么说，他就是从牢房的入口与其他人一样走出去的。

那么，请大家来想想看。这个设想看起来简单，但大家要知道这里可不是什么免费休息室更不是抽烟室，这可是被严密看守着的拘留所啊，可不是谁想出去就能出去的。现在日比谷警察当局竟然发生这种事，真名古可是第一次发现，原来警察局存在这种自由散漫的情况，对此他表现得极为愤怒。

逃出去的这位可并非等闲之辈。

他也是位独一无二的人物。除了真名古以外，警察当局的长官们认为，刚才被押着进来的不过是位暂时顶替皇帝并给政府惹了不少麻烦的人罢了，也就是《夕阳晚报》记者古市加十。这简直是滑天下之大稽，从一点四十分到两点的这段时间里，待在这间牢房里的可不是什么古市加十这样的普通人，而是警视厅在附近五县内发动史无前例的警力规模全力搜寻的安南皇帝宗龙王陛下。

事情简直像戏剧般曲折跌宕，没想到世人皆知的皇帝陛下不请自来，在这短短的二十分钟内又消失不见了。他竟然避开守备森严的拘留所警卫，正大光明地从牢房入口离开了。这对于正激愤地搜寻皇帝的内务外务两位大臣及检察当局一帮人而言，简直是嘲讽又无情的事情，恐怕他们得知后只有欲哭无泪，感慨造化弄人了。

就连真名古，看到事情如此蹊跷也整个人呆住了。看，他正踩在空中的梯子上，眼神茫然地抬头望着月亮。猛看一下还以为他精神恍惚呢，谁人会了解他心中此刻的百味杂陈。甘苦自知啊，时断时续的呻吟声从他嘴里飘出来。

日比谷警局认为，被拘留的"古市加十"是跳上窗户后把那些已经有些松动的铁条用力扭曲后，从缝隙里溜出去然后爬上屋顶逃走的。显然他们的推论站不住脚。现在真名古亲身尝试了一下，把铁棒扭曲逃出去并不简单，他能肯定没有人从这扇窗户出去。

不过，到底发生了什么事，皇帝非要从这里逃走呢？皇帝是被当成古市加十而被抓到这里来的。既然这样，只要说明自己是皇帝就行了，何必非要悄无声息地逃走呢？

据说当时秀陈告发他后，他曾在逮捕之时做过十分激烈的反抗，但被带入监牢后，却表现得非常安静。

"哈哈，我正求之不得呢。"他心里想着，然后就轻松地躺在榻榻米上。

估计皇帝当时想假戏真做吧。利用这么戏剧性的事件，刚好可以保护自己不受刺客的追杀，没有比牢房更安全的地方了。如果不是出于这样的考虑，性格刚毅的皇帝怎么可能在牢房里默默忍受这样的对待，他肯定会抗争到底的。由此可见，皇帝似乎是接受了当时的状况，那么他就没有理由再逃离拘留所啊。更何况依照皇帝清高飘逸的个性也不屑于这种出逃行为啊。

按照以上推论，只有一种解释，也就是说皇帝是被带出去的，而且并非出于本意。看来是被某人巧妙地诱拐了。

谁有这样的熊心豹胆，敢从牢房里诱拐犯人？这可不是一般人能做到的。再说警察局这种地方，原本就是戒备森严，若不是警察局内部的人，绝对没法办到。如此复杂的事件他却在二十分钟之内以迅雷不及掩耳之势办到了，定是通晓警局内情之人所为。

看来事情已经非常清楚了。"古市加十"被拘留在这里是高级机密，知晓这件事的只有内务外务两大臣在内的相关政府人员，以及直接处理警察局事务的两三位警察。更何况，知道那个被拘留在牢房的人其实正是真正的皇帝的人，只有警察局里某位人物与真名古而已。

真名古站在梯子上仰望着苍茫的天空，不久后他轻轻地把手放下，用一种后悔的声音说：

"可恨至极！警察局里居然还有他的同伙，早知道这样，还不如……"他自言自语着，眼睛紧紧盯着牢房的窗户，仿佛要喷出火星来。

真名古头上的那扇牢房窗户张着大大的嘴巴，惨烈地展现在淡淡的月光中。那些原本用来震慑犯人的铁条张牙舞爪地扭曲着，它们或变成 X 形或变成 O 形，像是为了证明某些激烈的手段。不过话说回来，若是有人从监牢入口处把皇帝挟持走了，那干吗还要把牢房窗户上的铁条弄弯呢？

不过，这其中的原由倒也不难猜测。只不过是怕被看出来皇帝是被人从牢房入口带走的。说到底这只是掩饰皇帝从这里被带走的雕虫小技而已，如果说对方很难做出这么有深度的事，还是有些轻视了侦查对象呢。

那么，他是想误导谁呢？目标只有一个，那就是真名古本人，对方是想借此方法来试探真名古的侦查能力吗？

从今天早上到现在为止，身为搜查课长的真名古不仅一直未曾参加有明庄的现场勘查任务，还被禁止进入案发现场，甚至还受到了其他或明或暗的排斥与阻碍。即使追查到这里，依然有人想用这种鬼把戏妨碍真名古的调查。

就算是这位虚怀若谷的真名古先生，一直受到此等对待，也难免怒火中烧忍无可忍了。他满脸愤怒地瞪着面前张着大嘴的窗户，咬牙切齿地说：

"愚蠢的家伙，以为用这种小儿科的把戏就能骗过我真名古，真是打错了算盘……喂，总监先生，今天早上你为了让大家误以为鹤子是自杀而在房内摆放的脚踏台与布鞋似乎还有些技巧性，但怎么谋划到现在，你却……却自作聪明，露出破绽来了。如果不是这么可怜的小把戏被我发现，应该还不至于让我再次怀疑到你吧……用这么蠢的办法就想误导我，也太小看我真名古了，简直就是此地无银三百两……你怎么会使用如此低智商的手法呢？真是有些轻视我真名古啊，呵，总监先生……你这样一而再，再而三地挑衅，我已经忍无可忍啦。"

真名古握紧拳头向空中挥去，似乎目标正站在他的面前。

"看我怎么收拾你，你竟然如此小看我真名古。我本来想等你乖乖来自首，好留给你改过的机会，看来你是敬酒不吃吃罚酒，就休怪我真名古无情了……既然你并不在意我的绅士，还得寸进尺，那么我也不必再顾及什么……嗨，总监先生，真没想到你如此粗俗。看来你是要顽固到底了。"

看来真名古真是被惹恼了，他破天荒地自言自语说了那么多。不久，他忽然回过头看了看四周，立即使自己恢复到平常的冷静与阴沉。他轻轻地从梯子上下来，然后大步往日比谷警局的建筑物内走去。

仔细问讯了看守的巡查后，真名古明白原来皇帝是这样被绑走的。

这是一位才从教练所出来的年轻巡查。那天本不是他值班，原本他打算和妻子举办一个小型庆祝宴会。结果事情发生后，局里发动了全局总动员，他傍晚时被紧急叫来，与五位同事一起在局里留守。一点四十分左右，那位特殊的犯人被带了进来，巡查按照正常手续把他关进了牢房。等他刚回到隔壁监视房把钥匙挂在墙壁上，还没来得及喘气，突然接到了许多莫名其妙的电话。有人不停地打电话来警局，全说些鸡毛蒜皮的小事，这使他没办法离开监视房，最后竟然都忘记了拘留室里还关押着一位犯人。

凌晨两点左右，朦胧中看到有位人高马大、面貌陌生的警官走进了拘留室。而自己当时已被三个醉鬼缠住不放，所以并没有看清来人的样貌。当时非常嘈杂，他以为自己可能看错了，总之无法给出清晰的判断。

就这么查问下去也得不到有用的信息，暂时到这里吧。如果巡查讲的是事实，那也就基本上与真名古的猜测相符了。

走出日比谷警局后，真名古直接由霞门进入日比谷公园。此时西方的那弯细长月亮从云朵里钻了出来，月光淡淡地映照着公园里的小路。夜色已深，四周寂静异常，唯有松树在风中沙沙作响。

真名古消瘦的背影从藤架下方来到了池边。池边的凉亭旁有盏弧光灯，将悄无人息的池畔照得通亮。他停下来抱着双手，目不转睛地眺望着不远处的铜鹤喷泉。同样的位置，今天早上真名古也站过。

池畔旁耸立的老松向水面伸出枝干，从这个角度看起来喷泉铜鹤刚好停在那株松树枝干上。夜风似乎在轻抚着它的羽毛，映照着弧光灯的水滴不断地从鸟喙处淌出来，给人一种栩栩如生的感觉，好像它随时有可能张开双翅向着梦幻般的天空飞去。制作出如此生动的铜鹤的作者定是位多愁善感的人吧。铜鹤被连接在台座上，宿命般地永远停在这里不停喷水，笔者或许正借铜鹤展翅欲飞的姿态来寄托自己的同情心吧。

真名古喉咙里咕嘟了一声："这世上会不会存在一种'没有目的'的犯罪呢？如果真的有，那今天早上'唱歌的铜鹤喷泉'事件应该就算吧。看来，幸田与酒月应该是在铜鹤那里动了手脚，原因呢？这只老狐狸不会做出这么破绽百出的事情吧。那会是幸田与酒月以外的人为了某种目的而演奏的吗？这个推理也实在有些异想天开了吧。我是真的很想研究一下，这世界上究竟是否存在没有目的的犯罪，但遇上这件事也着实让我犯难了……按说这是犯罪，那怎么找不出犯罪的动机与目的呢？这件事会造成什么伤害？这又能伤害到什么程度呢？这些都无法推出来。直觉告诉我，这件事与皇帝的事有所关联，但究竟有什么样的关联呢？……而且，铜鹤吟唱的气韵为什么会那般凄切呢？这里面到底是何用意？"

他小声说着，满脸疑惑地看着天空："在这里赞叹有什么用呢？没弄明白的事情怎么想也不会明白。即使感觉遗憾，暂时也别无他法，还是先抓到这家伙，接下来见机行事吧。"

他自顾自地说着，迈着从容的步伐离开铜鹤喷泉，边走边若有所思地回头望一眼，随后朝着花坛的方向走去了。

35. 地下室中的似曾相识

科学家在幻想的世界里也只能束手无策了。在东京这个光怪陆离的世界，到处充满玄机，就连声名在外的搜查课长真名古也未能查探出有关铜鹤喷泉的惊天内幕。也许离真相大白只有一小步了，但他还是功亏一篑了，只好遗憾地暂时离开。

这便是命运的捉弄吧。其实在自己刚才站立的地面正下方，那位非常有亲和力的《夕阳晚报》社会版记者古市加十，正以前所未有的活跃继续行动着。

第九回里已经提过，德川时代的神田、玉川两大上水道的大暗渠的分渠纵横分布在芝田村町到日比谷一带的地下。是明治中期，由于铺设水道这些暗渠遭到破坏大都废弃了，只有为数不多的土木专家知道它们的存在。那些被废弃的大暗渠则变成了地下的暗道，蜿蜒盘旋数十里，如蛛网般蔓延至整个东京的地下。

这项庞大的渠道工程并非统一实施，且构建时期不同，因此其渠道分支毫无章法呈放射状，犹如那个克列塔岛复杂异常的大迷宫般。

一旦进入很难再回到地面上来。

换句话说，古市加十目前正身陷东京复杂的地下"魔都"里。在那微弱的手电筒灯光的照耀下，他正置身于一个没有入口也没有出口，形如井底的四角形地带，周围约有八坪的空间。旁边的墙壁由稍稍受损的凝灰岩层层叠起，整片整片的青苔上面，很多壁虎正匍匐爬动。加十的头顶布满或粗或细的铁管，密密麻麻的铁管空隙里还有些像乳石般的冰柱垂下来。他用手电筒照着，弯曲了身体将稿纸铺在大腿上，匆忙地写些什么。就算是社会版的记者也没必要在这么艰苦的环境下写稿吧，如果是玩命儿工作也该有个限度，不过请看看他的面部表情，似乎并没有出现癫狂状态。

往常遇到事情稳如泰山的古市加十，此刻额头满布汗珠，一脸的委屈与痛苦，他还大口地喘着粗气。看起来，他是呼吸困难，时不时还张大嘴巴使劲吸气。

请允许我再倒回去介绍一些加十的行动，以便各位看官能更好地了解这里的情况。傍晚时分，他从宋秀陈那里打听到，今天早上铜鹤喷泉里唱的正是安南国的国歌，性格直爽的他并没有用普通的推理办法，而是直接得出安南皇帝位于铜鹤喷泉下面的猜想。随后他仅凭着一张地下暗渠的古地图便只身一人来到这个蕴藏无数秘密的地下迷宫里。正如路维·郝尔拜的"尼可拉斯·葛林姆的地下之旅"，在他四处寻找无从下脚之时，从不远处传来了优哉的歌声，好像这是那首来自奥芬巴哈的"地狱的奥尔菲"中的"蝉之歌"。从这悠闲的曲调中不难发现，歌唱者的心情还很不错呢。在这种黑森森的地下迷宫里，此时的美妙歌声多少显得有些诡异，加十全身的汗毛都竖起来了。他屏气一听，啊啊，没错啊，正是那位风度翩翩的皇帝的声音呢。

加十立马忘却了之前的慌乱与疲惫，用他那五音不全的嗓声说：

"我终于找到他了……这真可谓是'被幽禁于地下暗渠中的安南皇

帝历险记'啊！妙哉妙哉！我的辛苦努力总算有所回报……我古市加十要以独家新闻笔者而大红大紫啦！听起来，皇帝心情很不错呢，应该不会拒绝我的拜见喽。加油，勇往直前！"

他心情愉悦，朝着声音的方向奔了过去。

加十反反复复地在迷宫般的地下暗道里走了好几趟，终于在一个还算宽敞的暗道里面发现了鼾声如雷的皇帝。没错，皇帝正伸长胳膊腿躺在青苔上面悠然地睡大觉呢！看到皇帝这副样子，加十心里不免有点火大，他靠近皇帝身体，抓住他的肩膀使劲儿摇晃着：

"陛下，陛下，您跑到这个地方来真是有些轻率啊。您可不知道外面大家都担心坏了呢，亏您还能在这里呼呼大睡。以为您被绑架了，上面已经快要闹翻天了。您快点醒醒吧，可把我急坏了……嗨，陛下，当初我只是随您一同去了您那位不太检点的情妇家里而已，谁知后来我经历了那么多惨痛的折磨。好啦，您快醒醒吧，要么坐起来也成啊，给别人添麻烦也得考虑限度嘛。既然这件事我也有份儿，待会儿我把你背到外面去，不过有个条件哦，您可得让我独家报道您的历险记啊，不然您可就不够意思啦……喂，陛下，先不说其他的了，您究竟怎么会在这种地方睡觉呢？"

加十一边自言自语地说着，一边使劲儿摇晃着皇帝，对方全身软绵绵的没有任何反应。加十也无计可施，只好瞪大眼睛恨恨地盯着皇帝那张因为熟睡而嘴巴大张的脸。正在这时，加十听到一阵奇怪的声响。

刚才那一系列怪异的经历已经让加十震惊万分了，此时响起的声音越发怪异起来。加十无法用言语来形容确切这声音，只知道是从某个方向传来，有点像是金龟子在深邃的地底鸣叫，仔细一听又像轻风吹拂过高高的树梢。不仅如此，这股声音还说出了更令人意想不到的事情：

"陛下，刚才是您在自言自语吧？您能听到我说话吗？……我是那个谁啊，昨晚跟您一起喝酒的《夕阳晚报》记者古市加十啊……呵，您想起来了吗？《夕阳晚报》的古市加十……您怎么突然消失了？您不知道我为了找到您快要掘地三尺啦。我到处打听您的消息，最后从'唱歌的铜鹤喷泉'得到了启示，总算知道您的藏身之处了……现在我正在日比谷公会堂的地下室里呢，暂时还没法到您那里，不过您放心我一定会把您救出去的……陛下，您在那里待久了可不妙，时间太长会危及生命的，好了，快点快点……"

这简直是天下奇谈。刚才这人说话的声音语调与古市加十如出一辙。尽管不知道对方是何方人物，但他假冒加十的声音想引诱皇帝出去是毋庸置疑的。加十虽说是个新手，但毕竟是记者出身，听到这里心里就明白个七八成了。

看来皇帝并不是被幽禁在这个地下暗渠里，而是自己摸索着跑来的。不过那帮坏家伙虽然知道皇帝在这儿，却还不知怎样进来，所以才会模仿加十的声音想引诱皇帝自己出去以便趁机抓住他。这就能解释日比谷公园的土丘上忽然出现的一个往水池方向挖到一半的洞穴了。还记得挖洞穴的铁铲上烙印着"野毛山"（鹤见组），这样看来模仿加十声音的应该就是他们一伙人了。

加十真是幸运啊，如此难得的新闻是可遇而不可求的，个个都可以说是头版头条啊。这起事件究竟会发展到什么程度呢？加十回忆起昨晚与皇帝一同离开"巴里"之后的事情，这期间事情可谓是一波未平又起一波啊，真是像悬疑小说一般。而且，剧情发展到这时候依然高潮迭起。也许更大条的新闻在后面呢，从这家伙的嘴里说不定能套出惊天秘密。再怎么说加十也是社会版的记者，傻瓜才会丢掉这么有价值的新闻。不如，我先以皇帝的声音与对方对对话，如果行不通，死了也心甘了。这没什么大不了的，他们不是照样模仿我的声音引诱皇帝嘛，那我模仿皇帝的声音也没什么不对的喽，加十想试试。看来他还是有些本性难移，难怪他平时就喜好吟风朗月的。

不过真正的皇帝正躺在这里睡大觉呢，没准接下来会发出什么声音，万一被对方听出什么来可就遭了，还是先叫秀陈把皇帝带回饭店吧。

他看了看时间，一点差一刻，想必一直在广播电台的工地等待消息的秀陈已经等得不耐烦了。

万一发生什么意外，还是写明情况比较妥当，所以加十简单地写下一张指名给真名古的便条，内容是有关地下通道的事，然后用别针将其别在了皇帝胸前的衣服上，接着用力背起他朝出口方向走去。

这次，加十很快就回到了刚才的入口处，穿过黑暗的通道，秀陈正在地面上的小台车旁无聊地来回踱步。加十把皇帝放在碎石上，捏着鼻子模仿皇帝的声音说："嗨，秀陈。我喝醉了浑身没劲儿，你快来把我背回饭店。快点过来，别磨磨蹭蹭的，你这笨蛋！"

看到秀陈慌忙地跑下踏板，加十马上就折回到原来的地方。一切准备妥当了，就把那家伙的秘密全套出来吧。加十清清嗓子找了个舒服的位置安顿好自己，紧接着就听到刚才那个声音传来：

"陛下，陛下，您可千万别磨蹭了，听到我说话了吗？您待的地方非常危险，快点来我们这边吧。"

加十鼓起鼻孔以便能更好地模仿皇帝的声音："哦，我刚才睡着了……听声音是古市加十吧？这里会有什么危险呢？虽然环境不太整洁，但看起来并没有什么危险啊。"

"陛下啊，您可真能沉得住气，您快点过来吧，现在没时间拖拖拉拉了。"

"那好吧，就依你，我过去吧，不过我要怎样才能过去呢？"

"您看到头顶那些细长的铁管了吧？您就顺着铁管走过来吧。"

加十抬头看到头顶上方稍高一些的位置有三根大小不同的铁管，看来刚才那阵奇怪的声音就是从其中一根铁管中传过来的。它现在成了传声管了。

　　加十顺着铁管慢慢走过去，越往里走那声音就越清晰。

　　仔细听听，这噪音有些低沉沙哑，很有特点，似乎在哪里听到过，而且就在不久前。应该就是两三天前，在某个地方听过，因为那声音给人的印象实在是太深刻了……啊，要是能知道这声音的主人就好了，这个想法不断地盘旋在加十的脑海中，究竟是谁呢？加十还是想不起来。

　　他看着天花板继续往前走，猛地一下，脚底好像踩空了，身体立即往下坠落，像颗石头般掉在一个硬硬的东西上面。加十的背部被重重地摔到了硬物上，很长时间都爬不起来。

　　他试着慢慢用手臂撑起身体，周围黑乎乎的，都是些潮湿的青苔，看来加十好像掉到一处深深的洞穴里了。他用手掌在青苔上胡乱摸索，终于碰到了手提电灯。打开灯一看，发现自己是掉到了一个又深又大的古井底了。刚才一直看着天花板，没注意脚下，竟然掉到这种地方来了。这么深的井至少有十尺深，即使站直身子跳起来也碰不到井口啊。突然陷入了这样的困境，平日刚强无所畏惧的加十也不由得浑身冒起冷气来。

　　直到刚才，他还在想，要是情况实在危急自己就先逃出去再说，内心并无丝毫慌乱。但现在落到这步田地，别说逃出去了，搞不好会有生命危险。想到这里，加十脑袋上的血液冷不丁降到了脚底。

　　这可遭透了，这到底是掉到了哪里？先得确认这点才行。他哆嗦着手从怀里掏出暗渠的地图，沿着刚刚走过来的暗道搜索，找到了！地图上有个水井的记号，旁边用红色字体标着"南部邸用水储水井"。看来是掉到南部甲斐守宅邸的井里了，这所宅邸刚好在日比谷公会堂一带，现在加十知道自己是在公会堂附近的地底下。这样一来，刚才想引诱皇帝的那家伙并没有说谎，他确实是在日比谷公会堂的地下室里。

虽然知道了自己的具体位置，但加十的处境也没有改变多少，而且，他可能就要丧命于此了。看看地图，从加十留给真名古的地址到现在这座古井，中间还有曲曲折折如迷宫般的路线。就算真名古看到便条前来营救他，想要到达这里谈何容易啊。而且，即便到了这座古井旁，要在两三天内将这里蛛网式的暗渠都搜寻一遍也几乎是不可能的，看来加十是没救了。

"要不，就向模仿自己声音的那家伙坦白，请他救自己出去吧。这可行吗？要是他知道我就是古市加十，不尽快杀了我才怪，怎么可能前来营救呢？反正，我已经写了字条请真名古前来救自己了，还是等着吧。"加十有些慌乱起来，绞尽脑汁想着各种办法。

这时候，那家伙又说话了："陛下，您到哪里啦？您可不要在路上闲逛啊，我们一直等着您呢，请加快速度啊。"

"真可恶，咋办？想想法子怎么先糊弄过去，叫他找真名古来搭救自己……脑袋都想破了也没有主意，只能走一步算一步了。"

加十一边想着，一边回答对方："真糟糕啊，我也很想过去，可现在没办法去不了了。"

"发生什么事了？"

"我掉到洞里了。"

"真的吗？"

"从我的声音还听不出来吗？现在应该是有很明显的回响吧？"

"好像是的。陛下，您掉下去的洞很深吗？您自己看能不能爬上来？"

"肯定爬不上去。"

加十听到那家伙呵哧呵哧地笑起来了："你怎么幸灾乐祸呢，这可真是太残忍了。"

"陛下，您听我说完。当初我把您抓过来的时候，田村町可是戒备森严，苍蝇都飞不出去，我也只好把您放在广播电台工地里敞开的横穴里。后来，不知道您怎么自己就跑到铜鹤喷泉下面去了，真是糟糕啊。我也进入那个洞穴好多次，都没法到达您那儿，无奈之下只好从公园堤防往水池方向挖洞穴，但这也行不通。最后才想到现在这法子，通过瓦斯管来传声，看看能不能叫到您。"

"哼，看来你不是古市加十，你是坏人。"

"对，我是坏蛋，您可不用太惊讶。"

"我可不怕什么，不过确实有点惊讶，你抓我干吗呢？不，应该说，你引诱我掉在这个洞穴里想要干吗？"

"因为有问题想要请教您，请您如实回答。如果您回答了这些问题，就可以从这里出来，您愿意吧？不然只好待在这里，等着饿死或是冻死吧。"

若是十分钟前，加十听到他这么荒唐的话肯定会大笑不止，但现在，加十看着这深深的洞穴，一点儿都笑不出来："好吧，你想知道什么？"

"请您说说，那颗钻石现在在哪里？"

"好啊，你总算是说出重点了。"

"我早就表达过目的了。请您告诉我钻石藏在哪儿，我会救您出来的。"

"好奇怪啊，怎么你不到我面前来呢？"

"您不用操心这个。我知道农大图书馆里有一幅'上水道规格'古地图，我的同伴不久就会拿到，看来不需多长时间我就能到您身边了。"

"真是让人无法相信啊。要是钻石和性命都保不住，我还不如不说呢。"

"不是我想暗杀您,是那位当局的人物与哈齐森先生。我对您的性命可没兴趣。"

"我暂时相信你吧。不过,这事我得好好考虑一下才行……那么,你怎么知道我带钻石来了呢?"

"哦,是松谷鹤子说的……其实是我们故意安排鹤子待在您身边的。"

"哈,我终于明白了。那你们为何要杀死鹤子?"

"因为鹤子对您动了真情,不听我们的指使了。这对我们可不妙啊。今天早上,原本计划由鹤子从您那里取得钻石再交给我们,不过她不但不服从命令,还有些其他的苗头,非常不利于我们实施计划,所以只好杀了她。"

"可怜的鹤子,其实我并没有告诉她钻石在哪里。"

"我们已经知道了,所以才要请您亲口说出来。"

"原来如此……不过,你答应救我出去,又告诉我这么多,难道不知道后果很严重吗?"

"这没什么,我们已经准备好了。只要得到钻石,一小时之内就能离开日本,这您不用担心。"

"看来我是越来越明白了。事情总算有些眉目。你们准备怎么救我?"

"您说说要求吧。"

"你真是个明白人。佩服佩服……要不这样吧,你现在打电话给警视厅的真名古搜查课长,跟他说'古市加十,南部甲斐守'这九个字。我就这一个条件。"

"古市加十,南部甲斐守……对吧?"

"是的。你会发誓去拿钻石之前给他打电话吗?"

"当然……现在可以说出钻石在哪儿了吧？"

是啊，说在哪里呢？得想个能让这群精明的坏蛋相信的地儿才好……加十的脑袋飞快地思索着。

"怎么啦？在哪里呀？"

苦思冥想之后，加十终于有了答案。如果是这个地方，这帮家伙应该会相信吧。

今天早上，同大王和鹤子吃消夜时，加十曾经起来替鹤子到厨房拿冰块，他发现靠近门口的地方有一部分墙壁刚刚修过，墙面看起来还没有干透。

"嗨，陛下，我可等着您的答案呢。"

"好吧，我就告诉你，刚才我是有些舍不得这颗钻石啊……随身带着钻石太危险了，我就把它填进鹤子家厨房的墙壁里了。走廊尽头的那扇门旁边的墙上有一处刚刚修补过，在那里面……"

对方似乎很不甘心地喷了下嘴巴："我明白了。其他地方我都搜了个遍，就没看到这里……陛下，您确实比较高明呢……看来，您说的是真的啦。如果我在那里没有发现钻石，可是会马上回来杀了你的。这件事可不是闹着玩儿的。"

"用不着你专门过来杀我，把我丢在这里不管，一样会死的。"

"这可就说不准了……再见了。"

"我祈祷我们真的'再见'。"

然后那声音就消失了。

加十盘腿坐在青苔上面，仔细观察四周的墙壁：

"那家伙是完了，但我不会真的命丧此地吧……反正我也尽力了，结果是好是坏谁也不知道了。那家伙会不会遵守承诺打电话给真名古呢？他找不到钻石可是会跑来杀我的……刚才就不该跑回洞穴，真是多此一举，偷鸡不成蚀把米。现在后悔也没用，只能顺其自然了。从现在的情况来看，不用指望会有人来救自己了，还是做好死在这里的思想准备吧……哎，只是想到我要背负着这么多头版头条新闻一起奔赴黄泉，实在是心有不甘啊。不明不白就这么死在这儿可真是冤枉。我还是写份详细的报道吧，至少他们发现我的尸体时，还能了解这件事情的始末。这才是新闻记者的最后一刻啊……对，趁手提电灯还有光亮，赶紧……"

嘀咕完后，加十把原稿放在大腿上面，身体往灯光方向弯曲。他用舌头湿了湿笔头，接着抬起胳膊奋笔疾书起来。真有种慷慨悲壮的气魄。

36. 两对玩伴的重新组合

搜查课长室里，真名古用手掌托着下巴在办公桌上翻阅山木元吉、印东忠介、川俣踏绘、村云笑子、幸田节三、酒月守六人，以及"卡玛斯秀"七人的口供。

山木的供词，与花从印东那里听来的信息一致。那天晚上，山木从"铃本"溜出去是去赴皇帝的约，他从皇帝那里拿了一瓶瓶底镶着玻璃钻石的香槟酒。

印东的供词内容是有关他看到山木从"铃本"溜出去的事情，供词最后说道："巴隆斯理、笑子还有岩井之间很怪异，应该说除了我之外，他们每个人都很怪异。"然后又啰唆了许多废话。

踏绘哭泣着供述，山木使她非常担心，因为山木能力有限却总想做大事，这次竟然陷入了进退两难的窘境。

幸田与酒月的说法一致，铜鹤唱歌令他们万分惊讶。此外，他们详细叙述了在浅草客栈隔壁房间里偷听到的踏绘与山木的讲话内容，这些与山木、踏绘所说的大体相同。

当翻看到"卡玛斯秀"七人的口供时，真名古发现了出人意料的内容。

今天早上，"卡玛斯秀"六人与有明庄六人一起到了"铃本"，其中的两对组合：印东与跳踢踏舞的玫琳、哈齐森与唱歌的玛莉亚确实是在一起过的夜。而山木的伙伴珍妮特却与踏绘的搭档罗伦多在一起，岩井的伙伴贾克琳则与笑子的对象威尔森过的夜。

换句话说，岩井与笑子、山木与踏绘，这两对是打乱了原本的组合后重新组成的。

不过，山木与踏绘的关系已经提到过，也不足为怪。但岩井与笑子的组合却让人感觉到有些意外。

真名古用铅笔在稿纸上写出：

岩井——笑子

他的脸色突然由先前的轻松愉悦变得沉重起来。

岩井与笑子为何会与原先的对象分手而勾搭到一起去呢？应该不会是因为爱情吧。倒是山木与踏绘或多或少因为爱情有些瓜葛。根据之前的勘查，岩井并没有从窗户溜出"铃本"的迹象，不过现在既然发现了新情况，就得回过头再看看原先确定的事情有没有失误。向来信心满满的真名古先生，遇到这样的新情况似乎也有些犹疑不定了。

按照真名古的判断，"卡玛斯秀"中的第七人是从哈齐森的窗户进来，又从岩井房间的窗户溜出去的，这人应该是表演特技的名为亨利的男人……

他马上把亨利叫来。

真名古一改刚才的从容神色，变得严肃起来。他低垂的眼睑透视出内心的跌宕起伏。

他的判断没错，亨利的确在侦讯后从哈齐森房间的窗户进去了。因为不甘心一人被丢下，他特地跑来找自己的情妇玛莉亚算账，但又不知道玛莉亚在哪个房间，所以就挑了最容易爬进的窗户，没想到正好是玛莉亚与哈齐森的房间。

亨利心有不甘，不过这种事他也习以为常了，并没有大发脾气。玛莉亚与哈齐森哄了哄他，还请他喝了杯酒，之后他就从哈齐森房间的窗户返回筑地拿坡里酒店了。

听他说完之后，真名古立马追问："你是几点离开'铃本'的？"

"凌晨四点半，我记得特别清楚，爬窗户的时候楼下的时钟正好响了。"

"当时你确定是与哈齐森在一起吗？"

"当然，我刚才说了……"

"那么，你应该与玛莉亚、哈齐森有过谈话喽？"

"对，交谈过。"

"后来去过其他房间吗？"

"没有啊，也没必要去其他房间了。"

"好吧，你可以走了。"

对于这个新发现，真名古可是没有料到呢。如果亨利没有去过岩井的房间，就说明今天凌晨岩井曾溜出"铃本"。真名古之前判断"某位人物"是这起事件的主谋，看来这很有可能就要被新的事实推翻了。

眼下的任务是必须调查清楚岩井溜出"铃本"的原因。笑子之所以放弃对象，选择与岩井过夜，肯定是出于掩护岩井这项秘密行动的目的。由此可见，笑子应该明白岩井此行的真正目的，看来得讯问笑子才能揭开真相。

推理是这样，但时间越来越紧张，没有工夫让笑子慢慢狡辩了，否则弄不好还要耽误大事的。

真名古神情越发凝重起来，目光炯炯有神地流转着，似乎要冒出火来。他将身体稍稍往前倾，保持着野兽袭击猎物时的姿势。真名古似乎被新发现的事实警醒了，整个人像上紧发条的闹钟，完全一副临战戒备状态。

他对一名枪手发了个暗号，还没多久村云笑子便被带了进来。

笑子的装束与第八回里出现在赌场"茶松"入口时一样。她穿着有些凌乱的衣服，脚上踢着带银线的绉绸两层衬衣裙摆，慢吞吞地进来了。笑子一副怄气的样子，坐在椅子的边缘一角，对面前的真名古不理不睬。

不过，她的打扮与神情与现在的环境太适宜了，似乎命中注定要被带到这里。笑子原本清澈明亮的眼睛被欲望灼烧变得黄浊，北方水土滋养的娇嫩肌肤也被长期的放荡生活折腾得粗糙。

真名古礼貌地请她抽了根烟，声音温柔地说："不太习惯吧？吃了不少苦头吧。"

笑子鄙夷地哼了下鼻子："蛮好的啊，大家伙儿对我都很亲切。"

"被他们问了很多问题吧？"

"名字、年龄等……年龄还得实话实说吗？"

"这倒无关紧要嘛，只问了这些吗？"

"还有啊，我昨天晚上和岩井在一起……"

"都是些无聊的问题，简直是开玩笑。那么，你怎么回答的？"

"真是抱歉，您就是再位高权重，也没权力干涉个人隐私吧？"

"问这些，确实不太礼貌，我让他们不再问了。好了，你不用这么严肃。"他笑了笑，"事实上你们都做了什么？"

"你不是说不问了嘛，真累人……这还是警察局吗？净问别人隐私，烦死了。"

"你先别把警察局扯上……你说说是什么时间进入'茶松'的？"真名古的脸色变得非常认真。

"哦……我大概是从去年春天进去的。"

"很喜欢那里吧？"

"也谈不上喜欢，怎么说呢？"

真名古把双臂放在桌上，用手掌托着下巴，似乎很放松："嗨，你不觉得自己生活有些放纵吗？老这么醉生梦死的可不好，该反省反省啦。"

笑子故意不正面对他，侧身坐着。她用手指摸了摸头上波浪的卷发，抬起胳膊的瞬间露出了上手臂："我是在反省啊。"

"有些奇怪啊，你们不会不知道法律是禁止赌博的吧？可不能干违法的事啊。"

笑子扑哧笑了出来："不好意思，不好意思。"

"呵呵，我可没看出来你会不好意思。"

说完，他猛地拍了桌子："你们这帮人，就是想干违法的事，还胆大妄为地杀人。放老实点！可不要小看了这里。"

真名古像是变了一个人，刚才那般口齿伶俐、拍桌子瞪眼的模样可真像极了以前狠毒的狱头捕吏。不管是装出来的还是露出了本性，这都使人浑身起鸡皮疙瘩呢。

笑子脸色变得苍白，她抬起头盯着真名古："哼，我还以为你不会这样。你想怎么样？"

"少说废话！把你带到这儿，总是有理由的吧！你心里难道不清楚？"

"可是您这也太过了些吧！"

"什么叫太过了些？……你只有一项习惯性赌博的罪名吗？……还

做过什么记不得了吗？别再装了，不然后果自负。"

说完真名古大步走向房间的某个角落，从书架上抽出一本相簿，拿出一张照片。照片上是警视总监在屋顶观看消防队演习的特写。右下角可以看到整个屋脊，很明显总监正站在那个屋脊上。

真名古拿起照片背着手走到笑子对面，从她头顶俯视下去，突然把那张照片放在笑子眼前。笑子被吓了一跳，还没等她看清楚，真名古又立即把照片藏到了身后："今天凌晨，岩井溜出'铃本'的时候应该不知道自己被拍到了吧？看到了吗？怕不怕？"

笑子终于有了明显的反应。她倒抽着冷气浑身发抖，坐都坐不住了。她试图用双手把发抖的膝盖按住，膝盖反倒愈发不听使唤了。

真名古语气严厉地说："怎么样？现在害怕了吧？抖成这个样子，胆子不大还敢干这种大事。"

笑子声音都哑了："岩井他做了些什么，我，真的……"

"别再狡辩。岩井溜出'铃本'是三点四十分。回来的时候是五点。返回时他的外衣与帽子都不见了，只穿着衬衫和裤子，对吧？岩井从窗户伸头进来对你说：'喂，在小壁橱上铺个东西，我袜子沾的都是煤灰。'"

真名古突然用手指着笑子的袜子："你自己看看，这就是你帮了岩井的证据，脚尖上沾的不是屋顶上的煤灰吗？"

笑子花容失色，惊慌地看着自己脚尖上的袜子。不过，上面并没有什么煤灰。她心脏扑通乱跳，满脸通红，低垂着头，真名古立刻用力捉住她的肩膀："我说得没错吧？"

她声音低低地说："我不知道。"

"你是真的不知道吗？那何必害怕成这个样子？"

真名古把刚才的照片扔给笑子，用下巴指了指："好好看看，这可不是岩井，是总监先生……你怎么会看成岩井呢？你不觉得奇怪吗？"

语毕，他坐在椅了上嗖地滑到笑子身旁："喂，岩井与总监之间是什么关系？岩井为何替总监到那么远的深井巡视，还替他制造不在场的证明呢？"

　　笑子的头垂得更低了，依然一语不发。真名古砰地跺了下脚："快点说！"

　　笑子颤了一下，抬起头："我不知道。"

　　"少装蒜。今天凌晨，岩井是不是溜出'铃本'了？"

　　"不过……不过，"她吞了口唾沫，"不过，我并不知道他出去干了什么。"

　　真名古怒目而视，瞪着她："你还在嘴硬，你说这话有人相信吗？"

　　"可是，我真的……"

　　真名古的脸都快扭曲变形了，手中的铅笔也被他折弯了。他站起身来，缓缓靠近笑子。

　　时间在一分一秒地逼近那个决定命运的时刻，警视厅里的气氛紧张得一触即发，但只有三楼的总监室是例外。屋子里，总监一个人忧虑地坐在大沙发里。

　　这么短的时间，他好像一下子苍老了二十岁，额头与眼睛周围都是皱纹，油乎乎的头发凌乱地贴着头皮，悲苦的表情就像是从水里冒出来的溺死鬼。

　　看起来总监确实刚从某地返回，他的肩膀与袖子上沾着蜘蛛丝，鞋面上是白白的灰尘，帽子还扔在办公桌上。总监把头靠在沙发背上，呻吟着说："……衣橱……办公桌……地窖……厨房……对，原来在那里……怎么我没注意呢？这么明显的事怎么都没注意呢？……当时我似乎感觉有些不对劲，但还是漏掉那里。怎么回事？真费劲儿。"

　　他自言自语着，还抬头看了看时间："还有时间！无论如何，我会不惜一切手段做给你看，我怎能败给他……让我们来看看究竟是你死还是我亡。"

他一下子来了精神，慌张地站起来，抓起帽子想要出门。

时间是三点差五分。

仿佛是约好的，远处的走廊上响起一阵阴沉的脚步声，越来越近，越来越近。鞋底擦着地板，发出杀气腾腾的声响，正往这里走来。

对于这恐怖的脚步声，警视厅里无人不知，无人不晓。纵使听了十年的人，只要声音一响起，还是不由自主地浑身紧张，恐惧异常。

来人是真名古。他回来拿总监的逮捕令。

总监拿着帽子呆住不动了。他浑身打了个冷战，一股透心的冰冷从头灌到脚尖，帽子也掉到了地上。他步履蹒跚地走向沙发，表情变得凶狠，呻吟般地喊道："真可恶，被他抢先了。"

门无声地开了，真名古走了进来。他用细长眼睑里透出的冷酷眼神直直盯住总监的方向，继而缓缓靠近他的身旁，用低沉的声音说："总监，现在我依法逮捕你。"

真名古冷峻地宣告。

总监的脸色越来越苍白，豆大的汗珠从额头上冒出来。他表情复杂地望向真名古，愤怒又绝望。突然，他大叫着："可恶，你这个王八蛋……"话没说完，他就用力撞开真名古，发疯似的逃出房间。

极速狂奔的脚步声在走廊四周的墙壁上回旋，随后以另一种音阶渐渐远去。真名古怜悯地望着他逃走的方向，喃喃地说："你现在逃了也没用，别想逃出我的手掌心。"说完，真名古咧开嘴巴，发出一声怪笑。他的脸看起来像是僵掉了，恐怕连幽灵也没这么阴森可怕吧。

时钟指向凌晨三点。只有一个小时了。一个小时！

第十二回

37. 狮子头烟嘴的不在场证明

夜空中传来鹭鸟的嘎嘎叫声。

正月二日天还未亮，天气冷得快把打更人敲锣的木头给冻住了。现在已经凌晨三点了，山王森林里的高野罗汉松、铁杉、枫树等长势茂盛，不过桐树却有些萎靡不振。这里的白天都很阴暗，四周一片凄凉。

森林间的小径曲折通幽，一轮明月还挂在空中。树叶非常浓密，感受不到月光的无名小草仿佛深山间的林荫小径，蜿蜒伸向远方。前方的树林里隐隐露出水泥制的西洋建筑。除了两三扇窗户里流泻而出的浅浅灯光，大部分建筑都沐浴在朦胧的月色里。四周浮现出明亮的白色，诡异得如同梦境一样。这便是前一天凌晨发生凶杀案的有明庄。

这条小径中间有一棵很大的笠松，树下的阴影极为黑暗。微风吹拂着树叶，一个影子一闪而过，缓缓地飘向有明庄。这个如梦如幻的影子，在建筑物周围徘徊一会儿后从大玄关溜进了里面。他拖着奇怪的大尾巴，爬上入口的楼梯，走上了二楼。

他来到鹤子惨死的玄关附近，玄关另一端连着长长的走廊，尽头有扇大玻璃门。玻璃门外是一个阳台，月光可以照进来。

这个影子在鹤子家门口停住，确认走廊里没有其他人后，小心地推门进去了。

透过鹤子被抛下的那扇窗户，朦胧的月光斜照在墙壁上，投射出两块稍有些发白的银幕。那黑影似乎害怕光亮，一直隐身于黑暗中。不久，他低头吹了声口哨。不，应该是暗号。口哨声一停，四角的荧幕里便出现了三个新的黑影。

黑影做了个手势，把另外三个影子叫到一起，压低了声音说："现在各就各位，按照原定计划，到餐厅长沙发后面去，从那里应该可以看到厨房墙壁上修补的痕迹。"

四个影子陆续进入餐厅，在厨房后门的长沙发椅后缩成了一团。

"厨房门外一切正常吧？"

"楠田从下午一直在监视，没问题。"

"干得好，只要他进来就是瓮中之鳖了，不管怎样都逃不掉……只要帮你们抓到他，我的任务就完成了。马上就要与大家分别了，我想这是最后一次行动，请务必干好。"

"课长！"

"别这么叫我。我知道你们心里想什么，不用说出来。我已经不适合这个头衔了……我是个受不了屈辱的人，但这种耿直也会使我犯下愚蠢的错误。你们是不是要劝我不要因为被排挤的小事而辞职？别劝我了，我心意已决，你们就随我的愿吧。"

"可是……如果就此分别，真让人……真让人舍不得啊。"

细语到此打住，房间里又恢复之前的寂静，除了时钟的嘀嘀嗒嗒声。它昭示着时间的流逝，紧张而有序地不断敲打。

四个影子潜伏好之后，又过了五分钟或者十分钟的样子，走廊另一端传来一声微弱的门锁摩擦的嘎吱声。

很快，一阵极为细微的脚步声从那头响起，像是人踏在潮湿的泥土上或是猫蹑手蹑脚地爬在屋脊上。脚步慢慢往这边靠近，走走停停，终于来到玄关附近停下了。门被徐徐地打开，会是谁呢？长长的影子先闯进来，摇摇晃晃地进入玄关。

从餐厅的暗处往那里看，墙壁上长方形的月影如同古镜镜面般闪着光亮，映射出那个令人意外的人物身影。

此人侧影极为特殊，奇特的身姿里满是慌乱与粗暴。他的官服领口向两边趴着，背微微弯曲前倾，如同潜进邓肯王寝室的麦克白。如此清晰地展现在墙壁白色荧幕中的，正是总监的身影。

他像在荧幕中表演节目般，左看看右看看，最后掉了个头走到客厅里。他对这里的环境非常熟悉，关上客厅的门后便用身子贴着墙壁缓缓走向连接着厨房的那扇门。空气中隐隐约约流淌着一股奇特的香味，到底是什么味道呢？

影子开了门，轻轻潜入厨房。顿时，一道有形的光束打在门附近的墙面上，映照出那块不久前刚补过的地方。他佝着身子用手指触摸了一番，接着把手电筒放在地上，从口袋里拿出一根小小的类似凿子的物件，开始在那里挖了起来。

沙发后的四人屏息窥探着这里的一切，如同瞄着猎物伺机而动的鹰一样。随后，一个接一个轻轻地向猎物靠近。

不幸的是，行动路线被前方一个放兰花盆栽的高脚三脚台子挡住了。领头的真名古不小心碰到了台子脚，台子砰的一声倒在地上，玻璃盆的碎片声随之在地上跳跃。

"糟糕！"伴随着真名古惊叹的同时，对方转身锁上厨房的门。

当四人冲到门边时，非常清楚地听到了里面上锁的咔嚓声。

"可恶！"

真名古边叫边冲向寝室，准备从化妆室打开通往厨房的门，但那里竟然也被锁上了。

"快去玄关！快去玄关！"

黑暗中，真名古已经有些慌乱。餐厅里传来三个枪手拿着万能钥匙准备开门的嘈杂声。现场陷入一片混乱。

持续五分钟后，门总算被打开。真名古与三位枪手分别从两个门同时进了厨房，但里面却空无一人。

想从厨房逃走只有唯一一条路线可以离开，也就是连接厨房的楼梯后门。不过那里另有人员看守，他别想跑出去。

真名古冲过去开门，发现它也锁上了。他边拍打门板边叫着这里值班的枪手："楠田、楠田，你在这儿吗？"

楠田的声音从一个意想不到的地方传来，他敲着客厅的门叫着："课长，课长，我在这里。你刚才叫我到玄关去，我就跑过来了，但又被关在这儿了。"

这真是场黑暗中的滑稽剧。真名古却怎么也笑不出来，对这位搜查课长而言，可真是个意外的沉重打击。

昨天上午，真名古就来这儿勘查了厨房墙壁那块修补过的地方。他觉察出皇帝的大钻石应该藏在这儿。他坚信只要守在这里直到最后一刻，自己一定能抓到凶手取得最后胜利。不用太慌张，只要守株待兔，就会轻而易举地抓获罪犯。

真名古找了四个最能干的枪手滴水不漏地安插在这里，自己又去忙着收集证据。从上午开始到现在精心安排的行动，就是为了等待鱼自动上钩。

这条鱼如约而至，只要拉紧鱼网就好了。可正在这千钧一发之际，却被他溜走了。事实上，这条鱼是用了奸诈的腹语术伪装成真名古的声音，把楠田叫到玄关去，又把其关在了那儿，自己就从容地溜走了。最后，真名古他们还是捕了个空，这真是个不小的打击。

真名古浑身瘫软地倒在椅子里，无精打采又垂头丧气。虽说真名古阅历丰富，喜怒不形于色，但这次他却无法平静下来。如此精心布置的计划竟然被人轻而易举地击破。真名古本想亲手抓住那个枪手的衣领，狠狠地教训他一番。但现在说这些又有什么用呢？

其实这四位枪手一出道的时候就跟随着真名古，可以说是真名古的铁杆儿部下。想到由于自己的疏忽而轻信了那声音，以致计划一败涂地，每个人都神色凄然，拼命忍住流泪。现在说这些也没用了，大家只能垂头丧气地僵立在黑暗中。

过了一会儿，真名古猛地抬头看着这几个僵住的枪手，有气无力地说："兄弟们，很遗憾，这场游戏结束了……我们还是失败了……他确实能干，我们被耍得团团转，现在轮到我们夹着尾巴逃走了……本来准备计划成功后好好庆祝一番，还特地带了点白兰地，现在看来……好了，兄弟们，我们就此告别吧，顺便喝杯酒道珍重……"

话音刚落，万籁俱寂的走廊尽头传来一阵尖锐短促的声音，好像是有人打开了铰链。大伙屏住呼吸细细听着，应该是有人轻轻关上阳台玻璃窗后，轻手轻脚地在往这边走。脚擦着地板，听起来有些怪异，与刚才的脚步声如出一辙。

大伙儿躲在沙发后的阴影里紧紧盯着玄关那里，墙壁的荧幕上突然出现了平头驼背的总监身影。

真是诡异极了。大家都张大了嘴巴，心里连连道奇。可更奇怪的还在后面，眼前的这位连动作都与刚才的一模一样。

影子在朦胧的月光中折腾一会儿，把客厅门锁上后，沿着餐厅墙壁缓缓进入厨房，像刚才那样用手电筒照着墙壁，掏出一把凿子模样的工具开始挖墙壁……

仿佛时光倒流了般，场景重现了。一伙人满脸茫然，简直无法相信自己的眼睛。倒是头脑清晰的真名古一直用眼睛紧紧盯着厨房。这可真不是做梦啊，从里面传来的"咔嗒咔嗒"直勾勾地冲击着五个人的耳膜，墙土掉落在地板上的微弱声音也清晰地传来，真是奇妙……

影子挖了一段时间，停了下来。他在墙壁上凿出一个小洞，然后慌乱地拿起手电筒照着小洞，似乎发现了什么。两眼放光、欣喜异常地端详一会儿后，他伸出手臂准备拿出里面的东西。

此时此刻，真名古没再耽搁，他像闪电般从沙发后冲过去，一脚跃入厨房，使尽全身力气扭住了这人的手臂。随后，四个枪手也反应过来冲过去包围住他们。这次抓捕比较顺利，被捕获的影子叽叽歪歪地嚷嚷着。

其中一位枪手快速按下电源开关。一瞬间，这间小小的厨房被照耀得明亮刺眼。

真名古面对的，正是脸色苍白、双手抱胸、呆立不动的总监先生。他宽宽的额头上冒出细密的汗珠，脸紧绷着，有点愠怒地凝视着真名古。真名古也双臂交叉，眼睛直直地盯着总监的脸，二人似乎在隔空对峙。正如两头猛虎在战场上相遇，一场腥风血雨之战即将拉开序幕，结果会怎样呢？还真是有些难以判断。

总监有些愠怒地说："真名古，你发疯也该看看对象，看看地方，你这么做想要干吗？"

真名古眼皮都不眨，冷冷地回答："我以前就和您说过了呀。"

"呵，我以为你讲的是疯话，看来你是当真了？"

"我很当真。"

"真是难以置信……你想以什么理由逮捕我？"

"其一，杀害松谷鹤子与苇高姥；其二，绑架安南国皇帝宗龙王；其三，私闯民居与偷窃未遂。"

真名古的话让总监感到荒谬不已，他苦笑着说："那犯罪目的是什么？"

"目的有两个，一是抢夺皇帝的钻石；二是与反对派李光明等人共谋，间接协助其暗杀皇帝。"

"亏你想得到这些。这钻石有这么大的价值值得让我为此自毁前途？"

"不，您正是为了保住官衔。"

总监怒气冲冲地拉过一把椅子坐下："你的理由真是有趣啊。好，我今天就坐在这儿，听你把事情都说清楚。"

真名古有种想要揭穿他的冲动，但他很快又恢复了镇静，接着用平静的口吻说："事情不用您问也得说的……您都比较清楚，我也不用拐弯抹角了。直奔主题吧……您以前与松谷鹤子曾有过男女私情，岩井通保有这方面的证据。因为顾及您妻子那边复杂的亲属关系，您很担心这些丑闻会影响前程，所以不得不答应岩井的要求……起初您并没有想杀死鹤子，只是应邀协助岩井窃取钻石，没想到竟然出了人命。为了掩饰这些，您就谋划成皇帝杀害鹤子而逃亡的假象。您通过厨房的楼梯进了鹤子家，靠在没干的墙壁上。当皇帝进入盥洗室时，您就以公职的身份把皇帝从后门带走了，又在楼梯下用哥罗芳将他迷昏，随后开着您来时驾驶的双人敞篷跑车回到警察厅附近……事情至此，皇帝失踪肯定会演变成大事件，您就以掩盖皇帝恶行的名义，建议把鹤子的事当作自杀来处理。本来，你或许打算等事情慢慢淡化下来后再把皇帝放出去……当局也认为是皇帝杀死了鹤子，所以您的建议得到允许，随后就安排伪造了犯罪现场。不过，我真名古对您的计划可不赞成，所以今天凌晨您在有明庄伪造现场的时候把我排挤出去。"

"我可真是佩服你的顶级想象力。"

"先别忙，后面还有呢……你们的阴谋还不止这些。岩井胃口越来越大，拿了钻石还不够，还想得到李光明一派的巨额酬金，这样就得借日本警察的刀来杀掉皇帝。所以，他威胁你，要你动手……那时候，您开始后悔参与这起事件了。您严词拒绝了。就在懊恼之时，您又听

271

到局长秘书令我去勘查现场，您担心事情败露，就提前到有明庄查封了客厅的门……好在苍天有眼，我在去有明庄的路上碰到了林谨直，知道了早上布置现场时没让我参加的事。当时我就觉得这个现场布置有些可疑，所以我决定不惜离职也要查到真相，甚至还写了辞职信带在身上……客厅的封条能奈我何？撕破它们后我就闯进去了。"

"你可真是轻率，这是理性下的行动吗？"

真名古不管那么多，继续说："后来，经过现场勘查后，我发现根本找不到皇帝杀死鹤子的证据。或者说，我查过后发现杀死鹤子的根本不是皇帝，而是另有其人……现场勘查的情况，我都向您报告过了不再重复。当晚裁缝花看到的那人，特征表现为：平头、手臂上戴有闪闪发光的物件；玄关墙壁上提取的官府尺寸与剑带的刻痕，以及正下方地板上留下的普林斯顿款鞋印；玄关墙壁上留下的由袖章刮到的三条刮痕与金绒饰布的碎片等。我知道他就是真正的罪犯……我思考良久，为何明知鹤子并非皇帝所杀，却还将其视为凶手，这样做的目的何在？显然，是某人欲将自己的罪行强加于皇帝身上……这种办法不难，先让皇帝当替罪羊随后再放走，便得逞了……那么，从法律意义上来讲，既得利益者会是谁？想也不用想一定是那个对显而易见的事实不管不顾、故意把现场伪装成自杀事件的人物了……不过，当时我确实不知道您是这个主意的提议人，更不清楚对方究竟是何许人物……巧的是，后来我检查鹤子衣橱时在其放内衣的抽屉里发现了您爱用的狮子头烟嘴。如果仅仅是为了将现场伪装成自杀事件，就没有必要去翻查放内衣的抽屉。看来此人搜索现场是另有目的……于是，我开始侦查那人究竟想要找什么？……没花多少时间，我就在同一个衣橱里找到了皇帝的背心，仔细检查后发现内层口袋里曾藏有一颗玫瑰型钻石。根据背心保存的时间来推断，那颗钻石应该是几星期前就拿出来了。这扇抽屉没有锁，钻石肯定不会长时间藏在内衣里。那么，到底藏在什么地方呢？……当时立即飞入我脑海中的，正是您刚刚敲开的墙壁。钻石正是被藏在这儿……看看这墙壁就明白，这层东西是由外行人涂上去的。我到附近的泥水铺调查发现，虽然泥水匠把抹子和灰泥送过来了，但由于时间关系并没有在除夕夜过来修补……不过，寻找钻石的那家伙，虽然贴在墙壁上，但并未发现钻石的藏身之处，这也算是上帝的安排吧，说起来还真有些讽刺意味。"

真名古脸上满含讥讽："事实大致如此，或许我透露得太多了。我们从下午就守在这里就是为了等那根狮子头烟嘴的主人出现。尽管我依然对他崇敬有加，不过现在只好这样做了。更何况……"

总监之前一直安静地听着真名古讲话，听到这儿举起手打断了他："可真佩服你的脑子。这是真心话……真名古啊，我不得不对你竖大拇指。你说得头头是道，我都被你刚才讲述的情节吸引住了，差一点儿认同你的推断。不过，很遗憾，我必须对你的推理进行反驳，因为它不是事实。你刚才推测作案时间是四点十分到四点三十分左右，而当时我从向岛前往押上一带散步呢。"

真名古用带刺的眼神上下打量了总监先生一番："散步的可不是你，是岩井通保。岩井穿了你的制服，冒充你去巡视。"

总监听了有些惊讶："你说什么？那这么做有什么目的？"

"目的很明显啊，就是帮你制造不在场的证明嘛。"

总监合上嘴，一副若有所思的样子，然后有些不可思议地盯着真名古："真名古，你有些走火入魔了。你难道不觉得自己的推断有些想当然吗？……如果岩井可以轻易地假冒我，那他还何必再求我帮忙，干吗不自己去找钻石？你那么确定岩井在向岛巡视，而我在有明庄，怎么不反过来看呢？"

"之所以不反过来看，是因为找到了目击证人，他看到了你的行动。"

"可这也是疑似，是不确定的吧。"

"那才是真正的事实。"

总监有些愤怒，差点儿要发脾气："你说的所谓目击证人，就是那个住在有明庄山崖下叫花的女孩吧。按照你刚才讲的，花只是看到犯人理平头、手臂上戴有发光的东西，仅此而已。"

真名古徐徐地往前走了一步："难道我没有判断力吗？我会那么轻率地认定犯人吗？之前在警视厅中庭里，我与花做了试验。让她看看我开枪后从窗户伸出头来时那人的脸。"

"花什么反应？"

"花肯定是那个男人，也就是您。"

"如此说来，花的眼睛看得可真清楚啊。从中庭到三楼的总监室距离那么远，她怎么确定疑犯与我是同一人？"

"其实警视厅中庭到总监室的窗户与从山崖下花的窗户到有明庄鹤子房间窗户的距离是相同的，所以客观条件是一致的。"

"原来你是这么判断的。这两个地方的确一样，都没法看清东西。在有明庄，鹤子被丢出去的那扇窗户中透出的灯与花的位置是背光的，花怎么会看清楚呢？"

"花借助了月光，当时月亮正好照在有明庄的窗户上。"

"但是，你和花在警视厅做试验时，总监室的窗户可没有什么月光照射啊……花就是依此来指认疑犯的啊。原来你就是依据这些做出判断的……真名古啊，真名古，你是怎么了？刚才我就惊讶万分，你好歹也是搜查课长，竟然会把小孩子的胡话当成重点证据，我真是理解不了。这可不像是你的风格。以前的真名古可是从不相信偶然性的，怎么这次被小孩子的话给糊弄住了，打错了算盘还闹出这么大的动静……你如此相信那姑娘的话，肯定存在某种原因吧……你该不会对那丫头……"

真名古的眼睛冒火，面部肌肉不停地抽搐着。他紧紧握着拳头，激动地来回踏步，大声喊叫："够了！总监先生，你为何说她是个黄毛丫头？你有什么理由认为她说的是胡话？再说，你没见过她就乱下评语了！在我眼里，她身上有种特别的知性美。至少她能够看穿某些虚伪的东西……总监啊，月光有什么影响？人家也没说看到你脸上的皱纹啊，反正也没有这个必要。想要认出你，只要看到你突兀的平头与非同寻常的驼背就够了。谁让你身上有这些显而易见的特征呢。那双长过膝盖的手臂和奇怪的背部姿势就足以识别你了。人群中只需一眼便能找出你来……她在警视厅试验时看到你的特征，一眼就指出是你，这些特征足以令人信服，也足以成为可供参考的证据。你还有什么不服气的？你还有什么理由拒绝她的供词？你是在为自己辩护吧？难道是为了故意气我？无论如何，你无缘无故地数落那位姑娘就不对。听好了没有？那位姑娘，那位姑娘……"

真名古变得激动起来，眼睛仿佛快要提拉到脑门上。他愤怒地望着总监，语无伦次地说个不停，越说情绪越激动，以至于整个身体都有些发抖。

真名古如此过火的反应可真是闻所未闻。代表冷静理性的真名古，怎么变得如此情绪化？这不仅令总监惊讶不已，连那四位枪手也都呆若木鸡，好像根本不认识眼前这个真名古。

总监抬起头，他认真观察着真名古的表情，用一种充满慈爱的口吻说："真名古啊，你没事吧？"

刚说完，真名古像是突然清醒过来，慌忙避开总监的视线："没事啊。"他有气无力地呢喃着，僵尸般苍白的面庞唰地变红了，像个娇羞的处女般低垂着头。

这些变化都在顷刻之间，他很快就恢复了往常的冷峻表情："好了，没时间再啰唆了。出现的两位总监之中，有明庄的那位肯定不是岩井。除了身高以外，岩井再没有其他特征与疑犯相似。他不驼背，也不是平头，反倒留着精心保养的秀发……怎样啊？总监先生，你还有什么话要说吗？"

事情已经接近结果，但总监还没有完全认输："你说有明庄的不是岩井，那就是别人喽。真遗憾，不管怎样，我真的没有去过有明庄。前面已经说过了，那个时间我正在大川端漫游呢……真名古，一日凌晨约四点时有位总监经过了深川一带。我问你，对此，你都有什么信息？"

"目前掌握的情况是那里出现了一位长相与总监极为相似的人，他开着私用七十八号双人敞篷跑车，从江东快速驶向押上一带。"

"为何说是极为相似？"

"按照惯例，总监会在主要哨所对当晚警戒人员进行慰劳巡视，适当说些慰劳的话语。可是那次却非常让人疑惑，车子不仅没有在主要哨所停下反而飞驰了过去。警戒员说自己当时连敬礼的时间都没有。难道这不令人生疑吗？"

"原来这样，先不说这件事。先听听我的问题吧，当时我是不是穿着官服？"

"是的。"

"那倒真奇了怪了。先不说你相不相信，先听我叙述一下当时情况好吧……第一，当时我没有穿官服，我身上是晚礼服。而且从外面根本看不到我所在的驾驶位置。但你说我是穿着官服开车，那就说明那些警戒人员并没有看到我……真名古，你收到的调查报告可不怎么清楚真实啊……我再来给你说说当晚我的行动。当晚我参加了英国大使馆的尾牙晚宴，在那里一直待到三点半，然后打算返回停在横滨的英国巡洋舰'威尔斯号'上，顺便送一名叫詹姆士·克里夫兰德的海军少佐到横滨，于是开车离开了大使馆。这位海军少佐是我留学国外时认识的朋友，我去大使馆正是为了与分别十五年的他相见。他对日本很感兴趣，喜欢永井荷风、小山内薰等人的作品，而且还很喜欢古老东京的夜色。当时，最后一艘汽艇是五点十分出发。时间还早，于是他想让我带他去看看大川端的夜景。我们就准备往那儿去。他开着车由桥场到真崎稻荷，接着从押上前往本所小梅，后来又跑到柳岛的妙见堂一带，来来回回跑了几趟，也算好好地领略了大河边的风景。最后，我从京滨国道把他送到了横滨的港口。其实，警戒人员看到的并不是我，而是海军士官的军服，这才是真实的情况。"

"这么说，那艘巡洋舰还停靠在港口吗？"

总监的眉头轻轻皱了一下，继而还是用沉稳的声音说："'威尔斯号'昨天凌晨六点起程去香港了。"

真名古听到这儿，脸上浮现出一丝略带嘲笑的表情："总监先生，要不我们打电话去'威尔斯号'问问怎样？……也许没有必要了。你现在这样鬼鬼祟祟地来到有明庄，一切不言自明啦，还用得着狡辩吗？即使我相信你刚才说的话，那你为何三更半夜只身潜入这里？而且有门不走还爬阳台。甚至，今晚不顾一切来了两次，这样看来一定有非常重大的事情了。"

总监一副若无其事的样子："你说是什么目的？"

真名古用挑衅的眼神斜睨他一眼："您不说，我可就替您说啦。"

他用手指了指墙上被挖出的洞："你来的目的就是拿走皇帝藏在墙上的那颗钻石。"

总监低着头，有些犯难地思索着。过了一会儿，他慢慢抬起头，怜悯地看着真名古："真名古，我很清楚，你怎么会有这么可怕的判断。有种非常微妙的想法左右了你的想象力。这么简单的事你都判断错误。我很同情你……你这么严谨的人竟然犯如此严重的错误！我真是没有想到……不过，错也不在你，也许是命运开的玩笑……真名古，你意识到没有？是什么情绪影响了你的判断力？"

真名古一语不发。

总监轻叹一下："现在说这些也没什么用了。你的判断是错的，墙壁上藏的可不是什么钻石，你们来看看。"

说完他走近墙壁，将手伸进洞里。他拿出来的是一个用红色封蜡密封五处的大信封，显然这里面是公文。

总监把公文递给真名古："真名古，我找的正是这个东西。我不只搜查了有明庄和饭店，只要皇帝曾去过的地方中，我们都查遍了……这东西现在已经找到，说出来也没关系。这里面是一九三二年日本政府与皇帝签订的重大议定书，条约从一九三五年一月开始生效。不过后来出了日本退出联盟等诸多事情，国际环境的变化使得日本政府已经无法履行这份条约。简而言之，如果这份条约被公开发布，日本将会陷入非常危险的境地。但一时半会儿也没有办法废除这份条约，所以政府高层非常担心。经过几番谈判，双方总算达成和解。原本预定在一九三五年一月二日上午十点会面，采取措施废除这份条约。谁知，昨天竟然发生意外，谁也没法预测这份条约会不会落入他人手里。这是连情报组织都不知晓的国家顶级机密，万一被主张新法的李光明一派发现或者落入反日间谍组织手里，肯定会引发严重的后果。受政府最高机关的委托，我才单独进行了这个秘密搜查……

"现在你明白我为什么会提议掩盖这起自杀事件、不让你进入现场布置，甚至禁止进入现场等的原因了吧。虽说事情拐了个大弯儿，但总算都说清楚了。昨天下午，我同局长报告时就提到过，不让你参加现场布置的原因就是担心你的敏锐会弄巧成拙。这起事件关系着一项不想让你知道的政府机密，当时我曾暗示过，可惜你没有明白。"

真名古冷漠地听着总监的话。突然，他一把夺过总监手里的信封，鲁莽地想用指尖把封印挑开。

总监紧张异常："你这个家伙，到底要干吗？"

总监大叫着冲向真名古，拉扯着他的手腕，一把抢回信封，使劲儿把真名古推到了墙角。

真名古踉跄几步，被地板上装着灰泥的木箱绊倒，摔了个底朝天。

然而，真名古跌进去的那个木箱却不是寻常的箱子。一张白色的小纸片如同蝴蝶般落在灰泥上面。纸片对折成两半，上面留有机器打的小洞，显然它是从笔记本上撕下来的。当时真名古进来调查的时候里面并没有这张纸片，而且之前他早已命令枪手千万不要进入厨房。那么，这纸张肯定是刚才两位主要人物遗落于此的。

真名古以一种滑稽的姿势坐在泥灰里。他捡起纸片打开看了看，上面用潦草的字迹写着：

总监大人 准备动手 长命寺旁

这信显得有些孩子气，但仔细读读，就会发觉信件的内容暗示了一件令人担心的事。再逐字逐字研读一番，不难明白，在向岛的长命寺附近，好像要发生大事件了。

瞥了一眼字条后，真名古装作若无其事的样子把它握在手里。随后，他默默地从墙角站起，缓缓向门外走去。谁知他一个转身，用冷峻的口吻对总监说："总监先生，较量还没结束。四点法国大使就会抵达东京车站了。现在还剩下四十分钟，究竟是你胜还是我赢，让我们一起期待吧。"他轻轻地鞠了一躬，径直走了出去，留下被惊得哑口无言的总监和枪手。

按照这张字条的指引，笔者接下来要与真名古一同前往向岛。那里还将发生什么令人意想不到的事情呢？欲知后事如何，且看下回分解。

38. 蔷薇花香秘语

古时候流传着这样的说法："站在土壤肥沃的山峰仰望月亮，倾听微风轻拂过森林里的白霜。"现在夜空下的桥场耸立着巨大的煤气槽，钟渊纺织工厂的烟囱密密麻麻分布在绫濑的岸边。转身眺望远处的深山，绚烂的霓虹灯映照着空中的云朵，就像对岸的火光。刚才那些风雅的诗情画意就到大川端为止吧。那里是新建的工业区，只稍稍加些月光白雪就增添不少风情。更何况它还未从地震灾害中完全恢复，言问、桥场、小梅一带还是空荡荡的空地。

这里也是空地。地震带走了原来的酿酒厂，现在有人用简陋的铁皮弄了个围墙围起来，空地里到处都是生了红锈的铁丝和炼瓦，没个落脚的地方。这大片的废墟一直绵延至长命寺境内。

离土堤不远，可以听到打更的木板声，静下来还能听到涨潮时海浪拍打在岸上的声音。深夜的风有些寒冷，让人忍不住一直打喷嚏。

这时候，从言问桥的方向，飞速驶来一辆汽车，倏地停在工业区一町前方的空地上。车上下来一人，正是那位执着的真名古课长。他挥挥手让计程车走了，接着走上土堤上那条曲折的小路，往工业区附近走去。

他停了下来，将身体靠在路旁的樱花树上，立在凄冷的月光里。寒月皎洁地映照在河面上，夜舟的桨声被寒冷冻住了。夜空中的海鸟胡乱地哇哇叫着，真像是临终前凄厉的哀号。

类似的哀号声从邻街的铁皮围墙附近传来，呜呜咽咽地拉长了尾音，一会儿却变成抽抽噎噎的哭声。

真名古转头盯着那个方向，离开樱花树，飞快地跑过去。

道路是弯曲的，铁皮墙也顺势成弯曲状，中间有个一间大小的围墙缺口。伸头进去一看，空地上有三条黑影纠缠在一起，四周堆满了废弃的石材与木材。两个穿礼服的男人正在砍另一位穿着礼服的男人。短刀挥起时，被月光折射出寒森森的光芒。

被砍的男人已经没力气抗衡，双手护头，跌跌撞撞地前后摇晃。他一边呻吟一边拼全力撑起身子往洼地方向逃几步。不过，显然这无济于事。拿刀的一人马上拉他回来再往头上砍，砍完又推给另一人，那人接着往腹部捅了一刀。他像无力的钟摆般徘徊在两人中间，被残忍地砍杀着。

行凶两人的脸部被硕大的墨镜遮住一半，虽然看不清楚具体的模样，不过月光下脸色却是非常苍白。他们的服装与动作还算典雅，大概是极少出现在这一带的上流绅士，像极了艾米尔·加伯黎奥小说里描绘的西式浪漫场景。

用文字表述这次行凶稍显费时。若以实际时间来算，大概是五秒钟的样子。

真名古从铁皮围墙的洞口处看到眼前的景象后，马上翻身跳了进去："住手！"他一边大吼，一边跳过遍地生了红锈的铁丝网，飞快地跑向那三条黑影。

不过这时候叫人家住手，怎么可能嘛。任凭你大吼大叫人家也不会停手。真名古本来也没想吼出"住手"这些话的，但也是一时着急，才发出这么个词来。

当然这两名凶手没有住手。他们看到有条黑影飞奔过来，仿佛早有准备，互相使个眼色就兵分两路分别向东边和南边逃跑了。地上的废旧物与起伏不平的地势给真名古制造了不少障碍，这使得他没办法顺利追赶歹徒，事实上，他与歹徒的距离确实有些远了。

空地的东边临着一条宽宽的阴沟，对面连接着道路。南边则被长命寺的石墙挡住了。南边的方向道路较好，所以凶手逃走的步伐也快，几乎要到围墙边了。但是，东边的方向有许多障碍物，凶手无法快步前进，于是真名古拼命往阴沟方向追赶，宽大的披肩袖子在空中舞动着，像大乌鸦扑闪着翅膀。

真名古大叫："可恶！"

他以丛林里豹子般的姿态猛地跃起，伸出长臂准备去抓那人的衣领。谁知右手刚碰到那人顺滑的头发，对方就奋力一跳越过了阴沟。

真名古抓了个空，只顺势揪住他的毛发，自己却摔在了洼地里。他又想捉住对方的头，可那人已经溜走了。真名古拽掉了对方一小撮头发……仔细瞧瞧这不是头发，而是假发。

真名古恨恨地从洼地里爬起来，朝着阴沟的地岸望去。借着微弱的月光，他看到那人仓皇远去了。奇怪的是，洼地附近还残存着一股奇怪的香气，隐隐约约地弥散在那里。

这浓郁的气息仿佛来自春天里的蔷薇花，充斥在真名古的鼻中。原来如此，这香味与刚才潜入有明庄鹤子家厨房的第一个总监带来的味道一致。默不作声的真名古抬头看着月亮，他的表情极为复杂，掺杂着愤怒、绝望与哀愁。

不，真名古的心情可比上面的描述复杂百倍。因为刚才这两幕惊人的事件，他之前所有的千辛万苦与坚定信念哗啦哗啦地碎了一地。

令人意外的是，现在出现了两位平头。其中之一是一位使用法国巴黎娇兰公司生产的类似"花之梦"高级香水的男人伪装的。这位与真正的总监根本就判若两人。

手拿着这头奇怪的假发，真名古失魂落魄地望着夜空。事已至此，就连冷峻的真名古也不得不接受了。将心比心，就连迟钝的笔者恐怕也不由得对其表示深深的同情。起初的计划，笔者并没有打算让真名古受到这样的打击，至少没想让他这么一败涂地。不过，随着情节的发展，小说里的人物各自都有了自己的思想主张，于是演变成了现在的情况，让真名古陷入举步维艰的境地。

为什么说真名古一败涂地呢？之前，东京的中央与东区同时出现两位穿总监衣服的人。这就是说，昨天凌晨在有明庄出现的那人并非总监本人。至少，理平头这项特征已经构不成证据了。但真名古却从来没有对此有过怀疑。作为名侦探，真名古怎么会没有意识到这个细节呢？难道就像总监说的，是由于那场令他郁郁寡欢的恋爱吗？

将情感凌驾于理性之上，往往容易走偏方向，此时此刻正是这样。

花的红唇实在迷人，她的声音太过温柔，这使真名古向来淡漠的心肠忽然变得柔软起来。他深陷其中，难以自拔，竟然盲目相信了花的证词。

没人会否认花那倾国倾城的美貌，但真名古的心被花掳走这事就会有人不满了。更糟糕的是，真名古自己都没有察觉到。他内心那股模糊的情感，应该叫作什么呢？真名古无从得知。他自己从未意识到，为了证实花所讲的证词，他不惜忽略事件的真相而一心往这个方向求证的荒唐做法是有多么可笑。

警视厅成立这么多年来，真名古可以说是最优秀的。他不仅仅理性、思维缜密，更为宝贵是，他拥有疾恶如仇与专注执着的个性。

多少个凄凉的深夜里，形影相吊的真名古倚着书桌，不知疲倦地研究犯罪学。这正是他不断与邪恶进行勇敢斗争的写照与象征。在官场里，总有一股强大的腐蚀力量无声无息地吞噬着许多勇敢的灵魂。但是，十多年来，真名古依然洁身自好，从未屈服过。不管对方多么位高权重，一旦做出不公不义之事，真名古绝不会姑息。可以说，这一路上，真名古恪尽职守。

但这次，真名古失败了。正如冷风中的花朵，为了某种情感丢掉了理性而吃了大败仗。想必现在的真名古应该深深地意识到了自己惨败的原因了吧。

真名古垂头丧气地坐在洼地边上，寒夜里的露珠在他肩头结成了霜。仿佛就在一瞬间，他突然老了许多岁，真是一副可怜人的模样。

他坐了一会儿，不久从怀里掏出一张照片。美丽的裁缝花的照片。

花姿势僵硬地坐在庭院里复古的椅子上。真是个少见的美少女啊。那张娇嫩饱满的红唇，那双明亮清澈的大眼，无一不流露着她的纯洁美丽与一洁不染。

真名古把照片放在地上，对着月光仔细端详着。这就是让真名古失败的人。不过，真名古的眼神中并没有流露出任何怨恨或愤怒，只有深深的悲伤。本以为他会眉头紧蹙，谁知竟泛起了伤心泪光。这位为了工作呕心沥血、形容瘦削的中年侦探，此刻到底在想什么呢？

真名古小心翼翼地把照片收在怀里，放入紧贴胸口的衣服口袋里。他的眼神有些蒙眬，清瘦的脸颊上还有泪痕，像个情窦初开的少年。他慢慢站起来，拿着假发走向刚才黑影搏斗的地方。堆满杂草与废弃石料的地上躺着一个人。

此人全身散发着异域情调，正是曾经登场的"Horvath 通讯社"驻外记者、日法混血儿约翰·哈齐森。黑暗而冷冽的天空映照在他睁大的左眼瞳孔里。他伤得很重，疼痛从伤口流泻出来，每次呻吟过后还伴随着竹笛般的嘶嘶声。

他身上的衬衫全都是血，衣服被划得破烂不堪，衣角被风吹得动起来。天啊，他的脸！从右耳下方到嘴角的脸部被砍得开了个大口，露出白森森的牙齿。右眼眼珠也被挖了出来，空洞的眼睑被鲜血填满，流出来的血液一滴一滴落到他的脖子上。手臂、前胸都被残忍地砍伤，伤口如蛛网般交织在他身上。他就这么悲惨地躺在地上。

真名古满脸惊讶，低头望着哈齐森，然后拉起长披肩外套铺在哈齐森旁边坐下来，语调悲切地说道："嗨，哈齐森，真名古来了。"

趁着月光，哈齐森翻了翻眼睛看他。看着看着，泪水汩汩地流出来。

"喂，哈齐森，你这样可能没救了。"

哈齐森微微点了点头。真名古握紧他的手，拉到自己胸前："有什么话交代给我吗？我要走了，太复杂的事我也帮不上忙，如果简单我就试试看。"

哈齐森喉咙里发出咕哝咕哝的声音："……我，不，甘，心，啊……"这像是从破风箱里传来的。

真名古苦笑了一下："还发牢骚啊。"

哈齐森费力地举起指尖，颤微微地指了指两人逃走的方向："要，把，那，家，伙……"

"还是发牢骚……现在都到了这步田地，男人可不能老发牢骚。"

哈齐森点了点头，似乎是要苦笑。不过，他刚皱起唇角，下巴似乎就掉了下来，发出一种怪异的声音。他用手按了按下巴："再，过来，一，点……"

真名古侧起身，左手抱住哈齐森的上身，把耳朵凑到他嘴边。哈齐森气息微弱，他断断续续地发出了一点嘶哑的声音，喘着气说了一些事情。哈齐森喃喃说着，真名古点着头听了好久。

哈齐森究竟说了什么呢？我们就无从得知了。不过，真名古的表情并没有明显的变化，看来哈齐森的临终交代并不使真名古感到意外。

哈齐森低喃的声音渐渐弱下去，眼睛里的光芒也在消散，只剩下抽气声，最后整个身子用力抖了一下……不久他的脸慢慢僵掉，成了一张没有表情的逝去之人的脸。

"喂，哈齐森！"

已经听不到回应了。

长命寺的钟声响了。火警瞭望台上，那轮新月一如既往地看着新派悲剧落幕。

一阵脚步声响起，渐渐往这里靠近。原来是一位巡夜的警察。他走到围墙开口处，不经意看到了这幕场景，吓得魂都快飞了，不由得握紧了配剑的剑柄："谁在那儿？"他大声喝斥着，呼哧呼哧地跑向真名古。

真名古僵在那里，一动不动。

这位巡警观察了现场的情况，立刻抓住真名古的衣领，连手腕上也缠好了捕绳。

真名古抬头望着警察："辛苦了，这里发生了事情。"

市郡的警察们都憧憬着一位人物，那就是真名古。教习所的年轻警察们甚至以看到他为荣。巡警一见是真名古，立刻吓破了胆，急忙立正站好："课长……在下在此巡视，万分荣幸遇到您，刚才不知道是课长您……卑职是小梅警局执勤的安藤……"

真名古严厉地瞪了他一眼："闭嘴！吵死了！"

他从怀里掏出笔记本，迅速写了几行字交给巡警："汇报后你再来这儿，快去！"

巡警应声飞快地走了。

真名古看到他离去，然后借着手电筒微弱的光，把笔记本摊在大腿上写了些东西。他不时向手指哈着暖气。皎洁的月光下，石头和杂草静静地躺在凄惨的尸体与失意的侦探旁。此时此刻，仿佛万事万物都冻结在这清冷的月夜中。

牛山警视阁下：

临别之时请容许我向您致意。屈指算来，我已从事检查事务十四年。回望过去，恍如梦境。愚钝如我，侥幸没有犯下大错。承蒙各位领导的指导与厚爱，我也勉强称得上恪尽职守，在此深表谢意。

警视阁下，我马上就会离开了。之前我已递交辞呈，也曾口头提出过，不过一直没有获得您的准许。其实，当时我就应该立即离开，但由于某些原因，我不敢有丝毫渎职。但是，现在我愿意主动离职并接受一切处罚。我决心退隐江湖。我发现自己并不适合担任检察官的职务，性格中的缺陷不允许我继续留在警察厅。

原本检察事务都是运行于法律之下的，检察官也只不过是其执行者。要履行检察官事务就不能有私人感情影响。我担任这份神圣的职务以来，始终坚持并遵循这种理念。此次事件中，我判断阁下是真犯人，这才有了后来的举动。与过去一样，这次我也是完全不念旧情。由于我对自己的推断深信不疑，才会对阁下条理清晰的辩词视而不见。

但是，阁下，现在我已经确定阁下不是犯人，这起事件与您无关。如今清楚明了的事实也证实了这件事情。

一直以来，您都是清白的，是我自以为是地把您当成了凶犯并举报了您。作为搜查课长我在这件事上有重大过失。更令人无法原谅的是，另外一个隐秘的动机造成了这个过错。

这个动机是什么呢？

正是阁下您说过的，那种被称为爱情的东西影响了我的判断，让我误入歧途。我爱上了这起事件的证人花，轻信了她的证词，这是第一个原因；第二个原因是，我把所有的推理基础都建立在她的证词之上，以至于后来制造出扭曲的事实来证实证言。而在当时，我对这种脱轨行为毫无觉察。这真的很不像话。

警视阁下，基于以上理由，请允许我再次向您道别，还请接受我的道歉。现在的真名古内心满是幸福与愉悦，因为，直到刚刚，我才发现原来众人眼中那个冷漠无情的真名古其实满腔柔情，也有鲜活的人情味。

以后的日子里，我会非常轻松快乐地度过。哪怕成为陋巷里的一介草民，我想我也会十分满足。

因为，这辈子唯一一个美好的记忆就足以伴我终老。

约一个小时前，大概就是真名古悄悄潜入有明庄之时，在银座尾张町松屋的巷子里，两位貌似司机的人从黑轮店走出，步履蹒跚地走在深夜的道路中。四周万籁俱寂，其中一人对着空中吐出了一口廉价的香烟烟雾。他摇摇晃晃地靠在人行道旁的车子上，然后懒洋洋地坐在座驾上，发动油门驶向四丁目了。

副驾驶座上的人边打哈欠边与司机讲话，他说："已经过三点了啊。"

说完，他从车窗伸出脑袋看了看服部钟表店的钟塔，突然指着灯塔吱吱哇哇地叫起来。他似乎看到了什么。

那尊银座的纪念塔，幽雅地伫立在服部钟塔下，上面吊着某种奇怪的东西。

一名穿着全黑礼服的绅士被吊在塔上的避雷针上，凌晨的寒风吹得他摇摇欲坠，钟塔的钟面上反射出凄厉的剪影，像一只死猫。

"天啊，杀人了！"

他凄惨的叫声回荡在大东京的十字路口，划破了沉寂的夜晚。

39. 死刑台上的尸身指针

　　即便是整年都热闹非凡的繁华大都市，也会有打盹儿的时候。这种时刻就被某个国外作家命名为"大都会时间之外"。从凌晨三点到三点三十分钟，这是大都市准备进入梦乡的时间。时间入眠了，所有的一切都静止了。

　　早上三点，四周寂静极了。从四丁目的十字路口望向新桥，街道笼罩在朦胧的光线中，就连喧嚣热闹的银座也陷入无边无际的黑暗之中。

　　这个时候，路上已完全没了人迹。白天川流不息的人流退潮，现在呈现的却是另外一番令人吃惊的景象。路面电车轨道闪着微光伸向远处，绘制出寂寥的透视图又渐消于辽阔。幽僻小巷的纸屑在风的鼓动下前往这儿歌舞笙箫，它们就像精灵一样兴奋地手舞足蹈。

　　空阔的马路迎来送往。有的在疾风的吹动下四散于周边，有的蹦蹦跳跳地向车道跑去，有的则停在路边树的枝丫上休息着。它们手牵手围成圈儿，打着转儿，一会儿紧紧地相拥，一会儿又决绝地分离。它肆意盘旋飞舞在这寂静的马路上，就像在自己家里一样。这是大都市里的精灵，它们在东京的黑暗中尽情地嬉闹。

这时，一声非同寻常的尖叫从银座四丁目的十字路口传来，无情地刺破了黑暗的岑寂。侧耳细听，那尖厉的叫声中不断重复着"杀人啦"。

这个位于东京关键位置的十字路口到底发生什么了？循着声音的来源，两个貌似计程车司机的人脚步嘎嘎作响飞也似的向派出所跑去，期间还不住地回头看向服部钟表店，不断发出的尖叫声充斥着这条大街。

而此时，与大都会作息时间一致的四丁目派出所警察还在迷蒙的睡梦中。突如其来的惊声尖叫不合时宜地搅扰了他的美梦，他颇为烦躁地走到入口处，毫不客气地对着跑来的那两人呵斥道："浑蛋！"

两人双眼往额头上翻，语无伦次地说了好些话，又拼命指向耸立在夜空中的钟塔，嘴巴像是离开水中的鲫鱼一样不断动着，但却完全不知道在说些什么。

跌跌撞撞的两位司机完全没有理会警察的喝斥，反而叫得愈发凄厉。两人的双眼不住地向上翻，双手一个劲儿地指向夜空中钟塔的方向，乱七八糟地说了一通。嘴巴的张合就像脱离水面的鲫鱼不断翕动着。至于他们到底在说些什么，警察完全摸不着头脑。

等到两人稍稍冷静之后，警察才明白他们说的是怎么一回事。原来，刚才他们看到有人被吊杀在钟表店的钟塔上。这能随便开玩笑！抬头看看，银座的标志性建筑——钟塔正沐浴在普里尼式淡淡的灯光中，白色的钟面上清晰地浮现出三点十五分。别说什么上吊了，就连一点异常的情况都没有。

这个刚从教习所出来的年轻警官涉世未深，对业务也不太熟。他觉得这两个卑贱的人是合伙来寻他开心的，于是气不打一处来。接着，他伸手攥住那位站在他身边的司机的手腕，一把将他拽进派出所："嚷什么呀？尸体？……瞧瞧，哪儿有呀？……你，不久前你来捣乱过吧？现在又来了，胆子真不小呀，这次我可饶不了你了。"

"我可不敢来寻开心呀，在另外一边，确确实实就吊在那儿呀……大声嚷嚷有什么用啊，还是赶快到那边看看吧，出大事了。"

看那人不容置疑的神情，倒不像是来寻开心的。这位警官冷静下来，开始觉得事情有些不对劲儿了。他紧握着剑鞘，飞快地穿过马路。安静的道路上响起沉重的脚步声。

跑到三越的转角，他伸手放在眼前抬头一望，真是让人大吃一惊，一副出人意料的场景呈现于雄伟的钟塔上。

那抹"花王肥皂"商标形状的新月朦胧地高挂在钟塔避雷针的尖端。避雷针的底部系着一条绳子，绳子上拴着一个人的身躯，或许是风的作用，身躯在灰白色的钟面上一摇一摆的。

即使是夜晚依然看得清那躯体的装扮还是很高雅的。他身着高档的晚礼服，脚蹬奢华的漆皮鞋，一朵娇艳的花插在胸前的纽扣孔里。这身舞会的装扮高悬于半空，随风摇摆，跳出欢快的舞步。

假如不牵扯别的话，这只能算是一桩怪事而已。但细想一下，事情不会这么简单。这不是别的地方，这是银座街角的钟塔，而这位身着晚礼服的优雅绅士正是在这钟塔上被绞死的。尸体的双手双脚被紧紧地绑着，像执行死刑那样，眼睛也被类似白手帕的东西缠着。在淡淡的背景灯光的映照下，他的脚尖垂落在钟面上"Ⅵ"的位置，脑袋则侧转向"Ⅱ"。尸身就像时钟的指针，指出的时间是两点三十分，这也许暗示的正是执行死刑的时间吧。

不过，在千万个在此仰望的人中，也许某人早已预感到这一天的到来，而这座钟塔总将失去优雅，变成残酷的刑台。即便如此，在银座的街角钟塔上实施绞刑，这也真是无法无天了。但反过来想一下的话，能把死刑执行得如此优美的场所，恐怕整个东京也唯有这里了。死者身上雅致的装扮、胸前别着的花朵以及风中摇曳的身姿显得那么超逸与洒脱，给人一种独特的美感。

这种颇具诗情画意的手法到底是谁的创意呢？除此之外，到底是出于什么原因要把这位优雅的绅士悬在这奇特的地方呢？

　　先放下这无谓的猜测暂且不表，让我们再来看看下面的情景吧。在这出人意料的场景面前，那位警察也只有瞠目结舌、呆若木鸡的份儿了。他脸色极难看，嘴里不住地吸着气。不知过了多久，他忽然明白过来，摆在眼前的既非梦境，也非画意，而是实实在在的事实。他突然清醒过来，意识到要做些事了，于是飞速地冲到局里的电话旁。

　　按照层级，一条电话线依次将这件银座尾张町钟塔上优雅的杀人事件传到了警视厅的核心高层耳中。

　　与些同时，永田町的内相府内，内务、外务两大臣和两位次长，还有欧亚、警保两位局长也就是第十回出现的那六位大人物颓然地坐在椅子上不断哼哼着，额头上刻满了愁苦的皱纹，显得倦怠极了。他们身上穿的不是金绒大礼服就是燕尾服，机械地端坐在那里。之所以穿成这样并不是因为喝醉了酒，而是为了向人显示他们太忙了，参贺回来之后连更换衣服的空儿都没有。

　　这形势实在是太紧张了。统辖五百六十万人民的安南皇帝正遭受着暗杀的威胁，弄不好他的尸体还会被扔到东京最醒目的地方。无论付出多大的代价，一定要在四点法国大使搭乘的火车抵达东京车站之前将皇帝从刺客的胁迫中解救出来，并安全地送回饭店。但事情的进展和警视厅玩命的搜查并不是成正比的。三点已过，还是没有一点儿消息。抬头看看墙上，指针已指向三点十分。现在，搭载着法国大使的火车已过了相模摊，行驶在小田原。到了这个节骨眼儿，他们哪儿还有闲工夫换衣服呢。

　　指针可不管这些，它仍然嘀嗒嘀嗒地走着，像镰刀一样收割着时间。空气中弥漫着阴晦与悲苦，沉闷得就像一把大锤紧紧地压在每一个人的胸口。正当大家快失去知觉之时，内务大臣慢慢地从椅子里起身，用哀怨而悲恸的声音说："嗨，从那以后怎么就没有报告了啊？警视厅的人都去哪儿了？都睡着了吗？这时候了，还没有一点消息，真是拖拉呀。到底怎么了？别抽烟了，说句话呀！总之，看你窝在那里，真是不顺眼呀。"

既然他开了头，打开了话匣子，在座的一群人也加入其中，开始你一句我一句地数落着警保局长："你要是不这么做的话，至少……"

诸如此类的非难让警保局长着急万分却又无处可逃。一开始，他还能沉住气，到后来，克制力已逼近极限了。他非常气恼地说："行了行了，消停一下吧。你们尽管大声嚷嚷，我能有什么办法呀？警视厅的人既没死光也没睡着，大伙都玩命儿地在找。即便你们再逼我，我也只能做到这份儿上了。世上有些事并不是单靠嘴皮子就能解决的。"他阴着脸反驳着。

此刻愠怒的局长与平日沉稳的形象极不相符。大家正愁找不到发泄的对象，局长的这种态度正好撞到枪口上。一行人跃跃欲试，准备对局长展开猛烈的攻击。正在局长处境不妙之时，桌上的电话铃响了。接连不断的刺耳声音打断了这场争论。

一刹那，争论停息了。这是喜讯还是噩耗？大家战栗着，你看我，我看你。电话在桌上亢奋地响着，焦急地叫嚷着，没人有勇气来接这电话。

显然，这样耗下去是不可行的。局长一边用手帕擦着脖上的冷汗，一边小心翼翼地拿起了听筒。所有人全都涌了过来，将其团团围住，张着嘴紧盯着局长变幻不定的表情，试图从中推断出事情的好坏。

局长烦躁地对着电话那头训斥着。随后，他手拿着听筒，瘫坐在椅子上，茫然若失地张开嘴，时断时续地说：

"报告说服部的钟塔下……吊着皇帝的尸体……在风中晃动着。"他的声音细如蚊吟。

40. 救赎天使的红唇徽章

警视厅的停尸间可不是什么好玩儿的地方。

一百坪左右的地下室里冷冷清清的，四周的水泥墙阴冷而潮湿，半圆形的天花板低垂着，灯泡赤裸着悬挂在上面，发出冷清的光芒。一种强烈而奇怪的臭味充斥着的这个阴暗的房间，就像坟场一样阴森可怖，不由得让人毛发直竖、脊骨发凉。

房间中央的泥土地板上摆放着一个白木的台子，台子上面有一位潇洒的绅士，他身着黑色晚礼服，睡眼迷离，就像酒后小憩般横卧着。

这是刚才吊在钟塔上的尸体。六七个衣冠楚楚的高官围在尸体身边，一个个眉头紧锁，两手紧抱在胸前，脸上的表情异常沉痛。一位高贵的人士竟躺在这阴森恐怖的地下停尸间里，不管谁看了都会感到诡异万分的。

这位绅士脸上的皮肤完全损坏，已没有办法来辨别他的身份了。看来他是在别的地方被人杀害，然后被粗暴地在瓦砾堆上拖拽，最后才被吊到钟塔下的。

纵然如此，死者身上的衣服却非常整洁，看来有人用刷子精心地处理过。此外，死者的头发也是梳得整整齐齐。也许这位高雅的凶手在展示自己的格调，所以特意在吊起尸体之前，施用了这种恭敬的礼数。

但这并不是最要紧的。最紧要的是弄清这位绅士的身份。上文已交代过，受害人的面部特征已被完全破坏，但是要从其他地方查出他的身份应该也不是什么难事。从死者那柳枝般细柔的手指及福态的一对大耳中不难看出他系出名门。别的暂且不说，单看他小指上的大钻石戒指，就会让每一个人惊叹不已。因为，不管是形状还是材质，这枚钻戒都显得那么超群绝伦、独一无二。

哎呀，现在大家都认为吊在钟塔上的人是皇帝吧。这种念头重重地压在每个人的胸口。四周静极了，大家一时半会儿没了主意。不过，这也正常，能从这纷乱的事情中理出头绪实在太困难了。他们弄不清这重大事件的背后到底藏着什么玄机，所能做的全部便是茫然地注视着尸体。

在日本帝国的首都，一国之主被杀害，尸体还像受难的基督一样高悬于半空中。这份惊惶实在难以用苍白的语言来表达。

萦绕在大家头脑中的只是那些毫无意义的念头："这下麻烦可真大了。"每个人都各顾各地低着头，仿佛害怕碰到对方的眼神。不久之后，外务大臣悄然抬起头，用细微得几乎连自己都听不见的声音说："诸位，难道这真是皇帝吗？"

尽管这只是短短的一句细语，但却打破了停尸间的冷寂。在场的人就像被拧动开关的音乐盒，房间里响起了大合唱：

"这真是皇帝吗？"

"从什么地方能得知这就是皇帝呢？"

"必须有证据才能说这是皇帝呀。"

即便是刚才接电话的警保局长也参与进来，使劲儿地叫喊着。这声音在阴森森的停尸间的天花板上反复地回荡着，发出一波又一波恐怖的声响，回音听起来像是从另一个世界传来的。

热烈的讨论之后，不知为何，大家又不约而同地陷入了沉默，每人心头似乎都蒙上了一层阴霾。他们或许累得连说话的力气都没有了。但，他们心中有一个炽热的希望像火焰一样熊熊燃烧着。无论皇帝活着也好，死了也罢，他们只希望找到确切的证据。

这群人中，既找不出一个能肯定地说这是皇帝的人，也找不出一位能确切地说这不是皇帝的人。即便是昨天在帝国饭店谒见过冒牌皇帝的欧亚局长和警保局长也不行，因为昨天他们俩谒见时低头行礼的时间比抬头的时间还长。

在这方面最有资格发言的当数安南皇帝直属谍报部长宋秀陈。紧随其后的应该是林联合企业总裁林谨直，毕竟他以前是经常拜见皇帝的。而幸田节三，这位夕阳报社社长则能证明此人是否为古市加十。再有一位就是美丽的裁缝花了，她过去还昏倒在皇帝的大腿上呢。总体而言，也就只有以上几人了。

秀陈就在附近，所以他第一个被叫了进来。大家应该知道，他这个人很情绪化，一遇事就容易激动。台上尸体凄惨的景象一映入他的眼帘，他立刻失去了理智，只顾号啕大哭，哪里还有理性去寻找什么特征。当问起他为何知道这是皇帝时，他回答说："一看就知道这是印在邮票或钱币背面、为我们所熟悉的陛下啊。即便陛下变成这样，我还是会感到自己的卑微渺小。"

他的这种说法实在无法让大家信服。下面，大家又叫来了林谨直。林的情绪虽然没有失控，但皇帝去世了，他在安南便失去了靠山，你说他能不有怨言吗？还没细看一下脸，他就陷入了悲痛之中。林是一个相当沉稳的人，而且他的年龄比秀陈大，所以他给出的理由倒是比秀陈靠谱些：

"还记得我第一次拜见皇帝的时候，那是在顺化宫殿。皇帝竟然伸出自己的尊贵之手和我这个微不足道的商人握手，这是多大的荣耀呀。我太激动了，皇帝手掌的感觉一直清清楚楚地印在我的脑海里。现在这双手给我的感觉还是和当初一模一样，我可以断定，这位就是皇帝。"这种偏于主观印象的奇特记忆力，不能说完全不存在，但要让人信服还是很困难的。

正当一伙人按捺不住之时，黄色小报《夕阳晚报》的社长幸田节三被从拘留所叫了进来。

一条细细的绳子拴着他松垮垮的裤子。假如没有这根绳子的话，裤子随时都可能掉落。他呆呆地注视着尸体，往日的尖刻与无情消失不见，取而代之的是异常的谦卑与低微。幸田从没见过加十风光的样子，他也不好断定这个身着高级礼服、指戴华丽钻戒、一脸从容地躺在这里的绅士是不是加十。他实在难以下结论，歪着头苦苦地思索一番后说道：

"古市那家伙是个小肚鸡肠的人。即便死了，也不会这么优雅与高傲，这绝对不是古市。第一，他的身高没有这么高；第二，他根本不会戴这么华贵的戒指。一眼我就看出来了，这根本就是另外一个人。如果把古市比作美国松的话，那么这位就是桧木了。你们要是不相信的话，可以进一步深入调查。"

口气倒是挺大的，却依然没有抓住关键。

可能那价值连城的钻石把他搞得晕头转向，丧失思考力与判断力了吧。他是如此，大家又何尝不是这样。假如不考虑那些关键因素的话，大家说的各有各的理由，但这也不是解决问题的方法呀。虽然大家有些不情愿，但受害人就是皇帝的看法还是占了上风。这真有点自我折磨的意味了。

当众位国际恐怖事件的责任人心中愁肠百结，担心此事将无法收场之时，事情突然峰回路转，出现一位救赎天使。她不但证明这位不是皇帝，而且还能提供证据证明这位就是加十。事情详述如下：

正当事情陷入绝境，众人手足无措，想弃之不顾之时，住在有明庄山崖下的美丽裁缝花娴静地走了进来。她就像甘露一样，不仅滴落在冷若冰霜的真名古心田，而且及时地化解了大家的燃眉之渴。

自从真正的皇帝在帝国饭店对花冷眼相待之后，她肯定痛苦极了。

不到半天的工夫，她的脸就明显地憔悴了，不过也平添了一种忧郁的美。

她扭转头，仔细打量着台子上的尸体。突然，她大声地尖叫着，奋力地跑向那里，紧紧地抱住尸体的胸部，哭得声泪俱下。她说：

"看你呀。你还是不听我的话呀，你要是听我的话早点逃跑不就没事了。无论是谁，看到你这个样子，都不会说你精明的……你起来呀，打我吧！这是为什么呢？你为何将我的话当作耳边风呢？"

事情大概也就是这样，多说也没有必要了。花将脸紧贴在那磨损的脸颊边，一边摩挲着，一边苦口婆心地劝说着。

三个男人都分辨不出这是皇帝还是古市加十，这位女子又是凭什么来断定的呢？

事情来得太突然了。这与前面三人不置可否的证词完全不同，太真实了。花那癫狂的样子让人感到莫名的哀怜，大家都沉默无语地看着她。

既然花如此确定这位绅士就是大王，那么大家可以断定这一定是古市加十了。这群人不由得暗自庆幸，要是情况允许的话恐怕都想击掌相庆了。警保局长抑制不住内心的喜悦，他走近小花，把手搭在她的肩膀上，用温和可亲的语调说："小姑娘呀，一直这样哭的话会把眼泪哭干的，何况哭也解决不了问题呀。哎，你从什么地方看出这是皇帝的呢？"

尽管警保局长的声音柔和，但还是把花惹怒了。她猛然抬起头："我怎么能看不出来呢？我是那种轻浮的女人吗？我是那种一见到陌生男人就随便抱他胸膛的女人吗？"

"不，我的话根本没有那个意思。如果让你不快的话，我向你道歉。先不说这个行吧，你说这是皇帝，你总得有什么证据吧。你能细致地说一下吗？"

"哎呀，你是不相信我呀。要是这样的话，你也太糊涂了吧。即便你再不了解女人，你也应该懂一点吧。对一个女人来说，即便只是看到爱人的一根小指头也能认出他来。更何况现在是完整的身体，我怎么可能认错呢？"

警保局长不由得抖了抖肩，露出了不可思议的表情："噢，这我知道。我们的心思不像你们那么细，也很难了解你们的细微之处。你能不能别讲得那么含糊笼统，拿出个让大家都信得过的证据吧。咋样？真有些难为你了。"

听了他的一番话，花稍微镇静些："昨天，我去拜访大王的时候，突然涌起一种冲动，我那时很希望大王能抱抱我，于是我就假装晕倒在了地上。大王呢，他紧紧地抱着我，将我放在沙发上。趁着那时机，我就在大王的上手臂上做了个记号。你们的话都说到这个地步了，那么我就给你们看个明白吧。"

她一边说着，一边颇为依恋地举着尸体的手臂，轻轻地卷起了他的衣袖。

大家能看到什么呢？尸体腕部稍微靠上的地方印着花的红色唇迹，它像含苞待放的鲜红蔷薇一样生长在那里，好像随时都会散发出清香。

尸体不是皇帝的，而是那可笑的乡巴佬、《夕阳晚报》记者古市加十的。他凭着对新闻事业的满腔热血，自不量力地冲到风尖浪口，试图抢到震惊中外的大独家，却不承想落得这般凄惨的下场。或许，这是潜藏在"魔都"东京的妖魔诅咒吧。

为了完成记者的天生使命，加十在地下道阴暗的储水井底部，借着手电筒微弱的光芒，把这件大新闻记录下来。然而，最终他豁出了性命，那潇洒的身影就是他留给世人的全部记忆了。事情可能是这样的。那些坏人在古井底将他杀死，然后别有用心地把他的尸体伪装成皇帝挂在钟塔上。这事真令人扼腕。永别了，古市加十。至于那份原稿，应该也随着他消失在无尽的黑暗之中了吧。世人如果能看到那份报道的话，九泉之下的他应该能安息了吧。

五位大官费尽功夫从停尸间推出惊惶、泣不成声的花，然后不约而同地握手以示庆祝。这样融洽相处的场面真是难得呀，毕竟大多数时候，这些官僚们总是尔虞我诈、相互攻讦。

形势现在是峰回路转呀，希望的火焰又在大家心中燃起。每个人心中想的都是赶快想办法找到皇帝，将他准时送到饭店。这事若能早点解决，就能早点脱身。

现在已是凌晨三点四十分，距离法国大使抵达东京只有二十分钟了。看来事情依然不容乐观，或许最后还是难以皆大欢喜。大家又蠢蠢欲动，开始追问警保局长是否还有别的办法。

警保局长是处理善后事宜的专家。即便救不出皇帝，他也早就想好N条善后之策。现在形势演变成这样，他一下子活跃了起来：

"好，我们还要再接再厉。对方故布疑阵，试图用加十的尸体来迷惑我们。不过，这反而说明真皇帝还活着。皇帝被歹徒从日比谷警局带走的时间大约是凌晨两点钟，从时间上看来，现在皇帝应该没有离开旧市区。之前我已发动了八十个警局认真搜查皇帝的行踪。现在豁出去了，我立刻召集市郡的全部警官。市区的每一个角落他们都要再给我搜一遍。"

在他意气风发、威风凛凛之时，警视总监进来了。总监直耷着白净的额头，静悄悄地来到外务大臣身边，用谨小慎微的语气说："按照你的指示已经办好了。"

也就是说，那份危险的契约书的事已经处理好。外务大臣点了点头，耐人寻味地笑了。他看起来太兴奋了，恨不得将总监抱起来。

好事接踵而来。这时，一个人跑了进来，这是真名古四名枪手中的一人，他手上挥舞着一张纸片，欢呼着飞奔到停尸间。那是一份报告书，正是哈齐森死后，可怜的真名古在一旁写下的字条。上面的内容如下：

皇帝还活着，他被关押在有乐町二丁目角的前日东保险的废屋中。安井龟二郎和其余九个赌徒守在那里，他们有枪支。

41. 因缘与恩义的试映场

从日比谷十字路口出发，沿着电车的路线向银座方向走去，就会看到一幢破败的水泥废屋，它恰好在美松的对角线上。它的对面是美松即将竣工的宏伟建筑，横向的路上则是电器协会刚刚竣工的奶油色精致建筑物。这栋没用板墙围起的破旧水泥屋在一块不等边三角形的空地上荒弃着。这块空地以前是一个小型的高尔夫球场，但不久就废弃了，废弃后愈发荒凉。夏天一到，破败的高尔夫球场里杂草丛生。即便是白天，蚊虫的鸣叫也是清晰可闻。细弱的胡麻竹在角落里随风摆动，人们不由得怀疑，这是东京的丸之内吗？

这建筑本是属于日东保险公司的，后来日东保险迁入新址，这建筑就废弃不用了。经历了十年的风雨，现在已是破败不堪。房子本就年深日久，加上雨水与灰尘的侵蚀，墙壁已成了紫黑色，窗户的玻璃也破碎了，现在这里已成了蝗虫与蟋蟀的栖息地。屋檐倾斜着，作为装饰物的壁带已然从墙上脱落。不规则的龟裂在屋脊下延伸着，青苔顺着缝隙生长，这像极了西洋风的相马豪宅。

透过窗户往里一看，灰暗的阳光下随处可见缺腿的椅子、无盖的急救箱之类的东西。它们散乱地摆放着。背光内侧墙壁上的壁纸已剥蚀脱落，一些壁纸碎片随风飘荡着。见到此情景，身上的鸡皮疙瘩掉满地，觉得里面仿佛有什么鬼魂在游荡。每一个从日比谷公园走过来的人，看到这幢建筑都会不由自主地皱起眉头。这建筑实在有碍观瞻了。

　　一月二日凌晨，月亮悬在高高的天空中。凄清而阴冷的光照在这栋建筑上，给它平添了几分阴森。清冷的月光下，映照着光线的那一面房子就像一张随时准备咧嘴微笑的大脸，而没有玻璃的窗户看起来就像它的眼睛和鼻子。

　　风吹动着胡麻竹，结了霜的叶子像匕首一样闪着光芒。在胡麻竹的荫蔽下，一群黑影沿着废弃的高尔夫球场慢慢向水泥屋移动。粗略数一下，大概有六七个人吧。当靠近水泥屋时，这群黑影立刻散开，紧接着又有一群黑影踩着草地慢慢靠近，成了第二队。然后是第三队、第四队……

　　这还只是正面的。穿过黑幕望向远处，隐约可以看到不计其数的黑影在车站附近围成一个圆，时而前进，时而后退，一边摆出整齐的队列，一边缩小着圆的范围。可以说，这建筑物已经被这杀伐之气极浓的圆阵团团围住了。到底是什么样的罪犯值得这么兴师动众呢？不，这可不是围剿个犯那么简单。从现在起，巷战就要开始了。

　　或许没人会知道，乙亥年正月二日，凌晨三点五十分，发生在首都大东京的中心——丸之内有乐町的这场激烈的巷战吧。确切地说，这场战斗开始于凌晨三点五十二分，结束于四点十二分。手持两台轻机关枪和汤普森冲锋枪的十名亡命之徒负隅顽抗，最终在四点十二分被全数歼灭。

　　这场围剿之所以被称为巷战，是因为此时的旧市区管辖区已进入战时体制了。

真名古的报告书一到，搜查支部立即收到了本部发布的紧急警报，要求他们以银座四丁目为中心切断四围的交通。

以银座四丁目为起点画一个圆，途经新桥车站北口、溜池、四谷见附、九段上、小川町、吴服桥，圆的终点又回到"银座"四丁目。这大圆圈上设置了三十二个哨口，即便是圆周上的露天空地、桥头甚至每个街角也都配置了新撰组[1]和武装警察。任何人不得进入这片紧急区域。不单这样，外濠川的常盘桥、土桥间内河船只也禁止逆流而行，可谓是天罗地网。六七台红十字会的医护车停靠在日比谷公园樱田门的暗地里待命。毕竟歹徒都是手持机关枪的亡命之徒，死伤自然难免。四台卡车停在大手町这边横向的马路上，车上载满身穿防弹衣的警察，他们作为后援待命于此。这部署真是天衣无缝呀。

昭和十年一月二日，凌晨三点五十分左右，那些喝醉了酒，一摇一晃地要从新桥回到山手的人，或者是搭计程车经过银座四丁目，想去四谷、牛迂的人，经过这些路段的时候发现道路被从黑暗中窜出的便衣或是新撰组队员阻断，不得不绕了一大圈才回到家里。你们的记忆对此应该有些印象吧。各位读者，你们当中也许有人在那时听到了从有乐町传来的慌乱声音。那声音连续不断，就像一直敲击着单音键般。你们可能还以为那是建筑工人凌晨的敲打声，并且为自己沉溺于享乐而悔恨吧。

这根本不是敲击铁钉所发出的声音。那时，在诸位无法进入的危急空间里，悲惨而激烈的巷战正在秘密地进行。

从这场巷战以及接下来我要说的事中，大家可以感受到何为阴险。这场战斗不仅无法公开，而且由于所处地理位置的特殊性，这就要求必须在最短的时间内结束战斗，即使有所牺牲也只能是在所不惜了。

---

[1] 此为情节需要，新撰组实际上已于明治二年解散。

战况的残酷就可想而知了。

安南皇帝被武装歹徒关押，这对政府来说不是什么光彩的事，所以这场战斗必须秘密地开始又秘密地结束。除此之外，十个持枪歹徒盘踞在东京丸之内准备与警视厅对峙。这也是相当重大的社会事件。正因为如此，这些都是绝对不能公开的事情。假如被公众知晓，那麻烦可就大了。因此，警视厅上下齐心来掩盖此事，这场惨烈的战斗就在东京市民无人知晓的情形下悄无声息地结束了。

在详细描述巷战的经过之前，有必要先叙述下与巷战有关的内部情况，大家从中可以一窥巷战的惨烈。

近代日本，新兴联合企业是两强并峙的局面。一家是小口翼的日兴联合企业，另一家则是林谨直的林兴业。两个公司都是军工企业，他们所依赖的原料都是在法属印度支那开采的，所以安南成为他们争夺的焦点。

林先行一步，拉上宗皇帝当顾问，抢在小口的前面拿下了年产五万公斤优良铁铝氧石的矿山开采权。矿山是安南皇室的财产，皇帝一旦退位或驾崩，合约也就成了一纸空文。对林兴业而言，皇帝生命的安危是他身家之所系。谁会想到，"皇帝杀害爱妾松谷鹤子"一事竟会掀起这么大的波澜。这波澜之大之深，让见惯了大风大浪的林也无法阻挡。

有传闻说，林的竞争对手日兴联合企业为了从林手中夺取铁铝氧石的采矿权，正想方设法地暗中帮助皇帝的反对派，即李光明拥立派。听到皇帝被绑架一事，他就怀疑这是日兴联合企业旗下的鹤见组干的好事，即便是真名古条分缕析的推理也无法打消他的这种疑虑。

听说昨天上午九点多钟，日比谷公园里的"喷泉铜鹤吉兆庆祝会"里的那场骚乱是安井龟二郎带着鹤见组一群人引起的，又耳闻他们趁着骚乱把皇帝绑走了。这更加深了林的怀疑，他认为对方之所以想加害皇帝，就是为了夺取林兴业的采矿权。

这样看来，警视厅做事实在太拖拉了。他已下定决心，无论花费多大的代价一定要把皇帝找回来，即便与鹤见组交火也在所不惜。在和林兴业旗下的前田组头目周密筹划之后，林飞速传令周边五县，迅速准备了二十辆卡车，召集了六百名视死如归的手下在常盘桥附近的常盘大楼里待命。如果需要的话，一声令下就可以立即行动。

干哪一行就了解哪一行的事，野毛山也知道这事不容易解决，事情到了这一步也在预料之中。当然，他们也不会坐以待毙。在木挽町的木挽俱乐部这边，鹤见组紧急行动，召集了旗鼓相当的人马，气势汹汹地与前田组对峙着。

也许有人知道，前田组的势力范围在日暮里，人们因此视其为道灌山；鹤见组的势力范围在横滨，人们因此视其为野毛山。他们这两大派都拥有数千名视死如归的死士，谁也不把对方放在眼里。看来这场由皇帝绑架事件而引发的冲突已是剑拔弩张，不用武力是不能解决的了。

正是在这混乱而紧张的时刻，警视厅传唤林去验明皇帝的尸体。听说有个吊在服部钟塔下的尸体很像皇帝时，林便飞速赶了过来。

这些情节在上文已经交代过，在此不再赘述。当他从花的证词中得知那尸体是《夕阳晚报》的社会版记者古市加十这一小角色时，悬着的心才放了下来。随后，他又从真名古的报告中得知皇帝就是被安龟一派人关押的，而关押地就是眼前的废旧水泥屋。

新撰组作为先头部队，他们的队员一个接一个地迅速跳进卡车。正当搜查部长下令，车要启动之时，前田组也就是道灌山的大头目乘着汽车飞驶而来。他说有一事相求，只需给他五分钟就行。

说完，他急忙跑进总监室，对总监和警保局长说："突然打扰，实在抱歉。这事实在紧急，我也就不再客套了。我求你的事不是别的，我希望这次镇压行动能让我参与。虽然我只是一介草民，但是无论如何您还是让我参与这次行动吧。"

他银白的头发向后整齐地梳着，双目像团十郎一样炯炯有神，眼神中透出温和的光。大头目双手紧握，将拳放在大腿上，接着用缓慢的语调说：

"诸位也知道，虽然那些扰乱皇帝的家伙不是我的手下，但我得知他们还有机关枪，看来准备死拼了。至于这骚动是由何而起，我不太清楚。但我知道，要是和他们交火的话，你们至少也要牺牲一二十个人吧。一想到这么多无辜的性命就要白白地牺牲，我真是寝食难安呀。假如是别的帮会的事，我不会插手。但他们和我们一样都是黑道上的，我绝对不能袖手旁观。所以，我拜托您了，还请您让我尽一下自己的绵薄之力吧。作为日本的一介草民，命也值不了多少钱，就让我尽尽心吧。我没有其他目的，只希望能让我为这一二十个即将牺牲的有用之才在黄泉上开开路而已。请您一定帮我这个忙。"

他将来意说明，出语恳求。但是，这事不是他想参与就能参与的。

"我们警视厅是不能借助于黑道力量的，但也不能不考虑你的请求。那么就请你的人留在这儿防患于未然吧。"

虽然这话暗藏玄机，但前田组头目也接受了，随后他就离开了总监室。战斗这下就要打响了。

头上的月亮已经向西边沉下去了，铺洒了一地的霜。在空荡荡的马场先门大道上，熄了灯的卡车大队轰鸣着向有乐町方向逶迤行进，就像从天而降一样。这就是将关东二分天下，试图称霸的前田组尖兵队。

这群人身着统一的衣装，头上裹着白木棉头巾，手臂上绑着印着小队编号的臂章，灯芯绒的短裤配着长袜。他们身上没有任何暴露身份的短外套或其他行头，这是动武时的老规矩。在这寒冷的冬天，多数人都穿着翻领衬衫和护胸。少数人赤着上身，只背了个护身符。他们要是手持竹矛或长刀的话，说不准会让不知情的人误以为是土木工人去野外聚餐呢。要是被知道内情的看到了，他们肯定会被这凶悍的场面震惊到。实际上，这六百个弟兄只是赤手空拳而已。

身处警视厅的前田组大头目在电话里说到此次行动的意图。当听说对方有可笑的机关枪之后，这几百个弟兄不约而同地将武器全都给扔了，就连短匕首也不带了，就这样豪气干云地上了汽车。在两支机关枪和汤姆森冲锋枪面前，他们决意用身体来显示自己的英勇气概。

清晨的白霜上留下了卡车大队弯曲的车印。正当他们行驶到日比谷的十字路口时，一辆汽车突然急驶而来，冲到车队前面，挡在马路中央。有个人匆忙地从车中钻出来，站在马路中央，向有乐町方向大转弯的先锋卡车队伸开双手：

"停下，停下，我是野毛山的相模寅造。我有一事相求，即便豁出命了也在所不惜。请先把车子停下来。"他大声地叫嚷着。

站在先锋车队中间的是刚从总监室过来的前田组大头目。他双臂交叉于胸前，威风凛凛地站着。紧靠其旁的则是前田的养子驹形传次，他在第六回中出现在《夕阳晚报》社长幸田节三的小妾宅邸里。

两人不知道此人到底意欲何为，他们迅速地交换着眼神。前田组的大头目大喊一声："嗨，停车。野毛山的头儿来了。"

卡车发出吱吱的声响，慢慢地停了下来。

前田组头目荣五郎从卡车上走下，镇静地走向野毛山。紧随其后的是丝毫不敢放松的传次。

野毛山的头目年龄大约六十一二岁，身高约五尺六七寸，身材结实而健壮，褐色的脸上有着若隐若现的痘疤，右眼下方有个弯月的伤疤。他微微弯下身体，颇有礼貌地点了点头："您就是道灌山呀。自从上次会面之后，我们一直无缘再会。本来很长时间都没有和您交往了，现在却冒昧地跑出来让您停下。即便您装作没听见从我身上轧过去，我也不会多说什么。但是，您还是停了下来。我先谢谢您了。”

前田头目礼貌地弯腰回礼：“您也太客气。我再怎么冲动，也不会从您身上碾过去的，这种野蛮之事不是我所能做出的。我明白您的意思，但言外之意好像是我们不讲仁义似的，让我有些不知如何是好。先不说这些，您有什么事呢？”

隔着反射着淡淡月光的电车轨道，两位头目四目相对，浑身上下都透露出那种慑人的气势，你一来我一往地进行着问答，就像是战场上激烈厮杀的大将，威风凛凛，气概不凡。

野毛山的头目又恳切地回答道：“如若冒犯，还请您原谅。日后我一定向您道歉。现在我先回答您的问题，并且还有一事相求。”

他一边说着，一边用犀利的眼神注视着对方，突然语中含笑：“您也知道，安井龟太郎那家伙以前是我拜把子的弟兄，后因一点小事而生分了。不管怎样，我和他毕竟是兄弟一场。现在他竟打着这么大的旗号闹出这么大的乱子，您镇压他是理所当然的，我没有一点儿意见。但要是您的手下有所伤亡的话，那么我就罪过大了。或许您已经猜到，我拜托您的事不是别的，就是请求您看在我们多年的交情上，让我来处理今晚的事。光听我这样说，我想您也不会答应的，所以我还要给您说些心里话。虽然我和他已断绝了关系，但毕竟他曾经是我的手下。我过去把利害给他讲清楚，好好地训斥他一番。他要是听不进去，就让我亲自动手了结了吧。说实话，我和您的关系一直不太好，我不希望看到他死在您的手里。我想说的就是这些，现在拜托您了。不管怎么样，还请您能答应……我会铭记在心的。”

不知他眼角闪着光的是露珠还是泪水。凄恻的声音中透露出男人的深情，感动着在场的每一个人。

前田大头目面朝着月亮，手臂抱得紧紧的，静静地听着野毛山头目的讲述。过了一会儿，他慢慢地松开了手："野毛山，确实要关爱手下人。事情拜托你了。我欠你这个人情。"他转过身，高高举起一只手，面向卡车车队下达命令："撤退！"

前田大头目和驹形传次上了卡车，对相模寅造轻轻点了点头。卡车车队来了个一百八十度大转弯，队伍严整地朝着常盘桥方向退回去。

胡麻竹的阴影里，一群群黑影在地上匍匐前进。他们六七人一队，分成三四拨，从四面八方渐渐向废屋围拢。传令兵在布下的圆阵里来回奔走，但这不过是一眨眼的事。那一会儿起伏一会儿前行的黑影转眼间就消失在杂草中，没有一点儿声响，不见一点儿动静了。这个地方的空气紧张到了极致。

这时，一个黑影迈着徐缓的脚步从空地的入口处走到了废屋的玄关。在距离玄关二十步远的地方，他抬起头望着废屋二楼的窗户，用沉稳的声音叫道："喂，出来呀，安龟，是我。"

过了片刻，对面二楼的窗户被推开了，一张苍白的脸隐约呈现在方形的黑暗中。

"原来是大头目啊，您最近可好？"

"安龟，好长时间不见了。看你还是那么好呀。我想和你谈谈，我能进去吗？"

"请进……我到下面去接你。"脸从窗边消失了。稍过片刻，玄关里面露出了一个小缝，寅造闪身进去了。

榻榻米和沙袋严密地堵着窗户，两台哈其开斯机关枪架在玄关左右两边的窗檐上，乌黑的枪身闪闪发亮。

房间极为空阔，约有一百四十坪，或许这里原本是一个大厅。九个人围着地上的三个煤油提灯。有的蹲着，有的坐着。他们的相貌虽然各不相同，但灯光映照下的黝黑脸庞上都流露出莫名的凄楚。头目进入大厅之后，安龟已在此等候，那九人中没有一个看向大头目，全都低下了头。

相模寅造在这里站定，用心地打量着这些人，突然转向安龟，从胸腔中迸出声音："你我已恩断义绝，我这次来不是以老大的身份来的，也不会不识时务在你面前摆老大的架子。但我还是要对你说，你做的这些是错误的。看到你这样，即便是陌生人也会对你这么说的，更何况我们还曾是情同手足的兄弟……虽然我不明白你为何要制造这场骚乱，但我不得不说，你这么做是错的。我们战斗的目的是争地盘与拉练队伍，与官厅作对从来就不是我们的追求呀……你看现在成什么样子了？作战地选在东京市中心，还用起了机关枪，你玩得也太大了吧？……对了，我还听说你把安南的什么大王关这儿，你到底想干什么啊？现在可好，你把官厅折腾得够呛。即便你是在坚持男人的立场，但也不能将事情闹成这样呀，这可不是什么男人的荣誉……哎，安龟，你是日本人，你也应该知道什么是国家的庇护呀。做出这种事，难道你不知道这会给日本帝国产生多坏的影响吗？你呀，真是糊涂啊！"

安龟的头低垂着，一条腿跪在满是灰尘的地板上，精神委顿。过了一会儿，他抬起头，憔悴苍白的脸色暴露无遗："老大，不用你说。其实我真是胆战心惊，我也知道我做的事会对日本国造成什么样的麻烦。我明明知道这事是不能做的，我也是有难言之隐的啊。我给你说一下吧。"

突然，安龟双手撑在地上，全然不顾地板上的灰尘。他的情绪变得激动，不断地低声抽泣，身体剧烈地扭动着。过了好长时间，他用手背随意地抹了抹眼泪，依旧回到手撑地板的姿势，巴巴地盯着寅造的脸，仿佛在乞求对方的原谅：

"老大，我的独子名作长太郎，这你知道。他今年六岁，夏天的时候突然患上了消化不良，什么东西都吃不下，即便是喝个汤水都不行。

从立春之前，他就没有吃过一点儿东西，身体一天比一天消瘦，最后只剩下皮包骨头了。医生也没有一点儿办法，说只能听天由命了。要是得的是伤寒霍乱之类的病，我也就认了。但是，因为无法进食而死真是让人笑掉大牙啊。眼睁睁地看着自己心爱的独子将因这怪病而丧命，你不知道我是多么难过呀！你也是一个父亲，应该能体谅我当时的心酸与痛惜。从来不信神佛的我开始双手合十向天祈祷。只要能救回我儿子的性命，即便用自己的性命来交换我也在所不惜。但天不遂人愿啊，这根本不管用……

"这时，'茶松'赌场里出现了一个名叫岩井的贵族。听说他在国外待过很长时间。我想，即便他不会治病，说不准会有什么其他的办法，所以我硬着头皮找到了他。哎呀，真是幸运呀！岩井认识一位姓吴的名医。这医生有妙手回春之术，听说他能将养分输入比丝线还细的血管中，让营养不良、被医生宣判死刑的病人复原。在日本，恐怕只有他有这起死回生的本事了……

"但岩井说：'不过呢，他不是执业医师。即便你将金山银山堆在他面前，他也不会轻易答应的。我现在和你一块儿去，一定要让他帮你做这个手术。好了，别在这里浪费时间了。'然后他一把抱起奄奄一息的孩子，飞也似的跑到吴医生那里。"

他呜咽着说，声音也变得模糊起来：

"就这样，长太郎捡回了一条命。你不知道，那份感激实在难以言表。老大，还希望你能理解……昨天早上八点，岩井跑到我那里。他一开口就这么说：'我需要你帮忙监禁安南国皇帝，明早五点之前千万别放他出来。其中的隐情我也不便向你解释，请你帮我这个忙但不要多问，好吗？'我二话不说，立刻在他面前立下了军令状。我发誓，只要一息尚存，即便与全日本为敌，我也会遵守约定，绝不将皇帝交于他人之手。我之所以做出这种搅扰官厅的事情，全都是为了答谢岩井先生的救命之恩。"

寅造低着头，静静地听着。突然，他抬起头来，似乎想起了什么："那么今天早上日比谷公园的骚乱是你的杰作吧？"

"嗯，是的。"

"皇帝现在安然无恙吧？"

"是的，我把他安顿在地下室里了。"

寅造双手交叉于胸前，闭上了双眼，一副怅然若失的表情。他突然又睁开了眼："既然事情是这样的，那么我也不能逼迫你交出皇帝。但是，有些道理我还是不得不讲的。这件事闹大的话，可能会让我国与法国政府产生矛盾，局面将变得不可收拾，这不是当局想看到的。如果能在法国大使抵达东京之前，让皇帝安全回到饭店，或许这件事还有挽回的余地。现在局面这么紧张，这都是你惹的呀……安龟，这也许有些强人所难，但你不能再执迷不悟了呀。"

"老大，我明白你的一番苦心，但我还是恕难从命呀。请你原谅我吧。骚乱是我引起的，结局我也早就预料到了。除了让你离开之前有所谅解，我别无所求。假如仅仅因为你说的原因而放弃我的初衷，那我也不会制造这起骚乱了。我以及这九位弟兄，都做好牺牲的准备了。男人不会因为怕死而将当初的约定弃之不顾的。我们和对方力量相差悬殊，支撑不了多久的。老大，我想向你提出最后一个请求。要带走皇帝的话，请在我安龟死后再行动。我这无理的请求还请你原谅。"

"既然这样，请自重。"

"那么，走好。"

"安龟，你我之间的缘分也真是太短了。"

突然，安龟站了起来，苍白的脸上展现出毅然决然的表情，泪痕早已风干。他用庄严的眼神望向寅造，随后将目光转到蹲在地上的一个人："你，护送老大出去。"

二十分钟之后，战斗就结束了。刚开始，废屋内的火力来势汹汹，不过随着时间的消逝，子弹的射击声越来越小，到最后消失不见了。

进去一看，废屋里的场景实在惨烈。那么多的子弹全部射得精光，余下的三个人相互之间刺杀着。废屋被搜了个底儿朝天，还是不见皇帝的踪影。

皇帝根本就不在这里。

从安龟的手中发现了一封信，上面用拙劣的字迹写着：

这里没有皇帝，很抱歉我欺骗了你。之所以制造这次动乱，是为了帮助岩井先生逃出东京。原谅我吧，老大。

多说已经无益了。下面我来给这件事画个休止符吧。

从一月一日清晨起，警视厅上下齐心协力、拼死拼活地搜寻，最终还是没在计划时间内找到皇帝。一月二日凌晨四点，法国大使搭乘的火车抵达东京，大使直接到帝国饭店拜谒皇帝。

大使被负责人带到接待室。门被慢慢地推开了，皇帝不紧不慢地走了出来。他用一贯高傲的语调说："早啊。你此次前来是想劝我回国，还是为了钻石之事？无论是为了什么，都没必要来得这么早吧？"

他一边说着，一边将那颗大钻石从背心的口袋里拿出来，稳妥地放在桌子上。

原来是安龟。在约定的时间之前，他将替身皇帝古市加十吊在服部钟塔上，然后悄悄地将真正的安南皇帝送回饭店了。

月亮在天空高悬着，有乐町的马路上根本找不到一点儿战斗的痕迹，只有一个醉汉吹着口哨，一摇一晃地走着。清晨，从鱼河岸驶出的第一批卡车拖着白铁罐，威风八面地开往尾张町。大都市的喧闹就要正式拉开帷幕了。

与此同时，在两国车站的头班列车上，一位紧闭双眼的人物落寞地坐在角落里。他的旧式长披肩外套领子直竖着，胸前紧贴着裁缝花的照片。这是正准备离开东京的真名古，车窗上映照着他凄凉的身影。

黄佟佟

著

头等舱

东方出版社

序言

佟佟拿这篇手稿给我看时说：这小说不是纯文学的写法，可能不入你的法眼。

我读了一整天，深深地陷入了它营造的氛围里，我不知道所谓纯文学的写法是什么，但我知道对我来说好小说最重要就是要能给读者营造一种氛围，那是一种能把读者笼罩住的气场，把读者硬生生从现实生活中剥离出来的神秘力量，这种力量甚至不是光有技巧就能达到的，有时候甚至是一门玄学，像卡夫卡说的："每个魔术师都有自己的仪式。比如说，海顿只有戴着撒有扑粉的假发时才作曲。写作也是一种召魔法术。"

《头等舱》讲的是四个二十世纪九十年代初的女大学生毕业二十年后的人生际遇，最让我感慨的是小说的两位女主角——李晓枫和周蜜，她们和我，和那个时代许多的大学生一样，背着简单的行李来到广州、深圳这两座游热的南方城市，站在从来没有见过的高楼大厦的丛林中，仰望头顶湛蓝的天空，惶惑而兴奋地展开那卷人生的空白图纸。

匆匆地，二十年就这样过去了。

这二十年间，城市开始被一代又一代年轻、更年轻的人继承。天空仍是那样湛蓝，空气仍是那样溽热，高楼大厦更加密集也更加高大，而我们的青春却已经快要逝去，那张图纸，也已经被横梁立柱地画下了满当当复杂精密的图形。

我们这一代人经历的一切，是前无古人的。

我来深圳前的那份国企单位秘书的工作，月薪210元。

来到深圳找到的第一家工厂会计工作，工资1800元，几乎是之前的十倍。第一个月领工资我在工资表上签名的时候，手抖得点了十几个点才勉强写成字。

半年后，我换了第二份工作，在一家香港财务公司深圳分部。老板跟我谈工资的时候用十分勉强的广东普通话说："唔好意思，试用期只能给你5800元，其中1800元是港币。"

看着他一脸歉疚的表情，我强行压下胸中快要蹦跳出来的狂喜，装作波澜不惊地点头，在合同上签字，起身走出门。

那个时代的深圳，给我翻了快30倍的收入，也给了我人生第一次狂喜。

那应该也是时代给整个中国的第一次狂喜。

从那以后，一波又一波的狂喜接踵而来，我过上了从前梦想的"今天不知道明天怎样"的生活。认识了一个又一个有意思的人，换了一个又一个不同的工作，自己经历着也旁观着别人的跌宕起伏的人生——一个租住在城中村的朋友，再过几年，已经身光颈靓，开起了大奔；一个脸色仓皇的小姑娘，十年之后，已然是 CBD 威风凛凛的高管。

　　那时，年轻的我以为这是每一代人都必然会增长的见识，现在才明白，其实只有我们，二十世纪九十年代的那一代青年，才有幸获得这些见识，整个中国也是第一次见识这一切，它们将以我们的记忆的形式写进历史。

　　那个时代，叫"改革开放"。

　　那时的我们没有什么负担，每天都充满希望，相信明天会更好，相信下一个工作会赚得更多，相信这遍地传奇的时代总会有一个传奇会降临在自己身上，从此鲤鱼跃龙门、山鸡变凤凰。

　　然而，二十多年过去，再放眼四望时，发现越过龙门的鲤鱼虽然变成了龙，却依旧会时常困在他们自己的浅滩；山鸡虽然变了凤凰，却不一定能飞到更高的天空，也有可能被囚禁于牢笼；身光颈靓开大奔的人可能已经当了和尚，威风凛凛的女高管可能已经满口的心灵鸡汤。故事之后还会有故事，人生没有真正的ending，happy ending 和 bad ending 都不会有，它只会变幻莫测地不断铺展下去，直到戛然而止。

　　现实的滋味只有五味杂陈，在欢乐的最高潮突然崩溃，在悲痛的最低谷突然飞起。在沮丧绝望之后并不一定是死亡，还有一种状态是疯狂——可以随时否认一切，逃到自己的精神世界里躲着，假装什么也没发生过。

　　所谓狼狈，所谓尴尬，所谓欺骗，所谓背叛，在人生的逻辑里都是中性词。

在中年之后，我们注定要面对的都是一摊难以区分，难以判断，难以分类，难以抛弃也难以保存的现状，我们只能和这些一起继续难以名状地生活下去，这就是真实的人生，就是年轻的我们当初站在起跑线上雀跃着眺望的那一片未来。

如此混沌，如此戏剧，如此感伤，如此让人心碎，但是，我们仍然要坦然地接受它们，步履不停地继续往前走，这大概就是经历过那个时代的我们所独有的自信和勇敢。

我对佟佟说：你这本小说并不寻常，它的每一个段落、每一个人物都弥足珍贵，也弥足精彩。你把他们写出来，记录这一代人热烈的青春，就是在记录那个热烈的时代。我们这些经历过的人都有责任把它记录下来，否则它过去就过去了，当过去得足够久之后，它就会逐渐失去所有痕迹，任后人随意涂抹。

我们不写下来，你们怎么知道我们经历过怎样的悲伤，怎样的精彩？我们不写下来，怎么对得起我们曾经经历过的时代？

陈　彻
作家，现居深圳
2020 年 7 月 19 日

与你们的交谈是如此必要，却不可能。

如此紧迫，却被永远搁置，

在这次仓促的人生中。

——辛波斯卡《植物的静默》

1

有一年，周蜜开玩笑地说："我去查过了，去年我们俩是整个广州市头等舱里程最多的职业女性，感觉我们俩可以成立一个热爱头等舱俱乐部……"

"你说为啥我们会这么热爱坐头等舱？"在她俩的关系里，李晓枫永远是发问的那个。

周蜜永远是负责给答案的那个："全程不用排队，带再多行李都没问题，一路有人照顾，有香槟喝……"

二十世纪九十年代初大学图书馆的录像厅经常会放一些原版的英文电影，那时周蜜常常带着李晓枫以及同寝室的梅兰花和李小贞流连在录像厅，正是她选的那些纸醉金迷的时装电影打开了李晓枫她们的眼界，让这群小姑娘知道了原来世界上还有奥黛丽·赫本这样优雅的女人，还有头等舱这种莫名遥远又莫名神气的东西。

四个人中间第一个坐头等舱的是李小贞，她说六岁时她爷爷就带她坐过；第二个是梅兰花，大学一毕业她就远嫁英国，结婚条件之一就是得坐头等舱回去；第三个是周蜜，毕业后她成了暴富的地产商太太，坐头等舱去欧洲旅行是她家每年夏天的惯例；而李晓枫呢，是寝室四个女生中最后一个实现这个梦想的人。

当然李晓枫的头等舱也不用自己付钱，只是碰巧属于她工作

1

的一部分。

　　作为一个跑时尚口的日报记者，李晓枫的工作之一就是参加各大品牌各季的发布会。这些年李晓枫总算是明白了奢侈品牌的做派，越是奢侈的品牌越是没有车马费给到你个人，倒是可以让你享受到一些平常人无法享受到的待遇，比如在巴黎住香奈儿住过的酒店，比如来回坐头等舱。

　　年轻时她也曾想为什么他们不把头等舱、豪华酒店的费用折算成现金给她们这些穷记者呢？那也是一笔不小的收入呢。后来还是在4A公司当总监的周蜜告诉了她其中的奥妙："这就是奢侈品牌的精神，无论你是谁，从你接触到奢侈品牌的第一秒起，就要让你感受到那份与众不同，哪怕你只是一个小小的来写报道的记者，晓得不？这种体验甚至能改变你写稿的气质。"

　　很多年以后李晓枫才明白她说这句话的意义，那就是只有生活方式趋同的人才能互相理解，如果你不是头等舱的乘客，你怎么能理解并欣然接受一件衣服要卖十万块这件事呢？在中国最早一批外企金领之一周蜜同学的谆谆教导下，李晓枫学会了很多事情，比如哪几天可以在哪一栋大厦买到品牌内购低至二折的大牌包包、衣服和鞋子，比如红酒、白葡萄酒和香槟分别应该配什么样的杯子，和航空公司地乘怎么说能让你坐到第一排座位……总之，都是些对日常生活没什么帮助但是在时尚行业你必须懂得的小伎俩。如何经常乘坐头等舱的方法也是她教的。她让李晓枫务必嘱咐公关公司钉着一个航空公司的机票买，成为常旅客，积攒里程，通过各种形式升舱，于是李晓枫也慢慢成为头等舱的常客。

"不过你说的这些好处都在其次，我觉得头等舱最好的一点就是：静！"李晓枫说。

"你不鬼扯不行吗，安静什么啊，听得到钱响是真的！一家人加上保姆去趟欧洲来回头等舱得五十万，真的肉疼啊……"周蜜翻了个白眼，挺直腰怒目圆睁地盯住李晓枫。这是她打算长篇论战时惯用的身体姿势。李晓枫看了一眼这个脑门发亮，穿着一整套复刻版纪梵希大摆裙的富贵女同学，就叹了口气。算了，不和她争了，反正也争她不赢。从李晓枫19岁认识她的第一天起，她就用这种强大的气势打败了所有人。

李晓枫从没一次吵赢过周蜜，因为周蜜声音大，因为周蜜长得美，更因为周蜜精力旺盛，不吵赢决不罢休。有几次李晓枫吵得真想和她翻脸了，隔天她又觍着脸找来，好像之前的争吵不存在似的。"算了，懒得和她吵，她就是个二百五。留返一口气，还有半篇稿没写呢。"李晓枫想。

有很多事情你注定无法和周蜜分享，因为真正的有钱人确实没有兴趣也没机会感到头等舱的安静。

头等舱的静只有在经济舱待得足够久的人才会感受最深。

为什么你在经济舱觉得睡也睡不了，吃也吃不了？一是位子小，二是人多，三是吵闹。

如果你不幸坐在三个座位的中间，旁边再坐个肥胖中年男人或者扭股儿糖一样的孩子，你这一路就有的受了。机舱里的大喇叭不时响起，起飞安全提示，颠簸提示，送餐车一趟一趟地来，耳边的声音总是没完没了：

"不好意思，我想出去上下洗手间。"

"我们到就餐时间了，请把座椅靠背调直，以免影响后面旅客的用餐。"

"您要哪种饮料？咖啡、水还是橙汁？"

"您想吃鸡肉饭还是牛肉面？"

"妈妈，我想喝苹果汁……""哎呀！不好意思，小孩子不懂事，洒您身上了……一会儿看我不揍死你，你这个淘气鬼……"

…………

但是头等舱里，这一切的声音都没有了。

没有人打扰你，扭开肩膀上那盏小小的台灯，你就可以瞬间进入自己的世界，看书、看电影、写作、思考，干什么都可以。有什么事情，空姐们会一路小跑轻声地跑来告诉你。半蹲着，看上去更像跪，笑脸迎上来，叫人有些不忍，只好不停地说谢谢。

"有钱会让你变得更耐撕（nice）。"周蜜说，nice这个词在英文里含义广阔，令人愉快的、好心的、和蔼的、友好的、善良的，但是李晓枫觉得都不是，而是一种你不再需要争什么了的松弛。

　　这种松弛李小贞身上有，周蜜后来也有。但是李晓枫就一直没有，因为李晓枫一生下来就需要争——跟妹妹争，跟同学争，跟报社同事争，争跑线，争奖金，争每一年的首席记者……唯有在头等舱的那几个小时候李晓枫会觉得自己突然变得"耐撕"——完全是因为她备受善待，于是乎良心发现，突变好人。

　　当然头等舱里也不是绝对安静，机舱后部偶尔会传来恍如菜市场的细微喧哗，那是用来衬托头等舱静谧的完美背景音。没有那个反而显不出头等舱的好。就像画油画时高光部分不用一味加白，只需把暗部加深就行。

　　"就是说头等舱也不是真的那么静，但只要经济舱够吵，这静就显得更静了……"隔着三千公里，还是能听出电话那头李小贞浓浓的讽刺，带着她高干子弟兼大才女特有的那种高高在上俯瞰众生的智商优越感，"原本你也是那个喧嚣的菜市场中的一员，但此刻你离开了，你进入了 first class，尽管只有几个小时，可是啊，毕竟也有几小时你成了和他们不一样的人呢。"

　　"所以，喜欢坐头等舱其实归根到底还是某种虚荣心？"沉默数秒后，李晓枫只得干笑接话。

　　"应该算吧。It used to be better meal, now it's a better life. 这是《甜心先生》里最著名的一句台词：因为头等舱不仅仅是有更好的食物，而是代表着更好的生活。交通工具上的阶层之分才是最耀眼的，人生有几个小时待在一个不属于你的阶层，会让你思想更为深刻，这挺好的。"作为一毕业就不远万里去英国学习电影的业余哲学家，李小贞总是可以在任何时候转出一段电影台词，并高屋建瓴地总结出各种发人深省的哲学见解。

这种纯粹形而上的讨论从大学时代就开始了，周蜜太忙，梅兰花不喜欢聊这些虚头巴脑的东西，她常常在感叹一句"为什么你俩老在讨论这些没鬼用的问题"之后酣然睡去，所以大部分时候，她们寝室的卧谈会最后就会变成李晓枫和李小贞一对一的长谈。有时聊着聊着，李晓枫甚至觉得身体仿佛都不存在了，她们俩变成了两个巨大的神经元，不停长出的突触在寂静漆黑的空气中，互相借力，不断攀升，一直升向无限的宇宙。

可能就是这些愉快的聊天让她们俩在大学毕业后把这份友谊保持了下来，尽管毕业以后她俩真正见面的时间加起来不超过一百小时，但是李晓枫心里仍然觉得跟李小贞最亲。

大学时一直有人误会她俩是姐妹，其实她俩是八竿子打不着的两个人——李晓枫胖李小贞瘦，李晓枫圆李小贞方，李晓枫是钢厂子弟，李小贞是省城下凡的精英子女。当年很"不幸"，她俩和外文系两大美女梅兰花和周蜜分到了同一个寝室，美人们的光华遮蔽了一切，李小贞只能剑走偏锋以才华取胜，形成三足鼎立之势。

那时候学校都风传北山二栋402寝室有两大美女和两大才

女，李晓枫心里觉得其实她们三个才真正是那一届最耀眼的明星，她只是作为搭头存在。后来到了大三出于某些无法说清的原因，她们三人渐行渐远，李晓枫又作为"中立国"存在。李小贞说："现在'德法英'大战，你必须成为'瑞士'，不然这个寝室就要散架了。"

其实现在想想，同学之间能有什么过不去的坎呢。不过都是一些幼稚天真的女孩，因为读了最热门的专业而莫名骄傲，大家的共同理想是成为奥黛丽·赫本那样优雅美好的职业女性，穿着窄身裙子，披着黑色羊绒大衣，拎着公事包出现在头等舱里，邂逅一个绅士，拥有美好的人生……

要到很多年以后，李晓枫才明白要得到美好的人生是很难的，要穿成奥黛丽·赫本那样的女性也是很难的，遇到绅士是更难的，唯有头等舱和羊绒大衣可以偶尔尝试拥有——李晓枫甚至连羊绒大衣也只有一件，头等舱倒是可以常常坐，因为全是公关公司买单。

但坐得多也有坐得多的不好。

比如碰到一些你不怎么想见的人，听到一些不那么想听的话。

头等舱的静会让这些人、这些话变得无处躲藏。

2　　　　这个世界最让人尴尬的两件事，一是当你穿得乱七八糟最不想见人的时候居然碰到了熟人；而比这还可怕的就是你无意中撞破了熟人的奸情。

　　　　2013 年的冬天，李晓枫就同时撞到这两件尴尬的事。

　　她穿着睡衣遇上了最不想遇到的一位熟人，而且这位熟人还暴露了他最不应该在李晓枫面前暴露的小秘密。

　　本来是碰不上的。原来公关公司帮李晓枫订的是十一点的飞机，但谁知道北京 12 月的三十一天里倒有十来天的雾霾，晚上在活动现场试一款新出的鱼子酱面膜时，李晓枫感觉连气都呼不出来了——鼻炎犯了，打喷嚏打到全场侧目，最后只得躲到洗手间了事。

　　就在洗手间拼命用凉水冲鼻子的当儿，李晓枫叫公关公司的小姑娘火速把票改成了第二天早上八点，借口是想早点回去写稿。其实回去写个鬼，资料一早发回去了，新来的实习生钟露露是个勤奋聪明的孩子，估计明天晚上上版的时候改改标题就行。李晓枫就是想早一点走，离开这个鬼地方。

　　"北京果然是一个不旺我的地方啊。"李晓枫瞬间想起了刘裕德的那张方脸。尽管分手已经那么多年了，但李晓枫还是记得他永远紧皱的浓眉和薄情寡义的嘴角。是的，刘裕德就代表了北京这个城市最恶劣的那一面——现实、势利，要把每一个靠近的人榨得一干二净。这让李晓枫的心情更加恶劣起来。

"李老师，早上八点多的飞机，意味着您最晚早上五点四十就得出发，真的太早了。"公关公司订票的小姑娘善意地提醒李晓枫。

李晓枫微笑："不怕，我平时就起得很早。"

是啊，早起可难不倒勤奋的《粤城新报》时尚部首席记者李晓枫。业内谣传李晓枫天天五点起来写稿——这也真是以讹传讹，只不过有几次因为下午要发稿所以早上五点起来赶过几次稿，就把同屋的同行们吓坏了。

2005年以后进入时尚行业的女孩们大部分是娇生惯养的中产女孩甚至是富二代，他们五零后六零后的父母撞正了时代，多少都发了点财，把所有的爱献给了自己的独生儿女。看着电影《穿普拉达的女王》长大，一心要见识一下五光十色时尚世界的掌上明珠们，哪里像李晓枫他们这些九十年代就加入这一行的老记者这么挨得和拼命。前者是为了理想，后者完全是为了谋生——报纸节奏快，当天的事情当天见报，当然要手快；而时尚杂志一个月才出一本，三月份的消息他们要五月刊才登出来，慢得要死。所以那些时尚杂志的小女孩一看到报社记者五点起来赶稿就觉得快疯了，真是少见多怪。

当然李晓枫也不介意这种以讹传讹，在这个圈子里，想要被人记得就要有一个标签。比如《京华快报》跑时尚的美女记者刘挺挺就以一撮彩色的"毛"出名，原本一个很文气的主播头，但她很"匪"地把左侧头发全部铲掉露出青森森的头皮，右额前方的一绺长发，今天染闪电蓝，明天染粉红，再配上她的黑色细条缠身皮背心，以及长靴和短裤之间那一段赛雪欺霜的雪白大腿，自带一种挥之不去的独特气质，让人惊艳。

有她的大长腿在先，别人就势必不能再走这个路线，好在女人除了腿还有胸，《新鲜时尚周刊》的女记者安吉拉以低 V 绝杀全场，每次出场必露乳沟三寸以上，双眼涂得黑雾迷离，把每个牌子的外国总监都看得目眩神迷。

而电视台大 BOBO 走的是丰满大模风，她一个人有安吉拉两个这么大，别人这么肥肯定难看死了，但大 BOBO 生得五官鲜明，当得起"盛唐美人"这四个字，而且她永远穿着来自云南的大袍子，黑的白的紫的蓝的红的，脚下再踏一双巴黎世家当季新款的黑白厚底鞋，一出场必然像一尾七彩大锦鲤跃入鱼池，把静悄悄的会场搞得水花四溅，认得的不认得的都给个热气腾腾的拥抱，怎么样你也难忘那销魂的挤压感……

你看，要在一个圈子里混出名，总归是要有绝活的。

李晓枫胸无四两肉，貌不出众，标签就是勤奋吧。虽然这个标签有点 boring（沉闷），但胜在得来全然不费工夫，别人好意相赠，只好顺势笑纳了。勤奋就勤奋吧，总比说你土老肥好。这个圈子最怕的不就是土老肥吗？但偏偏又真戳中李晓枫的痛处。

有时候，李晓枫用她"尊贵的同行"的眼光来看待自己，着实是捏了把冷汗："土老肥"这三个字还真是跑不掉。

首先李晓枫肯定是肥的。小学的时候她得了一场肾炎，吃激素吃得肥成了球，然后这个肥就一直保持到了大学，导致李晓枫度过了四年黯淡无光的大学时光。

老呢也是真的是老。她入行的时候甚至连时尚这个行业都没成形，《ELLE》刚刚从季刊变成双月刊，林青霞老公的那个服装牌子刚刚进上海开店，路易·威登的广告词还是"旅游的真谛"，杂志上的女模特都化着浓妆，梳着大波浪、涂着鼻影、穿大垫肩的西装，最红的明星是江珊、王志文（很多人现在都不知道这两个人了），商场里播的背景音乐是《梦里水乡》，而报社甚至根本没有"时尚"这个版块。

土呢，就更没办法了。刚入行的时候有长达三年的时间李晓枫把"GUCCI"拼成"GOCCI"，刚开始她全部的时尚经验来自周蜜带她们看的那几部六十年代的奥黛丽·赫本的时装电影和图书馆里看到的《ELLE》《上海服饰》——这是当时国内仅有的两本可以称得上时尚的杂志——真是不敢和人说啊，但让一个出生在湖南三线城市炼钢厂的子弟懂什么叫时尚也真是有点为难，毕竟李晓枫一出生闻到的就是空气中无处不在的烟尘味，夹杂着煤味灰味土味钢铁味，那是钢厂生活的一部分。

说起来，连入这一行都是一个意外。

毕业三个月后，李晓枫失魂落魄买了一张火车票离开北京，南下广州时只带了一只背囊，袋子里有两件换洗衣服、一双高跟鞋，还有八百八十四块钱。是的，李晓枫是一个拿了八百八十四块钱在广州"白手起家"的女人。

记得那是整整一天两夜的绿皮火车，眼泪一刻也没有停过。到广州的时候，刚好是黎明，薄雾里缓缓映入眼帘的是窗边大朵大朵火红的吊钟花。啊，南方到了，这就是南方。李晓枫轻轻对自己说，这就是南方，南方会对我好的，《易经》上说了，南方属火，利女人。

她完美地错过了招聘季，万般无奈只得在周蜜的宿舍里借宿了半年。

周蜜有一个好爸爸，也有一个好男友，一毕业就分配到了广州商业局下属的一家外贸公司，那时外贸公司是最有油水也最有前途的单位。周蜜那间小小的单人宿舍堆满了花花绿绿的香港物资。"蓝罐曲奇，送礼体面过人。"这是周蜜教李晓枫的第一句广东话，也是李晓枫第一次吃到来自香港的食品。过了多少年，李晓枫也忘不了那浓郁的牛油香气。

那时内地的同学一个月才挣二三百块呢，周蜜的工资已然过千，还有各种各样补助和物资，外加工资一半的港币奖金。这套市中心的小宿舍，人家还不稀罕住。"大胡连洗脚水都给我倒好，"她跟李晓枫嘚瑟，"你呀，想住多久住多久！大胡什么都缺，就是不缺房子，谁让他在地产公司呢！"

李晓枫住了五天后，她又开玩笑似的敲打李晓枫："晓枫，懂事一点，买点东西打点一下我们单位那些行政吧，不然他们要说我私自借房给朋友了。"李晓枫出去一打听，周围这样的单间小房子的租金是八十块，于是干脆给了周蜜一百块，说："我不认识你们单位的人，以后我每个月给你这么多，要打点你就帮我打点吧，辛苦你了。"

周蜜推辞了一番，也就平静地笑纳了。

周蜜这个人就是这样，从来没有缺过钱，所以她从不明白钱对于一般人的重要。这导致她也体会不了对一个窘迫的女同学最好的关照不是请她吃蓝罐曲奇，带她一起逛街，送她一件衣服，而是实实在在少收她二十块钱，因为这个够她吃一个星期的饭。但周蜜对此一无所知——确切地说，她对和她无关的世界没有任何了解的兴趣，她觉得所有的人都应该和她一样，随意吃蓝罐曲奇，逛街买一堆衣服，有一个宠她的爸爸和男朋友。如果没有这些，那就是不够努力和优秀，或者是没运气——不努力和优秀当然只能怪你自己，没运气更不值得同情，仍然只能怪自己。所以她收下一百块是正义的。一个人欠债要还钱，住屋要交费，这叫"公平"。但这种凡事力求的"公平"让她和谁都亲近不起来。不过她也不觉得自己和谁疏远。

"整个儿就是缺心眼儿，谁跟她交朋友谁傻。"李小贞背后
说她。

但李晓枫还是把周蜜当成朋友。缺心眼的人也有缺心眼的好
处，她不想那么多，就不容易受伤害，交往起来比较简单省力。
李小贞看到天上的云淡一点都要写首诗：淡淡稀薄的云，像你的
心……而周蜜看到稀薄的云眉毛都不动一下，她没有什么多余的
感情，或者说她不允许自己有什么多余的感情，这样她的生活
才日夜呈现出健康又明朗的态势：一是一，二是二，三下五除二，
搞定!

有时觉得她心硬得可怕，可是一想到她是缺心眼的缘故，李
晓枫就不跟她计较了，况且她收留过李晓枫这小半年，还把"肉
多多"（一只金渐层的猫）送给她，李晓枫一辈子记她的好。李小
贞就讽刺过李晓枫是个苦孩子，"因为一辈子没什么人对你好过，
所以才会牢牢记得路上遇到的每一点恩情"。

记得别人的好，不对吗?

苦孩子就苦孩子，也没什么不好嘛。其实刚来广州找不到工
作的那半个月她一点也不觉得苦，光顾着惊奇了，唯一惶惑的是
没钱。

给周蜜一百块，再加上吃饭——那时两荤一素的盒饭是两块
五毛钱，一天吃饭得五六块，李晓枫所带的钱勉强只够两三个月

14

的花销。什么叫生活逼人，这就是生活逼人，一分一厘都打跟头翻到你面前，容不得半点含糊。她必须在这两三个月里找到工作，不然就只能回家。

没有熟人介绍，只能在人才市场里瞎找。外企国企都不在招聘季，剩下的全是二打六的小公司，就算以李晓枫当年的眼光，都能看到每一张招聘后面充满了陷阱：会打字会翻译性情温顺长相漂亮体重在五十公斤以下的总经理助理，你去吗？包食宿一万元保底加提成的酒店公关经理，你去吗？月入八千包食宿，地址在中山坑镇，你听都没听过的地方，你去吗？

在人才市场晃到第六天的时候，李晓枫是真的有点绝望了，感觉满大街都是狼，满大街都是坑，只等不谙世事的年轻女孩跳进去。若是真的不懂事倒好了，偏偏李晓枫又还略懂一点事，所以尤其觉得可怕。

最后李晓枫是靠一张皱巴巴的破报纸改变了自己的命运。

在那个绝望的中午，她坐在人才市场外面的花坛边，发了半天呆，随手捡起身边一张烂报纸，鬼使神差，一眼就看到《粤城新报》的招聘启事。一看地址离人才市场不远，李晓枫心想反正闲着也是闲着，背着包就径直走了过去。

1994年11月的广州，还是热得只能穿单衣。虽然到处乱哄哄的，但很明显看得出这是一个欣欣向荣的城市，到处都是人，从内地跑出来想要争取更幸福生活的人们——李晓枫想，他们和我不是一样的人吗，如果他们可以找到工作，那么我李晓枫也可以。我又不笨，我又不傻，我又不懒。

这样一想，李晓枫的心情就好多了。她哼着歌穿过了一个城中村，左右密密麻麻层层叠叠都是小盒子一样的房子，还有密如蛛网的线，把碧蓝的天空划出许多几何图案。

发廊里坐着许多穿吊带装的姑娘，倒也并没有浓妆艳抹，只是不停地对着外面的行人微笑。有一个圆脸姑娘看上去还完全是个孩子，却姿态老练纯熟地往巷子里的脏水里吐痰，隔壁士多店在昏天黑地地播刘德华的《忘情水》："给我一杯忘情水，换我一夜不流泪……"店主在用广东话吆喝："最平最平，今日最平……"

李晓枫就是这样单枪匹马冲进了报社，在一个乱哄哄的下午，冲进了十五楼一个乱哄哄的屋子。"谁是主编？我是来应聘的。"李晓枫问。

"欧阳，有靓女找！"有个留着长头发，歪嘴抽着烟的戴眼镜的男人眯着眼睛看了李晓枫一眼，用手指了指，"你去里面吧，欧阳在里面和人聊选题。"

李晓枫拿着毕业证书径直走了进去："听说你们这里招人。"

屋里的四五个人愣住了。一个穿着大了两码的明显没怎么洗过的白衬衣，比李晓枫大不了两岁的男人翻看了一下她的毕业证书，说："南湖大学的啊，师妹啊……现在只有副刊缺人。你不是懂外

16

语吗？帮我们翻译一点外文资料呗……"这是李晓枫第一次见欧阳，一个戴着巨大方形眼镜、眼睛奇大脑袋奇大的瘦弱的湖南男人。那时他还算是一个地道的书生，没有变成"一个离过两次婚炒过无数人的无耻老板"——这评价不是李晓枫给的，是欧阳自己说的。

李晓枫这一干就是二十年。进去的时候也不是不委屈的——南湖大学的英语本科生，同学里有人进了商业部，有人进了广交会，有人去了外企——只有脑壳进了水的李晓枫，居然为了爱情跑到北京，结果三个月就大逃亡，跑到广州进了这种十三不靠没编制没名头的小报社。

当时的《粤城新报》只不过是主报旗下一个闲置了多年的小报刊号，大老板根本没有抱任何希望，派欧阳下去挑头，想着随便招一点年轻人做一份八卦小报挣点广告费，聊聊克林顿、邓丽君、伟哥、伊妹儿……谁知道欧阳居然带李晓枫他们这帮乱七八糟五湖四海的外乡人做成了一个名震全国的报纸，十几年之后每年的营收都上了亿，养起了整个报社。欧阳说这一切都是因缘际会，不是他有多英明，就是撞上了时运而已——他们恰好碰对了热气腾腾的九十年代，一个遍地奇迹的年代，能让一个最初只有七八个人上班的破报纸营收上亿，也能让李晓枫这种把"GUCCI"拼成"GOCCI"的穷鬼变成时尚媒体界的老行尊。

算起来李晓枫还真是看着时尚业是如何一步一步在中国兴盛起来的。品牌在这个全世界最大的消费市场大把大把地散银子做启蒙，每隔一年或者半年就推出一个新概念，讲各种故事。他们讲故事就需要有媒体，有写手，而李晓枫恰好就在此时此刻撞了进来。

那时真是时尚业的史前时代啊，什么都没有——没有互联网，没有资料。李晓枫只好托当时在英国留学的李小贞寄资料过来——书、杂志和报纸，反正她能拾到的各种各样过期的时尚杂志和报纸。那些年全靠李小贞的海外信息支援，李晓枫才在报社立下脚跟。李晓枫把那些英文书或杂志翻译过来，再加点自己的理解，写写弄弄就是一个整版，标题是：《巴黎制衣作坊里的天才们》《为什么卡地亚是世界名牌？》……翻译是李晓枫的老本行，她学的就是英文专业，不费什么劲儿。而且最重要的是，坐在家里，不用采访，很省时间。那个时候也没有版权概念，把图扫下来，就可以赚一个版面的钱，一个整版是二百，如果都是自己写，那稿费是八百，一周四个版，一个月最少挣六千。第一个月看到工资条的时候，李晓枫简直不敢相信自己的眼睛，天哪，老娘有钱啦啦啦，比外企的工资还高啊！当时内地的同学哼哧哼哧干一个月的工资她一天就挣回来了，拼命地干啊拼命地写啊拼命地挣啊，每天都乐颠颠的。

后来报纸上的文章写得多了，有出版社来找李晓枫出书。抱着挣点外快的心，李晓枫曾翻译过两本国内最早的时尚书，一本是"英国时尚女杀手"的传记，一本是伦敦女人的品牌指南。不知道为什么这两本书后来莫名其妙成了这个行业里入行必读书，所以李晓枫就莫名其妙有了一点小名气，居然成了这个虚荣圈子里最有学问的人——于是，李晓枫不留一撮毛没关系，李晓枫不涂烟熏妆没关系，李晓枫在露背派对上不露背也没有关系。每一个提起李晓枫的人会说，喔，那个写书的"温蒂·李"，那个专业的"温蒂·李"，那个早上五点钟起来写稿的老记者"温蒂·李"。

话说那天一心想摆脱北京雾霾的"温蒂·李"，也就是李晓枫本人，早早起床，准备离京。

正好周日，二环路上一路畅通，居然早早就到了。李晓枫披着她那第一百零一件巴宝莉风衣威风凛凛第一个登机了。上飞机把行李和大衣都交给空姐，里面她早已穿好自己最舒服的一套厚底真丝家居服，然后再戴上入睡利器——一只墨绿色的宽边真丝眼罩，李晓枫准备来一场酣畅淋漓的蒙头大睡。

迷迷糊糊要入睡的时候，隔壁突然有了响动，而且响动很大。平时很少有人在头等舱里这么重重地放行李，大声叫空姐倒茶的。空姐急急地跑过来，问："胡先生，有什么可以帮到您吗？"这个男人问："你们的拖鞋呢？"拖鞋就在前面的鞋袋里，他就是想享受空姐给他穿鞋的那一分钟的快感吧，李晓枫心想，这男人可真够猥琐的。

原本期待飞机快点起飞，这个猥琐男会消停一点，可是碰到限流，飞机一直没有起飞。这个男人半躺下之后居然就打开微信听语音。这种 A30 空客头等舱的座位上有一个罩，两人一排，声音全窝在里面。于是乎，一个年轻女孩的声音就在离李晓枫不到十厘米的地方不断地响起——广东话，带着长长的气音：

"哼，我唔去，人底唔去，除非你来接我啦。"

"哎呀，咯个地方不好食，咯次你不记得了，我们点咯蒂牛排根本就咬唔烂……"

"我好中意咯只 LV 啊，在 BB 出来之前，你至少一个月要比我一只中意嘅包，达唔达……"

"不好嘛，不好嘛，好咸湿啊你，人底不中意……"

…………

人类这种生物吧，一旦进入交配期就会十分愚蠢，这种对话如果只发生在伴侣两个人之间，十分甜蜜，一旦被不相干的人听到，就是一出恐怖剧。李晓枫听得汗毛都竖了起来，但手机的主人似乎已沉浸在年轻女声制造的粉红色荷尔蒙大阵里，意犹未尽地把这些话听了一遍又一遍。天哪，这都什么素质啊！李晓枫拉起眼罩想看一下是何方神圣。她这一看不打紧，差点没震得坐起来——天！隔壁这个猥琐男，居然是大胡。

是的，就是李晓枫的上铺——南湖大学外语系美女周蜜的暴发户老公大胡，他的左颊有一个花生形的胎记，全世界独一无二。

3　　　说起来，大胡真是一个神奇的存在。

　　他原来是数学系的学霸，长得个子奇小。李小贞曾经刻薄地说老胡死后可以将遗体送给医学院做解剖，用以证明为何矮子会比正常身高的人聪明："他们的神经应该会比正常身高的人粗一点点。物理课教过线路短传输管道又粗的话，信号传输就要快得多。"

　　这当然纯属瞎扯，但大胡从一出世就精得跟猴儿似的却是铁一般的事实。他三岁就能数到一千，五岁会加减乘除，大人什么都骗不了他。但有一点，是他粗大的管用的神经系统也无法治愈的问题——那就是他终生都要跟这个"小"字做艰苦卓绝的斗争。

　　虽然到四十岁还长了一张孩子的脸，干什么事都笑嘻嘻，但特别熟悉他的人才知道他有多么要强。从小就要考第一就不用说了，连名字都从胡小军硬是改成了胡大军——十来岁的时候他以绝食相逼，让他妈去派出所改了名。大胡他这一辈子没有别的要求，就是什么都要求是最大的。

　　他，英明神武胡大军。

　　车子，要买最大的；房子，要买最贵的；财，也要发最大的；找女朋友，当然要找大美女。

　　周蜜就是大美女。

外语系有两朵系花——一朵叫梅兰花，一朵叫周蜜。

梅兰花是新疆人，周蜜是四川人。

梅兰花极"艳"。可能因为有一点点异族血统，她大眉大眼大方脸，一头浓密的大卷发，雾沉沉湿答答的大眼，睫毛密到连睁开都很费力，鬓角嘴唇上笼着一层细细的绒毛，充满了某种野性的美，再配上她那口不太整齐的牙齿，笑起来格外灿烂。就是她，让李晓枫第一次知道人不是完美才可爱，有时恰恰是因为不完美而可爱。

梅兰花在新疆长大，那地方坐下来唱歌站起来就跳舞，当时湖南的大学都流行唱广东歌，她居然很快就模仿得有模有样。记忆中最深刻的一次是学校开联欢会，她扮香港明星梅艳芳，头上戴着黑色纱丽，眼影画得翘到天上，一对金色的大圆耳环在耳边飞来飞去，一件黑色紧身胸衣，一双黑色长靴，黑色的霹雳手套，带着一帮男生在台上大跳梅艳芳的名曲《烈焰红唇》：

　　红唇烈焰

　　急待抚慰

　　柔情欲望

　　迷失得彻底

　　…………

歌词性感，节奏强烈，再经她这么黛眉星眼远山连绵一番演绎，真是佛都有火，宣传处固然是挨了批评，但她也一下子声名鹊起，把南湖大学连带周边三个大学的男生都迷得要死，天天有人在她们寝室下面唱"梅兰梅兰我爱你，你像兰花叫人迷"。

　　每次看到这些追求者，梅兰花就特别开心。她总喜欢靠在窗口看着下面这些傻瓜男生咯咯地笑，笑到弯了腰，笑得喘不过气来，越发显得天真可爱，让楼下的每一个追求者都心潮澎湃。

　　那时候女孩普遍保守，领口稍低已经惊天动地了，梅兰花夏天常泰然自若地在她的牛仔衣下穿着吊带裙，有事没事露出一大片雪白，让人目眩神迷。奇怪的是，别人露着一大片就是别扭，梅兰花一露就特别自然，特别浑然天成，正好和她的大波浪和大红唇配合得天衣无缝。

　　她是那种一到男人堆里就活力四射的女孩，做什么都很坦荡，她喜欢哪个男生，就直扑，扑完很高兴，接着又扑下一个，只要和她在一起，你就感觉身边有无数野火花在刺拉拉地烧着，那是无限的可能，又是无限的危险，更是无限的刺激。她眼睛里永远闪着光，嘴角永远含着笑，腔子里好像有团火，哪怕李晓枫一个女生，也能感觉到梅兰花的热度。她有一种对面哪怕是座荒山也会让你漫山遍野地烧起来的能量，让人无法自持又蠢蠢欲动，呼风唤雨，飞土扬尘，劈头盖脸，席卷一切。后来李晓枫知道这种力量有一个专有名词，叫"色士"（sexy）。

和梅兰花的热情如火相比，周蜜就是个冰雪美人。

冰雪美人最大的特点一是不理人，二是白。湖南人也白，但却不是她这个白法。她的白是四川人的白，晒不到太阳的白，云里雾里滋养出来的白，白里还略透着青，离她五米之外都能闻到"勒老子滚远点"的警告。

她有一个巨大的脑门，眼睛是敦煌美人那种双层的丹凤眼，眼尾微微上翘，笑的时候有一种说不清的媚态，不笑的时候又妙目端然，凛然不可侵犯。她双眼的距离比常人要多那么几毫米，嘴角永远有一条略带嘲讽的弧线，这让她的整张脸呈现出某种冷峻和茫然。

她那时老爱穿一身白，独自一人慢慢走在去校广播站那条长长的石阶之上，石阶两旁漫山遍野的细头洋甘菊，和她的背影一起，构成了九十年代南湖大学男生关于梦中情人琼瑶女郎的所有想象。

会当凌绝顶，一览众山小，不怪她目下无尘，谁让她是那登顶的佳人。李晓枫记得进校的第一天，生活老师就说这一级来了一个十项全能的女同学，小学中学得过的奖项档案一页纸根本填不完，田径、跳高、朗诵比赛、钢琴八级、英语演讲比赛、奥数还有作文比赛，她统统得过大奖。

本来应该去北大的，可惜差了几分，不幸调剂到李晓枫他们学校了，所以大学四年周蜜老有一种谪仙才有的幽怨，觉得命运薄待了她，只有用轻蔑来表达她的伤感——她看不起这地方，也看不起这地方所有的人，除了和寝室的三个女生有一点来往，别人一概不理。没想到歪打正着，这种孤绝反而让她更增添了几分神秘。

谁也不知道这位神秘美人是如此多话，她似乎通晓无数名人八卦，谁和谁拍戏的时候有一腿，谁的老婆和司机通奸……那时媒体不发达，这些小道消息一拿出来就把李晓枫她们惊得目瞪口呆。周蜜的妈妈是一位出名的戏曲演员，这些消息自然来自她母亲文艺界那些多嘴的同行们。

周蜜还特别爱看电影，常年拉着她们仨去图书馆电教室去看原版的英文电影。她有一种强大的自信，认为只要是她喜欢的，就是李晓枫她们应该看的。但话又说回来，她选的片子确实是很好看的，里面总是充满了漂亮的衣服和美好的爱情，就算到了现在，李晓枫还是记得那些开辟过她头脑鸿蒙的电影：*Gone with the Wind*、*Roman Holiday*、*Breakfast at Tiffany's*、*Pretty Woman*……

周蜜那个巨大的奔儿头，鼓鼓的，盛着从她父亲那里遗传下来的高智商和行动力。是她第一个教李晓枫她们用一种尖细的钳子拔眉毛，还有如何涂眼影。她有成套的化妆品和许多洋气的裙子，这些都是她妈妈和她的阿姨们去香港演出时买的，大一大二的周五下午，她们寝室通常要去市里逛街，周蜜就是她们出行的时尚总指导，四个女孩在她的调度之下总能穿出桃红柳绿莺歌燕舞的气势，走在校园的林荫道上总能招来无数回头和口哨。

周蜜还有极强的语言天分，经常在四川话、普通话、英语，以及她在学校学的湖南话、东北话、河南话之间无缝穿梭，脑子慢一点的根本就跟不上她的节奏。她会突然在她们出门的瞬间用校运会播音站里那种字正腔圆、铿锵有力的播音腔说："同学们，你们看！四位美丽的少女从狗岭山鸭坡洞（她们学校附近两个村子的名字）走出来了。在这阳光明媚的下午，她们将要搭乘'11路'去北山农贸市场刘二嫂家把她家的米粉一扫而光，然后带着满肚子的油水走向那开往市区的6路公共汽车，她们昂首阔步英勇向前……"当然，这是周蜜满意她们的装扮，如果不满意的时候，她可能会摇着头开始唱"星星咋还是那个星星哟，月亮咋还是那个月亮哟，山也还是那座山啊，人也还是那个人……"，然后一把把你揪过来，叭叭往你脸上打粉。李晓枫是被她揪过来最多的那个："没有丑女人，只有懒女人！晓枫，你能不能对自己严格一点？"

李晓枫对自己严格不起来，早上少吃一个肉包子都会饿得不行，当然就更不能像周蜜那样对自己那么严格，不过，能像周蜜那样严格对待自己的，其实李晓枫这辈子就没见过几个。

大学时代，崇尚散漫，梅兰花出去跳舞常常到凌晨才翻墙回，李晓枫和李小贞就拿着手电筒在被子里看书，只有周蜜严格地按着十点半睡六点起的作息时间生活。常常是天刚蒙蒙亮，她就会窸窸窣窣起床，喝一杯放在桌子上头晾好的凉白开，然后去洗衣房刷牙洗脸，回来的时候开始练功压腿，随后用一把尺子量自己的腰围。若是胖了一点，立刻就一天不吃东西。她的床和她的桌子永远是最干净最整洁的，她的内衣内裤穿半年就要全部扔掉："我妈说会变形，也不卫生。"

李晓枫拿着她那条穿了三年的白色米老鼠三角内裤就愣住了。她对自己说：嗯，不能听周蜜的，她家有钱！

是啊，只有有钱的父母才会千里迢迢来送孩子上学。李晓枫、梅兰花和李小贞都是自己一个人拎着行李来的，只有周蜜家是全家总动员，她爸、她妈、她爸的秘书全都来了，一寝室全是她家的人。周蜜的妈有一双和周蜜同款的双层丹凤眼，如刀如剑，眼光所过之处寸草不生。据说周蜜她爸当年就被她妈的宛转眼风拿下——花旦们练的是童子功，眼神长期要练，对着鱼，对着鸟，把眼光像扔刀子一样地飞过去，所以对付个把灵长类的雄性动物，那还不是不在话下？对付三个灵长类小崽子那还不是随随便便？

周蜜和她的两个哥哥都是在她妈妈的棍棒底下长大的。一样是打，偏偏男女还不一样，周蜜妈对儿子的打带着痛惜，带着期待。她把人生全部的希望都寄托在两个儿子身上，扬眉吐气当官挣钱替周家争光，这是她打他们时念叨的主题。至于女儿，她就真的没有太多想象力，在她这一代妈妈心里，女儿能有什么出息呢？无非还是要嫁得好才是真好。但是嫁之前，一定要特别优秀才行。于是，她花了十二分心力来让女儿变得优秀和卓绝。她替女儿拟定了严格的作息表，报了无数个学习班，她要她学钢琴、学奥数、学写作、学田径，她要她站如松坐如钟，很难想象周蜜十二岁还因为练琴练得不认真而被妈妈打到阳台上，穿着背心三角短裤哇哇哭。

那时候的父母都这样，他们管这种教育方法叫严格要求，周蜜的妈用扫把和凌利眼神把周蜜督促培养成了一个成绩优良作风过硬的好青年，没有辜负"冰雪美人"这个称号，那是一个省城上流阶层少女所能呈现的最正经的面貌。周蜜妈想得很周到，要以冰雪来成就女儿，阻挡各种莫名袭来的狂蜂浪蝶，"小心外面那些人，女的都是小市民，男的都是小流氓"，她妈妈常常这样教育她。

大学四年，周蜜没有什么朋友。十几岁的女孩们好起来的时候恨不得上厕所都黏一起，周蜜大部分时候是一个人，因为她忙，有各种"公务"，比如去校广播站广播，去学生会开会，而且她每天有严格的时间表要执行，只有周末时会和李晓枫她们玩闹在一起，但那也仅限于她和梅兰花彻底闹崩之前。

好在她也不在乎，因为她从小就是一个人。她的妈妈很早就告诫过她不要跟别的男孩子玩得太近，他们就想占你的便宜；也不要跟女孩们一起玩，女孩们的嫉妒心都太重了！与其交朋友，不如认真搞好学习云云。也是，要说女孩对着周蜜没有一点嫉妒也是假的，连李晓枫有时也会——为啥同样是爹生娘养，有人就什么都有，还长得那么好看？周蜜靠谱地继承了她父母的所有优点：她妈长得漂亮，但是个子矮；她爸长得一般，但是个子高——她在娘胎里就长了眼睛，分别把她妈的漂亮和她爸的高个子都继承了。

南方的女孩普遍矮，但是周蜜身高达到了一米六八，腰细腿长，站在一群女孩中间，简直是鹤立鸡群。只用这么轻轻一站，眼风一扫，就杀人于马下。第一天来上学她就是这样硬生生地让数学系大二学生大胡拜倒在她的珠光丝裙子之下。

从某个层面上来看，周蜜完全符合了大胡对于未来老婆的想象，一分也不少，一分也不多。大胡的设想就是找一个比一米七还差那么一点点的女孩——他才一米六六，如果比老婆矮太多也不好看。而一米六八呢，他只要穿双有点跟的鞋子就可以和她平起平坐，重要的是，将来要能和她生个娃，根据"爹矮矮一个，娘高高一窝"的原则，他们的儿子有超过八成的概率超过一米八，气死那帮笑过他矮的王八蛋。

怀抱着这样壮怀激烈的理想，大胡玩命地追着周蜜。别人是生怕人知道，大胡是生怕人不知道，路上堵，楼下等，送早饭打开水，广播里点歌送祝福，什么都做尽了，周蜜也就顶多在他提早两个小时帮她占好图书馆座时对他笑一下。冰雪美人嘛，她越是对大胡不好，大胡就越是喜欢，没办法，他就好这一口。数学题越难他越兴奋，女人越对他凶，他就越高兴，这是考验哪！男人嘛，就是要迎难而上，才能征服全世界。

其实，那时候的周蜜压根就没有想到这一茬，她心有所属，所以大胡苦追了两年也没有任何结果。直到第三年，周蜜突然就同意了，世人都以为是大胡精诚所至，金石为开，只有李晓枫知道大胡是拾了一个漏儿。

周蜜其实就是被石一山给伤着了。

前面说了，周蜜是外语系两大系花之一，但关键石一山同学是外语系唯一系草兼任校草，以二对一，所以还是有点优势的。

石一山的帅是全校公认的，他爱穿白衬衣，风度翩翩，要命的是眼睛里永远闪烁着笑意，这些倒也罢了，关键他还有一张极为性感的嘴唇。"石一山的嘴巴怎么这么好看啊，让人好想咬他！"梅兰花在寝室的卧谈会上怅然地说道。大家又是一阵爆笑，妈呀，还真是这种感觉。

只是那时大家都以为梅兰花是所有男生的，而石一山是属于周蜜的，可能周蜜也这样认为，因为所有人看得出来，周蜜就是明显对石一山有意思嘛，有事没事就在寝室里提他，当然主要以骂为主。她各门课都是班级第一名，别人要问她借笔记本，她断然是不肯的，但只要石一山出马，那就绝对没问题。两个人又都是学生会的干部，常常搭档主持节目，所有人都在起哄闹他们俩，弄得石一山的追求箭在弦上，不得不发了。

大二的时候他终于正式约了周蜜一次，说去市里看电影。周蜜一定要带上李晓枫，这也是她妈嘱咐她的——和男生约会一定要带个自己的朋友。于是李晓枫万般无奈当了一回电灯泡。

这一趟李晓枫倒是发现一贯胸有成竹的周蜜在石一山面前变成了另外一个人。她的小脸突然变得红扑扑的，眼睛里闪着异样的光，声音都是抖的。她一路嗔怪石一山没给她们买水，又指责他没有在校运会上表现好，害得她拼命叫加油都输了……怎么说呢，她突然变得大失常态，语无伦次，李晓枫觉得这也正是周蜜最可爱的地方。你看，她就是很真，很极致，她把她最冰雪的一面留给了同学，把她最幽默的一面留在寝室，把最慌张的一面留给了石一山。只可惜，石一山那时太年轻了，他被周蜜的步步紧逼弄得有点招架不住，略显尴尬，乘周蜜去洗手间的时候，这位帅哥偷偷跟李晓枫叨咕："你们平时在寝室里她也这样吗？"

李晓枫说："平时不这样啊，她其实是很好玩的，但是今天她太紧张了……"

石一山耸了耸肩，不置可否地撇了撇嘴。李晓枫笑着拍拍他的肩："老石，周蜜之前还没交过男朋友呢，你责任很大啊！"

可能就是这句话把石一山给吓着了，所以他没有等到那个在四川话普通话英语以及湖南话东北话河南话之间无缝穿梭的周蜜出现，就火速倒向了梅兰花的怀抱。这当中争风吃醋明枪暗箭的故事大概可以写三百集琼瑶电视连续剧，很无聊也很狗血。但最终的结果简单地说就是最优秀的冰雪美人居然到最后都没有抢赢那个××养的梅兰花。于是有恒心有毅力的大胡拾了一个天大的漏儿。

多年以后，李晓枫仍然记得周蜜生命里那个转弯时刻。她把自己闷在蚊帐里抽了两天烟之后，第三天中午披头散发从烟雾缭绕的帐子里走了出来，像一个从容就义的女英雄一样开始对着镜子梳头发。

命运像一头巨鲸，在那一刻沉沉地转了一个弯。水面并无响动，只是你能看到巨鲸身边深深的纹路。从此周蜜的生命就驶向了另一块海域。

李晓枫也惊着了，不敢问。过了小半天她才小心翼翼地问："周蜜，要喝口水吗？"

周蜜淡淡地说："不喝。谢谢你，晓枫。"

她一脸的平静，平静到有点不屑，也不知是对李晓枫说还是对镜子说："有什么了不起，就是一个蠢货，老子要让你知道这是你一辈子错过的最好机会。"

李晓枫呆了："哪个蠢货？"

周蜜没理李晓枫，面无表情地打水梳头换衣服，她穿着她最好看的白色连衣裙去北山的男生宿舍，拉着大胡的手转了一圈，消息就传遍了南湖大学，大家都知道数学系的学霸和外语系系花周蜜谈恋爱了。

那时的大学生就是这么天真。

毕业晚会那晚，周蜜喝醉了，唱了一首陈淑桦的《情关》："我本有心，我本有情，奈何没有了天，爱恨在泪中间，聚散转眼成烟……"大家都知道她喜欢石一山，但她偏偏以为大家都不知道，唱到声嘶力竭，台上台下的场面一度尴尬。主持人李小贞只好拼命插科打诨独撑大局，因为此时另一个主持人石一山实在不适合出面。

好不容易她下了场，等石一山弹吉他唱歌的时候，她又哭起来了。李小贞有点看不下去了，就用手肘推推李晓枫："哎，你去劝劝她吧。"

也只有李晓枫能去了。周蜜到了大三之后性情大变，她几乎和全班的人都断交了。梅兰花的人缘太好，所以在她眼里，任何跟梅兰花好的人都是她的敌人。至于李晓枫，纯粹也是因为她们是上下铺，上床不见下床见。

李晓枫把她拖到僻静处，递给她一块纸巾："周蜜，你没事吧……"

香港电视剧里安慰人都是用这句话开头。其实李晓枫也不知道该怎么安慰一个失态的女生，只好开始东拉西扯，东一句西一句地乱说："其实石一山没那么好……"具体有什么不好，李晓枫也说不上来。

她只好费力地转到另一个话题："梅兰花也不是真心想跟他一起，前两天，她还和那个詹姆斯（她们的外教）去市里看电影、跳舞呢……"

看周蜜还不接话，李晓枫只好再次转移话题："谈恋爱很难说的，说不定，过几年他又回过头来找你了……"

周蜜停止了抽泣，表情复杂地说："就算他回头来找我我也不会理他，我想清楚了，他和谁都没有好结果……"

"是，是，是没好结果。还是大胡好，你反正也很快要去广州找他了。"李晓枫顺着她的话说。周蜜有一个特点，就是她对别人的事一万个英明神武，但对自己的事总有某种谜一样的天真，好像智商只有三岁。所有的事，你只能顺着她的思路夸她，一夸她她就乖了，这让她的天真有点货真价实。怎么说呢？周蜜纵然有一万个缺点，但是她至少有一个优点，就是她是人群中少数的那种活得表里如一的人，你不用防着她。

"大胡也不好。不过，跟了大胡，我将来应该不会愁钱吧。你知道大胡有多会赚钱吗？他毕业前把进校时十块钱买的那部破单车都卖了三十六块钱，你说他多精。"周蜜又高兴起来。

确实，周蜜看自己不行，但看大胡还是看到骨子里去了。毕业一到广州，大胡就凭着灵敏的嗅觉果断地抛弃了数研所，转而进了一家港资房地产公司，不到两年，就发了。他是同学里第一个真正意义上发财的人，第一个买房子的人，第一个生小孩的人，第一个公司上市的人。可以说，李晓枫在广州的所有大学同学对富人的想象，都是由大胡和周蜜开启的。

那些年，富人的表现就是不停地换房子。大胡的第一套房子是在他自己上班的房地产公司内部抢了一套一百多平方米的港式公寓，一口气贷款五十万。那时候，五十万真是天文数字啊！当时的李晓枫觉得一辈子也赚不到五十万。得辛苦工作多少年才能赚到这五十万啊！周蜜有眼光，大胡果然是会赚钱的男人。"大胡真牛啊！"所有的同学都这么感叹。

大胡不是会赚钱，而是超级会赚钱，他在房地产公司干得风生水起，具体做什么无人知晓，只看到周蜜平均隔三四年就要搬次家——从市中心搬到番禺三百平方米的复式高层，屋子中间挂着她从香港买回来的三十多万的巴卡拉水晶灯。到后来，又搬到了白云山下的一套别墅里，俯览半城灯火，全套从欧洲订回来的法式鎏金家具闪瞎李晓枫他们的双眼。总之，这些年，哪个楼盘最贵，哪个楼盘最火，周蜜就搬到哪里，人也越来越有阔太的样子，吃的用的玩的，无一不是最好的。而最为她人生增光添彩的是，她还给大胡生了一个儿子，这个儿子果然也像大胡想的那样，后来长到了一米八。

如果说真的有人生赢家，那周蜜当之无愧。三十岁之前，她不费吹灰之力，就拥有了一个女人想要的一切。

但可惜再华丽的袍子也会有虱子。

"大胡要是敢出轨老子拿刀子剁了他。"李晓枫心惊胆战地想起周蜜说这句话时咬牙切齿的样子以及可能发生的画面，又往椅子里缩了一点，天哪，自己可千万不要掺和到这种鬼事里去……

4　　　　　从来没有哪一次头等舱的旅程比这一次更漫长。

　　在北京飞广州的三个小时里，李晓枫真想把自己变成一条没有厚度没有体积的直线。她紧紧地抵住椅背，这样大胡就一定看不到她了吧。

　　这样僵缩了一个多小时，李晓枫突然想到一点：大胡不可能认出她来啊。

　　为什么呢？

　　第一是她换了睡衣，戴了眼罩，剪了头发；第二因为跟了一个特别牛的健身教练，比起前些年，李晓枫差不多瘦了三十斤；第三是在好友美容医生雷德蒙同学的建议下，隆了一个小小的鼻。这让李晓枫的长相发生了巨大的变化，以至于出国时经常被海关拦住盘查。到底照片上的人是不是你？害得李晓枫只好当众说出隐私："哎，不好意思，隆了个鼻。"

　　最重要的是，李晓枫和大胡其实也快五年没见过了。

　　为什么五年没见？

　　还不是因为周蜜。

　　按理说她们班，只有李晓枫和周蜜两个女生一直在广州，又没什么过节，不可能五年不见，但是李晓枫后来就是不想再见到她了。

有人传过这么一耳朵给李晓枫，说周蜜跟同学发牢骚说她特别势利。当年周蜜在公关公司的时候，有业务给她，于是她每周都要到周蜜家报到一次。后来周蜜辞职了，对她没有用了，当家庭主妇了，李晓枫又升官又出名了，所以两个人就不来往了。

李晓枫一听这话就笑了，这确实是周蜜才说得出的话。甚至不用闭眼都可以想象得出周蜜在说这番话时，大奔儿头亮亮的，双层丹凤眼眯起来，嘴角似笑非笑的样子。美人薄嗔也是美人，就算是在骂你，样子也是好看的。

李晓枫和周蜜关系的冷淡，从时间表上来看跟周蜜说的没错，事情是这么一个事情，但逻辑却不是这样一个逻辑。

之前两个人常见面，一方面是大家都刚来广州，举目无亲，抱团取暖；一方面还因为工作关系。周蜜在毕业后分配的那个外贸公司只待了一年，她还没有李晓枫挣得多，转身就进了广州最大的一家4A广告公司，正好又管公关这条线，和李晓枫的时尚版多有来往。如果真的说有谁求谁的话，周蜜求李晓枫的时候好像倒多一点，因为那时候的公关公司真是求着报社发稿的。

时尚业刚刚进入中国，媒体总共也没几个。李晓枫进的确实是个十三不靠的报社，但架不住这家十三不靠的报社正蒸蒸日上。又正因为报社刚刚起步，管得也松，有时周蜜在电话里嗲两句，别人发巴掌大的内容李晓枫能帮她发半个版，弄得周蜜在她的香港老板面前倍儿有面子。当然，周蜜手面也特别阔绰，每个周末都在她的豪宅里开派对搞饭局。

于公于私李晓枫都要去。于公是业务交流会，因为很多同行在，很多信息可以交流；于私，说到底是一个寝室混了四年的同学，沟通起来，到底省些力气。

讲真，李晓枫对于周蜜的欣赏有大半来自她的才干。周蜜有无比坚决的行动力，对于装修和收拾家有一种狂热的热情。李晓枫看电影记住的是里面的爱情故事和动人台词，而周蜜记住的全是女主角衣服的细节和房子如何布置。

"要过上电影里那样的生活"，对于普通女孩来说就是一种美好的梦想，但对于周蜜来说这就是她要身体力行的现实。周蜜是李晓枫生活里第一个用布满白色百合花图案的蕾丝薄缎子做窗帘的人，也是李晓枫生活里第一个在自家的餐桌上用镀金果盘和纯银西餐碟刀叉的人。为了举办各种美好的宴会，她还专门去学过花艺，请过白天鹅的西餐师傅上门教她和她家的厨师怎么摆盘，怎么上菜。

每次派对之前，她都会郑重其事地花上半天选桌上的鲜花、选酒、选主题，然后写一张风雅的菜单，在 QQ 上把菜单发给与会的每一个人看：

秋日黑松露尝鲜会：

头盘法式甘蓝沙拉

红宝石华夫饼（酵母版）

黑松露浓汤

黑松露意大利面

西式烤小牛排

桂味焦糖布丁

…………

谁收到这样的餐单之后不会欣然赴会呢？关键是她做这些事情一点也不嫌累，举重若轻，到场要做的就是夸她两句。一夸她，她就人来疯，折子戏也来了，播音腔也来了，钢琴也来了，每次都能把一群人哄得很开心。

大胡有时吃完应酬饭回来，看到一屋子人在闹，也待在一旁，笑嘻嘻地看着他美丽的妻子全场飞，眼里闪着爱慕的光芒。那个时候，他是多么欣赏她。那个时候，周蜜是多么光芒万丈。那个时候，他们是一对多么前程远大的夫妻——一个是房地产公司的高管，一个是著名外企的美女总监，强强联手，珠联璧合，举世无双。

但为什么李晓枫和她后来的关系转差了呢？最现实的原因就是李晓枫和周蜜的生活离得越来越远了。她辞职回家当阔太，李晓枫在报社却越来越忙，生活状态越来越远，感兴趣的话题完全不同。

马克思说经济基础决定上层建筑，其实经济基础也决定了社交圈。在社会上混了十多年以后，李晓枫深刻地体会到了这一点。收入相差太大的人其实很难成为朋友的，就像她和周蜜。

刚进报社的时候，周蜜和李晓枫挣的差不多，那时人们普遍才三四千工资的时候，她们俩都能挣八千一万。再后来就不一样了。十年之后，李晓枫在报社苦哈哈地干一个月，也不过挣着一万出头的工资，而周蜜已然升级为城中阔太，到香港随意买一个包就是两三万。

"哎呀，这一趟去香港花了二十万，都不知道买了些什么。"周蜜倒也不是炫耀，这是她日常说话的方式，可是听在耳朵里就怎么样也不舒服。二十万啊，李晓枫那时一年还挣不到二十万啊，得努着好大的一股劲写好多稿或译一整本书才能挣到这二十万吧。人家顺便去一趟香港就花了，还不知道买了什么，用旧了香奈儿爱马仕思琳，还要硬送给你，因为知道你根本买不起新的。

不能多想，一想就会很悲怆——跟周蜜无关，只是觉得人生很悲怆。

当年从同一个学校一个寝室里出来，也不见得不努力，但人和人的境遇就是这么不一样。有时候，和她聊个天，会让李晓枫沮丧很久，好不容易从工作中建立起来的一点职业自信，一下子就被周蜜这轻飘飘的二十万打得稀碎。去你的好好工作，还不是嫁个男人就什么都搞定了？你费尽心机挣的那点钱在人家眼里就是个笑话。

还有另外一个重要的原因——李晓枫一直单身。

单身女人和已婚已育的女性之间的鸿沟，大概比马里亚纳海沟还要深吧！虽然李晓枫尽量耐着性子听周蜜讲话，后来真的是越听越听不懂。

早期李晓枫不懂孩子吸奶打嗝，中期李晓枫不懂小升初，后来李晓枫不懂青春期。总之，只要涉及孩子的问题，李晓枫都一窍不通，而周蜜又酷爱说她儿子，一餐饭倒有半餐饭在讲她儿子，类似包皮过长要不要去切？听得人毫无食欲。其实李晓枫挺喜欢周蜜儿子胡一天的，那孩子天性纯良，还叫过李晓枫几声干妈，后来有点淡淡的，不是孩子不好，是李晓枫自惭形秽，因为她觉得自己实在不配当他的干妈。

胡扒皮（这也是周蜜给自己儿子取的外号，形容在他身上花的钱之多，简直是扒了一层皮）一件 T 恤都上千块，一年国际学校的费用都十几万。后来，李晓枫每年最大的煎熬就是怎么面对胡一天的生日会——今年该送什么给胡扒皮小朋友呢？这成了横亘在李晓枫世界里最大的难题。

十岁生日那次李晓枫试着私下问："天天，你现在到底最喜欢什么啊？"

胡一天给她看了电脑里的一款耐克跑鞋，李晓枫定睛一看——天！一万二，扒了她的皮她也送不起一万二的新款跑鞋给他啊。最后，生日会那天，李晓枫送了胡一天一个耐克的帆布钱夹子，是品牌送的样品，也值小一千块吧，可胡一天看了一眼，礼貌地说了声"谢谢干妈"，就丢在沙发上了。嗯，显然是不稀罕的。

那天天气真热，十几个小朋友和十几个大人都在周蜜家四层大别墅第二层，那个三百平方米的客厅里吃蛋糕、聊天。因为不大认识其他人，李晓枫就待在二楼的阳台上，看傍晚的天空和傍晚的火烧云。

再没有比这栋别墅更美的景了，视野开阔，一览全城。太阳像一只活的金蛋，突然在某一秒就直坠下去，四周暮色渐起，夏虫唧唧，这时李晓枫突然觉得整个世界无比寂寥。是啊，她出现在这个富贵人家里是多么奇怪啊，完完全全就是一个局外人。

局外人到了甚至荒凉的地步。是啊，她算什么人呢？胡一天的同学妈妈也好，邻居妈妈也好，无一不是满身名牌，她们住在最高档的小区，使唤着三四个用人，而李晓枫既送不起一万二的球鞋，又无法和天天一起玩游戏，只是胡一天妈妈一个不知从哪里冒出来的大学同学，这算怎么回事呢！

在阳台上被热空气蒸了半天，全身都被汗浸得透透的，脸上的妆全花了，镜子里照出一张五彩而狰狞的脸，把她吓了一大跳。于是她赶紧进屋，但一进屋又觉得冷，因为空调开得太低，像热包子放进了冷冻室，衣服上结了一层薄薄的壳，真是难受啊！李晓枫说报社有事，提早告辞，周蜜正忙得不可开交，叫了一声"那你好走哇"就上楼拿水果去了。

周蜜的别墅是在白云山的一个山窝窝里，来去都得坐电瓶车。但那天不知为何，小区路上车影都不见一个，而李晓枫居然好死不死穿了一双新高跟鞋，打脚打到飞起，二十分钟的路程她足足走了四十分钟才走到山脚，上的士一看，两只脚跟鲜血淋漓，惨不忍睹。

可能被山上的夜风吹到，一回家又发起了高烧。

高烧的时候李晓枫想张爱玲说的那句话真对，跟有钱人做朋友简直像下雨天去蹭别人的伞，没享受到一点福利，反而淋得一身透湿。真的是太傻了，太蠢了，为什么要维持这段友谊呢？况且，这算得上友谊吗？多多少少还是自己趋炎附势吧？真是痴愚啊，不平等的关系是不可能长久维持的。你累，人家也累，为什么不识相一点，自己退出呢？

这场病倒让李晓枫下了一个决心：对，退出，坚决退出，以后决不去这样的聚会，犯不着嘛。

后来周蜜打电话再来邀李晓枫吃饭，李晓枫就会找各种理由推托，要做版啊要出差啊要开会啊，一大半是真的，一小半是真心不愿意去。

人和人之间的交往就是这样，如果有一方老是拒绝，另一方吃过五六次瘪也就没有兴致邀约了，于是两人的关系顺理成章也就淡了。

最后一根压垮她们关系的稻草则来自大胡公司的上市。

大胡在房地产界纵横了十来年之后，终于自己做起了公司，搞旧楼改装商铺，拼命做了三年终于上市了，这意味着他从地产高管变成了地产老板，身家不是以千万计了，而是以亿计了。

这天大的喜事怎么能不热闹一下呢？

大胡和周蜜在丽思卡尔顿最大的厅张罗了一个几百人的上市大派对，当然也请了在广州的这些老同学。是啊，锦衣必须不能夜行，成功必须照耀老同学。

周蜜那天当然是第一女主角。她穿了一套极性感露出大半个胸的华伦天奴的紧身褶皱短裙，桃红配白点，脚下再配一双扎到大腿根的桃红罗马鞋，完全是照着当季的时装杂志里配的。只是不巧得很，她脸上的玻尿酸没算准日子，肿一直没消下来，脸就显得有点横，再加上罗马鞋的绳子勒到了肉里，弄得好几个男同学都在窃窃私语：周蜜怎么胖成这样了……

周蜜听到这话一定会气哭，毕竟她一周要去三次 gym（健身房），手臂上的线条是看得到的，但即便是这样，华伦天奴桃红白点紧身褶皱短裙配十寸黑色罗马鞋也实在显得有点用力过猛了，也不适合她上市公司老总太太的身份。可能她就是想显得喜气，也想显年轻。但是奔四的阔太太，其实最忌装嫩，因为既没有显出有钱的气势，又暴露出自己对生活的怯意，透着底子里那一种心急火燎漫山遍野的无端焦虑。只是这话，李晓枫没法跟周蜜说，也不能说，她从来不听别人的劝，尤其不听李晓枫这种人的话。你还教她穿衣？你买过一件华伦天奴吗？

那是大胡人生最高光的时刻，他意得志满，意气风发，二十九岁当地产公司副总，三十八岁成为上市公司总裁，哪一个同学有他这样辉煌的履历？席间有男同学起哄要他分享成功之道，他拿出了他数学系学霸的强大功力，拿着话筒逸兴扬飞："亚里士多德说自然选择最短道路，你看狗叼飞盘，肯定走直线，但为什么狼捉猎物要走曲线呢？因为成功概率。要么选择最短距离，要么最大概率，这就是数学里讲的最优方式。

"节约能量和扩大收益之间的关系是动态的，两者之间的差额就是生存优势，你看，狮子是动物之王，因为它拥有最大捕食力量，收益巨大，但要论起生存适应度它肯定不如蟑螂，因为蟑螂什么都吃，怎么都能活，勇敢和骄傲这些东西对它来说都是累赘，所以它的生存优势最高。"

在这里，他节奏性地停了一下，下面喝彩与掌声识趣地蜂拥而至，于是他接着又说道："成功就是要最短路径，最大概率，收益要最大，支出要最小。男人呢，要随机应变，既能做狼也能做狗更能做狮子必要时也能做蟑螂……"

啊，大胡的生存哲学如此简明扼要，是动物世界里的层次分明。

如此这般之后，大胡开始挨桌敬酒。敬到李晓枫这一桌的时候，真是有点喝多了，这一桌全是男同学，只有李晓枫一个人是女的，大胡估计是想起了当年追周蜜时的辛苦——当年的外语系多牛啊，全校最出风头的专业，一个班十八个女生，六个男生，全省甚至全国几十万文科考生里才选出这二三十个人。李晓枫他们班的女生走在路上绝对是眼角都不扫别人的，脖子永远梗着，像一群骄傲的天鹅，就算是胖胖的李晓枫，在数学系男生眼中也是那群高不可攀的天鹅中的一员——哼！现在还不是巴巴地赶过来祝贺他功成名就！前情旧恨，心绪复杂，再借着酒劲，大胡就开始装痴放傻，特意和李晓枫开起了玩笑。

"哎，晓枫你现在可真是比大学的时候漂亮多了！我看你上电视了，时尚作家，厉害厉害……"然后一个跟跄奔了过来，搂着李晓枫的肩说，"你看你，你倒得太少了，至少一满杯，我小时候的偶像就是女作家……"

紧跟在大胡身后的周蜜当下就黑了脸，厉声说道："大胡，你在胡说什么……"

李晓枫看大胡一时下不来台，说："没事没事，大胡是太高兴了……"

一番嚣扰起哄，大胡走了，周蜜突然走近李晓枫身后，带着三分醉意阴恻恻地笑道:"晓枫,你该不是看上我家老胡了吧……"

轰隆一声,李晓枫闭上了眼,有什么东西塌了——她和周蜜那座脆弱的轻薄的从大学时光里探出来的友谊的小桥,到毕业十五年之后终于轰然倒塌了。

是单方面的,但无可挽回的。

5

下飞机的时候，李晓枫故意磨磨蹭蹭，一直拖到大胡下了飞机，没影了，李晓枫才裹上风衣，摸出墨镜，拎着行李坐上地铁。

你看，交通工具也是一种分层，大胡肯定有司机来接，而李晓枫只要选择坐地铁，就肯定撞不到他。世界是分层的，分很多层，每一层都是平行的，只要你不越级，你就永远 peace and love。

在地铁上坐定，歇了三分钟，李晓枫才长出了一口气，这是又渡了一劫啊！必须和人分享一下，这么大的八卦，她一个人承受不了啊。

可是能和谁分享呢？

不可能和钟露露分享，虽然她现在是李晓枫最亲近的同事兼朋友，可毕竟小了十来岁，她怎么能理解李晓枫和周蜜之间这种复杂的同学恩怨？

不可和小东、静静、肥叶、珊宝和夏洛特这几个八卦狂魔分享，跟她们讲就等于是跟全广州人讲。大胡毕竟是地产圈的名人，把他有私生子的事传出去，鬼知道他会不会派人来追杀她啊！真是怕啊。

这八卦当然更不可能和大学男同学分享。

男生们，呵呵，男生其实早就结成一个联盟了。

49

李晓枫亲眼看见过大胡在饭桌上帮出轨的大学同学打掩护："晶晶，别担心啊，刘会军一点事儿没有，刚跟我们一起喝酒，我们声音太大，他肯定没听到……啊，现在他不在啊，有个同学喝吐了，我们派他去买点药，手机没带走，就放在桌上……绝对不会，绝对不会，一会儿就回家……"一挂电话，他就吩咐桌上的男同学一个人负责发短信，一个人负责打刘会军电话。他自己则打了另一个电话："心心啊，会军在你那儿呢吗？急事儿，叫他过来接电话……"简直是一场包围战，他们是同盟军，而且是训练有素的铁军。

作为一个胆小听话的钢厂子弟，李晓枫曾经心无旁骛地信任着这个世界，生活里最惨的事就是成绩没考好，还有爸爸更喜欢妹妹而不注意李晓枫。世界是爸妈和老师所说的那个世界，最多再加上金庸和张爱玲说的。后来李晓枫慢慢地发现就算把爸妈老师金庸爱玲说的世界加起来都不是眼前这个真实的世界，这个世界太复杂了，复杂到一万个作家写一万年都无法说清楚，每一个对这世界的描述都是盲人摸象，都只能看到自己能看到的这一部分。

远的不说，就拿周蜜和大胡两口子来说吧。按理说，一个屋里睡一个桌上吃，看到的世界是一样的吧，其实不是。

周蜜的世界由珠宝买房减肥和理财产品组成，她平时的足迹方圆不超过五公里，在她的豪宅和美容院之间来回振荡。早上起来，吃阿姨昨天晚上炖好的燕窝海参，然后开车送孩子上学，然后这一整个白天就没事了，有时是美容院待一天，有时是水疗中心待一天，有时约健身教练，进城的话中午一般都要约人吃饭。她有一个阔太团，都是成功商人的太太，她们三不五时互相请客，大家都有五星酒店的VIP年卡，吃饭是可以打七折的。

"富人的生活有时更便宜。"周蜜深有感触地对李晓枫说，"你可以写这个选题。你看，我这个黑金卡可以打六折，算起来跟去广州酒家吃堂食差不多，两个人吃还可以打五折，比堂食还便宜。不但酒店如此，头等舱也是一样。我算过的，如果你超级喜欢买东西又喜欢喝威士忌吃鱼子酱的话，从欧洲回来坐头等舱绝对划算过坐经济舱，那个超重费扣得你心真痛啊……"其他的阔太也深表赞同。在锦缎、瓷器和冷气构成的高级食肆里，这些富有的女人就头等舱是如何替她们省钱一事各自发表了一通看法和亲身经历，后来果然被李晓枫写成了一个选题，还被欧阳表扬了，说角度清奇刁钻。

只可惜这样的时候太少，因为阔太的饭局大部分时候都很无聊，漫长而散漫——八卦明星，谈谈小孩，聊聊最近做了什么怎么脸上的皮肤这么嫩。以前周蜜在公关公司的时候李晓枫还能和她聊聊工作，说说各自领导的坏话，后来就只剩闷头吃饭和听她们抱怨老公和孩子……每次李晓枫都要早早地告辞，因为劳动人民下午还要回报社做版，而周蜜则要聊到三点才慢悠悠地去她的贵妇俱乐部和一帮阔太太 high tea（喝下午茶），或者去新开的名店买买东西。

当然周蜜曾经一度也想从这种散漫的阔太生涯里跳将出来，她还真的开过一家家具店，开在城中昂贵的地头，接下了她常买的法国一个家具品牌的国内代理权，间夹着卖一些欧洲古董家具。那些家具是真的美啊，那些流光溢彩的法布尔书桌，路易十五餐台，金光灿烂但又气度非凡，细致的雕纹，优雅的弧线——除了贵，没有缺点。

但是周蜜喜欢的东西太超前了，当时根本没有几个中国人能欣赏那些美轮美奂的艺术品。他们摸着 1920 年的凡尔赛小书台觉得不错，但一听这么一小张台子就得六万立即扭头就走了，就算是她的那些贵妇朋友，一听这是别人用过的二手货，立即就不买了："二手的啊，我从来没用过二手货欸……"所以那家店开了不到一年就关了，亏了几百万，气得大胡扎扎跳，严令她不许再搞这些有的没的："你就不是做生意的料，求你好好在家里做太太行不行！"

那么就好好做太太吧。

凭良心说，周蜜确实是一个让人无法挑剔的好太太，她会把家里打扫得一尘不染，以前是自己，后来叫阿姨。在她手下做阿姨也不容易，她是那种会套着白手套去摸橱柜灰的太太。柜子里总是清清爽爽，每一季的衣服都按颜色挂得整整齐齐，领带袜子丝巾在她的折叠之下，好像突然就有了灵魂，排列整齐得像刚上岗的士兵，连洗手间的抹布都集体回春了，一个褶子都没有……唯一遗憾的是，她的主妇才能无人欣赏，丈夫大胡大部分时间都不在家，儿子胡一天小学就开始在贵族学校寄宿，那四层打扫得一尘不染的别墅里大部分时间空空荡荡的，只有她的心跳声。

而大胡的世界，当然是热闹多了。

今天北京明天上海后天三亚，一桌又一桌的酒局，是股票是现金是债券是去他 × 的坏了良心的下属以及阴晴不定的上司，卡拉 OK 里搂搂抱抱莺莺燕燕洋酒 XO 威士忌 VOP 三多利今朝有酒今朝醉……当然也有家的那一部分，只是对事业起飞期的大胡来说，漂亮的太太聪明的儿子和光华四射的四层别墅是业已存在的老底子，他实在忙得有点顾不上。

每次周蜜和李晓枫抱怨大胡的时候，李晓枫就很容易走神，她觉得周蜜好像完全不知道男人的世界里有什么。

男人的世界李晓枫其实也不甚清楚，但奈何一直身在职场，少不得总有些业务饭局要去参加，有一段时间欧阳经常带她出席各种饭局："你不能老关在报社，要去见识一下世界……"其实她也知道欧阳有私心，他有各种朋友的采访需要她去做。这些朋友有没有给他钱李晓枫不知道，但她知道，他们之间肯定有很深的利益勾连。别的人他也信不过，也就是李晓枫这个沉默寡言的从大学毕业就一直跟着他干活的小师妹不会出去乱说。可是李晓枫为什么要去说呢？多做一个采访多挣一份稿费，为什么要去拆师兄的台呢？李晓枫又不傻。

欧阳有时也感叹：晓枫，你好就好在没有野心，坏也坏在这一点，要不然我就带着你赚点钱了。

李晓枫笑着说：别了，师兄，我没那本事，我吃不了你们那碗饭。

是啊，像隐形人一样，吃过那么多次饭之后，李晓枫得以一窥男性世界的奥妙。

男人的世界其实基本是由权力构成的，但饭局让权力披上了各种情感的外衣。

李晓枫印象最深的一次是参加欧阳组织的一个地产公司老板组的高端局，情形似乎是一个房地产公司的老板想求规划局局长帮他们搞定一块地的划分。这位地产公司的高老板是报社的广告大户，而规划局刘局是欧阳和李晓枫的校友，所以这个局由欧阳来牵头，高老板来买单。

饭吃得有点闷也有点费劲，因为刘局太高冷，高老板又太热情，不是一路人。高老板原来是搞装修出身，极能认低伏小，总是一脸笑，手面也阔绰。如果换一个人他老早就搞定了，但对于高干出身的刘局，他总不得其门而入。

饭吃到后半段，乘着酒劲，欧阳说："高老板，你要再喝一杯，刘局可是不轻易出来的，这个哥哥，你一定要认下来……"

高老板紧跟而上："喝，喝死都行！刘局，如果这件事您帮我搞定，您以后要我做什么都可以……"

刘局慢悠悠地看了高老板一眼，他的脸上充斥着这个年龄段官场得意的男人特有的一种矜持，矜持之中还有一种厌倦，因为实在太多人求他了。于是这位满脸厌倦的中年男人慢悠悠地喝了一口酒，淡淡地说："以后要做什么都可以是一句空话，关键就在于现在要你做什么都可以。"

"那当然啊，现在当然是要做什么都可以。"

"那你在地上爬一圈，学狗叫三声，我就信你。"

话音未落，高老板二话不说，把杯子一摔，就在地上爬起来，胖胖的身子拱啊拱，肚子快贴着地，叫了三声汪汪汪，大声说："大哥要我做什么都可以，我绝对说到做到。"

…………

有两分钟，大家都愣住了，刘局也愣住了，慌忙把高老板拉了起来，说："哎呀，你还真爬啊，逗你呢！高总果然言出必行，太佩服了！来，我敬你……"

满桌子的人都笑起来，一起拍手，好！言出必行，绝对亲兄弟，高总和刘局再喝一个……

这件事说出去都没人信。怎么会有人叫别人在地上爬，怎么又有人愿意爬？但事情就这样发生了，而且似乎发生得并不违和，后来李晓枫时不时还在电视上看到这位高老板，他成功了，做成了全国数一数二的房地产公司。只不过，李晓枫一看到他，就想起他在地上爬的样子，赶紧换台，不是嫌弃，而是觉得恐惧，不是对他的恐惧，是对男人世界莫名的恐惧——在这个斗兽场里什么都有可能发生，满面春风的后一秒有可能是刺刀见血，学狗爬的后一秒有可能是歃血为盟。

那天饭局后照常要去东峻唱卡拉OK，李晓枫一进去就看到呼啦啦进来很多年轻女人，迎头的是一位穿黑丝旗袍笑吟吟的中年妇人，看得出有点年纪了，眼角皱纹很清晰，人也略丰满，头发松松地挽个髻，手上一只翠意欲滴的绿镯子，倒有某种良家姆妈的温和感，一进门就和刘局脸贴脸friend到不得了，据说她是刘局的最爱，若不是刘局的老婆死拖着不肯离婚，刘局早就和她双宿双飞了。李晓枫见势不妙，就赶紧说还有稿子要写，高老板立即识相地把李晓枫带到电梯，一直把她送出大楼门外，半明半暗之中，他满脸油汗迅速递来一个信封，悄悄说："李记者，辛苦你了……拿着，每个人都有的……让你见笑，没办法，要生活……"

李晓枫一下子被他脸上那种无奈给感动了。是啊，没办法，要生活，大家谁不是艰难求生的人，但转念又一惊，高老板实在太厉害了，连她这种小角色也不放过。他的眼观六路到了何种境地，这才是真正搞事业的男人啊，四面八方，只要在他眼前出现的人，只要是他用得上的人，他全都用心，全都照顾周到，他不成功谁能成功呢。

　　回家一看，信封里的钱居然有五千，快半个月工资，李晓枫不算是见钱眼开的人，但也绝对尊重钱的力量，比起那些只想占便宜手上有一点权力就要使用到尽使劲毙稿的甲方，地产公司高总挺实在的。所以那条稿，李晓枫是认真写的。

　　从此，李晓枫倒是知道了一点，那就是男人的世界也是很难混的，有时要学狗爬，有时要博同情，有时要下狠手，有时要以心换心。没有过人的天赋和过人的精力，还真的成不了人生赢家。

　　不错，这世界一直是男人的世界，大部分的女人在生完小孩后就退出了，但李晓枫没法退出，而她这么多年打量这个世界的结果是最终发现人都是很渺小的，不要轻易去指责别人，也不要轻易去羡慕别人，一切存在皆有缘由。男人们在磕世界的时候是真狠啊，他们对女人狠，对自己也很狠。以此类推，大胡应该也差不多吧，他应该在人前学过狗爬吧，以各种不同的形式。所以，他发财是应该的，上市也是应该的。而这样的世界，是周蜜们完全不知道，也不想知道的，也是李晓枫们这种小白领完全不敢进入的，因为太难了。

　　富贵险中求，李晓枫对自己说：李晓枫啊李晓枫，你也不用心理不平衡了，你既不想靠男人，也不想磕社会，所以活该你穷一辈子，你就认了吧。

6

但是大胡有二奶这么大的八卦憋在心里，是会死人的。

思来想去，李晓枫还是给李小贞打了通电话。

这是李晓枫思考半小时之后能想到的唯一一个可以打电话的人，同一个寝室睡了四年，业内人称"简妮特"的北京非著名独立制作人。

李小贞大概是李晓枫这辈子见过的最不着调的女孩。

她的不着调在于，她永远想得跟别人不一样，毕业这么多年，所有的大学同学，不说亿万富翁吧，千万都是有的了，北上广长沙深圳至少有一套大房子，银行里多多少少有点资产，但李小贞真是一个彻头彻尾的"无产阶级"。

当然，李晓枫以前也没钱，也穷，但李晓枫的穷是相较于周蜜的穷。她是住不起大别墅用不起爱马仕，但李晓枫也有自己八十点二五平方米的两室一厅，买得起珑骧的袋子，而李小贞……谁能想到呢？南湖大学外语系九○级最出名的才女在毕业二十年以后，在北京居然还没有一套栖身的房子。现在住的房子是租的，银行存款不足五十万，你这二十年到底是怎么混的啊？李晓枫在北京和她吃饭的时候，指着她的鼻子问，李小贞挠挠头说："我也常常想这个问题。"

其实早些年咬咬牙她也能在四环外买一套小公寓，甚至连房

58

子都看过了，定金都付了，最后关头却反悔了，因为她"不想把后面十年的自由捆在一座房子上"。她想要自由地看话剧，想要听各种大佬的演唱会，想要看画展想要买画想要买雕塑想要拍实验电影……她这些年挣的钱就花在这些莫名其妙的东西里，一去无踪影了。

自从 2003 年李小贞错过了她人生中最后一次买楼的机会，就注定她这辈子都买不起了。2003 年以后，北京的房价就像飞一样冲上了云霄。有一次，路过魏公村鑫德家园的时候，李小贞指着顶楼对李晓枫说："唉，本来那套楼应该是我的，可惜那年光顾着带《深渊》去欧洲参展，生生地把这楼房给耽搁了……"

李晓枫虽然跟影视圈不熟，但多少也知道李小贞说的去欧洲参展有多么不靠谱。大部分时候是一些多年歇在家里的演员们自己出钱，找一个莫名其妙的导演拍一部莫名其妙的文艺片，然后就在欧洲一个莫名其妙的影展上得了影帝影后，然后发通稿，给自己造势。李晓枫曾经在广州一个人看了这部片子，出来的时候差点没抑郁，因为实在是太难看了，根本不知道在说什么……一个中年女人在云里雾里地梦呓，从这间房子走到那间房子不停地呓语……

"晓枫，这叫艺术电影，艺术电影是有门槛的。"李小贞在电话里这么教育李晓枫。

票房自然是一塌糊涂，好在小贞有自信有理想，她用她取自英国电影学院的自信和理想挡住了来自各个角落发来的风刀霜剑：失踪的投资人的，尖刻的过气演员的，穷酸的导演的，还有说看不懂的无知的观众的——这当中包括了庸俗的李晓枫。

但李晓枫依然充当了李小贞坚定的粉丝，多年如一。

她俩大学时几乎天天腻在一起，同寝室四个人，梅兰花天天忙着约会，周蜜永远"公务"繁忙，后来两年只有李晓枫和李小贞一起上图书馆一起上课一起打饭。李小贞的兴趣仿佛永远跟生活无关，有时李晓枫想八卦一点班里的事，都被李小贞制止："聊点有意义的东西吧"。

她们互相推荐书和碟，当然主要是李小贞推荐给李晓枫，她们同时喜欢台湾一个很偏门的诗人，爱她那句"把你的影子加点盐／腌起来／风干／老的时候下酒"，讨论王佳芝是不是真的傻，还有《红楼梦》里贾母到底喜欢什么讨厌什么，结论是她喜欢下雨，吃螃蟹、桃子，讨厌豆腐、面筋、一切甜腻腻油浸浸之物……

大学就是这点好，可以容忍所有不切实际之物。毕业那一年，大家都在四处找工作，只有李小贞说要出国，毕业后她一下子失踪了，后来才知道她悄悄去了英国，在英国待了五年，说是学电影，后来回了北京，在一个又一个影视公司漂着。

每次李晓枫去北京找她吃饭，她都在说不同的项目，每一个项目都有天大的盘子，似乎所有的大明星都由她调排："这部片子葛优都想演啊，可惜他没档期——实在不行找王志文吧，许晴也不出来了，我个人不想找巩俐……"她评点起京城的明星们就像盘点棋盘上的棋子，讨论起导演编剧们更像说起她们家老舅，但是十来年，也没见她做过几部片子，除了那部号称得了影展大奖的片子。

在滔滔不绝盘点完近一年影视圈的各种大事之后，最后李小贞总会这么来一句："北京这个圈子呀，太浮躁。"

可这么多年，她也没离开这个浮躁的圈子，反而见天为这个浮躁的圈子操碎了心，可见她是真的乐在其中。

有一次李晓枫好不容易在北京约她见面，发现不到四十岁，李小贞的头发已经白了一大半了。"天哪，李小贞，你的头发全白了！"李晓枫惊叫了一声，重新打量着这位认识了十来年的老同学，她真的好像是一个从大学直接穿越而来，依然穿着大学时爱穿的那件中长的军绿色的长款外套，一头短短蓬蓬卷毛头，里面仍然套着一件洗得发皱的软熟白T恤，脚下一双马丁靴。时间对她好像完全无效，眼前这个物欲横流的世界对她毫无冲击，她的眼神也仍然还是从前的那种样子，黑白分明，盯着人看的时候，像要把人盯到心里去。

"我是少年白你不知道吗？"

"哎呀！看得我心里一惊啊，好沧桑。"

"不怕啊，姐靠沧桑展示魅力，我就想等它全白去剪成一个短短的寸头。你想，一个满头自来卷白发苍苍的老太太，多酷！"李小贞顶着她的半白头发硬气地说。

李晓枫有半天没有说话，又感伤又惭愧，你看！人家李小贞根本不在意这些平常小事，她没有化妆品，更没有首饰包袋，桌上永远只有一罐科颜氏的保湿霜，眼角出现许多细细的纹路，她也不去管它们，她永远沉浸在她的世界里——光这一点来看，李小贞还是牛 × 的李小贞，她知行合一，她想要过什么样的生活她就去过那样的生活，从来不会说一套做一套，为蝇头小利东奔西走这些俗气的事，李小贞一样没有干过。所以虽然她没有钱，但她照样还是站在世界的制高点的女孩。

在奔驰的地铁上，李晓枫想来想去，还是决定给这位骄傲女孩发个短信。

"小贞，你有空吗？有一件重要的事要和你八卦。"

李小贞秒回："没，在开会，但是你可以发微信给我。"

"喔，这个事不好微信说。"

"那行，等我五分钟，我去洗手间打给你。"

李晓枫挂了电话，等李小贞来电话的五分钟里，去翻了一下李小贞的朋友圈。事实上，她们平时也甚少联络，保持着一年见一次每月聊一场的节奏。

嗯，一如既往，李小贞的朋友圈里永远是一些没头没脑的丧丧的话：

"人生很残酷，但是残酷一点也不新鲜，宅心仁厚才是罕见的，其他都很平常。

"浪漫主义就是会去干一些注定会失败的事，还真是。 当然要持续、昂扬、至死不渝地保持绝望。

"生活体面最大的秘诀，哭完了再出门……

> 你是不写诗的，不关心
>
> 我如何押韵和断句
>
> 连诗也不读
>
> 非常瘦
>
> 净重
>
> 是骨骼
>
> 毛重是戏

"这家伙还在看夏宇的诗，服了！"《蛀牙记》是她们大学时背熟了的一首诗。李晓枫现在已经记不太清了，她也不记得自己有多少年没有读过诗了。诗啊小说啊老电影啊这些好像都是放在记忆中老屋子的诸多旧家具，想想都能掸起一层灰，可是李小贞依然还是把她的旧家具擦得亮亮的，在里面穿行无虞，同起同卧。

在才女的世界里，李小贞永恒坚定，且永恒领先。

李晓枫记得在刚进校的第一天，就看见李小贞拿出一个厚厚的绿色缎子面的本子在写着什么。后来李晓枫才知道这个本子是小贞那个当记者的妈从布达佩斯买回来送给她的，里面有她写的诗、小说和日记，她没有让任何人看到这个本子。就算是李晓枫，也只看过一两眼，她用各种颜色的笔写着各种各样的文字——蓝色是诗，黄色是歌词，绿色是小说，黑色是抄的英语小说段落……李晓枫去过小贞在长沙的家，那是省委院子里一套绿荫掩饰的独栋老房子，虽然有点旧，但有一屋子的书，那是她爸妈收藏的一部分。

李晓枫她们系的系刊百分之九十是李小贞写的或约来的稿子，她教给了李晓枫很多她从来不曾知道的人名，比如萨特、波伏娃，比如戈尔·维达尔，比如荣格，比如弗洛伊德，比如龙应台，比如李敖。她在寝室里第一个买 Walkman，听罗大佑和 Beyond，她还喜欢林忆莲的《灰色》和《疯了》，当然她最喜欢李宗盛那首《生命中的精灵》，毕业晚会的时候，她让石一山唱这首歌：

> 你是我生命中的精灵
>
> 你知道我所有的心情
>
> 是你将我从梦中叫醒
>
> 再一次 再一次给我开放的心灵

关于爱情的路啊 我们都曾经走过

关于爱情的歌啊 我们已听得太多

关于我们的事啊 他们统统都猜错

关于心中的话 心中的话

只对你 一个人说

我所有目光的交点

在你额头的两道弧线

它隐隐约约它若隐若现

衬托你 衬托你腼腆的容颜

关于爱情的路啊 我们都曾经走过

关于爱情的歌啊 我们已听得太多

关于我们的事啊 他们统统都猜错

关于心中的话 心中的话

只对你 一个人说

　　到现在李晓枫还记得石一山弹着吉他唱歌的样子，那代表李晓枫记忆中永恒不变的大学时光，轻灵、飞扬、深情和忧伤。石一山红唇微张，皮肤透亮，眼神全场飞，一会儿望着梅兰花，一会儿望着周蜜，一会儿望着李小贞，连李晓枫都因被他的目光扫到而心跳不已。

　　李晓枫偷偷在李小贞耳边说，你瞧瞧，石一山又在到处放电了……

李小贞说，这就是大眼睛的好处，你永远觉得他在望着你，其实有可能他谁也没望，他是一个大近视……

那他为什么不配眼镜？

因为自恋……帅哥都特别自恋，他觉得他戴眼镜不好看。

你怎么知道。

谁让我俩是哥们儿，他追梅兰花还是我出的主意。

那你可不能告诉周蜜，她准得杀了你。

周蜜根本不适合当石一山的老婆，她就适合大胡，只有大胡能让她吼来吼去。

…………

李小贞似乎永远有一种俯瞰众生的气质，她永远是淡淡的，小小的个子，却极有气场，像盘踞在山顶的母狮子。她那一头天生卷毛，被她剪得短短的，头发全往上梳，乌黑锃亮朝天空怒长，露出额前一个美人尖，越发衬得一张清水小脸似一颗桃心，眉清目秀。她从不化妆，常年只穿黑白两种颜色的 T 恤，下面配一条宽大的格子裤，裤脚扎在一双马丁靴里。换任何一个女生穿这一套都会显得粗犷，唯有她穿出了一种飒爽英姿。那时李晓枫不知道这种打扮叫什么，只觉得每次她一出场，就把梅兰花和周蜜比得俗气不堪，后来她才知道这叫中性美。

除了别具一格的气质，李小贞还有神秘的家世。她妈妈是长沙一个报社的主任记者，父亲是潇湘电影制片厂的导演，听说她爷爷是一位高官。她从小就看话剧看电影，认识那些家喻户晓的大作家大导演——那是她的"阿姨"和"叔叔"。所以上大学的时候李晓枫从没有发现她为谁动过凡心，连石一山这样的帅哥，她也只把他当成哥们儿。

石一山有多帅呢？

无法形容，如果说一般男生有五分帅的话，他的帅就有二十分。有时李晓枫想，要是石一山万一喜欢她怎么办？她一定会为他粉身碎骨吧，但是李小贞却从来没把石一山放在眼里，永远是石一山靦着一张笑嘻嘻的俊脸来找她，因为永远有事要求她，比如要出系刊，比如要准备演讲比赛，比如晚会要总撰稿，比如要布置这期的 English corner（英语角）……

如果是别的一对男女老待一起，在操场上一圈又一圈地走着，绯闻肯定满天飞了，但是从来没有人会想到李小贞会和石一山有化学作用。石一山这种级别的帅哥是属于周蜜和梅兰花的，而李小贞呢，全世界也没几个人配得起她。作为一位神秘出尘的高干子弟，她实在是离他们这些人太远了。

这就是才女的好处，也是才女的坏处，身怀绝技，四顾茫然。

"其实小贞，太聪明的人生活很难吧？过早地看透了这个世界，不好玩吧？"毕业后的某一年，李晓枫开玩笑问她。

李小贞淡淡一笑，反击道："确实很难像你这么兴兴头头的，所以我得了抑郁症你却没有，哈哈哈！"

李小贞得过抑郁症吗？什么时候得过？这件事，李晓枫从来也没问过，不敢问，也不想问。一个聪明人如果想和你说某件事，你不需要问；如果她不想说，你问也没用。

李晓枫什么事都告诉李小贞——当然李晓枫也没什么事——但李小贞基本不怎么说自己的事。后来李晓枫发现她对于生命中所有重要的事，一直都保持着一种绝对否认的高压态势："这件事其实不是这样的，咱们可以这样看……"然后她开始吧啦吧啦地说。她先用她的逻辑把你的逻辑辗碎，再用另一种逻辑把自己的逻辑碾碎，到最后你只感觉到天地茫茫，空无一物，到底什么是好什么是坏，什么是正确什么是错误，全部都落不下来。

"为什么我每次跟你聊完天都觉得这世界没有什么是靠得住的啊！"李晓枫有一次迷惑地问她。

她大笑起来："没什么靠得住的才是真相啊。"

"我不信！"

"不信也有不信的好，你就按你想的去生活。"李小贞饶有兴趣地看李晓枫一眼，像看那种不懂事的小孩，"哼，到今天她都根本就没有把我当成和她可以平起平坐的人。"念及此，李晓枫就眉头一拧。

这种不悦大概只存在了一秒钟，李晓枫就通过甩头将之"驱逐出境"。没有关系，你确实是比人家差，要承认现实嘛！而且你管她怎么看你，最重要是你怎么看她。李晓枫是一个天生的编辑，她天生就喜欢有才华的人，不仅如此，她还喜欢能干的人，漂亮的人——或者这么说吧，李晓枫喜欢一切强于自己的人。小贞是大才女，跟她聊天多有趣啊，所以不管李小贞觉得怎样，李晓枫始终把她当成好朋友。就像李晓枫知道石一山不可能喜欢她，而她也享受他的电眼一样。

好的东西就是好的。既然是好的，可以结的缘，就一定要结下。

这属于一种什么精神呢？

"什么精神也不属于，就是一心向上。"李小贞说，"你这个人笨是笨一点，但有一种蛮力，也是某种天真。"

"这算是夸还是骂？"李晓枫瞪了李小贞一眼，跟聪明人说话就是这一点好，她骂你你也觉得高兴，因为说明她把你当自己人了。

不知道为什么，李晓枫在李小贞面前永远有一种自卑感。事实上李晓枫在她们班所有人面前都有这种感觉，因为在她们那一届里，李晓枫是唯一的自费生，也就是走后门进去的。

李晓枫的分数离录取线差了十八分，是钢铁厂的书记找了南湖大学的校长特批进来的，李晓枫每年要比别的同学多交三千块钱。这三千块钱是李晓枫的妈妈当时一年的收入，可是有什么办法呢？李晓枫就是差了十八分，就得让父母多出钱，李晓枫就是被这一群高智商同学看不起的自费生。

要到工作很多年以后，李晓枫才知道这种自卑毫无必要，不就差十八分吗，未来怎么样不是凭这十八分来定的。但那个时候的李晓枫，就是那样心虚，好像脸上总有一个大大的标记。

这大概就是李晓枫她们那一代女生的特点吧。她们总是容易觉得很羞耻，总是容易被激怒，像刺猬，背后的毛永远张起，准备随时捍卫自己的尊严。她们不到万不得已决不肯说出自己的秘密，永远在顾左右而言他，机警而孤独地生活着。周蜜宁肯疯狂地买衣服也不肯说她的寂寞，李小贞宁肯在朋友圈里写那些梦呓般的句子也不肯说她的伤痛，李晓枫宁肯面无表情掉头就走也不肯说出我很害怕……它们有一个共同的名字，叫作"毫无必要的自尊心"。

…………

正胡思乱想间，李小贞的电话就打来了。"什么事？快说，我还要开会。"李小贞在工作的时候，倒是挺精神的，不像她朋友圈里那副要死不活的样子。

"我发现大胡有小三了，还有私生子了。"李晓枫把刚才的惊险经历跟李小贞又汇报了一次，最后问出一个终极问题："你说应不应该告诉周蜜呢？"

"为什么要告诉周蜜，这不是很奇怪吗？是她老公出轨，又不是你老公出轨，你为什么要告诉她，万一她早就知道了呢？"
李小贞噼里啪啦说。

"可是我还是觉得她被伤害了。"

"那你觉得是不能当阔太伤害大，还是被出轨伤害大？你没告诉她，她还可以体面地活下去，继续当她的阔太。你告诉她，她还怎么当……"

"啊……我没想到这一层欸。"

"都说你太天真，none of your bussiness，别人的事，你这么激动。晓枫，你自己的事呢？你上次不是说你们报社就快完了吗？"

"也不是完，就是觉得有一种船要沉的感觉。报社好几个人都辞职了，说今年的广告少了一半不止，报纸很快就要不行了。"

"那你还不赶紧做一个公众号出来？我告诉你，今天开会听到的消息就是明年各大广告公司和影视公司预算有七成是给公众号。你啊，赶紧做一个出来……"

"喔……"

"那我去开会了，什么时候我们约着出去玩一次吧，咱们实在太久没见了……"

电话突然就挂了。

李晓枫拿着电话愣在了当场，没想到这么重磅的八卦在李小贞这里还不如她的一个会重要。北京，真是一个让人利欲熏心的城市啊，连老同学老公出轨这样的重磅炸弹都不足以炸开她的铁石心肠……

地铁一路晃，车到了体育西站。门开了，李晓枫还拿着手机坐着发呆，旁边有一个男人突然一跃而起，把李晓枫的手机给抢走了。李晓枫甚至还没有来得及看清他穿什么衣服，那个人就消失在茫茫的人流里。

天哪，这是他妈的什么操蛋的生活！

7　花七千买了一部手机，再花七天办各种证明，改各种密码，各种挂失。一个不注意，损失巨大，浪费的时间精力无数。李晓枫默默把购物车里的东西删除了一大半，每一次点击都是对自己失惊无神的惩罚。

一切办好，拿着新手机的第一个念头，居然是想给周蜜打一个电话。

五年没见了，她现在情况如何？不跟她说大胡的事，但至少知道她现在的状态好不好，毕竟人家收留过你半年。有一天晚上下了夜班，李晓枫捏着手机想了半天，终于鼓足了勇气打了过去，对面传来温柔的女声：您拨打的电话已停机。

奇怪啊，周蜜这个电话已经用了十几年，她自己也说过"常换电话的人不靠谱"。作为一个坚定活在自己逻辑里的人，她是不可能换电话的呀！于是李晓枫只好打给雷德蒙。

雷德蒙，李晓枫的老乡，医学博士，广州数一数二的医美名人。你翻开哪个报纸，打开哪个电视，总能看到他那型格俊俏的身影，一副少年的骨相，手指长长眼睛凹凹双眼皮深深，好看到每次都得笑着和人解释："我的眼睛真不是做的，是天生的，爹妈给的双眼皮。但是我下巴是做的，而且我还打了瘦脸针……"

凭着天生的亲和力和好手艺，雷德蒙迅速打开了大湾区每一个贵妇名媛的心。当然这一切的缘起也应该归功于周蜜，是她在一家鸟不拉屎的社区医院的皮肤科碰上了雷德蒙，并且鼓励他转行做了美容医生。

　　那时节敢转行做美容的医生太少，雷德蒙的长相实在太占便宜，他干净的少年气，再加上周蜜这么一背书，光是广州贵妇这个圈子里的生意就让雷德蒙发了家。后来他还去日本进修了两年，手艺更是再上一层楼，两三年时间就从一个羞涩内向的社区医院的小医生变身为挥洒自如的医美大咖，十来年间更是成为北上广各大美容医院争相聘用的头牌医生。

　　作为"喜爱头等舱俱乐部"的成员，周蜜坐头等舱要刷大胡的附卡，李晓枫要让公关公司买单，只有雷德蒙是真金白银地自己买单。"唉，也就这点爱好了。"发财以后的雷德蒙热爱所有不切实际华而不实一碰即破生命短暂的美好物件，比如水晶，比如花，比如爱情，比如头等舱，花钱比周蜜还狠。"这大概是因为我有一个不甚愉快不甚富裕，我急于甩到粉碎机里但又时时记起的悲惨童年。我一看到那些东西就觉得它们天生是属于我的，只有我会好好待它们，也只有我最懂得它们……"一次喝多了雷德蒙恨恨地说，太阳穴上的青筋暴起，有某种嚣张，又有某种深深的悲伤。

　　谁也听不懂他在说什么，只有李晓枫知道。她无言地看了他

74

一眼，给了他一个深深的拥抱。她懂他，就像她懂自己一样，本质上他们是一类人。

雷德蒙是个什么人，你要跟他交往很多年以后才会略知道一点。刚开始的时候，他看上去永远那么温和，那么绅士，那么好脾气。但你若真是这么认为，那你就傻了。他那温柔暖心的一身白衣的少年身体里其实活着一个脚踏风火轮手拿火尖枪的哪吒，哪疼他扎哪儿，不管是别人还是他自己，都毫不留情。他一提起周蜜这位前主顾，就会歪着嘴角轻笑：哎，人也不坏，就是傻，忙也帮了，人也得罪了，你说她这是何苦？

雷德蒙和周蜜十来年和谐的医患关系，到底也是被周蜜那张不饶人的嘴给撕破了，起因也是那个上市派对。"明明是她要我多打一点，我死劝她她也不听。后来效果不好照片难看，她气势汹汹跑来砸我场子，我那时正在做手术，我也是要脸的欸……老子当场就把她拎起来丢了出去，别人怕你我不怕你，老子以后不做你生意。你都没看周蜜在玻璃门外暴跳如雷的样子，疯了一样。"雷德蒙得意地说。

搞笑的是，雷德蒙和李晓枫的友谊也建立于此，吐槽周蜜的各种奇葩言行是早期雷德蒙找李晓枫的主要原因。后来则完全是因为工作常有交往。李晓枫在他的力劝之下，隆了一个极其好看的鼻子，收了一下鼻翼，气质大变，这是他送给李晓枫的一份大礼。而李晓枫报之以琼瑶的是，在他成为美容大师的路上摇旗呐喊。当年报社一有美容选题李晓枫就找他说两句，他后来开私人诊所，也是报纸给他做了信誉背书。江湖风高浪急，大家要相互照应，所以生活里但凡有事，李晓枫也愿意和他商量，毕竟医学博士智商高，又是男性，看问题的角度会跟女人不一样。

李晓枫把在飞机上遇到大胡的事又简单跟他说了一遍，雷德蒙听完便冷笑道：活该，现世报。

骂完周蜜，雷德蒙也没放过李晓枫，刻薄笑道："哎，李晓枫，你这么执着地找她干吗？我知道了，你就是想看她的笑话，阔太同学终于扑街，你想看看她到底有多惨……果然最毒妇人心……"

李晓枫咬牙飚出一句湖南话："你果然没有辜负你的芳名（Raymond谐音'雷得猛'，湖南话'打晕了'的意思），我和周蜜可是上下铺睡了四年的同学。现在要你帮我去问问你那帮和周蜜来往的贵妇名媛，问一下她新电话，这事儿不麻烦啊。至于这么小心眼吗？她当年帮你帮得还少吗？"

这几句话也是炸雷，打在雷德蒙的头上，让他好半天说不出话。最后雷德蒙娇嗔着挣扎了一下，大声说了句"讨——厌——她！"就放下了电话，李晓枫知道他这就算是答应了。

过几天，雷德蒙的电话来了："哎，这一回可真的奇怪了。我问遍了以前所有认识周蜜的人，都说好几年没见过她了。电话打不通了，有人说她老公前几年在云南买了几个矿山……是不是搬去云南了……"

喔，搬去云南了，这倒是很有可能。

因为就在前几天，李晓枫去一个服装厂采访，正好在周蜜别墅附近。让工厂的车把她送到别墅门口，门口的保安隐约是以前认得的，她就和保安说想要去看 D 区 3 栋的胡太太。保安说好久之前这栋别墅就转手了，现在租给了一家律师事务所……如果真的是举家搬去云南，这事儿就说得通了。

李晓枫放下了心中大石。嗯，这可不是她没去找周蜜，而是周蜜走了没告诉她，她不欠她了。

"她是阔太，又爱热闹，到哪里都会拢住一帮人。就算大胡在外面有些什么花花肠子，以她的智商想必也镇得住，毕竟偌大个事业是两个人从无到有做起来的，还有一个那么可爱的儿子。周蜜现在估计正在云南的大宅里照旧开 party（派对）过得潇洒写意呢，你还满世界找她！你多关心关心你自己吧，你这个快失业的中年妇女。"雷德蒙恨铁不成钢地对李晓枫说。

雷德蒙从前嫌李晓枫不够上进，现在嫌李晓枫不够危机，因为外面个个都风传广州四大报全部要收缩，特别是子报系统。这谣言导致李晓枫每次上班都很像参加追悼会，同事们的脸上都挂着某种类似亲人离世的凝重。而报社要垮了就像冬天的风，在这群人的头上刮来刮去，一阵儿紧过一阵儿。

"皇帝不急太监急，关你屁事！"李晓枫回骂他。

作为一根老油条，油锅里炸久了，就不会冒泡了。报社要垮这件事，毕竟也传了好几年。自从两年前欧阳被抓进去之后，一直风传主报要收回刊号，但迟迟也不见行动，毕竟这几百号人怎么处理，也是个问题。盈利看得到是一年一年在减，报纸页数也一点一点在减，上面空降了一个完全不懂业务的总编下来，这几年没干别的，就是裁人，把记者编辑裁了三分之一。新来的领导还在会上说，就是要以新换旧，把那些占着位子不干活的人赶出去……

李晓枫知道快报这艘大船可能是快要沉了，但是沉之前，领导们还是想多踹几个人下去，好让船沉得慢一点。人这种动物，对付起同类来还真是狠啊。

但是她该去哪儿呢？

快四十的媒体老人，去哪里似乎都不合适。现在的东家已是本城最好的报纸了，再去哪一家都是下嫁，都觉得不甘心。而且去了干吗呢？去别的地方当新人，这落差她未必受得了。不然别人请你去当领导吗？别天真了！哪个单位都缺干活的人，就是不缺领导。

北京倒是有家杂志一直想要李晓枫过去，可是现在北京的房价实在太高了，卖了现在这套小公寓，未必能凑齐一个首付。而且一想到租房子搬家从头来过，李晓枫就觉得无比惶恐。早知如此，二十年前她何必南下？那时本来就可以留在北京的……

日子就在这惶惶不可终日之中混过去了。

　　比惶惶更难受的，是失落。每天都看到有认识的人辞职——有人去北京闯荡，有人回贵州开店，有人去大理办客栈，有人回家做家庭主妇，最烦的是，隔几天就听到人发迹的消息。娱乐部的肥小猫做了一个公众号居然大火，时政部的孟亦明成了头部大号的评论员，就连雷德蒙同学也开了一个公众号，专做微整型科普，居然也火得不得了。要不是他不想把他的诊所关门，可能他真的能成为微整界的 No.1……

　　沉舟侧畔千帆过，病树前头万木春……

　　李晓枫就是那沉舟，就是那病树，看着千帆飞过，万木争春，还是有点心慌的。原来看人发迹，那种失落才真正是腐蚀人的毒药。

　　每个人心里都有一头肮脏的暗兽，没拴住固然会跑出来伤人；但拴得太牢了，也会伤己。嫉妒，沮丧，失败，绝望，夜半时分，焦虑不安的暗兽来回折腾，尖利的爪子就在你心里划下道道伤痕。

　　有人在猛兽的折磨下也变成了野兽，去撕咬别人；有人在猛兽的折磨下变成干尸，只敢扇自己大耳刮子——为什么你这么无能？为什么你这么失败？为什么不趁早出去，弄得现在老大不小了却走投无路……可这问题除了增加自己的面部痛感之外，还真是无解。

关键是，这些人好多是李晓枫以前根本瞧不上的。以前老跟在李晓枫后面跑活动拍明星的摄影记者辞了职，跟他的八零后老婆办了一个文艺图片号，从国外的图片网站上买图片，写一些文艺兮兮的话，居然三个月就有了五十万粉丝，广告报价从三千跳到五万。他老婆买了一部红色切诺基，晒在朋友圈里，而他则一天到晚在朋友圈感叹：好累，这些广告好难写……李晓枫真想发微信给他说，老同事，要不你转包给我写吧，两万就行……

报社广告部有一个神奇的女孩，每天把脸涂得雪白，头发剪得前短后长像贞子。以前"贞子"天天求李晓枫在副刊帮她发稿，半年前人家主动辞了职，专门写女性心灵鸡汤。她的文字水平李晓枫太知道了，核心就是"抄"。写博客那个时代，她还抄了李晓枫一篇黛安娜的时尚稿，把它切得稀碎发在她自己的博客上，被李晓枫当面骂了十分钟没出声。可是现在她创办了一个叫"谁懂女人心"的公众号，每天东抄抄西抄抄，也居然做成了个情感大号，天天"10万+"。她自己给自己的头衔是"百万大号女性心灵专家"，李晓枫一看"贞子"那张P得阿妈都不认得的照片简直一口茶喷出来：有有搞错？！

"世无英雄，而使竖子成名。"李晓枫在珊宝家的聚会上感叹。珊宝淡淡地说："是啊，谁让你这种英雄不出山呢！"

李晓枫脸色一白："我肯定不是英雄，但是这种惯抄稿子的竖子成名我还真是看到火滚。"

"别火滚了！趁住那把火，你就自己做一个吧。"大家都起哄。

李晓枫又颓了。年纪多大了，还创业？她就想舒舒服服赖在报社养老，还有十来年就到退休年龄了，何苦，何必，而且太冒险，李晓枫心想，不能便宜了报社，老娘死都要等到我的退休金。

这些年李晓枫早就没什么斗志了。就跟着这么一伙人混吃混喝蛮好，奋什么斗啊，日子总能过下去吧。反正她已经买了房子，每个月固定开支极有限。说起来，这种大好局面，还是要感谢珊宝。

2000年年初报社拉到了南安公寓楼的广告，购房可以拿到很低的折扣，总价也不高，首付十五万，月供两千。当年在珊宝坚定的带领下，报社的单身女编辑、女记者几乎人手一套。二十年之后再看，这是一个千载难逢的机会，这帮女生在广州第一轮房价起飞前的绝佳时期拿下了房子，珊宝真是他们的恩人。当然李晓枫的恩人还有周蜜，因为储蓄都存成了定期，李晓枫一时拿不出十五万，是周蜜立刻转账过来。但此事最后一直变成了周蜜用来说嘴的理由："真后悔当年借十五万块给李晓枫买房子，有了房子的女人就没有嫁人的动力了，每次介绍给她相亲的人都看不上，有房子害了她，有房子就不晓得单身的苦……"

只要见到老同学来广州，一吃饭她都要大声地说一次，听得李晓枫一脑门子汗。李晓枫知道她就是想显摆自己仗义——她不但借了穷鬼女同学十五万块钱，还关心她介绍男人给她。可是老天爷，十五万李晓枫第二个月就还了，介绍男朋友也就有过三次，还都是那种特别不靠谱的人。一次是大胡公司一个水泡眼的胖财务，一看就是一副纵欲过度的样子；还有一个是眼高于顶的房地产公司的富二代，整场饭局都没看过李晓枫一眼；最后一个更绝，根本就是周蜜自己的追求者，整场饭都是周蜜在跟他打情骂俏……

自从三次相亲饭局之后，李晓枫就跟周蜜说你别帮我介绍男朋友了，暂时不想找了，于是周蜜又忙不迭地满世界和人说：你知道吗？李晓枫越来越孤僻了，她连男人都不想找了……

其实，年轻女孩谁不想找个知心知意的人呢？单身的苦李晓枫怎么会不知道呢？有时突然发烧浑身发软想拿桌上那杯水都拿不到；过春节的时候全报社就派李晓枫值班，说单身不用回家，一个人在空无一人的办公室里听着外面的炮仗，楼梯间里冷风嗖嗖地吹；每次出差回来，别的女孩都有人接，跳着扑向男朋友的怀抱，而李晓枫永远只能在旁边含笑目送；每天深夜一点做完版回来，打开门时房间里扑到脸上的空气里听得到寂寞在嘶嘶作响。

啊，真的真的是，寂寞、孤独、冷。

但到底扛过来了。

也是一点一点跟生活学的，因为她真正彻底明白自己可能真的，真的，要一个人度过这一生。

周蜜说得也没错，她是孤僻了，只不过是孤僻而清醒了，清醒地知道要为自己的人生负责。

清醒地知道人生第一要义就是要好好伺候好这具脆弱肉身，隔一两个月请雷德蒙这位好"闺蜜"吃个饭，保持了一有点风吹脑壳疼就问病于他的友谊。平时她也送书和化妆小样给报社的医生，从此有了随时去医务室拿药的便利——这样就不会出现病倒拿不到水的惨剧。

清醒地在春节前一个月就订好旅行机票，有时约上报社的同事，有时一个人，这样就不会在春节时有那么一长段时间自艾自怜。最近几年的大年初一李晓枫都是在飞机上跟旅行团过的，热闹得要命，一大堆人陪她过年。

而没有男朋友接车这件事怎么解决呢？其实非常简单，手机里存两三个黑车司机的电话，上飞机之前发短信定下一辆车在机场接，从此再不用眼巴巴看着别人被车接走暗自伤神，更不用一身大汗挤在人堆里等的士——其实也就是每次多给司机一点钱而已。

至于寂寞，做完版之后跟同事们吃个夜宵，一周跟珊宝他们一伙人搞个聚会，天天热闹得很，一回家只想往床上扑，完全听不到所谓的寂寞嘶嘶作响——李晓枫现在常常笑话从前的自己太矫情，其实寂寞怎么会嘶嘶作响呢，只有你内心的自怜自恋才会嘶嘶作响。

真的，既然已经选择做一个单身女人了，就别给自己制造这样的机会。

这样的瞬间，除了自苦，没有任何别的意义。

人的适应性是很强的，寂寞这个事情，久了还真的就会习惯。再久一点，甚至会上瘾，因为真的清静。

生活里少了很多麻烦，很多嘈杂，很多言不由衷，很多左右为难。更重要的是，多出很多不为人知的快乐。

一个人去逛街是很爽的，因为完全不用顾虑旁人，自己想试多久试多久，效率奇高，一次能把一季的衣服全部搞定。一个人吃饭也是很爽的，不用征求别人的意见，只点自己爱吃的，吃完饭打个饱嗝儿，看一桌一桌的人，他们的脸上全是现成故事。嗯，那个穿黑衣服的女孩应该是刚和男友吵过架，脸上泪痕未干，她经济情况不怎么好，袋子已背出了毛边——咦，电话又响了，听她的语气，还是有点舍不得，应该是分了手吧……喔，男孩也来了，眉毛挺粗，脾气应该不太好，但眼神焦虑，还是在意女孩的……应该会成为一对欢喜冤家吧……这种小吃店的福尔摩斯游戏太好玩了，它大大地增强了李晓枫的观察力，让她在采访中如有神助。有一次李晓枫采访一个商界名人，她一口气说出他的毕业年份和大学名字，把他吓一跳。其实李晓枫完全是从他提供的信息里推断出来的。只要善于观察勤于思考，很容易看到一个人的过去，甚至也能差不多估出他们的未来。

一个人生活大部分时候是很惬意的，只要身体健康，又有一大堆朋友。

这么些年，李晓枫所住的南安公寓就像一个驿站，过几年有些女孩子结婚搬了出去，过几年又有些女孩离婚搬进来，有人养狗有人养猫有人养孩子。一到星期天就要吃大户，总有一个人要请大家吃饭，一有事就一群人商量，守望相助。"你住的完全是一个熟人社区嘛！不像我一直独来独往。"从来不羡慕任何人任何事的李小贞也曾经羡慕地说过这件事。

李晓枫也不知道加入这种社区是幸运还是不幸。总之命运就让李晓枫到南方来了，命运又让李晓枫在媒体的黄金时代入行，然后又撞到了现在这一班同事，十几年莫名其妙混在一起就这么过来了，有自己的房子，有自己的朋友，有自己的工作，在这个城市有了自己的人际网络。要是可以和她们一起养老就好了——当然那至少得先拿到报社的退休金。

但是人生不是你肯等就行。等不等的，要看老天爷怎么安排。

终于还是等到了不得不说分手的那一天。

那天报社人事部找了李晓枫去办公室，她进去一看，坐了满满一屋子的人，主任副主任首席记者，都是各个部门的老人。

那个胖胖的平时总是笑眯眯的据说是某一任市领导转弯抹角

亲戚的刘主任，一脸寒霜地抱着手站在办公桌前，待李晓枫坐定之后，宣布报社要实行新的坐班制度——以后大家除了采访之外都得到单位坐着，还要打卡，不然视作旷工处理。五次旷工就要开除，尤其主任们要起带头作用云云……

李晓枫在报社待了这么多年，发现报社最大的秘密都挂在人事部刘主任的脸上。

刘主任那位亲戚早就退休了，而她之所以稳坐钓鱼台，是因为她永远第一时间毫无质疑地会对报社每一任最大领导表现出绝对的忠心，多年察言观色的结果让她的这张脸成为大领导内心的风向标。此时报社领导欣赏谁，她就会对谁笑眯眯。早些年，她见到李晓枫时恨不得要扑上来才好，满脸笑意，端详半天，努了一百分的力气想找夸耀的点，最后总归是同一句话：哎呀，你这皮肤啊真是没谁比得上啊！太好了，用哪个牌子的化妆品啊？

李晓枫知道她根本不关心她的皮肤，也根本不想知道她用哪个牌子的化妆品，她就是想拉拉近乎。她背地里说过李晓枫多少坏话啊，她说这姑娘怎么永远一张臭脸啊这姑娘不讨人喜欢这姑娘脾气古怪所以嫁不出去啊……什么叫当面一套背后一套，刘主任实力演绎了。她讨厌李晓枫，可是又不敢得罪。李晓枫是实权派欧阳的基本班子，所以她断然不能得罪。刘主任就是一条人族里的草履虫，全身透明，忠实地反映着上层领导内心最隐秘的嗜好。领导讨厌谁，她就表现得更讨厌，领导喜欢谁，她就表现得更喜欢，领导想炒谁呢？她就立刻与你不共戴天。

社办里的这十五六个人，平时刘主任对这帮人不知多恭敬。今天的脸却比广州最冷的冬天还要冷几度，简直恨不得要下冰雹。李晓枫明白，这就是要代领导赶人了。

到报社二十年，当记者二十年，从来没有说要记者坐班的。满天出差满天写稿，正是这份灵动才有了记者的手眼通天。以前欧阳在大会上就讲过："不要老回报社，只有庸才才会死死地待在报社，记者就要跑，要去建立自己的关系网，要有自己的人格魅力，要有自己的信息源。只有多跑才有出色的记者，你们只要交来好稿，搞来好报道，我才不管你在哪里……"

虽然欧阳这人贪财好色，但他是懂行的，要记者坐班无疑就是把李晓枫这帮老记者的翅膀一一绑住。但这些话没法同刘主任说，也没必要和她说。第一，同她吵是没有意义的，她只是一条忠心的草履虫；第二，她一定会比领导说出来的话更难听——果不其然，其他几个主任七嘴八舌和她理论时，她脸上浮现出一种不屑一顾的神情，双手抱在胸前，像主宰蝼蚁命运的小型上帝，甚至不耐烦听这些蝼蚁发表意见，只是抬高音量慢慢说道：这是报社的集体决定。如果觉得自己不能遵守，可以主动辞职的。

刘主任是个厉害人，虽然只读到初中，但她看得清现实的本质。李晓枫这些小文人在她眼里都是些大大小小的蠢货，是这个世界上最可笑的一种生物，因为他们从来不曾真正明白自己的位置。那几年，这帮人耀武扬威，这帮人觉得舍我其谁，一纸风行的某些时候甚至还会产生我是世界之王的幻觉，李晓枫的男同事们尤其如此。他们在饭桌上挥斥方遒，俨然可以左右这个世界，其实不过是一些"蝼蚁"。人家要你写你才能写，不要你写，连遣散费都要省下来。做一个局，要你难受，要你憋屈，要你受辱，要你自动消失，这就是真相——刘主任才代表这个世界的真相，残酷凶猛，辣手无情。

在一片吵闹声里，李晓枫悄悄退了出来。

"这个报社真的待不了了！"心里有个声音一直在说。

其实欧阳在被抓之前，也曾经跟李晓枫透过一两句底："师妹，快报是肯定不行了，你得给自己找下家，找出路啊。"李晓枫听了默不做声，谁不知道报社不行啊，但关键是去哪里呢？要是有出路，她不早就走了吗？

没有后台，没有人脉，没有钱——打工二十年之后的小记者，依然是三无人员。

其实欧阳也是一样，要不然他怎么会被抓呢？

他们在本质上都是漂到这座城市里来的无根无据的漂萍。欧阳那些年当然是飞得很高，所以摔得也更惨，他被捉的场面很有戏剧性。当时他正在台上开着全报社的总结大会，突然冲进来几个便衣，把他架走了。这种惊吓想必人一辈子都不会忘记吧，无论是台上的他，还是台下的李晓枫们。

坐在李晓枫身边的退休主报老编辑偷偷跟她说，欧阳这辈子算是完了。

李晓枫说不会吧，欧阳平时交往那么多人，找找关系，应该可以早出来。刘欢的歌里唱了，大不了从头再来。这位跑过时政线的老编辑淡淡地说：晓枫，你太年轻了，真正出事的时候，是找不到人的，谁也不想惹这麻烦。我们这些小萝卜头不用说了，有心无力，官越大的人越怕沾惹上这些是非……谁都避之不及，而且你以为坐牢真的只是坐牢啊？坐牢是会彻底把一个人的精气神给打折的，你见过骨折的人吗？他们的脸都是灰的，上面写着四个字：万念俱灰。出狱的人就是那样的神情，整个儿都给毁了。女人还好一点，男人尤甚，顺风顺水半辈子的男人尤甚，你等着看吧。

李晓枫目瞪口呆坐在椅子上，感觉曾经熟识的一个时代在被架走的欧阳身后慢慢崩塌。

曾经在报界风起云涌的欧阳师兄就这样消失了，罪名是贪污公款，判了十年。他的房子被没收了，家也瞬即散了。十来年前，他抛弃了他的大学同学原配，改娶了一个小他十来岁的实习生，后来又出轨了电台主持人，十来年间结了三次婚。校友聚会的时候，他的同班同学揶揄他，欧阳，求你千万不要再结婚了，你再结婚我们都要破产了，份子钱出得我们都亏死了……

一听这话，欧阳笑得不知多开心，那时的他，是 king of the

world（世界之王），大到省长，小到流浪汉，谁不识他赫赫威名。他做了多少惊天动地的大报道，到后来，却只是一场梦而已。在他被抓的第二天，他的第三任太太——那位电台主持人立即在朋友圈宣布和他离婚。这就是夫妻，夫妻好比同林鸟，大难临头各自飞。

也没有错啊，有的飞有的逃为什么不走了，李晓枫作为他一手带出的基本班底，去看过一次欧阳吗？没有啊，没有这个本事。没有金刚钻，不揽瓷器活儿——说到底，大家不过是求生的人。

李晓枫坐在报社外面的星巴克想了一下午，前前后后，左右右，心乱如麻。原本以为自己死皮赖脸扒住报社这艘大船，就可以安安稳稳驶向老年，可是到头来，却发现死皮赖脸也需要心气儿，她根本就没那个韧性。

人家刘主任只是脸色不好，还没指着你的鼻子骂呢，你就已经羞愤相加要自动辞职了。你知道什么样叫死皮赖脸吗？你知道什么样叫动心忍性吗？差太远了！"你们还是太年轻，没经历过真正的风雨啊。"李晓枫想起老编辑批评她的话。

从星巴克望出去，可以看到马路对面的华侨友谊宾馆，一栋通体白色弧线优美的豪华大厦，白色的碎玉石墙壁，衬白色的透光玻璃砖，每一层都有一个白色的小阳台，精致中带着高贵，高贵中带着雅致——那是当年一个出名香港设计师的手笔。

九十年代，这里曾是广州最高档最繁华最神秘的地方，华侨友谊宾馆六个鎏金大字在蓝色天际线中闪闪发光。这里没有会员资格你根本进不去，门口停满闪闪发光的大奔和宾利，连咨客都是盘靓条顺可以选港姐的大靓女。1998年，欧阳曾经带着副刊的同事在这里开过一次会。那是李晓枫生平第一次去这么豪华高档的地方，印象实在太深刻了，地毯踩上去软软的，厚厚的，每一脚都有踩到草丛的失重感。酒店的房间名全用宋词小令命名，李晓枫去的那间叫"如梦令"。

　　房间全都是硕大的水晶灯配大圆桌，套间里全套花梨木的家具，罗汉床，挂着清代的酸枝瓷板画或者名人字画，小几上放一只高脚白玉兰花盆，探出一枝姿态优雅的兰花，威廉·莫里斯的壁纸。沙发桌上摆着白色金边的茶具，当时李晓枫曾疑惑为什么这些杯子端上手又轻又薄，后来才知道他们用的瓷器居然全是英国韦奇伍德骨瓷。

　　饭桌上是浆得笔挺的白色亚麻餐巾和闪闪镶银的贝壳筷子，再一看菜单，他们全部都惊呆了——天哪！这里一壶茶就是八十，一盘虾饺是六十，才三只。听说自助餐更贵，每位二百八。天哪！那时李晓枫钢厂的小学同学上一个月班工资才二百八呢。

　　那一次谈的事完全忘记了，李晓枫只记得自己算开了眼。欧阳得意地瞄着他们这帮土包子编辑记者目瞪口呆的样子，豪情万丈地说：把副刊办好，时尚生活版做起来，以后我们月月来这里吃大餐……

言犹在耳，欧阳已进了牢房。而他们呢，也都从二十几岁的愣头青变成四十郎当的老油条。当年曾经那样高不可攀贵不可言，被闪闪发光的大奔和宾利围绕的，只接待外商，以及港商台商，需要会员才能进入的华侨友谊酒店，同样在经过十多年的风雨之后，也变得落魄不堪。

外墙上的细白玉碎石也发黄了，透光玻璃砖破的破，掉的掉。白色小阳台堆满了桌子，门口的喷泉早就不流水了，花坛荒草一堆，门口柏油沙石路车道缝里长满了草。现在谁还记得这酒店辉煌的过去呢？年轻人去的是天河珠江新城、CBD，这里早就沦落成谁都能去的大爷大娘们喝早茶的所在了。地毯上沾满污迹，房间里的壁纸换成了廉价的紫色，那些家具和画早已一去无踪影了，房间里充斥着一股说不清的霉味，韦奇伍德茶杯上到处都是多年磕碰下来的豁口。

时易世移，俱往矣。

你的时代过去了，你就要去找新的方向。死守在一个地方，可不就面色发黄被人泼一身菜汤吗？

往前走吧，管它是死是活。树挪死，人挪活——走吧，李晓枫，你没退路了。

8

钟露露失恋了。

那天的版突然抽掉了，所以她早了两小时下班去菜市场买了个大鱼头和老豆腐，还有五听珠江啤酒，也早了两小时去男朋友郑小航的公寓。一打开门，就像电视里那种剧情一样，看到光着身子的一男一女躺在床上。惊慌之下，她把五听啤酒以及大鱼头和老豆腐一起狠狠地砸了过去。一切都像慢动作，先是一声尖叫伴随着一条大长腿抬了起来，然后是郑小航奋身挡在前面。只听见哗的一声，很沉，应该是砸中了胸口。

钟露露狂怒之中也忍不住想笑，她飞速地退出去，一路狂奔，回了南安公寓她租的房子，关上门，关上窗，正准备大哭一场，就听到手机电话响。"一定是郑小航这个人渣打来的。"她恨恨地想，拿起电话准备关机。意料之外，居然是李晓枫打来的。

一接电话，就听到李晓枫用她那惯常的坚定的不容反驳的声音说道："你今晚有空吗？我叫了珊宝一起去'一片红'（她们常去吃的一家湘菜馆）吃个饭，我有一个大计划。"

钟露露还来不及思考，说了一个"好"，电话就挂了。

时间紧迫，她一通换衣服洗衣服弄头发化妆各种折腾，刚刚抽调上来的泪还来不及从眼眶流出来，竟然全都变成了汗。这让她想起了李晓枫的名言：与其流泪，不如流汗，创造价值还不浪费时间。说得真对，流什么眼泪呢？流眼泪这点时间干点什么不好呢？

有人说，创业是一场战役，需要天雷勾动地火，需要蕴天地之灵气吸万物之气。这都是扯淡，在钟露露看来，创业就是几个走投无路的人聚集在一起寻摸活路，摸着石头过河，攀着藤蔓爬坡，事后看确实满山都是豺狼虎豹，满河都是急涡潜流，但对那些一无所有的人来说，这些都没什么可恐惧的。反正总归比现在好，侥幸走对了路，就是一次成功的创业，可以写进你们的商业企划书里；而走错，那也是很正常，谁的人生不需要几场瞎折腾呢。

那次所谓开天辟地的创业饭局她们吃了五个钟头，但正事其实只谈了三分钟。

李晓枫开场："我马上要失业了，我们一起来做个公众号吧。"

钟露露说："好，太好了，我刚刚又失恋了，我那个富二代男友劈腿了绿茶模特，报社又通知我进不了人，我有的是时间……"

珊宝说："可以，我跟我大老板又吵架了，不知道能不能撑过今年……我要开辟第二战场。"

李晓枫说："那好，我负责写稿和方向，钟露露负责做稿和运营，珊宝负责拉广告。大家回去各自想一下，我们明天在微信上讨论一个基本方案。我们的原则就是，不求大富大贵，但求三

94

餐温饱，不要抱任何不切实际的期待。反正珊宝和我现在都有工作，钟露露你家又有钱。如果三个月以后我们一个月可以赚到八千块，能让钟露露有基本工资，那我们就算胜利了。"

"好！"三个人碰了一下杯，这事就算定下了。

接下来四个半小时，有一半时间在讨论钟露露的渣男富二代男友，剩下的一半时间聊减肥聊同事八卦，聊到那家湘菜馆打烊了才肯走。旁边的服务员小妹已然脸上一片黑了。这就是钟露露记得的她们公众号创业的开场仪式，很不严肃，很不认真，很不鸡血，随便得像她们吃过的任何一次饭。

但三个月后，赚到了第一个八千块钱——是一个老牌洋酒公司下的单，主动的，没有靠任何关系，纯"天然"的。

现在回想，"哀兵必胜"这句话是有道理的。

在 2014 年公号圈你死我活的创业竞争里，她们三个是无心插柳。

据说当时中国有三千万人在投入公众号这个红海，资本加持，人员密集，"成功的诀窍是日更"。在一群锚起狂进攻占红海的人中，她们仨是"打酱油的"，一个星期三篇稿，不紧不慢。

也算不熟不做吧，珊宝是专业广告人，李晓枫和钟露露最熟的是国外的流行资讯和明星八卦。之前李晓枫在副刊一直在做着一个图片版叫"明星潮"，虽然只是登一些外国的明星街拍照片说一下女明星最近的八卦，倒是一直是报眼。读者们都爱看八卦，又加了一点时尚，品牌们也喜欢，公众号名字李晓枫也早早想好——"Fashion：风秀"。

《戴安娜名表情史》《这季 LV 又在闹什么幺蛾子》《亦舒女郎究竟穿什么牌子？》……一周三更，轻车熟路，都是现成的稿子，编一编，加一加，一抛出去，也是篇篇"10 万 +"。这时李晓枫才明白"贞子"小姐的心情。虽然公众号这个领域是红海，奈何早期全是搞技术的搞金融的，真正懂内容的人太少了。

三个人有一搭没一搭做了不到半年，"Fashion：风秀"在业内算是有了一点名气，粉丝很快过了十万。

只要熬过这个尴尬期，快速涨粉到二十万，那就是一片海阔天空，可以真正进入媒介公司的微信名单里，成为他们下单的目标了。珊宝豪情万丈在"一片红"里鼓励她们："屏牢！以最快速度直奔二十万目标，这个时候一定要屏住一口气一直往上冲，一点乱子也出不得。"

她越是这么说，越是出乱子，而且这个乱子，居然是因李晓枫而起的。

微博上莫名出现一个人，天天追着骂李晓枫，而且看来气势汹汹。

　　@ 晓枫烧　忘恩负义狐狸！

　　@ 晓枫烧　死三八，抢人老公不要脸！

@晓枫烧 @粤港新报　你报李晓枫出去采访收人礼物，按国际规例理应开除！

　　…………

　　甫一看到这些字，李晓枫心里一惊，先是心惊肉跳地缩到沙发，花了半小时认认真真检索了一下自己可怜的情史。

　　被欧阳调戏算不算，被财务室的老林摸摸手背算不算，被采访对象送束花算不算？当然不算，因为连引线都没有点着，根本算不上事儿。

　　唯一，人生中唯一称得上跟已婚男人有过一点影子的，大概是十年之前采访一个做潮牌的老板，人称林生，跟李晓枫差不多大，事业算是做得不错了，而且人是真的帅——方头大脸，分外热情，除了脖子上有一根金链子，所有一切都让人如沐春风。报道出街，效果不错，随手送礼就是一瓶海蓝之谜。这个牌子李晓枫在周蜜那里见过，当时国内根本没有——真算是出手阔绰。他们吃过几次饭，手机里也真真假假暧昧过几句。

　　"但是也不知道是不是结了婚，也不好意思问，看他在外面落落大方的样子，好像是单身？"李晓枫私下里和李小贞嘀咕。

　　"有什么不好意思问的？你就是这样，关键时刻就尿了！你管他呢，喜欢就试一下呗，你要是喜欢……"李小贞淡淡地说，"闲着也是闲着，反正你就是中意帅哥。"

"妈呀，我可顶不住他那条金链子……"李晓枫笑着说。

其实她就是觉得有点不对劲，至于怎么个不对劲，也说不上来。李晓枫这辈子没有别的好，就是好像天生对于危险总有着极其敏锐的第六感。

终于有一天真相主动来到她面前。

有一天夜里十二点，手机里有林生的来电，李晓枫想了一下，接了。

声音是个女生："你是李晓枫吗？"

"嗯。"

"你不要碰我男朋友，他可是有老婆的人！"

李晓枫瞬间被这逻辑给震惊了，不由得重复了一遍："啊，他是你男朋友，然后他又有老婆。"

"是啊，他是潮汕人，有四个孩子，是绝对不会离婚的，你就别想啦！"

"我没想啊……"

"死三八！我已经查到你住哪里了，你不要和他来往，小心有人泼你硫酸。"那女孩怒吼起来，听声音，也就是二十出头吧。还没坚持五分钟，突然又在那边哇地哭了出来……"他跟我好了三年了，我只有他。我没工作没房子只有他，你有工作有收入，拜托就不要来抢我的男人好吗……"

李晓枫听不下去，挂了电话，立即就把林生的号码给删掉了。

凌晨两点，万籁寂静，李晓枫坐下来，只听到自己的牙齿格格响。这时她才发现身体一直在抖，牙齿一直在格格响个不停。

现在回过头再想，李晓枫也觉得很可笑，怎么会撞到这么狗血的桥段里？更庆幸自己仍有这么一丝警醒，不然一世英名，尽毁于此："那我一辈子都没办法原谅自己。"

"这跟原谅自己有啥关系，又不是你的错，你为什么要怪自己呢？"李小贞安慰李晓枫说，"现在外面这样的男的不要太多。"

"我怎么会为这样的男的动心，我智商何在……"

"这跟智商没关系，你不就是遇上骗子了吗？为什么要怪到自己头上呢？"李小贞在电话里提高了声音，"我就特烦你这种别人砍你一刀，你自己还要加一刀的个性。拜托你能不能放过自己！"

李晓枫斩钉截铁地说："不能！"

"好，好，你行了吧你！反正你又没被骗财骗色，还得了海蓝之谜，你没吃亏，你不要骂自己了好不好……"李小贞笑起来。

是啊，明明没有吃亏啊，可是为什么李晓枫那么恨自己呢？这真是一个未解之谜。关键是，经林生一役，让李晓枫更害怕跟陌生人打交道了。这个社会，处处都是坑啊，只等着无知少女往里跳，更让人伤心的是，这"无知少女"还已经这么老了。

李晓枫苦笑起来，按林生的速度，他应该又有了新欢，但他的女朋友找谁也找不到她李晓枫头上啊，除了那年吃了几顿饭，李晓枫后来没跟他有任何来往。

"一定是有人要黑我们。"李晓枫打电话给珊宝，"是不是有同行看不惯我们公众号快速上升。"

"拉倒吧，晓枫，就我们公众号这体量，谁有时间来黑啊？黑那些几百万粉丝的不好吗？说你天真你还不信，我感觉可能就是你自己得罪了什么人。你再仔细想想排查排查，实在不行，我再找道上的朋友。好了，我现在要开会，晚上跟你说……"珊宝啪地把电话挂了。

李晓枫坐在椅子上，看着自己的微博发呆。

笑话，她能得罪什么人？她除了上班下班看剧和外界没有任何来往，除了几个死党，她基本不和人说话，在外面对谁都客客气气（当然也可以说是冷冷淡淡），看到是非躲得八丈远，工作是研究潮流单品，明星八卦，护肤指南，没有抢过同事一条线，年终奖没有多分一毛钱，走到路上连蚂蚁都没有踩死过一只，她能得罪什么人？

不要说人，连物也没有刻意去强求过。这微博都是别人求着她开的，连密码都是别人帮她弄好，李晓枫才勉为其难地答应开了这个账号。"晓枫烧"平时也就发些个人生活动态，都是顺手的事，反正天天做的也就是这个。吃的喝的各种品牌新品试用报告还有欧洲名人的时尚消息，几年做下来也积攒了小二十万的粉丝。偶尔发个小广告，也能赚些散碎银子，算是李晓枫的一块小小自留地，没买过粉，没挣过大钱，一直勤勤恳恳，跟谁也谈不上竞争关系啊，圈子里谁不知道她李晓枫静得跟大象似的，永远坐在最后一排看热闹，不动如山。

"要不我干脆关掉微博算了。"她对珊宝说。

珊宝说："不行，现在关了，不正落人口实？无风不起浪，人家肯定觉得你心中有鬼啊。"

不惮以最大的恶意来揣测，李晓枫想都能想到那些平时就看她不顺眼的人会在背后怎么说她：会咬的狗不叫，看这个李晓枫，平时不声不响不理人，四十几都结不了婚，原来暗中在搞这些事……

这个人这几天闹下来，效果已经有了——有两三个相熟的公关相继发来微信，貌似关心："晓枫，你惹上什么人了吗？"

报社管网络的人更是打来电话："晓枫，赶紧处理好，千万别让刘主任知道了，她正找不到理由炒人呢……"

这才叫人在家里坐，祸从天上来，李晓枫心想。广东人常说被人冤枉叫"食死猫"，以前不知道这是什么感受，现在知道了——形容得准确，确实又恶心，又难受。

只能顶硬上了，李晓枫把钟露露叫来，两个人一起埋头研究这个追骂她的ID——"肖申克的反击"。她就不信，两个高智商女性查不出一个ID的背景。

钟露露开始记："嗯，第一，注册于四年前，发帖的时间非常不固定，一段时间非常密集，一段时间又消失，几乎每一条都是在骂人。"

"第二，虽然注册性别显示是男性，但从说话的方式和骂我的那些话，我断定这是位女性。"李晓枫说。

"哎，你不是唯一的受害者，受害者很多欸，玉皇大帝，王母娘娘，上帝，还有好多凡人，凡人我只认识你一个，还有一个叫刘倩倩的，还有一个叫梅兰花的，还有一个叫王伟然的，还有一个叫温森的，还有一个叫 Keven……"

> Keven 软饭男，不要脸……
>
> 雷德蒙，害人精……
>
> 梅兰花，不要脸，go to hell……
>
> 刘倩倩，骚货……
>
> 人渣王伟然，骗财骗色不要脸，上帝会惩罚你的……
>
> 胡大军是一个恶魔……
>
> …………

这个"肖申克的反击"骂人显得毫无章法，男人骂人渣，女的骂狐狸精，句子很诡异，像呓语。随着这些人名被钟露露一条一条念出来，仿佛有一扇尘封的大门在李晓枫面前打开了。里面是多年前李晓枫曾无比熟悉的人——晚报的刘倩倩有几年常和她混在一起参加各种活动；而梅兰花和她在同一个寝室住了四年；如果没记错，Keven 是十来年之前认识但久不联系的一个发型师……

翻完此人的二百多条微博以后，李晓枫得出了两个结论：第一，这是一个典型被迫害妄想狂；第二，她应该是一个李晓枫从前认识但已经久不联系的熟人……

这个排查范围还是很大，珊宝说："关键还是要找到这 ID 所在地，这个我有办法。"她啪地挂了电话。五分钟不到，她甩给李晓枫答案：成都。

李晓枫的脑子电光石火一般，想起了一个人：周蜜。

就是她了。

人可能在成都，认识李晓枫，还有刘倩倩、梅兰花、胡大军、雷德蒙的人，就应该只有周蜜了。而且十来年前认识的发型师 Keven 还是周蜜介绍给李晓枫的……

可是她，为什么要骂李晓枫呢？

骂别的就算了，偏偏骂她是狐狸精，李晓枫笑了。她老公确实有狐狸精，但她找错人了，她应该去找那个广东女孩。"在云南当阔太当得太闲了，疯了吧？"李晓枫冷笑着说。

"我觉得你应该去找大胡。"珊宝说，"这个事直接找周蜜不太现实。一是你没有她联系方式了；二是如果她认定你是狐狸精，这场架有的吵；第三看她微博上的那些话，分明脑子已经瓦特了，找她老公聊，能更快速解决问题。"

你看，人生就是这样奇怪，半年前还像躲瘟疫一样躲着大胡，现在居然要满世界找他了。

但大胡也不好找，毕竟人家是上市公司的老板。

平时李晓枫从不喜欢留别人的电话，反正也没事要找人，多一个电话多一样麻烦。这一回少不得一个一个找，她先加入南湖大学广州校友的微信群，在里面问了一轮，谁也没有，或者也是没有人愿意给她——谁让你平时都不跟大家联系呢，装高冷，现在傻了吧？李晓枫没办法，死猪不怕开水烫，又跑去南湖大学校友群，问大胡的电话，也没有人理他。

最后居然还是远在英伦的梅兰花偷偷加了她的微信，给了她大胡的电话。

拿到号码，李晓枫抄起电话就打了过去："大胡，你还记得我吗？我是李晓枫，报社的那个。"

"喔，喔，记得记得。"

"周蜜在哪儿？"

"啊，你找她干啥，她现在长住成都了。"

"请你转告她不要在网上骂我。"李晓枫把周蜜在微博上骂她的事简略地说了一遍。

大概沉默了一两分钟，大胡突然长长地叹了口气："晓枫，你跟我们长久没有联系……其实两年前我就跟周蜜离婚了。"

"啊，为什么？"

"……因为一些私事。"

"我不管是什么事。请你告诉她不要在微博上和公众号后台乱骂我，我都不知道为什么得罪了她，她在微博上乱骂我。她骂我不要紧，'爱特'我单位就不对了。我要丢饭碗的！我已经五六年跟你们没任何联系了，勾引她老公，这是从何说起呢……"

"晓枫，事情很复杂。要不这样，我们见面聊一下？"

9　　　　大胡安排在 CBD 一栋新楼的日本菜馆见面。这家日本菜没有别的好，就是贵。

所以人特别少。

和大部分房地产富豪一样，老板见人之前照例要有一个穿着黑色西装细腰甜美的秘书接待一下。女秘书把李晓枫迎进去时，大胡已经在那等着了。

说实在的，就算在那些与周蜜来往频繁的年份里，李晓枫也没认真打量过大胡，一是他忙，很少着家；二是周蜜这张没遮拦的嘴——"朋友妻，不可欺，朋友夫，不可扑"是她开派对时的口头禅，导致每个到场的女人听了都心头一紧，以为周蜜在说自己。

可是谁会扑大胡呢？李晓枫觉得很搞笑，当年的大学舞厅里，大胡这种理科男是一晚上只配站在角落里的 loser，现在居然要防着被扑了，真是三十年河东三十年河西……

认真看，这些年大胡确实还真是见老了不少，倒还不完全是因为胖，是脸上各个部位的肉都争先恐后地往下跌，让整个脸部呈现出一种苦相。这种苦相让他这张娃娃脸陡然变得沉稳起来，和他的年龄相称了不少，像个成功商人的样子。只可惜，眼睛下面的眼袋有点大。这么有钱了也不去抽个眼袋，多影响形象啊……可惜雷德蒙跟周蜜翻脸了，不然找他做倒是现成的……

"啊，真是对不起，晓枫，周蜜这几年都在精神病院和疗养院进进出出，去年才送回成都她父母家。她肯定是又发病了，她一发病就会去翻以前认识的人的微博，然后骂人家，骂了很多人了。但是我也没办法，我管不了她了，这些年我太累了，现在交接给她父母了。我昨天已经和她父母以及成都医院负责她的医生都打了电话，他们说一定看紧她说服她，也会把她手机里的 App 删掉……她这病，也是一时好，一时坏，没个准。好的时候，像一个好人，坏的时候，谁都骂，谁都怀疑……"

李晓枫一听都呆住了——啊？周蜜，疯了？怎么可能！

谁疯她也不会疯，她这自信满满的女人。

大胡继续说："之所以一直没跟你说，是不想大家知道，不想让天天有心理阴影，我怕别人笑他有一个疯子妈……"

一阵沉默之后，李晓枫问他："……所以，她是怎么发现得病的？"

"你是她同学，你没发现她一直不是很正常吗？"

这句话把李晓枫吓得一愣。是啊，周蜜可是在她床底下睡了四年的人。

"我没觉得她有什么不正常啊……"李晓枫想了半天认真地说。

大学时代的周蜜是人缘不大好，可是这很正常啊，总有些人不合群。唯一让李晓枫觉得有点奇怪的是，当年她会在包里放一把刀，说是为了防身。这也不奇怪，长得漂亮的人总归警惕性高一些。他们校园大，荒凉地方确实也曾经发生过强奸案。再后来她让李晓枫觉得有点奇怪的就是大胡公司上市那晚穿的那套有点粉得歇斯底里的华伦天奴，还有她在李晓枫耳边阴恻恻的那句话……可那顶多也只能算是缺心眼——心眼周蜜一直缺啊。

"大胡，其实我想问的是，是什么事让她疯了？人是不可能无缘无故疯的，一定有一件事触发了她，是哪一件事？"李晓枫直勾勾地盯着大胡，一直盯到他发毛。这是采访心理学的第一节课，对试图说假话的采访对象要目光直视以达到不战而屈人之兵的目的。

大胡沉吟半晌，开始字斟句酌："其实周蜜的外婆是有精神病史的，你知道吗？"

"啊，我不知道。"

"这件事千真万确，是梅兰花告诉我的。大学有一段时间周蜜不是跟梅兰花关系好吗，但是她却连我都没有告诉。要是她早告诉我，我可能不会选择跟她结婚……"

"大胡，这个时候说这种话就有点过分了，周蜜毕竟和你生儿育女过了这些年……"李晓枫厉声断喝起来。

"就是因为这样，我才拖了这么多年！我们是结发夫妻，她有病我当然不能抛弃她。我已经找遍广东省的精神病权威了，真

108

的治不好了。时好时坏，好起来像个正常人，坏起来，满屋子砸东西，包里别着刀。我们那个别墅的玻璃让她砸过五次，每一次都是惊天动地。你没有和精神病人生活过，你不知道那种生活有多可怕……最后连天天都求我把她送走……我不是不肯给她治，实在是生活不下去了。"大胡说着说着把自己也感动了，泪也快要说出来了，确实是受了不少苦吧，"而且医生也建议给她换换环境。"

"其实当年要是不同意她从公关公司辞职回家就好了。人有工作，跟外界接触，可能就不会发病。可是当时我们公司要上市，也特别忙，她一在家发脾气说她们公关公司的破事我就烦。后来确实是我跟她说实在干得不开心就回家当太太吧……其实她根本不适合在家当太太，买名牌整容减肥买珠宝开家具店那些花海了钱，人也变得越来越神经兮兮，晚上只要我晚一点回家就会发现她已经喝得醉醺醺。一开始的时候只是翻翻我的手机，后来还雇了私人侦探跟踪我。你知道我是怎么发现的吗？是这个私人侦探打电话威胁勒索我，要我给他一百万封口费……"

"那勒索的是什么事呢？"

"就是那些七里八里的事。"大胡尴尬地笑，虚晃一枪企图蒙混过关。

李晓枫想起那娇娇的一把声，这些"七里八里"的事，在男人的眼里从来不是事。只要家里的女人不管，连灰尘都算不上，哪里能值一百万？

"我真的气疯了，说要跟她离婚，她又不肯离，说她去搞定那个私人侦探。我不知道她花了多少钱把那侦探打发走的，总之，这件事以后，我就搬出去住了。"大胡说。

"然后呢？"李晓枫问。

"然后我妈知道我们分居，从老家过来想调解我们的关系。你知道，我是我妈一手带大的，不能不听她的。我妈在这边住了半年，结果被她用刀砍伤了。我这才把她送进芳村精神病院……然后就是好几年不停地送医院回家送医院回家的过程，那几年里我自己都进了两次医院急救，心梗，累的，太累了……"

"之所以把她送回去，是因为我现在又有太太了，而且还生了孩子。真的不想周蜜突然跑回来砍人，晓枫，真的……现在我就想过点太平日子，周蜜这件事把我吓傻了。开始我以为我真的算是成功人士了，事业也很顺利，家庭也很美满，真的做梦也没有想到我居然娶了一个精神病回家……"

作为一个房地产公司老板，大胡大概从来没有机会跟不相干的人说自己的家事。在李晓枫这个离他生活十万八千里却又知根知底的老同学面前，他突然像打开了的水龙头，把他经历的苦全都诉了一遍。

那些打人砸东西的事应该是真的，但只是单方面的真，大胡版本的真相，毕竟一个能让侦探勒索一百万的男人应该也不怎么干净吧。

可是谁能证明呢，周蜜已经疯了。

李晓枫想起了周蜜三十年如一日保持在一尺八的腰，挽着老公出场时那容光焕发的样子，想起她跪在地上擦地板时那专注的神情，想起她雪白的检查卫生的白手套，想起她收拾整齐的四季鞋袜……全世界最称职的全职太太，也被"三振出局"了。

"我不是一个很好的老公，我知道。但是我算是尽力了。"这是大胡对自己最后一句结案陈词。他用这句话把自己从那些沼泽一样的婚姻里扯将出来，他要重返人间。那片沼泽地里，只剩下了周蜜，外语系九〇级的大美女，慢慢地沉没在烂泥里——毫无意外，在大部分不幸婚姻里，沉没的多半是女人；能幸存下来的，多半是男人。

李晓枫不记得是怎么跟大胡道的别，总之，她的大脑一片空白。

回到公寓李晓枫背着包穿着鞋呆坐在沙发上，老猫"肉多多"识相地趴到她手边，认真地舔起爪子。这只猫还是以前周蜜送给她的。胡一天有一段时间想养猫，周蜜便花了大价钱买了一只特别漂亮的金渐层给他玩——圆圆的脸，像一个婴儿，看人的时候别有一种娇憨。每次在周蜜家看到它，李晓枫都觉得自己的心要融化了，喜欢得不得了。

终于有一天，周蜜看不过眼了，说："你这么喜欢它，要不你带回去养吧！这猫太黏人，胡一天玩了几天就根本不理它了，我又没那个耐心伺弄它。它一出现我就很焦虑，总想找抹布去沾她的猫毛……"就这样，"肉多多"来到了李晓枫的生命里，成了她的亲人。李晓枫抱起"肉多多"放到自己腿上，用手抚摸它的背。"肉多多"舒服地轻轻摇着头，用脸蹭着李晓枫的下巴，李晓枫一脸木然地说道："肉多多，你知道吗？周蜜疯了，你的前主人居然疯了，你敢相信吗？"

肉多多喵了声，略带凄楚。这消息就算是对于它，也够坏的。

李晓枫简直觉得想笑，一起睡了四年曾经一起洗澡一起散步一起打雪仗的大学同学居然说疯就疯了，这感觉太荒谬了。天哪，一起在寝室里剥瓜子打牌的情形还近在眼前，周蜜身上夏士莲雪花膏的味道李晓枫还闻得到，她用播音腔说的"同学们，你们看！四位美丽的少女从狗岭山鸭坡洞走出来了"的声音还在耳边，这个带着她去看完电影的晚上，一路高唱"Pretty woman walking down the street"的姑娘，居然就疯了，怎么可能？

这才二十年的时间啊，不过七千多天，就让一个水灵灵的女大学生变成了疯妇，这是一个什么世界？

李晓枫翻出一本纪念册。那时候还兴互相送照片，周蜜送给她的是一张她在布鲁塞尔圣母教堂东侧的波尼法爵桥上的照片。那一年，她被学校送到外交部参加培训选拔，全国只选了三十个人。

多优秀的周蜜啊，在全国的重点大学外语系里只选三十个人，周蜜都选上了。当然，最后周蜜没有被留下，按她的说法，其实当年她只要努努力或者让她爸去找点关系，本来是有可能留在外交部的，可是一想到大胡去了广东，就觉得没必要。"哎，我爸说在北京机关里不知道熬多少年才能出头，算了，太累了，广东外贸局他有熟人，可以安排好工作。我妈也觉得广东好，跟着大胡，找份工，生孩子有个家庭，一生逍遥。"这是她跟李晓枫私下里的说法，当然在聚会时喝醉的时候，她总要当着满世界的面借酒装疯地对着大胡喊："大胡，我可是为了你，放弃了外交部来的广州啊……"

周蜜就是这么一个人，处处要强掐尖儿，处处要占人上风。

她的确不算是一个讨人喜欢的人，有着普通人的各种缺点。她对人的好全部都要回报，她借了你十五万块，你就要感恩戴德二十年；她把自己不要的东西送给别人，还要摆出一副高高在上施舍的姿态。这些都是她的缺点，但不至于要疯啊。她掉链子的事情很多，但有肩膀的时候也不少。当年李晓枫魂不守舍在北京跟她打电话，是她慢悠悠地说："没事没事，天没塌，男人多的是，我们再找一个。你在北京实在待不了，也可以到广州，我的房子可以给你住，你慢慢再在广州找工作……"她从不肯在别人面前服软露怯，只偶尔给李晓枫在晚上幽幽地打个电话，李晓枫只要略说在忙，她就赶紧说：没事，没事，想请你吃饭而已。她长期失眠，大学时她轻轻踢李晓枫床板央求李晓枫说：哎呀，明天考试我好紧张，又睡不着了，晓枫，给我本书看……

李晓枫认真端详照片上的周蜜，一身白，小腰束得紧紧的，还穿了一双那时顶时髦的白色短靴，脖子上又戴了一条火红的围巾。初秋布鲁塞尔波尼法爵桥后有几棵硕大的金黄的大树，微风吹起天之骄女的长发，露出她引以为傲的聪明鼓鼓的大脑门，嘴角是非常周蜜式的笑容，一切尽在掌握，一切舍我其谁……

但这一切都不复存在了，仅仅七千多天，这个风华正茂的小姑娘就永远地消失在时间的缝隙里了，再也不可能出现了。时间对人真残酷啊，对周蜜是，对李晓枫又何尝不是呢？曾经也是湖南最好的大学最热门的专业，她们那一届才招十八个女生啊，可是又怎么样呢？孑然一身还要被报社威胁炒鱿鱼，还要再创业，命运对她李晓枫不残酷吗？

李晓枫抱着怀里的"肉多多"开始不停地掉眼泪，身体里有一种撕心裂肺的痛楚，她知道那痛不仅仅是为了周蜜，也是为了自己。

青春一去不回头，人生早已沉没，那些自以为是的天之骄女，要到四十岁时才发现自己早就输得一无所有。她们是没有往事，更没有未来的老女人。

10 和大胡聊天过后第三天，大胡的地产公司居然找来投了一个广告——一点价没还，稿子也没怎么改，就发了。

李晓枫心想：有钱人就是厉害啊，总是能够用钱打倒你，让你无话可说。你说是歉意也好，封口费也好，反正人家什么都没做，但是你就是觉得欠他很多。

李晓枫只得装模作样在微信上感谢了一下他。

大胡更客气，回复道：我得谢谢你啊，帮我们宣传。跟我无关哈，纯粹是我们管宣传的副总说你们的内容特别好，在中产女性之中特别有影响力。

隔了一会儿，他又发了一张图给李晓枫：如果你有空，我希望你能来。可以陪陪天天，也可以跟他聊一下。这孩子最近怪怪的，我也不知道为什么，很担心他。

李晓枫打开图一看，原来是张喜帖：

胡大军先生、白凯婷小姐含喜情结乾坤结缔。兹定于六月一日儿童节，于天河区菲力多酒店宴会厅举行婚礼，暨胡一俊小朋友周岁宴，请各位亲友赏光相聚。

人生就是"活久见"啊。李晓枫真没有想到此生还能参加大胡的第二次婚礼，兼第二个儿子的周岁宴。

去不去呢？

当然要去，因为可以见到胡一天。李晓枫很想当面问问他，他母亲是怎么疯的？

这个问题最近已经变成李晓枫的一个梦魇。

她明明可以完全不去想。工作这么忙，但这个问题不知道为什么，就像突然被印在一块巨型广告牌上，时不时就从天而降。

有时抱着"肉多多"和它玩眼对眼游戏的时候，咣嘡，"周蜜怎么会疯呢？"这七个字就突然从天上掉了下来，砸在李晓枫心上，游戏就进行不下去了。她兴味索然地把"肉多多"放在一边，气得"肉多多"在沙发下哇哇鬼叫；有时正和钟露露兴高采烈聊着面膜，咣嘡，"周蜜那么优秀，她怎么会疯呢？"这块巨型广告牌又突然掉了下来。李晓枫的笑容里就多了几分落寞，是哦，周蜜竟然疯了？而她居然还有心情在这里聊面膜？有时和一帮 KOL 坐在四季酒店 108 层的空中咖啡厅，眺望蜿蜒的珠江和城市连绵起伏的边界线，咣嘡，"周蜜怎么会疯呢？"那块牌子又莫名掉了下来，天地为之一震，世界由彩色变成了灰白……

这些天这块巨大广告牌掉下来的频率之高让李晓枫深信这是某种召唤。她必须弄清这个问题：那就是，周蜜，"肉多多"的前主人，南湖大学九〇级的系花，这个在李晓枫下铺睡了四年的女孩，为什么在二十年之后居然就疯了呢？

大胡说的不算数，因为他是直接责任人。李晓枫最想问的就是胡一天，周蜜的亲儿子，他一定知道真正的原因。

直到六一节当天，李晓枫才知道这个天河的菲力多酒店有多偏——科韵路在李晓枫心目中已经是远郊了，但菲力多酒店竟然在科韵路的尽头还走了四十五分钟。李晓枫只记得车子飞速越过无数的厂房与电线杆，仿佛穿越了整个珠三角腹地，才到了酒店所在的地方。

酒店看上去倒是挺豪华的，巨大的罗马柱，巨大的厅，显得人格外渺小。大胡的婚礼在小厅，总共才八桌客，没有南湖大学的同学，大部分应该都是女方的客人，因为讲的全是一口四乡的粤语，看得出是一次交差型的婚礼。

李晓枫那天不知道哪一根神经不对劲，居然还挑了一条黑裙子。"明明人家结婚，你干吗穿黑裙子，去砸场子的吧！人家可是我们金主啊……"钟露露看着拍回来的照片笑话她，李晓枫不禁吓了一大跳，哇，原来人真的有潜意识，她完全在无意识的状态之下选了那条黑裙子。这是一种示威还是悼念？她有点搞不清。大概是悼念吧，大胡的婚姻，旧的结束了，新的又来了，而观礼的是永远不会结婚的她，是不是有点黑色幽默？

和第一次婚礼的兴奋相比，大胡明显有些疲沓和心不在焉，白衬衣的领子被汗浸得有点黄塌塌。新娘子倒是喜气洋洋的，隐约听说是一位八零后，一个细细小小的广东人，虽然腰身还没怎么复原，但她还是像风车一样换了五套衣服一一出场——白色婚纱、红色广东裙挂、淡蓝爱马仕粉色洋装、黄色旗袍、淡绿蕾丝短裙。孩子的提篮是英国一个著名的牌子 Britax，好多明星都用这个品牌的婴儿提篮。李晓枫默默地想，这女孩比周蜜会花钱多了，而且还花在暗处。

李晓枫又突然想起头等舱里听到的那娇娇嗲嗲的声音，原来真人长这样，比周蜜差远了，甚至可以说她就是周蜜的反面。周蜜做胡太的时候是大的高的方的怒吼的，而新的胡太是小的圆的娇的俏的。珊宝说传统广东女人的婚姻底线只有两条，一是记得返屋企，二是拿钱回来。只要你记得回家，只要你把钱拿回家，这段婚姻就永远如常存在，他们就算是对自家的男人发脾气但那脾气后面还带着某种自带分寸的拿捏和对男人的敬意。她们永远不会置男人于险境，小白姑娘大概就是这种贤惠得体的广东女人。

大胡从周蜜这样的险滩狂风里经过，喜欢岁月静好也很正常。据说二婚的人如果是找了一个与前任完全不一样的人，多半对于过去有一种深恶痛绝式的愤怒吧，觉今是而昨非，誓要彻底把生活换个个儿的坚决，可以理解。只可怜了胡一天，他要面对的除了一个疯了的亲妈，还有一个精明的后妈。

酒席开始的时候，李晓枫发现旁边的座位还是空的。秘书早就交代过安排了胡一天坐在李晓枫边上，难道他不来了吗？李晓枫发了个短信给女秘书，秘书回道：喔，胡总在酒店包了十几间房，天天肯定是在房间打游戏，我催一催。

不一会儿胡一天就出现了。六七年不见，他完全从一个小孩变成了一个大小伙儿，一米八三的个头，穿得简简单单，白T黑裤，戴着眼镜，完全不是小时候那沸反盈天满场乱跑的样子。他见到李晓枫也不认生，轻轻地说了一句："李阿姨，你也来了，好久不见。"

反而是老阿姨很激动。这真是一个在李晓枫眼皮子底下、胳膊上长大的小人儿啊。李晓枫还记得胡一天出生的那天正好香港回归，李晓枫要做四个版的内容，可是周蜜居然就选了那一天生孩子，害得李晓枫飞车去看他，差点误了签版时间。那么大的雨，隔着医院玻璃李晓枫瞻仰了一下周蜜人生最大的"作品"，看到一个又皱又黑的小东西。啊，这么丑！那是李晓枫人生第一次看到初生的婴儿——这句话掉到嘴边又赶紧咬住，真险！

但是婴儿不是永远这么丑，他们很快就会变成一个粉白玉雕的胖娃娃。胡一天小时候长得真可爱，完全是一个奶粉宝宝。那时周蜜家离报社近，李晓枫常去她家带宝宝玩，还把胡一天的大照片放在桌子上，后来被一个广告公司的人看中了，请胡一天去拍了一个广告，赚了一万块钱。周蜜高兴极了，说李晓枫旺他们家天天，找三元宫的黄道长算了八字以后，又强行要李晓枫认了天天做干儿子，说李晓枫八字和天天合，可以护着天天。这就是神一出鬼一出的周蜜。可这个神一出鬼一出的周蜜，竟然没能在道长那里为自己的未来预警，道长失职啊。

见胡一天的头一晚李晓枫甚至失眠了。妈妈疯了，爸爸和另一个女人结婚了，儿子参加婚礼，这场面是不是很尴尬？

事实证明，李晓枫多虑了。

胡一天表情非常淡定，他微笑地看着当新郎官的爸爸，也一点不含糊地叫着阿姨。这个十七岁的小伙子真是个大人了，李晓枫和他聊起来才知道他现在已经转学，在一家公立学校读书，明年就要考大学了。真是时光如梭啊，在你毫无察觉的时候，自己的青春就这样没有了。时光去哪儿了呢？时光都流进眼前这些年轻人饱满结实发着缎子一样的光的细胞里了。时光是他们的了，世界是他们的了。

吃了几口菜，聊了一会儿这鱼蒸得好不好之类的废话，李晓枫加上了胡一天的微信。快吃完饭的时候，她写了个微信给他：天天，阿姨想和你聊聊天，你有空吗？

胡一天回复道：可以啊，但我和同学约了三点打游戏。待会儿我送您出去的时候我们可以聊一会儿。

菲力多的东门有一片茂密的小树林，不大不小，里面有几张蒂芙尼绿的长椅子，颇有一点纽约中央公园的气势，后面还有一个大喷泉隔断视线，挺适合聊天谈事。李晓枫和胡一天一前一后走了出来，在小树林里找了一张椅子，坐了下来。

"天天，你想你妈吗？"

"不怎么想。"

……把李晓枫噎得死死的。

胡一天一脸淡漠地说："一想起她就想起她在家里用铁棍把家里所有东西打碎的样子，非常可怕。我不希望那样的生活再来……"

"阿姨知道这问题问得有点唐突，但我是你妈的老同学，想了解一下你妈到底是怎么犯的病？"

"李阿姨，我真的也不太清楚。我上小学就寄宿了，一周才回来一天半，寒暑假我爸又让我回老家陪我奶奶。反正我就知道有段时间我爸和妈经常吵，我妈常常怀疑我爸在外面有人。后来我爸在云南买了几个矿山，很少回家，然后我奶奶又来了，又变成我妈跟我奶奶吵……"

"有什么具体的细节，让你觉得你妈确实是犯病呢？"

胡一天想了半天："李阿姨，我爸不让我说这些，他说家丑不可外扬。"

"阿姨向你保证绝对不跟任何人说，阿姨就是想知道你妈为啥会弄成这样。你知道你妈大学的时候多优秀吗？她是我们班我们学校最优秀的女孩，我真的有点想不通。"话到此时，李晓枫眼圈红了。这是演戏还是真情实感，李晓枫自己也不知道，大概都有吧。

　　胡一天果然还是个小孩，慢慢说道："……我觉得她不对劲，是有一次我周六回家，那时家里的气氛已然很不对了，所以打完游戏我十点半就睡了。大概到了晚上十二点的时候，我妈突然穿着一件吊带睡衣，脸上糊着面膜，冲到我屋子里面来，摇醒我，说，天天，我们快逃吧，你爸爸把房子把我们都卖了，再不逃我们就要流落街头了。我当时一听就吓哭了，然后我奶奶跑进来，使劲扯我妈骂我妈不要吓着孩子，我妈从桌上捡起一把水果刀，就砍到我奶奶的头上，然后我爸也冲进来了……那一回之后我妈就正式被送到精神病院了……"

　　李晓枫拍了拍胡一天的背，这孩子也真不容易。

　　沉默了好一阵儿，李晓枫问道："你有没有去医院看过她？"

　　"我爸不让我去。他有时会接我妈回来住一段时间，有两个保姆看着，见了也聊不了什么，我妈吃了药人很恍惚。后来我爸跟我说我妈这病是治不好了，他又有了白阿姨。白阿姨家帮了我爸很多，他们要正式结婚，于是我爸就把妈妈送回我外婆外公那里了……"

　　"那你会去成都看妈妈吗？"

　　"今年春节有可能吧，我答应外婆外公了。不过现在真的很忙，公立学校学习压力真的太大了。"

　　"你为什么不读原来那个学校，可以直升国外的大学，我记得。"

"我爸不想要我出国了，而且我自己也不想，留了一级转去公立学校。您可能很难了解我的现状，我现在想得最多的不是我妈，而是……我爸又给我生了一个弟弟，这事儿对我来说，可能挺严重的。"

"为什么，你是你爸的亲儿子，你怕什么？"

"阿姨，以前我爸只有我一个儿子，我当然什么都不怕。但现在白阿姨来了，你看到了，生了一个弟弟，然后还可能再生几个弟弟和妹妹……"

李晓枫突然一下子就笑起来。天哪，自己真的是太天真了。

她一心牵挂的是胡一天想不想妈妈，恨不恨爸爸，这可真是以穷人之心度富人之腹。人家不是三口之家的小孩子，人家是上市公司老板的大公子，人家想的是未来二十年的前途。阶层，才是人性的分离器。

李晓枫想起婚宴现场，酒席快结束的时候，大胡抱着一岁的二儿子，搂着新任太太要照全家福，女秘书叫胡一天上去，他假装没听见，一直等到大胡放下孩子过来拉他，他才肯上台。胡一天看着他爸和继母以及弟弟合影时脸上的表情，那是一种无法言说的复杂，那是一个十七岁孩子脸上不可能有的表情。全场的气氛顿时变得有点尴尬，每一桌都有人交头接耳——喔，这是前妻生的那个……胡一天长大了，这种长大是他的生活一点一点教给他的。这种感觉大概就像你一出生就中了大彩，生活给了你一桌你根本吃不完的大餐，原来你以为那一桌子丰盛的饭菜永远是你的，所以根本就不想动筷子，可是突然有一天有人跑过来告诉你那一桌子饭菜马上有五六个人要来抢。如果你是个聪明人，你就得赶紧脸上挂起笑容，坐上桌子，拿好筷子，等着开饭。

"李阿姨，这个世界蛮现实的，在这个家我好像突然变成了一个外人……以前我小，不知道这么严重，可是我妈病了以后，我就发现世界变了。原来成绩不好不坏，没人催我，知道反正我要出国，但是现在变了，大家知道我没靠山了，所以我现在不能离开中国了，我要好好学习，我要我爸记得我是他的大儿子，能读书能考上大学能干的大儿子……"

李晓枫倒抽了一口凉气，这孩子虽然样子像周蜜，核心还是大胡的，太精了。不过这样也好，如果他真像大胡，一生会过得挺富足，这一点，倒是周蜜的安慰了。

离开菲力多酒店的时候，天色半阴半阳，广东的天气就这样，阴晴不定。

李晓枫坐在的士里，心情像远处云层里的太阳，浑浊又昏暗。

原来，不经意间，人间已经换了一遍，而她竟茫然不知。

大胡的微信过来："聊得怎么样？"

李晓枫回了一句："孩子很好，就是想你多关心他。"

11　　　一年以后，"Fashion：风秀"的粉丝终于涨过了二十万。

李晓枫也辞了职。

到底还是刘主任做了那个黑脸人。那天她打来电话，声厉色疾地追问李晓枫为什么最近几个月交稿交得那么少。李晓枫一秒钟也没有想，说："你别说了，我辞职。"

这可能是李晓枫有生以来干得最干脆的一件事了。

在李晓枫辞职之后，珊宝也把她那份工作给辞了。她辞职那天，李晓枫就知道她们公众号可能会赚大钱，因为珊宝现在是一家网络公司市场部的老大，她能辞去年薪百万的工作全情投入，那肯定是因为她们公众号能给她带来更好的收入。

在赚钱这件事上，李晓枫一窍不通，她只服珊宝。珊宝比李晓枫小五岁，1999 年进的报社，她是清华计算机系的，脑子比李晓枫好使太多。在地产最旺的时候当了地产记者，后来干脆进了广告部，因为和各大房地产公司熟稔，她和她的律师老公到处买房子、卖房子，赚到了人生的第一桶金。她经常劝李晓枫和她一块儿炒"楼花"，一个"楼花"一转手就可以挣五六万上十万呢。可惜李晓枫那时完全看不上这些事，确切地说，是恐惧这些事。她怕那种大笔大笔钱出出入入的惊险，万一这"楼花"没卖掉，她怎么担得起超过她收入数倍的月供？

珊宝说：你真是死脑筋，我会帮你啊。

"要是万一呢？我会焦虑死的……"李晓枫苦着脸说。

珊宝只得恨恨地说："好吧，那你就挣着报社那点湿碎的钱吧……"

其实李晓枫明白，自己就是胆子小能力弱，所以根本无法冒险。

在那些楼市翻腾制造富人的日子里，珊宝赶上了趟儿。他们夫妇在限购前买了十一套楼，还生了一个娃。本来准备安安稳稳叠埋心水回家做收租婆之际，没想到她自己不慎出轨被抓了，而且出轨的还是报社一个貌不惊人的已婚男同事。

珊宝的律师老公神不知鬼不觉找人拍到了珊宝和男同事拥吻的照片。事实上，律师老公还拍到了男同事和很多女同事拥吻的照片，他把这些照片发给了珊宝以及珊宝的上级，导致了三个连锁反应：一是珊宝与律师老公的离婚，分到了孩子和一套房——这是律师老公的条件，要孩子就别想要现金和房子，所以珊宝算是净身出户；二是男同事的被炒；三是珊宝与男同事的分手。据说，这个男人交代他之所以跟这么多女同事来往，是此生希望集齐十二个星座的女性。他跟珊宝在一起的主要原因是珊宝是罕有的纯天蝎女，连上升星座也是天蝎。这他 × 的是什么鬼原因！鬼扯到不能再鬼扯。

126

直至现在，李晓枫也没搞清珊宝为什么要出这个莫名其妙的轨。那个男同事李晓枫又不是没有见过，就是一个面目模糊的中年男人，看不出有什么过人之处。然而珊宝还是为他神魂颠倒。一个智商这么高的女生，怎么就看不出来这种纯渣男呢？

　　有一次大家吃饭，李晓枫又对她发出灵魂拷问。珊宝无可奈何地看了李晓枫一眼——用一种豁出去的眼神看了李晓枫一眼。"晓枫，你谈的恋爱太少，不懂有时男人的好根本讲不出来……"珊宝叹了一口气，闭上眼睛无限享受地说，"有些男人就是会让你觉得跟他在一起好舒服，无论哪个方面，都很舒服……"

　　太无耻了，无耻得李晓枫和钟露露只能掐她。

　　珊宝一边躲闪一边笑嘻嘻地解释："你们也别想邪了，不光是那种舒服。他的舒服在于他把所有细节都照顾到了——你一坐他的车，无论是温度、音乐，还是行程他都帮你想到了，你跟他在一起就感觉不用带脑子，特别放松……"

　　也是，李晓枫和那位同事在电梯撞到过一次，他看上去一副老实相，还有点紧张，问，您几层？15层。他就帮李晓枫按好，然后老实地站在一边。他是那种会看女人脸色，也会照顾对方喜好的人吧。李晓枫想起毛姆小说里那个无往而不胜结了十二次婚的小个子男人，骗了女人的钱，但女人们还是愿意和他结婚。他唯一的绝招就是"我真的关心她们，我给她们买花，上班下班的时候我准给她们一个吻"。李晓枫想，这位矮胖同事大概就是靠这些男人身上最古老的手段把珊宝这样的高智商女性搞定的吧。

可是珊宝毕竟是珊宝，她身上有一种不知死活的宝气。

宝气是湖南话，傻里傻气。她似乎什么都不怕，但偏偏她又真的有一种遇难呈祥的宝运。哪个女人碰上这种被"集邮"被离婚被抓包的事，不哭天抢地消沉个好几年？她倒好，一言不合就当了单亲妈妈，卖掉那一套旧房子又在南安公寓买了一套复式，请了一个全职保姆，再加上李晓枫们这些报社的旧同事照应，这就算把孩子的事给安排定了。她自己北上深乱飞，不停地换工作，从报纸跳到网站，再从网站跳到另一个网站。那时互联网正红火，广告总监的位子永远缺人，所以珊宝永远能找到工作。

珊宝最神奇的一点是她总能第一时间感受到钱在哪儿，然后就奔向那儿，有本事把那些钱拿到。她每天都鼓励李晓枫她们说："加油，努力，扛过去，'Fashion：风秀'会成为你们这辈子最赚钱的项目，我要操作到它上市。"

开始的时候，李晓枫和钟露露还像从前在报社一样，有一搭没一搭地做着，指望着珊宝利用职业之便，业余给李晓枫们拉点广告。可是事情陡然间就多起来。随着珊宝的正式加入，李晓枫这趟"悠闲马车"被赶得飞奔起来。

李晓枫的工作量比在报社多了好几倍。虽然累，但比起珊宝和钟露露来，李晓枫觉得自己仍然是在天堂，因为广告客户实在是太烦人了。

每次一接广告文案，对李晓枫来说就是从天而降的巨大灾难。

首先是那些奇葩的需求："本文要极致的体验、完美的呈现"——啊，这是什么鬼？"充满爱与浪漫的氛围"——啊，到底是要什么氛围？

去问广告公司，广告公司说这是客户提的，你们自己领会吧……领会你个鬼……

不知所云还不是最烦的，最烦的还是那种不提要求的："亲，帮我们写一篇文案，突出产品点，你看着写吧，有问题随时问我。"等你兴冲冲地写出来，这种人又会说："哎呀，怎么感觉不对呢？"

"不是让我看着写吗？"

"亲，我们就是看了那一篇来找你的。你给他们家写得那么好，怎么给我们就写成这样呢？"

"亲，我可是比那一篇更用心写了啊。"

"看不出来哎，客户说感觉不对。"

"那你说应该怎么改呢？"

"亲，改可能不行，因为整个感觉都不对。能不能给我们重写一篇，看好你欸……"

"我已经尽力了，亲，只有这水平了。"

"亲，真的，你可能领会错了，这一稿真的不行。"

"那你得说清楚不行在哪儿啊？"

"整个都不行，都说了！"

"你脑子有病吧？滚，老子不赚你们这个钱了！"李晓枫炸了锅，直接在电话里就把对方狂骂了一顿。

这样的冲突发生过几次之后，珊宝和钟露露就不让李晓枫直接跟客户对接了："天神啊，你会把客户都得罪光了！"

"他们侮辱人！"李晓枫气得眼泪直往下掉，"我写了十多年稿了，没被人这么当面说过！"

"好，我来帮你骂她。"珊宝气沉丹田，声音下降了两个八度想安慰李晓枫。李晓枫知道这就是在哄自己，珊宝根本不会去骂客户，她只会捣糨糊。她甚至还可能跟客户一起抱怨没写好，然后再找一个人写一版，总归有办法把这笔钱挣回来。是的，就是会这么办，这样是对的，珊宝永远是对的。

钱难挣，屎难吃——人民群众的调侃虽然听起来低俗，却是真理。想要挣钱，太难了，坏人实在太多。

头一年，她们当然也被人坑过。好不容易写完一个稿，发了，结果对方说效果不佳。你问怎么个不佳法，对方也不理你，直接就不付另一半尾款了。气得珊宝带着四五个壮汉，直冲到对方公司要钱，可要到的钱还不够请那四五个壮汉。还有就是形形色色不知道从哪里冒出来的骗子，你说多少钱他都投，只要你肯接单，全是什么金融贷，什么支付平台，什么 App，你方唱罢我登场，完全不明来路。李晓枫眼看着几个同行接了 P2P 平台的稿子，过两年之后平台"爆雷"，连带公众号也被人骂。幸亏她们有珊宝在，坚决不接这种来路不明的单子。

"若不是我火眼金睛，咱们早不知道被这些妖魔鬼怪摆了多少道了，江湖真险。"珊宝说。

李晓枫赶紧敬她一杯酒，她又还李晓枫一杯："你和露露还要下功夫啊！我们出去有面子，有议价能力，全靠你们文章写出花儿来啊，你要加油啊！"

搞得李晓枫压力山大，嘴上起着泡，还在夜半改稿子。

最苦的还不是这些，最苦的是客户不停地要改稿："之前他们说要讲故事，我改了。现在他们又说故事内容太多了，要改回原来的风格。他们有没有口齿啊，讲话颠三倒四的。"

"因为之前定提纲的是他们副总，现在是他们最大的老板看了觉得不满意，说还是喜欢原来我们的鸡汤风格。"

"他说要改就改啊？我不改！"

"公关公司说补钱啊，改不改？"

"…………"

"改一下啦，看在钱的分儿上。"珊宝长叹一声，说，"谁让我们是丙方？食物链的最底端。"

这时李晓枫突然想起了很多年前的那个饭局，那个欧阳组织的高端饭局，想起了在地上学狗爬的高总："感觉我们现在好像高总啊，也是另外一种学狗爬吧。"

"不要说得那么难听……"珊宝骏笑了起来，"你们文人真是想太多了！人家要你改个稿子，你就觉得自己学狗爬了，其实这真的是很小很小的 case……晓枫，报社把你们保护得太好了，不知道外面的时世。"她看了李晓枫一眼，欲言又止。

"我都不想跟你讲互联网公司那些破事……比学狗爬要恐怖一百倍。那些直男老板，真是什么要求都提得出来，可是待久了也就习惯了。我想明白了，越是钱多的地方，越是兽性毕露……所以，你辛苦一点，我狰狞一点，我们要努力加油把钱挣回来，不要把富贵让给那些无耻的人，对吧！哎，你有没有发现最近我脸上长了不少横肉……"

"啊，没有，就是觉得你胖了一点……"

"天天跟人各种撕，能不脸生横肉吗？你下次带我去雷德蒙那里做一下 5D 拉面，不然我真的会变成怪兽……"

"哎呀，要不我们别做了，关了这公众号算了……"

"那怎么行！你一人吃饱全家不饿，我还有孩子和保姆要养。我们上了这条船了，也出海了，形势大好，就是苦点累点麻烦点，怎么就不弄了呢？这是一个创业的人该说的话吗？晓枫，你知道你们文人最难搞的一点是什么吗？就是受不得一点委屈，动不动就想摔碗不干了，对于我们这种没有投好胎的普通人，想要挣这个世界的钱，只有两种活可干。"

"哪两种？"

"一种是累活，就像你这样数十年如一日地写稿，三更半夜熬通宵，死都要把稿子写出来的；还有一种就是我干的这种，叫脏活，要求着别人，听别人的闲话，要赔笑要跟他们斗心眼要跟他们干架，干完架之后还要哄回他们，有时还要被摁在地上摩擦来摩擦去，关键时刻也要豁得出去跟他们撕……可是，如果不是脏活累活，轮得着我们吗？我们又不是千金小姐官二代。江湖就是这么险恶，有本事凭本事，有性格凭性格。有时候，实在没办法也得学狗爬。但你放心，我们不会让你去的，你就保持你骄傲的心性，把它们写进稿子里，其他的事我们会搞定。不过我告诉你，这个世界上最可怕的事不是学狗爬，而是想学狗爬而不得，我之前的那个公司……"珊宝眼里突然发出凛冽的光，让李晓枫有点害怕。她知道珊宝有更可怕的事情说出来——可是，她不想听！

"好，别说了，你别说那些可怕的事给我听了。"李晓枫假作惊恐地伸出两只手摇个不停，用广东话说道，"我唔想听呀，我好惊呀！我去，我去改啦！"

"乖！"

12

也不知道是大胡这个人带财，还是正撞大运，自从接下他们公司这个大广告之后的半年，"Fashion：风秀"的生意莫名就好了起来。以前钟露露、珊宝和李晓枫还能一个选题一个选题地磨，讨论一下王菲最近这套衣服怎么样——现在她们忙到连上厕所的时间都没有，客户蜂拥而至。

互联网的分析师们激情澎湃地写道：新时代开始了，现在是公众号创业的最佳风口，只要站对了风口，猪都能飞起来！

"风来了，猪都飞起来……你看这些人在骂我们……"在李晓枫、珊宝和钟露露三个人的微信群里，李晓枫发了个截屏。

珊宝冷冷地说："只要有钱，我愿意。"

钟露露说，me too（我也是）。

这帮女人！想钱想疯了。

每天的时间精确到以分钟计。

"晓枫，今天这个稿子你必须三点之前出来，不然客户就要追杀我了……"珊宝在线上威胁李晓枫。

"露露，一小时之内排出来，不然我就要跳楼。"李晓枫威胁钟露露。

于是，大家都像绑在一列火烧屁股的战车上，遇怪杀怪佛挡杀佛，轰轰烈烈一往无前地朝前开去。每一天都像打一场长仗，每天开完复盘会躺到床上已然是凌晨一两点。

第二天又是一样，战斗！战斗！战斗！

那真是疯狂的岁月。

她们拼命地跑，拼命地接单，拼命地干活，北京上海香港，活根本干不完，三个人累得像死猪一样。眼前什么都缺，缺写稿的，缺写广告的，缺拍照的，缺做时尚策划的，缺办公室跑腿的，不停地招人，不停地写稿，不停地发稿……

没人抱怨，因为赚钱。

赚钱到什么程度？在珊宝看来是合适的程度，在钟露露看来是很好的程度，在李晓枫这个穷了大半辈子的小职员看来是天文数字的程度。

以往给"肉多多"买猫粮，李晓枫咬牙也只能买希尔斯、皇家，时不时还得到市场去淘小鱼鸡胸肉，现在渴望、NOW、福摩随便买，三文鱼、牛排想吃就给它吃。以前在淘宝买衣服，总是算了又算，买了这件就不能买那件，现在几乎不用思考，大手一挥，大笔一点，全部拿下！以往去餐厅吃饭，三个人三个菜，不能多点，而且不能点青菜，只准点肉菜，这样才划算，现在是，想点什么点什么。"我们这么累，不吃好一点怎么行！不吃好一点怎么学狗爬！"珊宝怒吼。

"学狗爬"成为她们公众号的一个梗，一提起这三个字她们就笑成一团。但珊宝不愧是清华高才生，她借鉴同行设立了一整套制度，让她们尽量不需要"学狗爬"。

比如轻易不跟不靠谱的小公司打交道，这样被骗的概率就会低很多；比如尽量和聪明能干的公关投放人建立良好的关系，这样能保证合作的顺畅进行；比如尽量和品牌保持良好的沟通，好让他们直接指定投放；比如一定要款到才发稿，确保不会被骗稿；比如写软文先过提纲，提纲过了付定金——稿子出来以后，如果是按提纲来的，就请闭嘴，实在不满意，也可以不发，但定金就不退了。"内容你们不需要做到多完美，你们只要强过百分之八十的人就行了。"珊宝说。

"哇，要强过这么多人！"李晓枫装腔作势地感叹。

"你别装傻了，新报当年就是强过了百分之九十九啊。我现在对你的要求就是强过百分之八十，对你和露露还不是轻而易举的事。"珊宝永远是这样，对人以哄为主，以吓为辅。

日子就这样一天一天过去了，每天都差不多，有腌尖（广东话，挑剔）的客户，有要想破脑袋的广告，有突发必须立即写的选题，还有口味刁钻的读者……每天总有几桩不开心的事横在你面前，你必须像推土机一样，蹚平面前所有的土堆。

但是人这种动物，是记吃不记打的。回想起创业的头两年，每天的惊喜多于生气。也是，当你的收入在以十的倍数翻番时，多少的委屈都消散了。公司成立两年之后，李晓枫她们有了十来个手下。三年之后，有了三十个人，办公室从李晓枫家附近的旧民居，搬到了市中心的公寓，一个月灯油火烛人工开销最少都要五十万。最重要的是，"Fashion：风秀"已经从一个二十万的腰部号变成了一个逼近百万粉丝的时尚大号，业内排名前二十，半年的营业额也首次突破了三千万。谁能想到呢？这三个无头苍蝇一样凑在一起只聊了三分钟的人，居然在三年里做出了一个头部大号。连雷德蒙都吓了一跳，说没想到没想到，你这么一个闷葫芦的人也做起了公众号，而且还做得这么好。

雷德蒙反而在他做到六十万粉丝的第四年里，毅然退了下来，公号进入半停顿状态，只经营着四五个粉丝群。后来李晓枫才知道他悄悄把诊所也搬了地方，搬去了珠江新城房价最高的明月府，租了一个三百多平方米的公寓，做得更隐蔽更高端了。

搬家的时候李晓枫送了一个巨大的花篮，上书"大展宏图"。他特意把李晓枫的花篮放在大门口最显眼处，又和花篮合影，以示郑重，并明确指示李晓枫："你后天再来，我怕招呼不周。但一定要来，我有重大八卦要和你分享。"

那天下午，李晓枫安顿停当，就去拜访他的新诊所。

一走进小区，门禁森严，巨大热带绿叶灌木隔开了豪宅与外界的距离，好像里面凭空就比外面低了几度。无处不在的现代雕塑透露出一种隐隐的贵气，这是豪宅无声地给人的下马威。一走进大堂，冷气一下子就把人罩住，和大理石一起，让人突然就安静下来。

正往里走，发现雷德蒙陪着一个帅哥从电梯间走了出来，那帅哥脸上略有些许手术的痕迹，但大轮廓倒有几分面熟。身材尤其标青（广东话，非常出众），宽肩蜂腰，一身白衣白裤，看人时眼神专注，如波光水影一般拂过去，居然还有几分重量，颇让人心跳不已，把俊朗的雷德蒙都压了一头。

雷德蒙手眼齐动示意李晓枫在原处等他，把那人送到大门，又飞速地折返回来。大半年不见，他又染了头发又文了眉毛，耳骨上又加了一粒大钻石。"哇，这么帅的男朋友啊，也不介绍一下！"李晓枫打趣他。

"哪有啊，这是我的客人，也是我一个大客户的男朋友，我哪里敢下手啊。"他惆怅而倔强地横了李晓枫一眼，拍拍腹肌道，"现在我床上没有一个鬼影。唉，大好身材，都空置着，可惜！又不能出租换钱，赛嗮（广东话，浪费）！"逗得李晓枫哈哈大笑，两人说说笑笑就进了电梯。

和雷德蒙在一起时总归是很放松，他待人极周到又温柔。这么多年，他也是凭着这一点无敌情商以及精湛手艺坐定贵妇医美的 C 位。

由一个韶关南雄的内向羞涩的乡下孩子混成现在这个满头金发肤白如玉的公子，雷德蒙经过了几蒸几煮几淬炼，几乎可以写一本"了不起的雷德蒙"了。择其要点，就是有一个苦读书的孩子在医学院解剖课上因为害怕而捉住旁边一个男生的胳膊，对方嬉笑着顺手拍了拍他的屁股，他突然全身震了一下……

"那是个老油子，耽误了老子十年青春……"一提起他那位学麻醉后来改做医疗器械生意的花心朋友，雷德蒙就恨恨不已，但是说老实话，人家也带他走向了新世界，来广州分到社区医院包括改行做美容医生，都有人家的支持和帮忙，除了喜欢脚踏 N 只船，这位朋友倒也没太多毛病。

只可惜，那时他是专情的少年，撕咬十年后，他终醒悟，又开始掉入情欲的大河，在各种约会软件上混江湖。这样过了四五年，他突然又开始修身养性，有好几年时间没出去滚了："没意思，该玩的玩了，该见的也见了，现在就想找个伴，一起过老。"

过老的好友反而难找，所以雷德蒙把无限的精力投入到他的公众号当中，做得很不错。公众号又帮他吸引了一大票年轻的粉丝，好多美容 App 向他伸出橄榄枝，但是他却突然就意兴阑珊宣布回归诊所做私人的高端市场。这几起几伏，全是任性的 U 形大转弯，也亏他手艺好基本盘稳定，不然真的就被时代无情地甩走了。

李晓枫随着雷德蒙上了楼，又走进诊所那张巨大的雪白色的自动门。里面别有洞天，脚下是一座日式小桥，小溪边各种青苔，小路两边是一大片梳理成为圆形的细白色石头，中间布置着几块孤石，仿的是龙安寺的枯山水庭院。这风格也是把李晓枫惊着了。再走过一个推拉门，就到了茶室，李晓枫一屁股坐在榻榻米上。

"别泡茶了，给我一瓶苏打水。你那几千块一两的茶别浪费给我了，我是个俗人，不懂欣赏。你倒是说说看，为什么你不做公众号了？最近有个美容 App 融了七千万，你知道吗？比你做得差多了！"

"就是不想做了，你没发现我老了很多吗？"

"你就天天吓自己吧，你的拉皮机你使劲做啊，反正又不要钱。"

"拉皮也不能太频繁。"雷德蒙说，"我觉得就算想赚钱，也不能把自己变成台机器。做公众号太累了，又没有人帮我，一个人太操心了，所以就退了……"

"太可惜了！雷德蒙，你再坚持坚持嘛，再找个商业伙伴做拍档嘛。"

"谁像你那么好彩啊，能撞上两个信得过的人。美容这一行，水太深了，一般人真的信不过。"

"那倒也是。"

"而且我真的觉得自己老了，体力和精力完全跟不上来了。"雷德蒙说。

"你不是比我小？"

"哎呀，身份证是改的啦！我其实比你大，今年奔五啦，老同志啦。"雷德蒙苦笑着看了看李晓枫，"我现在再也吃不消那种到一个城市做三个手术，半夜再回来的苦了。以前觉得很稀松平常，现在觉得根本吃不消。做公众号要经营社群，我一个信得过的手下人也没有，根本招呼不过来。我们这一行，也靠服务，服务不到位，不如不做。跟你说啊，小妹妹，人一过四十五，就看着看着体力往下掉。我不能飞了……就是坐头等舱我也不想飞了……"

"那新诊所手笔也挺大啊，这么大的房子，这么阔的场面，得多少钱啊？"李晓枫打量着四周，"是不是你那个麻醉师朋友支援的啊，你不是说他后来很后悔吗？"

雷德蒙突然深深地看了李晓枫一眼，缓缓地说道："我那个朋友死了。"

"哪个朋友？"

"你说的那个啊，还有哪个啊，他死了，留下那一点点钱，他弟他妹他爸他妈居然吵成一团。我看过这种场面之后，突然就觉得我什么也不想做了。"说到这里，雷德蒙眼圈有点红了，"费那么大的神挣那么多钱有什么意思，最后眼一闭，还不是什么都是别人的。"

"哎，怎么听得起一身鸡皮疙瘩。"

"连遗书也没留下，得了病根本就不承认自己得了病，拼命工作拼命造，最后连面也没见着，就死在公司的办公椅上了，妈的，家里人吵着分钱，倒是后事是我办的……害得我半年都没办法干活，还开什么公号，能活下来就不错了，妈的，这叫什么事……"他嘴角带着嘲讽，眼睛里却全是泪。

李晓枫瞬间明白了，原来还奇怪他最近怎么完全不浦头了，自己太忙，也没空联系他，只知道他情绪不好，老在朋友圈发六榕寺的照片，没想到这半年变故这么大。"他死了，好像生命有一大块东西全部塌陷下去，觉得人生好没意思，虽然我咒过他死，但是我真没想到他死这么快，胰腺癌，痛啊……"

李晓枫半晌无言，只能拍拍他的肩："节哀，节哀，其实死亡有时也是一种解脱。"

沉默了半天，雷德蒙缓过劲来，他突然想起什么，拍了一下手："哎，本来不想跟你说这些伤心事的，都是被你逗出来的。还有一个重要的事要跟你八卦——刚刚那个我陪他出去的帅哥你见了吧，帅吧！"

"帅啊，看着挺眼熟的？好像哪里见过。"

"你先看看这几张照片。"

手机里出现了一张血呼啦的脸。"这是我去年做得最成功的一个案例，脸上八刀，最后我帮他全部妥帖搞定，眼睛上的这块皮是在耳朵后面取的，而且随手还帮他做了一个双眼皮，他富婆女友说他现在反而比过去帅！"

李晓枫点点头："富婆女友也花了不少钱吧？"

"一百来万吧，也不是很贵，对于我的辛苦来说。"

李晓枫明白他找她的来意了，于是直奔主题："你是想要拿他在我们公号上做广告啊……人家同意吗？"

"不是，人家根本就不想出名，我是想跟你说一个大八卦，你知道他是谁吗？"

"不知道啊，瞧着有些眼熟，是不是演员……"

"他是深圳一个健身教练。这次被砍，应该是富婆老公——现在是前夫了——派人下的黑手……我帮他把脸弄好之后，大家也算是朋友了。就是前几天，我去帮这帅哥整理东西，因为他眼睛还是有点问题，外人去帮他也不方便。然后你猜怎么着，我居然在他家发现了他和周蜜的照片……"

"所以他也做过周蜜的生意……"李晓枫瞪大眼。

"你听我说完——我就开始套他话。我拿着照片说，哎，想不到周蜜也是你的客户，她蛮难伺候的……没想到这个健身教练冷笑了一声，说，这个女的是个疯子。就跟她有过那么一两回吧，她就像天塌了一样。我女朋友多，她又不是不知道。又不是特别有钱那种，还想跟我玩爱情，真是傻。我开健身馆问她借个五十万脸都白了，最后磨磨蹭蹭只给了三十万。我后来懒得理她了，她居然经常三更半夜打电话来骂我。三十万算什么，她随便买只表都三十万啦，烦得我只好换了电话号码跑去了深圳……"

"这个男的是不是姓王，叫王伟然？"

"啊，好像是……"

这就对了，"肖申克的反击"痛骂的人之一。

"你有没有告诉他，周蜜后来疯了？"李晓枫问雷德蒙。

"我说啦，你猜那男的脱口而出一句什么？他说：该不会是因为我吧？我可真不是故意的，是她说我长得像她初恋男友，非要买我的课，其实服侍她我也很不容易的，四十多岁的女人，孩子都生了，在床上完全是生手……"

"这个男的真恶心，别说了！"李晓枫厉声喝止雷德蒙，然后拎起包就走了。

雷德蒙都呆住了。

等李晓枫坐到的士上，雷德蒙的电话追过来了。

"亲爱的，你为什么这么生气啊？我说错了什么吗？"温柔得不得了。

"没有没有，完全跟你无关。我也不知道为什么那么生气，就是替周蜜觉得很羞耻，很不值。"李晓枫也叹了口气，感觉自己的反应有点过火了。

"哎，姑娘，其实你就是代入了……"雷德蒙慢悠悠地说，"我觉得周蜜和小王其实就是彼此认识的错位吧。小王呢？就是一个普通的健身教练，家里不宽裕，想在富婆这里多挣点钱。周蜜呢，也是想不明白，人家是出来谋生活的，怎么可能跟你谈恋爱呢？谈恋爱也可以，给钱给到位。钱没到位，人家当然不理你

144

了。你就把人家想象成一出骗财骗色的大阴谋，搞得大家都下不来台。"

"所以这就是我觉得周蜜特别惨的地方。她怎么就放不下这个心结？连泡个健身教练也要跟石一山长得一样的……真是太天真了，天真得我都替她生气。"

"她还天真，天真就不会泡靓仔了。"

"雷德蒙先生，天真就是凡事信以为真，就会被人笑话。我和周蜜都是这样的人，所以我兔死狐悲。"

"哎哎哎，我没笑你啊，你别生气啊！哎哎，你是不是应该夸夸我啊？我揭开了一个这样的惊天大秘密。这个世界上，可能除了你我就没人知道周蜜疯的真正原因了，你是不是要请我吃饭。"

"这饭也没啥好吃的，心里堵得慌，这叫什么事啊……要不这样，你干脆在给王伟然的药里动点手脚，让他慢性中毒，那我就请你吃大餐……"

"天哪，周蜜上你身了……亏你想得出这狠招，果然最毒妇人心！"啪，雷德蒙把电话给挂了。

13

生活有时是很奇怪的，它有很多不堪，但同时，也有很多惊喜。

这两者的共同点就是，它们来的时候，你不能多想。

2017年李晓枫见识了生活中最不堪的事，但这一年也让她领略了某种狂喜。

"大家尽情地买吧，最好把你们的分红花完，这样你们明年就更有动力了。"珊宝不怀好意地说。在过年之前，她和珊宝、钟露露三个人一道去了趟香港，展开了一道狂买之旅。

开始两天是住在海港城的马可·波罗，下楼就是全亚洲最大的卖场，连卡佛JOYCE先扫一轮，爱马仕买杯子买围巾，卡地亚买钱包，香奈儿买耳环项链买丝巾，路易·威登买旅行箱，迪奥买腰带买裙子，菲拉格慕买鞋子，范思哲买衬衣，普拉达买背囊，芬迪买毛毛托鞋，乔治·阿玛尼买衬衣，古驰买眼镜，诺悠翱雅买羊绒背心，积家买表……买了两天还不过瘾，她们干脆搬去了中环的四季，当然也是因为珊宝在新鸿基地产公司的老朋友，知道她们从内地来，临时特别安排了一晚惊喜旅程。

地产公司一早就派一辆七座商务车把她们从九龙接到中环，三个人在车上已经高兴得扎扎跳，只因为"望北楼"的名声太大，八卦新闻里那是林青霞喝下午茶的所在。

电梯直上四十三楼，一打开门，满目皆金，要定一定神，才能把脚站住。

金色的沙发，金色的墙纸，金白色的地毯子，无数金色羽毛的大吊灯，还有一台黑色的施坦威钢琴，巨大金色调和草绿调的赵无极的画……但这满屋金色仍然不及迎面那两扇巨大的落地玻璃的风景值钱。维多利亚碧波横在眼前，九龙对面的数个码头居然就好像踏在脚下，三个人都被这海天巨景给惊呆了。

"天哪，刘生居然送了我们一个总统套房，我们得给他们打大折了……"珊宝喃喃自语道。

钟露露火速打开手机查了一下价格："妈呀，这里一晚最少要十万呢！"

英俊的行李员微笑地拉着一堆行李看着，显然是见惯这种场面。李晓枫只好假装镇定把手上的二十港币小费收到包里，换了一张一百港币给他，用眼色示意他赶紧退下。看，这就是升级总统套房对人的冲击，小费都要多给五倍。

等行李员走了之后，三个人尖叫着扑到了床上，把所有的枕头都抛了起来。天哪，无敌海景之总统套房，太爽了……这样闹了半小时，珊宝突然警觉地说："不行，要赶紧下去扫货了，我还有我妈和我姨的MAXMARA大衣没买，我还想给我爸买块劳力士……"

于是她们冲下了楼，开始又一轮征程。楼下就是IFC，扫完一轮把东西放上楼，时间已到下午。下午三个人再徒步远征中环置地、太古广场，把钟露露要买的香奈儿限量包、李晓枫要买的蒂芙尼银链以及给家人的各种礼物买齐。不得不说三个人买东西比一个人买要慢太多，因为要商量要比较要参考，犹豫不决的时候会虚弱地问其他两人："你们说，我要不要买呢？"

而另外两人总会异口同声地低吼："买！"

也因为这样，愈买愈多，愈买愈停不了手⋯⋯

晚上七点订龙景轩看海位的饭，她们延到七点半才到，因为买得太狠，米其林餐厅也没有吃出个所以然来，只觉得累。默默无言狠狠地吃了三碗龙虾汤泡饭之后，她们拎着大大小小的购物袋，一脸倦意地上了楼。天哪，今晚还有最后一个项目在等着她们，就是要泡完那个十万块的海景澡。"我太累了，我不泡了，你们泡吧。"钟露露虚弱地说。

可是当她们拎着大包小包，走进房间看到落地窗的那一刻，钟露露第一个尖叫起来："天哪，太漂亮啦！我必须泡一下才能睡着。"

主卧套房内有一间白色大理石豪华浴室，四面全是金色的镜子，白色的圆形浴池。酒店已贴心地放好热水撒好玫瑰花瓣，香槟也用金色小车上的水晶冰桶冰好，放在浴池边。而浴池正对的落地玻璃就是一天一地壮丽的维港夜色，和白天的风和日丽比起来，夜景更迷人。对岸灯光璀璨，眼前月满天心。真有一种满城黄金尽在脚下的奢迷感，李晓枫终于明白内地的土豪为什么会长住这里了。钟露露双眼迷离失声叹道："开眼了，这回真是，这就是一直喜欢这一行的原因——它真的可以让你梦想成真。可为什么现在有一种特别不真实的感觉，我得掐掐自己……"

"别掐坏了自己。多来几次就真实了，也许就像去你们家隔壁超市那么自然了……"珊宝揶揄钟露露。钟露露叹了口气："十万一晚啊，没人赞助是真来不了啊……此生也就这一次吧。"

珊宝哈哈一笑："年轻人，今年的分红够你来几十趟了吧。你不要傻，把所有钱都用来买名牌包。真正的有钱人是会把钱用在住和吃上，因为那才是真正属于你个人的享受啊。"

钟露露戏精上身，来了一句广东话："但系我都不系有钱人，我只系一个有一滴滴钱的年轻人……"

呸！

李晓枫用枕头打到她脑袋开花。

她们把购物袋扔到金色的沙发上，洗完澡穿上酒店的浴袍，再用浴巾把头发盘住。当三个女人装模作样地在浴缸前碰面时，都大笑起来，因为真的感觉好像在拍电影。

"小时候看港片，看到男女主角穿着白色的浴袍，在豪华的酒店里走来走去，最经典的场景就是拿一杯香槟，在落地玻璃前怅望海景，或者干脆顶着一个白色的浴巾，香肩半露躲在泡泡里，一边欣赏窗外维港夜景，一边泡澡放松身心，想不到在今天实现了。"第一个跳进浴缸里的钟露露拿着香槟扮女主角。

李晓枫忍住笑，拿出手机给她拍照："浴巾再往下扯一点，脸上表情要给足啊！"

三个人轮流拍了无数张怅然望海以及香肩半露照之后，李晓枫突然提出一个终极问题：今天我们的照片发朋友圈吗？

"不能发！会被人骂的，这太嘚瑟了……你们没发现南安公寓那一堆报社前同事都不太搭理我们了吗？"

李晓枫想了一下，确实，有好长时间没有和小东、静静、肥叶和夏洛特吃饭了："可能是我们太忙了吧，她们不敢约我们……"

"你没有发现原来我们的文章他们每篇都转，现在他们都不转发了。上次写了最近买的几只香奈儿包，你知道吗，我最好的朋友在下面留言说，闻到了好大一股钱味……这话怎么感觉有点怪怪的呢？"钟露露说。

"因为，你出圈了呗！原来大家差不多，一起吃麦当劳大汉堡，现在你突然吃鲍参翅肚了，关键又说不出你啥啥啥，靠男人啊有心机啊抱大腿啊什么的，就是你们自己挣的，听起来就好烦……"珊宝调皮地冲李晓枫眨了眨眼，"自己挣不到嘛。没办法啦，这就是人生的得与失，发财的人注定没朋友，出圈的人必定孤独。"珊宝笑嘻嘻地指着钟露露说，"别人这反应很正常啊，你挣了钱出了名难道还想要别人追着你送你一程啊，想什么呢……"

说完又反过头来，歪着头问李晓枫："晓枫，你说，当年我买十一套房子的时候，单位的人是不是在背后骂死我了……"

　　李晓枫没料到她突然如此直指心灵，不免有点惊慌失措："我可没说过你啊。我那时对钱没概念，但吃饭的时候谁不八卦一下有钱人啊？我觉得最可怕的不是你买十一套房子别人骂你，而是后来你闹出轨离婚的时候，好多人那个高兴的劲儿，简直比中彩票还高兴……我当时看了确实是倒抽一口凉气……"

　　珊宝冷笑道："无所谓啦，I don't care！我总不能因为怕他们说，就不过日子了吧。露露，发！想发什么就发什么，特别是你俩，做的是时尚，你们不真正吃好的用好的住好的，别人为什么要相信你们写的稿……"

　　"可是我好怕啊……"钟露露犹疑了半天，"我怕我最好的朋友不理我了……"

　　"怕什么，反正你不发，她们也不想理你了……你看李晓枫和她那个漂亮的阔太同学，最后还不是不来往了……"珊宝笑着对李晓枫说。李晓枫看钟露露一脸蒙，就简单把和周蜜从同学到反目的事情说了一遍。

　　钟露露一脸困惑地问："晓枫，你老实说，你后来不理她是因为你嫉妒她吗？"

　　李晓枫想了半天说："扪心自问，我还真不是嫉妒她。我在大学的时候就认识她了，那时她的风头更盛，而且我其实还挺欣赏她的，因为她本来就很优秀很能干漂亮的一个人。我觉得后来就是因为境遇太不一样了，收入相差太远，自然而然就聊不到一起，关系就淡了……就好比我们上一次聊买房子的事，你看到肥叶和小东她们的表情了吗？"

上次南安公寓一群人原本在兴高采烈地吃饭，八卦原来报社同事，钟露露说她想买房子，李晓枫和珊宝就开始议论了起来，珊宝斩钉截铁地说："三四百万买不到好房子，你不要想了……我劝你宁愿找我们借一点钱，一次性买在珠江公园旁边那个帝景湾，月供也才十万，你完全还得起……"结果奇怪的事情发生了，除了他们三个人，桌上的所有人都噤声了。大家的脸色越来越不好，最后肥叶突然假笑了一声，说道："哎呀，我还有一篇稿忘记写了，我先走了……"她一走，像传染病一样，其他人也纷纷站起身走了。桌上只剩下她们三个人，珊宝这才停下来，问："我说错什么了吗？"

李晓枫说，你倒是没说错什么，你就是不该在他们面前说，有炫富之嫌。

对着星火点点的维多利亚港，李晓枫幽幽叹道："人的朋友都是一段一段的，六个字送给自己——目送就好，不必追……"

"那是七个字好吗，李晓枫！"珊宝笑着把水泼到她脸上。

洗完澡，收拾东西，三个人这才发现实在是买得太多，明天势必各自都得再买三只大号的日默瓦才装得下。包，衣服，表，鞋子……李晓枫拿出手机算了一下，竟然也花了差不多二十万。坐在大床上，她感叹道："当年我听到我那个阔太同学说她去香港买一趟花了二十万心里梗得慌，没想到现在自己也跟她差不多了。原来有钱人的话就是这样的朴实无华。"

钟露露只觉得李晓枫那幽幽的神情十分搞笑，大笑起来。珊宝瞪了李晓枫一眼说："二十万算什么？穷人乍富就是你们这种没见过世面的样子。等我的消息，如果我们公号下半年可以融到A轮，我们三个人就妥妥的是亿万富婆呢……"

李晓枫和钟露露张大嘴，半天惊得不敢出声，一起大叫了一声："天哪，亿万富婆！"然后双双扑到珊宝身上，差点没把她压死。

"啊，我们有钱了，我也终于有钱了，我们还会更有钱！啊，真的太开心了！"李晓枫想。

14　　有钱的好处说不尽，它让你获得最大限度的选择自由，还会让爱情失而复得。

　　钟露露的富二代前男友郑小航又回过头来找她，又是送花，又是楼下等，又是请全公司的人吃饭，奔着马上要结婚的节奏走。

　　这情势的大变当然是因为钟露露事业的崛起，郑小航的爸爸在朋友圈发现了这位前准儿媳写的文章，又听说她们一条广告能卖一百来万的货，就心痛不已，把郑小航叫回家来狠狠地骂了一顿。郑爸爸一辈子最大的遗憾就是学历太低。不但他低，儿子也低，就算一德路有一半海产铺是他家的，有什么用呢？不及家里有中大毕业的名校新抱有面子。当年他就是色迷心窍，结果郑小航成绩永远是倒数，三本都没考上，胡乱在澳门读了个什么人也不知道的大学。他对郑小航说："你要找模特可以，把我给你的东西全部还给我。你一个人去玩吧，我当没有生过你，我可以跟你妈离婚，再找个人给你生个弟弟，我宁愿从头来过……"

　　广东人，说话就是这样直接。这当然是气话，但是万一老爸真的做起来也是很麻烦，为了母亲的幸福，郑小航觉得是时候做出正确的选择了。

　　不就是和钟露露结婚吗？不就是多生几个聪明的孙子给爸爸

吗？这有什么难的？反正他也蛮喜欢她的。郑小航当然也喜欢那模特，两种喜欢其实差不多。但是既然爸爸妈妈如此喜欢钟露露，那就追回钟露露吧。广东人都知道，家族是第一位的，郑小航虽然喜欢玩，但是在大是大非上，他还是很明白的。

各种方法进行了小半年，总算把钟露露给哄回来了，郑小航又把她们单位的人请了一遍，给每人送了一个巨大的富贵满堂海味礼盒，不可谓不重手。每个人都面露喜色，只有一个人，就是那个永远臭着一张脸的李晓枫没给他好脸色看。

“露露，那个李晓枫怎么就那么恨我啊？”

“也不是恨，我师父她比较一根筋，谁让你劈腿在先啊。”

“我不是已经改了吗……”郑小航在钟露露耳边热热地说。

那天饭局散后，郑小航叫了三部车，分头送同事们回家。钟露露陪着两个姐姐散步回南安公寓，李晓枫果然忍不住就说开了：“当初他嫌你只是一个报社的小记者，现在看你当上 KOL 又回头找你，多势利啊。哪天我们公众号不做了他是不是又得把你给甩了……”

钟露露嘬起小嘴，撒了一个娇：“哎呀，晓枫，不要这么严厉嘛，也要允许男性有进步的空间嘛……”

“……看到这种人就烦，他劈腿的那个模特现在怎么样呢？”

“哭死呗，还能怎么样？我就是要让她尝尝男朋友被人抢的滋味……”

"为什么我觉得咱们穿越去了《甄嬛传》现场?"珊宝大叫起来,"好可怕啊,现在的年轻人!"

钟露露伸手做出五指合一的手势,配合着露出了狰狞的笑容。

"他现在说要跟你结婚?是不是贪图你那未来上亿的股权啊,有钱的女人啊,你要小心啊!"李晓枫语重心长地说。

"哎,除了有钱,我就没有其他优点了。而且我就是喜欢他嘛,我是一个受不了诱惑的女人啊……"钟露露跺跺脚。

"哎呀,越来越可怕了,现在的年轻人!"珊宝说,"我提醒你啊钟露露,我们离有钱还有很长的一段距离。"

"那我也提醒你啊,钟露露,你小心被男人利用哈!"李晓枫说。

"谁利用谁还不知道呢!"钟露露笑嘻嘻地说,"说不定我们还没上市,我已经把他们家的海味事业全盘接管了呢!哈哈哈……而且,被你喜欢的男人利用也很好嘛,说明你有利用价值嘛。"

"我真搞不懂你们年轻人的脑回路。"

"我们年轻人的脑回路就是没你们想的那么复杂——喜欢就嫁,不喜欢就离。"

"行了行了,你别操心钟露露了,她精得很。比你精多了,说不定她明天就把郑小航给卖了。但你明天要加下班,临时要加一个广告，介绍你最喜欢的那个羊绒衫，那个互联网大佬们都喜欢穿的牌子。资料我一会发你。"珊宝嬉笑着说。

"啊，我们公众号都能接到这个牌子广告了？高端啊。"

"可不是？我们今年全面喷发，争取漂亮的KPI，一举上市，成为真正的有钱人！"

"耶！"三只手拍在了一起。

第二天早上起来，李晓枫就开始拼命在电脑里面找资料。一早她就想到了一个切入的角度，准备吐槽一下互联网大佬们乱穿衣坏品位，顺带把这个高端羊绒品牌介绍出来，这样读者又爱看，对品牌推广也很有好处。

找了几小时的资料，突然她在科技频道看到一条"又一个改变城市生活的App出现了，CEO是一位大帅哥"的帖子，心想，太好了，这又是一条料。

鬼使神差打开页面，李晓枫看见了一张熟悉的脸，竟然是她的高中同学——十几年没有见过的前男友刘裕德。

李晓枫曾经有一千次想过与刘裕德重遇的样子，但没有想到是以这种方式。

视频里的刘裕德现在已叫刘宇德，身份是北京某电商的CEO。他还是从前的样子，皱紧的浓眉毛，只是瘦长脸变成了方脸。从前刘裕德脸上总是一副不想理人的样子，现在换成了亲切的笑容。黑框眼镜换成了一副金丝眼镜，穿着一件深蓝色夹克，配条纹衫，俨然一副互联网精英一心为顾客打拼的忠厚样子。

他走在一个豪华小区门口，解说他这个电商 App 的卖点："别的电商是把生鲜货品送到小区门口就结了，但是你可能不在家，可能你的阳澄湖的螃蟹就烂在家门口了，可以说最后一环是空白的。而我们跟每一个小区物业都建立起密切的合作，有专门的冰箱、专门的送上门服务，总之可以保证每一个人都能拿到最新鲜的……"

镜头一转，他太太也出场了，带着一儿一女，细眉细眼，看得出很年轻。李晓枫淡淡地笑了，嗯，原来他也撑了这么多年才结的婚。如果当年不离开他，估计就是这个样子的中年版吧，低眉顺眼地微笑，随时准备给老公撑场，站在老公身后附和道："是啊，一定要给家人最新鲜的！"

越听到后来，越不对劲。天哪，前几年还只听说他在一个著名的电商公司做高层，没想到现在居然创业了，转眼就 A 轮上线了——文章里说他融了一千万美金。一千万美金啊，八千万人民币啊，发了发了发了。刘裕德比她李晓枫有钱多了！李晓枫亿万富婆的梦还八字没有一撇，他倒成功了。哼，凭什么是他？为什么是他？怎么可能是他？不是说善有善报，恶有恶报吗？怎么这样的人也能成功？

很多人问过李晓枫，为什么要跟谈了五年恋爱的刘裕德分手，李晓枫都含糊其辞不肯作答。到后来只要有人问她谈恋爱

的事，她都会变脸。久而久之，大家都明白，感情是李晓枫的
禁区。

倒不是因为伤得有多深，而是因为实在太丢脸。

李晓枫人生头一个爱上的男生就是刘裕德。他是李晓枫从小
学到高中的同学，从小没妈，三姐弟中他是最小的。后来有了继
母，他就变得更加沉默寡言。李晓枫对他早期的爱大概含有某种
同情的成分，只是人家也并不领情。刘裕德和谁都不说话，却永
远是班里的第一名，或许就是这种神秘的气质吸引了李晓枫吧。
有他在，李晓枫永远只能是第二名，而且还是差了几十分的第
二名。

可惜考大学的时候，因为感冒，他失误了，结果又复读了一
年，比李晓枫晚一年进大学。说起来他当年复读还是李晓枫爸爸
帮的忙，因为他爸不肯给钱，是李晓枫爸爸在李晓枫的怂恿下上
门去做他家的工作，还给了他五百块钱。当然，他也争气，一下
子就考到了对外经贸大学，那是小城大学生能想象的最好的学校
和最好的专业。

复读的时候，两个人算是好上了。周六周日的时候，李晓枫
常去他复读的地方帮他收拾房间，洗衣服，一起做卷子，背课
文，两个人骑着单车出去吃米粉，车龙头碰到一起的时候，他也
会冲李晓枫笑。

他很少笑，一笑起来的时候，李晓枫就觉得天都亮了。

那时候流行一首广告歌："当太阳升起的时候，我的爱天长地久。"李晓枫一个人的时候总唱，因为刘裕德就是李晓枫的太阳神，她对他的爱，天长地久。

三年大学生活中书信往来的异地恋，不咸不淡的一周一封信，是李晓枫大学全部的感情生活。毕业后李晓枫原本可以回炼钢厂当厂部的秘书，可是为了爱情，李晓枫冒着全家的炮火，硬是放弃了湖南的铁饭碗，去了北京一家外企。

李晓枫原以为这一去就奔向了新的幸福生活，谁知还没待够三个月她就去了广东。李晓枫妈妈骂了李晓枫足足三个月，所有的同学都不明所以，李晓枫咬死都不说什么原因，连李小贞那里李晓枫也只跟她说过一嘴——因为刘裕德劈腿，他在那边有了一个交往了三年的女朋友，而实际情况要糟得多。

那天李晓枫去刘裕德学校找他，他上课没回来。李晓枫在他的抽屉里发现了他写给已毕业的师兄的信，贴了邮票并没有寄。那个时节，还没有微信，也没有 QQ，大家沟通都用信件。他写了一页纸，直到现在，李晓枫还能记得他信上写了什么：

与 X 已断，两年拉拉扯扯吵架又复合，实在太伤神。而且她那样脾气的女孩不适合我。况且她也不能留京，我更不可能去苏州。估计最后还是会跟晓枫结婚。她家庭条件较好，性格又比较温顺，很听话，将来我会过得比较舒服。是

160

你跟我说过的，结婚还是要找贤妻良母。

她比我早毕业一年，现在已在北京一外企安顿下来。她非常勤奋，刚入职就有三千五百元的收入，我帮她在惠新东街一个小区找了一室一厅的房子，租了三年，估计以后我毕业也不用另找房子。

现在每周去学校后面的发廊一次，聊以解决问题，上海这方面应该更方便，下次和你交流。

…………

其实现在想起来，李晓枫觉得叫鸡不是什么天塌了的事，背着家乡的女友另找一个女朋友也不是什么天塌了的事。但是在当年的自己看来，确实是天塌了。

全线崩溃，李晓枫待在寝室里一个多小时没动，一直等到刘裕德回来，像电影里的情节，把信愤而甩到他脸上，就冲出了寝室。好笑的是电影里把信扔到男主角脸上时，通常都扔得准准的，但是现实生活中是扔不到的，因为纸太轻。李晓枫记得那张纸轻飘飘地落在地上，样子跌得很难看，一点也没有凄惨的美感。电影里面女主角发脾气，男孩子就要死死地去追，抓住她的胳膊说：你听我说！

但刘裕德跑到楼梯口就放弃了，没来追。以往都是这样，吵架都是不了了之，他从来不道歉，最多主动来找一下李晓枫，默默看她一眼，李晓枫也就顺坡下驴了。是的，一开始李晓枫就处在劣势，他拿定了李晓枫喜欢他，不用哄。

李晓枫疯头疯脑地跑了不知道多远。那时北京到处是工地，一个工地就是一个荒野的世界，偶尔有一些卖小东西的小店。她跑到了一条不知名的野路上，看到一家小店，就躲了进去，买了瓶水想缓缓。正是这小店里的女人最终让她决定彻底放弃。

这是一家简易棚搭成的小店，店主是一个年轻的女人，长得粗粗大大，背上背了一个孩子，地上还跑着两个。两个孩子打打闹闹，女人一边做生意一边喂奶，一边维持两个孩子的秩序："看你爸回来不打死你们！"两个孩子照样不听，于是女人就冲过去一人屁股上打了两巴掌。地下的孩子哭起来，怀里的孩子也哭起来，里屋的煤炉上水开了，偏偏这时有客人来喊老板娘买包烟……女人咬牙切齿黑着脸冲出来做买卖，还要顺眼捎带着看一眼两个小孩子，不要去里屋碰到那壶开水……

李晓枫突然在一瞬之间明白了一件事，这面目模糊的女人就是她将来的生活。

刘裕德是不会来找她的，他一直像一个少爷公子一样凌驾于她的生活之上。而她呢，听话，温顺，勤快，一个月三千五百元还可以撑起一个家，甚至还自己租房子，让他过得很舒服，这就是李晓枫全部的生存价值。李晓枫必须奉上她的生育她的家务劳作她的工作收入，才能换回一个妻子的名号。是的，只是一个名号。他还会继续有拉扯不清的女友，就像大学里给她写的那些不咸不淡的信一样，稀薄地存在于她的生活里。他根本就当李晓枫是个自己送上门干活的大傻子，一个可以生子可以赚钱可以洗衣服做饭的大傻子——而且是自愿的，以爱之名。

仅此一念，就令李晓枫暴怒不已。

不行，她绝不要做这样的女人，也绝不要过这样的生活。

于是李晓枫坐上了去广州的绿皮火车。从此，也彻底地离开了那种生活的可能性。

有人问李晓枫，为什么相亲老不成？

"很简单，我在他们的脸上都看到了刘裕德……"李晓枫淡淡地说。

周蜜大叫道："你这是发神经，他们每一个都长得跟刘裕德不一样……"她完全听不懂李晓枫在说什么，那不是长得像不像的问题，而是每一个相亲者脸上的那种眼神那种气质那种打量掂量的神情——他们对李晓枫根本不感兴趣，他们只是觉得她适合。

是的，李晓枫长相平常，但适合做老婆，育龄可生子，体壮能干活，工作体面，收入尚可，性格内敛，老实温顺，适合担起一个家，为平凡的他们的未来沉重的生活保驾护航。

李晓枫曾经最接近婚姻的一次，是报社派她去采访一位著名的艺术史教授——姓郎，出过很多书，听说是单身。李晓枫听过他的一堂课，明白了为什么女学生会这样迷他。他在课堂上纵横中外，逸兴云飞的样子真迷人。后来报社组织了一次文化论坛——"人应该如何诗意地生存"，李晓枫居中协调，他在活动上也表现得特别好，以一己之力忽悠了将近二百个企业家进了快报智库系统。欧阳给郎教授的报酬也相当丰厚。郎教授特别高兴，喝醉了就拉着李晓枫的手说：晓枫，你是我见过的办事最靠谱的女孩，你太可爱了。

他们约过几次会，在江边散过步，拉过手，甚至看着月亮也接过吻。接完吻，郎教授说：晓枫，我们结婚吧！

这是人生中第一次有人向李晓枫求婚，李晓枫突然觉得一切来得太快，有点诡异。

但事情也依然朝着可进行的状态前进，因为那阵子李晓枫妈催婚催得实在是急，快三十了，还不结婚怎么行？"去我家吧？"郎教授说，"去我家喝个茶？"李晓枫知道这句话意味着什么，想了一想，答应了。

他们一路走一路聊，郎教授又在跟她讲康德的美学。此时校园特别空旷，空气中有泥土和叶子的味道，萤火虫在他们身边飞来飞去。李晓枫突然觉得有一种轻飘飘的快乐感：啊，原来，又进入了一段恋爱！啊，原来，这么快就要结婚了！这真的太快了，像做梦一样。

接着他们上了楼，进了门，李晓枫被郎教授的房子惊呆了——满屋子都是书，书上全是灰。他红着脸说"家里太乱，我来帮你泡一杯咖啡"，结果在咖啡机那里捣鼓了半小时也没有把咖啡弄出来。李晓枫笑起来，你平时是怎么生活的啊？

"都是我的研究生帮我收拾房间。"郎教授有点负气地说。李晓枫看出他有点恼，大概是气恼李晓枫为什么这么不懂事不主动上前帮他。作为一个能干靠谱的女孩，不应该像在这次活动上一样，在他想到任何事之前就替他做好吗？"我和太太两年前分手了。漂亮女人真的靠不住。我这几年的生活过得特别糟，我还有三本书在写，还有很多活动要和人谈，我需要像你这么能干的贤内助帮助我……"教授一边捣鼓咖啡机一边说，"不排除，我们将来还可以生个孩子……"

李晓枫站在那乱成一团的房子里突然灵魂出窍，她看到未来做他妻子的状态——她必须把这么乱的房子收拾得一尘不染，还要做一日三餐，然后叫在桌前勤奋写书的教授来吃饭。温柔的妻，注视着她白发苍苍的老公，将精心做好的汤奉上，看着他喝下，露出心满意足的笑，然后催促他吃好降压药，然后替他接下无数电话，成为隐在他身后的师娘，谈合同，泡咖啡，和女研究生们周旋，还要喝止满屋子乱跳的小孩子……

那里有所有的一切，唯一没有的是她自己。

如果她想要婚姻，郎教授这一段已经是这个世界能给她的最好的一段。可是，这不是她想要的生活。

她还是喜欢她的旧生活，四仰八叉地躺在床上，看书，听碟，撸猫，有很多朋友，可以看戏看电影，不用她泡咖啡，不用她擦地——郎教授看错人了，他以为李晓枫是他需要的那种全能型女人。那种女人李晓枫也不是不能成为，只是她为什么要去成为呢？问题的关键在于，她从来不会为一个男人的才华而迷恋他。有些女人看到有才华的男人就走不动道，但是李晓枫不会。因为，才华这东西，李晓枫见得太多了，而且她自己也有啊。

　　"给你最后一次机会，你要选择去做一个男人的高级保姆、经纪人和保育员吗？"心里有个声音问自己，李晓枫听到的答案是斩钉截铁的"不"字。

　　她按了一下手机。李晓枫在手机上设了一个键，按下手机就会自动响，像是有电话来。在郎教授试图要拥抱她的时候，电话响了，李晓枫一扭身就接起了电话："好的好的，我马上回！"

　　她张皇地冲郎教授说道："报社有个急稿要撤换，我得马上回去。"

　　然后，不由分说，逃走了。

　　事实证明，李晓枫逃得很对。后来她听说郎教授找了附中一个教音乐的女老师，很快生了孩子。朋友圈里有结婚照，女孩挺可爱挺年轻。但三年后李晓枫在一个画展上见到教授夫妻时，她发现郎教授白发变青，精神奕奕，而他的新太太看上去已然像个中年妇女，两人站在一起，倒完全看不出来差着三十岁的年纪。

李晓枫倒吸了一口凉气。

自此，李晓枫对婚姻是绝了念想。

周蜜老说李晓枫相亲不成，是因为李晓枫还爱着刘裕德。其实和他分开三年以后，李晓枫就不太记得刘裕德的脸了。唯一求过婚的是郎教授，但因为浮光掠影，实在是印象不深。剩下就全是像林生那种不靠谱的，他们撩得那样浮皮潦草，她也接得有点意兴阑珊。

李晓枫承认自己长得不漂亮，可是她有丰富的灵魂啊。"你以为我是一架没有感情的机器人吗？你以为我贫穷、低微、不美、渺小，我就没有灵魂，没有心吗？你想错了，我和你有一样多的灵魂，一样充实的心。""我越是孤独，越是没有朋友，越是没有支持，我就得越尊重我自己。"这些英国女士趴在小桌上写下的励志句子一直刻在李晓枫的心上，一直在她的脑海里闪闪发光。"就算我长得不漂亮，我一生也应该有一次真正恋爱的机会吧。"信奉爱情热爱帅哥的李晓枫攥紧拳头咬着牙说。

可是这么多年，就真的是一次也没有撞到。

这说明，鸡汤是鸡汤，但生活仍然是生活。滚烫的鸡汤除了让你的体温升高几度，改变不了生活的冰冷。

好在李晓枫还有"肉多多"。无论多沮丧的晚上，"肉多多"深情望着她的时候，她心里就升起一股温柔，抱着温热的它，把脸贴在它的脸边时，她心头就开出一朵朵花。有什么可计较的？

我有这么可爱的"肉多多"。

而且李晓枫还可以看剧啊。电脑里有无数李晓枫心爱的男人，有一阵儿是布拉德·皮特，有一阵儿是梁朝伟，有一阵儿是唐泽寿明，有一阵儿是宋承宪，有一阵儿是凯文·科斯纳，有一阵儿是休·格兰特，有一阵是莱昂纳多……每一个李晓枫都认真地爱过。而且随着年龄的增长，以一年一至两位的速度在不断增长。

李晓枫是那种喜新不厌旧的女人，时常还要把旧爱拿出来温习一下。这导致每天上完班之后都极端忙碌，李晓枫忙着和这些美好的男人"约会"。她把他们的剧集全部下齐，整整齐齐存在电脑里面，只要她乐意，今天可以约布拉德·皮特，明天是唐泽寿明，后天可以和承宪哥哥……

"她有一种能让人感觉到深层次东西的原石般的光辉，她的笑颜中带着一种如太阳一般耀眼的光芒，不是让人不敢直视的炫目，而是那种能将全身都包裹起来的温暖，对于只知道黑暗的我来说，那笑颜有着无可取代的魅力，这样烦恼、不安的她，却可能露出那样明朗的笑容。这才是真的不可思议。"这是唐泽寿明描写自己的恋人山口智子的话。看，李晓枫爱的男人不仅帅，还有高贵的灵魂，怎么不叫人心驰神往？

如果有人在李晓枫的小公寓架一台摄影机，每天晚上都会拍到一个几近失智的女人，抱着她的肥猫，长时间地呆坐在电脑前，双眼注视着蓝色的屏幕，脸若银盆嘴角含春目光灼灼。她的肉身还在，心却早已飞进那些男人给她的美好世界，灵魂飞升，柔情逆流成河。

什么是爱情？这就是爱情。

世间任何一个男人给过李晓枫纯度这么高的爱情吗？

没有。

纯度这么高的爱情是布拉德·皮特、梁朝伟、唐泽寿明、宋承宪、凯文·科斯特纳、休·格兰特和莱昂纳多给李晓枫的，他们让李晓枫体验到人世间纯粹的爱，而且他们永远不会离开李晓枫。他们每天乖乖待在电脑里，等李晓枫下班回来，等李晓枫"临幸"，等李晓枫再爱一次他们。这样的恋爱真是让李晓枫觉得安稳极了也温暖极了，这才是李晓枫生活里永不消逝的爱情电流。

至于，人与人之间的爱情，梅兰花说有，周蜜说有，甚至李小贞也说有，可是李晓枫真的没怎么见识过。就算是跟刘裕德，李晓枫也觉得那不是爱，李晓枫爱他跟后来她爱布兰德·皮特差不多，都是遥远的崇拜的单方面的爱，根本不需要对方回应。"一见到你，就变成了尘土里的一朵仰望的花……"啊，这话是谁说的？是张爱玲。

李晓枫很少去想"爱"这个事，因为这个事，不能想。

为什么那么小父母就要把她送去奶奶家，而不是妹妹？这件事，不能想。这些年她一直活在世界的边缘，奶奶带大她，对她不错。但奶奶老了，精力不够。她天天要出门打牌，在她出门的时候，总留下李晓枫一个人。她的回忆里似乎整个童年都是一片寂静的荒漠，只有一个胖胖的小姑娘在里面一个人玩泥巴。她的确有很多堂兄妹，但没有一个愿意搭理她，他们玩他们的，一见她走过去就哄然走开。偶尔几次允许她加入，也是因为可以把她推出去当替罪羊。一起玩的时候，他们总把她推到田里、河里、粪坑里，有两次她还差点淹死。要到很多年以后，李晓枫才知道她的堂兄妹们有多么嫉妒她这个城里来的孩子，嫉妒祖母把零食给她一个人吃。"他们原来是恨我的。"李晓枫在很多年之后突然想明白了这个道理。想明白之后她不由得打了寒战，能侥幸活下来真不容易。

六岁时李晓枫才回到自己的家——确切地说是李晓枫父母和妹妹家。他们仨才是真正的一家人，有点水泼不进的意思。李晓枫在这个家待了十二年，早出晚归，周日补习，十八岁考上大学寄宿。家对李晓枫来说一直像是一个旅馆，毕业以后李晓枫也没怎么回去过，一回去就吵，因为不结婚因为不生子因为不走运因为不成功。后来李晓枫爸妈干脆去了美国，替李晓枫的学霸妹妹带孩子……

一个人过惯了，李晓枫倒并不怎么想他们，甚至他们分别在美国去世了，她也不怎么难过。隔得太远了。妹妹说，你别过来了，来了也做不了什么。她也就算了。

真冷酷啊，我怎么这么冷酷呢？李晓枫经常问自己。

后来她发现，冷酷是因为隔得太远，距离决定了情感的浓淡。她不是不会难过，比如"肉多多"的离去就几乎击倒了她。虽然早有心理准备，但在宠物医院看到"肉多多"临终时一起一伏的肚皮时她还是晕倒了。

醒来之后，还是钟露露带着她去了一个秘密的焚烧点。"火化的话就按重量收费，小炉子10公斤以下，四百；使大炉子，10公斤以下是五百。每增加10公斤加收一百。小炉子烧得慢一点，大炉子烧得快一点。"那个宠物焚烧点的老头说，"快，后面还有好几只呢。"

直到李晓枫捧着那个瓷罐子回到南安公寓都一直没有哭，她镇定地把"肉多多"的灰埋在它常去爬的树下。做完这一切以后她在家里躺了三天，昏天黑地地睡了三天。

到了第四天，凌晨四点上完厕所之后，李晓枫莫名走到阳台上，看到楼下那棵树，又看到空中有半轮明月，她突然呆住了。这轮月亮的尖刺好像在那一刻穿透了她的身体，也穿透了她的处境。

李晓枫这一生一直是一个人，在那一刻她突然醒悟过来，放声大哭。天哪，她再也没有父母了，也再也没有"肉多多"了。在这个世界上，李晓枫原来一直就是一个孤儿。这个孤儿，这一生从来没有被人好好地爱过。这一回，连唯一全心全意爱过她的"肉多多"也走了，这真的太惨了……这真的太惨了，太惨了……

李晓枫抱着自己的胳膊，眼泪像海浪一样汹涌而来，把整个阳台都淹没了。

15 Grace 常常想，为什么她会和李晓枫这样的人成为朋友？

唯一的答案是，因为时间。

Grace 最初几次见到李晓枫时几乎没太注意到她，因为长得太普通，又穿得太朴素，几乎不说话，永远一身黑衣一双白板鞋一只帆布袋剪着一个齐刘海的娃娃头。"这样的人怎么能来做时尚呢？"十多年以后聊起第一次见面时，两个人都快笑死了。李晓枫也坦白道："其实我第一次见到你也嫌弃，觉得你跟我不是一路人——一身名牌一脸假笑，全身上下都写满'公关'二字。"

一个是光鲜靓丽的上海娇娇小公主，一个是灰头土脸的广州媒体女民工，她们的人生注定是两条线，不会相交。但时间像一只炉子，细火慢炖，终于把两条线炖成一炉。

真正熟络有来往，还是在认识了五六年之后。Grace 那时升了职，不用再像新人一样急匆匆去认识人，反而喜欢和相熟的媒体老师扯扯闲篇儿。周围一望，却发现只有李晓枫一直还在。这一行特别淘汰人，一波一波的人涌了出来，一波一波的人又消失不见，唯有李晓枫一直没有消失。尽管她一直只是站在最边上的人，她有着和这个行业格格不入的气质，但又恰恰和这个华丽炫目的行业本质有点不谋而合。这个行业的本质是什么呢？

本质就是——我要跟别人不一样。

别人的"我要跟别人不一样"是穿得奇形怪状，但在一堆奇形怪状的人当中，永远有一个穿得一样的人也是蛮不一样的。原来公关公司的小姑娘普遍把李晓枫看成一个古怪的笑话，说她是个怪人，永远臭着一副脸，好像谁欠她二百万似的，问一句答一句，一点也不活络。而且更不时尚，老眉咔嚓眼了，也不化点妆，还总留着一个娃娃头，透着一股诡异。于是他们背地里给她起个外号，说她是广州的"川久保铃"。可是后来给她起外号的人都换了好几个单位了，这个广州"川久保铃"依然面无表情依时依节出现在活动的现场，这也是 Grace 佩服李晓枫的地方。她确实是不出众，奈何人家永不离场，就有这点韧性也值得些许赞美，于是每每凑上去打招呼：嗨，又见你啦，我是 Grace。

两人也就由此慢慢熟起来。Grace 慢慢发现李晓枫的木讷是紧张。只要多和她说上几回话，她一放松下来，脸上的严肃就缓和了。而且说一千道一万，人家的稿子出来永远超出你想象，莫名其妙还写得蛮好看。于是，两人的合作也就越来越多。

至于后来成为朋友，则是因为那次差点出意外的迪奥大展。

那是迪奥首度进入中国的一个大秀，他们公关公司年度大活动，请了十来个明星，忙活了快两个月，一直没休息好。等最后一个明星离场，展览刚要开始的时候，Grace 才发现自己有点缺氧，人有点打晃儿，马上要倒。她知道她不能倒，至少在这里不能倒。几百个衣冠楚楚的身着迪奥的绅士淑女，咣啷掉一个你在中间，等于是自己给自己砸场子，这一行也就不要混了。她环顾四周，只有李晓枫算熟人，于是拉住她在她耳边说：亲爱的，我有点晕，你赶紧扶我出去。

李晓枫二话没说，就半拖半拉悄悄把她带出了场，立刻送去最近的医院，又打电话去和她们总监请假，说自己胃痛需要Grace照顾。结果到医院一吸氧，各种检查一做，查出来是怀孕。Grace一听这消息，当场脸色煞白，抱着李晓枫就呜呜哭起来。

原来她有个青梅竹马的富商男友，圈里人人都知道，俊男靓女，也是奔着结婚去的。但谁知那段时间好死不死冒出来一个香港公子，把她给迷住了，和前男友分手不说，两人还秘密同居起来。可是乘着大展忙碌，那个公子居然拿着他们一起买卖的几张画偷偷跑回香港，她居然就失恋了，搞笑的是还发现自己怀了孕，这还真是屋漏偏逢大雨。

当然最后孩子还是生了下来，Grace还因为这件事去香港和这人打官司，也是好几年不得安生。外人全不知道这孩子的底细，只知道落户在了香港。烦闷的时候，Grace只能打电话给李晓枫痛骂，深厚的姐妹情谊，也就是在那时结下。

有一种人急热，有一种人慢热。Grace原来总嫌慢热的人太浪费时间，后来才发现慢热的人多半面冷心热，是靠得住的朋友。李晓枫一到上海Grace必然要请她吃饭，聚在一起聊上一整天，说说从前认识的人和事，颇有点白头宫女说玄宗的意思，因为时尚行业这二十年也实在太多故事了。

像李晓枫和 Grace 这批九十年代中期进来的人，大多是平常人家的孩子，只不过自己考了个好大学，留在大都会，又碰巧发现世界上有这么一个行业。谁年轻时不爱牌子，不讲风格，不渴望更美好的生活，不艳羡头等舱生活呢？但这个行业最大的难处是，见识过它之后，你就很难落地了。就像坐惯头等舱的人再去坐经济舱就很难受，穿习惯了四五千的好鞋就不会再喜欢街边货了，在豪华酒店拍片去欧洲和一线明星共处数日过眼数百万珠宝的人，怎么面对自己家徒四壁的出租屋……太多从业者在这种分裂的生活里分裂了自己。

Grace 见过一个女编辑，名牌大学毕业，对外总是一身光鲜，穿名牌拎贵袋，据说还交了一个法国男友，家住古北的别墅区，三年里频繁跳槽，永远出现在各种时尚场所。大家都不知道她什么来头，以为她家中是巨富，甚至有一天她还热情邀请 Grace 和一大帮朋友去她法国男友的别墅玩。去就去嘛，结果一伙人在古北一家咖啡馆等了一下午，也没能等到她的法国男友出来接她们，一会儿说堵车，一会儿说公司老板突然叫他回去办公……

当时 Grace 就觉得有点不对劲，再过了半年，就听说这位姑娘的父母来接她了。因为她得了妄想症，她的名牌贵包全是借钱买的，法国男友也是假的，根本不存在。信用卡里欠下巨债，被人追债追到公司，这时才事发。警察去她的出租屋一查，才发现她的床铺底下全是没穿过的名牌衣服和名牌包。"那么漂亮的姑娘，真是看不出来。大家陪着她在咖啡馆坐了一下午，听她讲了一下午她的感情故事，她还带着我登上二楼，指着一个有蓝白条遮阳罩的别墅说，那就是她男朋友的家，这个遮阳罩就是她选的……现在想起来汗毛都要竖起来，不是亲眼见到你真不敢相信有这样的人。"Grace满脸惊惶地说。

其实这还不是最惨的，最最惨烈的是她们俩都认识的一位时尚杂志的主编，爱看诗，看很多小说，很清高，很讲格调。一位北大毕业的文艺女青年，阴差阳错做了几年时尚杂志主编，某一天无缘无故突然就辞职了。后来听说得了抑郁症，再后来就听到她轻生跳楼的消息，这消息让李晓枫和Grace在电话里各自唏嘘了很久："这一行真是害人啊！"

是啊，大部分的人都是熬不住。和李晓枫、Grace同时进入时尚圈的女编辑、女记者在工作数年之后大都慢慢就退出这个行业——工资不高，事情又杂，见到的偏偏是最登样的世界，新人像韭菜一样一茬一茬冒出来。人到中年，有人单身有人离婚有人走上了身心灵修行之路，有的学心理学，有的学佛法，有的信基督，也有结婚的。有一个叫"鹦哥绿"（因为她最爱穿那种鹦哥绿或者玫瑰艳红的紧身西装套裙）的女主编，每聊天必背诵亦舒名言，杂志社关张以后嫁了人，去了澳大利亚，后来听说她老公专制得不得了，上超市买东西要上缴小票，然后按票面给钱。当然也有回归家庭再创事业第二春的。Grace 的一个朋友回家一口气生了两个孩子，改不了媒体人的习惯，写博客写微博后来开公众号，成了当红的育儿博主，赚得盆盈钵满，前两年又冒着高龄产妇的风险生了一个老三，私下跟 Grace 说完全是因为要接生意，因为前面两个孩子都太大了，接不了奶粉尿片的广告，必须为工作生一个——这也是 Grace 听过的最奇葩的生子理由。

当然也有没退出的——像李晓枫和 Grace 这种，混得特别火红的都属于特别狠的人。主编跳楼那家杂志广告公司的一个文员，后来当上了主编，还真是有能量，十来年下来混成了时尚杂志界的一姐，左边冰冰右边子怡。拍出来的照片简直是中国时尚的女魔头。不过，终归也在宠她的大老板调回法国本部之后在新的新媒体时代狼狈退了下去。"没有人可以永远站在风口浪尖上。就像坐头等舱，坐着坐着别当真了，真以为是自己天生就应该坐头等舱。人总是要下飞机的，选择在东京还是在巴格达下飞机，真的蛮考验智慧的。"这是 Grace 的人生格言。

她这么聪明的人当然要选择在东京下飞机。公子赔了她一大笔钱之后，她下定决心再不结婚。但婚不再结，恋爱还是要谈。她现在有个常来常往的设计师男友，也一直不怎么出名，小她七八岁，两人又生了一个女儿，却也不结婚。"上海女人精嘛……"Grace 自嘲着，嗲嗲地说道，"谁要和他结婚，把我的钱都分走了……"话是这么说，但家也依然是她撑着。

三四年前她就嫌公关这一行退行性没落，干脆辞职开了一家高级餐厅。男朋友搞设计，自然装修得美美的，她又有人脉，明星模特常来常往，倒做成了常熟路上第一热门的高档餐厅。

"我一直想不通，为什么你我这种早就看透了这个圈子的人，最后都舍不得离开它？这么多年了，咱们还在。"李晓枫问Grace，"这究竟是为什么呢？"

Grace 认真想了想，说："因为这个圈子是我们这辈子能见到的最闪亮的所在，当然也是最黑暗的所在。它好像给了生活在其中的每一个人极大的压力，但又尽力抬举着每一个人；它贬损着每一个人，但又对人有一种奇异的尊重。极其虚荣万分庸俗，但又十分具有它的精神性。它集中了人类所有的优缺点，这就是它最为迷人的地方，也是我们离不开它的原因——它实在太有意思了，你还能在哪儿见到这样神奇诡异的存在呢？只有我们时尚圈。"

Grace 递了一个眼色给李晓枫，两个人心领神会地大笑起来。

也不是不骄傲的，这个圈子再如何大浪淘沙，她俩到底也还在场。所谓历尽劫波姐妹在，我辈岂是蓬蒿人。

李晓枫后来转做公众号，Grace 当然是一百二十分的支持，前前后后也介绍了不少品牌给她们，栏目设置上也出了很多主意。在李晓枫她们发了疯要上市的那年，李晓枫央求她帮忙介绍几个奢侈品珠宝牌子，因为珊宝说这样品牌阵营才够全，对投资人有说服力。Grace 也二话没说，就牵了两三家品牌的线，要李晓枫带着珊宝到上海来谈。

珊宝要带孩子，只能让李晓枫这种单身人士上阵。正好连着还有几个品牌的发布会，她索性在上海逗留了差不多半个月，跟着 Grace 拜遍了码头。

离开上海最后一天的晚上，Grace 叫李晓枫跟她去参加一个高级珠宝的派对，她要介绍李晓枫认识那个牌子的亚洲区总监 Fiona。这也是聊了很久的事，珊宝听到消息都乐得合不上嘴："拿下他们，我们上市就成了一半！"她在电话里对李晓枫说，"屏牢，往上冲！"

派对那晚，Grace 特意穿了一件紧身墨绿色的旗袍，上面绣着一只金色孔雀，光华灿烂，拎着一只墨绿色的思琳古董包，十寸高的高跟鞋，高贵登场。而站在她身边一身黑色三宅一生的李晓枫，素得像个跟班。"哪里，你是作家嘛，不能穿得桃红柳绿，这样正好。再说了，Fiona 识货得很，这一身三宅一生贵得来……"在安抚人方面，Grace 是专家。

派对设在外滩三号，这是一栋英国人造的石头房子，现在内部被改成黑檐黑瓦的上海风，画着无数旗袍女人，有种长三堂子的作风。上得楼来，楼上已然人山人海，各种香气古龙水英语中文广东话乱飞。Grace 见惯场面，分花拂柳一般地打招呼过去，带着李晓枫径直走到 Fiona 跟前,介绍李晓枫跟她认识:"Fiona,这就是你想要见的偶像温蒂欤。"

偶像?真扯,Grace 果然是社会人。

Fiona 是个台湾人,个子小小,皮肤黑黑,丹凤眼,只有一抹红唇最显眼,像漫画里的木兰,一言一行一看就是能干到不行的样子。她仰着脸真诚地对李晓枫说:"嗨,温蒂,你真的是我偶像!我家有好几本你译的书,我看了很多遍。"

场面话李晓枫听得很多,但 Fiona 绝对有将场面话点石成金的本事。她是那种在一秒钟之内,就能让你觉得跟她是知心人的人,难怪 Grace 说她做公关这么多年,最佩服的就是她。李晓枫也在一秒钟里喜欢上了她。她喜欢聪明人,聪明人感光度快,合作起来省时省力。

端着酒说了五分钟的话,果然就说定了一个合作,完成了珊宝交给她的任务。李晓枫松了一口气,免不了要多喝几杯自己庆贺一下,正微醺间,Fiona 又悄悄过来,附在李晓枫耳朵边上问待会儿有没有时间,派对结束之后,她想叫 Grace 和几个关系近的朋友去她家玩。因为再过一个月,她就要回台湾一段时间了,趁大家都在聚一聚。

趁着酒兴,李晓枫想也没想就答应了。听 Grace 说过 Fiona 家可是全上海装修得最有格调的,不去看看,可惜了。

七八个人挤在 Fiona 的七座商务车上就到了浦东。这是一套隐蔽的滨江豪宅的国际公寓，一进门就能感受到与众不同的豪气，树木浓密，金色的小灯在四处闪烁，管家们穿着黑色燕尾服隐在角落里，永远会在你四处张望，需要帮助的时候出现。据说这样三百平方米的大平层，光租金就得十来万。

Fiona 的家是个顶楼复式，可以俯览江景，设计的也是典型的东南亚式的审美，到处是蜡烛，竹编的灯影还有水中的鸡蛋花。大家一坐下就开始在螺钿八仙桌上铺厚毯子，准备打麻将。"八圈还是一个通宵，我好久没摸牌了！"Grace 兴奋地叫道。李晓枫这才知道，原来这一车过来的都是熟络得不得了的牌搭子，只有她算是生人。

看了一阵牌，李晓枫头有点晕。Fiona 见她睁不开眼，就提议她上楼去吹吹风。"可以喝酒，也可以去小书房坐着看书，翻翻杂志。桌子上有我们品牌的三本大书，你看完了就省得我介绍了！"

Grace 大叫："哪有你这样跟 KOL 沟通的！连说都不说，直接让人看书，我是你老板一定要扣你工资的呀。"

Fiona 得意地一笑："你还想扣我工资，看我今天晚上不让你输得底裤都当掉……"

李晓枫就在这一屋子人的哄闹声中上了楼。

却没想到在楼上撞见了一个李晓枫万万想不到会在这里撞见的故人。

16

上得楼来，发现顶楼的阳台正对外滩，光是这夜景，就价格不菲。阳台上也有三三两两的人，看来Fiona是个组局高手，派对天天开，人人在她家都自在得很。

李晓枫有交际恐惧症，也不想看月色吹江风喝酒，径直就推开了书房的百叶门。

这间房子不大，是清静小书房该有的样子，半边墙是酒，半边墙是书。门对面凸出来的地方有面大窗户，窗外种着一人高的夏威夷散尾葵，衬着深蓝的夜幕，倒也有几分浪漫。

在书柜前看了一下，李晓枫果然找到了自己写的两三本书，Fiona倒是真没说谎。李晓枫找了两本杂志放到小茶几上面，又拿了几包饼干、一瓶水，准备好好休息一下。

窗下绕一圈沙发，几个大纸灯笼，灯光半明不暗。她刚一坐下，把高跟鞋一脱，一抬眼，天哪！发现右边侧面阴影处还有一张大沙发。那沙发里居然有一个戴棒球帽的中年男子，盘着腿正在打坐。

李晓枫只好露出礼貌性的尴尬微笑："不好意思，没打扰到您吧？那个，我可以坐这儿看会儿书吗？"

只见那人的脸上浮起一个缓慢的微笑："李晓枫，你不认得我了吗？"

啊，谁啊？细一打量。

李晓枫大叫一声："你是石一山？"

这真的太让人震惊了。早些年他在广州和深圳搞公司，搞房地产，同学大聚会时见过几面，到后来真是一点消息也无了。"真是撞到鬼了，怎么会在这里遇到你！"

"你来的我家啊，反而问我为什么会在这里碰到，奇怪啊。"石一山习惯性地挑了挑眉，样子和大学时一模一样。

"你这个坏人，一点也没有变。"他们拥抱了一下，一起在沙发里坐下了，石一山像在大学里一样，搂住李晓枫的肩膀，这感觉真亲近。

在大学所有男同学里，李晓枫和石一山的关系是最好的，因为他老上李晓枫她们寝室，找李小贞聊事，追求梅兰花，所有这些事儿都得让李晓枫传话。看寝室的老阿姨看到一男一女进进出出眼睛里就冒火，所以务必要两个女孩一起出门。两个就两个，石一山都招待周到，他就是这点好，永远笑嘻嘻的，对谁都用心，对谁都慷慨，哪个女孩会讨厌他呢？

确实太多年没见了，十年了吧？

"这十年，你在干什么？"李晓枫连珠炮似的追问。

"我转行做广告了，有一段在北京，有一段在上海。后来遇到 Fiona，就留在上海了。"

"所以你现在还在做广告？"

184

"早就不做了，歇了两年。"

"就羡慕你们这种财务自由的人哪，可以休息了。"李晓枫咬牙切齿地说。

"哪儿啊，Fiona养家，我现在就是一吃软饭的。"

李晓枫仔细地打量了一下石一山，当年南湖大学最靓的仔，要仔细辨认，才看得出当年的峥嵘。像一个英俊的四边形变成了多边形。是胖了，但不仅仅是胖的原因，而是整个气质变得浑浊了，或者说温和了。仍然看得出是一个好看敦厚的中年人，而且也依然爱帅，在家里还戴着一顶棒球帽。

"你为什么黑屋子里还戴一顶帽子？你就是什么时候都要帅！哈哈哈，死性不改。梅兰花上次还问起你，说这些年不知道你去哪里了。也不跟同学联系。"

"她……"石一山面露犹疑之色，"她好几年没回国了吧？"

李晓枫一看这脸色就知道自己说错了话。毕业那年，最震惊的八卦就是梅兰花把石一山给甩了，嫁给了大她十多岁的外教詹姆斯。

詹姆斯是典型的英国绅士，据说祖上还是什么男爵，在苏格兰有个大庄园，有一双碧蓝的眼睛和一头细软的金发。他总是穿一件软塌塌的浅棕色麻布西装，薄底鞋，头发凌乱，念诗的时候蓝眼睛里有一种热切与悲伤。他不远万里来到中国中部这个偏僻的小城，怀着莫名其妙的中国情愫，在李晓枫们提出某些不切实际的幻想时，他总会来一句："Well, the project sounds great. But here's the thing: we just don't have time to do it."

他从不会单独约哪个女生去他外教楼的宿舍，总有一大帮人，他就笑嘻嘻地在那里煮咖啡，教李晓枫她们听爵士。在李晓枫的男同学还在录像厅看打打杀杀的港剧时，詹姆斯就给李晓枫她们放《欲望号街车》，教惠特曼的诗，看毛姆的英文原版小说，听比莉·荷莉戴和甲壳虫乐队的歌。正是通过詹姆斯，李晓枫才知道英格兰绅士是什么样子。

谁也不知道梅兰花是怎么和詹姆斯好上的。总之，梅兰花一毕业就嫁了，一嫁过去就是男爵夫人。这真是把周蜜最爱的那些时装电影的剧情给实现了，当年是轰动得不得了的八卦事件。

但她这一个闪身，直接导致石一山闪了腰。他愤而放弃了长沙公路局的工作，跑到深圳去炒地皮，很是发了几年财。早年还常常从深圳跑到广州来请同学们吃饭，吃完饭就带着一帮男同学去唱 K，说是带他们见世面，看上去比大胡慷慨多了。

"梅兰花确实是有点不靠谱，伤你伤得蛮厉害呢。"李晓枫半开玩笑半认真地说。

"哈哈，我们半斤八两吧……嗯，她倒真没怎么伤害到我……但她确实伤到周蜜了。"

"哎，周蜜早几年前出事了，你知道吧？"说到周蜜，李晓枫心里就一黯。

石一山若有所思地看了李晓枫一眼，犹豫了两秒钟，还是说了："我知道，梅兰花跟我说她很后悔。"

　　"啊……为什么？关梅兰花什么事？"

　　"哎呀，还不因为梅兰花跟大胡的一夜情。其实也没什么，喝多了嘛……不过想想周蜜真的挺惨的，人是愣一点，但也不算坏人吧。大胡比她坏多了，大胡没疯，她倒疯了，你看这世界多不公平……"

　　这八卦太震惊了。梅兰花和大胡？这两个八竿子打不着的人怎么搞到一起去了？而且这种八卦由石一山讲出来，也挺离奇的。

　　"唉，这个也没什么好说的……梅兰花这个人你也知道，就是个人来疯。她后来不是老回国嘛，回来就跟我说人生最后悔的事就是嫁到英国，错过了中国发展最好的二十年。同学们发财的发财，出名的出名，只有她一个人在苏格兰种田。我劝她回来，她又说她在那里都把自己给待废了，回国也是个废物，她什么也干不了……"

　　李晓枫惊呆了。她每次见到梅兰花回来都开开心心，从来不曾漏过半句不如意的口风。说到底，旧情人还是亲过老同学啊。

　　石一山继续说："其实梅兰花也不是过得不好，她根本也离不开现在的这种生活——多舒服多安逸，两个女儿那么可爱，詹姆斯人也不错，英国男人很有风度的。他身体不行，他明说了可以放她走，但梅兰花又舍不得……其实海外游子，回来找点温暖也不算什么，她也找过我。你也知道，我们好过嘛……但是梅兰花和大胡这件事实在是太荒谬了……就算在苏格兰真的过得很闷，也不应该找大胡啊——当然也可能是大胡找她哈。但是她肯定知道这是周蜜的老公啊，她明知周蜜是个二愣子……现在人疯了，她又吓得不敢回国了……"

如果不是石一山，李晓枫绝对不会知道梅兰花和大胡还有这一段儿。是啊，一个人会疯不可能只有一个原因，一定是有很多很多的原因，很多很多的原因才能压垮一个人的精神。在女秘书和健身教练之外，梅兰花大概是压倒她的最后一根稻草了吧。想想也是气人的，梅兰花活成了她的克星，头一遭抢了石一山，后一遭还睡了大胡。"梅小姐勾一勾手指，周小姐的男人就全部跟她走了，换成我我也气疯了。最主要是太没面子了……"李晓枫叹了口气。

"哎，不说这些破事了，我也很快要跟去台湾住了。那边的空气好一点，医疗也好一点，你记得跟李小贞常常去看下周蜜。她也没什么朋友。你和李小贞还有联系？"石一山认真地说。

"嗯，经常联系，电话微信什么的。见面也少，一年基本一次，她忙我也忙。你们没有联系吗？喔，对，你和她都不在班级群里。我可以把她电话给你，你去联系她。"

"不用了，我想她不愿意见我吧！"石一山脸上露出尴尬的笑容。

"为什么啊，你们俩不是挺好的吗？"李晓枫大惊。

"有段时间是挺好的，后来就不好了。"石一山一脸难言之隐的样子，"那时大家都太年轻，处理事情特别不妥当，现在想想挺后悔的。"

嗯，李晓枫突然听得有点不对劲："啊，原来你们也有过一段啊！"

…………

石一山的脸在半明半暗的光线里凝住了。他没有说话，脸上有一种李晓枫从来没见过的古怪表情。

李晓枫突然电光石火般地明白了一点。啊，天哪！原来，他们俩真的谈过恋爱啊。天哪，她居然一点也没看出来。是啊，石一山是帅哥，那时她们以为帅哥都喜欢美女。其实石一山是喜欢能干有才的女人，Fiona不就是这种吗？那时他为什么天天往她们寝室跑，她们都以为他是想追周蜜或者梅兰花，原来他和李小贞是暗度陈仓。

"你们俩都够狠的，李小贞这么多年，从来没在我面前提过你一个字。"

"可能是我真的伤害了她吧。毕业以后就一直没有见过她，这几年特别想见她，但是不好意思见。"石一山突然像是下定决心般，向李晓枫坦白，"她太骄傲了，我们俩也都太年轻了，太年轻的人看问题都太绝对。当年她问我有没有可能除了她绝对没有别人，我犹豫了一下，说了实话，说不能保证。确实那时我觉得自己还没定下来，我觉得既然我们是灵魂上的知己，就应该对她坦白。然后她就消失了，后来我才知道她跑去英国念电影了。"

李晓枫震惊于这个从二十年岁月里突然冒出来的绮丽情事，真是掩藏得太深了。李小贞太狠了，连一丝气味都没让她闻到，或者是她太笨。李晓枫突然觉得有点意兴阑珊，二十四年了，她还是那么傻，而李小贞也还是没把她当朋友。

李晓枫轻轻讪笑了一下，说："这么多年过去了，你们俩倒是可以见一下叙下旧情。"

"不想见了，你现在看见我，不觉得我和以前不一样了吗？"石一山说。

"嗯，你胖了一点。"

"你再看。"石一山摘下帽子，是一个光头。

"前年查出来得了甲状腺癌，应该是那些年喝酒抽烟在外面玩造得太狠了，压力也大。已经做完化疗了，现在在家休养，打打坐，吃吃中药，看能不能挺过眼前五年的存活期……不要哭，不要哭，我不会死，有人活了三十年呢，哈哈哈哈……不会那么快死。其实我挺想要你捎给小贞一句话，就是如果说当年我有什么做得不对的地方，请她原谅。你看，生活没有放过我，这也算是一种报应吧。"

17　李晓枫一直是一个胆小的人，看到电影里的恐怖镜头都会紧紧地合上眼。

石一山送李晓枫出门的时候都忍不住说："晓枫，以前吃饭叫你，你也很少出来。感觉你很不愿意接触这个世界。"

李晓枫笑着说："不是不愿意接触，是非常害怕这个世界。"

害怕什么呢？李晓枫也不知道，可能是害怕人吧。

李晓枫不喜欢那些虚假的社交场面，也不喜欢那些利益之下的勾连。她不喜欢看到欺软怕硬以大压小，也不喜欢看谄媚巴结。可是人和人之间，大部分不都是这些吗？

有个段子说人类就是猴子爬树，爬得高的猴子看到的全是笑脸，爬得低的看到的全是屁股。在这场争先恐后的爬树比赛里，李晓枫只是树下的一个看客，而且看到的大部分是屁股。

所以这些年，李晓枫越来越宅。老同学联系不到她，她也不想跟他们见面。去了干吗呢？成功的同学那些无法自抑的优越感，不成功的同学那无知无觉的庸碌。这些人类不堪的屁股，为什么要巴巴地跑出来见一大堆人的屁股呢，李晓枫上班见到领导的屁股还不够多吗？

报社是李晓枫寄身的大船，李晓枫在这船上找了个舒服隐蔽的位置，可以让她安静地观察世界的浩瀚无边暗流涌动瞬息万变。但她知道那些都跟她没什么关系。在社会这片大海洋上，李晓枫是一个无用的人。

她无儿无女，无父无母，所谓的人脉啊合作啊纵横啊，都跟李晓枫没什么关系。有时看着同学和同事们在饭桌上搞关系，李晓枫都觉得心累，有时间为什么不好好看书写作采访赚钱，要来看这些人的屁股？那么多好电影好书没看完——这辈子眼看是看不完了，李晓枫对自己说，为什么不把有限的时间花在这些美好的事情上呢？

所以这些年李晓枫尽量不去繁杂的聚会，不跟不熟的人见面。所有李晓枫觉得有可能会失控的场面都尽可能不参加，所有不靠谱的人都尽量远离。

以简单来换取平静，以放弃来成全安宁。

在人生这场马拉松大赛里，李晓枫是龟，李晓枫的同学们是兔，发令枪一响，他们就嗖的一声蹿出去。李晓枫只能远望他们后腿蹬地时飙起的尘土，听到他们翻山越岭也要传到李晓枫耳朵里的胜利消息。而李晓枫一直都在慢吞吞地活着，写稿子、做版、开会、看电影、追剧、吃饭、聊天，二十年前李晓枫在做什么，二十年后李晓枫还在做。

可是怎么办呢？

不能和他们比，一比就得犯心脏病。失败感太让人沮丧了，李晓枫不喜欢这种感觉，那就回避吧。乌龟就是变不成兔子的，你就得认你是一只爬得很慢的乌龟。只要你把生活的周围拉上幕布，不去看那些奔跑的兔子，你的生活就不会过不下去。因为旁边还是有很多和你一样的乌龟，大家过着乌龟的日子，上班下班，开会聚餐，日复一日，年复一年。

总有些小的快乐会笼住你——偶尔可能做一个漂亮的版面，看到书里一句好玩的话，春天越秀老城区大叶榕绽出新叶的那几天，西关长寿路街边广东老太太摆卖的润得像玉的小玉兰花串，报社同事聚餐时突然吃到一道货真价实炖得白白香气四溢的清汤羊腩，下班的时候看到南方天空中那灿烂的晚霞……这些就是乌龟们的快乐，那么细小，却扎实。

你总能在这些细小的喜悦里找到生而为龟的理由。人间是值得的，尽管只是作为一只龟。

可是石一山这个天外来客，哗啦一使劲，就把李晓枫这只小乌龟小心翼翼围在生活四周的幕布给撕开了。睁眼一看，原来兔子们也没跑太远。

哲人诚不我欺，人生的跑道绝不是从东到西一条笔直的路，而是螺旋式起伏的。原来每一只兔子都在他们的平行世界里上演着属于他们的剧本，苦辣酸甜，起落盘旋。

周蜜在她那个华丽的平行世界作天作地，最后把自己作走了，撒下一地鸡毛狗血。

李小贞那幽远的平行世界里暗藏着远古的恋爱故事，然后她却不发一言。

石一山那喧闹奔腾的平行世界里，男主角突然进了化疗室，瞬间寂静。

而梅兰花远走他乡、洗手甘做羹汤的英国主妇生涯的平行世界里，竟然还含藏着另一个幽深的小世界。

回酒店的路上，李晓枫抄起电话就打给李小贞。她知道她是夜猫子，不到两点钟不睡觉。

"你！……竟然和石一山谈过恋爱，你竟然从来没有和我说过。"

"…………"

"你！原来从来没把我当朋友。"

"因为我自己都忘得差不多了，哈哈哈哈……可能后来发生过很多比这剧烈得多的事，也可能主要是太丢脸了，所以不好意思和你说。"

"那我还不是把所有丢脸的事都告诉你了……"

"我这个没面子得很虚无……"

"那你们为什么分手？"

"我们都没正式谈过，分手从何说起？"

"什么意思？"

"晓枫，你看过阿里扬娜·斯塔西诺普洛斯写的《玛丽亚·卡拉斯》吗？"

"没有，别顾左右而言他，回答我的问题。"

"这个玛丽亚·卡拉斯就是和希腊船王亚里士多德·奥纳西斯好了九年的歌剧名伶。后来船王不是娶了美国总统肯尼迪的遗孀杰奎琳·肯尼迪，把卡拉斯晾在一边吗？有这么一个细节——1976年奥纳西斯快去世的时候，他们见了最后一面，没说什么话，船王最后对她说：'我爱你，我知道我自己做得不够好，但我已经尽力了。'大学的时候我看过这本书，觉得这简直是屁话。最近又看了一遍，看到这句的时候，我突然懂了。我懂了石一山，也懂了梅兰花。"

"这跟他们有什么关系？"

"他们都是充满了欲望的人，这也是我们喜欢他们的原因。但他们终归也是浪尖上的船，由不得他们自己。"

"不要扯远，不要哲学，请回答我的问题。"

"当然喜欢过啊，要不然一夜一夜在操场聊鬼啊！但是谈过恋爱吗？我又不觉得，石一山最好的地方在于他很坦率。他说不可能只有我一个，挺残酷，也挺对。虽然这些年跌跌撞撞，但我得到了很多不同的体验，知道了自己是什么，在找寻什么，也成为我自己。在这一点上，我挺感谢他。"

"那我不是更要感谢刘裕德？因为偷看了他的信，我没有变成一个庸俗的仆妇。"

"从某种程度上来说，是这样的。"

"鬼话！感恩的心，感谢命运？你现在怎么变成这种人了。"

"哈哈，要不要我唱给你听，我唱得很好……"

"去死！"

…………

聊不下去了。能和李小贞聊到这程度，已然到极限了，再逼也问不出个所以然了。

李晓枫在这真相大白的夜晚突然激动万分。这个世界太奇妙了，原来有这么多她不曾知道的事。她又跑去研究另一位女主角——梅兰花，把她的朋友圈和微博翻了一个遍。李晓枫就想知道，这位她曾经以为很熟悉的女同学到底是一个什么人呢？

有大约五分之一的时间，她会心情不好，发牢骚。例如，"今天好闷"。例如，"每天跑五六公里，让自己不那么躁郁"。

但也有五分之四的时间，她的心情不错，至少都是一副岁月静好的英国主妇的生活——晒的都是后院摘的新鲜柠檬、西红柿、野蘑菇和南瓜，秋天收下的头茬葵花籽，半夜来探访的浣熊，早晨走过后院的小狐狸，今年的雨水好不好，和老公一起动手种的树，还有如何一起用拾来的木料搭成花棚，两个女儿在泳池小河里戏水的样子，还有她自己晒得一脸雀斑包着头巾的照片。就算是如此，她也从来不用美图，就是这么坦荡，真正的大美女才有的天然自信。

曾经的李晓枫还和李小贞探讨过梅兰花现在的状态，觉得她很了不起。早些年李小贞在英国的时候，曾经坐火车去探望过她，她说看到梅兰花时吓傻了——她怀着孕，脸色惨白，还在努力地为她准备早餐。"什么男爵夫人？詹姆斯家经济状况不差，但也不是我们想的那种城堡宫殿，她基本就相当于苏格兰一普通家庭主妇。你知道吗？对伦敦人来说，爱丁堡就是个大乡下，也亏她待得住……"李小贞也曾经在李晓枫面前漏过这么一句半句，"我当时过得挺不快乐，但我觉得梅兰花比我更不快乐。那次见面真是灾难……"

但是梅兰花居然就待住了，一待就是二十多年。

大概她也和李晓枫一样吧，被那些生活里无处不在的小喜悦给养住了——那些秋天的头茬葵花籽，半夜来探访的浣熊，和老公一起动手种的树，女儿戏水的笑脸……这些已经足够让一个人流连了，就像她在大学时常常念叨的南疆的草原和风。"大自然能给你最深切的力量，能治疗一切悲伤。"梅兰花在微信中写道。所以，她看到越来越忙的李晓枫，有时会留一个言："你现在每天做这么多事，我看着都觉得累……"

李晓枫看到这句留言，气笑了，在她那句后面跟了一句："很抱歉让你觉得累，你其实可以屏蔽的……"

想想又不妥，把这句话给删了。

这就是怕事的李晓枫。她其实很想破口大骂，但只能忍住：

"你要活，别人也要活啊。我不能因为怕你累着我就不这样过吧？这就是我的生活，这就是我谋生的方式。"她在微博上写了这句，又觉得不妥，删了，改成了另外一句："每个人都活在自己的轨道里，每个人都是自己轨道的斯德哥尔摩症患者。"再想了想，又删掉，有什么好说的呢？

无论你生活在哪种困境里，哪怕你根本就已经被你的生活绑架了，但你都得告诉自己我们的生活是值得一过的。不然呢？毕生所学，不都是为了让自己过得快乐一点吗？

所以李晓枫变成了现在的工作狂李晓枫，而梅兰花变成了苏格兰悠然的梅兰花。她还是喜欢穿修身的衣服，但已经是朴素得不得了的运动服。有次她回国聚会的照片被周蜜看到，很是鄙夷了一番："梅兰花怎么越穿越穷相了……千挑万选，嫁了个空心男爵。晒得黑，也不化妆，像什么样子……"

李晓枫忍不住说她："人家国外女的都喜欢这么穿，舒服，跟穷富没关系。国外人不讲究名牌，穿香奈儿套装去参加同学聚会会觉得很怪。"

周蜜意味深长地笑了笑，罕见地没有反击李晓枫。她脸上有一种微妙的得意，很显然，在她的眼里，当年两大美女比拼这件事上，她此时已大获全胜，她成为她们班十二个女生中毫无异议的人生赢家。

"那么漂亮的姑娘，可惜了，在苏格兰种了地。"周蜜满脸遗憾，桌上的人面面相觑，哑口无言。李晓枫还真是有点替她着急，口无遮拦也得分场合。那么多同学在，这种话一定会传到梅兰花的耳朵里，这是何必呢？

有时候，李晓枫觉得富贵生活蛮害人的，因为它让你不知道真正的生活是什么样子。

周蜜这些年没坐过地铁，没租过房子，没有真正和同事较量过。把拉她吃一次苍蝇馆子当成了不起的体验生活，而且回去一准要拉肚子，少不得还要抱怨李晓枫几声，都怪你害我拉肚子……李晓枫想起香港娱乐版上的那个风车一样换女朋友的有钱大佬，越有钱越老越有洁癖，明明走不动了，扶着司机的手上也一定要垫消毒毛巾。富人的生活过久了，就会觉得四处全是穷人，而所有穷人在他们看来都充满细菌，充满凶险，应该尽量远离。

毕业后十年以后，周蜜基本绝迹于大学同学的聚会，穷同学聊的想的她都不感兴趣，她聊的想的穷同学们也不感兴趣。谁会和她讨论六万块钱安尼寇鎏金柜子美在哪里，纪梵希今季出了什么新款呢？同学在一起聊的是工资多少，老板好坏，有没有机会介绍谁谁谁给我谈个合作……周蜜看不上这些俗务，也害怕这些俗务，因为这些俗务她多多少少都能帮上忙。

"大胡的男同学每次约我们吃饭都是借钱买房，我就跟他们说我买房的钱也是借银行的。晓枫，你说他们怎么开得了口呢？

他们为什么不问银行借？不就是因为借我们的钱不用付利息吗？要是再脸皮厚一点，甚至不用还了。都是些什么样的人啊，为什么他们不去抢啊……"

周蜜每次一聊到这些窥伺她家财富的穷鬼就气愤难平。

有钱，是一件裘皮大衣。披大衣的人只想得到别人的衷心赞美和羡慕，而围观的人只想问这裘皮大衣能不能借来穿穿，或者弄来穿穿。诉求完全不同，生活是鸡同鸭讲。

周蜜是多么聪明的人啊，她当然知道只要一个不小心，就有人恨不得把这裘皮大衣从她身上脱下来砍得稀碎。"晓枫，还是你好，到底读的书多，你见得别人好……"周蜜有一次看着李晓枫突然深情地说，"所以这么多年，我只有你一个朋友。"

李晓枫吓得大笑起来："千万别！你还有好多朋友，你那一大堆阔太朋友在等着你呢。"

周蜜又怅然地说："跟她们在一起更累。每时每刻都在比，谁的珠宝大，谁的小孩多，谁的老公挣钱多……"确实，李晓枫也被周蜜带去参加过那些阔太的饭局，真是闷到抽筋。

"达令，你又瘦了，快说是不是那个私教的功劳，他对你做了什么……"

"雷德蒙说现在瑞士出了一种新的除皱针，打完之后完全不会僵，就是贵一点，一万一支。"

"我那天要你们买卖的那只股今天涨了百分之十，你们要不要谢我？赛琳娜你老实说，你这次至少都赚了一百万吧……"

"千万不要住别墅，上下三楼的卫生把我搞惨了！请五个阿姨都擦不干净我那盏波兰水晶灯上那些灰，还不如在江月台买个大平层……"

这是她们聊的东西，一般人根本插不上嘴。

当然，阔太们也有阔太们的困境。她们的困境比普通女人更难，因为全都是钱解决不了的困境。

周蜜，作为其中智商最高、生活最顺利者，常常要为她的这些阔太闺蜜们出谋划策，有时还会带着李晓枫一起会诊。十年前张太的问题是："老公对我冷暴力，瞧不上我，我怎么能让他服软？"十年后张太的问题还是这个。五年前李太的问题是："二房的孩子要分财产，没门儿！"五年后李太的问题变成了："我不管他有没有给他们钱，总之到我手里的钱一分钱也不会分出去。"

要解决问题，要改变局面，就要改变现在的自己——但阔太们没有一个人想改变现在的处境、现在的自己。所以，她们的问题永远也改变不了。随着年龄的增长，焦虑只会越来越多。

和这些焦虑的阔太相比，周蜜显然是幸福的。她家大胡，明显是被她管得服服帖帖。这当然是一开始就奠定了交往的基本形态。大胡当年追她凭的是精诚所至，金石为开，发过的誓说过的话言犹在耳呢。更何况周蜜的主妇还做得那么优秀，她的品位那么出众，她的儿子那么聪明，她的房子那么干净，她的衣服烫得那么平整，她的腰还那么细……周蜜自始至终都是会当凌绝顶的仙女，因为她从来没有松懈过，她用她的优秀和自律再加上大胡的富贵筑成了一座云端的城堡。她端坐其中，成为那里的公主。

她从来没有想到城堡之下的田野里有什么，她甚至连了解的兴趣都没有。"男的都是小流氓，女的都是小市民"，大概就这样吧。所以，她也就彻底地失去了解真实世界的机会。

她根本就不知道所谓的同学聚会，在那种场合那种气氛下会发生什么。

那些聚会，李晓枫也参加过几次。在这种局上，女生总是很少，因为大部分没有时间出来。她们上完班要带孩子，要去等补习班，要加班，要做家务……但男生总是一叫就到，更何况是要见从英国归来的系花小姐。

早些年每隔一两年，梅兰花就会回一次国，每次一回来都要待上一两个月，把北上广都巡游一遍。李晓枫奇怪她为什么要待这么久，又为什么那么热衷于组织各种聚会。现在李晓枫明白了，那些聚会是让她可以在苏格兰坚持这些年的加油站。

梅兰花每次聚会都姗姗来迟。她喜欢运动，运动完总归要洗个澡吧，所以每次到场头发永远湿漉漉的。每次她都会穿着紧身运动外套和瑜伽裤，或者就是一条简单的裹身裙，曲线毕露，随意自如。

她从来不化妆，还是那么喜欢笑，一笑起来眼睛鼻子都皱起来，衬着脸上的雀斑，眼波流转，有一种生动的美。男生们像坐进了梅兰花发动的时空穿梭机，秒回大学时代。

　　在那里，他们还是仰慕她的年轻男孩，而她也依然还是外语系最美的姑娘。大家一喝多了就开始唱"梅兰梅兰我爱你，你像兰花叫人迷"，互相拥抱，抱头痛哭。梅兰花总是笑嘻嘻地听着这些表白，脸上带着一种微妙的垂怜的迷醉表情，嘴角挂着如龙门石窟那些大佛般神秘的微笑。她和他们执手相看泪眼，感叹此生无法重来。

　　每逢喝到这个点时，场面闹得不可开交，李晓枫就会悄悄地溜走，因为她是这个场面里唯一无法把自己灌醉的人。现在想来，趁着这一时半会儿的意乱情迷，随后来一场激情相遇，喝到最后神秘消失了，也是有的。

　　梅兰花，可能就是一个没在意，可能就是一个顺手，可能就是一个调皮。啊，你就是周蜜的老公啊……眼光闪烁，笑脸如花，大家都知道是闹着玩儿呢，怕什么呢？

　　在所有涉及荷尔蒙的事情上，梅兰花都有摄人的魔力。

　　当年她和石一山在台上一起跳霹雳舞的样子，俊男美女，扭动着身躯，眼睛对着眼睛，中间闪着电火花。她那么坦荡，就是那种浑身写着欲望的女人，但她的欲望一点也不招人讨厌。因为其坦荡，反而有了一种盛放的味道，让接近她的每一个人都感到轻松和欢乐。

她是如此任性，她一高兴，什么事都能干出来。她一高兴就让她的各种男友请寝室的人吃饭；她一高兴，就把别人送她的东西砸到楼下；她一高兴，就把石一山给抢了；她一高兴，又把石一山给甩了，去寻找她的庄园梦。她想做什么就去做什么，她活得比李晓枫她们都强悍和直接，甚至，她自己都没有意识的时候，她的行动已经先于思考到达了。

李晓枫把梅兰花所有的微博翻了一遍，里面找不到任何关于这件事的痕迹，只找到这样一句语焉不详的话：

> 一个人的成熟要经历多么艰辛的努力，它象征着如此多的欲望，如此多的希望，如此多的遗憾，如此多的失误……它代表了一个人全部的经验和记忆，不管一路上有什么引诱、颠簸和车辙，你仍然还得像马拉车那样不停地向前行进。

李晓枫查了一下，这是写《小王子》的圣-埃克苏佩里自传里的一句话，中间梅兰花抄漏了一小句："还有如此多的爱。"

18 2018年发生了两件重要的事：李晓枫辞职了，李小贞失业了。

其实两件事是一件事，就是都没工作了，双双赋闲在家。

李小贞的失业是整个层面的，因为整个行业都停了，大家都焦头烂额在关公司在查账在交税。李小贞的公司也撑不下去了，干脆马放南山，让他们各自回家休息，开工日期待定。

而李晓枫呢？李晓枫晕倒了，倒在书桌上。

李晓枫很难跟别人说一个公号经营者的劳动强度有多大。说了可能别人也不信。但是很多时候，李晓枫觉得自己像一部压得咯咯作响的老木车，差一步就要垮了。晕倒前那一个月，李晓枫每天只睡三四个小时，每次爬到床上之前，她最后一个念头都是：啊，上帝，我要死了。

以前，从早上十点工作到晚上十点，就觉得自己够敬业了。现在是从早上八点工作到晚上十二点，还觉得收工早了，因为普遍是凌晨三点睡觉。以前见那些明星每次接受采访的时候，他们都抱怨说没得觉睡，太累，人快崩溃了。李晓枫还觉得他们矫情：你挣那么多钱，活该你累。现在她觉得，如果你真的体验过那种工作量，你就知道那根本不是人能扛下来的。

原来，所谓的网络时代，要求的是人与机器同步。

李晓枫采访过电竞选手，知道竞技最佳年龄是十八岁，到二十二岁就普遍退役了。当时没有细想，可是当每天超过十五个小时蹲在电脑面前拼命打键盘时，她明白了，这就是新时代一场肉身电子化的运动。

在利用计算机来进行比拼的各种竞赛里，它都要求你在极其漫长的时间段之内保持应激状态，每天至少保持十二小时。这种挑战极限的行动，一年可以，但两年呢？三年呢？十八岁可以，二十五岁可以，但四十岁呢？

这场竞争要求你与机器同步，但人怎么可能与机器同步呢？

人充其量只是一个化学机器人而已，就算李晓枫已经是其中最耐用的那种，她也只能做到这样了。她的阿米落机械键盘已经被打磨得油光水滑，缝隙里落满了深夜补充营养时留下的食物残渣，她的桌子上摆满了书和试用的产品以及各种应急补充能量的小食品——咖啡、西洋参、红糖，梅子干、黑巧克力，红牛、饼干……可即便这样，她也被生活给碾碎了……

外人只看着你们身处风口，风光无比金光灿烂，看不到这金光灿烂的风口其实四面漏风，处处破绽。这个局面能持续多久，没有人能够保证。反正每隔两三年换一个风口是铁定的事。在这风口里，你的化学肉身能继电多久，能飞多久，更得看天意。正是因为全都无法预知，所以每一个化学肉身都得在有风的时候拼命扑腾，因为所有人都知道过了这个村就没有这个店了。人一辈子就在等这样一阵风。然后最悲剧的是，风来了，你的命没了。

在晕倒之前，身体会给你发出预警，只是人往往不愿意面对。或者说，没办法面对。

当时公司已经融到了天使轮，北京的天使投资人老范是珊宝的朋友介绍的。李小贞恰好也知道，是她的发小，官三代，人挺靠谱。他帮她们公众号算了一个估值，大概三个亿，然后又一掷千金地给了八百万现金，让李晓枫她们搬办公室，招人，每日四条更新。

为了A轮，KPI一定要好看，每个人都拼了。李晓枫只记得每天都在拼命地写稿，改稿，有时一天有三四篇要弄。每一篇都要细细对过，每一篇都要漫长地修改。一天二十四小时，有十五小时要死死地盯在桌子前面，有时候觉得心脏乱跳，也得忍住。

还有出差，出差就更麻烦。

参加国内城市的活动，早上五点就要起来。参加完活动，再坐晚上十点的飞机回，到家已经十二点，这一天算是交代了，稿子也写不了，等于第二天是双倍的工作量。而且出差也完全不像当记者时那么轻松。

虽然还是和以前一样参加各个品牌的发布会，但是因为你不再是记者，而是博主，所以你每次出场都要化好妆，选好衣服，配好首饰。每一趟出行，都是一次战斗。一下飞机，先得和当地的化妆师摄影师碰头。化妆起码得一小时，化妆师化妆的时候，还可以看看稿，闭目养一下神。去到现场就是一场小型的战斗，拼命摆 POSE，找角度，拍照，即刻发微博，拿资料，立刻找切入点，打电话和同事商量怎么写。因为文章第二天就得发。

李小贞有一次在上海，和李晓枫匆匆见过一面，约在了品牌活动的现场。她说第一眼看到李晓枫完全没认出来，因为李晓枫穿着紧身礼服，高跟鞋，化着很浓的妆，整个人泛着白光，见面第一句话居然是"嗨，亲爱的"。

她如坐针毡地坐了十来分钟之后就走了。后来她在微信上吐槽："李晓枫我简直不认识你了，人瘦得不成样子，好像一个假人。你怎么堕落成这样子？"全世界只有老同学敢对她说话这么冲。李晓枫只得苦笑了一下，说："那不是堕落，这一行就得这样。化妆和礼服是因为现场要拍很多照片，而照片是一种戏剧化的东西，而现场又有很多同行和公关公司，不能不理人家，所以没办法静下心来和你聊天……"

其实李晓枫也知道自己在工作的时候就像一个假人，因为整个人都在高度紧张之中。前期所有的事情你都要想到，镜头前你要打起十二分精神，要拎住这一口气，因为要出图，出图和真实完全是两码事。李晓枫见过一个同行皮肤巨差，穿着一件借来的大红露肩礼服裙来参加活动，胸和礼服之间差了三四厘米，走光走得一塌糊涂。那件裙子不合身也就罢了，还有一个巨大的裙撑，撑得两米之内都站不了人，会场又小，弄得人人怨声载道。可是这样夸张的服装拍出来就是出来效果，再加上修图，结果照片出来她像公主，李晓枫像侍女，当场就比下去了。

"你也不能输太狠啊！"珊宝说，"名牌礼服买起来，公司出钱。"

这时李晓枫又想起周蜜，她觉得她才应该来做这一行。她家四层旋转楼梯的旁边挂的全是她的名牌战衣，她要做博主简直不要太合适，全是自己买的。小红书上那些矫揉造作的小网红哪是她的对手，她有一二十年积攒下来的那么多货真价实名牌礼服高级珠宝和 JIMMY CHOO……人生啊，真是阴差阳错，你得和适合你的时代对上。如果早一点出现 KOL 这样东西，周蜜信手就能拿下吧，只可惜命运偏偏把这难搞的活儿派给了李晓枫……

压力大到爆锅，A 轮眼看就进入最后冲刺阶段，三个创始人的关系变得史无前例地坏，互相之间的交流全都用吼，多年友情眼看要了断于此。

没办法啊，公司是搬去了亮晶晶的 CBD 写字楼，手下有一百多人，但是支出也很吓人。写字楼一个月的租金，一个月发员工工资也得上百万。每个部门都要不停地开会，每一次开会都得在场，所有的事情都在半个小时内决定……有一次李晓枫实在头痛得不行，在电话里跟珊宝嚎叫：我受不了受不了受不了了，我快要死了！

珊宝冷冷地说，麻烦你死之前把稿子交出来。

最后，是真的死了，差一点死了。

像烧过头的煤炭，李晓枫感觉自己根本不需要睡觉了，睡也睡不着。嘴唇上的皮全是干的，一撕就是血口子。事情做完，凌晨三四点仍然捧着手机看无脑综艺视频，等那难得的倦意涌上来。连续熬了半个月，崩溃的一天终于到来了。那天她改一篇急稿改到凌晨三点，打完最后一个句号，突然眼前一黑。庆幸的是在晕倒的最后一瞬间，她按了手机的紧急通话键。那是她和钟露露约好的，如果电话通了没有声音，就到我家来找我……

这就算捡回了一条命。

醒来后觉得眼前模糊一片，听到有医生查房的声音，李晓枫问医生的第一个问题是：医生，我以后还能看书吗？

"你还想着看书啊，早干什么去了……你也太不把身体当回事了，这种眼睛的使用时间和强度，你不眼瞎才怪呢……"

最后的诊断是脑缺血。医生的诊断书写满了一页纸，各种各样的毛病，最可怕的是心脏也出了问题。

一个月后，李晓枫的眼睛勉强可以看得清东西了。珊宝和钟露露抱着鲜花来看李晓枫，带来一个天大的好消息，珊宝高兴地说：我们 A 轮成功了。

李晓枫艰难地露出一个微笑："太好了，和投资人说把我的股份卖给他。我真的干不了了，你们加油吧……"

19 很多人不理解李晓枫为什么要在这个当口放弃。

病，谁没有呢？再坚持一下，未来的财富可能会加一个零——人人都这么说李晓枫。

李晓枫说我可能天生没有那个发横财的命吧。

其实就是完全工作不了。

工作不了无谓拖累同伴，所谓力不到不为财。

因为除了心脏的问题，李晓枫还得了一个怪病，叫外直肌麻痹，眼前看什么都是重影。

"什么叫外直肌，就是你眼睛总腱环的外方和眶上裂外侧缘骨突、附着于距角膜缘颞侧6.9毫米处巩膜上的一条横纹肌，这条肌肉麻痹了起不了作用了，所以这个病又叫重症肌无力眼肌型。"帅哥医生说。

李晓枫一听到这病名，脑子就嗡了一下。重症肌无力，没药救等死的病，这个她懂。沉默了几分钟，李晓枫问道："那，我还能活几年？"

医生登时大笑起来："没你想的那么严重。这是眼肌型，可以调整的，就是疲劳过度加上激素失调……"

"会瞎吗？"

"现在肯定不会……"

喔，现在肯定不会。但将来会不会就难说了。

你看人生真是什么时候都可以学东西，生一场病会让你知道一些奇怪的病名。原来一块小小的横纹肌动不了，就会让你的眼睛里面对不了焦，成了半个瞎子。

出院的时候李晓枫带着几乎半车厢的药，回到南安公寓。等人群散去，夜深人静之际，少不得抱着那堆成小山的药哭了几场。四十来岁就成了废人，她可没干任何坏事啊。为什么这么对她啊？李晓枫暗暗对老天爷嘶吼，可老天爷才不理她。

那几天每来一个朋友看李晓枫，李晓枫就送她一个名牌包，要死不脱气地说："我以后也用不上了，给你留个念想……"一副临终告别的样子。珊宝被李晓枫气笑了："你怎么这么脆弱啊，医生说你这是可以调理的。你怎么搞得跟林黛玉葬花一样……"

她挟着李晓枫去看中医。这位郑老大夫倒是挺会安慰人，一把脉一见面就安慰李晓枫说："不会瞎，据我的经验，这不像重症肌无力，可能就是疲劳加肝火太大。先吃一段时间中药调调。"

为遵医嘱，李晓枫半眼手机和电脑也不敢瞧，足足喝了一个月的中药，一天两碗苦苦的药。方子李晓枫看了，里面有黄连。"真是命比黄连苦啊！"李晓枫一边喝一边想。

吃药的苦不算什么，还有另外一些苦头要吃——每周还得上郑老那里扎两次针。扎针是真吓人，郑老的针比别的医生针灸的针要长许多，而且下手狠，全扎在眼睛周围——脸上，头上，要扎错一点点，就瞎了。"瞎了就瞎了，命都交给他了，死就死吧！"每次李晓枫都要抱着死一次的心情才能挺过来。

死就死吧，反正最坏的结果不也就是瞎吗？

两个月后，李晓枫没死。

重影基本消除，郑医生嘱李晓枫一天最多看一小时手机，因为这个病就是不能让眼睛累，得多休息。与此同时，住院的西医又警告李晓枫血管要保持通畅，必须坚持有一定的运动，两相折中一下，变成每天要走五千步，不能多也不能少。多了累，少了血流不动。

这是李晓枫有生以来过得最清闲的日子，什么工作都不用做。吃药，睡觉和五千步，不能看剧，更不能写稿，只有一小时可以看看微信，回回信。这一病倒是收获了许多关心，许多多年没有联系的人都涌了出来，查问病情，要寄补品。甚至包括梅兰花，她甚至还组了一个群，叫402，隔着地球送温暖，但是有什么用呢？安慰和补药是没有用的，你在肉身上榨取的东西，总有一天你要连本带利还给它。而这种偿还，注定是无比枯燥极其漫长的。

每天跑步机上的五千步成了李晓枫的苦役。上机之前就开始各种叽叽歪歪拖延时间，上机之后愁眉苦脸百般苦楚，下机之后一身臭汗头昏脑涨。传说中给人快乐的多巴胺在哪儿，为什么就我不分泌？珊宝大笑，因为你运动量不够。

"最近真是一种自由的坐牢，为什么可以休息了，我反而这么难受？"李晓枫发牢骚。

"你习惯了高频率与世界信息互换，现在的低频状态是有点闷。哎，我突然想到一个最适合你现阶段的活动。你去看楼吧，完成五千步，而且刚好将你手上这笔现金置个业，别放银行白白浪费了。"这一回珊宝的看楼建议，李晓枫倒是听了。没别的，手上有钱了，人就有胆了。

看了半个月楼，李晓枫又郁闷了。以前不看楼是因为没钱，看了心里添堵，现在有钱看楼了，没想到更添堵。为什么呢？因为但凡你看上的，统统都买不起。

雷德蒙介绍了他"明月府"的中介给李晓枫："李小姐，这个南向，正对花园，符合你阳台见树的要求。九十九平方米，业主急出手，不到一千万就可以拿下。"

"那是多少？"

"九百九十五万。"

"…………"

"李小姐，你手上的现金是够的，为什么不拿下呢？"

"这房子太小，比我原来的大不了十平方米，根本装不进我的衣服和书。"

"我们有三百六十平方米的，三千来万，也很合适。"

"…………"

鲁迅曾说过："有谁从小康人家而坠入困顿的吗，我以为这歧路中，大概可以看出世人的真面目。"其实反过来也成立，有谁从困顿渐渐进入小康，你在这其中大概可以看出世界的真面目。

想要成功地打掉任何一个赚了一点钱就开始膨胀的中产阶级自以为是的幻想，其实只要在房地市场转上一转，就可以发现自己在这个城市真实的位置。你的那点钱，你那点朝不保夕的用命用汗换来的钱，在真正的金融市场（对，房产在现下的市场性质就是金融衍生品）里，就是一点小碎末。

李晓枫现在明白珊宝为什么要拼命上市，因为如果只是做一个公号赚点广告费，你就始终只是一个个体劳动者。手停口停，仍然是食物链中的底层。

这个社会真正有钱的人是做资本运营的人，像大胡和北京投资人老范这种用钱来赚钱的人，他们在那个看不见的市场里拉高抄底，动辄是亿亿声的进出。在那个市场里，你要吞掉别人，成为大鳄。成为大鳄之后，你还要懂得花钱，因为花钱也是一门学问。

有些人的花钱是纯花钱，有些人的花钱还能赚钱——平民消费就是纯花钱，奢侈消费则还可能赚到钱。许多阔太只买爱马仕，并不是爱马仕真的有多么好看，纯粹因为它是包界的硬通货，是可以变现的。而且运气好的话，还能升值。至于豪宅名画高级珠宝，也是同一个道理。因为稀缺而成为硬通货，因为硬通货而成为另外一种保值手段，这是暗藏在社会金字塔塔尖的金色暗仓，是众所周知然而又无太多人明了的实力角逐场。这暗仓里蕴含了无数机关，无数的暗语，以及无数的能量转换。最简单的一笔账，老范十年之前用二百万买一幅林风眠的画，十年之后卖了两千万，你说，是不是比存在银行划算？

所以，这个世界上没有永远的有钱人，只有相对的有钱人。因为你只要一进入资本和消费这两个游戏场，你就会羞愧地发现自己永远是穷人。因为永远有超乎你想象的东西在前面等着你，资本市场是你有多少钱都能亏光，而消费市场是你有多少钱都能买光。

名牌包只是这个金钱暗仓里最浅显的门面，再往里走还有名表，几十万的陀飞轮，几百万的百达翡丽，上千万的江诗丹顿。名表之后还有豪宅，三亚望海豪宅北京后海别墅还有纽约中央公园的顶层公寓。豪宅之后还有高级珠宝和古董，现代派杰作，拍卖行顶级收藏……那是金融市场的两个分身，是无数富人的销金窟，更是暴富者的修罗场。它们的存在无疑是为了让你有所敬畏，那就是无论你多有钱你都能花光它。

在见识过七八千万一栋的别墅和上亿的临江大宅之后，李晓枫就彻底地明白了自己在这个社会的位置——以前看希区柯克的

《捉贼记》，格蕾丝·凯利演的那个美国小姐对自己和妈妈有一个精准的判断："喔，我们只是银行里有点存款的小市民。"这话很对。确实，李晓枫这种在风口上侥幸赚了一点点小钱的人其实都是"银行里有点存款的小市民"。

李晓枫想起她的同行，她那些年轻的同行，曾经天真地以为自己一脚跨入了顶级阶层。"月入百万不是梦，广州豪宅我随便选。"有一位三十多岁专门写财经新闻的同事曾经对李晓枫这么嘚瑟过，他在激情澎湃之下狂掷半亿收了一座五百平方米的望江豪宅，以为再辛苦两年就能上岸，从此人生登上巅峰。

结果没想到第二年惨被封号，收入是零，每个月五十万的月供根本还不起。房子被银行收回，金光闪闪华丽无比的范思哲家具被人扔到街上，看得人心惊胆战。是啊，身为新媒体时代的从业者，你根本不知道下个月你还会赚多少钱。因为时代风起云涌，生活太过无常，既然都是风口上的猪，那就要做好风不吹了，随时会摔下来的准备。你现在是可以交得起首付，可是你还得起一个月五十万的贷款吗？现在还得起，你能确保明年可以还得起吗？你能确保十年后还得起吗？这一行，没有一个人能说得清明年会发生什么。比如去年的李晓枫怎么也不可能想到今年的自己会黯然退出对吗？

恍若一场黄粱美梦。李晓枫这才明白那些所谓的坐头等舱买香奈儿的生活，是暂时的，是偶尔的，是借来的，是杠杆撬来的。如果你真的信了，那你就傻了——只有看过金光闪闪的范思哲家具被扔到街上的惨状，人才可能清醒一点，才会从那些跳着金泡泡的生活里挣脱出来，看到生活真实的质地。它残忍，无情，吞噬人的时候，一点声音都没有。

作为一个只是在银行里略有一点点小小存款的小市民，李晓枫老老实实选了一套在她能力范围之内可以承受的房子——和"明月府"只有一字之差的"明月楼"。两个楼盘相距两公里，但价格却腰折了一大半。珊宝嫌它太旧太破，但李晓枫却执意要买。

要在广州待过些年头的人才知道"明月楼"的"威水史"——九十年代一个港资地产公司的千金主导开发的楼盘，当年根本没有公开发售就被人抢光了。不显山不露水的几栋小高层，四周种满了南方花木，从外面几乎看不到里面，一走进来就格外安静，只见鸟语花香。因为那位千金早年自己也住这里，所以这个小区用的石料板材无一不是最好的，百分百符合李晓枫的各项要求。管理完善交通便利就不说了，离南安公寓和报社很近，是李晓枫最熟悉的区域。地方也阔落，有二百平方米，有书房有衣帽间有贮物间有运动间，最重要的当然是价格实惠，在李晓枫能力范围之内。她算了一下，买完房剩下的现金存在银行里，若不买奢侈品的话，可以支撑个十来年。用广东人的话说，李晓枫可以开始"食谷种"了。她终于赶在五十岁之前追上了她的同学们，可以实现某种程度的经济自由了。

新房子没有大动，只涂了一下墙换了一下卫生间器具。装修好的那一天，李晓枫特地去太古汇最好的那间花店买了一大束白色牡丹放在客厅中间的黑桃木餐台上，衬着水晶灯，别有一种晶光灿烂的感觉。为什么一定要白色牡丹？说起来也仍然是一个小小的情结。

刚入行的时候，李晓枫就在这个楼盘采访过一个小众名牌的创始人白小姐。那是一个风姿绰约的高个子女人，李晓枫之所以知道"明月楼"的底细，全是白小姐告诉她的。当年她住的也是低层，推窗就是满眼绿色，房间里摆满白色的家具，白色的纱窗，到处都是花，有硕大的牡丹和百合。她轻描淡写地说，每周有专门的人给她送花，也就一百多块。"用非常少的钱就能换来一周的愉悦。"她用剪子小心翼翼地剪着树叶，笑嘻嘻地说。

李晓枫记得自己曾经问了她一个极蠢的问题："为什么不去菜市场买花？这么一大扎百合才十块。"

"哎，品种不一样。这个是进口的，香气更好闻。"她笑着指点李晓枫说。

如果说李晓枫人生真的有极度渴望金钱的时刻，就是那个下午。

豪宅李晓枫见得多，有钱女人也见得多，已经激不起她内心的半点涟漪，但白小姐的富有真的让李晓枫又痛苦又羡慕。她是李晓枫的同龄人，一不靠男人，二不靠父母，就凭自己，打下一片天，过上这等富裕优游的生活。美丽，优雅，帅哥男友，事业蒸蒸日上，却一点没有暴发户的气息。一身书卷气，庄子老子张口就来，聊的是本雅明罗素杜尚蒙德里安。看着她姿态优雅地把雪白的牡丹一朵一朵慢慢插进巨大的水晶花瓶，李晓枫好像陷进一场巨大的流沙之中，顶上是炫目的阳光。"啊，这就是我理想中的生活，这就是我理想中的自己！"但流沙马上就把她淹没了，让她几乎不能呼吸。因为心中另一个魔鬼发出低吼："别做梦了，你一辈子都过不上这样的生活！清醒一点吧。"

荣格说，人类唯一不能克服的情绪就是嫉妒，它深深地藏在你的无意识里。但嫉妒也并非全无好处，它让你永不停歇。李晓枫自己也很难理解这么多年拼命地工作是为了什么，可能潜意识里就是为了有一天可以住进"明月楼"，把白色的牡丹一朵一朵慢慢插进巨大的水晶花瓶吧。

从这一点上来看，李晓枫是多么侥幸——二十年以后，她实现了自己的梦想。

尽管白小姐早已搬走了，但是对于她始终是一个标杆。而且她终于不用和她的书衣服鞋子帽子挤在那个一室一厅的小小房间里。她终于也有了推窗就可以看到的无边的绿意。她的房子刚好在小区的绿化带中间，又是四楼，客厅一个大阳台探出去，四周都是树，像是住在了森林里。那些深深浅浅的绿色把书房映得绿意盎然。李晓枫终于可以像白小姐一样轻描淡写地花一个普通白领一周的菜钱买上一大扎白色香花，把它们细细修剪好，慢慢放到巴卡拉水晶广口瓶里。

李晓枫坐在桌子前看着这盆花，每一朵牡丹都开得那么张扬恣意，但又如此飘逸无尘柔若无骨。在那香气里李晓枫好像看到了二十多年前那个胖胖的，穿着三十八块钱连衣裙，皱着眉头拿着笔狂记，内心却在沙砾之下的痛苦女生。李晓枫好想穿越过二十年的时空瀑布流，拉着那女孩的手，对她说："你不要那么痛苦。终有一天，你也会拥有这一切的。"

有钱真好啊，哪怕是拿半条命换来的。

20

搬家那天选了个吉日。

李晓枫也没有叫朋友帮忙，就请了一个国际搬家公司包场。他们的活细，这意味着她什么都不用收拾，拎包入住即可。但即便如此，两边的点数监场，也把她累得够呛。

中午时分，工人们休息。李晓枫手拎着一个大提袋，身背两个小背包，汗流浃背走进小区大堂时，迎面碰上一大一小两个人。小男孩胖嘟嘟的，肥手肥脚，眼睛大大，才四五岁的样子，爸爸爸爸叫个不停。真可爱，李晓枫眼光追随着可爱的小孩，越走越近。可是再一抬头，发现旁边的男人——居然是大胡。

躲闪不及，只好打招呼："胡总好，这是您孩子啊，好可爱啊。"

"哈哈哈，调皮得不得了。哎，怎么这么巧你会来这里。"大胡说。

"啊哈，我今天搬家。"

"搬到明月楼来了吗？"

"对呀对呀。"

"哎呀，那我们以后就是邻居了……"

听到这句话，李晓枫如五雷轰顶。心想天哪，怎么千选万选，会选到一个和大胡做邻居的小区？真倒霉，这抬头不见低头见，多么尴尬。但她嘴上还是在说："哇，真的呀，太好了太好了。"又慌忙举起手上的大包说："还在搬东西，回头聊回头聊哈。"

急急脚往电梯里走，等在电梯里站定，她一定神，又觉得不对劲。大胡可是住白云山顶级别墅的人啊，怎么会到这种老小区里住着？这完全不符合他的身份和地位——他可是上市公司的老总啊，可不是"银行里有一点存款的小市民"啊。

百思不得其解，于是李晓枫晚上累劈了也不忘记打电话给雷德蒙八卦。

"前几年他还让他们公司在我们公众号下了广告呢。你又说他买了矿，应该是富可敌国了，怎么会选择住我的这个小区？至少也要跟你住一个小区吧！"

"也不要这样妄自菲薄嘛，晓枫。"雷德蒙笑道，"你那个小区多好，便宜方便还地方大。我还想去你那小区买呢，以后我们老了可以互相照顾……"

李晓枫想想也是，像大胡那么精的人，肯定是图实惠。

实惠，谁不想要呢？

这样一想，李晓枫更高兴了。她沉醉在自己完美无缺的新房子里，这里收收，那里拾拾，小东西买一买，也两三个月过去了。

慢慢地，李晓枫有点咂摸出梅兰花生活的意思了。其实，人有时候沉浸在纯粹的生活里也是蛮快乐的。李晓枫在微信上跟梅兰花学会了做正宗的西餐，煎牛排、奶油培根意大利面、沙拉和罗宋汤……谁能想到呢，艳如桃李在男人堆中兴风作浪的梅兰花和誓要成为公号界勤奋姐的李晓枫，最后居然在奶油培根意大利面中找到了她们人生最大的交汇点。

厨艺突飞猛进的结果是，可以经常在家里搞搞家宴，让仍然奔忙在卖命路上的朋友们歇歇气。

那天又是一个大饭局，因为雷蒙德要介绍他的新男友给大家认识。吃完喝完，大家商量李晓枫接下来应该干点什么。这也快一年了，不能永远像个退休老人一样啊。大家商量了半天也说不出个所以然。"就你这时不时眼前会重影动不动就心慌的身体，也不适合干什么呀！"钟露露说。

珊宝领着她女儿说："得，你开个私房菜得了，以后我们就在你这里寄餐。"

"不行！做饭太累了，一周一次还行……"

雷德蒙突然兴奋地叫了起来："你这种不知道将来干什么的人就应该去青城山。我认识那里一个道长，特别牛……"他支使他的男友去厨房拿水，偷偷扒到李晓枫耳边说："我就是按照道长的指点，往东搬到明月府，才一年就找到了现在的男朋友。"

珊宝也赞成："反正闲着也是闲着，刚好去趟成都玩一下。哎，刚好我还有一个活动在青城山……老范让我一定去，你就顶

224

着我的名去住嘛。听说那个酒店超牛，漂亮得一塌糊涂。"

所有东西都凑得刚刚好，那是不去不行了。当晚李晓枫就在朋友圈宣布了这一好消息："我要去青城山啦啦啦。"

不到五分钟，大胡的微信就来了："晓枫，你会去成都吗？"

"对。"

"想托你捎个东西给周蜜。有没有时间？"

李晓枫一想也行，都到青城山啦，为什么不去下成都呢？她没去过，再加上，也是应该去看看周蜜了。同一个寝室住了四年呢，于情于理，也是应该去看一下她的。

她就答应了一声："好。"

"那我们在小区大堂的茶吧那儿碰个头，交接一下。"

没有了美女秘书和日式贵价餐厅的加持，大胡似乎变了一个人。他穿着棕黄色的家居服，驼着背缩着身子躲在茶吧的一个角落里，格外像一只软壳动物。李晓枫没来由地想起了一段熟悉的文字："一天早晨，格里高尔·萨姆沙从不安的睡梦中醒来，发现自己躺在床上变成了一只巨大的甲虫。"

当年在上市派对上，大胡意气风发地告诉他们：成功的男人要做狼做狗做狮子也要能做蟑螂。他果然是实践了自己的成功学，他做过狼做过狗做过狮子，而此刻他形如蟑螂，衬得放在桌上那只金光灿烂的暗绿鎏金法式首饰盒格外诡异。

那只首饰盒，李晓枫是看熟了的，那是周蜜最宝贝的宝贝。

多少次只要一去周蜜家，她必要拿出这只箱子来告诉李晓枫她最近又入了什么货。有一阵儿她疯了似的收集表，有一阵儿又疯了似的收集古董宝石。周蜜从广告公司退回来以后就变成了一个购物狂，但能够和她在家里欣赏和讨论的，却只有李晓枫这么一个人。普通人哪里懂得这些东西的好。"不敢跟保姆说，怕她们起歹心。偷偷拿走一只就几万块，肉痛。只有你晓枫，你又懂行又不起歹心。"这种话听在耳朵里也不知道该说什么，李晓枫只能笑笑，做富人有时也蛮可怜，因为时刻要防着人。

家里的保险箱好几个，每一个密码都不重样；房子有好多套，但怎么租出去，租给什么样的租客也是颇费脑筋；底下用人司机好多个，用哪个不用哪个也全靠眼光——不熟的人不敢随便用，要知根知底，但太熟的人也不敢用，因为怕财会露白。

钱太多，也很烦，但这种钱多的烦恼，却没人可以说。

偶尔她会幽幽地打电话来邀李晓枫吃饭："来陪我一下嘛。大胡忙，儿子上学，感觉现在最关心我的人只有 sales（销售）……"可不？只有想在你身上赚钱的人才会关心你，这是富人生活里的真理。

懂得用钱的人会用钱给自己搭出一个安乐窝，但周蜜却被她的钱给关了禁闭。她这边提防着人，那边又不停地买买买。那些漂亮的衣服挂在她四层别墅的楼梯边上，越来越多，慢慢地堵住了她出门的路。

有一天有个晚宴，周蜜特意叫李晓枫早一点去陪她挑选衣服。一边清理一边欣赏完那些漂亮的衣服，李晓枫深深地感叹道："你真应该去当时装杂志的编辑啊。你现在的纪梵希比电影里的赫本还多呢。我们四个人里，你才是真正全面实现了人生梦想的人啊……"周蜜立时就笑了，可是不知道怎么的，这笑容后面仍然是有点幽幽的。

"东西没有的时候老想有，但其实有了以后，也就这么回事。有时半夜醒来不知道为什么胸口紧紧的，不知道自己是谁。以前我是周蜜，可是现在走出去，人人都叫我胡太。那些人的眼里只有大胡，如果我不是他太太，那我好像什么也不是。怎么会变成这样呢？晓枫，我堂堂南湖大学的高才生，怎么现在会这么没有存在感呢？你说我是不是得出去工作啊？可是，我又不想这年纪了还听人吆五喝六……"

"那你就自己创业喽？"

"上次创业不是亏了吗，大胡不让我再搞了……他说宁愿把钱给我买珠宝。"周蜜半是委屈半是嘚瑟地说，李晓枫心中又涌起一股不耐烦。这些贵妇全都一个样，她们只是想找你做垃圾桶，听她们诉苦，没有一个真正想解决她们的问题。她说这样不好，你就建议说那样可好，可是她会回答那样也万万不行，然后又抬头问最开始的那个问题：你看我可怎么办呢？

喔，那就没办法了，李晓枫心说，那你就只好永远困在你那个富贵无间道里吧，真是神烦！

"哎，你不是说你刚买了一只绝美的宝格丽，快给我看看。"李晓枫知道一聊这个，周蜜准能高兴起来。

果然周蜜一听就转忧为喜，带着她快步走到卧室，从保险箱里拿出她的宝贝首饰盒。一打开，金光闪烁。她在一堆宝贝里小心翼翼地拿出一只金光灿烂的钻表，玫瑰金衬黑底，绕在手腕上，分外华丽。"伊丽莎白·泰勒最喜欢的牌子，灵蛇系列。我看上好久了，大胡刚送的，要三十万！"她伸了一下舌头。

"周蜜你还胸口紧，你说你要在你那个广告公司干多少年才能买得起你现在这些东西啊，你一只表都能在郊区买一间房了，你就知足吧你……"

"也是。"周蜜若有所思，"各有各的好。像你这样，每天风风火火，这里走那里走，过得也很充实，就是钱少一点……"

李晓枫气笑了："不是钱少一点，是钱很少！"

"有时反而觉得不如随意嫁个小公务员。"周蜜根本不看李晓枫，自顾自地叹息道，"做那种平常夫妻有平常夫妻的好处，生下一儿半女。买块豆腐也要计较半天。现在倒好，大胡是不在家，就算在家也黑着脸，不说话。"

"没关系，等他上完市就好了。夫妻之间总有个山高水低的，你不要太焦虑。"

"你不知道大胡最近的压力有多大，喝醉了就乱骂人。"她看李晓枫研究那块表研究得入神，就问道，"你知道这只表是怎么得来的吗？"

"你撒个娇不就什么都有啦。"

"想得太简单啦，这是用来赔罪的……这个死大胡，喝醉了就变成另外一个人。我劝他少喝点，跟他说现在公司还有哪些毛病，他居然敢骂我：'你神气什么，你还有脸来指点我，你不过就是一只米虫！'后来我半个月没理他，他就乖乖买了这只表来赔罪……嗯，一句'米虫'换来一块美貌的宝格丽，这笔生意还是赚了！"周蜜把表戴到自己手上，面带得意地说。那是李晓枫印象中最后一次和她聊天，也是最后一次见到这个首饰盒。

谁能想到呢？再见这个首饰盒已然是十年之后了。它的主人已经疯了，在这个世界上，物比人要硬扎多了。

"晓枫，想不到我们这么有缘分，连住都住到一起。"大胡面带讨好地说。

李晓枫内心翻了个大大的白眼，心想，谁跟你有缘分？谁跟你有缘分谁倒霉。

但又少不得打起几分精神来敷衍他："哎呀，胡总，我怎么也没有想到你会住在这儿。"

"我是租的，因为太太又怀了一个，要住大一点儿的地方。原来的房子小，这里离上班的地方近，又很隐蔽，一般人不知道。"

"哇，恭喜恭喜，原来的大别墅不住啦？"

"早卖了，我跟周蜜离婚前就卖了。因为当时生意上有点周转不灵，所以换了一个小一点的平层。"

"平层怎么放得下周蜜那些东西，那些家具？你们家那么多东西，我又不是没见识过。"

"唉，都扔了。周蜜烧的烧，砍的砍。那几年，真是过得跟打仗一样。不怕你笑话，其实我也早就不是那家上市公司老板了。那家公司上市第二年我就卖给一个香港老板了，当时价格还卖得不错。而且买下公司条件之一是聘请我继续经营，因为只有我熟悉这方面的业务。年薪也给得不错，一直做到今年合同才算完。"

"卖了公司，又有年薪，为什么会周转不灵？"

"还不是当年人傻爱折腾。你想想我二十九岁当地产公司老总，四十岁不到自己的公司上市，四十一岁把公司卖了，还有人请你当高管，手里又有大把钱。太顺了，觉得自己做什么都能成，可能就是这种思想害了我吧……"大胡叹息起来。

李晓枫瞪大了眼睛。

"我当时觉得地产的前景就这样了，未来只有做资源才可能赚到钱。也不能说这个思路不对，但做投资可比做地产要复杂多了。当时我被几个朋友蛊惑去云南买了几个矿，就把自己搅和到大麻烦里去了。我没想到开矿前期要不停地往里面投钱。矿难啊环保啊还有矿石的品质啊，太多不可控的因素了。有好几年我每天都感觉自己在丢钱落大海，把外面几套房子都卖了。周蜜那个时候就跟我不停地闹。你上次问我周蜜是为什么疯的，我知道你肯定以为是我出轨，其实不是。"

"啊……"李晓枫只得用震惊的表情来装傻。

"开矿那几年，本来就没钱，周蜜还是乱花。有一次我发现她用副卡划了三十万到一个健身馆，就气得停了她的卡。那段时间不知道出了什么事，特别缺钱。我暗地里把那栋别墅抵押给银行，还是不行。有一次实在是缺钱，我就偷偷把她这箱珠宝送到朋友的典当行换了点钱。本来想几天之后就周转回来，谁知道事情就那么寸，偏偏就被她发现了，被她从酒局上揪了回来。逼得没办法，就全说了。我告诉她我现在在一个坎儿里，特别需要钱周转，银行里已经欠了几千万了。她一听这话就突然抄起一个水晶花瓶来砸我，说要杀了我。我也气得半疯，干脆跟她说连房子全都抵押出去了，没钱了，我们所有的一切都没有了……"

"天哪，你不应该这么气她！她是个二百五。"李晓枫这回是真震惊了。

"晓枫，我之所以这么说是因为她有两句话深深地激怒了我，我就问她怎么这么狠要杀掉我？到底是为什么嫁给我？她说：老娘当年嫁你就是看中你会赚钱，要不然谁会嫁给你个矮子。我又问她，你从来没有爱过我吗？她说：是的，一秒钟也没有。"

"这是气话，你也信？"

"晓枫，我跟她这么多年，太了解她了。她从来不说假话。就因为这一点，我就绝不能原谅她，一定要离婚。"

大胡的小眼睛里突然闪过一丝寒光，李晓枫以为是恨意。细一看，竟然是泪。

21 "想不到大胡才是我们中间唯一还相信爱情的人。你后来是怎么安慰大胡的？"李小贞问李晓枫。

"我跟他说，周蜜绝不是因为钱而疯的，她是因为理想破灭而疯了。她嫁你是为了幸福，为了她妈给她设计的那种女人的幸福。但是后来这幸福彻底破灭了，她是为这个疯的。"

"你还蛮会说的，那大胡信了吗？"

"我看他脸色大变，似乎有点信。"

"我也觉得你说得对。"

"你不觉得他们两个人都是可怜人吗？"

"谁不是可怜人？"

"倒也是。"

"不过你现在不是可怜人。江湖传言你套现了三千万现金收山了，你是有钱人！"李小贞指着李晓枫说。

彼时她俩正在成都青城山下的大春山舍门口闲扯。

两个赋闲在家的妇女一起到青城山歇息几天，这是李晓枫的主意。开始李小贞还别别扭扭不想来，说到最后李晓枫都发了脾气："我生病了，你就不能来陪陪我吗？你就不能去看看你疯了的大学同学吗？你怎么就这么无情啊。"

李小贞哼哼唧唧才吐露真言："现在不是没工作没收入得省着点用吗？"

原来是这个，李晓枫笑了："人家是基金会提供免费头等舱和酒店，珊宝给我们争取了两个名额……"

李小贞这才推托不得，勉为其难地动了身。

结果一进酒店，她眼睛都直了。

大春山舍在青城山下一个极隐蔽的地方，一个极普通的黑色的小门进来，往里走差不多三个门洞，面前赫然有一栋乌木老宅，纯黑，却隐隐透着一股摄人的金色光芒。入住的时候，李晓枫仔细看才发现这金色的光芒不是李晓枫的幻觉，而是每一块乌木缝隙之间，甚至包括地上黑色青砖的砖纹间都嵌着细细的金线。窗户更是细致，黑色雕花，边上有细若游丝金线，似不存在，但又无处不在。窗外隐约可以见到几棵古榆，再远处是一栋栋小小的黑瓦白墙庭院，小溪蜿蜒，修竹摇曳，青城山似乎就长在院中，立时像是从现代穿越到了明朝。

"都说了你不来你就会后悔的。"李晓枫笑着拍拍她的肩。

"你们有钱人就是会选地方啊。"李小贞感叹道。

李晓枫一听此言就哈哈大笑："请收回'你们'这两个字，我算个鬼有钱人，卖股份得的那笔现金扣了税和手续费连一半都不到……而且，就算是三千万，在广州也不过买套房子就花完了，哪里还能剩下钱。"这话听起来相当讨打，但又确实是事实，听得李小贞直翻白眼。

李小贞这人对钱没概念，也没欲望。大概因为她从一出生起就从来没有缺过钱，所有东西都是现成的。她有她的一套审美和生活方式，在北京永远约人在昆仑饭店吃饭。以前是过于高级，后来是有点过气，现在还有谁在昆仑饭店见人谈事呢？可是李小贞好像完全没有这个感觉，她似乎一力就留在了她喜欢的九十年代。在那个年代里，她风华正茂，才华横溢，纵横江湖。

"我当年见他的时候，他还在海淀一所破学校里讲 GRE 说段子呢。"两个人安顿好，下午去听讲座时，李小贞指着那个互联网英语教育的胖大佬偷偷在李晓枫耳边说。

连着他在内，台上有三个人对谈，全是赫赫大名的互联网大神，如果说现在也有英雄榜的话，他们三位应该排在前十，所以这次来的人真不少，不乏各大互联网公司的高层和微博上的各届名人。

"如果现在天上掉一个炸弹，中国的互联网精英和投资界的精英应该就损失了一大半吧。"李小贞四处张望，低声感叹。

而李晓枫的注意力则全在台上那个九十年代名声响到不能再响的著名主持人刘小菲。小时候，她长发飘飘满口纯正英语的清纯样子可真是全国人民的青春偶像，一上台英语大佬就向著名主持人赤裸裸表达爱意："我一定要先说我一定要先说。小菲，您知道吗？我们那个年代的孩子梦中情人就是您。我那时天天梦到您……"

李晓枫听不下去，低下了头，李小贞附在她耳边说："中年男人真猥琐，苦孩子发达了都这样，一定要找梦中情人过过嘴瘾……土包子永远是土包子……"

著名主持人见惯场面，四两拨千斤："那现在这个年代的孩子们的偶像就是您……"连吹带捧，半下钩子半踢脚，把三个男人哄得逸兴横飞，话密如雨。

"刘小姐果然是老江湖，太会说话了。"李晓枫感叹道。

"女神就是女神，三十年矗立不倒。哪个小丫头片子也推不动她，这就是实力。女神人生唯一的污点就是找了一个骗子丈夫……"

"李小贞，我怎么觉得你比我还八卦啊？你以前不这样啊……"

"这不叫八卦，这叫信息。特别是做我们这一行，信息就是命脉……我可告诉你，这是因为和你，平时我可高冷了，在饭局上从来不说话。后来我听人说外头传闻我是冶金部李部长的女儿。哎，我真的看上去那么像高干子弟吗？我还以为我现在总算混成文化人了……

"你不是'像'高干子弟，你本来就是啊！"李晓枫逗她。

不一会儿会议进入无聊的提问环节了。李小贞说："我要出去抽根烟，你跟我一块儿不？"

当然要啊。

她们跑到会议室的空地上，这里三三两两有几个人，都是烟瘾犯了的。两人站定，李小贞刚点上烟，突然有个声音叫道："晓枫，你原来在这儿啊。"

回头一看，是北京天使投资人老范，那个最后接收李晓枫股票的人。其实李晓枫也只跟老范吃过两三次饭，他腆着胖胖的肚子三跨两步地走过来跟李晓枫握手，器宇轩昂地说："看着精神头儿挺好的嘛！说得那么严重，其实还可以继续工作嘛……"

"别了，范总，我都得肌无力了，干不了活了，您成全了我……"李晓枫嘻嘻哈哈和他打起趣来，倒把李小贞晾在了一旁。

李晓枫刚想起头介绍，李小贞抽了口烟，眯着眼睛说："老范，你不认得我了吗？"

老范定睛一看，愣了三秒，也没想起来。眼看场面要垮，李晓枫只得单手顶住："这位是我的大学同学李小贞，老范，你们俩是发小儿……"

老范仍然愣住，李小贞淡淡地说："我们读的是同一所小学，湖师大附小。你是三班，我是五班，你不记得了吗……"

老范这才恍然大悟："天哪，能在这里撞到小学同学，真是不得了！我要请你们晚上吃饭。"

晚上老范组了一个大局，一桌子十来个人，男的女的，热闹非凡。

人一多，就闹腾，谁声音大听谁的。只见满桌子都是大词在飞来跃去：IP、商品流通、综合零售、物流网、供应链、智能商业体、技术转型、冷链……整场就李晓枫一个人像傻子一样，一是不太懂，二是不感兴趣。倒是李小贞淡定，哪一句都能接得起来，人家到底是混过北京圈子的啊。

李小贞热情地与他们交换名片。李晓枫觉得特别尴尬的是，所有人一接过名片看到李小贞是电影公司的，脸上的热度就立刻减了几分。天哪，这些人多势利啊。影视圈的人现在正落难，谁也不想沾惹——马上调转话头不往下接话茬了。李晓枫暗暗替小贞难过，一到九点，她就偷偷跟李小贞说："我们走吧！明早还要早起见道长呢。"

李小贞低声说："再等等吧，你能不能让老范介绍我和那个头条的 CFO 认识？听说他们公司老板对投资影视剧有兴趣……

"咦，老范不是你发小儿吗？你自己说嘛。"

"哎，你都看到了，小学同学人家哪记得你。"

"那你还成天说他，好像很熟一样……"

李小贞脸上微微一红："他在北京有名嘛，我认识他，他不认识我……"

李晓枫难得见她认输，倒乐了。在微信上交代了老范之后，她就先走了，理由是她在吃中药，必须十点半睡觉。

等李晓枫睡完一觉醒来，正迷迷糊糊之间，听到门外有响动，听见李小贞正在口齿不清地说着酒话：看在你帮我喝的分儿上，你小时候踢球把我家窗玻璃踢坏的旧账我就不找你算了，咱们之间平了平了……

老范说，没平没平，回北京再请你喝酒……

李晓枫慌忙起来开门，发现门外一大堆人扶着李小贞，看来她喝得不少。

李晓枫把人接进来，安顿她坐在沙发，泡了一杯白糖水给她。瞄了一眼桌上的钟，已经一点了，李小贞还在稀里糊涂说酒话："今天真高兴，喝得真开心。"

"开心就好，你开心就好。"

"晓枫，我开心，我从没有这么开心过。"

"那太好了，喝个糖水，待会洗个热水澡，你就更开心了。"

话音未落，李小贞已经起身跑去洗手间，抱着马桶开始吐起来。李晓枫没见过这种阵势，不知该如何是好，竟然愣在了屋子中间。

"纸巾，纸巾，还有水！"李小贞呕完一通，低低叫道。

李晓枫手忙脚乱地给她递纸巾，送上一杯水，问她："怎么样，没事吧？要不要躺一会儿？"

"不用不用，你去帮我在我袋子里拿一片吗丁啉。吃一片，喝点水，就没事了。"

李晓枫又手忙脚乱去找李小贞的包。打开包，包中有包。"哪个啊？"

"紫色有花纹的袋子，就是你上次寄给我的印度小袋子。"李小贞不耐烦地指挥道。

李晓枫打开紫色袋子，发现里面有七八个大一点的透明塑料封口袋。每一个里面放着三四个更小的封口袋，里面是白的绿的红的药片和药丸，大塑料袋上写着大大的中文字：失眠、焦虑、高血压、心悸、过敏、鼻炎、胃药、营养脑神经、红花油……哈，你不去翻一个中年女人的医药袋，都不知道原来她随身携带这么多病。李晓枫只得把胃药那个透明塑料封口袋拿了过来，抱歉地说道："还是得你自己找，我现在眼睛根本看不清小字……"

李小贞不耐烦地在里面翻找，一边唠叨道："你这姑娘啊一点也不会照顾人，你这么些年怎么生活下来的啊……一点生活常识也没有……"

李晓枫听了又是火滚又是好笑，冷笑道："那现在是谁在照顾你啊……"

"哼，我们不需要人照顾，我们自己照顾好自己就行了，对吧，晓枫？"李小贞讨好地露出一张醉猫的笑脸，想找补回来。

"对对对，赶紧吃药吧。"李晓枫倒了一杯水给她，让她把药喝下。

李小贞拿着杯子醉笑道："晓枫，这点小酒对我来说不算什么。你知道吗？我刚和那个CFO聊得很好，感觉我那部电影有戏了……"

"哇，那太好了。"李晓枫话一出口，就觉得自己口气怎么这么虚伪。可是李小贞也太好骗了吧？谁都知道这只是一句应酬话。现在影视业这么冷，投资圈 IT 圈这些人个个精得像猴子一样，怎么会去投你的那些电影？不过哄你开心罢了。好在李小贞醉了，根本听不出来，继续高兴地说道："我一定要把这部电影拍出来，这一辈子总得留点什么下来。你说是吧，晓枫？我不要孩子，不要婚姻，不要买房子，不要装修，我就是不想过那种庸常的生活。如果要我过那样的生活，我一毕业就跟石一山去深圳了。可是我知道我过不了那种生活，一眼看得到头。我只要最好的果子上面最薄的那一层霜，你懂我意思吗？就是我要的是最极致最纯粹的生活，如果我够不着，我就去死……"

"去死也不用去死，好好活哈，咱们……"李晓枫看着这只醉猫哭也不是，笑也不是，于是逗她道，"小贞，你倒是跟我说句实话，你到底有没有爱过石一山……"

"爱啊。最初的爱，最深的爱，但我还要最纯粹的爱。他给不了我，那我就不要他，是我把他甩了……哈哈，他说我是头一个甩他的女人……"

"那挺好，是得给他迎头痛击。"

"是，是，我没钱，我穷，可是我不在乎。是，是，我的才华可能真的配不上我的野心。可是走到现在了，我不能放弃啊，我一放弃我这辈子就白活了……你能理解我吧，晓枫，你知道我要什么样的生活，我就是不要那种庸常的生活，如果我堕入那种生活，我就去死……"

"咱们不死，咱们不死，咱们先去洗个澡啊。"李晓枫知道这一聊就没得完，赶紧把睡衣和大毛巾放在她手上，"赶紧的，快去洗哈，我先睡了。"

躺在床上，李晓枫听到李小贞摇摇晃晃哼哼唧唧自言自语："哼，那个老范，有什么了不起，不懂得欣赏艺术，傻×、……"好不容易等到她进洗手间，她又开始唱起歌来——

> 会有那么一天会有那么一天
>
> 我们会飞到天外的天
>
> 会有那么一天会有那么一天
>
> 我们会拥有属于自己的空间
>
> 会有那么一天会有那么一天
>
> 我们会拥有更多更好的明天
>
> 会有那么一天会有那么一天

这歌太久没听到了，可是一唱起来又太熟悉了，像从记忆深处走来的一个老熟人，你知道他脸上任何一颗痣的位置，知道他每一个表情后面的深意。

五彩辉煌的夜晚

屋内的灯光有些昏黄

我们燃烧着无尽的温暖

虽然空气中

有些凄凉

…………

今天我们没有财富

至少可以相互拥有

今天我们没有遥远的承诺

可是你我都已知道

会有那么一天会有那么一天

嗯，是杨庆煌的《会有那么一天》，石一山当年吉他弹唱的名曲。李晓枫永远记得石一山唱这首歌的场景。

大四那年，只上了两个月学，然后大家要分头去实习，这也预示着他们真的要分别了。离愁别绪，校园里的卡拉OK里时时传来男女对唱的张学友的《片片枫叶情》。太不洋气了。他们班的毕业派对是外教詹姆斯请所有同学去著名的"天堂烧烤"吃烧烤。

"天堂烧烤"名字听起来洋气，实际就是一个农民屋的屋顶。

当年大学附近农民就靠做大学生的生意挣钱，"天堂烧烤"的老板是一个粗矮的湖南男人，原来是混黑社会的，脖子上永远有根手指粗的金链子，四十多岁打不动架了，就动了做生意挣钱的念头。他半辈子和少年们打交道，深深知道半大不小的孩子钱最好挣，就在学校附近买了一块地，起了当时少见的三层洋楼，和各个学院的男同学都混得很熟。学校里凡出了打架斗殴怀孕砍人各类的事都是让他去"了难"，所以石一山和他也很熟。

房子建好了，二三楼都租出去，石一山还建议他在一楼搞个桌球室，顶楼搞个烧烤摊，还替他想了一个洋气的名字叫"Heaven"。老板要石一山写给他，他拿去市里面做招牌。谁知拿回招牌一看，"Heaven"变成了"Haven"。少了一个 e，"天堂"变成了"避难所"，把石一山气得够呛。但金链子老板一点不在乎，不就是一个字母的区别嘛，谁也看不出。而且避难所——避风港也挺好嘛，说明这里安全嘛，老板乐呵呵地说。他一不做二不休把天台干脆砌成长城的模样，上面敷衍了事地挂了两串小闪灯，唯有底下的"Haven"的招牌放光扯亮。这种湖南农民粗暴简单的审美让詹姆斯乐不可支，他一天到晚待在这里，打桌球，吃烧烤，俨然成了他的据点，凡要开派对，就约到这里。那时节，也只有他，才能约齐所有人。

那天李晓枫去晚了，夏末秋初，天高云淡，傍晚的天蓝得吓人。李晓枫走在后山的路上，远远就听到石一山的吉他和歌声：

五彩辉煌的夜晚

屋内的灯光有些昏黄

我们燃烧着无尽的温暖

虽然空气中

有些凄凉

…………

今天我们没有财富

至少可以相互拥有

今天我们没有遥远的承诺

可是你我都已知道

会有那么一天会有那么一天

我们会飞到天外的天

会有那么一天会有那么一天

我们会拥有属于自己的空间

会有那么一天会有那么一天

我们会拥有更多更好的明天

会有那么一天会有那么一天

到"天堂烧烤"要经过一个山头。李晓枫站在山头上，几乎可以平视看到"天堂烧烤"的屋顶，正好可以瞧见坐在天台墙垛上弹吉他的石一山的背影。风吹起他的白衬衫，一起一伏，坐在他身边的是满头怒发的李小贞，她摇头晃脑小声地应和着，红色的马丁靴轮流踢着墙垛。而遥遥地倚在另一个角落的正是长发飘飘的周蜜，她脸冲着外面，托着腮望着远处。实话说，李晓枫从来没有觉得石一山唱得有多好，但是那一刻情景之下，李晓枫觉得他的声音比她听过的任何歌星的都要好听。

李晓枫在这歌声里加快脚步，径直往下走个大坡就到了"天堂烧烤"的大门口。当她走到坡下时，突然听到一阵大笑，是梅兰花的声音。一抬头，发现她笑着半仰在围墙凹槽处。那天她身穿一条钟楚红式的无袖低胸白色长裙，半仰着的时候露出她美好的半个胸部。浓密的头发垂在半空中，傍晚最后一丝柔光正打在她的脸上，半明半暗里她的烟熏妆和红唇格外迷人。金发的詹姆斯和另一个女同学含笑用手拉住不管不顾似乎随时就会坠下的她。另外的男生三三两两在抽烟喝啤酒……那真是一个透露了许多玄机的时刻，可惜当时的李晓枫太傻，完全无法领会那个时刻人与人之间的奥秘，只是呆呆地看着这一幕，怔住了。天哪，梅兰花可真美啊，此刻真美啊。

这才叫青春啊，纵情高歌，嬉戏游乐，这就是漂亮的有才华的人才有的美好青春啊。他们是这样快乐和自在，是这样信心百倍。啊，会有那么一天会有那么一天，他们会拥有属于自己的空间，会有那么一天会有那么一天，他们会拥有更多更好的明天，会有那么一天会有那么一天，他们会飞向天外的天……这时李晓枫心里突然有一个小小的声音冒了出来："李晓枫，这就是你目力所及能见到的最优秀的人，你见证过他们最风华正茂的时刻，可是未来会怎样呢？真的会有那么一天吗？到那一天的时候他们会变成什么样了呢？"因为这个问题太大太玄了，李晓枫竟被自己问住了，怔在了当场。

"李晓枫，你怎么待在那儿不上来？就等你开餐呢……"梅兰花眼尖，一眼看到了楼下的呆呆的李晓枫，大叫起来："说好今天的 party 每个人都要穿白色，你怎么又忘记了，穿了黑裙子呀？"

"哎呀，我忘了……要不我回去换……"

"不用了，不用了，一来一去又得半个钟头，我们都快饿死了！"梅兰花冲李晓枫使劲招手，李小贞和梅兰花也转过身来，最后一丝光也被夜收回了，天蓝成了一个深不见底的大幕，风也大得吓人。大风吹起男孩女孩们的白衬衫黑头发，还有梅兰花和周蜜的长裙子。站在顶楼之上的人衬在暗蓝的天幕上变成了一丛白色的剪影，他们的脸莫名消失了，李晓枫眼前仿佛只有摇曳不停的一丛丛白色的花朵……每次做梦，梦到这一幕时，银幕上都会打出两个苍劲有力的大字：青春。

今天我们没有财富

至少可以相互拥有

今天我们没有遥远的承诺

可是你我都已知道

会有那么一天会有那么一天

我们会飞到天外的天

会有那么一天会有那么一天

我们会拥有属于自己的空间

会有那么一天会有那么一天

我们会拥有更多更好的明天

会有那么一天会有那么一天

伴着李小贞零落不堪的哼唱声，李晓枫安静地躺在被子里，莫名流下两行热泪。

22　　李小贞洗完澡，又吹头发，漱口，上床前还咕咚吃了一大把药，才在李晓枫身边重重地倒下，不久就发出巨大的鼾声。

　　李晓枫突然觉得身边的李小贞离她其实很遥远，这么些年她真的了解李小贞吗？这二十年，她过的是什么样的生活，遇到了一些什么样的人，李晓枫根本就不知道。她也好像不想知道，她就想李小贞永远保持大学时的样子，又骄傲又神秘，永远是她的领路人。

　　半醒半睡辗转反侧了大半夜，最后被早就订好的六点半的闹钟惊醒。

　　见道长不是件易事，非常讲究。见他之前必须沐浴更衣，穿得一身白，他的徒弟七点钟会准时在门口等她们，引她们上山。

　　李晓枫先洗澡，等洗完，李小贞也醒了。"快快快，要迟到了！"李晓枫催她。

　　"妈的，没想到来度假也要起这么早。"李小贞骂骂咧咧地起来了。

　　两人略吃了一点垫底，各换了一身白衣。出得门时，天色已经大亮，门口的小道士倒是准点到了。也不知是有异术还是平时锻炼得多，不一会儿，小道士就衣衫飘飘走出了好远，李晓枫不时央求他走慢一点。

"你说这叫什么事，我连见工都没这么早过。"李小贞走得气喘吁吁，愤愤不平地说，"现在都想不通为什么要答应你来，两个受过高等教育在一线城市工作二十多年的职业女性最后居然沦落到要来青城山问道长前程了。太可耻了，这是高等教育的失败！"

"谁说不是呢。"李晓枫也惨笑道，可是事情就到这一步了，她们终于混到要靠这种年轻时嗤之以鼻的封建迷信活动才有动力往前走的地步了。人生过半，前路茫茫，发现谁都靠不住，最可怕的是发现连自己也靠不住，根本不知道下一步应该往哪里走。不来问道长，应该问谁呢？

"其实你根本不用问。你房也买了，钱也有了，经济自由，事业有成。"李小贞一边走一边说，"我呢，问也没什么用，反正什么都没有，无产阶级最自由。"

"我们不都一样吗，都是年近五十，无儿无女的无业游民。其实就是来玩的，无非是有点心慌。毕业二十多年，头一次不知道接下来要做什么。"

李小贞大笑起来："我跟你不一样的是，从毕业一开始这二十多年，我每年都不知道接下来要做什么……"

哈哈哈，她们同时大笑起来。

为什么这么悲惨还觉得这么搞笑，还这么开心？真是见鬼了，中年妇女精神错乱吗？什么都能笑餐饱，李晓枫突然明白了，这大概也是成长的一部分吧。因为只有到现在这个阶段你才会深深明白，悲惨就是人生绝大部分的真相，如果你不先去笑话它，它就会来笑话你。

走了大约一个钟头，来到道观前。神奇的道长是个很瘦的中年男人，据说还在川大念过书，现在看不出年纪，也看不出美丑，半新不旧的蓝布袍子，头上一根木簪子，头发倒是黑得很，脸上深深的两道法令纹，衬得眼睛越发精光四射。他不怎么说话，只是默默地听你说话，偶尔插一两句。

因为是熟人介绍，所以李晓枫她们有幸去他的后院做客，喝了他一杯香茶，李晓枫按照雷蒙德的指点奉上两封大大的"利是"，顺便也打量了一下这位神奇道长的家。房间一水儿都是黑漆竹器，倒是清爽，中间有一只大案，宣纸上是他写的字。一只白色陶瓶插着清晨弟子从山上采下来的细叶枫枝，收拾得甚是文气——毕竟是川大的，不同于那些怪力乱神。

道长问李晓枫想问什么，李晓枫说就想问问身体也想问问前程，李小贞说，她还想问问婚姻，不过不好意思问。道长也笑了，问李小贞："那你呢？""我就不问婚姻了，我就想问问我那电影拍不拍得成……"道长深深地看她一眼说："拍不拍得成还要看你的诚意。不过，你将来的孩子会是很大的安慰……"

李小贞这一回张大了嘴，回过头悄悄对李晓枫说："道长有点神通啊，他怎么知道我在孤儿院助养了一个孩子……"道长又笑了，和李小贞扯了一通有的没的，说她天庭生得好，出身好，不像李晓枫——道长指着李晓枫说："你父母缘浅。"

李晓枫惊了一下，是啊，道长是有点神通的。

稍事休息，道长带李晓枫们去观里求卦。道长的卦和别的地方不一样，没有上中下之分，抽出来的签直接去拿签纸，上面都是唐宋诗词，显得特别有文化，坐实了他读过川大的名头。

李晓枫的这首唐诗是杜甫的——

> 黄四娘家花满蹊，千朵万朵压枝低。
> 留连戏蝶时时舞，自在娇莺恰恰啼。

李晓枫问道长这是什么意思。道长看了李晓枫一眼，说你不用问了，你就放松一点，顺其自然，听从内心，你后半生的缘法都是刚刚好。

李晓枫心想这不是什么都没说吗？

至于李小贞，她抽到了杨万里的一首《闲居初夏午睡起》——

> 梅子留酸软齿牙，芭蕉分绿与窗纱。
> 日长睡起无情思，闲看儿童捉柳花。

李小贞拿着这两首诗死活缠着道长问是好签还是坏签，道长说了半天，大概意思是，其实人生没有好签和坏签之说。境随心转，什么都是好签，也什么都是坏签……

到中午时分她们才从道观里出来，李晓枫被这两首诗搞得心事沉沉。李小贞逗她："你别这么信他说的，我感觉道长这一类人跟老范一样，属于看人特准的，分析力也特强，一眼扫过去就能把你分析个差不离，跟电脑似的，纯属经验。早年我爷爷就被一个气功大师蒙得云里雾里，给过他很多钱，还给他在老家起了大宅子，金银无数，一直到前几年才被曝出来，逃去了香港。但是我还挺喜欢那个大师，他特会变魔术。后来我得了抑郁症，我爸爸还打电话让他发功，你说搞不搞笑？"

"那你的抑郁症后来怎么样嘛？"

"时好时坏，现在不是还吃着药吗？其实焦虑抑郁这些病都是心病，基本还是靠自己。这些年我也看过不少大师和神医，我跟你说，中国这些大师绝对都是田野心理学大师，没两把刷子还真是混不下去。所以也蛮好玩的，都是很聪明的人，就算骗你你也很开心。和聪明人过过招也蛮有意思，反正花钱也不多，有人陪你玩，多好。但是就是不要太当真。"

一路闲扯，两个人一直走到大春山舍后山的坡上，这时才觉得累，想起要歇一歇。喝了半瓶水之后分食了两片面包，李晓枫突然对李小贞说："你要是真的领养了那孩子了，我负责出一部分钱，学费我包了……"

李小贞大笑起来："天哪，你还真信了！你真是个老实孩子啊你……道长让你放松一点，别那么认真，你听见没有！"

青城山的秋天真美，脚下的大春山舍黑瓦白墙，竹林掩映，看到极远处，松涛云浪，又让人心旷神怡。

两人看得正入神，突然看见两个穿黄色衣服的僧人从山舍的后门出来，朝坡上走了上来，黄衫飘飘，颇有点武侠小说的味道。出家人行惯山路，不比李晓枫她们，几分钟就上了坡。迎面走来的一瞬间，李晓枫发现打头的那个僧人脸上有点慌张，大概是待山上久了少见女人，特别羞涩，这倒让李晓枫觉得蛮好玩的，特地在他匆匆走过时认真瞥了那人一眼。咦，这个人好像哪里见过哎，这么脸熟……是谁呢？是谁呢？

想了半天，待那两个人走得不见了踪影，她才惊叹道："哎，我怎么觉得刚才走过去的这个和尚居然有点像刘裕德哎……"

李小贞沉默了一会儿，突然失声哇哇大叫起来："哎哎哎，真的有可能是他啊。"

"怎么可能，人家在北京，得了一千万美金准备上市啊……"

"前段时间我们公司的事乱成一锅粥，后来电影的事又没搞成，所以我完全忘记跟你说这个大八卦了——刘裕德半年前就欠了人好多钱然后跑路了……没想到他跑这里来了！他也真的蛮会想啊，出家就不用赔钱啊……"

李晓枫呆住了："不是吧？"

"我一哥们儿公司就是投资刘裕德的，他把我哥们儿给害惨了！当年他不是拿了那一千万美金吗，心气高，说是每个省会都要设点。但是中国实在太大了，花了好多钱做宣传，结果战线拉得太长资金链就断了。这也就罢了。更可怕的是这个刘裕德不知道什么原因——可能是压力大，也可能是有赌瘾，居然偷偷从公司拿很多钱去澳门赌钱。结果前段时间投资人去查他的账，发现他欠了银行差不多一个亿，人现在也不见了，剩下老婆孩子抱着哭……"

李晓枫想起视频里那个网络精英范儿的刘裕德——喔，叫刘宇德，他年轻温顺的太太，以及可爱的一儿一女，当年一起喊："一定要给家人最新鲜的！"啊，这是多么讽刺啊。

"基因果然很可怕啊。当年我父母强烈反对我们在一起，就是因为刘裕德爸爸特别爱赌，输了很多钱，说是会遗传。我记得刘裕德当年可是最恨赌博啊，他一看到打牌打麻将的人就一脸瞧不上。没想到自己居然会死在了赌博上，基因这东西你根本没办法啊……"李晓枫感叹。

"妈呀，那你不是真要谢他的不娶之恩！要是你真跟了他，这一亿债务就得归你还啊，你那三千万还不够呢！"

"你鬼扯啊，我哪有三千万……"

"行了行了，我得赶紧打电话给我哥们儿，告诉他这个消息。

他们正狂找他呢。"

李小贞抽出电话，李晓枫赶紧压住她的手："亲，别打行吗？"

"为什么啊，他欠钱呢……"

"有两种可能性。一种可能性——果真是他，但是以他的眼神，可能也认出我了，如果你哥们马上来青城山，他肯定以为是我告的密，肯定恨上我了；第二种可能性——就不是他，你哥们儿来了也白来。而且我确实也没看真，我眼睛有病。你知道的，眼肌无力，视物模糊，看东西重影……"

"妈啊，李晓枫，行了行了，别卖惨了，你这是余情未了啊！"

"什么余情未了，我就觉得江湖事江湖了。青城山只这么大，他只要还想重出江湖他就要去找旧人，就总会被人发现的。你哥们儿他们有门路，总归会查到他下落的。但咱们别去掺和这事好吗？我们冰清玉洁的女孩子犯不着去掺和这种破事儿……"

李小贞放下手机，盯着李晓枫大笑起来："冰清玉洁的女孩子，你这自我定位也挺清奇的。"

"啊，比起那些臭男人，我们难道不是冰清玉洁吗？这可是你我的青春偶像贾宝玉先生说的。"李晓枫讪笑着说。

李小贞想了想也是，就把手机放下了。

"啊，如果真是刘裕德，那么这一幕还真挺奇幻的。你以前老跟我讨论为什么大学里男生不如女生优秀，但毕业后男同学都混得比女同学好，其实也分时间段。到最后你看这些以前耀武扬威骄奢淫逸的成功男人一个一个都跌得挺惨的——得病的得病，走佬的走佬，当和尚的当和尚……"李小贞说。

是啊，她这么一说，李晓枫倒想起了很多年前欧阳带她去的改变她人生观的高端饭局。那个当过首富的地产公司的高总，前年跑路了，据说去了澳洲；欧阳，被抓了；最戏剧化的是那个规划局的刘局，当年看见他的时候，真的一表人才，让人倾慕，一身白衣白裤，好像亦舒小说里那些手眼通天的男人，无数的朋友，无数的钱，好像半个广州城都是他家的那种感觉。欧阳说他最出格的一件事是包下了整个东峻为那个他喜欢的女人庆祝生日，你想象得到吗？全广州的名流都到了……

"小贞，你知道吗？我最后一次见他是有一天去超市买菜，在路上碰到他。他骑着一架旧单车，人胖得不成样子，老得不成样子，我还感叹他为什么不开他那辆宾士豪车。后来问欧阳，欧阳说他得罪了上司，被撸了官。再后来，我就听欧阳说他去世了，为什么去世？心梗。原来就有病，官被撸了更加天天借酒消愁，后来万不得已做了心脏搭桥手术，加了四五个支架，国产的，因为没钱。还喝酒，也没有人照顾，不到两年人就没了……"

"天啊，那他等于五十还不到就死了……"

"是啊，孩子还在读高中……跟老婆的关系也没处理好，神气的时候包场给其他女人过生日，你病了老婆当然就不愿意照顾你，也是自作孽……"

"他应该只比我们高三届吧……"

"五届。"

"天！"

两个人半晌没说话。

李晓枫深深叹了口气："想想都后怕，感觉自己最后算是捡了半条命回来。"

为啥是半条命？

只剩零点五的视力，跑不了三公里的人还不算是半条命吗？

"那倒也是，我们都只剩半条命，我也是一身病……"李小贞叹了口气，她看了一眼李晓枫感慨地说，"晓枫，我还真是挺佩服你的，我是天上飘的人，你偏偏是那种要把脚死死扎在地上的人。这么多年以来，你是我唯一见过的真正套现出来的人。不拘多少吧，反正你是我见过的唯一全身——喔，半身而退的人。"

李晓枫想了想："可能因为我胆小吧。"

23　　　　　大悲苑大概是成都最美的地方，满寺都是上千年的银杏树，一进去就让人觉得洗涤凡心。

这也是这两年周蜜的修行之处。

周蜜回成都之后，信了佛。

李晓枫约了周蜜的父母在大悲苑的茶室见面，找了个最里面的位子。打开盒子，把清单拿出来，贵重物品，得当面点清。

拿出那只金光灿烂的漂亮的宝格丽灵蛇，像见到旧人。李晓枫想起当年听到周蜜说"一句'米虫'换来一块美貌的宝格丽，这笔生意还是赚了！"时的目瞪口呆，那个戴着新灵蛇表涂着阿玛尼204口红的周蜜登时让李晓枫有了种恍然隔世的感觉。嗯，是的，原来就在那一刻，大学时候的周蜜就不存在了，她让这富贵的生活给彻底改造了。据说人体的细胞每隔七年就全部换一次，十来年过去了，神气的彪悍的才华横溢的看奥黛丽·赫本的周蜜已然不存在了，留在这个世界上的是美滋滋觉得自己挨一句骂赚了三十万的胡太。

"你看，生活多么神奇啊，它改变一个人从来不在此刻此时，而在无数分秒之后。只要你开始接受某一种生活，你就会沿着那种生活的方向走上另外一条路，然后沿着那条路一直往下走。"李晓枫说，"这就是当时周蜜给我敲响的最大的警钟。"

李小贞想了想，不以为然地努努嘴："晓枫，周蜜不是变了，她是没办法了。'还是赚了'这一句就是周蜜给自己下的台阶啊。她不这么想，还能怎么想呢？富贵老公骂你一句'米虫'，你就离婚吗？多少人等着你空出这个位子，你以为她不知道自己的局面吗？她就是想找个台阶下，多少人连这宝格丽的台阶都没有啊。晓枫，你真是不知道世道艰难。"

"我就是想不通周蜜这么聪明的人，怎么会把自己的路走到这么窄？"李晓枫问。

李小贞嘿嘿一笑："这个我有经验。因为我们聪明人的最大问题，在于我们都不大肯走远路走泥路走难路。"

读大学的时候周蜜的文章写得多好啊。她在系刊上发过一篇小小说，才一千八百字，写一个剧团的落魄琴师，写得深刻又动人。还有一次她用钱锺书的笔法写系里的几个老师，讽刺他们的古板和不学无术，让大家足足笑了一个学期。但和所有才华横溢的年轻人一样，周蜜根本不在乎这些小小的才华，遍地抛洒，随写随撕。有时李小贞问为什么你不投稿给我们系刊，周蜜总是梗着她长长的天鹅脖子一脸不屑地说："哼，没兴趣，没钱，才不写！气死你！"

和人对着干，总是拒绝和反对，是周蜜和人相处的方式。你熟悉她了，就知道那其实是撒娇，是一种考验。这种方法如果用在爱她的人身上，可能会招来更多的呵护，比如说大胡。你说 A

不行，他就给你 B，你说 B 也不好，他就给你 C、D、E，最后你终于确定他是真的爱你，于是她再淡淡一笑说，看你急得满头汗，那我就不为难你了，还是选 A 吧。对面的人如蒙大赦。公主感油然而生，周蜜喜欢的，就是这种交往方式。

但问题是，不是每一个人都是大胡。人生，也不是每一年都是十八岁。

拥有得太多，放弃得太容易，于是每条路上都半途而废，这是聪明人的致命缺陷。

她曾是全国十大广告创意人，得过奖，上过报，去过北京拿过奖杯，可是在她那个著名的外资公司就是升不上去。因为外资公司有玻璃天花板，你多出色都不行，只能当个小总监，只因为你是内地人。所以周蜜干得多出色也只能屈居人下，十年了都是如此，她这才一气之下辞了职回了家。

她的文章虽好，但也早早就被她放弃了。毕业前她曾经认真地以一种悲天悯人的语气劝李晓枫："晓枫，你不要傻。你不像小贞，她不用赚钱，但是你要生活。写作是最没前途的一个职业，穷得要死，你一定要信我！"

李晓枫半天没出声，想了半天，说："我不是不信你。但我真的只会这个，也只喜欢这个。"

很多年以后，李晓枫终于出了第一本书，虽然是译著，但大小也算是本畅销书。吃饭的时候送了一本样书给周蜜。周蜜那时还在广告公司，她端详着书怅然说道："唉，其实我当年也挺喜欢写作的，就是我妈下了死命令不让我写，因为我们文联大院里最穷最可怜的就是那些穷作家。"

当时一起吃饭的几个同行，谁也没有听说有这样恭喜别人出新书的，每个人都吓住了。只有李晓枫当没听见，她知道周蜜并无恶意，只是那个当下，周蜜是真心为自己惆怅。

周蜜说到底，还是挺单纯的人。

正胡思乱想，不觉周蜜的父母已走了进来。昔日的商业局局长以及昔日艳冠成都的名旦走了进来，神气仍在，但比当年开学时节的匆匆一瞥真是见老多了，主要是头发全白了，一边走一边笑问："你们两位哪一位是李小贞啊？谢谢你喔。听说你在英国读电影，这两年每年都寄那么些外国的营养品给她，这次又能来看她……你们大学同学感情真好……"

李小贞瞪大眼睛，慢慢把头转向李晓枫。两人对视了一眼，同时无声地说了三个字："梅兰花。"

又是一番寒暄感谢之后，周蜜的妈妈坐下来，接过盒子，对着单子郑重地数了数东西，脸上有一种老年人见到金银财宝时会焕发出的异样的光芒。李晓枫突然想起她妈说过人老了会觉得什么都是假的，最爱的东西是钱，这是一句真话。

数完东西，老太太又把盒子交给老伴，交代他再对一遍清单，然后写个收据给李晓枫。

和所有的老太太一样，她的话也很多，先是聊周蜜："现在都会按时吃药，偶尔会犯病，但大部分时候都挺好的……你们那么好，但是没有办法，怕刺激她。她特别不能见广州那个时候的人，我们只能隔着窗子望一望了。"

　　她最关心的还是她的小外孙胡一天——天天的情况如何，天天胖了瘦了，又怯生生地打听了一下大胡现在的太太的情况。"离婚时说自己欠一屁股债，一分钱也没给我们周蜜，绝对转移资产了。但我们也没办法，而且他跟那个秘书早就在一起了，周蜜说的……"老太太脸露鄙夷，恨恨地说道，不过一瞬间又露出悲伤的神气，"不过现在也没办法了，婚也是早都离了。"

　　周蜜的爸爸在一旁不怎么说话，这时也忍不住轻拍了一下老伴的肩膀，半是安慰也半是开导地说："都是过去的事了，看病啊找医生啊不都是他在张罗。现在情况好了，还每个月给点钱又把细软送回来，算是良心没烂透吧。其实离了婚也好，两个人原本也不合适，我当年反对的。再加上现在周蜜也有男朋友了，也算是一别两宽，各生欢喜。"

　　啊，李晓枫和李小贞同时瞪大了眼睛，周蜜居然还有男朋友！

　　"其实就是她的中学同学，原来开过个工厂，做佛珠生意的，认得寺院里的人。后来生意失败，老婆带着孩子出了国，前几年也离了，现在开的士。人倒是蛮忠厚的，知道周蜜病了，就常来看她，载进载出的。寺院的禅修班也是他介绍的。周蜜说他上学的时候就喜欢她，现在两个人就在一起了。周蜜信了佛之后，情况好了很多。医生说她这种病，只要换个环境，不刺激她，就什么事都没有，还可以正常上班……"老太太喜滋滋地说。

周蜜他爸又一脸看不上地说："上什么班？我们又不是没钱养她。万一上班又受气刺激她呢？做做义工挺好。"

正说着闲话，周蜜妈妈的手机响了："唔，好的好的，你们到茶馆这边来。我跟你爸给你送件衣服，起风了！"

两个老人小心翼翼把珠宝盒收在大布袋里，慢慢走了出去，拦在茶室窗前等女儿，这样外面就看不到里面。但坐在窗户侧里的李晓枫她们可以看到外面。

从后面看，老太太的头发被风吹得有点凌乱，两个白发老人紧紧地靠在一起。都是快八十的人了，李晓枫想周蜜爸爸最后说的那句话："到现在才知道人各有命，福祸在天，我们都得面对现实。现在我们老两口的目的就是活久一点，争取照顾周蜜久一点。晓枫，你说是这个道理不？"李晓枫鼻子又一酸，忍不住掉下泪来。

为了不让李小贞看到她又流眼泪，李晓枫只得低下头装着刷微博，打开那个叫"肖申克的反击"的微博，看看周蜜最近又说了什么。

李晓枫这才发现，她不发病的时候，倒是很少写字，最近的几条都是关于佛法的。

> 世间事物，无非因果，"因"有内因外缘。事有不顺，大部分人总是归咎于外缘，很少反省内因，致使烦恼难解。就像大部分人都喜欢摘果子，却不会去栽树、施肥和护理。自己的人生，若想有果，得自己栽。若想果甜，得自身辛劳，有因才有果……

也偶尔有关于生活的。

> 老杨说所有失去的，会以另一种方式回来，感恩生活。

呵，原来这个中学同学叫老杨。

一会儿，只见周蜜和一个男人慢慢从远处走来，两个人都穿着宽大的深棕色义工服——为什么知道是义工服，因为胸前写着大大的"义工"二字——两个人脚上也都穿着黑色的僧布鞋。李晓枫来之前总觉得精神病人应该是赤白精瘦手如鸡爪头发蓬乱眼睛发红直勾勾地盯着人，其实压根就不是。

周蜜反而是胖了一圈，素白着一张脸，倒比早些年温和了些，有了某种福相。唯一的变化是她的眼睛看人时比从前慢了很多，大概是吃药吃的。这一慢下来反而正是一个普通中年妇人常

265

有的样子，倒和身边那个脸圆圆的四川男人很搭调，好像是同行了几十年的原配夫妻似的。

周蜜笑嘻嘻地看着身边的男人和眼前的父母，有着某种天真的神气，叽叽喳喳地说着今天的斋饭如何好吃。李晓枫突然觉得有一丝恍惚，这个周蜜她太不熟了。她熟悉大学时骄傲的周蜜，也熟悉在公关公司厉害的周蜜，更记得五年之前脸浮肿着化得桃红柳绿穿桃红配白点华伦天奴紧身褶皱短裙阔太的周蜜。但现在的周蜜与那些完全无关了，这是什么状态下的周蜜呢？

"我怎么觉得周蜜的神态像个少女啊？"李小贞突然开口说道。

不得不佩服李小贞卓越的观察力。"可不是吗？怎么会这样？"

"我看过一本科幻的书，说人其实是一种变形虫，会根据周围的环境变化。可能周蜜现在就处在这种状态吧，她跟中学同学在一起的时候就会变成中学的样子。这样也挺好的，正好父母也在，她可不就是在读中学的小公主吗？多单纯，多幸福。"李小贞淡淡地说。

周蜜和父母聊了一气，老杨接了个电话，说大和尚那边有事，叫他们过去。分手的时候，周蜜突然从随身的布袋里拿出两个塑料袋，用四川话说："爸爸姆妈，给你们带了四只素包子，好难抢到哩。你们晚上可以不用做饭了，我和老杨都不回来吃，今天晚上要诵经。"

后来这四只素包子，就被周蜜的父母转送给了李晓枫和李小贞。他们说大悲苑的素包子全成都都有名。这东西倒不好推辞，李晓枫就拿了。眼泪在那一刻真没止住，就掉了下来。

人就是这样，此一时彼一时，谁知道有一天骄傲得白雪公主一样的周蜜，一次买二十万奢侈品的周蜜，穿桃红配白点华伦天奴的周蜜，会变成眼前这个送他们素包子的周蜜呢？

李小贞偷偷在窗里拍了一张周蜜的背影，发到402的群里。

没两分钟梅兰花微信就来了："她还好吗？"

"挺好，比从前快乐，还交了男朋友。"

"那太好了。"

"周蜜妈妈说谢谢你每年都寄营养品给她。"

"嗯。应该的。"

24

告别了周蜜的父母，李小贞和李晓枫从大悲苑横穿出来。

一时间两人竟讷讷无言。

小风里，暖阳中，两人一口气快走了半小时。

走到一段风景秀丽的府南河边的草地上，李小贞掏出一包烟，说坐这儿抽根烟。

抽完一根之后，李小贞感叹了一句："还好，还好，比我想象中的好。大美女果然总有接盘侠。"

李晓枫说："是啊，挺好的，看上去比咱俩还好。"

"我们也挺好，把自己活成了自己的接盘侠啊。"李小贞抽了一口烟说。

"小贞你说，这一辈子你觉得过得值吗？"

"值啊……就是觉得不够成功，让我父母没脸。我自己觉得还挺好，每隔几年，我就觉得自己心里会长出一些新的东西。经历过很多事，经历过很多人，做过自己想做的事，去过想去的任何地方，睡过想睡的男人，想想也不后悔。"

"你怎么一点感情也没有，什么事也不哭，你多久没哭过了？"

"好久了，二十年，有没有？哈哈哈，看电影不算……"

"可是我现在还是常常哭，我现在又想哭了。为周蜜哭，为石一山哭，为你和我自己哭。"

"哭什么哭？周蜜现在挺开心的，石一山过得也挺逍遥，你又有钱了，最惨算是我，但我也挺开心的，我还能为自己的理想去奋斗，我觉得挺幸福的。"

"如果你现在遇到石一山，你想跟他说句什么？"

"说什么？哈哈，"李小贞垂下眼帘，抽了一会儿烟，想了很久，"没什么可说的，可能会说保重身体吧哈哈哈哈哈。"

李晓枫也被她逗笑了，再过了一会儿，又哭起来。

"什么鬼！你又哭！说一件我最惨的事情让你乐一下吧。"李小贞转过头，盯着李晓枫，说，"这次来成都是我人生第一次坐头等舱，感觉还挺好的。"

"咦，你不是说你六岁就坐过吗？"

"我那是吹牛的，这就是我说的我最惨的一件事。我以前跟你们说的那个六岁坐头等舱的其实是我堂姐。我爷爷的官也没有你们想的那么大，他离休离得太早，也没捞到什么钱，而且在我去英国第二年就去世了。我也根本没有考上英国的电影学院，只是去那里旁听了几节课。我读的是一个很不入流的艺术学校。我们家一没有了我爷爷，家里就一落千丈，房子也收回去了，父母还双双下岗，根本没有钱供我读书。我在英国洗了两年盘子，这是我得抑郁症的原因。"

李晓枫瞪大了眼睛，你瞒得可够紧的！

"没想到吧，我们中间最虚荣的人是我……"

"那我也说一个最惨的事让你乐一下吧！"

"你能有什么最惨的事？你这么稳的人，刘裕德的事不要再说了，他现在够惨的了。"

"不是，我人生里最惨的事就是我到现在还是个 virgin……"

李小贞瞪大了眼睛："天哪！你不至于吧？"

"至于的至于的。"李晓枫尴尬地笑起来，"那个时候不是流行说把最珍贵的留到新婚之夜吗？我一直坚持，就算躺在一张床上，也死活不行。后来到了广州，一直没有合适的，坚持着坚持着，就坚持到现在了……是不是很惨……"

两人开始相视大笑起来，李小贞笑得喘不过气来："那刘裕德也不容易……天哪天哪，原来你是二十世纪最后一个处女，我一定要为你拍个电影，太搞笑了……"

李晓枫开始捶她："我这么惨，你还笑我！"

"那你确实比我惨，哈哈哈哈，我觉得你必须在五十岁之前解决它。我帮你找个男演员吧！你说，你喜欢哪一型的？"

"哈哈哈哈哈……"

两人最后笑得浑身无力，瘫倒在了草地上。

成都秋天的太阳暖暖地照在身上，好久没有这样无拘无束地笑过了，还是和大学同学一起。

李晓枫想起大一的时候，正是四个女孩关系最好的时候，常常一起去舞厅一起去看电影，那天晚上她们又跑去图书馆看电影。嗯，对，就是那部奥黛丽·赫本的《甜姐儿》，那是她们第五次看了。晚上四个人走在回寝室的路上，每个人都若有所思。

这时，有一轮又大又圆的月亮升了上来，金黄得不像是真的，把每个人的脸都照得雪亮。"看会儿月亮吧。"梅兰花说。她们一起嬉笑着跑到校园中间的诗人草坪里坐了下来。那里的草不深，不怕有蛇。

四个女孩都被那只妖异的金色大月亮给摄住了，她们从来没有见过么大这么金的月亮，简直像《封神榜》里的法宝，随时就要把人的魂吸进去，身子轻飘飘的，腔子里完全是透明的……

"嗯，未来你们想要过什么样的生活？"李小贞突然扭过头来问了一个把她们都拉回地面的问题。

大家又陷入静寂中。

李晓枫第一个回答："我想要开一个电影里那样的书店，有一个老公和一个孩子，过最平静最正常的生活。"

周蜜想了一想说："我想要成为穿最漂亮衣服的公主，和一个绅士结婚，住进最好的酒店，生五个孩子，从此过上幸福的生活。"

李小贞讪笑道："疯了，你们这些女人，我一个也不想生。我想拍一部万世流芳的电影，我想写书，我想有一个萨特一样的男朋友，永远的 soulmate（灵魂伴侣）。喔，对了，你们不知道他。你们都没看过《第二性》……"

梅兰花咯咯地笑："小贞，别掉书袋了！我不知道未来会怎么样，我只幻想过一个场景。"

"什么？"

"嗯，就是我穿着纪梵希高定露背礼服坐在头等舱，神情冷漠地举着一杯香槟。然后旁边来了一个男士——詹姆斯·邦德。他摘下墨镜深情地看了我一眼，说：Oh，miss，may I sit here？（小姐，我可以在你身边坐下吗？）然后我抬起下巴，轻轻说：Sure！Please！"

所有人都大笑起来，李晓枫大声说："好，梅兰花这个好！我们以后都必须坐头等舱，穿纪梵希的礼服，然后每个人配一个詹姆斯·邦德！"

梅兰芳媚笑道："一个可不够，我要七个，一天一个，一个给我洗脚，一个给我背包，一个给我开车，一个给我赚钱，一个陪我睡觉……"

大笑变成了狂笑，四个十九岁的女生瘫在草地上，她们的笑声好像就从草地里飞了出来，在月亮下镀上了一层金色，慢慢升腾去了无尽的天际，飘进了金色的月亮里。这个奇幻的场景一直凝固在李晓枫的记忆里，在后来的岁月里，一直闪闪发光。

那时，李晓枫以为一生很长，她们四个毫无疑问都会实现自己的理想。

后记

这是一个老套而平常的小说，而我想写的不过是这波澜起伏三十年里我们这一代女性的青春幻灭记。

关于《头等舱》的二三事

1

十五年之后，我写完人生中的第二部长篇。

这十五年里也不是没有想过写小说，开过两次头，都在几万字之后半途而废了。这本不像我的性格，确实是根本写不下去，只得放弃。

这时我才发现，原来，写小说跟怀孕一样，需要天时地利人和，缺一不可，勉强不来。说容易也容易，说难也难。

一切只因为第一次写长篇时有异常愉快的经验。

2005 年，我在痛苦的产后抑郁症里，一周在后花园写三千字（一章），这几乎是当时的我最快乐最享受的时光。在当时的我看来，写小说是世界上最快乐最容易的事，比所有事都容易——比泡奶粉量温度容易，比换尿布容易，比看人脸色容易，比哄睡孩子容易。

写完第一本小说之后，我做了单亲妈妈。几番思量，我把我的职业生涯定在来钱比较快和有保障的专栏写作上。有好几年的时间里我一个月要写二三十个专栏，做各种人物采访，马不停蹄地奔忙在广州与香港之间。一路上见到许多奇怪的人，每天都有层出不穷的题材。有时我甚至会得意地想，一个小说只需要一个idea，我有这么多idea，那我将来不是可以写很多小说？但事实教育了我，靠际遇写小说和专业写小说根本就是两回事。前者完全拼的是激情，因为生活挤压得太苦，写作成了纾解，几乎不太需要思考你就可以哗哗往外倒；但后者则完全是靠经验靠毅力靠往内心挖的狠力气，以及运气——看看想象力女神对你有无怜悯之情。

2019年，我在忙碌的公众号生涯中开始写这部小说。开始的时候我豪情万丈，希望它在2019年国庆节就结束。不就随意写个三四万字的小中篇吗？结果写到了2020年儿童节，还没有写完。这时才发现没有如第一次一般，有网友在后面追随、监督和鼓励，一个人闷在家里默默写长篇真是一次太艰难的长途跋涉。

三四万字最后一写写到了七万字。想想也是，四个女大学生，从 1990 年写到 2019 年，快三十年人生经历，三四万字还真的兜不住。

纵然我偷懒只选取了一个最小的角度来切入这三十年的时空，但也仍然没能穿透这三十年的沉云浓雾。看完第一版，蓝小姐一句"我觉得作者离人物很远，完全不近身"，让我一气之下开始重写。我把第三人称改成了第一人称，又把原来设想写下半部的内容全部一股脑抛了进去，提起一口真气，与内心这个回避的偷懒的小"我"战斗了一番，这才形成了现在这部十二万字小说的基本轮廓。

第二稿在春节后完成，完成后我的坐骨神经痛就发作了。张欣老师调侃我说：好，写到坐骨神经痛就差不多了……

第三稿来自我与晚睡和张欣老师的两次长谈，这两次长谈又让我把第一人称改回了第三人称。最后的一轮来自久久、桐华和陈彻——特别是桐华，她甚至给我改了一个开头。这么来来回回地改，就是无数时光如飞。

虽然《头等舱》的写作过程备受煎熬，但也有许多甜蜜的时刻，而令我安慰的是，它终于没有半途而废，毕竟是写完了。虽然没有达到我的朋友们对我的期待，不尽如人意，但是它终于完成了。

2

回到最初的问题，为什么我要写《头等舱》？

那只是源于我内心的一个疑惑：为什么我们这一代女大学生在毕业三十年之后有如此多的"疯妇"？

我自己是在一个三线城市的化工厂厂区长大。在我小的时候，只有遭受极端不幸的人才会疯——死了老公孩子极度贫穷的、没有母亲被继母虐待的、遇到极端渣男被虐待的……"疯"离我的生活很远，甚至可以说从来不属于我生活的那个圈层。

上了中学大学，周围都是天之骄子，我从来也不曾想过那些优秀的漂亮的小伙伴有朝一日会疯。她们不是理所应当走上云端坐进头等舱收获幸福吗？但是现实是，二十年后，赫然发现在我身边就有好几个彻底疯了或者近于疯了的昔日"女神"。

去年我突然接到一个老友的电话，她告诉我她想来看我，因为病好了。我问什么病？她说她这几年进出精神病院多次。我们曾经是少年时代的好友，她非常美丽，非常有气质，也非常有才华，曾经是我文学道路上的引路明灯。但是后来因为一些琐事早已多年不联系。这是我人生第一次赤裸裸地直面我的同龄人"疯"的问题。与此同时，我的另一位老友在饭桌上告诉我，她的大学同学疯了。那位女同学我也曾经有一面之缘，那时她是手擒爱马仕目下无尘的贵妇，穿着一双性感至极的黑色罗马鞋，让我印象颇深……

昔日女神是怎么从风光无限的华丽人生掉到黑暗疯狂的深渊里去的呢？这是这两年我时常想起的问题：她那么优秀，怎么会疯呢？

这几年这个问题在我内心出现的频率之高让我深信这是一种召唤，我必须写一部小说才能把这个问题彻底消灭。至于她们值不值得记录，这个我没有考虑。我只想要消灭这个问题，因为我实在受不了这种灵魂追问。是啊，怎么会呢？她们那么优秀，怎么会疯呢？

3 不可否认，我是一个有点笨的人。

这个问题在很多人眼里简直是不成问题——疯了就疯了，疯了的人多了去了，凭什么那么优秀就不能疯呢？可是，我就是无法接受，我想写下她们的故事。

辛波斯卡说，没有一块石头或者一朵石头之上的云是寻常的，没有一个白昼和白昼之后的夜晚是寻常的。总之，没有一个存在，没有任何人的存在是寻常的。

写周蜜、李晓枫、梅兰花和李小贞这四个人的过程是辛苦的，因为故事完全是虚构的。在写她们的过程里，我一步一步地接近了她们。确切地说，周蜜、李小贞、李晓枫和梅兰花代表的是七零后，上大学是在九十年代初，也就是在真实生活里比我略大一点，是我曾经一睹过芳容的师姐们。她们曾经是我们那个时代里最优秀的女性，她们中的大部分后来成为中国一线城市里的第一代职业金领。

上世纪九十年代早期的大学录取率极低，几乎是十里挑一。我读的是一个三线城市的重点中学，我们那一年四百个考生里，考上重点本科的女生可能就十来个，外文系根本就没有。因为那时的外文系是极热门的专业。国家进入改革开放，极其缺乏外语人才，再加上还有面试这一关，能读上重点大学外文系的女生绝对是万里挑一。在我的印象里，外语系这帮女生当年的存在如同天神，光芒四射，让周围大部分人自惭形秽。用什么形容词形容她们都不过分，因为她们确确实实是大学校园里脖子伸得长长眼睛长在额角上自带光环白天鹅般的存在。

但这一切都在二十年后土崩瓦解。

许多貌似不经意的人生选择一步一步把"周蜜"们逼上了"崩溃"这条路。你可以说路是她们自己选的，但是不能否认，这是时代与际遇的合力——她们一帆风顺地长大，家长说"你要把所有的注意力都放在学习上"，要"做好女孩"。她们从千军万马里杀出来考上众人艳羡的大学，在别人眼里她们前途不可限量，她们进的是当时最好的单位，嫁的是当时觉得最好最牛的男人。她们的青春有一个雷霆万钧的开场，但没想到二十年后却全盘崩落。

崩溃来自两个方向，首先是内在世界的崩溃。

爱情和婚姻，男人和孩子不是你作为女人价值的天平。这些我们后来熟知的常识，在之前女性的生活里几乎都是空白。她们是没有经过任何现代性教育长大的一代人，但她们一出生又天然觉得男女是平等的。整个成长过程又其实是完全沐浴在旧式的性别观念当中，她们靠着看琼瑶三毛金庸理解男女关系，她们仍然不由自主地把爱情看做是人生唯一的救赎，她们看上去非常摩登，其实内在异常传统，这导致了她们给自己的人生选择少之又少。

其次是外在世界的挤压。

受过高等教育的七零后，不能说是不幸运的。他们确实是天之骄子，一出校园就碰上开放开明整个社会处在上升期的上世纪九十年代中期，只要稍微务务力，弯弯腰，就能拾到满地的稻穗。当然，作为第二性，她们享受的红利大半是被同时代的男人拾剩的，这恰恰也造成了她们的不幸。在这波澜壮阔日新月异的三十年里情感关系和社会结构的转变放在任何一个人身上都会让人目瞪口呆。而对于拧巴的天真的脆弱又自以为一切尽在掌握开局太顺的人来说，面对这种外在世界与精神世界一再被解构和重建实在是太难了。

身处急剧变化的世界，其实需要极其坚强的神经。

如若不然，崩溃几乎是必然的事。

我之所以敢这么说，是因为我深深地知道。就算平庸如我自己，若是过去那几个瞬间我稍稍软弱一下，我也很可能已疯了好几回了。某种程度上，我们都是周蜜。我是逃过一劫的周蜜，我们身处万花筒般极速变化的世界，见证过时代的奇迹，也尝尽繁华之后的孤独和幻灭——悲惨的是，在时代的高速旋转裹挟中，站得越高的人，所受的离心力就越大，这也许是过早地站在财富金字塔上的周蜜们所未曾料到的。

我曾经听一位年近五十的昔日校花感叹：我怎么觉得自己的世界在这二十多年间，完全颠倒了。它从前有多么宠我，现在就有多么无情——我无言以对，只得讪讪地说：其实它一直就很无情，只不过你当年未曾发觉。

4 那为什么要起名叫《头等舱》？

最浅显的原因是故事的起点和发生地就在"头等舱"，其次当然头等舱饱含寓意——四个在重点大学读外文系的女生把乘坐头等舱当成了她们未来美好生活的一部分，她们势必实现的人生理想，这当中既有少女不切实际的浪漫幻想，也有其后明显的阶层赋义。在她们最心高气傲的季节里理所应当地觉得自己应该得到全世界，势必也应该成为这个社会"头等舱"的乘客。事实上，她们中的大多数也真的实现了这个理想。她们撞中了时代，她们是受过高等教育又曾在上世纪九十年代的百舸争流里拔得头筹的头等舱幸运儿。

但是头等舱终究不是终点，只是一段旅程，没有人可以永远坐在头等舱里。总有一天，她们会从里面出来，而等待她们的是什么样的生活？这是她们未曾预料到的，也未曾思考过的。是啊，财富的增长和因缘际会后的阶层变化谁能料到呢？

五年、十年、二十年后，李晓枫们会到达哪里？纽约？巴黎？伊斯坦布尔还是巴格达？

没有人会知道。

有人说，我看你这小说明明就是一个长得不怎么好看的女孩撞上风口的发财故事嘛。如果说你只看到这一层的话，恭喜你，你是一个不怎么悲观且容易快乐的人。因为我看到的是一个特别悲怆的故事——四个昔年最漂亮最有才华最骄傲的大学女生，在二十多年之后，一个疯了一个残了，两个废了。尽管她们那么努力，但生活的伤痕一一留在了她们心里。这也许是一个平庸而老套的故事，如果说我真的有一点期望，那就是我期望自己能写出这波澜起伏的三十年中我们这一代女性的青春幻灭过程。

在书中，我给她们一一安排了貌似不错的退路。但事实上我们都知道，真实的生活是没有退路的——疯了被送回小城的失婚妇人是不会有"老杨"的，胖而懦弱的资深女记者是很难遇上风口的，失意的满头白发的才女正常的结局是抑郁症，而耽于回忆万人追求的资深大美女回国时是无人捧场的。

真实的生活，比我们想象的还要残酷得多。

拉康说过，幻想必须超越现实。

小说是一种幻想，所以请容我手下留情。

如果你要说这是一种软弱，那我也认了。

5

2020 年从春节开始长达五个月的疫情防控期间，我做了两件事，其中一件是装修了一套小公寓，另外一件事就是写完了这个小说。这两件事情拯救了我，把我从浑浑噩噩的生活里解救了出来，让我在疫情防控期间情绪没有持续恶化，没有被内心的焦虑彻底击垮，反而把有限的精力全部都投入到了创造当中——这些年，我唯一学到的应对人生困境的方法是掉头就走，回到自己的书桌前，去写点什么，去做点什么。

因为我深深知道，对于一个没什么能力面对失控的真实世界的人来说，对抗焦虑的方法可能就是用文字去创造另一个世界。这种创造是一种逃避，但也未尝不是一种救赎——这大概就是我写小说背后最深的动机。

每当生活让我变成一只困兽，我就拿起文字来筑起我的城堡。只有它才能助我离开困境，才能在仓皇过后淡淡一笑，觉得当年的困难不值一提。

到处都是困境——个人的困境，女性的困境，七零后的困境……这些困境里有周蜜，也有小贞，有大胡，有石一山，更有你和我。年轻的时候，我们都觉得只要有钱就好了，钱能解决一切问题，我们把财富与物质看作是逃离这些困境的不二法门。但到现在我明白了，财富与物质可以脱离困窘，但你依然会有新的困局。比如就算你是头等舱常客，你也阻止不了疾病的来临和精神的溃散；就算你是头等舱的贵宾，你也不能确保有一天你不会被时代的雷电风云打回原形。

生命是流动的，关系是流动的，财富是流动的，名望是流动的，幸福是流动的，哀恸亦是流动的。在时间莽莽的凝视之下，一切看似坚固的东西其实都是泡影，一切执着的追求都是强求。不需要五十年一百年，在这个加速的时代里，甚至短暂到只需要二十年，七千多天，就会让一个公主变成疯妇。

真的，命运无时不在，随时会像广州夏天午后阵雨里的闪电一样击中我们，无差别攻击，不留情面。佛家把这闪电称为无常，而我们的愚蠢在于我们会无来由地觉得闪电击中的肯定是别人。

我们无视，退却，挂上窗帘，我们任性地顽强地要在这流沙般的无常里建筑我们自以为坚不可摧的幸福小屋。而天空中无处不在的闪电，像命运嘲笑我们的眼神。

带给我们痛苦的，不是真实的世界，而是幻想的破灭。

这痛苦，无法解脱。正因为这样，我们才会选择去看一部电影，听一场音乐会，看一本小说，或者，写一本小说。当你真正知道孤独之不可逃脱之时，你才有可能真正去了解手头这仅剩不多的生命，拥抱心里那个无助的小孩，你才有可能在一切幻灭之后仍然看到夜空中有一轮金色的明月。

这一刻的瞥见，便是永远。

附记：

感谢在写小说期间我的朋友们——裴谕新、蓝小姐、思呈、艾小羊、晚睡、小麦、姚远、刘蓉，是你们给了我鼓励，也给了我许多很好的建议，正是你们严格的要求促使我把小说改了一遍又一遍。感谢介绍我给《上海文学》的王恺。感谢修改小说能让它发表在《上海文学》的编辑久久，这是人生里第一次有人这么直接教我怎么写小说，真正的良师益友。感谢给予我灵感抄录了她们的金句用在小说里的周艳和潘向黎，感谢替我找到小说楔子的张欣老师，还有给我写序的陈彻，出手给我改稿的桐华，感谢你们无私给予我的帮助和智慧。如果说这本书还可以另外起个名字，我想应该叫"集美（姐妹）之书"，因为这本书是你们智慧的结晶。另外感谢一直无条件赞赏和鼓励我的编辑汶璟，是你的夸赞让我有了力量，感谢侯亮、杨袁媛勇敢地在半途接下了这本书，以及董茹嘉为这本书最终设计了现在这个美好的样子。

感谢生活，感谢无常，感谢曾经遇见的一切镜中花、水中月和天空中的闪电。

感谢曾经慰藉到生命的一切美好瞬间，虽然明知是幻觉，亦觉欢喜。我们原是为这一点欢喜，才情愿来这世间历百千劫。

图书在版编目（CIP）数据

头等舱 / 黄佟佟 著 . —北京：东方出版社，2020.11
ISBN 978-7-5207-1691-8

Ⅰ. ①头… Ⅱ. ①黄… Ⅲ. ①长篇小说—中国—当代 Ⅳ. ① I247.5

中国版本图书馆 CIP 数据核字（2020）第 178987 号

头等舱
（TOUDENGCANG）

作　　者：黄佟佟
出版统筹：吴玉萍
责任编辑：杨袁媛
责任审校：曾庆全
书籍设计：董茹嘉
出　　版：东方出版社
发　　行：人民东方出版传媒有限公司
地　　址：北京市朝阳区西坝河北里 51 号
邮　　编：100028
印　　刷：北京汇瑞嘉合文化发展有限公司
版　　次：2020 年 11 月第 1 版
印　　次：2020 年 11 月第 1 次印刷
开　　本：787 毫米 ×1092 毫米　1/32
印　　张：9.25
字　　数：168 千字
书　　号：ISBN 978-7-5207-1691-8
定　　价：59.00 元
发行电话：（010）85924663　85924644　85924641